*Les yeux jaunes des crocodiles*

Katherine Pancol

# Les yeux jaunes
# des crocodiles

ROMAN

Albin Michel

IL A ÉTÉ TIRÉ DE CET OUVRAGE

*Vingt-cinq exemplaires*
*sur vélin bouffant des papeteries Salzer*
*dont quinze exemplaires numérotés de 1 à 15*
*et dix exemplaires, hors commerce, numérotés de I à X*

*À Charlotte,*
*À Clément,*
*Mes amours...*

*Première partie*

Joséphine poussa un cri et lâcha l'éplucheur. Le couteau avait dérapé sur la pomme de terre et entaillé largement la peau à la naissance du poignet. Du sang, du sang partout. Elle regarda les veines bleues, l'estafilade rouge, le blanc de la cuvette de l'évier, l'égouttoir en plastique jaune où reposaient, blanches et luisantes, les pommes de terre épluchées. Les gouttes de sang tombaient une à une, éclaboussant le revêtement blanc. Elle appuya ses mains de chaque côté de l'évier et se mit à pleurer.

Elle avait besoin de pleurer. Elle ne savait pas pourquoi. Elle avait trop de bonnes raisons. Celle-là ferait l'affaire. Elle chercha des yeux un torchon, s'en empara et l'appliqua en garrot sur la blessure. Je vais devenir fontaine, fontaine de larmes, fontaine de sang, fontaine de soupirs, je vais me laisser mourir.

C'était une solution. Se laisser mourir, sans rien dire. S'éteindre comme une lampe qui diminue.

Se laisser mourir toute droite au-dessus de l'évier. On ne meurt pas toute droite, rectifia-t-elle aussitôt, on meurt allongée ou agenouillée, la tête dans le four ou dans sa baignoire. Elle avait lu dans un journal que le suicide le plus commun chez les femmes était la défenestration. La pendaison, pour les hommes. Sauter par la fenêtre ? Elle ne pourrait jamais.

11

Mais se vider de son sang en pleurant, ne plus savoir si le liquide qui coule hors de soi est rouge ou blanc. S'endormir lentement. Alors, lâche le torchon et plonge les poignets dans le bac de l'évier ! Et même, et même... il te faudra rester debout et on ne meurt pas debout.

Sauf au combat. Par temps de guerre...

Ce n'était pas encore la guerre.

Elle renifla, ajusta le torchon sur la blessure, bloqua ses larmes, fixa son reflet dans la fenêtre. Elle avait gardé son crayon dans les cheveux. Allez, se dit-elle, épluche les pommes de terre... Le reste, tu y penseras plus tard !

En cette matinée de fin mai, alors que le thermomètre affichait vingt-huit degrés à l'ombre, au cinquième étage, à l'abri sous l'auvent de son balcon, un homme jouait aux échecs. Seul. Il méditait devant un échiquier. Il poussait le souci de la vraisemblance jusqu'à changer de place quand il changeait de côté de jeu et s'emparait au passage d'une pipe qu'il suçotait. Il se penchait, soufflait, soulevait une pièce, la reposait, reculait, soufflait encore, reprenait la pièce, la déplaçait, hochait la tête puis déposait la pipe et gagnait l'autre chaise.

C'était un homme de taille moyenne, d'allure très soignée, les cheveux châtains, les yeux marron. Le pli de son pantalon tombait droit, ses chaussures brillaient comme juste sorties de la boîte d'origine, ses manches de chemise retroussées laissaient apparaître des avant-bras et des poignets fins et ses ongles avaient le poli et l'éclat que seule peut donner une manucure appliquée. Un léger hâle que l'on devinait perpétuel complétait l'impression de beige blond qui se dégageait de sa personne. Il ressemblait à ces figurines en carton que l'on vend en chaussettes et sous-vêtements dans les jeux d'enfants et que l'on peut vêtir de n'importe quel costume

– pilote de l'air, **chasseur**, explorateur. C'était un homme à glisser dans le décor d'un catalogue pour inspirer confiance et souligner la qualité du mobilier exposé.

Soudain, un sourire illumina son visage. « Échec et mat, murmura-t-il à son partenaire imaginaire. Mon pauvre vieux ! T'es cuit ! Et je parie que t'as rien vu venir ! » Satisfait, il se serra la main à lui-même et modula sa voix pour s'accorder quelques félicitations. « Bien joué, Tonio ! Tu as été très fort. »

Il se leva, s'étira en se frottant la poitrine et décida de se servir un petit verre bien que ce ne soit pas l'heure. D'ordinaire, il prenait un apéritif vers six heures dix, le soir, en regardant « Questions pour un champion ». L'émission de Julien Lepers était devenue un rendez-vous qu'il attendait avec impatience. Il était contrarié s'il la manquait. Dès dix-sept heures trente, il attendait. Il avait hâte de se mesurer aux quatre champions qu'on lui proposerait. Il attendait aussi de savoir quelle veste le présentateur porterait, avec quelle chemise, quelle cravate il l'assortirait. Il se disait qu'il devrait tenter sa chance et s'inscrire. Il se le disait chaque soir, mais n'en faisait rien. Il aurait dû passer des épreuves éliminatoires et il y avait dans ces deux mots quelque chose qui le chagrinait.

Il souleva le couvercle d'un seau à glace, prit délicatement deux glaçons, les laissa tomber dans un verre, y versa du Martini blanc. Il se baissa pour ramasser un fil sur la moquette, se releva, trempa ses lèvres dans le verre, émit des petits bruits de lèvres mouillées pour exprimer sa satisfaction.

Chaque matin, il jouait aux échecs. Chaque matin, il suivait la même routine. Levé à sept heures en même temps que les enfants, petit-déjeuner avec toasts de pain complet, grillés thermostat quatre, confiture d'abricots sans sucre ajouté, beurre salé et jus d'orange fraîchement pressé à la main. Puis trente minutes de gymnastique, des exercices pour le dos, le ventre, les pectoraux, les cuisses. Lecture des journaux que les filles, chacune son tour, allaient lui chercher avant de partir pour l'école, étude attentive des petites annonces, envoi de CV quand une offre lui semblait intéressante, douche, rasage au rasoir mécanique, avec savon qui mousse sous le blaireau, choix des vêtements pour la journée et, enfin, partie d'échecs.

Le choix des vêtements était le moment le plus éprouvant de la matinée. Il ne savait plus comment s'habiller. En tenue de week-end, légèrement décontractée, ou en costume ? Un jour où il avait enfilé un jogging à la hâte, sa fille aînée, Hortense, lui avait dit : « Tu ne travailles pas, papa ? Tu es tout le temps en vacances ? Moi, j'aime quand tu es beau, avec une belle veste, une belle chemise et une cravate. Ne viens plus jamais me chercher à l'école habillé en survêtement » et puis, se radoucissant car ce matin-là, ce premier matin où elle lui avait parlé sur ce ton, il avait blêmi... elle avait ajouté : « C'est pour toi que je dis ça, mon papa chéri, pour que tu restes le plus beau papa du monde. »

Hortense avait raison, on le regardait différemment quand il était bien habillé.

La partie d'échecs terminée, il arrosait les plantes accrochées au rebord du balcon, arrachait les feuilles mortes, taillait les vieilles branches, vaporisait de l'eau sur les nouveaux bourgeons, retournait le terreau des pots à l'aide d'une cuillère et répandait de l'engrais quand il le fallait. Un camélia blanc lui donnait bien du souci. Il lui parlait, s'attardait à le soigner, essuyait chaque feuille.

Tous les matins, depuis un an, c'était la même routine.

Ce matin-là, cependant, il avait pris du retard sur son horaire habituel. La partie d'échecs avait été ardue, il devait faire attention à ne pas se laisser entraîner ; c'est difficile quand on n'a pas d'occupation. Ne pas perdre le sens du temps qui passe et se dépense sans qu'on y fasse attention. Fais gaffe, Tonio, se dit-il, fais gaffe. Ne te laisse pas aller, reprends-toi.

Il avait pris l'habitude de parler tout haut et fronça les sourcils en s'entendant s'apostropher. Pour rattraper le temps perdu, il décida de négliger les plantes.

Il passa devant la cuisine où sa femme épluchait des pommes de terre. Il ne voyait que son dos et nota une nouvelle fois qu'elle s'alourdissait. Des bouées de gras s'accrochaient à ses hanches.

Quand ils avaient emménagé dans cet immeuble de banlieue proche de Paris, elle était longue et fine, sans bouées.

Quand ils avaient emménagé, les filles arrivaient à la hauteur de l'évier...

Quand ils avaient emménagé...

C'était un autre temps. Il soulevait son pull, plaçait ses mains sur ses seins et soupirait « chérie ! » jusqu'à ce qu'elle fléchisse et s'incline en tirant des deux mains sur le dessus-de-lit pour ne pas le froisser. Le dimanche, elle faisait la cuisine. Les filles réclamaient des couteaux « pour aider maman ! » ou le fond des casseroles pour les « nettoyer avec la langue ». Ils les regardaient avec attendrissement. Tous les deux ou trois mois, ils les mesuraient et inscrivaient la taille de chacune au crayon noir sur le mur ; il y avait plein de petits traits suivis des dates et des deux prénoms : Hortense et Zoé. Chaque fois qu'il s'appuyait au chambranle de la porte de la cuisine, il était envahi d'une immense tristesse. Le sentiment d'un gâchis irrémédiable, le souvenir d'un temps où la vie lui souriait. Cela ne lui arrivait jamais dans la chambre à coucher ou dans le salon, mais toujours dans cette pièce qui, autrefois, avait été une capsule de bonheur. Chaleureuse, tranquille, odorante. Les casseroles fumaient, les torchons séchaient sur la barre du four, le chocolat fondait au bain-marie et les filles décortiquaient des noix. Elles brandissaient un doigt couronné de chocolat, se dessinaient des moustaches qu'elles léchaient à coups de langue et la buée sur les vitres dessinait des festons nacrés qui lui

15

donnaient l'impression d'être le papa d'une famille esqui-
maude dans un igloo au pôle Nord.

Autrefois... Le bonheur avait été là, solide, rassurant.

Sur la table, gisait, ouvert, un livre de Georges Duby. Il se
pencha pour en apercevoir le titre *Le Chevalier, la femme et
le prêtre*. Joséphine travaillait sur la table de la cuisine. Ce qui,
autrefois, était un à-côté, les faisait vivre maintenant. Chercheuse au CNRS, spécialisée dans le domaine des femmes au
XIIᵉ siècle ! Auparavant, il ne pouvait s'empêcher de se moquer
de ses recherches, il en parlait avec condescendance, « ma
femme qui est passionnée d'histoire, mais du XIIᵉ siècle uniquement ! Ah ! Ah ! Ah... » Il trouvait que cela faisait un peu
bas-bleu. Pas très sexy, le XIIᵉ siècle, ma chérie, disait-il en lui
pinçant les fesses. « Mais c'est à cette époque que la France
a basculé dans la modernité, le commerce, la monnaie, l'indé-
pendance des villes et... »

Il l'embrassait pour la faire taire.

Aujourd'hui, le XIIᵉ siècle les nourrissait. Il se racla la gorge
afin qu'elle se tourne vers lui. Elle n'avait pas pris le temps de
se coiffer, un crayon retenait ses cheveux sur le haut du crâne.

— Je vais faire un tour...

— Tu reviens déjeuner ?

— Je ne sais pas... Fais comme si je ne revenais pas.

— Pourquoi ne pas le dire tout de suite !

Il n'aimait pas les affrontements. Il aurait mieux valu qu'il
sorte en criant « je m'en vais, à tout de suite ! » et hop ! il
était dans l'escalier et hop ! elle restait avec ses questions dans
le gosier et hop ! il n'avait plus qu'à inventer n'importe quoi
quand il rentrait. Parce qu'il rentrait toujours.

— Tu as lu les petites annonces ?

— Oui... Rien d'intéressant aujourd'hui.

— Il y a toujours du travail pour un homme qui veut travailler !

16

Du travail, oui mais pas n'importe lequel, pensa-t-il sans le lui dire car il connaissait déjà la suite de leur dialogue. Il aurait dû partir, mais il restait aimanté au chambranle.

– Je sais ce que tu vas me dire, Joséphine, je le sais déjà.

– Tu le sais, mais tu ne fais rien pour que ça change. Tu pourrais faire n'importe quoi, juste pour mettre un peu de beurre dans les épinards...

Il pouvait continuer leur dialogue, il le connaissait par cœur, « gardien de piscine, jardinier dans un club de tennis, vigile de nuit, pompiste dans une station d'essence... » mais ne retint que le mot « épinards ». Cela sonnait drôle, ce mot, dans une recherche d'emploi.

– Tu peux sourire ! marmonna-t-elle en le piquant du regard. Je dois te paraître bien terre à terre à parler de gros sous ! Monsieur veut un tas d'or, monsieur ne veut pas se fatiguer pour rien, monsieur veut de l'estime et de la considération ! Et pour le moment, monsieur n'a qu'un seul moyen d'exister : aller rejoindre sa manucure !

– Tu parles de quoi, Joséphine ?

– Tu sais très bien de QUI je parle !

Elle était maintenant complètement tournée vers lui, les épaules redressées, un torchon noué autour du poignet ; elle le défiait.

– Si tu fais allusion à Mylène...

– Oui, je fais allusion à Mylène... Tu ne sais pas encore si elle fait une pause pour le déjeuner ? C'est pour ça que tu ne peux pas me répondre ?

– Jo, arrête... Ça va mal finir !

C'était trop tard. Elle ne pensait plus qu'à Mylène et à lui. Qui donc l'avait mise au courant ? Un voisin, une voisine ? Ils ne connaissaient pas grand monde dans l'immeuble mais, quand il s'agit de médire, on se fait vite des copains. On avait dû l'apercevoir entrer dans l'immeuble de Mylène, deux rues plus loin.

— Vous allez déjeuner chez elle… Elle t'aura préparé une quiche avec une salade verte, un repas léger parce que, après, elle reprend le travail, elle…

Elle grinça des dents en appuyant sur le « elle ».

— Et puis vous ferez une petite sieste, elle tirera les rideaux, se déshabillera en jetant ses vêtements par terre et te rejoindra sous la couette en piqué blanc…

Il l'écoutait, stupéfait. Mylène avait une épaisse couette en piqué blanc sur son lit. Comment le savait-elle ?

— Tu es allée chez elle ?

Elle éclata d'un rire mauvais et resserra le nœud du torchon de sa main libre.

— Ah, j'avais raison. Le piqué blanc, ça va avec tout ! C'est beau, c'est pratique.

— Jo, arrête !

— Arrête quoi ?

— Arrête d'imaginer ce qui n'existe pas.

— Parce qu'elle n'a pas de couette en piqué blanc, peut-être ?

— Tu devrais écrire des romans, toi : tu as beaucoup d'imagination…

— Jure-moi qu'elle n'a pas de couette en piqué blanc.

La colère l'envahit soudain. Il ne la supportait plus. Il ne supportait plus son ton de maîtresse d'école, toujours à lui reprocher quelque chose, à lui dire quoi faire, comment faire, il ne supportait plus son dos arrondi, ses vêtements sans forme ni couleur, sa peau rougie par le manque de soins, ses cheveux châtains, fins et mous. Tout, chez elle, sentait l'effort et la parcimonie.

— Je préfère partir avant que cette discussion ne nous emmène trop loin !

— Tu vas la retrouver, hein ? Aie au moins le courage de dire la vérité puisque tu n'as plus celui de chercher du travail, fainéant !

Ce fut le mot en trop. Il sentit la colère lui bloquer le front et taper sur ses tempes. Il cracha les mots pour ne pas avoir à les reprendre :

— Eh bien, oui ! Je la retrouve chez elle, tous les jours à midi et demi. Elle me fait chauffer une pizza et on la mange, dans son lit sous la couette en piqué blanc ! Après, on écarte les miettes, je défais son soutien-gorge, en piqué blanc aussi, et je l'embrasse partout, partout ! T'es satisfaite ? Fallait pas me pousser, je t'avais prévenue !

— Moi non plus, faut pas me pousser ! Si tu pars la retrouver, inutile de revenir. Tu fais ta valise et tu disparais. Ce sera pas une grande perte.

Il s'arracha au chambranle de la porte, tourna les talons et, tel un somnambule, gagna leur chambre. Il extirpa une valise de sous le lit, la posa sur le dessus-de-lit et commença à la remplir. Il vida ses trois étagères de chemises, ses trois tiroirs de tee-shirts, chaussettes et caleçons dans la grande valise rouge à roulettes intégrées, vestige de sa splendeur quand il travaillait chez Gunman & Co, le fabricant américain de fusils de chasse. Il était resté dix ans au poste de directeur commercial du secteur Europe, accompagnant ses riches clients qui allaient chasser en Afrique, en Asie, en Amérique, dans la brousse, la savane ou la pampa. Il y croyait alors, il croyait à l'image de cet homme blanc toujours bronzé, toujours en verve, qui trinquait avec ses clients, les hommes les plus riches de la planète. Il se faisait appeler Tonio. Tonio Cortès. C'était plus mâle, plus responsable qu'Antoine. Il n'avait jamais aimé son prénom qu'il trouvait doux, efféminé. Il fallait qu'il fasse le poids face à ces hommes-là : des industriels, des hommes politiques, des milliardaires oisifs, des fils

19

de... Il faisait tinter ses glaçons en affichant un sourire débonnaire, écoutait leurs histoires, tendait une oreille attentive à leurs doléances, opinait, tempérait, observait le ballet des hommes et le ballet des femmes, le regard aigu des enfants, vieux avant d'avoir eu le temps de grandir. Il se félicitait de fréquenter ce monde sans en faire partie vraiment. « Ah ! l'argent ne fait pas le bonheur », répétait-il souvent.

Il avait un excellent salaire, un triple mois à la fin de l'année, une bonne mutuelle, des périodes de repos qui doublaient presque ses vacances. Il était heureux quand il rentrait à Courbevoie dans sa résidence, construite dans les années quatre-vingt-dix, pour une population de jeunes cadres comme lui, qui n'avaient pas encore les moyens d'habiter dans Paris mais attendaient, de l'autre côté de la Seine, de pouvoir entrer dans les beaux quartiers de la capitale dont ils apercevaient les lumières, le soir. Un gâteau de néon scintillant qui les narguait au loin. L'immeuble avait mal vieilli, d'imperceptibles traînées de rouille coulant des balcons maculaient la façade et l'orange éclatant des stores avait passé au soleil.

Il ne prévenait jamais quand il rentrait de voyage : il poussait la porte, marquait un temps dans l'entrée avant de s'annoncer par un court sifflement qui disait « Je suis là ! ». Joséphine était plongée dans ses livres d'histoire, Hortense courait vers lui et glissait sa petite main dans ses poches à la recherche de son cadeau, Zoé applaudissait. Les deux petites filles en robe de chambre, l'une en rose, l'autre en bleu, Hortense, la jolie, l'effrontée, qui le menait par le bout du nez et Zoé, ronde, lisse, gourmande. Alors il se penchait vers elles et les prenait dans ses bras en répétant : « Ah ! Mes chéries ! Ah ! Mes chéries ! » C'était un rite. Il lui arrivait parfois d'éprouver un pincement de remords quand le souvenir d'une autre étreinte, la veille... il les enlaçait plus fort, et le souvenir s'évanouissait. Il posait ses bagages et se consacrait à son rôle de héros. Il inventait des chasses et des traques, un lion blessé qu'il avait achevé au couteau, une antilope qu'il avait attrapée au lasso, un crocodile qu'il avait mis KO. Elles le regardaient, ébahies. Seule Hortense s'impatientait et demandait « et mon cadeau, papa ? Et mon cadeau ? ».

Un jour, Gunman and Co avait été racheté ; il avait été remercié. Du jour au lendemain. « C'est comme ça avec les Américains, avait-il expliqué à Joséphine. Le lundi tu es directeur commercial avec un bureau à trois fenêtres, le mardi tu t'inscris au chômage ! » Il avait donc été licencié. Avec une bonne indemnité de départ qui lui avait permis de continuer à payer pendant un certain temps les traites de l'appartement, l'école des enfants, les séjours linguistiques, l'entretien de la voiture, les vacances aux sports d'hiver. Il l'avait pris avec philosophie. Il n'était pas le premier à qui cela arrivait, il n'était pas n'importe qui, il allait vite retrouver un emploi. Pas n'importe quoi, c'est sûr, mais un emploi... Et puis, un à un ses anciens collègues s'étaient recasés, acceptant des salaires inférieurs, des postes à moindre responsabilité, des déménagements à l'étranger, et il demeurait le seul à consulter les offres d'emploi.

Aujourd'hui, arrivé au bout de ses économies, il sentait son bel optimisme vaciller. Surtout la nuit. Il se réveillait vers trois heures du matin, se levait sans bruit, allait se servir un whisky dans le salon en allumant la télé. Il s'allongeait sur le canapé, pianotait sur la télécommande, un verre à la main. Jusque-là, il s'était toujours senti très fort, très sage, doué d'une grande perspicacité. Quand il voyait des collègues commettre des erreurs, il ne disait rien mais pensait tout bas : Ah ! ce n'est pas à moi que ça arriverait ! Moi, je sais ! Lorsqu'il avait entendu parler de rachat et de possibles licenciements, il s'était dit que dix ans de présence chez Gunman and Co, c'était un vrai contrat, ils ne me vireront pas comme ça !

Il avait fait partie des premiers départs.

Il avait même été le premier à être remercié. Il enfonça un poing rageur dans la poche de son pantalon et la doublure céda dans un crissement aigu qui lui agaça les dents. Il grimaça, secoua la tête, se tourna vers la cuisine, vers sa femme, pour lui demander si elle pouvait réparer les dégâts, puis se rappela qu'il partait. Il était en train de faire sa valise. Il retourna ses poches : les deux doublures étaient trouées.

Il se laissa tomber sur le lit et fixa la pointe de ses chaussures.

Chercher du travail était décourageant ; il n'était qu'un numéro sous enveloppe avec un timbre dessus. Il y pensait dans les bras de Mylène. Il lui racontait ce qu'il ferait le jour où il serait son propre patron. « Avec mon expérience, expliquait-il, avec mon expérience... » Il connaissait le vaste monde, il parlait anglais et espagnol, il savait tenir un livre de comptes, il supportait le froid et le chaud, la poussière et les moussons, les moustiques et les reptiles. Elle écoutait. Elle avait confiance en lui. Elle possédait quelques économies qui lui venaient de ses parents. Il n'avait pas encore dit oui. Il ne perdait pas espoir de trouver un acolyte plus sûr avec qui partager l'aventure.

Il l'avait connue en accompagnant Hortense chez le coiffeur, le jour anniversaire de ses douze ans. Mylène avait été si impressionnée par l'aplomb de la petite fille qu'elle lui avait offert des soins de manucure. Hortense lui avait abandonné ses mains comme si elle lui accordait un privilège. « C'est une altesse royale, votre fille », lui avait-elle dit quand il était venu la chercher. Depuis, quand elle avait le temps, elle polissait les ongles de l'enfant et Hortense repartait, les doigts écartés, en se mirant dans ses ongles brillants.

Il se sentait bien avec Mylène. C'était une petite blonde vive, crémeuse à souhait. Avec de ces pudeurs, de ces timidités qui le mettaient à l'aise et lui donnaient de l'assurance.

Il décrocha ses costumes, tous de la meilleure coupe, tous de la plus belle étoffe. Oui, il avait eu de l'argent, pas mal d'argent. Il avait aimé le dépenser. « Et j'en aurai encore, dit-il tout haut. À quarante ans, mon vieux, ta vie n'est pas finie ! Pas finie du tout ! » Sa valise fut vite faite. Il fit cependant semblant de chercher des boutons de manchettes en râlant bruyamment dans l'espoir que Joséphine allait l'entendre et viendrait le supplier de rester.

Il avança dans le couloir et s'arrêta à l'entrée de la cuisine. Il attendit, espérant encore qu'elle allait faire un pas vers lui, esquisser une réconciliation... Puis comme elle ne bougeait pas et lui tournait le dos, il déclara :

– Eh bien... ça y est ! Je m'en vais...

– Très bien. Tu peux garder les clés. Tu as sûrement oublié des affaires et tu devras revenir les chercher. Préviens-moi que je ne sois pas là. Ça vaudra mieux...

– Tu as raison, je les garde... Que vas-tu dire aux filles ?

– Je ne sais pas. Je n'y ai pas pensé...

– Je préférerais être là quand tu leur parleras...

Elle ferma le robinet d'eau, s'appuya contre l'évier et, lui tournant toujours le dos, dit :

– Si tu n'y vois pas d'inconvénient, je leur dirai la vérité. Je n'ai pas envie de mentir... C'est suffisamment pénible comme ça.

– Mais tu vas leur dire quoi ? demanda-t-il, angoissé.

– La vérité : papa n'a plus de travail, papa ne va pas bien, papa a besoin de prendre l'air, alors papa est parti...

– Prendre l'air ? répéta-t-il en écho rassurant.

– Voilà ! On va dire ça comme ça. Prendre l'air.

– C'est bien, « prendre l'air »... C'est pas définitif. C'est bien.

Il avait commis l'erreur de s'appuyer à la porte et la nostalgie l'envahissait à nouveau, le clouant sur place, le privant de tous ses moyens.

23

— Va-t'en, Antoine. On n'a plus rien à se dire... Je t'en supplie, va-t'en !

Elle s'était retournée et lui montrait le sol des yeux. Il suivit son regard et aperçut sa valise à roulettes, posée à ses pieds. Il l'avait complètement oubliée. Alors c'était pour de vrai : il partait !

— Eh bien... Au revoir... Si tu veux me joindre...

— Tu m'appelleras... ou je laisserai un message au salon de Mylène. Je suppose qu'elle saura toujours où te trouver ?

— Et pour les plantes, il faut les arroser deux fois par semaine et mettre de l'engrais une...

— Les plantes ? Qu'elles crèvent ! C'est le cadet de mes soucis.

— Joséphine, s'il te plaît ! Ne te mets pas dans cet état... Je peux rester si tu veux...

Elle le foudroya du regard. Il haussa les épaules, prit sa valise et se dirigea vers la porte.

Alors elle se mit à pleurer. Accrochée au rebord de l'évier, elle pleura, elle pleura. Son dos était secoué de sanglots. Elle pleura d'abord sur le vide que cet homme allait laisser dans sa vie, seize ans de vie commune, son premier homme, son seul homme, le père de ses deux enfants. Puis elle pleura en pensant aux petites filles. Elles n'auraient plus jamais le sentiment de sécurité, la certitude d'avoir un papa et une maman qui veillent sur elles. Enfin elle pleura d'effroi à l'idée de se retrouver seule. Antoine s'occupait des comptes, Antoine faisait la déclaration d'impôts, Antoine remboursait l'emprunt de l'appartement, Antoine choisissait la voiture, Antoine débouchait le lavabo. Elle s'en remettait toujours à lui. Elle s'occupait de la maison et de l'école des filles.

Elle fut tirée de son désespoir par la sonnerie du téléphone. Elle renifla, décrocha, ravalant ses larmes.

— C'est toi, chérie ?

C'était Iris, sa sœur aînée. Elle parlait toujours d'une voix gaie et entraînante comme si elle était chargée d'annoncer les promotions au supermarché. Iris Dupin, quarante-quatre ans, grande, brune, mince, aux longs cheveux noirs qu'elle disposait comme un voile de mariée perpétuelle. Iris qui devait son prénom à la couleur des deux grands lacs d'un bleu intense qui lui servaient d'yeux. Quand elles étaient petites, on l'arrêtait dans la rue. « Mon Dieu ! Mon Dieu ! » répétaient les gens en se mirant dans le regard sombre, profond, ourlé de violet avec un minuscule éclat doré. « C'est pas possible ! Viens voir, chéri ! Jamais vu des yeux comme ça ! » Iris se laissait contempler, jusqu'à ce que, satisfaite et repue, elle entraînât sa sœur par la main en sifflant entre ses dents « quels ploucs ! Z'ont jamais rien vu ! Faut voyager les mecs ! Faut voyager ! ». Cette dernière phrase mettait Joséphine en joie, elle partait en hélicoptère, les bras grands ouverts, tournant sur elle-même et hurlant de rire.

Iris, en son temps, avait lancé toutes les modes, accumulé tous les diplômes, séduit tous les hommes. Iris ne vivait pas, Iris ne respirait pas, Iris régnait.

À vingt ans, elle était partie faire ses études aux États-Unis, à New York. À l'université de Columbia, département cinéma. Elle y avait passé six ans, était sortie première ex aequo de sa promotion, avait gagné la possibilité de réaliser un moyen-métrage de trente minutes. À la fin de chaque année, les deux meilleurs étudiants se voyaient allouer un budget pour tourner un film. Iris avait été l'un des deux. L'autre lauréat, un jeune Hongrois, géant ténébreux et hirsute, avait profité de la cérémonie de remise des prix pour l'embrasser en coulisses. L'anecdote était restée dans les annales de la famille. L'avenir d'Iris s'inscrivait en lettres blanches sur les collines d'Hollywood. Et un jour, sans crier gare, sans que personne n'ait prévu ce retournement, Iris s'était mariée.

25

Elle avait à peine trente ans, revenait des Etats-Unis où elle avait remporté un prix au festival de Sundance, prévoyait de réaliser un long-métrage dont on disait le plus grand bien. Un producteur avait donné un accord de principe et... Iris avait renoncé. Sans fournir aucune explication ; elle ne se justifiait jamais. Elle était rentrée en France et s'était mariée.

En voile blanc, devant le maire et le curé. Le jour de son mariage, la salle de la mairie affichait complet. Il fallut rajouter des chaises et tolérer que certains s'agrippent au rebord des fenêtres. Chacun retenait son souffle, s'attendant à ce qu'elle envoie voler sa robe et apparaisse toute nue en criant « C'était pour rire ! ». Comme dans un film.

Rien de la sorte ne se produisit.

Elle semblait prise et éprise. D'un certain Philippe Dupin qui ronronnait dans son habit queue-de-pie. « Qui c'est, qui c'est ? » demandaient les invités en le dévisageant à la dérobée. Personne ne le connaissait. Iris racontait qu'ils s'étaient rencontrés dans un avion et que cela avait été « *love at first sight* ». Bel homme, ce Philippe Dupin. Manifestement, à constater les regards gourmands que les femmes posaient sur lui, l'un des plus beaux hommes que la Terre ait produits ! Il dominait la foule des amis de sa femme avec une nonchalance empreinte d'un dédain amusé. « Mais qu'est-ce qu'il fait ? Il est dans les affaires... Et pourquoi si vite ? Tu crois que... ? » Les langues fourchettaient, faute d'informations précises. Le père et la mère du marié considéraient l'assistance avec la même moue légèrement hautaine de leur fils qui donnait à penser que ce dernier faisait une mésalliance. Les invités s'en allèrent écœurés. Iris n'amusait plus personne. Iris ne faisait plus rêver. Elle était devenue terriblement normale et c'était, dans son cas, de très mauvais goût. Certains ne la revirent plus jamais. Elle avait chu et sa couronne n'en finissait pas de rouler à terre.

Iris déclara qu'elle s'en fichait comme de sa première tétine et décida de se vouer corps et âme à son mari.

Philippe Dupin était un homme congestionné de certitudes. Il avait monté son propre cabinet de droit international des affaires puis s'était associé à plusieurs grands ténors de la place de Paris, Milan, New York et Londres. C'était un avocat retors qui n'aimait défendre que les cas impossibles. Il avait réussi et ne pouvait comprendre que tout le monde ne se conduise pas comme lui. Sa devise était lapidaire : « Quand on veut, on peut. » Il l'articulait en se renversant dans son grand fauteuil en cuir noir, étirait les bras et faisait craquer ses phalanges en regardant son interlocuteur comme s'il énonçait une vérité première.

Il avait fini par déteindre sur Iris, qui avait rayé de son vocabulaire les mots : doute, angoisse, hésitation. Iris était devenue, elle aussi, enthousiaste et définitive. Un enfant obéissait et brillait à l'école, un mari gagnait de l'argent et entretenait sa famille, une femme tenait sa maison et faisait honneur à son mari. Iris demeurait belle, alerte et séduisante, alternait séances de massage et jogging, pétrissage du visage et tennis au Racing. Elle était oisive, certes, mais « il y a les femmes à l'oisiveté encombrée et celles à l'oisiveté maîtrisée. C'est tout un art », affirmait-elle. Il était évident qu'elle se rangeait dans la seconde catégorie et éprouvait le plus profond mépris pour les oisives débordées.

Je dois appartenir à un autre monde, pensait Joséphine en écoutant le bavardage mitraillette de sa sœur qui abordait maintenant le sujet de leur mère.

Un mardi sur deux, Iris recevait Madame mère à dîner et, ce soir-là, on se devait de choyer l'ancêtre. Bonheur et sourires étaient de règle pour ces dîners en famille. Inutile de dire qu'Antoine s'employait, avec une certaine réussite, à les éviter et trouvait toujours une bonne excuse pour s'absenter. Il ne supportait pas Philippe Dupin qui se croyait obligé de mettre des sous-titres quand il lui parlait – « la COB, la Commission des opérations de Bourse, Antoine » – ni Iris qui, lorsqu'elle s'adressait à lui, lui donnait l'impression d'être un vieux chewing-gum collé sous la semelle de ses escarpins. « Et quand elle me dit bonjour, se plaignait-il, j'ai l'impression qu'elle m'aspire dans son sourire pour me catapulter dans une autre dimension ! » Iris, il est vrai, tenait Antoine en piètre estime. « Rappelle-moi où en est ton mari ? » était sa phrase favorite, phrase qui faisait immanquablement bafouiller Joséphine : « Toujours rien, toujours rien. – Ah bon... Ça ne s'est donc pas arrangé ! soupirait Iris qui ajoutait : On se demande d'ailleurs comment ça pourrait s'arranger : tant de prétentions pour de si petits moyens ! » Tout est artificiel chez ma sœur, se dit Joséphine en coinçant le combiné contre son épaule, quand Iris éprouve un début de sympathie ou un élan envers quelqu'un, elle consulte le Vidal, redoutant une maladie.

– Ça va pas ? T'as une drôle de voix..., demanda Iris, ce matin-là.

– Je suis enrhumée...

– Dis donc, je me disais... Pour demain soir... Le dîner avec notre mère... Tu n'as pas oublié ?

– C'est demain soir ?

Elle avait complètement oublié.

– Enfin, ma chérie, où as-tu la tête ?

Si tu savais, pensa Joséphine, cherchant des yeux un Sopalin pour se moucher.

– Reviens dans ce siècle, lâche tes troubadours ! Tu es trop distraite. Tu viens avec ton mari ou il a encore trouvé le moyen de s'éclipser ?

Joséphine sourit tristement. Appelons ça comme ça, se dit-elle, s'éclipser, prendre l'air, s'évaporer, disparaître en fumée. Antoine était en train de se transformer en gaz volatil.

— Il ne viendra pas...

— Bon, il faudra trouver une nouvelle excuse pour notre mère. Tu sais qu'elle n'apprécie pas ses absences...

— Franchement, Iris, si tu savais ce que je m'en tape !

— Tu es bien trop bonne avec lui ! Moi, ça fait longtemps que je lui aurais claqué la porte au nez. Enfin... Tu es comme ça, on te changera pas, ma pauvre chérie.

La commisération, maintenant. Joséphine soupira. Depuis qu'elle était enfant, elle était Jo, la petite oie blanche, l'intellectuelle, un peu ingrate, à l'aise avec les thèses obscures, les mots compliqués, les longues recherches en bibliothèque parmi d'autres bas-bleus mal attifés et boutonneux. Celle qui réussissait ses examens, mais ne savait pas dessiner un trait d'eye-liner. Celle qui se foulait la cheville en descendant l'escalier parce qu'elle était en train de lire *La Théorie des climats* de Montesquieu ou branchait le toasteur sous le robinet d'eau en écoutant, sur France Culture, une émission traitant des cerisiers en fleur à Tokyo. Celle qui gardait la lumière allumée tard dans la nuit, penchée sur ses copies, pendant que sa sœur aînée sortait et réussissait et créait et ensorcelait. Iris par ci, Iris par-là, je pourrais en faire un air d'opéra !

Quand Joséphine avait été reçue à l'agrégation de lettres classiques, sa mère lui avait demandé ce qu'elle comptait faire. « À quoi cela va-t-il te mener, ma pauvre chérie ? À servir de cible dans un lycée de banlieue parisienne ? À te faire violer sur le couvercle d'une poubelle ? » Et quand elle avait poursuivi, rédigeant sa thèse et des articles qui paraissaient dans des revues spécialisées, elle n'avait rencontré qu'interrogations et scepticisme. « "L'essor économique et le développement social de la France aux XIᵉ et XIIᵉ siècles", ma pauvre chérie, mais qui veux-tu que ça intéresse ? Tu ferais mieux d'écrire une biographie croustillante sur Richard Cœur de Lion ou Philippe Auguste, ça intéresserait les gens ! On pourrait en faire un film, un feuilleton ! Rentabiliser toutes ces longues années d'études que j'ai financées à la sueur de mon front ! » Puis elle sifflait telle une vipère énervée par la lente reptation de son rejeton, haussait les épaules et soupirait : « Comment ai-je pu mettre au monde une fille pareille ? » Madame mère s'était toujours posé la question. Depuis les premiers pas de Joséphine. Son mari, Lucien Plissonnier, avait l'habitude de répliquer : « C'est la cigogne qui s'est trompée de chou. » Devant le peu d'hilarité que déclenchaient ses interventions, il avait fini par se taire. Définitivement. Un soir de 13 juillet, il avait porté la main à sa poitrine et avait eu le temps de dire : « Il est un peu tôt pour faire péter les pé-tards » avant de s'éteindre. Joséphine et Iris avaient dix et quatorze ans. L'enterrement avait été magnifique, Madame mère, majestueuse. Elle avait tout orchestré au détail près : les fleurs blanches en grandes gerbes jetées sur le cercueil, une marche funèbre de Mozart, le choix des textes lus par chaque membre de la famille. Henriette Plissonnier avait recopié le voile noir de Jackie Kennedy et demandé aux fillettes de baiser le cercueil avant qu'il ne soit glissé en terre.

Joséphine, elle aussi, se demandait comment elle avait pu passer neuf mois dans le ventre de cette femme qu'on disait être sa mère.

Le jour où elle avait été recrutée au CNRS – trois candidats retenus sur cent vingt-trois qui se présentaient ! – et qu'elle s'était précipitée au téléphone pour l'annoncer à sa mère et à Iris, elle avait été obligée de répéter, de s'égosiller car ni l'une ni l'autre ne comprenait son emballement ! CNRS ? Mais qu'allait-elle faire dans cette galère ?

Il lui fallut se faire une raison : elle ne les intéressait pas. Il y avait un moment qu'elle s'en doutait mais, ce jour-là, elle en eut la confirmation. Seul son mariage avec Antoine les avait émoustillées. En se mariant, elle devenait enfin intelligible. Elle cessait d'être le petit génie maladroit pour devenir une femme comme les autres, avec un cœur à prendre, un ventre à ensemencer, un appartement à décorer.

Très vite, Madame mère et Iris avaient été déçues : Antoine ne ferait jamais l'affaire. Sa raie était trop nette – aucun charme –, ses chaussettes trop courtes – aucune classe –, son salaire insuffisant et de provenance douteuse – vendre des fusils, c'est infâmant ! – et surtout, surtout, il était si intimidé par sa belle-famille qu'il se mettait à transpirer abondamment en leur présence. Pas une sudation légère qui aurait dessiné de délicates auréoles sous les aisselles, mais une abondante suée qui trempait sa chemise et le forçait à s'éclipser pour aller s'essorer. Un handicap manifeste qui ne pouvait passer inaperçu et plongeait tout le monde dans l'embarras. Cela ne lui arrivait que dans sa belle-famille. Jamais, il n'avait transpiré chez Gunman and Co. Jamais. « Ce doit être parce que tu vis presque tout le temps au grand air, tentait d'expliquer Joséphine en lui tendant la chemise de rechange qu'elle emportait à chaque réunion familiale. Tu ne pourras jamais travailler dans un bureau ! »

Joséphine eut soudain un élan de pitié envers Antoine et, oubliant la réserve qu'elle s'était promis d'adopter, elle se laissa aller et parla à Iris.

– Je viens de le mettre dehors ! Oh, Iris, qu'est-ce qu'on va devenir ?

– Antoine, tu l'as mis à la porte ? Pour de bon ?

– Je n'en pouvais plus. Il est gentil, ce n'est pas facile pour lui, c'est vrai mais... Je ne supporte plus de le voir rester à ne rien faire. J'ai peut-être manqué de courage mais...

– C'est tout, tu es sûre ? Il n'y a pas une autre raison que tu me caches...

Iris avait baissé d'un ton. Elle avait maintenant sa voix de confesseur, celle qu'elle employait quand elle voulait extirper des confidences à sa sœur. Joséphine ne pouvait rien cacher à Iris. Incapable de lui dissimuler la moindre de ses pensées, elle se rendait toujours. Pire : elle lui offrait son secret. Elle avait l'impression que c'était la seule façon d'attirer son attention, la seule façon de se faire aimer.

— Tu ne sais pas ce que c'est que de vivre avec un mari au chômage... Quand je bosse, j'en arrive à avoir mauvaise conscience. Je travaille en cachette, derrière les épluchures de pommes de terre et les casseroles.

Elle regarda la table de la cuisine et se dit qu'il fallait qu'elle la débarrasse avant que les filles ne rentrent de l'école pour déjeuner. Elle avait fait ses comptes : cela lui coûtait moins cher que la cantine.

— Je croyais qu'au bout d'un an tu te serais habituée.

- Tu es méchante !

— Excuse-moi, ma chérie. Mais tu semblais si bien en prendre ton parti. Tu le défendais toujours... Bon, qu'est-ce que tu vas faire, maintenant ?

— Je n'en ai pas la moindre idée. Je vais continuer à travailler, c'est sûr, mais il faut que je trouve quelque chose en plus... Des petits cours de français, de grammaire, d'orthographe, je ne sais pas, moi...

— Ce ne devrait pas être difficile, il y a tellement de cancres de nos jours ! À commencer par ton neveu... Alexandre est revenu hier de l'école avec un demi en dictée. Un demi ! Tu aurais vu la tête de son père... J'ai cru qu'il allait mourir étouffé !

Joséphine ne put s'empêcher de sourire. L'excellent Philippe Dupin, père d'un cancre !

— Dans son école, la maîtresse enlève trois points par faute, ça va vite !

Alexandre était le fils unique de Philippe et Iris Dupin. Dix ans, le même âge que Zoé. On les retrouvait toujours cachés sous une table en train de discuter, l'air grave et concentré ou de construire, en silence, des maquettes géantes loin des assemblées familiales. Ils correspondaient en échangeant des clins d'œil et des signes dont ils usaient comme d'un vrai langage, ce qui énervait Iris qui prédisait à son fils un décollement de la rétine ou, quand elle était très en colère, une crétinisation assurée. « Mon fils va finir idiot et bourré de tics à cause de ta fille ! » pronostiquait-elle en accusant Zoé du doigt.

– Les filles sont au courant ?

– Pas pour le moment...

– Ah... Et tu vas leur annoncer comment ?

Joséphine resta muette, grattant de l'ongle le bord de la table en Formica, formant une petite boule noire qu'elle fit gicler dans la cuisine.

Iris reprit. Elle avait encore changé de ton. Elle parlait maintenant d'une voix douce, enveloppante, une voix qui à la fois la rassura et la détendit, lui donnant envie de se remettre à pleurer.

– Je suis là, ma chérie, tu sais que je suis toujours là pour toi et que je ne te laisserai jamais tomber. Je t'aime comme moi-même et ce n'est pas peu dire !

Joséphine eut un rire étouffé. Iris pouvait être si drôle ! Jusqu'à ce qu'elle se marie, elles avaient partagé de nombreux fous rires. Et puis, elle était devenue une dame, une dame responsable et très occupée. Quelle sorte de couple formait-elle avec Philippe ? Elle ne les avait jamais surpris en train de s'abandonner, d'échanger un regard tendre ou un baiser. Ils semblaient toujours en représentation.

À ce moment-là, on sonna à la porte d'entrée et Joséphine s'interrompit.

– Ce doit être les filles... Je te laisse et je t'en supplie : pas un mot demain soir. Je n'ai pas envie que ce soit l'unique sujet de conversation !

– Entendu, à demain. Et n'oublie pas : Cric et Croc croquèrent le grand Cruc qui croyait les croquer !

Joséphine raccrocha, s'essuya les mains, enleva son tablier, son crayon dans les cheveux, tapota ses cheveux pour les faire bouffer et courut ouvrir la porte. Hortense s'engouffra la première dans l'entrée sans dire bonjour à sa mère ni même la regarder.

– Papa est là ? J'ai eu un dix-sept en expression écrite ! Avec cette salope de madame Ruffon, en plus !

– Hortense, s'il te plaît, sois polie ! C'est ton professeur de français.

– Une peau de vache, oui.

L'adolescente ne se précipita pas pour embrasser sa mère ou mordre un morceau de pain. Elle ne laissa pas tomber son cartable ni son manteau à terre, mais posa le premier et enleva le second avec la grâce distinguée d'une débutante qui abandonne son long manteau de bal au vestiaire.

– Tu n'embrasses pas maman ? demanda Joséphine en discernant avec agacement une pointe de supplication dans sa voix.

Hortense tendit une joue veloutée et douce en direction de sa mère, tout en soulevant la masse de ses cheveux auburn pour s'éventer.

– Il fait une de ces chaleurs ! Tropicale, dirait papa.

– Donne-moi un vrai baiser, chérie, supplia Joséphine perdant toute dignité.

– Maman, tu sais que je n'aime pas quand tu me colles comme ça.

Elle effleura la joue tendue de sa mère et se reprit aussitôt :

– Qu'y a-t-il pour le déjeuner ?

Elle s'approcha de la cuisinière et souleva le couvercle d'une casserole dans l'attente d'un petit plat mitonné. À quatorze ans, elle avait déjà le maintien et l'allure d'une femme. Elle portait des vêtements assez simples, mais avait retroussé les manches de son chemisier, fermé le col, ajouté une broche, ceinturé sa taille d'une large ceinture qui transformait sa tenue d'écolière en une gravure de mode. Ses cheveux cuivrés soulignaient un teint clair et ses grands yeux verts exprimaient un léger étonnement, mâtiné d'un imperceptible dédain qui tenait tout le monde à distance. S'il y avait un mot qui semblait avoir été fabriqué spécialement pour Hortense, c'était bien celui de « distance ». De qui tient-elle cette indifférence ? se demandait Joséphine chaque fois qu'elle observait sa fille. Pas de moi en tout cas. Je suis si godiche à côté de ma fille !

Elle a un goût de fer barbelé, pensa-t-elle après l'avoir embrassée. Et comme elle s'en voulait d'avoir formulé cette idée, elle l'embrassa encore, ce qui énerva l'adolescente qui se dégagea.

– Des frites et des œufs au plat...

Hortense fit la moue.

– Très peu diététique, maman. On n'a pas de grillade ?

– Non, je... Chérie, je n'ai pas pu aller chez le...

– J'ai compris. On n'a pas assez d'argent, la viande coûte cher !

– C'est que...

Joséphine n'eut pas le temps de finir sa phrase qu'une autre petite fille déboula dans la cuisine et vint se jeter contre ses jambes.

– Maman ! Maman chérie ! J'ai rencontré Max Barthillet dans l'escalier et il m'a invitée à venir voir *Peter Pan* chez lui ! Il a le DVD... Son père le lui a rapporté ! Je peux y aller, ce soir, en sortant de l'école. Je n'ai pas de travail pour demain. Dis oui, maman, dis oui !

Zoé levait un visage éperdu de confiance et d'amour vers sa mère qui ne résista pas et la serra contre elle en disant : « Mais oui, mais oui, chérie douce, ma toute belle, mon bébé... »

— Max Barthillet ? siffla Hortense. Tu la laisses aller chez lui ? Il a mon âge et il est dans la classe de Zoé ! Il n'arrête pas de redoubler, il finira garçon boucher ou plombier.

— Il n'y a pas de honte à être boucher ou plombier, protesta Joséphine. Et s'il n'est pas doué pour les études...

— Je ne voudrais pas qu'il devienne trop familier avec nous. J'aurais peur que ça se sache ! Il a vraiment mauvaise réputation avec ses pantalons trop larges, ses ceintures cloutées et ses cheveux trop longs.

— Oh, la trouillarde ! Oh, la trouillarde ! scanda Zoé. D'abord, c'est pas toi qui es invitée, c'est moi ! Hein que j'irai, hein, maman ! Parce que moi, je m'en fiche qu'il soit plombier ! Moi, même que je le trouve très beau, Max Barthillet ! On mange quoi ? Je meurs de faim.

— Des frites et des œufs au plat.

— Mmmm ! Je pourrai crever le jaune des œufs, dis, maman ? Je pourrai les écrabouillasser avec ma fourchette et mettre plein de ketchup dessus ?

Hortense haussa les épaules devant l'enthousiasme de sa petite sœur. À dix ans, Zoé avait encore des traits de bébé : des joues bien rondes, des bras potelés, des taches de rousseur sur le nez, des fossettes qui ponctuaient ses joues. Elle était ronde de partout, aimait donner des baisers vigoureux qu'elle claquait bruyamment après avoir pris son élan et plaqué l'heureux destinataire comme un pilier de rugby. Après quoi elle se blottissait contre lui et ronronnait en bouclant une mèche de cheveux châtain clair.

— Max Barthillet t'invite parce qu'il veut se rapprocher de moi, déclara Hortense en grignotant une frite du bout de ses dents blanches.

— Oh, la frimeuse ! Elle croit toujours qu'il n'y en a que pour elle. Il m'a invitée, moi et rien que moi ! Na, na, na !

Il ne t'a même pas regardée dans l'escalier ! Même pas calculée.

— La naïveté frôle parfois l'imbécillité, répliqua Hortense, toisant sa sœur.

— Ça veut dire quoi, maman, dis ?

— Ça veut dire que vous cessez de parler et que vous mangez en paix !

— Tu ne manges pas, toi ? demanda Hortense.

— Je n'ai pas faim, répondit Joséphine en s'asseyant à table avec ses filles.

— Max Barthillet, il peut toujours rêver, dit Hortense. Il n'a aucune chance. Moi, je veux un homme beau, fort, aussi sexe que Marlon Brando.

— C'est qui Marion Bardot, maman ?

— Un très grand acteur américain, chérie...

— Marlon Brando ! Il est beau, mais qu'est ce qu'il est beau ! Il a joué dans *Un tramway nommé désir*, c'est papa qui m'a emmenée voir le film... Papa dit que c'est un chef-d'œuvre du cinéma !

— Hmmm ! Elles sont délicieuses tes frites, maman chérie.

— Et au fait, papa n'est pas là ? Il est parti à un rendez-vous ? s'enquit Hortense en s'essuyant la bouche.

Le moment que Joséphine redoutait était arrivé. Elle posa les yeux sur le regard interrogateur de sa fille aînée, puis sur la tête penchée de Zoé, absorbée à tremper ses frites dans le jaune des œufs éclaboussés de ketchup. Elle allait devoir leur parler. Cela ne servait à rien de remettre à plus tard ou de mentir. Elles finiraient par apprendre la vérité. Il aurait fallu qu'elle les prenne l'une après l'autre. Hortense était si attachée à son père, elle le trouvait si « chic », si « classe », et lui se mettait en quatre pour lui plaire. Il n'avait jamais voulu qu'on évoque devant les filles le manque d'argent ni les angoisses d'un lendemain incertain. Ce n'était pas Zoé qu'il ménageait ainsi, mais sa fille aînée. Cet amour sans condition, c'était tout ce qu'il lui restait de sa splendeur passée. Hortense l'aidait à défaire ses valises quand il revenait de voyage, caressant l'étoffe des costumes, vantant la qualité des chemises, lissant de la main les cravates, les alignant une à une sur la tringle de la penderie. Tu es beau, mon papa ! Tu es beau ! Il se laissait aimer, il se laissait flatter, la prenant dans ses bras à son tour et lui glissant un petit cadeau rien que pour elle, un secret entre eux. Joséphine les avait surpris plusieurs fois dans leurs conciliabules de conspirateurs épris. Elle se sentait exclue de leur complicité. Dans leur famille, il y avait deux castes : les seigneurs, Antoine et Hortense, et les vassaux, Zoé et elle.

Elle ne pouvait plus reculer. Le regard d'Hortense s'était fait pesant, froid. Elle attendait une réponse à la question qu'elle venait de poser.

— Il est parti...

— Il revient à quelle heure ?

— Il ne revient pas... Enfin, pas ici.

Zoé avait levé la tête et, dans ses yeux, Joséphine lut qu'elle essayait de comprendre ce que sa mère avait dit mais n'y parvenait pas.

— Il est parti... pour toujours ? demanda Zoé, la bouche arrondie de stupeur.

— J'ai bien peur que oui.

— Il sera plus mon papa ?

— Mais si... bien sûr ! Mais il n'habitera plus ici, avec nous.

Joséphine avait peur, si peur. Elle aurait pu indiquer précisément où elle avait peur, mesurer la longueur, l'épaisseur, le diamètre de la barre qui lui écrasait le plexus et l'empêchait de respirer. Elle aurait aimé se nicher dans les bras de ses filles. Elle aurait aimé qu'elles s'enlacent toutes les trois et inventent une phrase magique comme celle du Grand Croc et du Grand Cric. Elle aurait aimé tant de choses, rembobiner le temps, rejouer l'air du bonheur, leur premier bébé, le retour de la maternité, le second bébé, les premières vacances à quatre, la première fêlure, la première réconciliation, le premier silence qui en dit long et qui installe le silence qui ne dit plus rien, qui fait semblant ; comprendre quand le ressort avait cassé, quand le garçon charmant qu'elle avait épousé était devenu Tonio Cortès, mari fatigué, irritable, au chômage, arrêter le temps et revenir en arrière, en arrière...

Zoé se mit à pleurer. Son visage se plissa, se tordit, devint cramoisi et des larmes jaillirent. Joséphine se pencha vers elle et la prit dans ses bras. Elle cacha son visage dans les cheveux bouclés et souples de la petite fille. Il ne fallait surtout pas qu'elle aussi se mette à pleurer. Il fallait qu'elle reste forte et déterminée. Qu'elle leur montre à toutes les deux qu'elle n'avait pas peur, qu'elle allait les protéger. Elle se mit à parler sans trembler. Elle leur répéta ce que tous les manuels de psychologie conseillent aux parents de dire quand il y a une séparation. Papa aime maman, Maman aime papa, Papa et Maman aiment Hortense et Zoé mais Papa et Maman n'arrivent plus à vivre ensemble, alors Papa et Maman se séparent. Mais Papa aimera toujours Hortense et Zoé et il sera toujours là pour elles, toujours. Elle avait l'impression qu'elle parlait de gens qu'elle ne connaissait pas.

– À mon avis, il n'est pas parti très loin, déclara Hortense d'une petite voix pincée. Quelle déchéance ! Faut-il qu'il soit perdu et qu'il ne sache plus quoi faire !

Elle soupira, reposa d'un air contrarié la frite qu'elle était sur le point de croquer et, regardant sa mère, elle ajouta :

– Ma pauvre maman, que vas-tu faire ?

Joséphine se sentit pitoyable, mais elle fut soulagée de recevoir une preuve de commisération de sa fille aînée. Elle aurait aimé qu'Hortense poursuive sa tirade et la console mais elle se reprit vite : c'était à elle de l'enlacer. Elle tendit un bras vers Hortense qui lui caressa la main à travers la table.

— Ma pauvre maman, ma pauvre maman..., soupira Hortense.

— Vous vous êtes pas disputés ? demanda Zoé, les yeux remplis d'effroi.

— Non, ma chérie, on a pris cette décision comme deux grandes personnes responsables. Papa a beaucoup de chagrin parce que papa vous aime beaucoup, beaucoup. Ce n'est pas de sa faute, tu sais... Un jour, quand tu seras plus grande, tu comprendras qu'on ne fait pas toujours ce qu'on veut dans la vie. Parfois, au lieu de décider, on subit. Depuis quelque temps papa subissait beaucoup de choses désagréables et il a préféré partir, prendre l'air pour ne pas nous imposer ses états d'âme. Quand il aura retrouvé un travail, il vous expliquera ce par quoi il est passé...

— Et il reviendra alors, dis, maman, il reviendra ?

— Ne dis pas de bêtises, Zoé, l'interrompit Hortense. Papa est parti, point barre. Et pas pour revenir, si tu veux mon avis. Quant à moi, je ne comprends pas... C'est une pouffe, rien d'autre !

Elle avait prononcé ce mot d'un air dégoûté et Joséphine comprit qu'elle savait. Elle connaissait la liaison de son père. Elle avait dû la connaître bien avant elle. Elle voulut lui parler mais, en présence de Zoé, hésita.

— Le seul problème, c'est qu'on va vraiment être pauvres maintenant... J'espère qu'il nous donnera un peu d'argent. Il doit être obligé, non ?

— Ecoute, Hortense... On n'a pas parlé de ça.

Elle s'arrêta, consciente que Zoé ne devait pas entendre la suite.

— Tu devrais aller te moucher, mon amour, et te passer de l'eau sur les yeux, conseilla-t-elle à Zoé en la soulevant de ses genoux et en la poussant hors de la cuisine.

Zoé sortit en reniflant et en traînant les pieds.

— Comment es-tu au courant ? demanda Joséphine à Hortense.

— Au courant de quoi ?

— Au courant de... cette femme.

— Enfin... maman. Tout le quartier le sait ! J'étais gênée pour toi ! Je me demandais comment tu faisais pour ne rien voir...

— Je savais mais je fermais les yeux...

Ce n'était pas vrai. Elle l'avait appris, la veille, par sa voisine de palier, Shirley, qui avait eu les mêmes arguments que sa fille « enfin, Joséphine, ouvre les yeux, merde ! T'es cocue et tu ne bronches pas ! Réveille-toi ! Même la boulangère se retient de sourire quand elle te tend ta baguette ! ».

— Qui t'a mise au courant ? insista Joséphine.

Le regard que lui lança alors Hortense la glaça. C'était un regard froid, plein du mépris de la femme qui sait envers celle qui ne sait pas, le regard d'une courtisane avertie pour une petite cruche.

— Ma pauvre maman, ouvre les yeux. T'as vu comment tu t'habilles ? Comment t'es coiffée ? Tu te laisses complètement aller. Pas étonnant qu'il soit allé voir ailleurs ! Il serait grand temps que tu quittes le Moyen Âge pour vivre à notre époque.

La même voix, le même dédain amusé, les mêmes arguments que son père. Joséphine ferma les yeux, plaqua ses deux mains sur ses oreilles et se mit à crier.

— Hortense ? je t'interdis de me parler sur ce ton... Si on vit depuis quelque temps, c'est grâce à moi justement, et au XIIᵉ siècle ! Que ça te plaise ou pas. Et je t'interdis de me regarder comme ça. Je suis ta mère, ne l'oublie jamais, ta mère ! Et tu dois... Tu ne dois pas... Tu dois me respecter.

Elle bafouillait, elle était ridicule. Une nouvelle peur l'étreignit à la gorge : elle n'arriverait jamais à élever ses deux filles, elle n'avait pas assez d'autorité, elle allait être complètement dépassée.

Quand elle rouvrit les yeux, elle aperçut Hortense qui la considérait avec curiosité comme si elle la voyait pour la première fois et ce qu'elle aperçut dans le reflet étonné des yeux de sa fille ne la réconforta pas. Elle eut terriblement honte d'avoir perdu le contrôle de ses nerfs. Je ne dois pas tout confondre, se dit-elle, c'est moi qui dois donner l'exemple maintenant elles n'ont plus que moi comme repère.

— Je suis désolée, ma chérie.

— Ce n'est pas grave, maman, ce n'est pas grave. Tu es fatiguée, à bout de nerfs. Va t'allonger un peu, tu iras mieux après...

— Merci, chérie, merci... Je vais voir ce que fait Zoé.


Une fois le déjeuner terminé, les filles reparties pour l'école, Joséphine alla frapper à la porte de Shirley, sa voisine. Déjà, elle ne supportait plus d'être seule.

C'est Gary, le fils de Shirley, qui lui ouvrit. Il avait un an de plus qu'Hortense et était dans la même classe qu'elle, mais cette dernière refusait de rentrer avec lui de l'école sous prétexte qu'il était débraillé. Elle préférait se passer de ses cours, quand elle était malade et absente, pour ne pas lui être redevable.

— Tu n'es pas à l'école ? Hortense est déjà partie.

— On n'a pas les mêmes options, moi, le lundi, je rentre à deux heures et demie... Tu veux voir ma nouvelle invention ? Regarde.

Il exhiba deux Tampax qu'il fit bouger sans que les ficelles s'emmêlent. C'était étrange : à chaque fois qu'un tampon se rapprochait de l'autre, prêt à mélanger les petits fils en coton blanc, il s'immobilisait, se mettait à osciller, puis à tourner d'abord en petits cercles puis en cercles de plus en plus grands sans que Gary ait besoin de remuer les doigts. Joséphine le regarda, étonnée.

– J'ai inventé le mouvement perpétuel sans source d'énergie polluante.

– Ça me fait penser au diabolo, dit Joséphine pour dire quelque chose. Ta maman est là ?

– Dans la cuisine. Elle est en train de ranger...

– Tu l'aides pas ?

– Elle veut pas, elle préfère que j'invente des trucs.

– Bonne chance, Gary !

– Tu m'as même pas demandé comment je faisais !

Il avait l'air déçu et brandissait les deux Tampax comme deux points d'interrogation.

– T'es pas cool...

Dans la cuisine, Shirley s'activait. Un grand tablier noué autour de la taille, elle débarrassait les assiettes, raclait les restes, les jetait à la poubelle, faisait couler l'eau à grands flots pendant que sur sa cuisinière, dans de grandes casseroles en fonte, mijotait ce qui, d'après les délicats fumets qui s'en dégageaient, devait être un lapin moutarde et un potage de légumes. Shirley était une inconditionnelle des produits naturels et frais. Elle ne mangeait aucune conserve, aucun surgelé, lisait attentivement toutes les étiquettes collées sur les yaourts et autorisait Gary à avaler un aliment chimique par semaine afin, disait-elle, de l'immuniser contre les dangers de l'alimentation moderne. Elle lavait son linge à la main et au savon de Marseille, le faisait sécher à plat sur de larges serviettes, regardait rarement la télévision, écoutait chaque après-midi la BBC, seule radio intelligente, d'après elle. C'était une femme grande, large d'épaules, avec des cheveux blonds courts et épais, de grands yeux dorés, une peau de bébé hâlée par le soleil. De dos, on l'appelait monsieur et on la bousculait, de face, on s'écartait avec déférence pour la laisser passer.

Mi-homme, mi-vamp, disait-elle en riant, je peux faire le coup de poing dans le métro et ranimer mes agresseurs en battant des cils ! Shirley était ceinture noire de jiu-jitsu.

Écossaise, elle racontait qu'elle était venue en France pour suivre les cours d'une école hôtelière et n'était plus jamais repartie. Le charme français ! Elle gagnait sa vie en donnant des leçons de chant au conservatoire de Courbevoie, des leçons particulières d'anglais à des cadres affamés de réussite, et confectionnait de délicieux gâteaux qu'elle vendait quinze euros pièce à un restaurant de Neuilly qui lui en commandait une dizaine par semaine. Et parfois, plus. Chez elle, on humait le légume qui blondit, la pâtisserie qui gonfle, le chocolat qui fond, le caramel qui cristallise, l'oignon qui dore et la poularde qui rissole. Elle élevait, seule, son fils Gary, ne parlait jamais du père de l'enfant, émettait, quand on y faisait allusion, quelques borborygmes qui indiquaient la piètre opinion qu'elle se faisait des hommes en général et de ce dernier en particulier.

— Tu sais avec quoi joue ton fils, Shirley ?

— Non...

— Avec deux Tampax !

— Ah bon... Il les met pas dans la bouche au moins ?

— Non.

— Parfait ! Au moins il ne reculera pas la première fois qu'une fille lui en mettra un sous le nez.

— Shirley !

— Joséphine, qu'est-ce qui te choque ? Il a quinze ans, ce n'est plus un bébé !

— Il n'aura plus aucune poésie, ton garçon, si tu lui dis tout, lui montres tout, lui expliques tout.

— La poésie, mon cul ! C'est juste un truc qu'on a inventé pour t'entuber. Tu connais des relations poétiques, toi ? Moi, je connais que des arnaques et des carnages.

— Shirley, tu es dure !

— Et toi, Joséphine, tu es dangereuse avec tes illusions...
Alors t'en es où ?

— J'ai l'impression de vivre à cent à l'heure depuis ce matin.
Antoine est parti. Enfin, je l'ai poussé dehors... Je l'ai dit à
ma sœur, je l'ai dit aux filles ! Mon Dieu ! Shirley, j'ai fait
une grosse bêtise, je crois.

Elle se frotta les bras de ses mains comme pour se réchauffer, malgré la chaleur de cette journée de mai. Shirley lui
tendit une chaise et lui intima l'ordre de s'asseoir.

— Tu n'es pas la première femme abandonnée du XXIe siècle !
On est un paquet ! Et je vais te dire un secret : on survit et
même, on survit très bien. Les débuts sont difficiles, c'est
vrai, mais après, on ne peut plus s'en passer d'être toute seule.
On boute le mâle dehors une fois qu'il nous a remplies,
comme les femelles dans le règne animal. C'est un vrai régal !
Moi, parfois, il me vient l'envie de me cuisiner des petits
dîners à la chandelle, rien que pour moi et moi...

— J'en suis pas là...

— Je vois bien. Allez, raconte... Depuis le temps que ça
devait arriver ! Gary, c'est bientôt l'heure de partir à l'école,
tu t'es lavé les dents ? Tout le monde le savait sauf toi. C'était
indécent.

— C'est ce que m'a dit Hortense... Tu te rends compte ?
Ma fille de quatorze ans savait ce que moi j'ignorais ! Je devais
passer pour une abrutie, en plus d'être cocue. Mais je vais te
dire, maintenant je m'en fiche et je me demande même si je
n'aurais pas préféré ne rien savoir du tout...

— Tu m'en veux de t'avoir parlé ?

Joséphine contempla le visage si pur, si doux de son amie,
les minuscules taches de son sur le nez court et légèrement
retroussé, les yeux miel brûlés de vert étirés en masque et
secoua lentement la tête.

— Je ne pourrai jamais t'en vouloir. Il n'y aucune malice en toi. Tu dois être la personne la plus gentille au monde. Et puis cette fille, Mylène, elle n'y est pour rien ! Et lui, s'il avait continué à travailler, il ne l'aurait même pas regardée. C'est... ce qui est arrivé dans son boulot, le fait d'être laissé sur le bord de la route à quarante ans, c'est pas humain, ça !

— Arrête, Jo. Tu es en train de t'attendrir. Bientôt, ça va être de ta faute !

— En tous les cas, c'est moi qui l'ai mis à la porte. Je m'en veux, Shirley. J'aurais dû avoir plus de compréhension, plus de tolérance...

— Jo, tu mélanges tout. Si c'est arrivé aujourd'hui, c'est que ça devait arriver... qu'il valait mieux en finir avant que vous ne puissiez plus vous supporter ! Allez, reprends-toi... *Chin up !*

Joséphine hocha la tête, incapable d'articuler un mot.

— Regardez-moi cette femme exceptionnelle : elle est sur le point de mourir de trouille parce qu'un homme l'a quittée ! Allez, un petit café, une grosse barre de chocolat et tu verras, tout ira mieux.

— Je ne crois pas, Shirley. J'ai si peur ! Qu'est ce qu'on va devenir ? Je n'ai jamais vécu seule. Jamais ! Je n'y arriverai pas. Et les filles ? Va falloir que je les élève sans leur père pour m'aider... J'ai si peu d'autorité.

Shirley s'immobilisa, s'approcha de son amie et, la prenant par les épaules, la força à la regarder.

— Jo, dis-moi exactement ce qui te fait peur ? Quand on a peur, il faut toujours regarder sa peur en face et lui donner un nom. Sinon, elle vous écrase et vous emporte comme une vague scélérate...

— Non, pas maintenant ! Laisse-moi... J'ai pas envie de réfléchir.

— Si, dis-moi exactement ce qui te fait peur...

46

— Tu ne m'avais pas parlé d'un café et d'un carré de chocolat ?

Shirley sourit et tourna la tête vers la cafetière.

— Okay... mais tu ne t'en tireras pas comme ça.

— Shirley, tu mesures combien exactement ?

— Un mètre soixante-dix-neuf, mais n'essaie pas de changer de conversation... je te fais de l'arabica ou du mozambique ?

— Ce que tu veux... je m'en fiche.

Shirley sortit un paquet de café, un moulin en bois, le remplit, s'assit sur un tabouret, cala le moulin entre ses longues cuisses et se mit à tourner d'un geste régulier sans lâcher son amie des yeux. Elle disait que moudre le grain à la main revenait à moudre ses pensées.

— Je te trouve si jolie assise comme ça, en tablier et...

— Pas de fuite dans les compliments.

— Et je me trouve si moche.

— Ce n'est pas ça qui te fait peur tout de même ?

— Qui t'a appris à être si directe, ta mère ?

— La vie... on gagne du temps. Mais tu triches encore... T'arrêtes pas d'éviter le sujet.

Alors Joséphine releva les yeux vers Shirley et, serrant ses poings entre ses cuisses, elle se mit à parler, parler à toute vitesse, en bafouillant, en se reprenant, en répétant toujours la même chose.

— J'ai peur, j'ai peur de tout, je suis une boule de peur... Je voudrais mourir, là, tout de suite, et ne plus avoir à m'occuper de quoi que ce soit.

Shirley la contempla un long moment, l'encourageant de ses yeux qui disaient : allez, allez, vas-y, précise.

— J'ai peur de ne pas y arriver, j'ai peur de finir sous les ponts, j'ai peur d'être expulsée, j'ai peur de ne plus jamais aimer, j'ai peur de perdre mon boulot, j'ai peur de ne plus avoir la moindre idée, j'ai peur de vieillir, j'ai peur de grossir, j'ai peur de mourir toute seule, j'ai peur de ne plus jamais rire, j'ai peur du cancer du sein, j'ai peur du lendemain...

Allez, allez, disait le regard de Shirley en entraînant le moulin à café, vide l'abcès, dis-moi ta plus grosse peur... celle qui te paralyse et t'empêche de grandir, de devenir la Jo magnifique, imbattable sur le Moyen Âge et les cathédrales, les seigneurs et les châteaux forts, les serfs et les commerçants, les dames et les demoiselles, les clercs et les prélats, les sorcières et les gibets, celle qui raconte si bien le Moyen Âge que, parfois, j'ai envie d'y retourner... Je sens un manque, une blessure, un affolement en toi qui te rendent bancale, et te courbent le dos. Je t'observe depuis sept ans que nous habitons sur le même palier, que tu viens prendre des cafés et papoter quand il n'est pas là...

— Allez, murmura Shirley, vide ton sac.

— Je me trouve moche, si moche. Je me dis que jamais plus un homme ne tombera amoureux de moi. Je suis grosse, je sais pas m'habiller, je sais pas me coiffer... Et je vais devenir de plus en plus vieille.

— Ça, c'est pour tout le monde pareil.

— Non, moi, ça va aller deux fois plus vite. Parce que, tu vois, je ne fais plus d'efforts, je me laisse aller. Je le sais bien...

— Et qui t'a mis ces idées noires dans la tête ? Lui, avant de partir ?

Joséphine secoua la tête en reniflant.

— J'ai pas besoin qu'on m'aide. J'ai qu'à me regarder dans une glace.

— Et quoi encore ? Qu'est-ce qui te fait le plus peur au monde ? Qu'est-ce qui te paraît impossible à affronter ?

Joséphine leva vers Shirley un regard interrogateur.

— Tu ne le sais pas ?

Joséphine fit non de la tête. Shirley la regarda longuement au fond des yeux puis soupira :

48

— C'est quand tu auras identifié cette peur-là, cette peur à l'origine de toutes les autres, que tu n'auras plus peur du tout et que tu deviendras enfin toi-même.

— Shirley, tu parles comme une prédicatrice...

— Ou une sorcière. Au Moyen Âge, on m'aurait brûlée !

Et c'était, il est vrai, un spectacle étrange que ces deux femmes dans la cuisine au milieu des casseroles qui fumaient, des couvercles qui tressautaient, l'une, les reins ceints d'un large tablier, le dos droit, serrant un moulin à café entre ses longues cuisses, et l'autre chiffonnée, rouge, enroulée sur elle-même, se recroquevillant au fur et à mesure qu'elle parlait... pour ne plus parler du tout, et finir par s'effondrer sur la table et pleurer, pleurer pendant que l'autre la regardait, navrée, puis étendait une main et lui caressait la tête comme on fait à un bébé pour le rassurer.

— Tu fais quoi ce soir ? demanda Bérengère Clavert à Iris Dupin en repoussant le morceau de pain, loin de son assiette. Parce que si tu es libre, on pourrait aller ensemble au vernissage de Marc

— J'ai un dîner de famille à la maison. C'est ce soir le vernissage de Marc ? Je croyais que c'était la semaine prochaine...

Elles s'étaient retrouvées dans ce restaurant à la mode comme elles le faisaient chaque semaine. Autant pour se parler que pour suivre l'actualité en train de se faire et se défaire sous leurs yeux. Des hommes politiques qui se chuchotaient des informations, une starlette qui agitait ses lourds cheveux pour impressionner un metteur en scène, un, deux, trois mannequins extraplates dont les hanches venaient cogner contre la table, un vieil habitué, seul, attablé, qui, tel un crocodile dans le marigot, guettait le ragot à mastiquer.

Bérengère avait repris le morceau de pain et l'évidait en le creusant à petits coups d'index impatients.

– Tout le monde m'attend au tournant. Chaque regard posé sur moi va être un pouls qu'on prendra pour tâter l'humeur de la bête. Ils vont rien dire, je les connais. Trop bien élevés ! Mais dans leurs yeux je lirai en morse : Comment elle va, la petite Clavert ? Pas trop triste de s'être fait larguer ? Prête à s'ouvrir les veines ? Marc paradera au bras de sa nouvelle copine... Et moi je serai malade. D'humiliation, de rage, d'amour et de jalousie.

– Je ne te savais pas capable de tant de sentiments.

Bérengère haussa les épaules. La rupture avec Marc avait été, quoi qu'elle en dise, suffisamment douloureuse pour ne pas y ajouter les épines d'une humiliation publique.

– Je les connais, tu sais. Ils vont être à l'affût ! Et je vais me ridiculiser...

– T'as qu'à prendre l'air dégagé et on te laissera tranquille. Tu sais si bien avoir l'air méchant, ma chérie. Tu n'auras aucun effort à faire !

– Comment peux-tu dire ça ?

– Parce que tu ne me feras pas confondre amour-propre et amour. Tu es vexée, mais pas blessée...

Bérengère écrasa la mie de pain sous son index droit, l'aplatit d'un coup sec puis la fit rouler jusqu'à ce qu'elle devienne un long serpent qui noircissait en se tortillant sur la nappe blanche ; puis, relevant brusquement la tête, elle jeta un regard de femelle meurtrie à son amie qui s'était baissée pour attraper le téléphone qui sonnait dans son sac.

Bérengère hésita entre répandre des larmes sur son propre sort ou riposter. Iris reposa l'appareil qui avait cessé de sonner et lui lança un coup d'œil ironique. Bérengère choisit de riposter. En se rendant à ce déjeuner, elle s'était promis de ne rien dire, de préserver son amie de la rumeur persistante qui courait dans Paris, mais Iris venait de la blesser avec une telle désinvolture, un tel mépris, qu'elle ne lui laissait plus le choix : elle allait frapper. Revanche ! Revanche ! criait tout son être. Après tout, se dit-elle pour achever de se convaincre, il vaut mieux qu'elle l'apprenne de ma bouche, tout Paris en parle et elle ne sait rien.

Ce n'était pas la première fois qu'Iris la blessait. C'était même de plus en plus fréquent. Bérengère ne supportait plus la cruauté distraite d'Iris qui lui balançait ses quatre vérités comme on balance la règle de trois à un cancre. Elle avait perdu son amant, certes, s'ennuyait avec son mari, c'était sûr, était embarrassée de ses quatre enfants, c'était fâcheux, raffolait des potins et des médisances, c'était évident, mais elle refusait de se laisser harceler sans broncher. Elle décida néanmoins de prendre son temps avant de décocher sa première flèche, posa les coudes sur la table, le menton sur ses mains, et dans un large sourire fit remarquer :

— Ce n'est pas très gentil ce que tu viens de dire.

— Peut-être pas gentil mais strictement exact, non ? Tu veux que je fasse semblant, que je te mente ? Que je te plaigne, aussi ?

Elle parlait d'une voix monocorde et lasse. Bérengère attaqua, mielleuse.

— Tout le monde ne peut pas avoir, comme toi, un mari beau, intelligent et riche ! Si Jacques ressemblait à Philippe, je n'aurais pas la moindre envie de faire des écarts. Je serais fidèle, belle, bonne... Et sereine !

— La sérénité n'engendre pas le désir, tu devrais le savoir. Ce sont deux notions totalement étrangères l'une à l'autre. On peut être sereine avec son mari et brûlante avec son amant...

— Parce que... tu as un amant, toi ?

La surprise déclenchée par la réponse d'Iris avait précipité, chez Bérengère, cette interrogation crue et directe. Iris la dévisagea, surprise. Bérengère l'avait habituée à plus de subtilité. Elle fut si choquée qu'elle recula dans sa chaise et répondit sans réfléchir :

— Et pourquoi pas ?

En une fraction de seconde, Bérengère s'était redressée et penchait vers Iris des yeux rétrécis en deux fentes brûlantes de curiosité ; ses lèvres se retroussèrent, prêtes à déguster le divin potin. Iris la regarda et remarqua que l'extrémité de la bouche se relevait sur le côté gauche. Car la femme juge impitoyablement le physique d'une autre femme, fût-elle son amie. Rien ne lui échappe et elle guette chez l'autre les signes d'un déclin qu'elle subit. Iris s'était toujours dit que ce regard-là était le ciment le plus solide de l'amitié féminine : quel âge a-t-elle ? plus jeune, plus vieille ? de combien ? Tous ces calculs rapides, furtifs, faits et refaits entre deux bouchées, deux propos, pour se rassurer ou au contraire se désoler, établissaient des connivences silencieuses et des solidarités tacites.

— Tu t'es fait gonfler les lèvres ?

— Non... Mais dis-moi... Dis-moi...

Bérengère ne pouvait plus attendre, elle suppliait, trépignait presque, toute son attitude semblait dire : Je suis ta meilleure amie, tu me dois la primeur de l'information. Cette impatience provoqua un léger dégoût chez Iris qui tenta de le dissiper en pensant à autre chose. Son regard retomba sur l'arc de la bouche, renflé sur le côté.

— Alors pourquoi ça rebique ?

Elle posa le doigt sur la commissure gauche des lèvres de Bérengère et tapota le léger renflement. Bérengère, agacée, secoua la tête pour se dégager.

— Je te jure que ça fait bizarre, là, sur la gauche, tu as la lèvre qui remonte. Ou alors c'est la curiosité qui te déforme la bouche... Tu t'ennuies tant que ça pour happer le moindre potin et en faire un festin ?

– Arrête d'être méchante !

– Rassure-toi, je ne t'arriverai jamais à la cheville.

Bérengère se rejeta au fond de sa chaise et fixa la porte d'entrée, d'un air dégagé. Il y avait un monde fou dans ce restaurant, mais pas un seul visage connu. Pouvoir mettre un nom sur une chevelure ou un profil la rassurait, mais, ce jour-là, pas le moindre nom familier à laisser tomber dans l'escarcelle de sa curiosité. Est-ce moi ou cet endroit qui est passé de mode ? se demanda-t-elle en étreignant les accoudoirs de la chaise dont le dossier lui meurtrissait le dos.

– Je comprendrais très bien que tu aies besoin de... compagnie. Tu es mariée depuis si longtemps... Le désir ne résiste pas au brossage de dents quotidien coude à coude dans la salle de bains...

– Détrompe-toi, nos coudes forniquent encore assez souvent.

Bérengère haussa les épaules.

– Impossible... Pas après des années de mariage.

Et, pensa-t-elle, pas après ce que je viens d'apprendre !

Elle hésita un instant puis, d'une voix rauque et sourde qui intrigua Iris, ajouta :

– Tu sais ce qu'on murmure à Paris au sujet de ton mari ?

– Je n'en crois rien.

– Moi, non plus d'ailleurs. C'est énorme !

Bérengère secoua la tête comme si elle n'en revenait pas. Elle secoua la tête pour étirer un peu plus le temps et l'attente de son amie. Elle secoua la tête, enfin, pour savourer encore une fois la douceur du poison qu'elle instillait. En face d'elle, Iris ne bronchait pas. Ses longs doigts aux ongles rouges jouaient avec un pli de la nappe blanche et c'était bien la seule manifestation de ce qui pouvait ressembler à de l'impatience. Bérengère eût aimé qu'Iris la relance, mais elle se rappela que ce n'était pas du tout dans la façon d'être de son amie. La grande force d'Iris résidait dans une inertie proche de l'indifférence absolue, comme si rien, jamais, ne pouvait l'atteindre.

— On dit... Tu veux savoir ?

— Si ça t'amuse.

Il y avait dans les yeux de Bérengère une lueur de joie contenue sur le point d'éclater. Ce doit être sérieux, pensa Iris, elle ne se mettrait pas dans cet état-là pour une rumeur sans importance. Et dire qu'elle se prétend mon amie. Dans quel lit va-t-elle précipiter Philippe ? Philippe est un homme que les femmes guignent : beau, brillant, bourré d'argent. Les 3 B, d'après Bérengère. Barbant aussi, ajouta Iris en jouant avec son couteau. Mais il faut vivre avec lui pour le savoir. Et elle était la seule à partager le quotidien assommant de ce mari si convoité. C'est drôle, cette amitié qui consiste à ne pas ménager la personne que l'on aime, à débusquer l'endroit où ça fait mal pour enfoncer le pieu fatal.

Elles se connaissaient depuis longtemps. Intimité cruelle de deux femmes qui se jaugeaient sans pouvoir se passer l'une de l'autre. Amitié tour à tour hargneuse et tendre, où chacune soupesait l'autre, prête à mordre ou à panser la plaie. Selon son humeur. Et l'importance du danger. Car, se dit Iris, s'il m'arrivait quelque chose de grave, Bérengère serait à mes côtés. Rivales tant qu'elles avaient des griffes et des dents pour mordre, unies si l'une d'elles venait à vaciller.

— Tu veux savoir ?

— Je m'attends au pire, articula Iris avec une ironie amusée.

— Oh, tu sais, c'est sûrement n'importe quoi...

— Dépêche-toi, bientôt j'aurai oublié de qui on parle et ce sera beaucoup moins drôle.

Plus Bérengère tardait à parler, plus Iris se sentait mal à l'aise car cette précaution oratoire signifiait, à n'en pas douter, que l'information valait son pesant d'or. Sinon Bérengère l'aurait énoncée sans hésiter, éclatant de rire devant l'énormité de la fausse nouvelle. Or elle prenait son temps.

– On dit que Philippe a une liaison sérieuse et... spéciale. C'est ce que m'a dit Agnès ce matin.

– Cette peste ! Tu la vois encore ?

– Elle m'appelle de temps en temps...

Elles s'appelaient chaque matin.

– Mais, tu sais... elle dit n'importe quoi.

– S'il y en a une qui est bien renseignée, c'est elle.

– Et puis-je savoir avec qui Philippe batifole ?

– C'est là que le bât blesse...

– Et que ça devient sérieux ?

Le visage de Bérengère se fronça comme le minois d'un pékinois dégoûté.

– Sérieux au point que...

Bérengère hocha la tête.

– Et c'est pour ça que tu as la gentillesse de me prévenir...

– De toute façon, tu l'aurais su et, à mon avis, il vaut mieux que tu sois préparée pour faire face...

Iris serra ses bras contre sa poitrine et attendit.

– Vous me donnerez l'addition, demanda-t-elle au garçon qui passait près de leur table.

Elle allait l'inviter, impériale et magnanime. Elle aimait l'élégance glacée d'André Chénier montant vers l'échafaud et cornant la page du livre qu'il était en train de lire.

Elle paya puis attendit.

Bérengère se tortillait de gêne. Elle aurait voulu reprendre ses mots. Elle s'en voulait de s'être laissée aller à cancaner. Son plaisir avait été de courte durée, mais les dégâts, elle le prévoyait, seraient longs à effacer. C'était plus fort qu'elle : il fallait qu'elle crache son venin. Faire mal lui faisait du bien. Parfois, elle se promettait de résister, de ne pas médire, elle tenait et retenait sa langue. Elle pouvait chronométrer son temps de résistance. Comme les plongeurs en apnée. Elle ne tenait pas très longtemps.

— Oh, Iris, je suis si désolée... Je n'aurais pas dû... Je m'en veux.

— Tu ne crois pas que c'est un peu tard ? répondit Iris, glaciale, en regardant sa montre. Je suis désolée mais, si tu continues à jouer les prolongations, je ne vais pas pouvoir attendre plus longtemps.

— Ben voilà... On dit qu'il sort avec... un... un...

Bérengère la fixait, désespérée.

— Un... un...

— Bérengère, arrête de bégayer ! Un quoi ?

— Un jeune avocat qui travaille avec lui..., débita Bérengère à toute allure.

Il y eut un instant de silence puis Iris toisa Bérengère.

— C'est original, dit-elle d'une voix qu'elle s'efforça de garder neutre. Je ne m'y attendais pas... Merci, grâce à toi je vais être un peu moins stupide.

Elle se leva, attrapa son sac, enfila ses gants en ficelle rose très fine, enfonçant chaque doigt avec soin comme si chaque intervalle correspondait à une étape de sa pensée, puis, se rappelant soudain qui les lui avait offerts, elle les ôta et les posa sur la table devant Bérengère.

Et sortit.

Elle n'avait oublié ni la lettre de l'allée ni le numéro de sa place de parking et se glissa dans sa voiture. Elle resta ainsi un moment. Droite par bonne éducation, raide par orgueil et immobile, foudroyée par une douleur qu'elle ne ressentait pas encore mais qu'elle devinait imminente. Elle ne souffrait pas, elle était égarée. Éparpillée en mille morceaux, comme si une bombe avait explosé en elle. Elle demeura dix minutes sans bouger. Sans réfléchir. Insensible. Se demandant ce qu'il fallait réellement en penser, ce qu'elle éprouvait réellement.

Au bout de dix minutes, elle sentit, étonnée, son nez frémir, sa bouche trembler et deux grosses larmes perler à l'angle de ses grands yeux bleus. Elle les écrasa, renifla et mit le contact.

Marcel Grobz étendit le bras à travers le lit pour ramener à lui le corps de sa maîtresse, qui s'était écartée d'un vigoureux coup de reins et lui tournait le dos de façon ostensible.

– Arrête, Choupette, me boude pas. Tu sais bien que je supporte pas.

– Je te parle d'un truc hyper-important et tu m'écoutes pas.

– Mais si... Mais si... Allez, viens... Je te promets que je t'écoute.

Josiane Lambert se détendit et roula son déshabillé en dentelles mauve et rose contre le corps majestueux de son amant. Son large ventre débordait sur ses hanches, des poils roux ornaient sa poitrine et une couronne de cheveux blond-roux son crâne chauve. Ce n'était pas une jeunesse, Marcel, mais ses yeux bleu vif, malins, perçants le rajeunissaient considérablement. « Tes mirettes ont vingt ans », lui chantonnait Josiane dans l'oreille après l'amour.

– Pousse-toi, tu prends toute la place. T'as grossi, t'as du gras partout ! dit-elle en lui pinçant la taille.

– Trop de repas d'affaires en ce moment. Les temps sont durs. Faut convaincre, et pour convaincre il faut endormir la méfiance de l'autre, le faire bouffer et picoler et... bouffer et picoler !

– Bon ! Je vais te servir un verre et tu m'écouteras.

– Reste là, Choupette ! Allez... Je t'écoute. Vas-y !

– Alors voilà...

Elle avait rabattu le drap juste en dessous de ses larges seins blancs veinés de violet délicat et Marcel avait du mal à détacher les yeux de ces deux globes qu'il tétait avidement quelques instants auparavant.

– Il faut engager Chaval, lui donner des responsabilités et de l'importance.

– Bruno Chaval ?

– Oui.

– Et pourquoi ? T'es amoureuse de lui ?

Josiane Lambert gloussa de ce rire profond et rauque qui le rendait fou et son menton disparut dans trois colliers de gras autour du cou qui se mirent à trembler comme de la gelée anglaise.

– Mmmm ! Qu'est-ce que j'aime ton cou..., rugit Marcel Grobz en plongeant son nez dans l'un des cercles flasques du col de sa maîtresse. Tu sais ce qu'un vampire dit à la femme dont il vient de sucer le cou...

– Aucune idée, répondit Josiane qui tenait plus que tout à poursuivre son raisonnement et supportait mal qu'il l'interrompît.

– Merci beaucoup.

– Merci beaucoup quoi ?

– Merci beau cou...

– Ah, très drôle ! Très très drôle ! C'est fini les calembours et les histoires vaseuses ? Je peux parler ?

Marcel Grobz prit un air contrit.

– Je le ferai plus, Choupette.

– Donc je te disais...

Et comme son amant replongeait une fois de plus dans un des nombreux plis de son corps voluptueux :

– Marcel, si tu continues je fais la grève. Je t'interdis de me toucher pendant quarante jours, quarante nuits ! Et cette fois-ci je te promets que je tiendrai bon.

La dernière fois, il avait dû, pour rompre la quarantaine, lui offrir un collier de trente et une perles de culture des mers du Sud, avec un fermoir boule pavé de diamants brillantés et une monture en platine. « Avec un certificat, avait exigé Josiane, ce n'est qu'à cette condition que je rendrai les armes et te laisserai poser tes grosses pattes sur moi ! »

Marcel Grobz était fou du corps de Josiane Lambert.

Marcel Grobz était fou du cerveau de Josiane Lambert.

Marcel Grobz était fou du bon sens paysan de Josiane Lambert.

Il consentit donc à l'écouter.

– Il faut engager Chaval sinon il va aller à la concurrence.

– Il n'y a presque plus de concurrents, je les ai tous mangés !

– Détrompe-toi, Marcel. Tu les as estourbis, d'accord, mais ils peuvent se réveiller un beau jour et t'estourbir à leur tour. Surtout si Chaval leur donne un coup de main... Allez... sérieux ! Écoute-moi !

Elle était maintenant tout à fait redressée, le buste ceint d'un drap rose, les sourcils froncés et la mine sérieuse. Elle avait l'air aussi sérieux dans les affaires que dans le plaisir. C'était une femme qui ne trichait jamais.

– C'est très simple : Chaval est un excellent comptable doublé d'un excellent vendeur. Je détesterais te voir un jour en position de rivalité avec un homme qui allie à la perfection ces deux qualités : l'habileté du vendeur et la rigueur financière du comptable. Le premier gagne de l'argent avec les clients et le second le rentabilise au maximum. Or la plupart des gens ne possèdent qu'un seul de ces deux talents...

Marcel Grobz s'était à son tour redressé sur un coude et, attentif, écoutait sa maîtresse.

– Les commerciaux savent vendre, mais maîtrisent rarement les aspects financiers plus subtils de la transaction : le mode de paiement, les échéances, les frais de livraison, les réductions consenties. Toi-même, si je n'étais pas là, tu serais bien en peine de...

— Tu sais très bien que je ne peux plus vivre sans toi, Choupette.

— C'est ce que tu prétends. J'aimerais un peu plus de preuves tangibles.

— C'est parce que je suis un très mauvais comptable.

Josiane eut un sourire qui montrait qu'elle n'était pas dupe de cette dérobade, et reprit son raisonnement.

— Et pourtant, ce sont justement ces faits précis, ces aspects financiers, qui font toute la différence entre une marge à trois chiffres, à deux chiffres ou à zéro chiffre !

Marcel Grobz était maintenant assis, torse nu, la tête appuyée contre les barreaux du lit en cuivre, et il poursuivait seul et tout haut le raisonnement de sa maîtresse.

— Ça voudrait dire, Choupette, qu'avant que Chaval ne comprenne tout ça, avant qu'il ne se dresse contre moi et me menace...

— Engageons-le !

— Et on le met où ?

— À la tête de l'entreprise et, pendant qu'il la fait fructifier, nous, on se diversifie, on développe d'autres lignes... En ce moment, tu n'as plus le temps d'anticiper. Tu n'agis plus, tu réagis. Or, ton vrai talent est de respirer ton temps, de le renifler, de prévoir ce dont les gens vont avoir envie... Nous engageons Chaval, nous le laissons s'échiner sur les épines du présent et nous voguons sur l'écume de demain ! Pas mal, non ?

Marcel Grobz dressa l'oreille. C'était la première fois qu'elle disait « nous » en parlant de l'entreprise. Et elle l'avait dit plusieurs fois de suite. Il s'écarta pour l'observer ; elle s'exprimait, le visage rouge, l'air concentré, et ses sourcils se rejoignaient en un V profond et hérissé de poils blonds. Il se fit la réflexion que cette femme, cette maîtresse idéale qui ne reculait devant aucune gâterie sexuelle et possédait tous les talents, avait, depuis quelques minutes, toutes les ambitions. Ça me change de ma femme qui me fait des pipes avec une paille, et encore à chaque fois qu'on élit un nouveau pape ! J'ai beau lui appuyer sur la nuque, elle y va pas. Josiane, elle, y allait franco. À grands coups de reins, à grands coups de langue, à grands coups de nichons, elle l'envoyait aux anges, lui faisait crier maman, le faisait rebondir de baiser en baiser, le léchait, le caressait, le serrait entre ses cuisses vigoureuses et, lorsque le dernier spasme venait à mourir sur ses lèvres, elle le recueillait doucement entre ses bras, l'apaisait, le ragaillardissait avec une fine analyse de la vie de l'entreprise avant de l'expédier à nouveau au ciel de lit. Quelle femme ! se dit-il. Quelle maîtresse ! Généreuse. Affamée. Douce au plaisir, dure au travail. Blanche, laiteuse, voluptueuse, à se demander où elle planque les os de son squelette !

Josiane travaillait pour lui depuis quinze ans. Elle avait échoué dans son lit peu après s'être fait engager comme secrétaire. Petite femme efflanquée et triste quand elle était entrée dans l'entreprise, elle avait prospéré sous sa férule. Elle possédait, comme seul diplôme, celui d'une école minable où on lui avait appris la dactylographie et l'orthographe – et encore... l'orthographe sans fioriture – et un CV chaotique d'où il ressortait qu'elle ne restait pas longtemps dans un emploi. Marcel avait décidé de lui faire confiance. Il y avait dans cette petite femme qui se tenait devant lui quelque chose de sournois, de buté qui lui plaisait sans qu'il sache pourquoi. Elle était tout en dents et en arêtes. Elle pourrait aussi bien se montrer une alliée qu'une adversaire redoutable. C'est pile ou face, s'était dit Marcel. Il était joueur, il l'engagea. Elle venait du même milieu que lui. La vie l'avait formée à coups de baffes, de brutes qui s'étaient collées contre elle, l'avaient tripotée, enfournée sans qu'elle ait eu le droit de se défendre. Marcel avait vite compris, à la regarder, qu'elle ne demandait, comme lui, qu'à se dépêtrer de ce bourbier. « Mon salaire pleure misère, va falloir lui rendre le sourire », lui avait-elle déclaré neuf mois après avoir débuté. Il avait obtempéré et mieux : il en avait fait une odalisque rusée et avisée, débordante de chair et d'intelligence. Peu à peu elle avait éliminé toutes ses maîtresses, celles qui le consolaient de la triste compagnie conjugale. Il ne le regrettait pas. Il ne s'ennuyait jamais avec Josiane. Ce qu'il regrettait, c'était d'avoir épousé Henriette. Le Cure-dents constipé. La peine-à-jouir mais prompte-à-dépenser, qui pompait allégrement son fric sans jamais rien donner ni de son corps ni de son cœur. Mais qu'est-ce que j'ai été con de l'épouser ! J'ai cru que j'allais m'élever socialement. Tu parles d'un ascenseur ! Elle n'a jamais dépassé le rez-de-chaussée.

— Marcel, tu m'écoutes ?

— Mais oui, Choupette.

— Fini le temps des spécialistes ! Les entreprises en débordent. Il nous faut à nouveau des généralistes, des généralistes géniaux. Et ce Chaval est un généraliste génial !

Marcel Grobz sourit.

— Je suis moi-même un généraliste génial, je te rappelle.

— C'est pour ça que je t'aime, Marcel !

— Parle-moi de lui...

Et pendant que Josiane déroulait la vie et la carrière de cet employé qu'il avait à peine remarqué, Marcel Grobz revivait la sienne. Des parents juifs, émigrés polonais, qui s'installent à Paris dans le quartier de la Bastille, le père tailleur, la mère blanchisseuse. Huit enfants. Dans deux pièces. Peu de câlins, beaucoup de baffes. Peu de douceurs, beaucoup de pain sec. Marcel avait grandi tout seul. Il s'était inscrit dans une obscure école de chimie, pour obtenir un diplôme, et avait trouvé son premier emploi dans une entreprise de bougies.

C'est là qu'il avait tout appris. Le patron sans enfants l'avait pris en sympathie. Il lui avait avancé de l'argent pour qu'il rachète une première entreprise en difficulté. Puis une deuxième... Ils en parlaient tous les deux, le soir, quand la boutique était fermée. Il le conseillait, l'encourageait. C'est ainsi que Marcel était devenu « liquidateur d'entreprises ». Il n'aimait pas beaucoup ce mot, mais il aimait racheter des affaires moribondes qu'il redressait avec son savoir-faire et sa puissance de travail. Il racontait qu'il s'endormait souvent à la bougie et se réveillait avant qu'elle ne soit consumée. Il racontait aussi que toutes ses idées, il les avait eues en marchant. Il arpentait les rues de Paris, observait les petits commerçants derrière leur caisse, les devantures, les marchandises qui débordaient sur les trottoirs. Il écoutait les gens parler, grogner, gémir et il en déduisait leurs rêves, leurs besoins, leurs désirs. Longtemps avant tout le monde, il avait senti venir l'envie de se replier chez soi, la peur de l'extérieur, de l'étranger, « le monde devient trop dur, les gens ont envie de se recroqueviller chez eux, dans leur maison, autour d'accessoires comme une bougie, un set de table, une assiette ou un dessous-de-plat ». Il avait décidé de concentrer tous ses efforts sur le concept de la maison. Casamia. C'était le nom de la chaîne, comprenant des magasins à Paris et en province. Une puis deux, trois, cinq, six, neuf affaires s'étaient ainsi reconverties en magasins Casamia de bougies parfumées, de décorations de table, de lampes, de canapés, de cadres, de parfums d'intérieur, de stores et de rideaux, d'objets pour la salle de bains, la cuisine. Le tout, à petit prix. Fabriqué à l'étranger. Il avait été parmi les premiers à monter des usines en Pologne, en Hongrie, en Chine, au Vietnam, en Inde.

Mais un jour, un jour maudit, un gros fournisseur lui avait

dit : « Ils sont très bien, vos articles, Marcel, mais dans vos boutiques, le décor manque un peu de classe ! Vous devriez engager une styliste qui donnerait une unité à vos produits, un petit je-ne-sais-quoi qui ajouterait une valeur à votre entreprise ! » Il avait mâché et remâché ces propos et, sur un coup de tête, avait engagé...

Henriette Plissonnier, veuve sèche mais racée, qui savait mieux que personne ordonner le drapé d'une étoffe ou créer un décor avec deux brins de paille, un morceau de satin et une céramique. Quelle classe ! s'était-il dit en la voyant quand elle s'était présentée à la suite de la petite annonce qu'il avait fait passer. Elle venait de perdre son mari et élevait seule ses deux gamines. Elle n'avait aucune expérience, « juste une excellente éducation et le sens inné de l'élégance, des formes et des couleurs, lui avait-elle dit en le balayant du regard. Voulez-vous que je vous le prouve, cher monsieur ? » et sans qu'il eût le temps de répondre, elle avait déplacé deux vases, déroulé un tapis, retroussé un rideau, changé trois babioles sur son bureau qui, soudain, avait eu l'air de trôner dans une revue de décoration. Puis elle s'était rassise et avait souri, satisfaite. Il l'avait engagée d'abord comme accessoiriste, puis l'avait promue décoratrice. Elle lui faisait ses vitrines, s'occupait de mettre en valeur la promotion du mois – flûtes à champagne, gants de cuisine, tabliers, lampes, abat-jour, photophores –, participait à la sélection des commandes, lançait la « note » de la saison, saison bleue, saison fauve, saison blanche, saison dorée... Il était tombé amoureux de cette femme qui représentait un monde inaccessible pour lui.

Au premier baiser, il crut effleurer une étoile.

Lors de leur première nuit ensemble, il la photographia avec un Polaroid pendant qu'elle dormait et glissa le cliché dans son portefeuille. Elle ne le sut jamais. Pour leur premier week-end, il l'emmena à Deauville, à l'hôtel Normandy. Elle ne voulut pas sortir de la chambre. Il prit cela pour de la pudeur, ils n'étaient pas encore mariés, il comprit, plus tard, qu'elle avait eu honte de s'afficher avec lui.

Il l'avait demandée en mariage. Elle avait répondu : « Il faut que je réfléchisse, je ne suis pas seule, j'ai deux petites filles, vous le savez. » Elle s'entêtait à le vouvoyer. Elle l'avait fait attendre six mois sans jamais une allusion à sa demande, ce qui le rendait fou. Un jour, sans qu'il sache pourquoi, elle avait dit : « Vous vous souvenez de la proposition que vous m'avez faite ? Eh bien, si cela tient toujours, c'est oui. »

En trente ans de mariage, il ne l'avait jamais amenée chez ses parents. Elle les avait rencontrés une seule fois, au restaurant. À la sortie, en remettant ses gants et en cherchant des yeux la voiture avec chauffeur qu'il avait mise à sa disposition, elle lui avait simplement dit : « Dorénavant, vous les verrez de votre côté si vous voulez, mais sans moi. Je ne crois pas que ce soit nécessaire que je poursuive cette relation... »

C'est elle qui l'avait baptisé Chef. Elle trouvait Marcel commun. À présent, tout le monde l'appelait Chef. Sauf Josiane.

Sinon il était Chef. Chef qui signait les chèques. Chef qu'on installait en bout de table lorsqu'il y avait des dîners. Chef qu'on interrompait quand il parlait. Chef qui dormait à part dans une toute petite chambre, dans un tout petit lit, dans un coin de l'immense appartement.

Pourtant, on l'avait prévenu. « Tu te fourvois avec cette femme, lui avait dit René, son magasinier et son ami avec qui il buvait des verres en sortant du bureau. Elle doit pas être facile à traire ! » Il avait dû reconnaître que René avait raison. « C'est à peine si elle me laisse l'escalader. Et je te dis pas le mal que je dois me donner pour qu'elle s'incline jusqu'à Popaul, l'affamé ! Faut la tenir ferme et bien appuyer sur la nuque. Je dors souvent sur la béquille avec cette femme-là. Et

Popaul, il se la met en berne la plupart du temps. Pas question qu'elle me tripote ou me suçote. Elle fait la mijaurée. – Ben alors... Laisse-la tomber », avait dit René. Pourtant, Chef hésitait : Henriette le posait en société. « J'ai qu'à la sortir à un dîner pour que les convives me regardent différemment... Et je te jure qu'il y a des contrats que j'aurais pas signés sans elle ! – Ben moi, je louerais une professionnelle si j'étais toi ! Une pute stylée, ça existe. T'as qu'à en trouver une qui te fera de l'effet à table et au lit. Au prix que tu la paies ta légitime ! »

Marcel Grobz se tapait les cuisses de rire.

Mais il restait marié avec Henriette. Il avait fini par la nommer présidente de son conseil d'administration. Bien obligé : sinon elle boudait. Et quand Henriette boudait, d'insupportable elle devenait détestable. Il avait donc cédé. Ils s'étaient mariés avec un contrat de séparation de biens et il avait rédigé une donation en son nom. Quand il mourrait, elle hériterait de tous ses biens. Il était fait aux pattes ! Plus elle le traitait mal, plus il lui était attaché. Il lui arrivait de se dire qu'il avait pris trop de baffes, petit, et qu'il y avait pris goût ; l'amour n'était pas une denrée faite pour lui. Ça lui allait bien, comme explication.

Et puis Josiane était arrivée. L'amour était entré dans sa vie. Mais aujourd'hui, à soixante-quatre ans sonnés, c'était trop tard pour tout recommencer. S'il divorçait, Henriette réclamerait la moitié de sa fortune.

– Et ça, il n'en est pas question, protesta-t-il à haute voix.

– Mais pourquoi, Marcel ? On peut lui faire un beau contrat sans lui donner de participation ou juste une toute petite pour qu'il se sente concerné et n'ait pas envie de filer ailleurs...

– Toute petite, alors.

– Entendu.

— Putain, quelle chaleur ! J'ai les bonbons qui collent au papier. T'irais pas me chercher une petite orangeade glacée...

Elle sortit du lit dans un froufrou de dentelles froissées et de cuisses qui frottent. Elle avait encore grossi. Marcel ne put s'empêcher de sourire. Il aimait les femmes potelées.

Il tira un cigare de son étui posé sur la table de nuit, entreprit de le couper, de le rouler, de le renifler puis de l'allumer. Passa la main sur son crâne chauve. Fit une moue de chaland retors. Il faudrait qu'il se méfie de ce Chaval. Ne pas lui donner trop de pouvoir ni d'importance dans l'entreprise. Il faudrait aussi qu'il vérifie que la petite n'en pinçait pas pour lui... Dame ! À trente-huit ans, elle doit avoir envie de chair fraîche. Et d'une bonne place au premier rang. Toujours cachée, empêchée de légitimité à cause du Cure-dents, c'est pas une vie, pauvre Josiane !

— Je pourrai pas rester ce soir, Choupette. Y a ripaille chez la fille du Cure-dents !

— La pointue ou la ronde ?

— La pointue... Mais la ronde sera là. Avec ses deux filles. Dont une, je te dis pas, ce qu'elle est dégourdie. La façon dont elle me regarde. Tu veux que je te dise : elle me poinçonne, cette gamine. Je l'aime bien, elle est très classe, elle aussi...

— Tu me bassines avec ta classe, Marcel. Si t'étais pas là pour banquer, elles baveraient du râtelier, ces femelles. Elles feraient comme tout le monde, des pipes ou des ménages !

Marcel préféra ne pas engager le fer avec Josiane et lui tapota la croupe.

— Pas grave, poursuivit-elle, j'ai les feuilles de paie à terminer et j'inviterai Paulette à venir regarder un film. T'as raison, fait une de ces chaleurs ! On supporte pas son slip.

Elle lui tendit un verre d'orangeade glacée qu'il but d'un

trait puis se grattant le ventre, il émit un rot sonore et éclata de rire.

– Ah, si Henriette me voyait ! Elle en perdrait ses bas.

– Celle-là, m'en parle pas si tu veux que je reste ta petite poule au pot.

– Allez, ma doucette, te fâche pas... Tu sais bien que je la touche plus.

– Manquerait plus que ça ! Que je te trouve au lit avec la rombière !

Elle ne trouvait plus ses mots et manqua s'étouffer d'indignation.

– Cette pouffiasse, cette salope !

Elle savait qu'il aimait l'entendre insulter le Cure-dents. Ça l'excitait quand elle égrenait des injures comme on déroule un vieux chapelet. Il se mit à se tortiller sur le lit pendant qu'elle continuait de sa voix grave et rauque, « cette pimbêche au cul sec, cette duchesse jaune comme un coing, elle se bouche le nez quand elle va aux cabinets, peut-être ? Parce qu'elle a pas de trou entre les jambes, l'immaculée ? Parce qu'elle s'est jamais fait enfiler par un gros braquemart bien aiguisé qui la perce jusqu'aux dents et lui fait sauter les plombages ? ».

Celle-là, il ne l'avait jamais entendue ! Ce fut comme un coup d'épée qui lui transperça les reins, et le projeta en avant, jambes tendues, cou et nuque projetés contre le haut du lit. Il attrapa les barreaux ronds en cuivre entre ses grosses pattes velues, tendit les jambes, tendit le ventre, sentit son sexe se durcir à lui faire mal et, alors qu'elle continuait de plus en plus grasse, de plus en plus ordurière, lâchant les insultes comme on débonde des eaux usées, n'en pouvant plus il l'attrapa, la colla contre lui en jurant qu'il allait la bouffer et la bouffer encore.

Josiane se laissa tomber dans le lit en soupirant de plaisir. Elle l'aimait, son bon gros chien. Elle n'avait jamais vu d'homme aussi généreux ni aussi vigoureux. À son âge ! C'est plusieurs fois par jour qu'il remettait le couvert. Pas le genre à se satisfaire tout seul alors que l'autre compte les pattes de mouches au plafond. Parfois il lui fallait le tempérer. Elle avait peur qu'il lui claque entre les doigts avec son appétit d'ogre enragé.

— Qu'est-ce que je deviendrais si t'étais pas là, mon Marcel ?

— T'en trouverais un autre aussi gros, aussi moche, aussi bête pour te dorloter. T'es un appel à l'amour, ma tourterelle. Ils seraient légion à vouloir te pourlécher.

— Me parle pas comme ça. Ça me rend toute chose ! Je serais si morose si tu partais.

— Mais non... mais non... Allez, viens voir Popaul... Il se languit...

— T'es bien sûr que tu m'as laissé quelque chose si jamais tu...

— Si jamais je claque ? C'est ça, ma tourterelle ? Bien sûr et je peux même t'affirmer que tu seras au premier rang des servis. Je veux que tu te fasses belle, ce jour-là. Que tu alignes tes perles blanches et tes diamants. Que tu me fasses honneur chez le notaire. Qu'ils bisquent tous de rage. Qu'on ne dise pas « c'est à cette traînée qu'il laisse tout ce pognon joli ! ». Au contraire : qu'on s'incline ! Ah, j'aimerais tant être là pour voir la tronche du Cure-dents ! Vous allez pas devenir amies...

Et Josiane, ragaillardie, descendit en ronronnant jusqu'au sexe piqué de poils blancs de son amant qu'elle enfourna avec appétit dans sa bouche de goulue impénitente. Elle n'avait aucun mérite : elle avait appris toute petite ce qui apaisait les hommes et les rendait heureux.


Iris Dupin rentra chez elle, jeta les clés de la voiture et de l'appartement dans la coupelle prévue à cet usage sur le petit guéridon juponné de l'entrée. Puis elle se débarrassa de sa veste, envoya valser chaussures, sacs et gants sur le vaste kilim acheté à Drouot un après-midi d'hiver glauque et froid en compagnie de Bérengère, demanda à Carmen, sa fidèle domestique, de lui apporter un whisky bien tassé avec deux ou trois glaçons et un fond de Perrier et alla se réfugier dans la petite pièce qui lui servait de bureau. Personne n'avait le droit d'y entrer, sauf Carmen, une fois par semaine, pour y faire le ménage.

— Un scotch ? demanda Carmen, les yeux écarquillés. Un scotch en plein après-midi ? Vous êtes malade ? Le ciel vous est tombé sur la tête ?

— C'est tout comme, Carmen, et surtout, surtout pas de questions ! Il faut que je reste seule, réfléchisse et prenne une décision...

Carmen haussa les épaules et marmonna « voilà qu'elle se met à boire toute seule, maintenant. Une femme si bien élevée ».

Dans le petit bureau, Iris se pelotonna sur le divan.

Son regard fit le tour de sa tanière comme si elle cherchait des arguments pour décider d'un prompt repli ou d'un distrait pardon. Car, se dit-elle, en étendant les jambes sur le canapé en velours rouge recouvert d'un châle en cachemire, c'est simple : soit j'affronte Philippe, déclare que la situation est insupportable et je prends la fuite en emmenant mon fils, soit j'attends, je subis, je ronge mon frein en priant pour que cette sale affaire ne prenne pas trop d'ampleur. Si je pars, je donne raison aux langues de vipère, expose Alexandre au scandale, et nuis aux affaires de Philippe, donc aux miennes... De plus, je deviens l'objet d'une pitié malsaine et malveillante.

Si je reste...

Si je reste, je prolonge un malentendu qui dure depuis longtemps. Je prolonge un confort où je me prélasse depuis longtemps aussi.

Son regard fit le tour de la petite pièce élégante, raffinée, aux boiseries claires où elle aimait se réfugier. La table basse Leleu à trois pieds à plateau rond en dalle de verre transparent, le vase perroquet Colotte à corps ovoïde galbé en cristal blanc à décor taillé au burin, le lustre Lalique en verre moulé soutenu par des cordelettes dorées, la paire de lampes en verre opalin torsadé. Chaque objet l'emplissait de beauté et elle n'aimait rien tant que rester enfermée dans son bureau et de les contempler en se déplaçant insensiblement dans la pièce. J'ai appris cette beauté avec Philippe, je ne peux plus m'en passer. Son regard tomba sur une photo qui les représentait, Philippe et elle, le jour de leur mariage, elle tout en blanc, lui en habit gris. Ils souriaient à l'objectif. Il avait posé son bras sur son épaule, en un geste de protection amoureuse, elle s'abandonnait comme si rien ne pouvait plus jamais lui arriver. On apercevait le chapeau de sa belle-mère dans un coin de la photo en haut à gauche : un grand abat-jour rose avec des nœuds de gaze fuchsia et mauve.

— Vous riez toute seule, maintenant ? demanda Carmen qui entrait dans le bureau, portant le plateau sur lequel se trouvaient un verre de whisky, un quart Perrier et un seau de glace.

— Ma chère Carmen... Fais-moi confiance, il vaut mieux que je rie.

— C'est si grave que vous pourriez en pleurer ?

— Si j'étais normale, oui... Carmencita.

— Mais vous n'êtes pas normale...

Iris soupira.

— Laisse-moi, Carmencita...

— Je mets la table pour ce soir ? J'ai préparé un gaspacho, une salade et un poulet basquaise. Il fait si chaud. Ils n'auront pas faim... Je n'ai pas prévu de dessert, des fruits, peut-être ?

Iris approuva et lui fit un signe de la main pour qu'elle la laisse seule.

Ses yeux se posèrent sur le tableau que lui avait offert Philippe pour la naissance d'Alexandre : *Les Amoureux* de Jules Breton. Elle était tombée en arrêt devant cette huile lors d'une vente au profit de la Fondation pour l'enfance et Philippe, coiffant toutes les enchères, le lui avait offert. Il représentait deux amoureux dans les champs. La femme passait les bras autour du cou de l'homme et lui, agenouillé, l'attirait vers lui. Gabor... La force de Gabor, les cheveux noirs et drus de Gabor, les dents éclatantes de Gabor, les reins de Gabor... Elle n'aurait laissé passer ce tableau pour rien au monde. Elle s'agitait sur sa chaise et la main de Philippe était venue se poser sur sa nuque. Il avait fait une légère pression pour lui dire : calme-toi, ma chérie, tu l'auras ce tableau.

Ils fréquentaient les salles de ventes. Ils achetaient tableaux, bijoux, livres, manuscrits et meubles. Ils communiaient dans la même fièvre de dénicher, de reconnaître et de mener les enchères. La *Nature morte aux fleurs* de Bram Van Velde, ils l'avaient achetée à Drouot, dix ans auparavant. *Le Bouquet de fleurs* de Slewinski, le Barcelo acquis après l'exposition à la fondation Maeght, les deux vases du même artiste, en terre cuite, tout cabossés qu'elle était allée chercher sur place dans son atelier à Majorque. Et la longue lettre manuscrite de Cocteau où il parle de sa liaison avec Nathalie Paley... Les propos de celle-ci vinrent résonner dans la mémoire d'Iris. « Il voulait un fils mais il était avec moi aussi efficace que peut l'être un homosexuel intégral et bourré d'opium... » Si elle quittait Philippe, elle serait privée de toute cette beauté. Si elle quittait Philippe, il lui faudrait tout recommencer.

Seule.

Ce simple mot la fit frissonner. Les femmes seules lui faisaient horreur. Elles étaient si nombreuses ! Toujours à courir, à se démener, la mine pâle, la moue avide. La vie des gens est terrifiante, aujourd'hui, se dit-elle en trempant les lèvres dans son whisky. Il flotte dans l'air une angoisse épouvantable. Et comment en serait-il autrement ? On les prend à la gorge, on les oblige à travailler du matin au soir, on les abrutit, on leur inflige des besoins qui ne leur ressemblent pas, qui les égarent, les pervertissent. On leur interdit de rêver, de traîner, de perdre leur temps. On les use à la tâche. Les gens ne vivent plus, ils s'usent. À petit feu. Grâce à Philippe, à l'argent de Philippe, elle jouissait de ce privilège incomparable : elle ne s'usait pas. Elle prenait son temps. Elle lisait, elle allait au cinéma, au théâtre, pas autant qu'elle aurait pu, mais elle s'entretenait. Depuis quelque temps, dans le plus grand secret, elle écrivait. Une page chaque jour. Personne ne le savait. Elle s'enfermait dans son cabinet de travail et griffonnait des mots, autour desquels, lorsque l'inspiration ne venait pas, elle dessinait des ailes, des pattes de mouche, des étoiles. Elle avançait péniblement. Recopiait les *Fables* de La Fontaine, relisait *Les Caractères* de La Bruyère ou *Madame Bovary* pour s'entraîner à trouver le mot exact. C'était devenu un jeu, parfois délicieux, parfois torturant, de repérer le sentiment et de l'habiller du mot juste qui allait l'envelopper, telle une redingote. Elle s'échinait entre les quatre murs de son cabinet. Et même si elle jetait nombre des feuillets qu'elle noircissait, elle devait reconnaître que ce travail minutieux donnait une certaine intensité à sa vie. Elle n'avait plus envie de la laisser passer en déjeuners insipides ou en après-midi de shopping.

Autrefois, elle avait écrit. Des scénarios qu'elle voulait tourner. Elle avait tout arrêté quand elle avait épousé Philippe.

Si je voulais, je pourrais me remettre à écrire... Si j'en avais le courage, bien sûr... Car il en faut du courage pour rester enfermée de longues heures à triturer les mots, à leur dessiner des petites pattes velues ou des ailes afin qu'ils marchent ou s'envolent.

Philippe... Philippe, répéta-t-elle en étirant une longue jambe hâlée et en faisant tinter les glaçons de son whisky-Perrier, pourquoi le quitter ?

Pour me mettre dans cette course imbécile ? Ressembler à cette pauvre Bérengère qui bâille après l'amour ? Pas question ! Ce n'est que pleurs et grincements de dents. Où sont les hommes ? crie la meute des femmes. Il n'y a plus d'hommes. On ne peut plus tomber amoureuse.

Iris connaissait leur complainte par cœur.

Ou bien ils sont beaux, virils et infidèles... et on pleure !

Ou bien ils sont vains, fats, impuissants... et on pleure !

Ou bien encore ils sont crétins, collants, débiles... et on les fait pleurer !

Et on pleure de rester seule à pleurer...

Mais toujours elles le cherchent, toujours elles l'attendent. Aujourd'hui ce sont les femmes qui traquent l'homme, les femmes qui le réclament à cor et à cri, les femmes qui sont en rut. Pas les hommes ! Elles appellent des agences ou pianotent sur Internet. C'est la dernière fureur. Je ne crois pas à Internet, je crois à la vie, à la chair de la vie, je crois au désir que la vie charrie, et si le désir se tarit, c'est que tu n'en es plus digne.

Autrefois elle avait aimé la vie. Avant d'épouser Philippe Dupin, elle avait follement aimé la vie.

Et dans cette vie d'avant, il y avait du désir, cette « mystérieuse puissance du dessous des choses ». Comme elle aimait ces mots d'Alfred de Musset ! Le désir qui fait que toute la surface de la peau s'éclaire et désire la surface d'une autre peau dont on ne connaît rien. On est intimes avant même de se connaître. On ne peut plus se passer du regard de l'autre, de son sourire, de sa main, de ses lèvres. On perd la boussole.

On s'affole. On le suivrait au bout du monde, et la raison dit : Mais que sais-tu de lui ? Rien, rien, hier encore il portait un prénom inconnu. Quelle belle ruse inventée par la biologie pour l'homme qui se croit si fort ! Quel pied de nez de la peau au cerveau ! Le désir s'infiltre dans les neurones et les embrouille. On est enchaîné, privé de liberté. Au lit, en tous les cas...

Ce dernier carré de la vie primitive...

Il n'y a pas d'égalité sexuelle. On n'est pas à égalité puisqu'on redevient sauvage. La femelle en peau de bête sous l'homme en peau de bête. Que disait Joséphine, l'autre jour ? Elle parlait de la devise du mariage au XIIᵉ siècle et cela m'a fait frémir. Je l'écoutais sans l'écouter comme d'habitude et, soudain, c'était comme si elle m'envoyait une hache entre les jambes.

Gabor, Gabor...

Sa taille de géant, ses longues jambes, son anglais rauque et violent. *Iris, please, listen to me... Iris, I love you, and it's not for fun, it's for real, for real, Iris...*

Sa manière de dire Iris. Elle entendait *Irish...*

Sa manière de rouler les *r* lui donnait envie de rouler sous lui.

« Avec et sous lui. » C'était la devise du mariage au XIIᵉ siècle !

Avec et sous Gabor...

Gabor s'étonnait quand je résistais, quand je voulais garder mes atours de femme libérée, il éclatait de son rire d'homme des bois : « Tu veux exclure la force ? la domination ? la capitulation ? Mais c'est ce qui produit l'étincelle entre nous. Pauvre folle, regarde ce que sont devenues ces féministes américaines : des femmes seules. Seules ! Et ça, Iris, c'est la misère de la femme... »

Elle se demandait ce qu'était devenu cet homme. Parfois elle s'endormait en rêvant qu'il venait sonner à sa porte et qu'elle se jetait entre ses bras. Elle envoyait tout valser : les châles en cachemire, les gravures, les dessins, les tableaux. Elle partait avec lui, sur les routes.

Mais alors... deux petits chiffres jumeaux venaient crever la surface de son rêve. Deux crabes rouge vif dont les pinces refermaient en lourds verrous la porte entrebâillée de sa fantaisie : 44. Elle avait quarante-quatre ans.

Son rêve se fracassait. Trop tard, ricanaient les crabes en brandissant leurs pinces-cadenas. Trop tard, se disait-elle. Elle était mariée, elle resterait mariée ! C'est ce qu'elle avait bien l'intention de faire.

Mais il lui faudrait quand même préparer ses arrières. Au cas où son époux s'enflamme et ne prenne la fuite avec ce jeune homme en robe noire ! Il fallait qu'elle y pense.

Avant tout, il était urgent d'attendre.

Elle plongea ses lèvres dans le verre que lui avait apporté Carmen et soupira. Il allait falloir commencer à faire semblant dès ce soir...


Joséphine constata, soulagée, qu'elle n'aurait pas à prendre l'autobus (deux changements) pour aller dîner chez sa sœur : Antoine lui avait laissé la voiture. Cela lui parut bizarre de se glisser derrière le volant. Il y avait un code à taper pour sortir du garage. Ne l'utilisant jamais, elle plongea la main dans son sac à la recherche de l'agenda où elle l'avait noté.

– 2513, souffla Hortense, assise à côté d'elle.

– Merci, chérie...

La veille, Antoine avait appelé ; il avait parlé aux filles. Zoé d'abord, puis Hortense. Après avoir reposé le téléphone, Zoé était entrée dans la chambre de sa mère qui lisait, allongée sur le lit, et s'était glissée contre elle, le pouce dans la bouche, et Nestor, son doudou, calé sous le menton. Elles étaient restées toutes les deux silencieuses un long moment puis Zoé avait soupiré « il y a tellement de choses que je ne comprends pas, maman, la vie, c'est encore plus dur que l'école... ». Joséphine avait eu envie de lui dire qu'elle non plus ne comprenait plus rien à la vie. Mais elle s'était retenue. « Maman, raconte-moi l'histoire de Ma Reine, avait demandé Zoé en se serrant fort contre elle. Tu sais, celle qui n'avait jamais froid, qui n'avait jamais faim, qui n'avait jamais peur, celle qui défendait son royaume contre des hordes de soldats et a été la mère de princes et de princesses. Raconte-moi encore comment elle a épousé deux rois et régné sur deux pays à la fois... » Zoé aimait par-dessus tout l'histoire d'Aliénor d'Aquitaine. « Je commence par le début ? avait demandé Joséphine. – Raconte-moi le premier mariage, dit Zoé, le pouce dans la bouche, raconte-moi le jour où, à quinze ans, elle a épousé Louis VII, le bon roi de France... Raconte-moi en commençant par le bain de thym et de romarin, tu sais, que sa servante fait couler en apportant de grands brocs d'eau brûlante dans la baignoire en bois. Raconte-moi la pâte de froment qu'elle se met sur le visage pour se donner bonne mine et cacher ses petits boutons... Et les herbes fraîches qu'on répand autour de la baignoire pour qu'elle mouille pas le parquet ! Raconte, maman, raconte ! »

Joséphine avait commencé et la magie des mots était descendue dans la chambre comme un conte de Noël : « Ce jour-là, tout Bordeaux était en fête. Sur les quais de la ville, retranché dans le camp de tentes bariolées coiffées d'oriflammes, Louis VII, l'héritier de la Couronne de France, accompagné de ses seigneurs, de ses valets, de ses écuyers, attendait que sa fiancée, Aliénor, ait fini de se préparer dans le château de l'Ombrière. » Elle passa alors aux détails du bain d'Aliénor, aux herbes, aux onguents, aux parfums que lui présentaient ses femmes de chambre et ses dames de compagnie afin qu'elle soit la plus belle femme d'Aquitaine. Quand elle eut donné assez de détails pour enchanter l'imagination de Zoé, José-

77

phine la sentit peser sur son bras et continua encore quelques minutes. « Nous sommes en juillet 1137 et le soleil colorie les remparts du château. Les fêtes du mariage vont durer plusieurs jours et plusieurs nuits comme le voulait la coutume du temps, et Louis, assis auprès de l'éblouissante jeune fille en robe écarlate aux longues manches fendues et bordées d'hermine blanche, paraissait un roi bien frêle, bien jeune et bien amoureux au milieu des cracheurs de feu, des joueurs de tambour et de tambourin, des montreurs d'ours et des jongleurs, des pages qui servaient le vin et garnissaient les assiettes de viandes rôties qui arrivaient presque froides de la cuisine car, en ce temps-là, les cuisines étaient très loin des salles de festin. Belle et baignée de frais, Aliénor chantonnait le refrain que lui avait appris sa nourrice lors de ses épousailles :

> *Mon cœur est à vous,*
> *mon corps est à vous.*
> *Quand mon cœur en vous se mit,*
> *Le corps vous donna et promit.*

Elle répéta plusieurs fois ces vers comme on dit une prière dans la nuit et se promit de devenir une reine parfaite, une reine juste, bonne et douce pour tous ses sujets. »

Joséphine avait baissé la voix jusqu'à ce qu'elle ne fût plus qu'un murmure et le poids de sa fille, s'alourdissant contre son sein, lui indiqua que l'enfant dormait et qu'elle pouvait se taire sans la réveiller.

Hortense était restée longtemps au téléphone avec son père, puis elle avait raccroché, s'était couchée, avait éteint sans venir l'embrasser. Joséphine avait respecté son besoin de solitude.

— Tu sais comment aller chez Iris ? demanda Hortense en abaissant le pare-soleil pour vérifier l'éclat de ses dents et l'ordonnance de sa coiffure.

— Tu t'es maquillée ? observa Joséphine, apercevant les lèvres brillantes de sa fille.

— Un peu de gloss que m'a donné une copine... Ce n'est pas ce que j'appelle se maquiller. Juste un minimum de politesse envers les autres.

Joséphine ne releva pas l'insolence du propos et préféra se concentrer sur le chemin à prendre. À cette heure-ci, l'avenue du Général-de-Gaulle était encombrée, mais il n'y avait pas d'autre manière de franchir le pont de Courbevoie. Une fois passé le pont, la circulation serait plus fluide. Enfin, elle l'espérait.

— Je propose qu'on ne parle pas du départ de papa ce soir au dîner, dit-elle à ses filles.

— Trop tard, répondit Hortense, je l'ai dit à Henriette.

Les filles appelaient leur grand-mère par son prénom. Henriette Grobz refusait les « Mamie » ou « Grand-mère ». Elle trouvait cela commun.

— Oh, mon Dieu, pourquoi ?

— Écoute maman, soyons pratiques : s'il y en a une qui peut nous aider, c'est elle.

Elle pense à Chef. À l'argent de Chef, se dit Joséphine. Deux ans après la mort de leur père, leur mère s'était remariée avec un homme très riche et très bon. C'est Chef qui les avait élevées, Chef qui avait payé leurs études dans de bonnes écoles privées, Chef qui leur avait permis de faire du ski, du bateau, du cheval, du tennis, de partir à l'étranger, Chef qui avait financé les études d'Iris, Chef qui louait le chalet à Megève, le bateau dans les Bahamas, l'appartement à Paris. Chef, le deuxième mari de leur mère. Le jour de son mariage, Chef arborait une veste en lurex vert pomme et une cravate en cuir écossaise. Madame mère avait failli s'évanouir ! À ce souvenir, Joséphine émit un petit rire étouffé et se fit rappeler à l'ordre par un impérieux coup de klaxon parce qu'elle ne démarrait pas au feu devenu vert.

— Et qu'est-ce qu'elle a dit ?

— Que ça l'étonnait pas. Que c'était déjà un miracle que tu te sois trouvé un mari, alors que tu le gardes tenait du super-miracle.

— Elle a dit ça !

— Mot pour mot... et elle a pas tort. Tu t'y es prise comme un manche avec papa ! Parce que, franchement, maman pour qu'il se casse avec...

— Hortense, ça suffit ! Je ne veux pas t'entendre parler ainsi. Tu n'as pas donné de détails, j'espère ?

Joséphine se demanda, au moment même où elle posait la question, pourquoi elle s'abaissait à la poser. Bien sûr qu'elle avait dû lui dire ! Et sans rien omettre : l'âge de Mylène, la taille de Mylène, les cheveux de Mylène, le travail de Mylène, la blouse rose de Mylène, son sourire factice pour déclencher les pourboires... Elle avait même dû en rajouter pour se faire plaindre, elle, pauvre petite fille abandonnée.

— De toute façon ça se saura, alors autant le dire tout de suite... On a l'air moins bêtes.

— Parce que tu es sûre qu'il est parti, papa ? demanda Zoé.

— Écoute, c'est ce qu'il m'a dit hier au téléphone...

— Il t'a vraiment dit ça ? demanda Joséphine.

Une fois encore elle se maudit. Elle était tombée dans le piège tendu par Hortense.

— Je crois qu'il a définitivement tourné la page... Enfin, c'est ce que j'ai cru comprendre. Il m'a dit qu'il se cherchait un projet que « l'autre » financerait.

— Elle a de l'argent ?

— Des économies de famille qu'elle mettrait à sa disposition. Elle m'a l'air folle d'amour ! Il a même ajouté qu'elle le suivrait au bout du monde... Il cherche un boulot à l'étranger, il dit qu'il n'y a plus d'avenir pour lui en France, que ce pays est foutu, qu'il a besoin de nouveaux espaces. D'ailleurs il a déjà une petite idée dont il m'a parlé et je trouve ça très intéressant ! On doit en reparler tous les deux...

Joséphine était abasourdie : Antoine se confiait plus librement à sa fille qu'à elle. La considérait-il désormais comme une ennemie ? Elle préféra se concentrer sur son trajet. Je passe par le Bois ou je prends le périphérique porte Maillot ? Quel chemin aurait emprunté Antoine ? Quand il conduisait, je ne regardais jamais par où il passait, je m'en remettais totalement à lui, je me laissais conduire en rêvassant à mes chevaliers, mes dames, mes châteaux forts, aux jeunes fiancées qui voyageaient dans leur litière fermée jetées dans les cahots d'une route pour rejoindre un homme qu'elles ne connaissaient pas et qui allait s'allonger nu contre elles. Elle frissonna, secoua la tête et revint à son itinéraire. Elle décida de couper par le Bois en espérant qu'il n'y aurait pas trop de circulation.

— N'empêche que tu aurais pu me demander avant d'en parler, reprit Joséphine après s'être engagée sur la route du Bois.

— Écoute, maman, on ne va pas se mettre à couper les cheveux en quatre, on n'en a pas les moyens. On va avoir besoin de l'argent d'Henriette, alors autant se la mettre dans la poche en jouant les petits canards perdus au bord de la route ! Elle adore qu'on ait besoin d'elle...

— Eh bien, non. On ne jouera pas les petits canards perdus au bord de la route. On se débrouillera toutes seules.

— Ah ! Et comment comptes-tu t'y prendre avec ton salaire de misère ?

Joséphine donna un violent coup de volant et se gara sur le côté d'une allée du Bois.

— Hortense, je t'interdis de me parler comme ça et, si tu t'entêtes à être désagréable, je vais être obligée de sévir.

— Oh là là ! Qu'est-ce que j'ai peur ! ricana Hortense. Tu ne peux pas imaginer à quel point j'ai peur.

— Je sais que tu ne m'en crois pas capable, mais je peux te serrer la vis. J'ai toujours été douce, gentille avec toi, mais là tu dépasses les bornes.

Hortense regarda Joséphine dans les yeux et y vit une fermeté nouvelle qui lui fit penser que sa mère pourrait mettre sa menace à exécution et l'envoyer en pension, par exemple, ce qu'elle redoutait. Elle recula dans son siège, prit un air offensé et lâcha, dédaigneuse :

— Vas-y : enfile les mots. Tu es très forte à ce jeu-là. Mais pour te débrouiller dans la vie, c'est une autre paire de manches.

Joséphine perdit alors son calme et sa maîtrise. Elle frappa le volant en parlant si fort que la petite Zoé, paniquée, se mit à pleurer et à gémir « je veux rentrer à la maison, je veux mon doudou ! Vous êtes deux méchantes, très méchantes, vous me faites peur ! ». Ses pleurs recouvraient la voix de sa mère et, en peu de temps, il y eut un concert de cris dans la petite voiture qui, autrefois, n'avait connu que des trajets silencieux ou meublés par la voix d'Antoine qui aimait expliquer l'origine des noms de rue, la date de construction d'un pont ou d'une église, l'évolution d'une voie et de son tracé.

— Mais qu'est ce que tu as depuis hier ? Tu es odieuse ! J'ai l'impression que tu me détestes, qu'est-ce que je t'ai fait ?

— Tu m'as fait que mon père s'est cassé parce que tu es moche et chiante et qu'il est hors de question que je me mette à te ressembler. Et que pour ça, je suis prête à tout y compris à faire la belle et la soumise devant Henriette pour qu'elle nous file de l'argent.

— Ah ! Parce que c'est ce que tu comptes faire : ramper devant elle ?

— Je refuse d'être pauvre, j'ai horreur des pauvres, ça pue, la pauvreté ! T'as qu'à te regarder. T'es moche que t'en peux plus.

Joséphine la contempla, la bouche arrondie de stupeur. Elle ne pouvait plus penser, elle ne pouvait plus parler. Elle arrivait à peine à respirer.

— T'as pas compris ça ? T'as pas remarqué que la seule chose qui intéresse les gens aujourd'hui, c'est l'argent ! Eh bien moi je suis comme tout le monde sauf que j'ai pas honte de le dire ! Alors arrête de jouer les désintéressées parce que tu es débile, ma pauvre maman, débile !

Il fallait à tout prix qu'elle parle, qu'elle dresse des mots en rempart entre sa fille et elle.

— Tu oublies une seule chose, ma petite chérie, c'est que l'argent de ta grand-mère est d'abord celui de Chef ! Qu'elle n'en dispose pas comme ça. Tu vas un peu vite en besogne...

Ce n'est pas ça que j'aurais dû dire. Pas ça du tout. Il faut que je lui fasse la leçon, que je lui forge une morale et non que je lui dise que cet argent ne lui appartient pas. Mais qu'est-ce que j'ai ? Qu'est-ce qu'il m'arrive ? Tout va de travers depuis qu'Antoine est parti... Je ne suis même plus capable de penser correctement.

— L'argent de Chef est l'argent d'Henriette. Chef n'ayant pas d'enfant, elle héritera de la totalité. Je ne suis pas idiote, je le sais. Point barre ! Et puis arrête de parler de l'argent comme si c'était de la merde, c'est juste un moyen rapide d'être heureux et moi, figure-toi que j'ai bien l'intention de ne pas être malheureuse !

— Hortense, il n'y a pas que l'argent dans la vie !

— Qu'est-ce que tu peux être vieux jeu, ma pauvre maman. Y a toute ton éducation à refaire. Allez, démarre ! Y manquerait plus qu'on soit en retard. Elle a horreur de ça...

Puis, se tournant vers Zoé, assise sur la banquette arrière, qui pleurait en silence le poing dans sa bouche :

— Et toi, arrête de chialer ! Tu me tapes sur le système.

Putain, je suis mal barrée, avec vous deux ! Je comprends qu'il se soit cassé, papa.

Elle abaissa le pare-soleil, vérifia son reflet une dernière fois dans la glace et râla tout haut :

– Et voilà ! Avec tout ça, mon gloss est parti ! Et j'en ai pas de rechange. S'il y en a un qui traîne chez Iris, je le pique. Je te jure que je le pique. Elle ne s'en apercevra même pas, elle les achète par dizaines. Je suis née du mauvais côté, moi. Mauvaise pioche !

Joséphine dévisagea sa fille aînée comme si elle était une criminelle évadée de prison, échouée sur la banquette à côté d'elle : elle la terrifiait. Elle voulut protester mais ne trouva pas les mots. Tout allait trop vite. Elle était engagée sur la pente d'un toboggan qu'elle dévalait sans en voir la fin. Alors, à bout de souffle et d'arguments, elle détourna son regard et fixa la route, les arbres en fleurs le long de l'allée du Bois, les troncs puissants, les longues branches chargées de jeunes feuilles vert tendre, de bourgeons prêts à éclater qui se baissaient vers elle et dessinaient une voûte fleurie que la lumière de ce soir d'été perçait en frappant de blanc chaque branche, chaque feuille, chaque bourgeon cotonneux. Elle puisa du réconfort dans le lent balancement des branches et, alors que Zoé, les mains sur les oreilles, les yeux fermés, le nez plissé, pleurait à bas bruit, elle remit le contact et démarra en priant qu'elle ne se soit pas trompée et que l'avenue qu'elle avait empruntée débouche porte de la Muette. Après il ne restera plus qu'à me garer... Et ça, c'est une autre paire de manches, se dit-elle en soupirant.

Le repas de famille, ce soir-là, se déroulait sans accroc.

Carmen veillait au bon défilement des plats et la petite jeune fille qu'elle avait engagée comme extra pour la soirée se révélait très dégourdie. Iris, en long chemisier blanc et pantalon de lin bleu lavande, restait la plupart du temps silencieuse et n'intervenait dans la conversation que pour la relancer, ce qu'elle devait faire souvent, car personne ne semblait très bavard. Il y avait quelque chose de contraint et d'absent dans son attitude, elle d'ordinaire si gracieuse avec ses invités. Elle avait relevé et attaché ses longs cheveux noirs qui retombaient en vagues épaisses et éclatantes sur ses épaules.

Quelle chevelure magnifique ! songeait Carmen quand elle sentait entre ses doigts couler les épais cheveux. Parfois Iris lui permettait de les brosser et elle aimait les entendre crépiter sous les brosses. Iris avait passé l'après-midi enfermée dans son bureau, sans qu'un seul coup de fil soit échangé. Carmen avait surveillé le voyant du poste de téléphone dont le central était installé dans la cuisine. Aucun bouton ne s'était allumé. Que pouvait-elle bien fabriquer dans son bureau, toute seule ? Cela lui arrivait de plus en plus souvent. Auparavant, quand elle rentrait, les bras chargés de paquets, elle criait : « Carmencita ! Un bon bain chaud ! Vite ! Vite ! Nous sortons ce soir ! » Elle laissait tomber les paquets, courait embrasser son fils dans sa chambre, claironnait : « Ça s'est bien passé ta journée, Alexandre ? Raconte-moi, mon amour, raconte-moi ! Tu as eu des bonnes notes ? » pendant que Carmen, dans la salle de bains, faisait couler l'eau dans la vaste baignoire en mosaïque bleue et verte, mélangeant les huiles de thym, de sauge et de romarin. Elle tâtait la température en glissant le coude dans l'eau, ajoutait quelques sels parfumés de chez Guerlain et, quand tout était parfait, allumait des petites bougies et appelait Iris afin qu'elle se glisse dans l'eau odorante et chaude. Iris la laissait parfois assister à son bain, passer la râpe sur la plante de ses pieds, lui masser les orteils avec une huile de rose musquée. Les doigts fermes de Carmen enveloppaient chevilles, mollets et pieds, pressaient, pinçaient, appuyaient puis relâchaient avec science et volupté. Iris se détendait et lui parlait de sa journée, de ses amies, d'un tableau aperçu dans une galerie, d'un chemisier dont le col lui avait plu, « tu vois, Carmen, pas vraiment cassé mais droit et retombant sur les côtés comme soutenu par deux baleines invisibles... », d'un macaron au chocolat dégusté du bout des dents, « comme ça, je ne le mange pas vraiment et je ne grossis pas ! », d'une phrase entendue dans la rue ou d'une vieille qui tendait la main sur le trottoir et lui avait fait si peur qu'elle avait renversé sa monnaie dans la vieille paume parcheminée. « Oh, Carmen, j'ai eu si peur de finir comme elle, un jour. Je n'ai rien. Tout appartient à Philippe. Qu'est-ce que je possède en mon nom propre ? » Et Carmen, épluchant ses orteils, lissant la plante douce de ses longs pieds fins et cambrés, soupirait : « Jamais, ma belle, jamais vous ne finirez comme cette vieille femme ridée. Moi, vivante, jamais ! J'irai faire des ménages, je remuerai des montagnes, mais jamais vous ne serez abandonnée ! – Redis-le-moi, Carmencita, redis-le-moi ! » Et elle s'abandonnait, fermait les yeux et somnolait, appuyée sur la serviette roulée que Carmen avait pris soin de glisser sous son cou.

Ce soir, il n'y avait pas eu de cérémonie de bain.

Ce soir, Iris avait pris une douche, très vite.

Carmen mettait un point d'honneur à ce que chaque repas soit parfait. Surtout lorsque Mme Henriette Grobz venait dîner.

– Ah ! Celle-là..., soupira Carmen en la regardant par la porte entrebâillée de l'office d'où elle dirigeait les opérations, quelle peau de vache !

Henriette Grobz se tenait en bout de table, droite et raide comme une statue de pierre, les cheveux tirés en un chignon laqué dont aucune mèche ne s'échappait. Même les saintes dans les églises ont plus d'abandon qu'elle ! pensa Carmen. Elle portait un tailleur en toile légère, dont chaque pli était amidonné. On avait placé Hortense à sa droite, et la petite Zoé à sa gauche, elle leur parlait à l'une et à l'autre en s'inclinant telle une vieille institutrice. Zoé avait les joues barbouillées. Ses paupières étaient gonflées, ses cils collés. Elle avait dû pleurer dans la voiture avant de venir. Joséphine chipotait dans son assiette. Il n'y avait qu'Hortense qui babillait, faisant sourire sa tante et sa grand-mère, adressant des compliments à Chef qui ronronnait de plaisir.

— Je t'assure que tu as maigri, Chef. Quand tu es entré dans la pièce, je me suis dit comme il est beau ! Comme il a rajeuni ! À moins que tu aies fait quelque chose... Un petit lifting peut-être ?

Chef éclata de rire et se frotta le crâne de plaisir.

— Et je ferais ça pour qui, ma mignonne ?

— Ben, je sais pas... Pour me plaire à moi par exemple. Ça me ferait de la peine que tu deviennes tout vieux et tout plissé... Moi, je veux avoir un bon-papa fort et bronzé comme Tarzan.

Elle sait parler aux hommes, cette gamine, pensa Carmen. Il rayonne de fierté, le père Grobz. Jusqu'à la peau de son crâne chauve qui se plisse de plaisir. Il va, comme d'habitude, lui filer un beau billet quand il partira. À chaque fois, ça ne manque pas, il lui roule un billet dans la main sans que personne s'en aperçoive.

Rasséréné par l'échange qu'il avait eu avec Hortense, Marcel s'était tourné vers Philippe Dupin et échangeait quelques informations sur l'état de la Bourse. À la hausse, à la baisse dans les prochains mois ? Se dégager ou, au contraire, investir ? Et sur quoi ? Des actions ou de la devise ? Que disent les milieux d'affaires ? Philippe Dupin écoutait, sans l'écouter, ce beau-père qui semblait très en forme. Je dirais même gaillard, il reverdit à vue d'œil, elle a raison, la petite, se dit Carmen, elle ferait bien de faire attention, la mère Grobz !

Carmen fut arrachée à l'examen des convives par l'extra qui demandait s'il convenait de servir le café dans le salon ou à table.

– Dans le salon, ma petite... Je m'en occupe, débarrassez la table. Et mettez tout dans le lave-vaisselle. Sauf les flûtes à champagne qu'il faut laver à la main.

À peine le dessert avalé, Alexandre entraîna sa cousine Zoé dans sa chambre, laissant Hortense à table. Hortense restait toujours en compagnie des grandes personnes. Elle se faisait toute petite, arrivait à se faire oublier, elle si piquante, si hardie la minute d'avant, elle se fondait dans le décor et écoutait. Elle observait, déchiffrait une phrase en suspension, un lapsus, une exclamation indignée, un silence pesant. Cette gamine est une vraie fouille-merde, pesta Carmen. Et personne ne s'en méfie ! Je vois bien son manège. Et elle a compris que je l'avais démasquée. Elle ne m'aime pas, mais elle me craint. Ce soir, il va falloir que je l'occupe, que je l'emmène dans le petit salon pour regarder un film.

Comme la conversation languissait, Hortense elle-même se lassa et suivit Carmen sans difficulté.

Dans le grand salon, Joséphine prit son café en priant le ciel que les questions ne lui tombent pas dessus en rafales. Elle essaya d'engager la conversation avec Philippe Dupin, mais celui-ci s'excusa : son portable sonnait, c'était important et si elle n'y voyait pas d'inconvénient... Il se réfugia dans son bureau pour répondre.

Chef lisait un journal économique posé sur la table basse. Madame mère et Iris parlaient de changer les rideaux d'une chambre à coucher. Elles firent signe à Joséphine de venir s'asseoir auprès d'elles, mais Jo préféra aller tenir compagnie à Marcel Grobz.

– Ça va, ma petite Jo, ça boume la vie ?

Il avait une de ces manières de parler : il employait des

expressions qui n'avaient plus cours. Avec lui, on voyageait dans les années soixante, soixante-dix. Ce doit être la seule personne que je connais à dire encore « c'est chouette » ou « ça boume » !

– On peut dire ça comme ça, Chef.

Il lui fit un clin d'œil appuyé, revint un instant à son magazine et, voyant qu'elle ne partait pas, comprit qu'il était obligé de lui faire la conversation.

– Et ton mari, toujours en rade ?

Elle hocha la tête sans répondre.

– C'est dur, actuellement. Faut serrer les fesses, attendre que ça passe...

– Il cherche tout de même... Il fait les petites annonces tous les matins.

– S'il trouve rien, il peut toujours venir me voir... Je le caserai quelque part.

– Tu es gentil, Chef, mais...

– Mais il faudra qu'il se courbe un peu. Parce qu'il est fier ton mari, hein, Jo ? Et de nos jours, on n'a plus les moyens de faire le fier. De nos jours, on se couche. On se couche et on dit merci patron ! Même le gros Marcel, il se décarcasse pour trouver des marchés nouveaux, des idées nouvelles et il remercie le ciel quand il a signé un nouveau contrat.

Il se tapotait le ventre en parlant.

– Faut lui dire ça à Antoine. La dignité, c'est un luxe. Et il n'a pas les moyens de ce luxe-là, ton mari ! Vois-tu, ma petite Jo, ce qui me sauve, moi, c'est que je viens de la misère. Alors ça me gêne pas d'y retourner. Y a un proverbe sénégalais qui dit : « Quand tu ne sais pas où tu vas, arrête-toi et regarde d'où tu viens. » Moi je viens de la mouise, alors...

Joséphine fit un effort pour ne pas avouer à Marcel qu'elle n'en était pas loin, elle aussi, de la mouise.

– Mais tu vois, Jo, à y bien considérer... Si je devais engager une personne dans la famille, je préférerais que ce soit toi. Parce que toi, tu dois être dure à la tâche... Alors que ton mari, je suis pas sûr qu'il veuille mettre les mains dans le cambouis. Enfin, je me comprends...

Il eut un rire gras.

– Je lui demande pas de devenir garagiste.

– Non, je sais, Chef. Je sais...

Elle lui caressa l'avant-bras et le considéra avec bienveillance. Il en fut gêné, interrompit brusquement son rire, se racla la gorge et replongea dans la lecture de son journal.

Elle resta un moment assise à côté de lui, espérant qu'il allait relancer la conversation et qu'elle échapperait à la curiosité de sa mère et de sa sœur, mais Marcel ne faisait pas mine de reprendre leur dialogue. C'est toujours comme ça avec Chef, se dit Joséphine, quand il m'a parlé dix minutes, il se sent quitte et passe à autre chose. Je ne l'intéresse pas. Ce doit être une vraie corvée, ces soirées familiales, pour lui. Comme pour Antoine. Les hommes en sont exclus. Ou plutôt ils ne sont autorisés qu'à y faire de la figuration, pas plus. On sent que le vrai pouvoir est entre les mains des femmes. Enfin, pas de toutes les femmes ! Moi, je fais tapisserie. Elle se sentit isolée. Elle jeta un rapide coup d'œil sur Iris qui parlait à sa mère tout en jouant avec ses longues boucles d'oreilles qu'elle avait ôtées et en balançant ses pieds aux ongles vernis assortis aux ongles de ses mains. Quelle grâce ! Il n'est pas possible, se dit-elle, de considérer que cet être resplendissant, exquis, raffiné appartienne au même sexe que moi. Il faudrait inventer des sous-catégories dans le classement des humains en deux sexes. Sexe féminin, catégories A, B, C, D... Iris relèverait de la catégorie A et moi de la D. Joséphine se sentait exclue de cette féminité voluptueuse et tranquille qui enveloppait chaque geste de sa sœur. Chaque fois qu'elle avait essayé de l'imiter, l'expérience s'était terminée en une humiliation brûlante. Un jour, elle avait acheté des sandales en crocodile vert amande – vues aux pieds d'Iris –, et elle arpentait le couloir de l'appartement, attendant qu'Antoine la remarque. Il s'était exclamé : « Quelle drôle de démarche ! Avec ces machins-là aux pieds on dirait un travesti ! » Les ravissantes petites mules étaient devenus des machins, et elle un travelo...

Elle se leva et alla se poster près de la fenêtre, le plus loin possible de sa mère et de sa sœur. Elle regarda les arbres de la place de la Muette qui se balançaient dans l'air encore moite de la soirée. Les lourds immeubles en pierre de taille rosissaient sous le soleil couchant, les portails en fer forgé dessinaient des jambages de prospérité, des jardins vert tendre, jaune poudré, blanc nuageux montait une vapeur irisée. Tout respirait la richesse et la beauté, la richesse débarrassée de tout ce qui est matériel pour devenir évanescence, délices, suggestion. Chef est riche, mais lourd. Iris est riche et légère. Elle a acquis l'incroyable aisance que donne l'argent. Madame mère a beau essayer de se hisser au niveau de sa fille aînée, elle sera toujours une parvenue. Son chignon est trop serré, son rouge à lèvres trop épais, son sac à main trop verni et pourquoi ne le pose-t-elle pas ? Elle est comme les anciens pauvres : elle a peur qu'on le lui vole. Elle dîne avec son sac sur les genoux. Elle a pu berner Chef, mais elle n'aurait sûrement pas pu en berner un autre : celui qu'elle eût aimé berner ! Elle a dû se contenter de Chef, Chef le mal habillé, Chef qui met les doigts dans son nez et écarte les jambes pour décoller le fond de son pantalon. Elle en est consciente, elle lui en veut. Il lui rappelle qu'elle est, elle aussi, imparfaite et limitée. Alors qu'Iris possède une désinvolture faite de mystère, de secret, une aisance qui ne s'explique pas et la place au-dessus des autres humains, en faisant un exemplaire unique et rare. Iris a su changer de monde et naître une seconde fois.

C'est ce qui rendait Antoine maladroit et transpirant : cette frontière invisible entre Philippe et lui, entre Iris et lui. Une différence subtile qui n'a rien à voir avec le sexe, la naissance, l'éducation, qui sépare la vraie élégance de celle du parvenu et renvoyait Antoine au rang de ballot.

La première fois qu'Antoine s'était transformé en fontaine, c'était ici, à ce balcon, un soir de mai... Ils regardaient ensemble les arbres de l'avenue Raphaël ; il avait dû se sentir si empêtré, si impuissant face à la perfection des arbres, des immeubles, des rideaux du salon, qu'il avait perdu le contrôle de son thermostat intérieur et s'était mis à dégouliner. Ils avaient filé dans la salle de bains et inventé une explosion de robinets pour expliquer l'état lamentable de sa veste, de sa chemise. Ce soir-là, peut-être, ils nous ont crus mais après, ce n'a plus été possible. Et moi, je ne l'en aimais que davantage ! Je le comprenais si bien, moi qui ruisselais à l'intérieur.

On n'entendait plus que le bruit des pages que tournait Chef dans le plus grand silence. Que fait ma petite poule en sucre en ce moment ? se demandait-il, émoustillé. Dans quelle position repose-t-elle ? Affalée sur le ventre sur le canapé du salon en train de regarder une de ces mauvaises comédies dont elle raffole ? Ou étalée dans son lit comme une grosse crêpe blonde, dans ce lit même où on a roulé tous les deux cet après-midi et où... Il fallait qu'il arrête tout de suite. J'ai la trique et ça va se voir ! Il avait mis, sur l'ordre du Cure-dents, un pantalon en gabardine, gris, léger, qui le boudinait et ne manquerait pas de souligner une érection intempestive. Cette éventualité le figea dans un fou rire qu'il étouffa si bien qu'il sursauta lorsque Carmen se pencha sur lui et demanda :

– Un petit macaron avec votre café, monsieur ?

Elle lui présentait une assiette de douceurs au chocolat, à la pâte d'amandes, au caramel.

– Non merci, Carmen, j'ai les dents du fond qui baignent !

En entendant ces mots, Henriette Grobz eut un frisson

de dégoût et sa nuque se raidit. Chef se réjouit. Fallait quand même pas qu'elle oublie à qui elle était mariée ! Il se faisait un malin plaisir de le lui rappeler. Comme pour marquer sa réprobation muette et mettre de la distance entre Chef et elle, Henriette Grobz se leva et alla rejoindre Joséphine près de la fenêtre. La vulgarité de cet homme, c'était son châtiment, la croix qu'il lui fallait porter. Elle avait beau ne plus partager son bureau, ne plus partager sa chambre, ne plus partager son lit, elle craignait toujours qu'il ne la contamine, comme s'il était porteur d'un virus dangereux. Avait-il fallu qu'elle fût aux abois pour épouser un homme aussi fruste ! Et il se portait comme un chêne, en plus. Cette vigueur la rendait de plus en plus irritable. Parfois elle était si énervée de le voir jovial et puissant qu'elle n'arrivait plus à respirer et avait des palpitations. Elle prenait des comprimés pour se détendre. Combien de temps vais-je devoir encore le supporter ? Elle poussa un long soupir et préféra concentrer son attention sur sa fille qui, appuyée contre la fenêtre, contemplait le balancement des arbres alors qu'une faible brise s'était levée, répandant enfin un peu d'air frais sur cette soirée.

— Viens par ici, ma chérie, que nous parlions toutes les deux, lui dit-elle en l'entraînant vers un canapé, au fond du salon.

Iris vint aussitôt les rejoindre.

— Alors... Joséphine, attaqua Henriette Grobz, que comptes-tu faire maintenant ?

— Continuer..., répondit Joséphine, butée.

— Continuer ? demanda Henriette Grobz, surprise. Continuer quoi ?

— Eh bien... euh... Continuer ma vie...

— Sérieusement, chérie...

Quand sa mère l'appelait « chérie », l'heure était grave.

93

La pitié, le sermon, la condescendance allaient se succéder comme les couplets d'une rengaine éculée.

— Enfin... Ça ne te regarde pas ! balbutia-t-elle. C'est mon problème.

Joséphine avait donné à cette réponse, trop rapide pour qu'elle la maîtrise, un ton agressif auquel n'était pas habituée l'auteur de ses jours qui se rembrunit aussitôt.

— En voilà une façon de me répondre ! répliqua Henriette Grobz, piquée.

— Qu'as-tu décidé ? reprit Iris de sa voix douce et enveloppante.

— De m'en sortir... et toute seule, répondit Joséphine d'une façon plus brusque qu'elle n'aurait voulu.

— Ah ! C'est vraiment ingrat de refuser l'aide qu'on te propose, dit Henriette Grobz, pincée.

— Peut-être mais c'est comme ça. Je ne veux plus qu'on en parle, d'accord ?

Sa voix était allée crescendo et la fin de sa phrase dérailla en un cri aigu qui détonna dans l'atmosphère ouatée de cette soirée paisible.

Tiens, tiens, quel est ce raffut ? se dit Chef, tendant l'oreille. On me cache tout ! Je suis vraiment la dernière roue du carrosse dans cette famille. Mine de rien, il fit glisser le journal sur la table basse pour se rapprocher de l'endroit où se tenaient les trois femmes.

— T'en sortir et comment ?

— En travaillant, en donnant des petites leçons, en... Je ne sais pas, moi ! Pour le moment, j'émerge et, croyez-moi, c'est assez dur comme ça. Je n'ai pas encore réalisé, je crois.

Iris regarda sa sœur et admira son courage.

— Iris, demanda Madame mère, qu'en penses-tu ?

— Jo a raison, c'est tout nouveau encore. Laissons-la se remettre avant de lui demander ce qu'elle compte faire.

94

– Merci, Iris..., soupira Joséphine qui osa penser que l'orage était passé.

C'était sans compter sans l'obstination de Madame mère.

– Moi, quand je me suis retrouvée seule à vous élever, j'ai retroussé mes manches et j'ai travaillé, travaillé...

– Mais je travaille, maman, je travaille ! Tu sembles toujours l'oublier.

– Je n'appelle pas ça travailler, ma petite fille.

– Parce que je n'ai pas de bureau, pas de patron, pas de tickets-restaurant ? Parce que ça ne ressemble à rien de ce que tu connais ? Mais je gagne ma vie, que tu le veuilles ou non.

– Un salaire de misère !

– J'aimerais savoir combien tu gagnais chez Chef quand tu as commencé. Ça ne devait pas être mieux.

– Ne prends pas ce ton pour me parler, Joséphine.

Chef, émoustillé, se redressa. Mes couilles, le temps se brouille, se dit-il. La soirée devenait, enfin, amusante. La Duchesse allait enfourcher ses grands chevaux, empiler mensonge sur mensonge, fouiller sa mémoire et exhiber la vieille image de veuve pieuse et de mère remarquable qui s'était sacrifiée pour ses enfants ! Il connaissait son numéro de victime par cœur.

– C'est vrai que ça a été très dur. On s'est serré la ceinture mais mes qualités ont fait que Chef m'a vite remarquée... et que j'ai pu faire face...

Elle se rengorgea, encore tout émue de cette victoire incroyable remportée sur l'adversité et une image vint se superposer au discours : celle d'une femme belle, grande, héroïque, fendant les flots déchaînés telle une figure de proue, traînant deux jeunes orphelines au nez rougi par les pleurs. C'était son titre de gloire d'avoir su élever, seule, ses deux filles, sa *Marseillaise*, sa Légion d'honneur.

Tu as fait face parce que je te glissais des enveloppes remplies de billets sous des prétextes fallacieux, et que tu faisais semblant de ne rien remarquer pour ne pas avoir à me remercier, pensa Chef en mouillant son index pour tourner les pages de son journal. Tu as fait face parce que tu étais une grognasse-née, plus vénale et impitoyable que la plus rouée des putains ! Mais j'étais déjà pris aux pattes et j'aurais tout fait pour te plaire, te soulager.

— ... Et qu'ensuite mon travail a été reconnu par tous, même par les concurrents de Chef et qu'il a voulu à tout prix me garder...

J'avais tellement envie de te séduire que je t'aurais filé un salaire de PDG sans que tu aies besoin de me le demander. Je t'ai fait croire que tous te voulaient pour que tu acceptes l'argent que je te donnais sans en être offensée. Qu'est-ce que j'ai été bête mais bête ! À bouffer du foin avec une fourchette ! Et aujourd'hui, tu fais la vertueuse. Mais dis-lui à ta fille comment tu m'as appâté ? Comment tu m'as mené par le bout du nez ! Je croyais être un mari, je suis devenu un larbin. Je t'ai supplié de me faire un petit et tu m'as éclaté de rire au nez. Un enfant ! Un petit Grobz ! Ta bouche vomissait mon nom comme si tu étais déjà en train de te faire avorter. Et tu riais ! Tu es si laide quand tu ris, si laide ! Raconte-leur ça aussi ! Dis la vérité ! Qu'elles apprennent ! Que les hommes sont des enfants attardés ! Qu'on les mène en agitant un bout de chiffon rouge ! Ils marchent comme des soldats troupiers ! D'ailleurs, je devrais me méfier avec Choupette... Cette histoire de Chaval ne me plaît qu'à moitié.

— Je ferai comme toi. Je travaillerai. Et je me débrouillerai toute seule.

— Tu n'es pas toute seule, Joséphine ! Tu as deux filles, je te le rappelle.

— Tu n'as pas besoin, maman, je le sais. Je ne suis pas près de l'oublier.

Iris écoutait cette conversation et pensait que, bientôt peut-être, elle serait dans la même situation. Si Philippe, pris d'un courage insensé, réclamait sa liberté... Elle l'imagina soudain en Mousquetaire intrépide et cela la fit sourire. Non ! Ils étaient pris ensemble dans le même filet : celui de la respectabilité. Elle ne craignait rien. Pourquoi avait-elle toujours peur que le Ciel lui tombe sur la tête ?

— Tu me parais un peu légère, Joséphine. J'ai toujours pensé que tu étais trop naïve pour cette vie d'aujourd'hui. Trop désarmée, ma pauvre enfant !

Alors Joséphine vit rouge. Des années et des années de ce même ton larmoyant employé à son sujet crépitèrent soudain comme des balles qui lui crevaient le cœur et elle éclata.

— Tu me fais chier, maman ! Tu me fais chier avec ton discours bien-pensant ! Je ne te supporte plus ! Tu crois que je gobe tes histoires édifiantes de veuve méritante ? Tu crois que je ne sais pas ce que tu as fait avec Chef ! Que je n'ai pas deviné tes manœuvres minables ? Tu as épousé Chef pour son argent ! C'est comme ça que tu t'en es sortie, pas autrement ! Pas parce que tu as été courageuse, travailleuse et méritante. Alors ne me fais pas la leçon. Si Chef avait été pauvre, tu ne l'aurais pas regardé. Tu en aurais trouvé un autre. Je n'ai jamais été dupe, vois-tu. Je l'aurais accepté, j'aurais compris que tu le fasses pour nous, j'aurais même trouvé ça beau et généreux si tu ne te posais pas tout le temps en victime, si tu n'employais pas ce ton condescendant quand tu t'adresses à moi comme si j'étais une ratée, une minable... Je n'en peux plus de ton hypocrisie, je n'en peux plus de tes mensonges, je n'en peux plus de tes bras en croix, de ton sacrifice... Cette manière de me faire la leçon à chaque fois, alors que toi, tu as juste exercé le plus vieux métier du monde !

Puis, se tournant vers Chef, qui écoutait sans plus se cacher :
— Je suis désolée, Chef...

Et devant sa bonne figure à la bouche ouverte dont elle percevait le ridicule mais aussi, soudain, toute la bonté, la générosité, elle fut mordue par le remords et ne sut que répéter :

– Je suis désolée, désolée... Je ne voulais pas te faire du mal.

– T'en fais pas, petite Jo, je suis pas né de la dernière pluie.

Joséphine rougit. Elle aurait voulu l'épargner, mais elle n'avait pu se maîtriser.

– C'est sorti d'un coup !

Elle énonça cette évidence alors que sa mère, muette et livide, s'était laissée tomber dans le canapé et s'éventait d'une main, menaçant de tourner de l'œil pour de bon afin d'attirer l'attention sur elle.

Joséphine lui lança un regard exaspéré. Elle allait bientôt réclamer un verre d'eau, se redresser, demander qu'on lui glisse un coussin dans le dos, gémir, trembler, lui lancer un regard noir, meurtrier où défileraient des sous-titres qu'elle connaissait par cœur : « Après tout ce que j'ai fait pour toi, me traiter comme ça, je ne sais pas comment je pourrai te pardonner, si c'est ma mort que tu veux, tu n'as plus longtemps à attendre, je préfère mourir que supporter une fille comme toi... » Elle savait à merveille faire naître un sentiment de culpabilité atroce chez l'autre afin qu'il s'enroule à ses pieds et demande pardon d'avoir osé la contredire, l'affronter. Joséphine l'avait vue faire avec son père d'abord, puis avec son beau-père.

Elle pensa un instant quitter le grand salon pour aller reprendre ses esprits dans la cuisine avec Carmen. Se passer un peu d'eau sur le visage, lui demander une aspirine. Elle était épuisée. Epuisée mais... heureuse, avec le sentiment que, pour la première fois de sa vie, elle avait osé être elle, Joséphine, cette femme qu'elle ne connaissait pas très bien, avec qui elle vivait depuis quarante ans sans vraiment lui prêter attention, mais dont elle mourait d'envie, maintenant, de faire connaissance. C'était la première fois que cette femme-là affrontait sa mère, la première fois qu'elle élevait la voix, qu'elle osait dire ce qu'elle pensait. La forme n'avait pas été très élégante, un peu grossière, un peu brouillon – elle le reconnaissait volontiers – mais le fond l'avait enchantée. Alors, pour cette femme-là, avant de quitter la pièce elle décida d'enfoncer le clou et faisant face à sa mère qui gémissait dans le canapé, elle ajouta d'une voix douce mais ferme :

– Ah ! j'oubliais, maman... je ne te demanderai rien, pas le moindre sou, pas le moindre conseil. Je vais me débrouiller seule, toute seule, dussions-nous en crever, moi et les filles ! Ecoute-moi bien, aujourd'hui je te fais une promesse : jamais, plus jamais je ne serai un petit canard perdu au bord de la route à qui tu feras la leçon et que tu remettras dans le droit chemin ! Parce que tu sais quoi ? Je suis une femme, mûre, responsable et je te le prouverai.

Il fallait qu'elle fasse attention : elle ne pouvait plus s'arrêter de parler.

Henriette Grobz détourna violemment la tête comme si la vue de sa fille lui était devenue insupportable et émit quelques grognements qui disaient qu'elle s'en aille ! Qu'elle s'en aille ! Je ne peux plus ! Je vais mourir...

Joséphine, amusée par la prévisibilité des réactions de sa mère, haussa les épaules et sortit du salon. Quand elle poussa la porte, elle entendit un petit cri, c'était Hortense qui écoutait, l'oreille collée au panneau en bois et qu'elle avait renversée.

– Qu'est-ce que tu fais là, chérie ?

– C'est malin ! lui dit sa fille. Tu as fait ton intéressante ? Tu te sens mieux maintenant, j'espère.

Joséphine préféra ne pas répondre et se réfugia dans la première pièce qui jouxtait le salon. C'était le bureau de

Philippe Dupin. Elle ne le vit pas tout de suite mais entendit sa voix. Il était debout, en partie dissimulé dans les lourds rideaux en étamine rouge bordés de passementerie, et parlait à voix basse en tenant son téléphone contre l'oreille.

— Oh, pardon ! dit elle en refermant la porte derrière elle.

Il s'interrompit aussitôt. Elle l'entendit dire « je te rappelle », puis il raccrocha.

— Je ne voulais pas te déranger...

— C'était un peu plus long que je ne pensais...

— Je voulais juste me reposer un peu... loin des...

Elle s'essuya le front où perlait une légère sueur et se dandina d'un pied sur l'autre en attendant qu'il l'invite à s'asseoir. Elle ne voulait pas l'encombrer, mais elle ne voulait pas non plus retourner dans le grand salon. Il la contempla un moment en se demandant ce qu'il convenait de dire et comment il allait faire le lien entre la conversation qu'il venait d'écourter et cette femme, gauche, bafouillante, qui le considérait en attendant quelque chose de lui. Il était toujours mal à l'aise avec les gens qui attendaient quelque chose de lui. Ils lui répugnaient. Il était incapable de la moindre empathie quand elle lui était ordonnée ou quémandée. La moindre irruption dans son intimité le rendait froid et hargneux. Joséphine lui faisait pitié. Éprouver de la pitié le dégoûtait. Il se disait bien qu'il lui fallait être gentil, l'aider mais il n'avait qu'une envie : s'en débarrasser au plus vite. Soudain il eut une idée.

— Dis-moi, Joséphine, est ce que tu parles anglais ?

— Si je parle anglais ? Mais bien sûr ! Anglais, russe et espagnol.

Si soulagée qu'il parle enfin, qu'il lui pose une question personnelle, elle avait pris une petite voix de trompette pour égrener ses capacités. Elle toussota et se reprit. Elle s'était vantée de manière bruyante. Elle n'était pas habituée à se mettre en avant mais la colère, ce soir, avait anéanti ses inhibitions.

— J'ai entendu dire par Iris que...

— Ah ! Elle t'en a parlé ?

— Je pourrais te trouver un travail pour que tu gagnes un peu d'argent. Il s'agirait de traduire des contrats importants, des contrats d'affaires. Oh, c'est très ennuyeux ! Mais c'est pas mal payé. Nous avions, au cabinet, une collaboratrice dont c'était la responsabilité mais elle vient de partir. Le russe, m'as-tu dit ? Tu le parles assez pour en connaître les subtilités quand il s'agit des affaires ?

— Je le parle assez bien, oui...

— Nous pourrions voir ça ensemble. Je te ferai faire un essai...

Philippe Dupin resta un long moment silencieux. Joséphine n'osait pas l'interrompre. Cet homme si parfait l'intimidait et pourtant, étrangement, il ne lui avait jamais paru si humain. Le portable de Philippe se remit à sonner et il ne décrocha pas. Joséphine lui en fut reconnaissante.

— La seule chose que je te demanderai, Joséphine, c'est de n'en parler à personne. Absolument personne... Ni à ta mère, ni à ta sœur, ni à ton mari. Je préférerais que tout ça reste entre nous. Entre nous deux, je veux dire.

— J'aimerais bien aussi, soupira Joséphine. J'en ai marre, si tu savais, de devoir me justifier tout le temps auprès de tous ces gens qui me trouvent molle et nouille...

Les mots « molle » et « nouille » le firent sourire et la tension tomba d'un seul coup. Elle n'a pas tort, se dit-il. Il y a quelque chose d'insipide en elle. Ce sont exactement les mots que j'aurais employés pour la décrire. Il fut pris d'une vague sympathie pour cette petite belle-sœur maladroite mais attendrissante.

– Je t'aime beaucoup, Jo. Et je t'estime beaucoup aussi. Ne rougis pas ! Je te trouve très courageuse, très bonne...

– À défaut d'être belle et énigmatique comme Iris...

– C'est vrai qu'Iris est très belle mais tu as une autre beauté...

– Oh, Philippe, arrête ! Je vais pleurer... Je suis fragile en ce moment. Si tu savais ce que je viens de faire...

– Antoine est parti... C'est ça ?

Ce n'est pas à cela qu'elle pensait mais oui, elle se rappelait : Antoine était parti. Elle se reprit :

– Oui...

– Ce sont des choses qui arrivent...

– Oui, grimaça Joséphine dans un sourire, tu vois, dans mon malheur, je n'ai même pas l'apanage de l'originalité.

Ils se sourirent, et restèrent un moment silencieux. Puis Philippe Dupin se leva et alla consulter son agenda.

– On dit demain à mon bureau vers quinze heures. Ça te va ? Je te présenterai la personne chargée de superviser les traductions...

– Merci, Philippe. Merci beaucoup.

Il posa un doigt sur sa bouche pour lui rappeler le secret qu'elle s'était engagée à tenir. Elle hocha la tête.

Dans le salon, assise sur les genoux de Marcel Grobz, passant et repassant la main sur son crâne chauve, Hortense Cortès se demandait ce que sa mère et son oncle pouvaient bien avoir à se dire pour rester enfermés aussi longtemps dans le bureau et comment elle allait bien pouvoir rattraper l'énorme gaffe commise ce soir par sa mère.

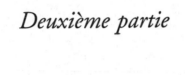

*Deuxième partie*

Sur la table de la cuisine, Joséphine faisait ses comptes.

Octobre. La rentrée était passée. Elle avait tout payé : les fournitures scolaires, les blouses de laboratoire, les cartables, les tenues de gym, la cantine des filles, les assurances, les impôts et les traites de l'appartement.

— Toute seule ! soupira-t-elle, en laissant tomber son crayon.

Un vrai tour de force.

Bien sûr, il y avait eu les traductions faites pour le cabinet de Philippe. Elle avait travaillé avec acharnement en juillet et en août. Elle n'était pas partie en vacances et était restée dans l'appartement de Courbevoie. Son unique récréation avait été d'arroser les plantes sur le balcon ! Elle avait eu bien du mal avec le camélia blanc. Antoine avait emmené les petites au mois de juillet, comme ils en étaient convenus, et Iris les avait invitées chez elle à Deauville en août. Jo avait pris une petite semaine autour du 15 août pour les rejoindre. Les filles avaient l'air en pleine forme. Hâlées, reposées, grandies. Zoé avait gagné le concours de châteaux de sable et brandissait son lot : un appareil photo numérique. « Ouaou ! avait dit Jo, on voit qu'on est chez les riches ici ! », Hortense avait pris un petit air réprobateur. « Oh, ma chérie, c'est si bon de se détendre et de dire des bêtises ! — Oui mais, maman, tu risques de faire de la peine à Iris et Philippe qui sont si gentils avec nous... »

Joséphine s'était promis de faire attention et de ne plus se laisser aller à dire n'importe quoi. Elle était beaucoup plus à l'aise avec Philippe. Elle se sentait comme une collaboratrice, bien que le mot dépassât de loin sa fonction. Un soir, ils s'étaient retrouvés tous les deux, seuls, sur le ponton en bois qui avançait dans la mer ; il lui avait parlé d'une affaire qu'il venait juste de conclure et dont elle avait été la première à traduire les prémices. Ils avaient trinqué à la santé de ce nouveau client. Elle avait été émue.

La maison était belle, suspendue entre mer et dunes ; il y avait des fêtes chaque soir, on partait à la pêche, on faisait griller le poisson sur de grands barbecues, on improvisait de nouveaux cocktails et les filles se laissaient tomber dans le sable en se vantant d'être paf.

Elle avait regagné Paris à contrecœur. Mais quand elle avait vu le montant du chèque que lui avait remis la secrétaire de Philippe, elle ne l'avait pas regretté. Elle avait cru à une erreur. Elle soupçonnait Philippe de l'avoir surpayée. Elle le voyait rarement ; c'était toujours sa secrétaire qui la recevait. Parfois il écrivait un petit mot où il disait être très satisfait de son travail. Un jour, il avait ajouté : « P-S : Ça ne m'étonne pas de toi. »

Son cœur s'était emporté. Elle s'était souvenue de leur conversation dans son bureau le soir où... le soir où elle s'était disputée avec sa mère.

Et puis, récemment, une collaboratrice de Philippe, celle à qui elle rendait son travail, lui avait demandé si elle se sentait de taille à traduire des ouvrages de l'anglais. « De vrais livres ? » avait demandé Jo, en écarquillant les yeux. « Oui, bien sûr... – Des livres pour de bon ? – Oui..., avait répondu la collaboratrice, un peu énervée par les questions de Jo. Un de nos clients est un éditeur qui aurait besoin d'une traduction rapide et soignée d'une biographie d'Audrey Hepburn ; j'ai pensé à vous... – À moi ? » avait articulé Joséphine d'une voix aigrelette qui montrait à quel point elle était sidérée. – Eh bien oui, à vous ! » avait répondu Me Caroline Vibert, qui montrait maintenant de réels signes d'exaspération. « Oh mais... bien sûr ! avait dit Jo pour se rattraper. Sans problème ! Il le lui faut pour quand ? »

Me Vibert lui avait donné le téléphone de la personne à qui elle devait s'adresser et tout s'était conclu très vite. Elle avait deux mois pour boucler la traduction de *Audrey Hepburn, une vie*, 352 pages écrites serré ! Et deux mois, avait-elle calculé, cela signifie que je dois avoir terminé fin novembre !

Elle s'essuya le front. C'est qu'elle n'avait pas que ça à faire. Elle s'était inscrite pour une conférence à l'université de Lyon ; il lui fallait rédiger une bonne cinquantaine de pages sur le travail féminin dans les ateliers de tissage au XII<sup>e</sup> siècle. Au Moyen Âge, les femmes travaillaient à peu près autant que les hommes, mais n'effectuaient pas les mêmes opérations. D'après les comptes des drapiers, sur quarante et un ouvriers, on comptait vingt femmes et vingt et un hommes. Interdits étaient les métiers jugés trop fatigants pour les femmes. Ainsi la tapisserie de haute lice, car elle obligeait à tenir les bras tendus. On a souvent des idées toutes faites sur cette époque, on imagine les femmes retirées dans leur château, serrées dans leur hennin et leur ceinture de chasteté alors qu'elles étaient actives, surtout dans le peuple et chez les artisans. Beaucoup moins dans l'aristocratie, c'est sûr. Joséphine rêvassa un instant au début de sa conférence. Comment commencer : par une anecdote ? une statistique ? une généralité ?

Le crayon en l'air, elle réfléchissait. Lorsque, soudain, une idée lui traversa le cerveau et éclata en bombe : J'ai oublié de demander combien je serai payée pour Audrey Hepburn ! J'ai pris mon ouvrage comme une bonne ouvrière et j'ai oublié. Une vague de panique la submergea et elle s'imagina prise dans un traquenard. Comment faire ? Appeler et dire : « Au fait, vous me payez combien ? C'est idiot ! J'ai oublié d'en parler avec vous » ? Demander à Me Vibert ? Impossible. Nouille et molle, nouille et molle, nouille et molle. Tout va trop vite ! se lamenta-t-elle. Mais comment faire autrement ? Les gens n'ont pas le temps d'attendre, pas le temps de réfléchir. Il aurait fallu que je note sur un papier toutes mes questions avant de me rendre à ce rendez-vous. Il faut que j'apprenne à aller vite, à être efficace. Moi qui menais une petite vie d'escargot studieux...

Pour la traduction de la biographie d'Audrey Hepburn, Shirley lui donnait un coup de main. Joséphine marquait les mots ou les expressions qui lui posaient un problème et fonçait chez Shirley. Les portes n'arrêtaient pas de battre sur le palier.

Mais là, sur le papier, les chiffres ne mentaient pas. Elle s'en sortait plutôt bien. Elle éprouva une sensation d'euphorie et étendit les bras pour mimer son envol. Heureuse ! Heureuse ! Puis elle se reprit et invoqua le ciel que le miracle dure. Pas une seconde elle ne se dit : C'est parce que je travaille, parce que je n'arrête pas de travailler. Non ! Jamais Joséphine n'établissait le lien entre son effort et la récompense. Jamais Joséphine ne s'octroyait une félicitation. Elle remerciait Dieu, le ciel, Philippe ou Me Vibert. Elle ne pensait pas à s'accorder quelques lauriers pour les heures passées à rester penchée sur le dictionnaire et la feuille de papier.

Il faudrait que je m'achète un ordinateur si je continue ces travaux, j'irai plus vite. Une autre dépense, songea-t-elle, et elle la balaya de la main.

D'un côté elle avait aligné ses gains, de l'autre ses dépenses. Au crayon, elle marquait les entrées et les sorties éventuelles, au Bic rouge, ce qui était certain. Et elle arrondissait. Elle arrondissait beaucoup. À son désavantage. Comme ça, se disait-elle, je ne pourrai être surprise qu'en bien et avoir une petite marge. C'est ce qui la terrifiait : elle n'avait pas de marge. Qu'il lui arrive un coup dur et c'était la catastrophe !

Elle n'avait personne vers qui se tourner.

Ce doit être ça, le vrai sens du mot « seule ». Avant, on était deux. Avant, surtout, Antoine veillait à tout. Elle signait là où il posait son doigt. Il riait et disait : « Je pourrais te faire signer n'importe quoi ! » et elle disait : « Oui, bien sûr ! je te fais confiance ! » Il l'embrassait dans le cou pendant qu'elle signait.

Plus personne ne l'embrassait dans le cou.

Ils n'avaient toujours pas parlé de séparation ni de divorce. Elle avait continué, docile, à parapher tous les papiers qu'il lui présentait. Sans lui poser de questions. En fermant les yeux pour que ce lien entre eux dure encore. Mari et femme, mari et femme. Pour le meilleur et pour le pire.

Il continuait à « prendre l'air ». Avec Mylène. Ça va faire six mois qu'il s'aère, pensa-t-elle en sentant monter la colère. Elle connaissait de plus en plus de ces accès de rage qui la submergeaient.

Quand il était venu chercher les filles début juillet, ça lui avait fait mal. Très mal. La porte de l'ascenseur qui claque. « Au revoir, maman, travaille bien ! – Amusez-vous, les filles ! Profitez bien ! » Et puis le silence dans la cage d'escalier. Et puis... elle avait couru au balcon et aperçu Antoine qui chargeait la voiture, ouvrait le coffre, engageait les deux valises et... à l'avant, à sa place à elle, un coude qui dépassait. Un coude en coton rouge.

Mylène !

Il l'emmenait en vacances avec les filles.

Mylène !

Elle était assise à sa place.

Mylène !

Elle ne se cachait pas, elle laissait dépasser son coude. Son coude rouge.

Jo eut, un instant, l'envie de courir rattraper ses filles par la peau du cou et de les arracher aux griffes de leur père, mais elle réfléchit. Antoine était dans son droit, son droit le plus strict. Elle n'avait rien à dire.

Elle s'était laissée tomber sur le sol en béton du balcon. Avait enfoncé les poings dans les yeux et pleuré, pleuré. Un long moment. Sans bouger. Passant et repassant sans arrêt le même film. Antoine présentait Mylène aux filles, Mylène leur souriait. Antoine conduisait, Mylène lisait la carte. Antoine proposait de s'arrêter dans un restaurant, Mylène choisissait. Antoine avait loué un appartement avec les filles et Mylène. La chambre des filles, sa chambre avec Mylène. Il dormait avec Mylène et les filles dormaient dans la chambre à côté. Le matin, ils prenaient leur petit-déjeuner ensemble. Tous ensemble ! Antoine allait faire le marché avec les filles et Mylène. Il courait sur la plage avec les filles et Mylène. Il emmenait à la fête foraine les filles et Mylène. Il achetait de la barbe à papa pour les filles et Mylène. Les mots ne formaient plus qu'une rengaine qui chantonnait « les filles et Mylène, Antoine et Mylène ». Alors elle avait respiré profondément et hurlé : « Famille recomposée, mon cul ! » Cela l'avait étonnée de s'entendre hurler ainsi, elle avait arrêté de pleurer.

Ce jour-là, Joséphine avait compris que son mariage était fini. Un coude en tissu rouge avait été plus efficace que tous les mots prononcés entre Antoine et elle. Fini, s'était-elle dit en dessinant sur une feuille de papier un triangle qu'elle avait colorié en rouge vif. Fi-ni. Bien fini.

Elle avait accroché le triangle rouge dans la cuisine au-dessus du grille-pain afin de le contempler chaque matin.

Le lendemain, elle avait repris ses traductions.

Plus tard, quand elle se rendit à Deauville, chez Iris, elle apprit que Zoé avait beaucoup pleuré pendant ce mois de juillet. Elle l'apprit par Iris qui le tenait d'Alexandre à qui Zoé s'était confiée. « Antoine leur a dit qu'il valait mieux qu'elles s'habituent à Mylène parce qu'il comptait vivre avec elle, qu'ils avaient un projet de travail à la rentrée... Quoi ? Personne ne sait... » Les filles ne parlaient pas. Joséphine s'était mordu la langue pour ne pas leur poser de questions.

« Ces pauvres petites sont mal parties dans la vie ! déclara Madame mère à Iris. Mon Dieu, ce qu'on fait vivre aux enfants de nos jours ! Et on s'étonne que la société aille mal. Si les parents ne savent pas se tenir, que peut-on attendre des enfants ? »

Madame mère. Elle ne la voyait plus. Depuis le mois de mai. Depuis leur affrontement dans le salon d'Iris. Plus un seul mot. Plus un seul coup de téléphone. Plus une seule lettre. Rien. Elle n'y pensait pas tout le temps, mais quand elle entendait, dans la rue, une femme de son âge penchée sur une vieille dame qu'elle appelait « maman », ses genoux se dérobaient et elle cherchait un banc pour s'asseoir.

Et pourtant, elle se refusait à faire le premier pas. Et pourtant, elle n'enlevait pas un seul mot au discours qu'elle avait prononcé ce soir-là.

Elle se demandait même si ce n'était pas cette scène avec sa mère qui lui avait donné l'énergie de travailler. « On se sent très fort quand on ne triche pas. Ce soir-là, tu n'as pas triché et depuis, regarde comme tu avances ! » C'était la théorie de Shirley. Et Shirley n'avait peut-être pas tort.

Seule. Sans Antoine, sans mère. Sans homme.

À la bibliothèque, dans les travées étroites, entre les étagères de livres, elle avait heurté un homme qui venait en sens inverse. Elle avait les bras chargés de livres. Elle ne l'avait pas vu. Tous les livres avaient dégringolé, faisant grand bruit, et l'inconnu s'était baissé pour l'aider à les ramasser. Il lui avait fait les gros yeux, ce qui avait déclenché un fou rire chez Joséphine. Elle avait été obligée de sortir pour se calmer. Quand elle était rentrée, il lui avait adressé un clin d'œil de connivence. Elle avait été bouleversée. Tout l'après-midi elle avait cherché son regard, mais il avait gardé les yeux baissés sur ses classeurs. À un moment elle avait levé les yeux, il était parti.

Elle l'avait revu et il lui avait fait un petit signe de la main avec un sourire très doux. Il était grand, efflanqué, ses cheveux châtains lui tombaient dans les yeux, et ses joues avaient l'air aspirées tellement elles étaient creuses. Il posait délicatement son duffle-coat bleu marine sur le dossier de sa chaise avant de s'asseoir, l'époussetait, le lissait puis se laissait tomber comme un danseur sur sa chaise en tournant le dossier à l'envers. Il avait des jambes longues et maigres. Jo l'imaginait faisant des claquettes. En collant noir, veste noire, haut-de-forme noir. Son visage changeait souvent d'apparence. Elle le trouvait beau et romantique, pâle et mélancolique l'instant d'après. Elle n'était jamais sûr de le reconnaître. Parfois elle perdait son image et devait s'y prendre à plusieurs fois avant de le reconnaître, en chair et en os.

Elle n'avait pas osé raconter l'histoire du jeune homme à Shirley. Elle se serait moquée d'elle. « Mais il fallait l'inviter à prendre un café, lui demander son nom, connaître ses horaires de travail ! T'es nulle. »

Ben oui... Je suis nulle et c'est pas nouveau ! soupira Joséphine, en gribouillant sa feuille de comptes. Je vois tout, je sens tout, mille détails entrent en moi comme de longues échardes et m'écorchent vive. Mille détails que d'autres ne remarquent pas parce qu'ils ont des peaux de crocodile.

Le plus dur, c'était de ne pas se laisser envahir par la panique. La panique frappait toujours la nuit. Elle écoutait grandir en elle le danger qu'elle ne pourrait fuir. Elle se tournait et se retournait sur son matelas sans parvenir à s'endormir. Payer les traites de l'appartement, les charges de l'immeuble, les impôts, les jolies tenues d'Hortense, l'entretien de la voiture, les assurances, les notes de téléphone, l'abonnement à la piscine, les vacances, les places de cinéma, les chaussures, les appareils dentaires... Elle énumérait les dépenses et, les yeux grands ouverts, terrifiée, s'enroulait dans les couvertures pour ne plus penser. Il lui arrivait de se réveiller, de s'asseoir dans son lit, de faire et refaire les comptes dans tous les sens et de constater que non, elle n'y arriverait pas alors qu'en pleine journée, les chiffres avaient dit oui ! Elle allumait, paniquée, allait rechercher le morceau de papier sur lequel elle avait griffonné ses comptes et les recommençait dans tous les sens jusqu'à ce qu'elle retrouve... son bon sens et éteigne, épuisée.

Elle redoutait les nuits.

Elle jeta une dernière fois les yeux sur les chiffres tracés au crayon et sur ceux tracés en rouge et constata, rassurée, que, pour le moment, ils se tenaient tranquilles. Son esprit s'envola vers la conférence qu'il lui fallait préparer. Un passage, qu'elle avait lu, lui revint en tête. Elle s'était dit qu'il serait utile de le recopier et de s'en servir. Elle partit à sa recherche, le retrouva. Elle décida de le placer en tête de sa conférence.

« Les recherches de l'histoire économique mettent toutes en valeur les années 1070-1130 en France : on trouve alors aussi bien de nombreuses fondations de bourgs ruraux que les premiers signes de l'essor urbain, aussi bien la pénétration de la monnaie dans les campagnes que l'établissement de courants commerciaux interurbains. Or ce temps de dynamisme et d'innovation est AUSSI celui où l'extorsion seigneuriale apparaît systématique. Comment penser la relation entre ces deux faits : décollage économique malgré la seigneurie ou grâce à elle ? »

Le coude glissant sur la toile cirée, Jo se demandait si la question ne s'appliquait pas aussi à son propre cas. Depuis qu'elle était seule, persécutée par les notes à payer, elle grandissait en savoir et en sagesse. Comme si le fait d'être en danger la poussait à mettre les bouchées doubles, à travailler, travailler...

Si tout cet argent ne s'évaporait pas aussi vite, je pourrais louer une maison pour les filles l'été prochain, leur acheter les beaux vêtements qu'elles réclament, les emmener au théâtre, au concert... On pourrait dîner au restaurant une fois par semaine et se faire belles ! J'irais chez le coiffeur, j'achèterais une belle robe, Hortense n'aurait plus honte de moi...

Elle se laissa aller à rêver un instant puis se reprit : elle avait promis à Shirley de l'aider à livrer des gâteaux pour un mariage. Une grosse commande. Shirley avait besoin d'elle pour que les gâteaux ne se répandent pas dans le break et pour rester au volant, pendant la livraison, au cas où elle ne pourrait pas se garer.

Elle rangea ses affaires, son livre de comptes, son crayon, son Bic rouge. Resta encore un instant pensive, à suçoter le capuchon du Bic, puis se leva, enfila un manteau et rejoignit Shirley.

Shirley l'attendait sur le palier en tapant du pied. Son fils Gary se tenait debout dans l'embrasure de la porte. Il fit un signe de la main à Jo puis referma la porte. Joséphine étouffa une exclamation de surprise qui n'échappa pas à Shirley.

– Qu'est-ce que tu as ? Tu as vu un fantôme ?

— Non mais Gary... je viens de le voir en homme, l'homme qu'il sera dans quelques années. Qu'est-ce qu'il est beau !

— Oui, je sais, les femmes commencent à le reluquer.

— Il le sait ?

— Non ! Et c'est pas moi qui vais le lui dire... J'ai pas envie qu'il soit imbibé de sa personne.

— Imbu de sa personne, Shirley, pas imbibé.

Shirley haussa les épaules. Elle avait empilé les cagettes où reposaient, enveloppés dans des linges blancs, les gâteaux qu'elle devait livrer.

— Dis-moi... Le père devait être pas mal ?

— Le père était l'homme le plus beau du monde... C'était sa principale qualité, d'ailleurs !

Elle fronça les sourcils et balaya l'air de la main comme si elle chassait un mauvais souvenir.

— Bon, alors... Comment fait-on ?

— Comme tu veux... C'est toi qui sais, c'est toi qui décides.

Joséphine la laissa échafauder un plan.

— On descend tout en bas, tu gardes les gâteaux pendant que je vais chercher la voiture, on charge et hop ! c'est parti... Appelle l'ascenseur et bloque la porte.

— Il vient avec nous, Gary ?

— Non. Son prof de français est malade, il est tout le temps malade... Plutôt que de rester à l'étude, il rentre à la maison et lit Nietzsche ! Y en a qui ont des ados boutonneux, moi j'ai un intello ! Allez ! On perd du temps à bavarder, *move on !*

Joséphine s'exécuta. En quelques minutes la voiture était chargée, les gâteaux empilés à l'arrière et Jo posait une main sur les cagettes pour les retenir.

— Regarde le plan, lança Shirley, et dis-moi s'il y a un autre chemin que de passer par l'avenue Blanqui ?

115

Joséphine attrapa le plan qui traînait sur le plancher et l'étudia.

– Que tu es lente, Jo.

– Ce n'est pas moi qui suis lente, c'est toi qui es pressée. Laisse-moi le temps de regarder.

– T'as raison. Tu es si mignonne de m'accompagner. Je devrais te remercier plutôt que de t'engueuler.

Voilà exactement pourquoi j'aime cette femme, se dit Jo, tout en consultant le plan. Quand elle abuse, elle le reconnaît, quand elle a tort, elle le reconnaît aussi. Elle est toujours exacte. Ses mots, ses gestes, ses actes coïncident avec sa pensée. Rien n'est faux ni artificiel.

– Tu peux prendre par la rue d'Artois, tourner dans Maréchal-Joffre et prendre à droite, la première, et tu tombes sur ta rue Clément-Marot...

– Merci. Je devais livrer à cinq heures et voilà qu'ils m'appellent pour me dire que c'est quatre heures ou je peux me carrer mes gâteaux là où je pense. C'est un gros client, alors il sait bien que je vais m'exécuter le petit doigt sur le couture...

Quand Shirley était énervée, elle faisait des fautes de français. Sinon elle parlait une langue remarquable.

– La société se moque des gens. Elle leur vole leur temps, la seule chose non tarifiée que chacun possède pour en faire ce qu'il veut. Tout se passe comme si on devait sacrifier nos plus belles années sur l'autel de l'économie. Qu'est-ce qu'il nous reste après, hein ? Les années de vieillesse, plus ou moins sordides, où on porte des dentiers et des couches-culottes ! Tu vas pas me dire qu'il n'y a pas un vice là-dedans.

– Peut-être mais je ne vois pas comment faire autrement. A moins de changer la société. D'autres ont essayé avant nous et on ne peut pas dire que les résultats aient été concluants.

116

Si tu envoies promener ta société, ils passeront par quelqu'un d'autre et tu perdras ton marché de gâteaux.

— Je sais, je sais... Mais je râle parce que ça me fait du bien ! J'évacue la tension... Et puis, on peut toujours rêver.

Une mobylette vint couper la route de Shirley qui lâcha une salve d'injures en anglais.

— Heureusement qu'Audrey Hepburn ne parlait pas comme toi ! J'aurais du mal à la traduire.

— Qu'est-ce que tu en sais ? Elle se soulageait peut-être parfois en disant des gros mots ! Ils sont pas dans la bio, c'est tout.

— Elle a l'air si parfaite, si bien élevée. T'as remarqué qu'elle n'a pas une seule histoire d'amour qui ne se termine en mariage ?

— C'est ce qu'on dit dans ton livre ! Quand elle a tourné *Sabrina*, elle a fricoté avec William Holden et il était marié.

— Oui mais elle l'a éconduit. Parce qu'il lui a avoué s'être fait stériliser et qu'elle voulait plein d'enfants. Elle adorait les enfants. Le mariage et les enfants...

Comme moi, ajouta Jo tout bas.

— Faut dire qu'après ce qu'elle avait vécu, adolescente, elle devait rêver d'un home, sweet home...

— Ah ! Ça t'a étonnée toi aussi ? J'aurais jamais cru ça d'elle, si menue, si fragile.

À quinze ans, pendant la Seconde Guerre mondiale, en Hollande, Audrey Hepburn avait travaillé pour la Résistance. Elle transportait des messages cachés dans les semelles de ses chaussures. Un jour, alors qu'elle revenait d'une mission, elle fut arrêtée par les nazis, embarquée avec une dizaine de femmes vers la Kommandantur. Elle réussit à s'enfuir et se réfugia dans la cave d'une maison, avec sa sacoche d'écolière et, en tout et pour tout, un jus de pomme et un morceau de pain. Elle y passa un mois en compagnie d'une famille de rats affamés. C'était en août 45, deux mois avant la libération de la Hollande. Morte de faim et d'angoisse, elle finit par sortir en pleine nuit, erra dans les rues et se retrouva chez elle.

— J'adore le test de la fille la plus sexy du monde ! ajouta Jo.

— C'est quoi, ça ?

— Un test qu'elle faisait dans les soirées, quand elle a débuté sa carrière en Angleterre. Elle était très complexée parce qu'elle avait de grands pieds et pas de poitrine. Elle se mettait dans un coin et se répétait : « Je suis la fille la plus désirable du monde ! Les hommes tombent à mes pieds, je n'ai qu'à me baisser pour les ramasser »... elle se le répétait tant et tant que ça marchait ! Avant la fin de la soirée, elle était le centre d'un embouteillage d'hommes.

— Tu devrais essayer.

— Oh ! Moi...

— Si, tu sais... Tu as un petit côté Audrey Hepburn.

— Arrête de te moquer de moi.

— Mais si... Si tu perdais quelques kilos ! Tu as déjà les grands pieds, les petits seins, les grands yeux noisette, les cheveux châtains raides.

— T'es méchante !

— Pas du tout. Tu me connais : je dis toujours ce que je pense.

Joséphine hésita, puis se jeta à l'eau :

— J'ai remarqué un type à la bibliothèque...

Elle raconta à Shirley la collision, les livres qui dégringolent, le fou rire et la complicité immédiate qui s'était établie avec l'inconnu.

— Il ressemble à quoi ?

— Il a l'air d'un étudiant attardé... Il porte un duffle-coat. Un homme ne porte pas de duffle-coat à moins d'être un étudiant attardé.

– Ou un cinéaste qui fait des recherches, ou un explorateur frileux, ou un agrégé d'histoire qui prépare une thèse sur la sœur de Jeanne d'Arc... Il y a plein d'hypothèses, tu sais.

– C'est la première fois que je regarde un homme depuis que...

Jo s'arrêta. Elle avait encore du mal à parler du départ d'Antoine. Elle déglutit, se reprit.

– Depuis qu'Antoine est parti...

– Vous vous êtes revus ?

– Une ou deux fois... chaque fois, il m'a souri. On peut pas se parler à la bibliothèque, tout le monde est silencieux... Alors on parle avec les yeux... Il est beau, qu'est-ce qu'il est beau ! Et romantique !

Le feu passa au rouge et Jo en profita pour sortir un papier et un crayon de sa poche et demanda :

– Tu sais, quand Audrey tourne avec Gary Cooper... et qu'il parle un drôle d'anglais ?

– C'était un vrai cow-boy. Il venait du Montana. Il ne disait pas *yes* ou *no*, il disait *yup* et *nope* ! Cet homme qui a fait rêver des millions de femmes parlait comme à la ferme. Et, sans vouloir te décevoir, était plutôt terne !

– Il dit aussi : « *Am only in film because ah have a family and we all like to eat !* » Comment tu traduirais ça en langage cow-boy, justement...

Shirley se gratta la tête et embraya. Elle donna un coup de volant à droite, un coup de volant à gauche et réussit, après avoir insulté deux ou trois automobilistes, à se dégager de l'embouteillage.

– Tu pourrais mettre : « Ma foi, j'fais des films pace que j'dois nourrir ma famille et on aime tous bien becqueter... » Un truc comme ça ! Regarde sur le plan si je peux prendre à droite, parce que c'est tout bouché.

– Tu peux... Mais après faudra que tu reviennes à gauche.

— Je reviendrai à gauche. C'est la place du cœur, c'est ma place à moi.

Joséphine sourit. La vie se transformait en centrifugeuse, auprès de Shirley. Elle ne restait jamais bloquée sur des apparences, des conventions, des préjugés. Elle savait exactement ce qu'elle voulait ; elle allait droit au but. La vie selon Shirley était simple. La manière dont elle élevait Gary la choquait parfois. Elle parlait à son fils comme s'il était adulte. Elle ne lui cachait rien. Elle avait dit à Gary que son père s'était volatilisé à sa naissance, elle lui avait dit aussi que, le jour où il le lui demanderait, elle lui donnerait son nom pour qu'il le retrouve s'il le désirait. Elle avait ajouté qu'elle avait été follement amoureuse de son père, qu'il avait été un enfant désiré, aimé. Que la vie était rude pour les hommes aujourd'hui, que les femmes leur demandaient beaucoup et qu'ils n'avaient pas toujours les épaules assez larges pour tout porter. Alors, parfois, ils préféraient prendre la fuite. Cela semblait suffire à Gary.

Pendant les vacances, Shirley partait en Écosse. Elle voulait que Gary connaisse le pays de ses ancêtres, parle anglais, apprenne une autre culture. Cette année, quand ils étaient rentrés, Shirley était sombre et maussade. Elle avait laissé échapper ces mots : « L'année prochaine, nous irons ailleurs... » Elle n'en avait plus jamais parlé.

— À quoi tu penses ? demanda Shirley.

— Je pensais à ta part de mystère, à tout ce que je ne sais pas de toi...

— Et c'est tant mieux ! Tout savoir de l'autre est ennuyeux.

— T'as raison... Pourtant, parfois je voudrais être vieille parce que je me dis qu'alors je saurai vraiment qui je suis, moi !

— À mon avis, mais ce n'est qu'un avis, ton mystère à toi réside dans l'enfance. Il y a un truc qui s'est passé qui t'a bloquée... Je me demande souvent pourquoi tu fais si peu cas de toi-même, pourquoi tu as si peu d'assurance...

— Moi aussi je me le demande, figure-toi.

— Alors c'est bien ! C'est un début. L'interrogation est le premier morceau du puzzle que tu poses. Il y a des gens qui ne se posent jamais aucune question, qui vivent les yeux fermés et ne trouvent jamais rien...

— C'est pas ton cas !

— Non... Et ça va être de moins en moins le tien. Jusqu'à maintenant tu t'étais retranchée dans ton mariage, dans tes études, mais tu es en train de mettre le nez dehors et il va s'en passer des choses, tu vas voir ! Dès qu'on bouge, on se met à faire bouger la vie autour de soi. Tu n'y échapperas pas. On est encore loin ?

À seize heures précises, elles aperçurent les grilles de la société Parnell Traiteur. Shirley se gara sur le bateau, empêchant les voitures d'entrer ou de sortir.

— Tu restes dans la voiture et tu la bouges si on gêne ? Moi, je livre.

Joséphine opina. Elle passa sur le siège du conducteur et regarda Shirley s'activer autour des cagettes de gâteaux. Elle les dégageait d'un coup d'épaule, les empilait jusqu'au menton, les tenait à bout de bras et avançait à grandes enjambées. On aurait vraiment dit un homme, de dos ! Elle portait une salopette de travail et une veste de meunier. Mais dès qu'elle se retournait, elle devenait Uma Thurman ou Ingrid Bergman, une de ces grandes femmes blondes, carrées, le sourire désarmant, la peau claire, et les yeux fendus comme ceux d'un chat.

Elle revint en gambadant et claqua deux baisers sur les joues de Jo.

— Du blé ! Du blé ! Je vais pouvoir me renflouer ! Il me

tape sur le système ce client, mais il paie bien ! On va au café se payer une petite mousse ?

Au retour, alors qu'elles se laissaient bercer par le roulis du break, et que Joséphine échafaudait le plan de sa conférence, elle fut tirée de sa rêverie par une silhouette qui traversait, sous leurs yeux.

— Regarde ! s'écria Jo en attrapant la manche de Shirley. Là, devant nous.

Un homme en duffle-coat, les cheveux mi-longs, châtains, les mains dans les poches, traversait, sans se presser.

— On peut pas dire qu'il est nerveux, lui. Tu le connais ?

— C'est lui, l'homme de la bibliothèque ! Celui... tu sais... t'as vu comme il est beau et nonchalant.

— Pour être nonchalant, il est nonchalant !

— Quelle allure ! Il est encore plus beau qu'en bibliothèque.

Joséphine recula dans son siège de peur qu'il ne l'aperçoive. Puis, n'y tenant plus, elle se rapprocha et colla son nez sur le pare-brise. Le jeune homme en duffle-coat s'était retourné et faisait de grands gestes en montrant le feu qui allait passer au vert.

— Aïe ! fit Shirley. Tu vois ce que je vois ?

Une jeune fille blonde, mince, ravissante, s'élança vers lui et le rattrapa. Elle enfonça une main dans sa poche de duffle-coat et lui fit une caresse sur la joue de l'autre main. L'homme l'attira vers lui et l'embrassa.

Joséphine baissa le nez et soupira.

— Et voilà !

— Et voilà quoi ? rugit Shirley. Et voilà il ne sait pas que tu es là ! Et voilà il peut changer d'avis ! Et voilà tu vas devenir Audrey Hepburn et le séduire ! Et voilà t'arrêtes de manger du chocolat en travaillant ! Et voilà tu maigris ! Et voilà on ne voit plus que tes grands yeux, ta taille de guêpe et voilà il tombe à tes pieds ! Et voilà c'est toi qui mets ta main dans sa poche de duffle-coat ! Et voilà vous vous envoyez furieusement en l'air ! C'est comme ça que tu dois penser, Jo, pas autrement.

Joséphine l'écoutait, la tête toujours baissée.

— Je ne dois pas être taillée pour vivre de grands romans d'amour.

— Ne me dis pas que tu t'étais déjà construit tout un roman ?

Jo, piteuse, hocha la tête.

— J'ai bien peur que si...

Shirley embraya, empoigna le volant, démarra d'un coup sec et violent, imprimant toute sa rage sur la chaussée, y déposant l'empreinte de ses pneus.

Ce matin-là, en arrivant au bureau, Josiane eut un appel de son frère l'informant que leur mère était morte. Bien qu'elle n'ait reçu que des coups de sa mère, elle pleura. Elle pleura sur son père décédé dix ans auparavant, sur son enfance zébrée de souffrances, sur les tendresses jamais données, les fous rires jamais partagés, les compliments jamais formulés, sur tout ce vide qui lui faisait si mal. Elle se sentit orpheline. Puis elle réalisa qu'elle était vraiment devenue orpheline et elle redoubla de pleurs. C'était comme si elle rattrapait le temps perdu : petite, elle n'avait pas le droit de pleurer. Une grimace de larmes et c'était la taloche qui partait, sifflait dans l'air et venait brûler sa joue. Elle comprit, en versant des larmes, qu'elle tendait la main à cette petite fille qui n'avait jamais pu pleurer, que c'était une manière de la consoler, de la prendre dans ses bras, de lui faire une petite place à ses côtés. C'est drôle, se dit-elle, j'ai l'impression que je suis double : la Josiane de trente-huit ans, rusée, déterminée, qui sait faire valser la vie sans qu'on lui marche sur les pieds, et l'autre, la petite fille barbouillée et maladroite qui a mal au ventre à force d'avoir peur, d'avoir faim, d'avoir froid. En pleurant, elle les réunissait toutes les deux et c'était bon, ces retrouvailles.

— Mais qu'est-ce qu'il se passe ici ? C'est le bureau des pleurs, ma parole. Et vous ne répondez pas au téléphone !

Henriette Grobz, raide comme un parapluie, une large galette en guise de chapeau posée de travers sur la tête, dévisageait Josiane qui s'aperçut, en effet, que le téléphone sonnait. Elle attendit un instant et, quand il s'arrêta, sortit un Kleenex usagé de sa poche et se moucha.

— C'est ma mère, renifla Josiane. Elle est morte...

— C'est triste, c'est sûr, mais... On perd tous ses parents un jour ou l'autre, il faut s'y préparer.

— Eh bien ! Disons que je n'étais pas préparée...

— Vous n'êtes plus une petite fille. Reprenez-vous. Si tous les employés transportent leurs problèmes personnels dans l'entreprise, où va la France ?

Les états d'âme au bureau, c'est un luxe de patron, pas d'employé, pensait Henriette Grobz. Elle n'a qu'à retenir ses larmes jusqu'à ce soir et se vider chez elle ! Elle n'avait jamais aimé Josiane. Elle n'appréciait pas son insolence, sa manière d'onduler quand elle marchait, souple, bien en chair, féline, ses beaux cheveux blonds, ses yeux. Ah ! Ses yeux ! Excitants, audacieux, vifs et parfois liquides, langoureux. Elle avait souvent demandé à Chef de la renvoyer, mais il s'y refusait.

— Mon mari est là ? demanda-t-elle à Josiane qui, le regard buté, s'était redressée et faisait semblant de suivre le vol d'une mouche pour ne pas avoir à regarder en face cette femme qu'elle abhorrait.

— Il est dans les étages, mais il va revenir. Vous n'avez qu'à vous installer dans son bureau, il ne devrait pas tarder... Vous connaissez le chemin !

— Un peu de courtoisie, mon petit, je ne vous permets pas

de me parler comme ça..., répliqua Henriette Grobz sur un ton de domination blessante.

Josiane riposta comme un serpent à sonnette :

— Vous n'avez pas à m'appeler mon petit. Je suis Josiane Lambert et pas votre petite... Heureusement, d'ailleurs ! J'en crèverais.

Je n'aime pas ses yeux, pensa Josiane. Ses petits yeux froids, durs, avares, pleins de soupçons et de calculs. Je n'aime pas ses lèvres minces, sèches, ses commissures blanchâtres. Elle a du plâtre dans la bouche, cette femme ! Je ne supporte pas qu'elle s'adresse à moi comme si j'étais sa domestique. C'est quoi son titre de gloire : d'avoir épousé un brave garçon qui l'a tirée du soupirail de la misère ? Elle s'est mis le cul au chaud, mais je pourrais bien lui couper le chauffage. Rira bien qui rira la dernière !

— Faites attention, ma petite Josiane, j'ai de l'influence sur mon mari et je pourrais décider que vous n'avez plus rien à faire dans cette entreprise. Des secrétaires, on en trouve à la pelle. Si j'étais vous, je surveillerais mes propos.

— Et si j'étais vous, je ne serais pas aussi sûre de moi. En attendant, laissez-moi travailler et allez vous installer dans le bureau, lui intima-t-elle sur un tel ton autoritaire qu'Henriette Grobz, de sa démarche raide et mécanique, lui obéit.

Sur le pas de la porte, elle se retourna et pointant un doigt menaçant vers Josiane, elle ajouta :

— Mais ce n'est pas fini, ma petite Josiane. Vous allez entendre parler de moi et si je peux vous donner un bon conseil : préparez-vous à plier bagage.

— C'est ce qu'on verra, ma bonne dame. J'en ai connu de plus teigneuses que vous et personne jusqu'à maintenant n'a eu ma peau. Mettez-vous ça dans le crâne, sous votre grand chapeau !

Elle entendit la porte du bureau de Chef se refermer violemment et eut un petit sourire satisfait. Elle enrage, la vieille bique ! Un point pour moi. Depuis leur première poignée de main, le Cure-dents l'insupportait. Elle avait pris l'habitude de ne jamais baisser le regard face à elle. Elle la défiait œil contre œil. Un duel de duègnes féroces. L'une sèche, fripée, grincheuse, et l'autre, mousseuse, rose et moelleuse. Aussi tenaces l'une que l'autre !

Elle composa le numéro de téléphone de son frère pour savoir quand les obsèques auraient lieu, attendit un instant, c'était occupé, recomposa le numéro et attendit encore. Est-ce qu'elle pourrait vraiment me mettre à la porte ? se demanda-t-elle soudain en écoutant le téléphone qui faisait tutt-tutt. Est-ce qu'elle pourrait vraiment... Peut-être que oui finalement. Les hommes sont si lâches ! Il me dirait simplement qu'il me case ailleurs. Dans une succursale. Et je serais loin du poste de commandement. Loin de tout ce que j'ai mis en place si patiemment et qui est sur le point de porter ses fruits. Tutt-tutt... Je ferais bien d'ouvrir l'œil et le bon ! Tutt-tutt... Va pas falloir qu'il m'étourdisse de mots pour me faire avaler la pilule, le bon Marcel !

– Allô, Stéphane. C'est Josiane...

L'enterrement aurait lieu le samedi suivant au cimetière du village qu'habitait sa mère et Josiane, prise d'une subite sentimentalité, décida d'y assister. Elle voulait être là quand on la mettrait en terre. Elle avait besoin de voir sa mère descendre dans un grand trou noir pour toujours. Alors elle pourrait lui dire au revoir et peut-être, peut-être lui murmurer qu'elle aurait tellement aimé pouvoir l'aimer.

– Elle a demandé à être incinérée...

– Ah bon... Et pourquoi ? demanda Josiane.

– Elle avait trop peur de se réveiller dans le noir...

– Je la comprends.

Ma petite maman qui a peur dans le noir. Elle eut un élan

126

d'amour envers sa mère. Et se remit à pleurer. Elle raccrocha, se moucha et sentit une main se poser sur son épaule.

– Ça va pas, Choupette ?

– C'est maman : elle est morte.

– Et tu as de la peine ?

– Ben oui...

– Allez, viens là...

Chef l'avait empoignée par la taille et assise sur ses genoux.

– Mets tes bras autour de mon cou et laisse-toi aller... comme si tu étais mon bébé. Tu sais combien j'aurais aimé avoir un petit, un petit à moi.

– Oui, renifla Josiane en se serrant contre ses bons gros bras.

– Tu sais qu'elle m'a jamais voulu m'en donner un.

– Tant mieux, finalement..., déglutit Josiane en se mouchant.

– C'est pour ça que tu es tout pour moi... Ma femme et mon bébé.

– Ta maîtresse et ton bébé ! Parce que ta femme est dans ton bureau et t'attend.

– Ma femme !

Chef bondit comme si on lui avait piqué le derrière avec un clou rouillé.

– T'es sûre ?

– On a eu quelques mots ensemble...

Il se frotta le crâne d'un air embarrassé.

– Vous vous êtes disputées ?

– Elle m'a cherchée, elle m'a trouvée !

– Oh là là ! Et moi qui ai besoin de sa signature ! J'ai réussi à refiler aux Anglais ma succursale pourrie, tu sais, celle de Murepain, celle dont je voulais me débarrasser... Il va falloir que je l'amadoue ! Choupette, tu pouvais pas attendre un autre jour pour lui chercher des noises ! Comment je vais faire maintenant ?

— Elle va te réclamer mon scalp...

— À ce point-là ?

Il avait l'air inquiet. Il se mit à arpenter la pièce, tournant en rond, faisant des gestes désordonnés, écrasant la paume de la main sur le bureau, pivotant, parlant tout seul, puis agitant les bras et se laissant retomber sur une chaise.

— Elle te fait si peur ?

Il eut un pauvre sourire de soldat vaincu, les mains en l'air, la culotte sur les genoux.

— Je ferais peut-être mieux d'aller la voir...

— Oui, va voir ce qu'elle fricote toute seule dans ton bureau...

Chef prit un air contrit et s'éloigna, écartant les bras, se battant les flancs comme s'il s'excusait de cette retraite honteuse. Puis courbé, défait, il se retourna et, d'une petite voix pas téméraire du tout, demanda :

— Tu m'en veux, Choupette ?

— Allez, va...

Elle connaissait le courage des hommes. Elle ne s'attendait pas à ce qu'il la défende. Elle l'avait vu si souvent ressortir tremblant d'une entrevue avec le Cure-dents. Elle n'attendait rien de lui. De la douceur peut-être, de la tendresse quand ils étaient au lit. Elle lui donnait du plaisir à ce brave gros qui en était si privé et ça la remplissait de joie, car en amour, donner c'est aussi bon que de recevoir. Quelle sensation délicieuse de grimper sur lui et de le sentir se pâmer entre ses cuisses. De voir ses yeux se tourner, sa bouche se tordre. Ça lui mettait de l'émotion au ventre, un sentiment de puissance... presque maternelle. Et puis, il en était tant passé entre ses cuisses ! Un de plus, un de moins ! Celui-là était gentil. Elle y avait pris goût à ce pouvoir-là, à cet échange d'amour entre son gros poupon et elle. Peut-être qu'elle aurait mieux fait de s'écraser, après tout... Josiane n'avait jamais fait confiance aux hommes. Aux femmes non plus d'ailleurs. Tout juste si elle se faisait confiance à elle ! Parfois, elle était déroutée par ses propres réactions.

Elle se leva, s'étira et décida d'aller prendre un café pour se remettre les idées en place. Elle jeta un dernier regard soupçonneux sur le bureau de Chef. Que se passait-il entre sa femme et lui ? Allait-il céder au chantage et la sacrifier sur l'autel des biffetons ? Le roi Biffeton. C'est comme ça que sa mère appelait l'argent. L'adoration du roi Biffeton. Y a que nous, les petits et les humbles qui connaissons cette prosternation devant l'argent ! On ne l'empoche pas comme un dû ou une rapine, on le sublime, on l'idolâtre. On se précipite sur le moindre centime qui tombe et ricoche à terre. On le ramasse, on le frotte jusqu'à ce qu'il brille, on le respire. On jette un regard de chien battu sur le riche qui l'a laissé tomber et n'a pas pris la peine de se baisser pour le ramasser. Et moi avec mes allures de fille affranchie, moi qui me suis fait exploiter toute ma vie par le roi Biffeton, moi qui lui dois la perte de ma virginité, les premiers coups de poing sur la nuque, les premiers coups de pied dans le ventre, moi qu'il a humiliée, brutalisée, dès que je vois un riche je ne peux m'empêcher de le regarder comme un être supérieur, je lève les yeux sur lui comme si c'était le Messie, je suis prête à lui balancer l'encens et la myrrhe !

Furieuse contre elle-même, elle défroissa sa robe et alla mettre une pièce dans la machine à café. Le gobelet tomba sous le jet brûlant et elle attendit que la machine ait fini de cracher sa bile noire. Elle enserra le gobelet de ses deux mains et apprécia la chaleur qu'il dégageait.

— Tu fais quoi ce soir ? Tu vois le Vieux ?

C'était Bruno Chaval qui venait faire une pause devant la

machine à café. Il avait sorti une cigarette qu'il tapotait sur le paquet avant de l'allumer. Il fumait des maïs jaunes, il avait vu ça dans des vieux films.

– Ah ! Ne l'appelle pas comme ça.

– T'as un retour d'amour, ma poule ?

– Je ne supporte pas que tu l'appelles le Vieux, c'est simple.

– Parce que tu l'aimes, finalement, ton gros papi ?

– Eh bien oui...

– Ah ! mais tu m'avais jamais dit ça...

– La conversation n'a jamais été une priorité entre nous.

– J'ai compris : t'es de mauvais poil, j'la boucle.

Elle haussa les épaules et frotta sa joue contre le gobelet chaud.

Ils restèrent un moment silencieux, sans se regarder, buvant leur café à petites gorgées. Chaval se rapprocha, colla sa hanche contre la hanche de Josiane, donna un coup de reins, l'air de rien, pour vérifier si elle était vraiment fâchée. Puis, comme elle ne bougeait pas, comme elle ne le repoussait pas, il plongea son nez dans son cou et soupira :

– Humm ! Tu sens le bon savon ! J'ai envie de t'allonger et de te respirer en prenant tout mon temps.

Elle se dégagea en poussant un soupir. Comme s'il prenait son temps avec elle ! Comme s'il la caressait ! Il se laissait aimer, oui ! C'est lui qui s'allongeait et elle qui devait faire tout le boulot jusqu'à ce qu'il geigne et s'agite ! À peine s'il la remerciait ou la câlinait ensuite.

Cynique et charmant, cambrant sa taille fine, allumant sa cigarette, rejetant une mèche de cheveux bruns qui le gênait, il ne la lâchait pas des yeux et la regardait avec la satisfaction d'un propriétaire content de son acquisition. Il savait la faire plier, l'enjôler. Depuis qu'il se l'était mise dans la poche – ou plutôt dans son lit –, il était devenu vaniteux. Comme si c'était un exploit ! Il s'appropriait la gloire de sa conquête et se poussait du col. Il avait accès au patron grâce à elle et le pouvoir était à portée de main. Il n'était plus un vulgaire employé, il allait devenir un associé ! Les hommes, c'est comme ça, ça ne sait pas accepter le succès ou la gloire sans s'ébouriffer les plumes et se pavaner. Et depuis que Josiane lui avait promis qu'elle parlerait au Vieux et qu'il aurait de la promotion, il piaffait d'impatience. Il la cherchait partout, dans les couloirs, les recoins, les ascenseurs, pour qu'elle le rassure. Alors il a signé ? Il a signé ? Elle le repoussait mais il revenait toujours. Qu'est-ce que tu crois ? C'est usant pour mes nerfs, ce suspense ! Je voudrais t'y voir, toi ! gémissait-il.

Cette fois encore il aurait voulu demander : « Et alors ? Il t'a dit quelque chose ? » Mais il voyait bien que ce n'était pas le moment. Il attendit.

Josiane ne restait pas fâchée longtemps. Elle était plutôt bonne fille avec les hommes. Comment ça se fait que je ne leur en veuille pas plus ? se demandait-elle. Comment ça se fait que j'aime toujours faire l'amour ? Même les gros, les moches, les violents qui m'ont forcée, je ne leur en veux pas. On ne peut pas dire qu'ils m'ont donné du plaisir mais j'y retourne toujours. Et s'ils enrobent leur sale vice de douceur et de tendresse, je galope. Il suffit qu'on me parle doucement, qu'on me considère comme un être humain avec une âme, un cerveau, un cœur, qu'on m'accorde une place dans la société et je redeviens une enfant. Toutes mes colères, mes rancunes, mes vengeances sont balayées, je suis prête à me sacrifier pour qu'ils continuent à me parler avec respect et considération. Qu'ils me disent des mots gentils. Qu'ils me demandent mon avis. Suis-je bête !

– Allez, ma petite chérie, on fait la paix ? chuchota Chaval en posant sa main sur la hanche de Josiane et en la faisant pivoter contre lui.

– Arrête, on va nous voir.

— Mais non ! On dira qu'on est bons camarades et qu'on rigolait.

— Mais non, j'te dis. Il est dans le bureau avec le Cure-dents. S'il sort et qu'il nous voit, je suis cuite.

Si ça se trouve, je suis déjà cuite ! Si ça se trouve, il m'a déjà sacrifiée sur l'autel de l'entreprise ! Depuis le temps qu'il veut fourguer l'usine de Murepain, il est prêt à tout pour qu'elle signe. Il va lui promettre ma tête à la rombière. Je ne pèse pas lourd face à ce contrat. Et alors tout se débinera. Chef, Chaval, le dieu Biffeton ! Ils se feront tous la malle et je me retrouverai cul nu sur la paille, comme d'habitude. À cette pensée, le courage l'abandonna et elle se sentit devenir toute molle. Elle se laissa aller contre Chaval et perdit courage.

— Tu m'aimes un peu quand même ? demanda-t-elle d'une voix qui mendiait la tendresse.

— Si je t'aime, ma beauté ? Mais tu en doutes, ma parole ! T'es folle. Attends un peu et tu vas voir comme je vais te le prouver.

Il glissa une main sous ses fesses et les empoigna.

— Non mais... si ça se fait pas, par hasard ou déveine ? Tu me garderas ?

— Comment ça ? Il t'a dit quelque chose contre moi ? Dis, dis-moi...

— Non mais c'est que j'ai peur d'un coup...

Elle sentait le dieu Biffeton brandir un grand couteau prêt à lui trancher le cou. Elle était toute frémissante, et un grand vide se creusa en elle. Elle ferma les yeux et se plaqua contre lui. Il recula un peu mais, voyant qu'elle était devenue toute blanche, il la soutint et la prit par la taille. Elle se laissa aller en murmurant « juste quelques mots, dis-moi quelques mots doux, c'est que j'ai si peur, tu comprends, j'ai si peur... ». Il commençait à s'énerver. Dieu, que c'est compliqué les femmes ! pensa-t-il y a à peine une minute, elle m'envoyait valser, et la minute d'après elle me demande de la rassurer. Embarrassé, il la tenait contre lui, la portait presque car il sentait bien qu'elle n'avait plus de forces et qu'elle s'abandonnait. Si faible, si flageolante. Il lui caressait les cheveux d'une main distraite. Il n'osait pas demander si le Vieux avait signé sa promotion, mais ça le titillait drôlement, alors il la tenait comme on tient un colis encombrant dont on ne peut se débarrasser. Sans savoir très bien quoi en faire : l'adosser contre la machine à café ? l'asseoir ? Il n'y avait pas de chaise... Ah ! maugréa-t-il en silence, voilà où ça me mène de remettre mon sort entre les mains d'une gonzesse. Il n'avait qu'une seule envie, c'était s'arracher aux bras de cette femme. Baiser, oui, mais pas de papouilles après. Pas de serments d'amour, de baisers lacrymaux. Dès qu'on s'approche trop près, on recueille tous les miasmes de l'affection.

– Allez, Josy, reprends-toi ! Pour le coup, oui, on va nous voir. Allez, tu vas tout foutre en l'air !

Elle se déprit, s'écarta en titubant, les yeux rougis de larmes. S'essuya le nez, demanda pardon... Mais c'était trop tard.

Henriette et Marcel Grobz attendaient devant l'ascenseur et, muets, les dévisageaient. Henriette, la bouche pincée, la face crispée sous son grand chapeau. Marcel, mou, avachi, les joues tremblant d'un chagrin que ne démentait pas le reste de sa physionomie.

Henriette Grobz, la première, détourna la tête. Puis elle attrapa Marcel par la veste et l'entraîna dans l'ascenseur. Une fois que les portes furent refermées, elle laissa libre cours à sa joie rageuse :

– Tu vois, je t'avais bien dit que cette fille était une traînée ! Quand je pense à la manière dont elle m'a parlé. Et tu prenais sa défense, en plus. Ce que tu peux être naïf, mon pauvre Marcel...

Marcel Grobz, les yeux fixés sur la moquette de l'ascenseur, comptant les trous faits par les brûlures de cigarette, luttait pour retenir les larmes qui lui nouaient la gorge.

La lettre portait un timbre bariolé, estampillé d'une bonne semaine. Elle était adressée à Hortense et Zoé Cortès. Jo reconnut l'écriture d'Antoine, mais se retint de l'ouvrir. Elle la posa sur la table de la cuisine au milieu des papiers et des livres, tourna et tourna autour, la porta à hauteur d'yeux, tenta d'apercevoir des photos, un chèque... En vain. Elle dut attendre que les filles rentrent de l'école.

C'est Hortense qui l'aperçut la première et s'en empara. Zoé se mit à faire des bonds en criant : « Moi aussi ! Moi aussi, je veux la lettre. » Joséphine les fit asseoir et demanda à Hortense de la lire à haute voix, puis elle installa Zoé sur ses genoux et, la tenant serrée contre elle, se prépara à écouter. Hortense coupa le haut de l'enveloppe avec un couteau, en sortit six feuilles de papier fin, les déplia et les coucha sur la table de la cuisine en les lissant avec tendresse du dos de la main. Puis elle se mit à lire :

Mes belles chéries,

Comme vous l'avez sûrement compris en voyant le timbre sur l'enveloppe, je suis au Kenya. Depuis un mois. Je voulais vous faire la surprise et c'est pour ça que je ne vous ai rien dit avant de partir. Mais je compte bien que vous veniez me voir dès que je serai tout à fait installé. On pourrait prévoir cela pour les vacances scolaires. Je verrai ça avec maman.

Le Kenya est (si vous regardez dans un dictionnaire) un État coincé entre l'Éthiopie, la Somalie, l'Ouganda, le Rwanda et la Tanzanie, sur la côte est de l'Afrique, face aux îles Seychelles, sur l'océan Indien... Ça vous dit quelque chose ? Non ? Vous allez devoir réviser votre géographie. La bande côtière où j'habite, entre Malindi et Mombasa, est la région la plus connue du Kenya. Elle a dépendu du sultan de Zanzibar jusqu'en 1890. Les Arabes, les Portugais puis les Anglais se sont disputé le Kenya qui n'est devenu indépendant qu'en 1963. Mais assez d'histoire pour aujourd'hui ! Je suis sûr que vous vous posez une seule question : que fait papa au Kenya ? Avant de vous répondre, juste une recommandation... Vous êtes assises, mes petites chéries ? Vous êtes bien assises ?

Hortense eut un sourire indulgent et soupira : « Ça, c'est du papa tout craché ! » Jo n'en revenait pas : il était parti au Kenya ! Tout seul ou avec Mylène ? Le triangle rouge, au-dessus du grille-pain, la narguait. Il lui sembla qu'il clignotait.

... Je fais de l'élevage de crocodiles...

Les filles arrondirent la bouche de surprise. Des crocodiles ! Hortense reprit sa lecture en soufflant entre les mots tant elle était déconcertée.

... pour des industriels chinois ! Vous n'êtes pas sans savoir que la Chine est en train de devenir une grande puissance industrielle, qui possède une variété extraordinaire de ressources naturelles et commerciales qui vont de la fabrication d'ordinateurs aux moteurs de voiture en passant par tout ce qui se produit de par le monde, et ne voilà-t-il pas que les Chinois ont décidé d'exploiter les crocodiles comme matière première ! Un certain mister Wei, mon patron, a installé à Kilifi une ferme modèle et espère que, bientôt, cette ferme produira en grande quantité de la viande de crocodile, des œufs de crocodile, des sacs en crocodile, des chaussures en crocodile, des porte-monnaie en crocodile... Vous seriez surprises si je vous révélais tous les plans de mes investisseurs et l'ingéniosité de leurs installations ! Donc ils ont décidé de les « cultiver » massivement dans un parc naturel. Mister Lee, mon adjoint chinois, m'a raconté qu'ils ont rempli d'énormes Boeing 747 de dizaines de milliers de crocodiles venus de Thaïlande. Les fermiers thaïlandais, frappés par la crise asiatique, étaient obligés de s'en débarrasser : le prix du crocodile avait chuté de 75 % ! Ils les ont eus pour rien du tout. Ils étaient soldés !

— Il est rigolo, papa ! remarqua Zoé en suçant son pouce. Mais moi, j'aime pas ça qu'il travaille avec les crocodiles. C'est nul, le crocodile !

Ils les ont installés dans des bras de rivières isolées par des filets en acier et se sont mis en quête d'un « *deputy general manager* »... C'est mon titre, mes petites chéries. Je suis le *deputy general manager* du Croco Park !

— C'est comme PDG, déclara Hortense après avoir réfléchi. C'est ce que j'avais écrit sur mes fiches de renseignements à la rentrée quand on m'a demandé la profession du père.

... Et je règne sur soixante-dix mille crocodiles ! Vous vous rendez compte ?

— Soixante-dix mille ! fit Zoé. Il a pas intérêt à tomber à l'eau quand il se balade dans sa ferme ! J'aime pas ça du tout.

C'est un ancien client du temps où je travaillais chez

Gunman and Co qui m'a trouvé ce travail. J'étais tombé sur lui, à Paris, un soir du mois de juin, alors que je prenais un verre au bar panoramique du Concorde Lafayette, porte Maillot. Vous vous souvenez : je vous y ai emmenées plusieurs fois. Je lui avais dit que je cherchais du travail, que j'avais envie de quitter la France et il a pensé à moi quand il a entendu parler de la ferme aux crocodiles ! Ce qui m'a poussé à tenter l'aventure, c'est l'essor économique incroyable qu'est en train de connaître la Chine. C'est comme le Japon des années quatre-vingt. Tout ce que les Chinois touchent se transforme en or ! Y compris les crocodiles. Enfin, ça, ça va être mon boulot à moi de faire prospérer les crocodiles. Et même, pourquoi pas, de les introduire en Bourse. Ce serait drôle, non ? Les ouvriers chinois qui ont été envoyés ici travaillent de longues heures et s'entassent dans des bungalows en torchis. Ils rient tout le temps. Je me demande même s'ils ne rient pas en dormant. Ils sont si drôles à voir avec leur petites jambes toutes maigres qui dépassent de leurs shorts trop larges. Le seul problème, c'est qu'ils se font souvent attaquer par les crocodiles et ont de nombreuses balafres aux bras, aux jambes, et même au visage. Et devinez quoi ? Ils se recousent eux-mêmes. Avec du fil et une aiguille. Ils sont impayables ! Il y a bien une infirmière sur place qui est chargée de les recoudre mais elle s'occupe principalement des visiteurs.

Car j'ai oublié de vous dire que le Croco Park est ouvert aux touristes. Aux Européens, aux Américains, aux Australiens qui viennent faire des safaris au Kenya. Notre ferme figure en bonne place sur le catalogue d'excursions qui leur sont proposées. Ils paient un droit d'entrée minime et reçoivent une canne à pêche en bambou et deux carcasses de poulets à attacher au bout de la ficelle. Ils peuvent ainsi s'amuser à laisser traîner les morceaux de poulet dans l'eau des marais et nourrir les crocodiles qui, il faut le reconnaître, sont assez gloutons. Et méchants aussi ! On a beau recommander aux visiteurs d'être prudents, parfois ils s'enhardissent, s'approchent et se font happer, car le crocodile est très rapide et possède des rangées de dents aussi tranchantes qu'une tronçonneuse ! Il arrive aussi qu'ils assomment les gens d'un coup de queue et leur rompent le cou. On essaie de ne pas faire trop de publicité autour de ces incidents. Mais, et je ne peux pas les blâmer, ils n'ont pas très envie de revenir quand ils ont été cruellement mordus une fois !

– C'est normal, reconnut Hortense. Moi quand j'irai, je les regarderai à la jumelle !

Jo écoutait, abasourdie. Une ferme de crocodiles ! Pourquoi pas un élevage de coccinelles ?

Mais je vous rassure tout de suite : je ne risque rien car moi, les crocodiles, je m'en occupe de loin ! Je ne les approche pas. Je laisse ça aux Chinois. L'affaire promet d'être très prospère. D'abord parce que la Chine produit ainsi la matière première dont elle a besoin pour fabriquer tous les modèles français et italiens – sacs, chaussures et accessoires – qu'elle copie. Ensuite, parce que les Chinois sont très friands de viande et d'œufs de crocodile qui sont soigneusement conditionnés et expédiés en Chine par bateaux. Vous voyez, j'ai du pain sur la planche pour organiser tout ce petit commerce et je ne chôme pas ! J'habite ce qu'ils appellent ici la « maison du maître », une grande demeure en bois située au milieu de la ferme avec un étage, plusieurs chambres à coucher, et une piscine soigneusement entourée de barbelés au cas où un crocodile aurait envie de venir y patauger. C'est déjà arrivé ! Le directeur du parc, qui était là avant moi, s'est trouvé un jour nez à nez avec un crocodile et, depuis ce jour-là, la sécurité a été renforcée. À chaque coin de la ferme, il y a des miradors avec des gardes armés qui balaient l'espace de grands coups de projecteur ; parfois, la nuit, des indigènes viennent voler des crocodiles pour en manger la chair qui, le saviez-vous, est délicieuse !

Voilà, mes petites chéries, vous savez tout ou presque sur ma nouvelle vie. Le petit matin se lève et je vais retrouver mon adjoint pour fixer les tâches à effectuer aujourd'hui. Je vous écrirai très vite et très souvent car vous me manquez et je pense beaucoup, beaucoup à vous. J'ai posé vos photos sur mon bureau et je vous présente à tous ceux qui me demandent : « Mais qui sont ces jolies demoiselles ? » Je réponds fièrement : « Ce sont mes filles, les plus jolies filles du monde ! » Écrivez-moi. Dites à maman de vous acheter un ordinateur, comme ça je pourrai vous envoyer des photos de la maison, des crocodiles et des petits Chinois en short ! On trouve des modèles à bas prix maintenant et ce ne devrait pas être un gros investissement. Je vous embrasse fort comme je vous aime, papa.

P-S. Ci-joint une lettre pour votre maman...

Hortense tendit un dernier feuillet à Joséphine qui le plia et le glissa dans la poche de son tablier de cuisine.
— Tu ne lis pas tout de suite ? demanda Hortense.
— Non... Vous voulez qu'on parle de la lettre de papa ?

Les filles la regardaient, sans rien dire. Zoé suçait son pouce. Hortense réfléchissait.

— Les crocodiles, c'est nul ! dit Zoé. Et pourquoi il est pas resté en France ?

— Parce qu'en France on ne cultive pas le crocodile, comme il dit, soupira Hortense. Et il n'arrêtait pas de dire qu'il voulait partir à l'étranger. Chaque fois qu'on l'a vu, il ne parlait que de ça... Je me demande juste si elle est partie avec lui...

— J'espère qu'il est bien payé et qu'il va aimer son travail, ajouta très vite Joséphine pour que les filles ne se mettent pas à parler de Mylène. C'est si important pour lui de refaire surface, d'avoir à nouveau des responsabilités. Un homme qui ne travaille pas ne peut pas se sentir bien dans sa peau... Et puis, il est dans son élément. Il a toujours aimé les grands espaces, les voyages, l'Afrique...

Joséphine essayait de conjurer avec des mots l'appréhension qui l'envahissait. Quelle folie ! se disait-elle. J'espère qu'il n'a pas investi dans cette affaire... Quel argent aurait-il pu investir ? Celui de Mylène ? J'aurais été bien en peine de l'aider, moi. Mais il ne faudrait pas qu'il me demande un jour de le renflouer. Elle se souvint alors qu'ils avaient un compte commun à la banque. Elle se promit d'en parler à monsieur Faugeron, son interlocuteur à la banque.

— Moi, je vais aller voir dans mon livre sur les reptiles ce que fabriquent les crocodiles, déclara Zoé en sautant des genoux de sa mère.

— Si on avait Internet, tu n'aurais pas à consulter un livre.

— Mais on n'a pas Internet, dit Zoé, alors je regarde dans les livres...

— Ça serait bien que tu nous achètes un ordinateur, lâcha Hortense. Toutes mes copines en ont un.

Et s'il a emprunté de l'argent à Mylène, c'est que leur histoire est sérieuse. C'est qu'ils vont peut-être se marier...

« Mais non, idiote, il ne peut pas se marier avec elle, il n'est pas divorcé ! » soupira Joséphine tout haut.

— Maman, tu m'écoutes pas !

— Mais si... mais si...

— Qu'est-ce que j'ai dit ?

— Qu'il te fallait un ordinateur.

— Et qu'est-ce que tu comptes faire ?

— Je ne sais pas, chérie, il faut que je réfléchisse.

— Ce n'est pas en réfléchissant que tu vas pouvoir le payer.

Elle doit être si jolie en maîtresse de maison ! Rose, fraîche et mince. Joséphine l'imaginait sous la véranda, attendant Antoine, sautant dans la Jeep pour faire le tour du parc, préparant la cuisine, feuilletant un journal dans un grand rocking-chair... Et le soir, quand il rentre, un boy leur prépare un bon dîner qu'ils dégustent à la lueur des bougies. Il doit avoir l'impression de recommencer sa vie. Une nouvelle femme, une nouvelle maison, un nouveau boulot. On doit lui paraître bien ternes, toutes les trois, dans notre petit appartement de Courbevoie.

Ce matin encore, madame Barthillet, la maman de Max, lui avait demandé : « Alors, madame Cortès, des nouvelles de votre mari ? » Elle avait répondu n'importe quoi. Madame Barthillet avait beaucoup maigri et Joséphine lui avait demandé si elle suivait un régime. « Vous allez rire, madame Cortès, je fais le régime de la pomme de terre ! » Joséphine avait éclaté de rire et madame Barthillet l'avait reprise : « Je suis sérieuse : une pomme de terre chaque soir, trois heures après le dîner, et toutes vos envies de sucré disparaissent ! Il paraît que la pomme de terre, prise avant de s'endormir, libère deux hormones qui neutralisent l'envie de sucres et de glucides dans le cerveau. Vous n'avez plus envie de manger entre les repas. Donc vous maigrissez, c'est scientifique. C'est Max qui m'a trouvé ça sur Internet... Vous avez Internet, non ? Parce que sinon je vous aurais donné le nom du site. C'est étonnant ce régime, mais ça marche, je vous assure. »

— Maman, ce n'est pas un luxe, c'est un outil de travail... Tu pourrais t'en servir pour ton boulot et nous pour nos études.

— Je sais, chérie, je sais.

— Tu dis ça, mais ça t'intéresse pas. Et pourtant, il s'agit de mon avenir...

— Écoute, Hortense, je ferai tout pour vous. Tout ! Quand je te dis que je vais y penser, c'est pour ne pas te faire de promesses impossibles mais il se peut bien que j'y arrive.

— Oh merci, maman, merci ! Je savais que je pouvais compter sur toi.

Hortense se jeta au cou de sa mère et insista pour s'asseoir sur ses genoux comme Zoé.

— Je peux encore, dis, maman, je ne suis pas trop vieille ?

Joséphine éclata de rire et la serra contre elle. Elle se sentit plus émue qu'elle n'aurait dû l'être. La tenir contre elle, sentir sa chaleur, l'odeur sucrée de sa peau, le léger parfum qui montait de ses vêtements lui mettait des larmes aux yeux.

— Oh, ma chérie, je t'aime tellement, si tu savais ! Je suis si malheureuse quand on se dispute toutes les deux.

— On ne se dispute pas, maman, on discute. On ne voit pas les choses de la même manière, c'est tout. Et tu sais, si je m'énerve parfois, c'est que, depuis que papa est parti, j'ai de la peine, beaucoup de peine, alors je la passe en criant contre toi parce que tu es là, toi...

Joséphine eut du mal à retenir ses larmes.

— Tu es la seule personne sur qui je peux compter, tu comprends ça ? Alors je t'en demande beaucoup parce que pour moi, maman chérie, tu peux tout... Tu es si forte, si courageuse, si rassurante.

Jo reprenait courage en écoutant sa fille. Elle n'avait plus peur, elle se sentait capable de tous les sacrifices pour qu'Hortense reste blottie contre elle et lui dispense sa tendresse.

– Je te promets, chérie, que tu l'auras ton ordinateur. Pour Noël... Tu pourras attendre jusqu'à Noël ?

– Oh merci, maman chérie. Tu ne pouvais pas me faire plus plaisir.

Elle jeta les bras autour du cou de Joséphine et l'étreignit si fort que celle-ci cria : « Pitié ! pitié ! tu vas me rompre le cou ! » Puis elle courut rejoindre Zoé dans sa chambre pour lui annoncer la bonne nouvelle.

Joséphine se sentit légère. La joie de sa fille rayonnait en elle et la délivrait de ses soucis. Depuis qu'elle avait accepté les traductions, elle avait mis Hortense et Zoé à la cantine et le soir, c'était presque toujours le même menu : jambon et purée. Zoé mangeait en grimaçant, Hortense chipotait. Joséphine finissait leurs assiettes pour ne rien jeter. C'est pour cela aussi que je grossis, pensa-t-elle, je mange pour trois. Le repas terminé, elle faisait la vaisselle – le lave-vaisselle était en panne et elle n'avait pas d'argent pour le faire réparer ou le remplacer –, nettoyait la toile cirée de la table de la cuisine, sortait ses livres du placard et se remettait à travailler. Elle laissait les filles allumer la télé... et reprenait sa traduction en cours.

De temps en temps, elle entendait leurs réflexions. « Moi plus tard, je serai styliste, disait Hortense, je monterai ma propre maison de mode... – Et moi je coudrai des habits pour mes poupées alors... », répondait Zoé. Elle levait la tête, souriait, et replongeait le nez dans la vie d'Audrey Hepburn. Elle n'arrêtait que pour s'assurer qu'elles s'étaient bien lavé les dents et allait les embrasser quand elles étaient au lit.

– Max Barthillet, il m'invite plus chez lui, maman... Pourquoi, tu crois ?

– Je ne sais pas, chérie, répondait Joséphine, absente. Les gens ont tous des soucis...

– Maman, si je veux être styliste, assurait Hortense, il faut que je commence à très bien m'habiller... Je ne peux pas porter n'importe quoi.

– Allez, dodo, les filles ! clamait Joséphine, pressée de retourner à son travail. Demain, sept heures, debout.

– Tu crois que les parents de Max Barthillet ils vont divorcer ? demandait Zoé.

– Je ne sais pas, mon amour, dors.

– Tu pourras me donner un peu d'argent que je m'achète un tee-shirt Diesel, dis, maman, suppliait Hortense.

– Dodo ! Je ne veux plus entendre un seul mot.

– 'nuit, m'man...

Elle reprenait sa traduction. Qu'aurait fait Audrey Hepburn dans sa situation ? Elle aurait travaillé, elle serait restée digne, elle aurait pensé au bien-être de ses enfants. RESTER DIGNE ET PENSER AU BIEN-ÊTRE DES ENFANTS. C'est ainsi qu'elle avait mené sa vie, digne, aimante, et maigre comme un clou. Ce soir-là, Joséphine décida de commencer le régime de la pomme de terre.


C'était une nuit froide et pluvieuse de novembre. Philippe et Iris Dupin rentraient chez eux. Ils avaient été invités chez l'un des associés de Philippe. Un grand dîner, une vingtaine de convives, un maître d'hôtel qui passait les plats, des bouquets de fleurs somptueux, un feu de cheminée qui crépitait dans le salon, des conversations si convenues qu'Iris aurait pu les réciter d'avance. Luxe, bonne chère et... ennui, résumat-elle en se renversant dans le siège avant de la berline confortable qui traversait Paris. Philippe conduisait, silencieux. Elle n'avait pas réussi à accrocher son regard de toute la soirée.

Iris regardait Paris et ne pouvait s'empêcher d'admirer les immeubles, les monuments, les ponts sur la Seine, l'architecture des grandes avenues. Quand elle habitait New York, Paris lui manquait. Les rues de Paris, la pierre blonde des immeubles, les allées plantées d'arbres, les terrasses de café, le cours paisible de la Seine. Il lui arrivait de fermer les yeux et de se passer des photographies de la ville.

C'était la partie de ces soirées qu'elle préférait : le retour en voiture. Enlever ses chaussures, allonger ses longues jambes, renverser sa nuque contre l'appui-tête, fermer les yeux à demi et se laisser envahir par le spectacle de la ville qui tremblotait dans les phares.

Elle s'était ennuyée à mourir à ce dîner, assise entre un jeune avocat enthousiaste qui débutait dans le métier et un des plus gros notaires parisiens qui parlait de la hausse de l'immobilier. L'ennui provoquait chez elle des élans de colère. Elle avait envie de se lever et de renverser la table. Au lieu de cela, elle se dédoublait et laissait « l'autre », la belle madame Dupin, remplir son emploi d'« épouse de ». Elle faisait entendre son rire, le rire d'une femme heureuse, pour effacer sa rage intérieure.

Au début de son mariage, elle s'efforçait de participer aux conversations, s'intéressait à la vie des affaires, à la Bourse, aux bénéfices, aux dividendes, aux alliances des grands groupes, aux stratégies inventées pour battre un rival ou gagner un allié. Elle venait d'un milieu différent : celui de l'université de Columbia, des discussions échevelées autour d'un film, d'un scénario, d'un livre et elle se sentait aussi gauche et hésitante qu'une débutante. Puis, peu à peu, elle avait compris qu'elle était hors jeu. On l'invitait parce qu'elle était jolie, charmante, la femme de Philippe. Ils allaient par deux. Mais il suffisait que son voisin de table lui demande « et vous, madame, que faites-vous ? » et qu'elle réponde « pas grand-chose ! Je me consacre à mon enfant... » pour qu'insensiblement il se détourne d'elle et se tourne vers une autre convive.

Elle en avait été peinée, blessée, puis elle s'était habituée. Il arrivait que certains hommes lui fassent des avances discrètes mais, quand les discussions s'animaient, elle restait sur le côté.

Ce soir, il en avait été autrement...

Quand le convive assis en face d'elle, un éditeur séduisant, connu pour sa production et ses succès féminins, lui avait lancé, ironique : « Alors, ma chère Iris, toujours Pénélope à la maison ? Bientôt on te mettra un tchador ! », elle avait été piquée et avait répondu sans y penser : « Tu vas être surpris : j'ai commencé à écrire ! » Elle avait à peine prononcé cette phrase que l'œil de l'éditeur s'allumait. « Un roman ? Et quelle sorte de roman ? – Un roman historique... » Sans réfléchir, elle avait pensé à Joséphine, à ses travaux sur le XIIᵉ siècle. Sa sœur était venue s'intercaler entre cet homme et elle. « Ah ! ça m'intéresse ! Les Français raffolent de l'histoire et de l'histoire romancée... Tu as commencé ? – Oui, avait-elle répliqué avec aplomb, appelant au secours la science de sa sœur. Un roman qui se passe au XIIᵉ siècle... Au temps d'Aliénor d'Aquitaine. On a beaucoup d'idées fausses sur cette époque. C'est une période charnière de l'histoire de France... Une époque qui ressemble étrangement à la nôtre : l'argent remplace le troc et prend une place prépondérante dans la vie des gens, les villages se vident, les villes se développent, la France s'ouvre aux influences étrangères, le commerce se répand dans toute l'Europe, la jeunesse, ne trouvant pas sa place dans la société, se révolte et devient violente. La religion tient une place prépondérante, à la fois force politique, économique et législative. Le clergé a des attitudes d'ayatollah et compte de nombreux fanatiques qui se mêlent de tout. C'est aussi l'époque des grands travaux, des constructions de cathédrales, d'universités, d'hôpitaux, des premiers romans d'amour, des premiers débats d'idées... » Elle improvisait. Tous les arguments de Jo sortaient de sa bouche comme rivières de diamants et l'éditeur, ébloui, sentant le bon filon, ne la quittait plus des yeux.

— C'est passionnant, dis-moi. On déjeune quand ?

C'est si bon d'exister et de ne plus être seulement « épouse de » et mère de famille... Elle se sentait pousser des ailes.

— J'irai te voir. Dès que j'aurai quelque chose de consistant à te montrer...

— Tu ne le montres à personne d'autre avant moi, promis ?

— Promis !

— Je compte sur toi... Je te ferai un beau contrat, je ne voudrais pas me mettre Philippe à dos.

Il lui avait donné le numéro de sa ligne directe et, avant de partir, lui avait rappelé sa promesse.

Philippe la déposa devant leur immeuble et alla se garer.

Elle courut se réfugier dans sa chambre et se déshabilla en repensant à son affabulation. Quelle audace ! Que vais-je faire maintenant ? Puis elle se rassura : il oubliera ou je lui dirai que je n'en suis qu'au début, qu'il faut me laisser du temps...

L'horloge en bronze posée sur la cheminée de la chambre sonna les douze coups de minuit. Iris frissonna de plaisir. Cela avait été délicieux de jouer un rôle ! De devenir une autre. De s'inventer une vie. Elle s'était sentie transportée dans le passé, au temps de ses études à Columbia, quand ils étudiaient en groupe une mise en scène, un rôle, la place de la caméra, la forme des dialogues, l'efficacité d'un enchaînement. Elle montrait à des apprentis comédiens comment interpréter leur personnage. Elle jouait l'homme, puis la femme, l'innocente victime et la manipulatrice perverse. La vie ne lui paraissait jamais assez grande pour contenir toutes les facettes de sa personnalité. Gabor l'encourageait. Ensemble, ils développaient des scénarios. Ils formaient une belle équipe.

Gabor... Elle revenait toujours à lui.

Elle secoua la tête et se reprit.

Pour la première fois depuis longtemps, elle s'était sentie vivante. Bien sûr, elle avait menti... mais ce n'était pas un gros mensonge !

Assise au pied du lit, en déshabillé de dentelle crème, elle empoigna ses brosses et brossa ses longs cheveux noirs. C'était un rituel auquel elle ne manquait jamais. Dans les romans qu'elle lisait, enfant, les héroïnes se brossaient les cheveux, matin et soir.

Les brosses crépitaient et, la tête renversée, Iris pensait à sa longue et morne journée. Encore une journée où elle n'avait rien fait. Depuis quelque temps, elle restait enfermée chez elle. Elle avait perdu le goût de se distraire en tourbillonnant dans le vide. Elle avait déjeuné seule, dans la cuisine, écoutant le bavardage de Babette, la femme de ménage qui aidait Carmen le matin. Iris observait Babette comme on scrute une amibe en lamelle, au laboratoire. La vie de Babette était un roman : enfant abandonnée, violée, recueillie par des familles d'accueil, rebelle, délinquante, mariée à dix-sept ans, mère à dix-huit, elle avait multiplié les fuites, les délits sans jamais abandonner sa fille, Marilyn, qu'elle emmenait calée sous son bras, la comblant de tout l'amour qu'elle n'avait pas reçu. À trente-cinq ans, elle avait décidé d'« arrêter les conneries ». Se ranger, travailler à la loyale pour payer les études de sa fille qui venait d'avoir le bac. Elle serait femme de ménage. Elle ne savait rien faire d'autre. Une excellente femme de ménage, la meilleure des femmes de ménage. Elle « taxerait les riches », vingt euros de l'heure. Iris, intriguée par cette petite blonde aux yeux bleus à l'insolence franche, l'avait engagée. Et depuis, elle se régalait à l'écouter ! Le dialogue était souvent étrange entre ces deux femmes que tout séparait et qui, dans la cuisine, se retrouvaient complices.

Ce matin-là, Babette avait mordu trop fort dans une

pomme, et sa dent de devant était restée fichée dans le fruit. Stupéfaite, Iris la vit récupérer la dent, la passer sous le robinet, sortir un tube de colle de son sac et la remettre en place.

— Ça t'arrive souvent ?

— Quoi ? Ah, ma dent ? De temps en temps...

— Pourquoi tu ne vas pas chez un dentiste ? Tu vas finir par la perdre.

— Vous savez combien ça coûte, les dentistes ? On voit bien que vous avez des sous, vous.

Babette vivait en concubinage avec Gérard, magasinier dans une boîte d'outillage électrique. Elle ravitaillait la maison en ampoules, prises multiples, toasteur, bouilloire, friteuse, congélateur, lave-vaisselle et tutti quanti. À des prix imbattables : quarante pour cent de réduction. Carmen appréciait. Les amours de Gérard et Babette étaient un feuilleton qu'Iris suivait avidement. Ils n'arrêtaient pas de se disputer, de se séparer, de se réconcilier, de se tromper et... de s'aimer. C'est la vie de Babette que je devrais raconter ! pensa Iris en ralentissant le ballet des brosses.

Ce matin, Iris avait déjeuné dans la cuisine pendant que Babette nettoyait le four. Elle entrait et ressortait du four tel un piston bien huilé.

— Comment tu fais pour être toujours aussi gaie ? avait demandé Iris.

— Je n'ai rien d'exceptionnel, vous savez ! Y en a treize à la douzaine des comme moi.

— Avec tout ce que tu as vécu ?

— J'en ai pas vécu plus qu'une autre.

— Si, quand même...

— Non, c'est vous à qui il n'est rien arrivé.

— Tu n'as pas des soucis, des angoisses ?

— Pas du tout.

— Tu es heureuse ?

Babette s'était extirpée du four et avait regardé Iris comme si elle venait de lui poser une question sur l'existence de Dieu.

— Quelle drôle de question ! Ce soir, on va boire l'apéro chez des potes et je suis contente mais demain est un autre jour.

— Comment tu fais ? avait soupiré Iris, avec envie.

— Vous êtes malheureuse, vous ?

Iris n'avait pas répondu.

— Ben dis donc... Si j'étais à votre place, qu'est-ce que je rigolerais ! Plus de soucis de fin de mois, plein de blé, un bel appartement, un beau mari, un beau garçon... Je me poserais même pas la question.

Iris avait eu un pâle sourire.

— La vie est plus compliquée que ça, Babette.

— Peut-être... Si vous le dites.

Elle avait disparu à nouveau, tête la première, dans le four. Iris l'avait entendue maugréer contre ces fours autonettoyants qui nettoyaient rien du tout. Elle avait cru entendre « huile de coude », suivi de borborygmes et enfin Babette était réapparue pour conclure :

— Peut-être qu'on peut pas tout avoir dans la vie. Moi je me marre et je suis pauvre, vous vous emmerdez et vous êtes riche.

Ce matin-là, après avoir laissé Babette dans le four, Iris s'était sentie très seule.

Si seulement elle avait pu appeler Bérengère... Elle ne la voyait plus et se sentait amputée d'une partie d'elle-même. Pas de la meilleure part, c'était sûr, mais, elle devait le reconnaître, Bérengère lui manquait. Ses ragots, l'odeur d'égouts de ses ragots.

Je la regardais de haut, je me disais que je n'avais rien en commun avec cette femme-là, mais je frétillais à jacasser avec elle. C'est comme une furie en moi, une perversion qui me pousse à désirer ce que je méprise le plus au monde. Je n'y résiste pas. Six mois qu'on ne se voit plus, calcula-t-elle, six mois que je ne sais plus ce qu'il se passe à Paris, qui couche avec qui, qui est ruiné, qui est déchu.

Elle était restée enfermée une grande partie de l'après-midi dans son bureau. Elle avait relu une nouvelle d'Henry James. Était tombée sur une phrase qu'elle avait recopiée sur son carnet : « Quelle est la caractéristique des hommes en général ? N'est-ce point la capacité qu'ils ont de passer indéfiniment leur temps avec des femmes ennuyeuses, de le passer, je ne dirai pas, sans s'ennuyer mais ce qui revient au même, sans prendre garde qu'ils s'ennuient, sans en être incommodés jusqu'à chercher à prendre la tangente. »

— Suis-je une femme ennuyeuse ? murmura Iris à la grande glace qui recouvrait les portes de son placard.

Le miroir resta muet. Iris reprit alors encore plus bas :

— Est-ce que Philippe va prendre la tangente ?

Le miroir n'eut pas le temps de lui répondre. Le téléphone sonna. C'était Joséphine. Elle paraissait tout excitée.

— Iris... Je peux te parler ? T'es seule ? Je sais qu'il est très tard mais il fallait absolument que je te parle.

Iris la rassura : elle ne la dérangeait pas.

— Antoine a écrit aux filles. Il est au Kenya. Il élève des crocodiles.

— Des crocodiles ? Il est devenu fou !

— Ah, tu penses comme moi.

— Je ne savais pas qu'on élevait des crocodiles.

— Il travaille pour des Chinois et...

Joséphine proposa de lui lire la lettre d'Antoine. Iris l'écouta sans l'interrompre.

— Alors, t'en penses quoi ?

— Franchement, Jo : il a perdu la tête.

— Ce n'est pas tout.

— Il est tombé amoureux d'une Chinoise en short et elle est unijambiste ?

— Non, tu n'y es pas du tout.

Joséphine éclata de rire. Iris approuva. Elle préférait entendre Joséphine rire de ce nouvel épisode de sa vie conjugale.

— Il a écrit un feuillet rien que pour moi, à la fin de sa lettre aux filles... et tu ne devineras jamais...

— Quoi ? Jo... vas-y !

— Eh bien, je l'avais mis dans la poche de mon tablier, tu sais, le grand tablier blanc que je mets quand je fais la cuisine... Quand je me suis couchée, je me suis aperçue que je l'avais laissé dans la poche de tablier... Je l'avais oublié... Ce n'est pas formidable, ça ?

— Développe, Jo, développe... Parfois tu es dure à suivre.

— Écoute, Iris : j'ai oublié de lire la lettre d'Antoine. Je ne me suis pas précipitée pour la lire. Ça veut dire que je suis en train de guérir, non ?

— C'est vrai, tu as raison. Et qu'y avait-il dans cette lettre ?

— Attends, je te la lis...

Iris entendit un bruit de papier qu'on défroissait puis la voix claire de sa sœur s'éleva :

— « Joséphine... Je sais, je suis lâche, j'ai pris la fuite sans rien te dire mais je n'ai pas eu le courage de t'affronter. Je me sentais trop mal. Ici, je vais recommencer ma vie de zéro. J'espère que ça va marcher, que je vais gagner de l'argent et que je pourrai te rembourser au centuple ce que tu fais pour les enfants. J'ai une chance de réussir, de gagner beaucoup d'argent. En France, je me sentais écrasé. Ne me demande pas pourquoi... Joséphine, tu es une femme bonne, intelligente, douce et généreuse. Tu as été une très bonne épouse. Je ne l'oublierai jamais. J'ai été maladroit avec toi et je voudrais me rattraper. Adoucir ta vie. Je vous donnerai de mes nouvelles régulièrement. Je te joins au bas de la lettre le numéro de téléphone qui est le mien, celui où tu peux me joindre s'il arrive quoi que ce soit. Je t'embrasse, avec tous les bons souvenirs de notre vie commune, Antoine. » Et il y a deux post-scriptum. Le premier dit : « Ici, on m'appelle Tonio... au cas où tu me téléphones et tombes sur un boy », et le second : « C'est drôle, je ne transpire plus jamais et pourtant, il fait chaud. » Voilà... Tu en penses quoi ?

La première réaction d'Iris fut de penser : Pauvre garçon ! C'est pathétique ! mais elle ne savait pas encore si Joséphine avait atteint ce degré de détachement sentimental, aussi préféra-t-elle user de diplomatie.

— L'important, c'est ce que tu penses, toi.

— Tu étais plus brutale, avant.

— Avant, il faisait partie de la famille. On pouvait le malmener...

— Ah ! C'est comme ça que tu conçois la famille ?

— Tu ne t'es pas gênée, il y a six mois, avec notre mère. Tu as été si violente qu'elle ne veut plus entendre parler de toi.

— Et tu ne peux pas savoir à quel point je me sens mieux depuis !

Iris réfléchit un instant puis demanda :

— Après la lecture de la lettre adressée aux filles, tu t'es sentie comment ?

— Pas bien... Mais quand même : je ne me suis pas précipitée pour lire ma lettre, c'est un signe que ça va mieux, non ? Qu'il ne m'obsède plus.

Joséphine marqua une pause puis ajouta :

— C'est vrai qu'avec le travail que j'ai, j'ai pas beaucoup le temps de penser.

— Tu t'en sors ? Tu as besoin d'argent ?

— Non, non... ça va. J'accepte tous les boulots qui passent. Tous !

Puis, changeant brusquement de sujet, elle demanda :
– Comment va Alexandre ? A-t-il fait des progrès en dictée ?
Alexandre avait été soumis à de longues dictées, tout l'été, pendant que ses cousines partaient à la plage ou à la pêche.
– J'ai oublié de le lui demander. Il est si réservé, si silencieux. C'est étrange, il m'intimide. Je ne sais pas comment parler à un garçon. Je veux dire : sans le séduire ! Parfois je t'envie d'avoir deux filles. Ce doit être bien plus facile...
Iris se sentit soudain incroyablement découragée. L'amour maternel lui paraissait une montagne qu'elle ne gravirait jamais. C'est incroyable, pensa-t-elle, je ne travaille pas, je n'ai rien à faire dans la maison si ce n'est choisir des fleurs et des bougies parfumées, j'ai un seul enfant et je m'en occupe à peine ! Alexandre ne connaît de moi que le bruit des paquets que je dépose dans l'entrée ou celui du froufrou de ma robe quand je me penche le soir pour lui dire bonsoir avant de sortir ! C'est un enfant élevé à l'oreille.
– Je vais devoir te quitter, ma chérie, j'entends les pas de mon mari. Je t'embrasse et n'oublie pas : Cric et Croc croquèrent le grand Cruc qui croyait les croquer !
Iris raccrocha et leva les yeux sur Philippe qui l'observait sur le pas de la chambre. Celui-là non plus, je ne le comprends pas, soupira-t-elle en reprenant le ballet de ses brosses. J'ai l'impression qu'il m'espionne, qu'il glisse ses pas dans les miens, que ses yeux se collent à mon dos. Me ferait-il suivre, par hasard ? Cherche-t-il à me prendre en défaut pour négocier un divorce ? Le silence s'était installé entre eux comme une évidence, un mur de Jéricho que nulle trompette ne ferait jamais tomber puisqu'ils ne criaient pas, ne claquaient pas les portes, ne haussaient jamais la voix. Heureux les couples qui se font des scènes, songea Iris, tout est plus facile après une bonne dispute. On s'époumone, on s'épuise, on se jette dans les bras de l'autre. Un temps de répit où les armes tombent,

où les baisers adoucissent les rancœurs, effacent les reproches, signant un bref armistice. Philippe et elle ne connaissaient que le silence, la froideur, l'ironie blessante qui creusaient un peu plus chaque jour le fossé d'une séparation certaine. Iris ne voulait pas y penser. Elle se consolait en se disant qu'ils n'étaient pas le seul couple à dériver ainsi dans une indifférence polie. Tous ne divorçaient pas. C'était un sale moment à passer, un moment qui pouvait durer, certes, mais qui parfois évoluait doucement vers une vieillesse pacifiée.

Philippe se laissa tomber sur le lit et enleva ses chaussures. La droite d'abord, puis la gauche. Puis la chaussette droite et la chaussette gauche. À chaque geste correspondait un bruit, ploc, ploc, pfft, pfft.

— Tu as une grosse journée demain ?

— Des rendez-vous, un déjeuner, la routine.

— Tu devrais travailler moins. Les cimetières sont pleins de gens indispensables.

— Peut-être... Mais je ne vois pas comment je pourrais changer de vie.

Ils avaient déjà eu cette discussion maintes fois. Comme un chemin obligé avant de se coucher. Elle se terminait toujours de la même manière : un point d'interrogation en l'air.

Et maintenant il va aller dans la salle de bains, se laver les dents, enfiler son long tee-shirt pour la nuit et venir se coucher en soupirant « je crois que je ne vais pas tarder à m'endormir... ». Elle dira... Elle ne dira rien. Il posera un baiser sur son épaule, ajoutera : « Bonne nuit, ma chérie. » Il prendra son masque pour dormir, l'ajustera, se retournera de son côté du lit. Elle rangera ses brosses, allumera la lampe sur sa table de chevet, prendra un livre et lira jusqu'à ce que ses yeux se ferment.

Et puis, elle inventera une histoire.

Une histoire d'amour ou une autre. Certains soirs, elle s'enroule dans les draps, serre son oreiller contre sa poitrine, creuse un trou dans la plume légère et retrouve Gabor. Ils sont au festival de Cannes. Ils marchent sur le sable, en bord de mer. Il est seul, il tient un scénario sous le bras. Elle est seule, elle offre son visage au soleil. Ils se croisent. Elle laisse tomber ses lunettes. Il se baisse pour les ramasser, se relève et... « Iris ! – Gabor ! » Ils s'étreignent, ils s'embrassent, il dit « comme tu m'as manquée ! Je n'ai pas cessé de penser à toi ! ». Elle murmure « moi aussi ! ». Ils courent dans les rues et les hôtels de Cannes. Il est venu présenter son film, elle l'accompagne partout, ils montent les marches ensemble, main dans la main, elle demande le divorce...

D'autres soirs, elle choisit une histoire différente. Elle vient d'écrire un livre, c'est un grand succès, elle donne des interviews à la presse internationale rassemblée dans le hall du palace où elle est descendue. Le roman a été traduit en vingt-sept langues, les droits achetés par la MGM, Tom Cruise et Sean Penn se disputent le rôle masculin. Les dollars s'alignent en petites montagnes vertes à perte de vue. Les commentaires vont bon train, on photographie son bureau, sa cuisine, on lui demande son avis sur tout.

– Maman, je peux dormir avec vous ?

Philippe se retourna d'un seul coup et la réponse fut cinglante :

– Non, Alexandre ! On a déjà eu cette discussion mille fois ! À dix ans, un garçon ne dort plus avec ses parents.

– Maman, dis oui... s'il te plaît !

Iris décela une lueur d'angoisse dans les yeux de son fils et, se penchant vers lui, le prit dans ses bras.

– Qu'est-ce qu'il y a, chéri ?

– J'ai peur, maman... Vraiment peur. J'ai fait un cauchemar.

Alexandre s'était rapproché et tentait de se faufiler sous les draps.

– Tu vas dans ta chambre ! rugit Philippe en relevant le masque bleu.

Iris lut la panique dans les yeux de son fils. Elle se leva, le prit par la main et déclara :

– Je vais aller le coucher.

– Ce n'est pas une manière d'élever cet enfant. Qu'est-ce que tu vas en faire ? Un fils à maman ? Un homme qui aura peur de son ombre ?

– Je vais simplement le mettre dans son lit... Ce n'est pas la peine d'en faire un drame. Allez, viens, mon chéri.

– C'est consternant ! Consternant ! répéta Philippe en se tournant dans le lit. Cet enfant ne grandira jamais.

Iris prit Alexandre par la main et l'emmena dans sa chambre. Elle alluma la veilleuse fixée à la tête du lit, ouvrit les draps et fit signe à Alexandre de se coucher. Il se glissa sous les couvertures. Elle posa sa main sur son front et demanda :

– Tu as peur de quoi, Alexandre ?

– J'ai peur...

Alexandre, tu es encore un petit garçon mais bientôt tu seras un homme Tu vivras dans un monde de brutes, il faut t'endurcir. Ce n'est pas en venant pleurer au pied du lit de tes parents...

– Je ne pleurais pas !

– Tu as reculé devant ta peur. Elle a été plus forte que toi. Ce n'est pas bien. Tu dois la terrasser sinon tu resteras toujours un bébé.

– Je ne suis pas un bébé.

– Si... Tu veux dormir avec nous comme lorsque tu étais bébé.

– Non, je ne suis pas un bébé.

Il grimaça de colère et de chagrin. Il était à la fois furieux

157

contre sa mère qui ne le comprenait pas et certain d'avoir peur.

— Et toi, tu es méchante !

Iris ne sut que répondre. Elle le contempla, la bouche ouverte, prête à répliquer, mais aucun mot ne sortit de sa bouche. Elle ne savait pas comment parler à son enfant. Elle restait sur une rive, Alexandre sur l'autre. Ils s'observaient en silence. Cela avait commencé dès la naissance. À la clinique. Quand on avait posé Alexandre dans le berceau transparent à côté de son lit, Iris s'était dit : Tiens ! Une nouvelle personne dans ma vie ! Jamais, elle n'avait prononcé le mot « bébé ».

Le silence et l'embarras d'Iris rendirent Alexandre encore plus anxieux. Il doit y avoir quelque chose de grave pour que maman ne puisse pas me parler. Pour qu'elle me regarde sans rien dire.

Iris déposa un baiser sur le front de son fils et se redressa.

— Maman, tu peux rester jusqu'à ce que je m'endorme ?

— Ton père va être furieux...

— Maman, maman, maman...

— Je sais, mon chéri, je sais. Je vais rester, mais la prochaine fois, promets-moi que tu seras fort et que tu resteras dans ton lit.

Il ne répondit pas. Elle lui prit la main.

Il soupira, ferma les yeux et elle posa la main sur son épaule, le caressant doucement. Son long corps fluet, ses cils bruns, ses cheveux noirs et ondulés... Il avait la grâce fragile d'un enfant inquiet, un enfant aux aguets. Même au repos, un creux se formait entre ses sourcils et sa poitrine se soulevait comme écrasée sous un poids trop grand. Il laissait échapper des soupirs de peur et de soulagement, des soupirs qui lui coupaient le souffle.

Il est venu dans notre chambre parce qu'il a senti que

j'avais besoin de lui. La prescience des enfants. Elle se revit, petite, riant très fort aux plaisanteries de son père, faisant le pitre pour chasser le lourd nuage noir entre ses deux parents. Il ne se passait jamais rien de terrible entre eux et, pourtant, j'avais peur... Papa tout rond, tout bon, tout doux. Maman toute sèche, toute dure, toute maigre. Deux étrangers qui dormaient dans le même lit. Elle avait continué à faire le pitre. Il lui semblait que c'était plus facile de faire rire que d'exprimer ce qu'elle ressentait. La première fois qu'on avait murmuré devant elle : « Que cette petite fille est jolie ! Que ses yeux sont beaux ! Jamais vu des yeux pareils ! », elle avait troqué son costume de clown contre la panoplie de fille jolie. Un jeu de rôles !

Je vais mal, en ce moment. Cette apparence dégagée et aisée que j'ai entretenue si longtemps se craquelle, et il en émerge un bric-à-brac de contradictions. Il va bien falloir que je finisse par choisir. Aller dans une direction mais laquelle ? Seul l'homme qui s'est trouvé, l'homme qui coïncide avec lui-même, avec sa vérité intérieure, est un homme libre. Il sait qui il est, il trouve plaisir à exploiter ce qu'il est, il ne s'ennuie jamais. Le bonheur qu'il éprouve à vivre en bonne compagnie avec lui-même le rend presque euphorique. Il vit véritablement alors que les autres laissent couler leur vie entre les doigts... sans jamais les refermer.

La vie coule entre mes doigts. Je n'ai pas réussi à en trouver le sens. Je ne vis pas, j'aveuglette. Mal avec les autres, mal avec moi-même. J'en veux aux gens de me renvoyer cette image de moi que je n'aime pas et je m'en veux de ne pas être capable de leur en imposer une autre. Je tourne en rond sans avoir le courage de changer. Il suffit d'accepter une seule fois d'obéir aux lois des autres, de vivre en conformité avec ce qu'ils pensent pour que notre âme se débine et se délite. On se résume à une apparence. Mais, et soudain cette pensée la terrifia, n'est-il pas trop tard ? Ne suis-je pas déjà devenue cette femme dont je vois le reflet dans les yeux de Bérengère ? À cette pensée, elle frissonna. Elle saisit la main d'Alexandre, la serra fort et, dans son sommeil, il lui rendit sa pression en marmonnant « maman, maman ». Les larmes lui montèrent aux yeux. Elle s'allongea contre son fils, posa la tête sur l'oreiller et ferma les yeux.

– Josiane, vous vous êtes occupée de mes billets pour la Chine ?

Marcel Grobz, planté devant sa secrétaire, lui parlait comme à un poteau indicateur. À un mètre au-dessus de la tête. Josiane ressentit une violente contraction dans la poitrine et se raidit sur sa chaise.

– Oui... Tout est sur le bureau.

Elle ne savait plus comment s'adresser à lui. Il la vouvoyait. Elle bégayait, cherchait ses mots, ses tournures de phrases. Elle avait supprimé tous les pronoms personnels de leur conversation et parlait en infinitifs ou indéfinis.

Il s'abîmait dans le travail, multipliait les déplacements, les rendez-vous, les repas d'affaires. Chaque soir, Henriette Grobz venait le chercher. Elle passait devant le bureau de Josiane, sans la voir. Un morceau de bois qui se déplace, coiffé d'un chapeau rond. Josiane les regardait partir, lui, voûté, elle, dressée sur ses ergots.

Depuis qu'il les avait surpris, Chaval et elle, devant la machine à café, il la fuyait. Il passait devant elle, s'enfermait dans son bureau pour n'en ressortir que le soir, en coup de vent, criant « À demain ! » et détournant la tête. Tout juste si elle avait le temps de le voir passer...

Et moi, je vais rester sur le pavé. Retour à la case Départ. Bientôt il me vire, me paie mes vacances, mon ancienneté, mes RTT, m'établit un certificat de conformité, me souhaite bonne chance en m'en serrant cinq et hop ! salut, poulette ! Va voir là-bas si j'y suis ! Elle renifla et ravala ses larmes. Quel con, ce Chaval ! Et quelle conne, ma pomme ! Pouvais pas me tenir tranquille ! Pouvais pas faire attention ! Jamais dans l'entreprise, je lui avais dit, pas un geste déplacé ni un souffle de baiser. Anonymat total. Boulot, boulot. Et il a fallu qu'il vienne planter sa tente sous le nez de Marcel. Plus fort que lui. Un coup de testostérone ! S'est senti obligé de jouer les Tarzan ! Pour me larguer ensuite en plein vol de la liane.

Parce que le beau Chaval l'avait renvoyée dans son foyer ! Après lui avoir vomi un poids lourd d'injures. Une telle ribambelle qu'elle en était restée coite. Certaines, même, qu'elle n'avait jamais entendues de sa vie !

Et pourtant, dans ce domaine, j'ai la science infuse.

Depuis, elle pleurait des baignoires.

Depuis, c'était morne purée tous les soirs. Je dois ressembler à une catastrophe aérienne. Éjectée en plein vol ! Alors que j'avais tout dans mes menottes : mon gros pépère d'amour, un amant jeune et fringant, et le roi Biffeton à mes bottes. Plus qu'à tirer les ficelles et le nœud était fait ! La belle vie à un jet de salive ! J'arrive même plus à penser droit : j'ai de la pâte à modeler dans la tête. Aux obsèques de la vieille, j'avais mis des lunettes noires et tout le monde a cru que je suffoquais de chagrin. Ça m'a bien arrangée !

Les obsèques de sa mère...

Josiane était arrivée en train, changement à Culmont-Chalindrey, avait pris un taxi (trente-cinq euros plus le pourboire), franchi à pied et sous la pluie la porte du cimetière pour retrouver, collés comme des berlingots sous leurs parapluies, tous ceux qu'elle avait abandonnés en leur faisant un pied de nez, vingt ans auparavant. Salut, les mecs ! Je m'en vais rouler carrosse à Paname ! Je reviendrai le cul jaune ou les pieds devant ! Pas sûr que ce soit une bonne idée de revenir ainsi à l'économie, sans pompe ni trompette, ni tralala pour leur clouer le bec ! « T'es venue en train ? T'as pas de voiture ? » La voiture, dans sa famille, c'était la classe internationale, le signe qu'on était « arrivé ». Qu'on dormait à l'Élysée. Que la réussite vous harcelait. « Non, j'ai pas de voiture parce qu'à Paris, c'est chic de rouler à pied. – Ah bon... » ils avaient dit et ils avaient plongé leur pif dans leur col noir pour ricaner « pas de voiture, pas de voiture ! La grosse nulle qu'elle est ! ».

Elle avait déboîté d'un coup sec et s'était approchée du trou où on avait placé la petite boîte de cendres. À fond les pin-pon. Et là ! Tout s'était mélangé et la baignoire avait débordé : Marcel, Maman, Chaval, plus personne, je suis seule, abandonnée, sans fric, sans perspectives, ratiboisée. J'ai huit ans et je guette la gifle qui va s'abattre. J'ai huit ans et j'ai les fesses qui font bravo tellement je tremble de peur. J'ai huit ans et j'ai le grand-père qui pénètre dans ma chambre en douce quand tout le monde dort. Ou fait semblant de dormir parce que ça les arrange.

Ce n'était pas sur sa mère qu'elle pleurait mais sur elle. Elle avait dû être conçue un soir de beuverie, avait toujours dû se démerder seule et n'avait jamais eu d'enfance. À cause de celle qui refroidissait dix pieds sur terre et s'en tamponnait le coquillard qu'elle soit violée, exploitée ou tout simplement malheureuse. La belle affaire ! Quand j'aurai le roi Biffeton dans la poche, j'irai m'allonger sur le divan d'un charlatan et je lui causerai de mes vieux ! On verra bien ce qu'il en dira.

De retour du cimetière, ils avaient fait bombance. Le vin rouge coulait à flots, saucisses et rillettes, pizzas et pâtés, Caprice des Dieux et farandoles de chips. Ils venaient tous la reluquer, la scruter, lui palper le pouls. « Ça va ? C'est comment la vie à Paris ? – Nickel chrome », elle disait, en leur pointant sous le nez le diamant planté de rubis que lui avait offert Marcel. En étirant le cou pour qu'ils lorgnent le collier de trente et un perles de culture des mers du Sud avec fermoir en diams et monture en platine. Elle s'étirait, s'étirait, devenait girafe pour leur faire baisser le rideau. « Et tu fais quoi comme travail ? Et t'es bien payée ? Et il te traite bien ton patron ? – Mieux serait insupportable », répondait-elle en serrant les dents pour empêcher la baignoire de déborder. Chacun venait, à son tour, et c'était les mêmes questions, les mêmes réponses, les mêmes bouches arrondies qui soulignaient l'ampleur de son succès. Ils en bavaient de stupéfaction et se resservaient un verre. Putain ! qu'ils disaient, ici, même pour être vendeuse au supermarché faut être pistonnée ! Ici, y a rien de rien à travailler ! Ici, on se demande où elle est passée la vie... Les vieux disaient : « De mon temps on commençait à treize ans, n'importe où, n'importe quoi mais y avait du travail, aujourd'hui y a plus rien. » Et ils se resservaient à boire. Bientôt ils seraient ronds comme des petits pois et entameraient les chansons cochonnes. Elle décida de partir avant les rengaines avinées. On n'était plus sûr de rien quand ils se mettaient à tanguer. Ils se disputaient, ils se débraillaient, ils se mélangeaient, ils réglaient des comptes de famille vieux de plusieurs années, ils cassaient les cols des bouteilles pour s'assassiner.

Au bout d'un moment, elle commença à avoir la tête qui tournait et demanda à ce qu'on ouvre la fenêtre. « Pourquoi, t'as des vapeurs ? T'es en cloque ? Tu connais le père ? » Les rires graveleux fusèrent, une chorale de rires repris en canon, ça partait dans tous les sens, montait et descendait les gammes et ils se poussaient du coude comme s'ils allaient entamer la danse des canards. « Ma parole, on dirait que je suis votre seul sujet de conversation, leur balança-t-elle avant de reprendre son souffle, vous avez rien d'autre à causer... Heureusement que je suis venue sinon vous auriez tous pourri sur pied ! »

Ils se turent, vexés. « Ah ! T'as pas changé ! lui dit le cousin Paul, toujours aussi agressive. Pas étonnant que personne t'a mise en cloque ! Il est pas né celui qui va s'y risquer ! Vingt ans de travaux forcés avec la pimbêche en harnais ! Faudrait être halluciné ou totalement chtarbé ! »

Un enfant ! Un enfant de Marcel ! Pourquoi n'y avait-elle jamais pensé ? Il en rêvait, en plus. Il n'arrêtait pas de parler du Cure-dents qui lui avait refusé ce plaisir légitime. Il avait les yeux tout mouillés quand il apercevait un de ces petits angelots qui crapahutent dans les publicités, barbouillés de bouillie ou de Pampers qui puent.

Le temps s'arrêta et devint majuscule.

Tous les participants au banquet rillettes se figèrent comme si elle avait appuyé sur la touche Pause de la télécommande et les mots prirent chair. Un bé-bé. Un petit bé-bé. Un enfant Jésus. Un petit Grobz joufflu. Avec une cuillère en or dans la bouche. Qu'est-ce que je dis, une cuillère ? Un service tout entier, oui. De quoi le suffoquer, le petit bébé ! Dieu, qu'elle était basse du béret ! C'est sûr, c'est ce qu'il lui fallait : récupérer Chef, se faire engrosser et après, indéboulonnable elle serait ! Un sourire angélique descendit sur son visage, son menton tomba en béatitude et sa poitrine se répandit en vagues tremblotantes dans ses balconnets 105 C.

Elle promena un regard attendri sur ses cousins et ses cousines, ses frères et ses oncles, ses tantes et ses nièces. Comme elle les aimait de lui avoir donné cette idée lumineuse ! Comme elle chérissait leur mesquinerie, leur médiocrité, leur tronche avinée ! Elle avait vécu trop longtemps à Paris. Elle avait pris des habitudes de ripolinée. Elle avait perdu la main. Oublié la lutte des classes, des sexes et du porte-monnaie. Je devrais venir ici plus souvent, suivre une formation continue.

Retour à la bonne vieille réalité : comment garder un homme ? Avec un polichinelle dans le tiroir. Comment avait-elle pu oublier cette vieille recette millénaire qui engendrait les dynasties et remplissait les coffres-forts ?

Elle faillit leur sauter au cou mais se retint, prit un air de pucelle offensée, « non, non, je n'y ai jamais pensé », s'excusa de s'être emportée, « c'est le souvenir de maman qui m'a toute chamboulée ! J'ai les nerfs à vif », et comme le cousin Georges repartait sur Culmont-Chalindrey en voiture, elle lui demanda de l'y déposer, ça lui épargnerait un changement.

« Tu pars déjà ? On t'a à peine vue ? Reste dormir ici ! » Elle remercia d'un onctueux sourire, embrassa les uns et les autres, glissa un billet à ses neveux et nièces et s'éclipsa dans la vieille Simca du cousin Georges en vérifiant que personne n'avait eu la tentation de lui chaparder les bijoux de son amant pendant qu'elle rejouait la scène de l'Annonciation.

Le plus dur restait à faire, cependant : reconquérir Chef, le convaincre que son aventure avec Chaval avait été furtive, si furtive qu'elle ne s'en souvenait pas, un moment d'abandon, d'étourderie, de faiblesse féminine, inventer un bobard qu'elle ficellerait de vraisemblance – il l'avait forcée ? menacée ? tabassée ? droguée ? hypnotisée ? envoûtée ? –, reprendre sa place de favorite et happer un petit spermatozoïde grobzien pour se le mettre bien au chaud dans le tiroir.

En montant, à Culmont-Chalindrey, dans le compartiment de première classe du train pour Paris, Josiane réfléchit et se dit qu'il allait falloir la jouer finasse, avancer de profil et sur la pointe des arpions. Tout était à refaire : trimbaler patiemment chaque pierre sans renâcler, sans s'énerver, sans se trahir. Jusqu'à ce que la pyramide se dresse, irréfutable.

Ce serait dur, c'est sûr, mais l'adversité ne lui faisait pas peur. Elle était sortie victorieuse d'autres naufrages.

Elle se cala confortablement dans le fauteuil, éprouva dans

son séant les premières secousses du train qui quittait la gare et eut une pensée émue pour sa mère, grâce à laquelle elle repartait fringante et à nouveau guerrière.

– On les retrouve à l'intérieur, t'es sûre ? Je ne louperais ça pour rien au monde. Un après-midi à la piscine du Ritz, le comble du luxe ! soupira Hortense en s'étirant dans la voiture. Je ne sais pas pourquoi, dès que je quitte Courbevoie, dès que je passe le pont, je me sens revivre. Je hais la banlieue. Dis, maman, pourquoi on est venus vivre en banlieue ?

Joséphine, au volant de sa voiture, ne répondit pas. Elle cherchait une place pour se garer. Ce samedi après-midi, Iris leur avait donné rendez-vous dans son club, au bord de la piscine. Ça te fera du bien, tu m'as l'air sous pression, ma pauvre Jo... et depuis trente minutes elle tournait, tournait en rond. Trouver une place dans ce quartier n'était pas chose aisée. La plupart des voitures attendaient en double file, faute de places de stationnement. C'était l'époque des courses de Noël ; les trottoirs étaient encombrés de personnes portant de lourds paquets. Elles se frayaient un chemin en les tendant comme des boucliers, puis soudain, sans crier gare, débordaient sur la chaussée. Il fallait klaxonner pour ne pas les écraser. Joséphine tournait, ouvrait grands les yeux, guettant une place pendant que les filles s'impatientaient. « Là, maman, là ! – Non ! c'est interdit et je ne tiens pas à avoir une contravention ! – Oh maman ! T'es rabat-joy ! » C'était leur nouvelle expression : rabat-joy ! Elles l'employaient à tout bout de champ.

– J'ai encore des traces de mon bronzage de cet été. Je ne vais pas avoir l'air d'une endive, poursuivait Hortense en examinant ses bras.

Tandis que moi, pensa Jo, je vais être la reine des endives.

Une voiture déboîta sous son nez, elle freina et mit son clignotant. Les filles se mirent à trépigner.

— Vas-y, maman, vas-y... Fais-nous un créneau parfait.

Jo s'appliqua et réussit à se glisser sans encombre dans la place laissée vacante. Les filles applaudirent. Jo, en nage, s'essuya le front.

Pénétrer dans l'hôtel, affronter le regard du personnel qui la jaugerait et se demanderait sûrement ce qu'elle venait faire là lui donna à nouveau des sueurs froides, mais elle se retrouva à suivre Hortense qui, parfaitement à l'aise, lui montrait le chemin en accordant des regards hautains aux livrées chamarrées du personnel de l'hôtel.

— Tu es déjà venue ici ? chuchota Jo à Hortense.

— Non, mais j'imagine que la piscine doit être par là... au sous-sol. Et puis si on se trompe, c'est pas grave. On fera demi-tour. Après tout, ce ne sont que des larbins. Ils sont payés pour nous renseigner.

Joséphine, confuse, lui emboîta le pas, remorquant Zoé qui détaillait les vitrines où s'étalaient bijoux, sacs, montres et accessoires de luxe.

— Ouaou, maman, qu'est-ce que c'est beau ! Qu'est-ce que ça doit coûter cher ! Si Max Barthillet voyait ça, il viendrait tout piquer. Il dit que quand on est pauvre, on peut voler les riches, ils ne s'en aperçoivent même pas. Et ça équilibre !

— Ben voyons, protesta Joséphine, je vais finir par croire qu'Hortense a raison et que Max est une très mauvaise fréquentation.

— Maman, maman, regarde un œuf en diamants. Tu crois que c'est une poule en diamants qui l'a pondu ?

À l'entrée du club, une jeune femme exquise leur demanda leurs noms, consulta un grand cahier et leur confirma qu'elles étaient attendues par madame Dupin au bord de la piscine. Sur le bureau brûlait une bougie parfumée. Des haut-parleurs diffusaient un air de musique classique. Joséphine regarda ses pieds et eut honte de ses chaussures bon marché. La jeune femme leur montra le chemin des cabines en leur souhaitant un bon après-midi et elles s'engouffrèrent chacune dans la sienne.

Joséphine se déshabilla. Frottant les marques de son soutien-gorge, le pliant soigneusement, enlevant ses collants, les roulant, rangeant son tee-shirt, son pull-over, son pantalon dans le placard qui lui était réservé. Puis elle sortit son maillot de bain de l'étui en plastique où elle l'avait rangé en août dernier et une angoisse terrible l'étreignit. Elle avait grossi depuis l'été, elle n'était pas sûre qu'il lui aille encore. Il faut absolument que je maigrisse, se sermonna-t-elle, je ne me supporte plus ! Elle n'osait pas regarder son ventre, ses cuisses, ses seins. Elle enfila son maillot à l'aveuglette, fixant un spot dissimulé dans le plafond en bois de la cabine. Tira sur les bretelles pour remonter ses seins, défit les plis du maillot sur les hanches, frotta, frotta pour effacer ce trop-plein de gras qui l'alourdissait. Enfin elle abaissa les yeux et aperçut un peignoir blanc suspendu à une patère. Sauvée !

Elle prit les mules en éponge blanche qu'elle trouva posées près du peignoir, referma la porte de la cabine et chercha ses filles des yeux. Elles étaient déjà parties rejoindre Alexandre et Iris.

Sur une chaise longue en bois, somptueuse dans son peignoir blanc, ses longs cheveux noirs tirés en arrière, Iris reposait, un livre posé sur les genoux. Elle était en grande conversation avec une jeune fille que Jo aperçut de dos. Une mince jeune fille en deux-pièces minuscule. Un maillot rouge incrusté de pierreries qui brillaient telles des poussières de Voie lactée. De belles fesses rebondies, un slip si étroit que Joséphine se fit la réflexion qu'il était presque superflu. Dieu, que cette femme était belle ! La taille étroite, les jambes immenses, le port parfait et droit, les cheveux relevés en un chignon improvisé... Tout en elle respirait la grâce et la beauté, tout en elle était en parfaite harmonie avec le décor raffiné de la piscine dont l'eau bleutée dessinait des reflets changeants sur les murs. Tous ses complexes resurgirent et Joséphine resserra le nœud de la ceinture de son peignoir. Promis ! À partir de tout de suite, j'arrête de manger et je fais des abdominaux tous les matins. J'ai été une longue et mince jeune fille autrefois.

Elle aperçut Alexandre et Zoé dans l'eau et leur fit signe de la main. Alexandre voulut sortir pour lui dire bonjour, mais Jo l'en dissuada et il replongea en attrapant les jambes de Zoé qui poussa un cri d'effroi.

La jeune fille en maillot rouge se retourna et Jo reconnut Hortense.

— Hortense, qu'est-ce que c'est que cette tenue ?

— Enfin, maman... C'est un maillot de bain. Et ne crie pas si fort ! On n'est pas à la piscine de Courbevoie, ici.

— Bonjour, Joséphine, articula Iris, se redressant pour s'interposer entre la mère et la fille.

— Bonjour, éructa Joséphine qui revint aussitôt à sa fille. Hortense, explique-moi d'où vient ce maillot.

— C'est moi qui le lui ai acheté cet été et il n'y a pas de quoi te mettre dans cet état. Hortense est ravissante...

— Hortense est indécente ! Et jusqu'à nouvelle information, Hortense est ma fille et pas la tienne !

— Oh là là ! Maman... ça y est ! Les grands mots.

— Hortense, tu vas aller te changer immédiatement.

— Il n'en est pas question ! Ce n'est pas parce que tu te caches dans un sac que je dois me déguiser en thon.

Hortense affrontait sans ciller le regard ivre de colère de sa mère. Des mèches cuivrées s'échappaient de la barrette qui retenait ses cheveux et ses joues s'étaient empourprées, lui donnant un air enfantin que contredisait sa tenue de femme fatale. Joséphine ne put s'empêcher d'être touchée par la pique de sa fille et perdit toute contenance. Elle balbutia une réponse qui n'en fut pas une, tellement elle était inaudible.

– Voyons, les filles, du calme, dit Iris, souriant pour détendre l'atmosphère. Ta fille a grandi, Joséphine, ce n'est plus un bébé. Je comprends que ça te fasse un choc mais tu n'y peux rien ! À moins de la coincer entre deux dictionnaires.

– Je peux l'empêcher de s'exhiber comme elle le fait.

– Elle est comme la plupart des filles de son âge... ravissante.

Joséphine chancela et dut s'asseoir sur la chaise longue proche d'Iris. Affronter sa sœur et sa fille en même temps était au-dessus de ses forces. Elle détourna la tête pour ravaler les larmes de rage et d'impuissance qu'elle sentait monter en elle. Cela finissait toujours de la même façon quand elle s'opposait à Hortense : elle perdait la face. Elle avait peur d'elle, de son orgueil, du mépris qu'elle affichait à son endroit mais, en plus, elle devait le reconnaître, Hortense voyait souvent juste. Si elle était sortie de la cabine, fière de sa ligne, épanouie dans son maillot de bain, elle n'aurait sûrement pas réagi aussi violemment.

Elle resta un moment, défaite, tremblante. Fixant les reflets de l'eau de la piscine, détaillant sans les voir les plantes vertes, les colonnes de marbre blanc, les mosaïques bleues. Puis elle se redressa, respira un grand coup pour bloquer ses larmes, il ne manquerait plus que je sois ridicule et me donne en spectacle, et se retourna, prête à affronter sa fille.

Hortense était partie. Des marches de la piscine, elle tâtait l'eau du bout des pieds et s'apprêtait à se laisser glisser dans l'eau.

— Tu ne devrais pas te mettre dans ces états-là devant elle, tu perds toute autorité, susurra Iris en se retournant sur le ventre.

— Je voudrais t'y voir ! Elle se conduit de manière détestable avec moi.

— C'est l'adolescence. Elle est en plein âge ingrat.

— Il a bon dos, l'âge ingrat. Elle me traite comme si j'étais son inférieure !

— Peut-être parce que tu t'es toujours laissé faire.

— Comment ça, je me suis toujours laissé faire ?

— Tu as toujours laissé les gens te traiter n'importe comment ! Tu n'as aucun respect pour toi, alors comment veux-tu que les autres te respectent ?

Joséphine, ébahie, écoutait sa sœur parler.

— Mais si, rappelle-toi... Quand on était petites... je te faisais agenouiller devant moi, tu devais poser sur la tête ce que tu avais de plus cher au monde et me l'offrir en t'inclinant sans le faire tomber... Sinon t'étais punie ! Tu te rappelles ?

— C'était un jeu !

— Pas si innocent que ça ! Je te testais. Je voulais savoir jusqu'où je pouvais aller et j'aurais pu tout te demander. Tu ne m'as jamais dit non !

— Parce que je t'aimais !

Joséphine protestait de toutes ses forces.

— C'était de l'amour, Iris. Du pur amour. Je te vénérais !

— Ben... t'aurais pas dû. T'aurais dû te défendre, m'insulter ! Tu ne l'as jamais fait. Étonne-toi maintenant que ta fille te traite comme ça.

— Arrête ! Bientôt tu vas dire que c'est de ma faute.

— Bien sûr que c'est de ta faute !

C'en était trop pour Joséphine. Elle laissa les lourdes larmes qu'elle retenait couler sur ses joues et pleura, pleura en silence pendant qu'Iris, allongée sur le ventre, la tête enfouie dans ses bras, continuait à évoquer leur enfance, les jeux qu'elle inventait pour maintenir sa sœur en esclavage. Me voilà renvoyée à mon cher Moyen Âge, songeait Joséphine à travers ses larmes. Quand le pauvre serf était contraint de verser un impôt au seigneur du château. On appelait ça le chevage, quatre deniers que le serf posait sur sa tête inclinée et qu'il offrait au seigneur en gage de soumission. Quatre deniers qu'il n'avait pas les moyens de donner mais qu'il trouvait quand même, sans quoi il était battu, enfermé, privé de terres à cultiver, de soupe... On a beau avoir inventé le moteur à piston, l'électricité, le téléphone, la télévision, les rapports des hommes entre eux n'ont pas changé. J'ai été, je suis et je serai toujours l'humble serve de ma sœur. Et des autres ! Aujourd'hui, c'est Hortense, demain, ce sera quelqu'un d'autre.

Estimant que le chapitre était clos, Iris avait repris sa position sur le dos et continuait la conversation comme si rien ne s'était passé.

— Qu'est-ce que tu fais pour Noël ?

— Je ne sais pas..., déglutit Jo en ravalant ses larmes. Pas eu le temps d'y penser ! Shirley m'a proposé de partir avec elle en Écosse...

— Chez ses parents ?

— Non... elle ne veut pas y retourner, je ne sais pas pourquoi. Chez des amis, mais Hortense fait la tronche. Elle trouve ça « nul à chier », l'Écosse..

— On pourrait passer Noël ensemble dans le chalet...

— C'est sûr qu'elle préférerait. Elle est heureuse chez vous !

— Et moi je serais heureuse de vous avoir...

— Tu n'as pas envie de rester en famille ? Je vous colle tout le temps... Philippe va en avoir marre.

— Oh, tu sais, on n'est plus un jeune couple !

— Il faut que je réfléchisse. Le premier Noël sans leur père ! Elle soupira. Puis une idée, cinglante et désagréable, lui traversa l'esprit et elle demanda : « Est-ce que Madame mère sera là ? »

— Non... Sinon je ne te l'aurais pas proposé. J'ai bien compris qu'il ne fallait plus vous mettre en présence l'une de l'autre à moins d'appeler les pompiers.

— Très drôle ! Je vais réfléchir...

Puis, se ravisant, elle demanda :

— Tu en as parlé à Hortense ?

— Pas encore. Je lui ai simplement demandé, comme je l'ai fait avec Zoé, ce qu'elle voulait comme cadeau pour Noël...

— Et elle t'a dit ce qu'elle voulait ?

— Un ordinateur... mais elle a ajouté que tu t'étais proposée pour le lui acheter, et qu'elle ne voulait pas te faire de peine. Tu vois qu'elle peut être délicate et attentive aux autres...

— On peut dire ça comme ça. En fait, elle m'a pratiquement soutiré la promesse de lui en acheter un. Et comme d'habitude, j'ai cédé...

— Si tu veux, on l'offre à deux. Ça coûte cher, un ordinateur.

— Ne m'en parle pas ! Et si je fais un cadeau aussi cher à Hortense, qu'est-ce que j'offre à Zoé ? Je déteste les injustices...

— Là aussi, je peux t'aider... (Puis se reprenant :) Je peux participer... Tu sais, ce n'est pas grand-chose pour moi !

— Et après ça va être un portable, un Ipod, un lecteur de DVD, une caméra... Tu veux que je te dise ? Je suis dépassée ! Je suis fatiguée, Iris, si fatiguée...

— Justement, laisse-moi t'aider. Si tu veux, je ne dirai rien aux filles. Je leur ferai un petit cadeau à côté et te laisserai assumer toute la gloire.

– C'est très généreux de ta part, mais non ! Ça me gênerait trop.

– Allez, Joséphine, laisse-toi aller... T'es trop rigide.

– Non, je te dis ! Et cette fois-ci, je ne m'inclinerai pas.

Iris sourit et capitula.

– Je n'insiste pas... Mais je te rappelle que Noël est dans trois semaines et que tu n'as plus beaucoup de temps devant toi pour gagner des millions... À moins de jouer au Loto.

Je le sais, ragea Joséphine en silence. Je ne sais que ça. J'aurais dû rendre ma traduction depuis une semaine déjà, mais la conférence à Lyon m'a pris tout mon temps. Je n'ai plus le temps de travailler sur mon dossier d'habilitation à diriger des recherches, je manque une réunion de travail sur deux ! Je mens à ma sœur en lui cachant que je travaille pour son mari, je mens à mon directeur de thèse en prétendant que je n'ai pas la tête à travailler depuis qu'Antoine est parti ! Ma vie autrefois réglée comme une partition de musique ressemble à un horrible brouhaha.

Pendant que, assise sur le bout d'une chaise longue, Joséphine poursuivait son monologue intérieur, Alexandre Dupin attendait impatiemment que sa petite cousine ait fini de s'ébattre dans l'eau et soit revenue à des activités plus calmes pour lui poser les questions qui bourdonnaient dans sa tête. Zoé était la seule qui pouvait lui répondre. Il ne pouvait se confier ni à Carmen, ni à sa mère, ni à Hortense qui le traitait toujours en bébé. Aussi, quand Zoé consentit à s'accouder sur le bord de la piscine et à se reposer, Alexandre vint se placer à côté d'elle et commença à lui parler.

– Zoé ! Écoute-moi... C'est important.

– Vas-y. J'écoute.

– Tu crois que les grandes personnes quand elles dorment ensemble, c'est qu'elles sont amoureuses ?

— Maman, elle a déjà dormi avec Shirley et elles ne sont pas des amoureuses...

— Oui, mais un homme et une femme... Tu crois que quand ils dorment ensemble, ils sont amoureux ?

— Non, pas toujours.

— Mais quand ils font l'amour ? Ils sont amoureux quand même ?

— Ça dépend ce que tu appelles être amoureux.

— Tu crois que les grandes personnes, quand elles ne font plus l'amour c'est qu'elles ne s'aiment plus ?

— ... Je sais pas. Pourquoi ?

— Parce que papa et maman ils ne dorment plus ensemble... Depuis quinze jours.

— Alors c'est qu'ils vont divorcer.

— Tu en es sûre ?

— Pratiquement... Max Barthillet, son papa il est parti.

— Il est divorcé, lui aussi ?

— Oui. Eh bien, il m'a raconté que juste avant que son papa parte, il ne dormait plus avec sa mère. Il ne dormait plus du tout à la maison, il dormait ailleurs, il ne sait pas très bien où mais...

— Ben moi, il dort dans son bureau. Dans un lit tout petit...

— Oh là là ! Alors là, c'est sûr, ils vont divorcer tes parents ! Et si ça se trouve, on t'enverra voir un pschi... C'est un monsieur qui ouvre ta tête pour comprendre ce qu'il se passe dedans.

— Moi, je sais ce qui se passe dans ma tête. J'ai tout le temps peur... Juste avant qu'il parte dormir dans son bureau, je me levais la nuit pour aller écouter derrière la porte de leur chambre et y avait que du silence et ça me faisait peur, ce silence ! Avant, parfois, ils faisaient l'amour, ça faisait du bruit mais ça me rassurait...

— Ils font plus du tout l'amour ?

175

Alexandre secoua la tête.

— Et ils dorment plus du tout ensemble ?

— Plus du tout... depuis quinze jours.

— Alors tu vas te retrouver comme moi : divorcé !

— T'es sûre ?

— Ouais... C'est pas gai. Ta maman, elle sera tout le temps énervée. Maman, elle est triste et fatiguée depuis qu'elle est divorcée. Elle crie, elle s'énerve, c'est pas drôle, tu sais... Eh ben, tes parents, ça va être pareil !

Hortense, qui s'entraînait à faire toute la longueur de la piscine en gardant la tête sous l'eau, surgit à leur côté au moment même où Alexandre répétait « papa et maman ! divorcés ! ». Elle décida de faire celle qui n'écoutait pas pour mieux entendre. Alexandre et Zoé se méfiaient et ils se turent dès qu'ils la virent faire la planche devant eux. S'ils se taisent, c'est que c'est sérieux, pensa Hortense. Divorcés, Iris et Philippe ? Si Philippe quitte Iris, Iris aura beaucoup moins d'argent et elle ne pourra plus me gâter comme elle le fait. Ce maillot de bain rouge, il a suffi que je le regarde, cet été, pour qu'aussitôt Iris me l'offre. Elle songea à l'ordinateur. Elle avait été stupide de refuser celui qu'Iris se proposait de lui acheter : il aurait été dix fois plus beau que celui que sa mère choisirait. Elle parlait tout le temps d'économies. Qu'est-ce qu'elle est rabat-joy avec ses économies ! Comme si papa était parti sans lui laisser d'argent ! Impensable. Il n'aurait jamais fait ça. Papa est un homme responsable. Un homme responsable paie. Il paie en faisant croire qu'il ne paie pas. Il ne parle pas d'argent. C'est ça la classe ! La vie est vraiment nulle à chier, songea-t-elle en reprenant son parcours sous l'eau. Y a que Henriette qui sache se débrouiller. Chef ne partira jamais. Elle refit surface et observa les gens autour d'elle. Les femmes étaient élégantes, et leurs maris, absents : occupés à travailler, à gagner de l'argent pour que leurs femmes ravissantes puissent se prélasser au bord de la piscine dans le dernier maillot Eres, sur une sortie de bain Hermès. C'était son rêve d'avoir une de ces femmes comme mère ! Je prendrais n'importe laquelle ici, songea-t-elle. N'importe laquelle sauf ma mère. J'ai dû être échangée à la maternité. Elle était vite sortie de sa cabine pour venir embrasser sa tante et se coller contre elle. Pour faire croire à toutes ces femmes magnifiques qu'Iris était sa mère. Elle avait honte de sa mère. Toujours maladroite, mal habillée. Toujours à faire des comptes. À s'essuyer les ailes du nez avec le pouce et l'index quand elle était fatiguée. Elle détestait ce geste. Son père, lui, était chic, élégant, il fréquentait des gens importants. Il connaissait toutes les marques de whisky, parlait anglais, jouait au tennis et au bridge, savait s'habiller... Son regard revint sur Iris. Elle n'avait pas l'air triste. Peut-être qu'Alexandre se trompait... Il est si ballot, celui-là ! Comme sa mère qui restait assise sans bouger, boudinée dans son peignoir. Elle ne se baignera pas, songea Hortense, je lui ai mis la honte !

— Tu ne te baignes pas ? demanda Iris à Joséphine.

— Non... je me suis aperçue dans la cabine que j'avais... que ce n'était pas la bonne période du mois.

— Qu'est-ce que tu es pudibonde ! Tu as tes règles ?

Joséphine hocha la tête.

— Eh bien, on va aller prendre un thé.

— Mais... les enfants ?

— Ils nous rejoindront quand ils en auront marre de tremper dans l'eau. Alexandre connaît le chemin...

Iris referma son peignoir, ramassa son sac, glissa ses pieds fins dans des mules délicates et se dirigea vers le salon de thé dissimulé derrière une haie de plantes vertes. Joséphine la suivit en indiquant du doigt à Zoé où elle allait.

— Un thé avec un gâteau ou une tarte ? demanda Iris en s'asseyant. Leurs tartes aux pommes sont délicieuses !

– Juste un thé ! J'ai commencé un régime en entrant ici et je me sens déjà plus mince.

Iris commanda deux thés et une tarte aux pommes. La serveuse s'éloigna, et deux femmes s'avancèrent en souriant vers leur table. Iris se raidit. Joséphine fut surprise de l'embarras évident de sa sœur.

– Bonjour ! s'exclamèrent les deux femmes en chœur. Quelle surprise !

– Bonjour, répondit Iris. Ma sœur Joséphine... Bérengère et Nadia, des amies.

Les deux femmes adressèrent un sourire rapide à Joséphine puis, l'ignorant, elles se tournèrent vers Iris.

– Alors ? Qu'est-ce que vient de m'apprendre Nadia ? Il paraît que tu te lances dans la littérature ? demanda Bérengère, le visage crispé par l'attention et une certaine convoitise.

– C'est mon mari qui m'en a parlé après ce dîner de l'autre soir où je n'ai pas pu venir, ma fille avait quarante de fièvre ! Il était tout émoustillé ! dit Nadia Serrurier. Mon mari est éditeur, précisa-t-elle en se tournant vers Joséphine qui fit semblant d'être au courant.

– Tu écris en cachette ! C'est pour ça qu'on ne te voit plus, reprit Bérengère. Je me demandais aussi... je n'avais plus de tes nouvelles. Je t'ai appelée plusieurs fois. Carmen ne t'a pas dit ? Maintenant, je comprends ! Bravo, ma chérie ! C'est formidable ! Depuis le temps que tu en parlais ! Au moins, toi, tu l'as fait... et on pourra lire quand ?

– Pour le moment, je joue avec l'idée... Je n'écris pas vraiment, dit Iris en triturant la ceinture de son peignoir blanc.

– Ne dites pas ça ! s'exclama celle qui s'appelait Nadia. Mon mari attend votre manuscrit... Vous l'avez alléché avec vos histoires de Moyen Âge ! Il ne me parle plus que de ça.

C'est une brillante idée de rapprocher ces temps lointains avec ce qu'il se passe aujourd'hui ! Brillante idée ! Quand on voit le succès des romans historiques, une belle histoire avec le Moyen Âge en toile de fond, c'est sûr que ce serait un succès.

Joséphine eut un hoquet de surprise et Iris lui balança un coup de pied sous la table.

— Et puis, Iris, tu es tellement photogénique ! Rien qu'avec la photo de tes grands yeux bleus sur la couverture, on ferait un best-seller ! N'est-ce pas, Nadia ?

— Jusqu'à nouvel ordre, on n'écrit pas avec les yeux, riposta Iris.

— Je plaisantais mais à peine...

— Bérengère n'a pas tort. Mon mari dit toujours qu'un livre aujourd'hui, il ne suffit pas de l'écrire, il faut le vendre. Et c'est là que vos yeux feront un malheur ! Vos yeux, vos relations, vous êtes promise au succès, ma chère Iris...

— Reste plus qu'à l'écrire, ma chérie ! lança Bérengère en tapant des mains pour montrer à quel point cette histoire l'excitait.

Iris ne répondit pas. Bérengère regarda sa montre et s'écria :

— Oh mais il faut que je me dépêche, je suis en retard ! On s'appelle...

Elles la saluèrent et se retirèrent en faisant des petits signes amicaux. Iris haussa les épaules et soupira. Joséphine se taisait. La serveuse apporta les deux thés et une part de tarte aux pommes, ruisselante de crème et de caramel. Iris demanda à ce que l'addition fût mise sur son compte et signa le ticket de caisse. Joséphine attendit que la serveuse soit partie et qu'Iris lui donne des explications.

— Et voilà ! Maintenant, tout Paris va savoir que j'écris un livre.

— Un livre sur le Moyen Âge ! C'est une plaisanterie ? demanda Joséphine en précipitant le ton.

— Pas la peine d'en faire toute une histoire, Jo, calme-toi.

— Avoue que c'est surprenant !

Iris soupira encore et, rejetant ses lourds cheveux en arrière, elle se mit à expliquer à Joséphine ce qu'il s'était passé.

— L'autre soir, à un dîner, je m'ennuyais tellement que j'ai dit n'importe quoi. J'ai prétendu que j'écrivais et quand on m'a demandé quoi, j'ai parlé du XIIᵉ siècle... Ne me demande pas pourquoi. C'est venu tout seul.

— Mais tu m'as toujours dit que c'était ringard...

— Je sais... Mais j'ai été prise de court. Et ça a fait mouche ! Tu aurais dû voir la tête de Serrurier, l'éditeur. Il était tout émoustillé ! Alors j'ai continué, je me suis enflammée comme toi quand tu en parles, c'est drôle, non ? J'ai dû répéter tes propos au mot près.

— Vous vous êtes tellement moquées de moi, toi et maman, pendant des années.

— J'ai ressorti tous tes arguments, d'un trait... Comme si tu étais dans ma tête et que tu parlais... et il a pris ça au sérieux. Il était prêt à me signer un contrat... Et apparemment, le bruit circule vite. Je ne sais pas ce que je vais faire maintenant, va falloir que j'entretienne le suspense...

— Tu n'as plus qu'à lire mes travaux... Je peux te filer mes notes si tu veux. Moi j'en ai plein, d'idées de romans ! Le XIIᵉ siècle regorge d'histoires romanesques...

— Ne ris pas. Je suis incapable d'écrire un roman... J'en meurs d'envie mais je n'arrive pas à aligner plus de cinq lignes.

— Tu as vraiment essayé ?

— Oui. Depuis trois, quatre mois et résultat : trois, quatre lignes. Je suis loin du compte ! Elle eut un petit rire sarcastique. Non ! Ce qu'il faut, c'est que je fasse illusion... le temps

180

qu'on oublie cette histoire. Que je fasse comme si, que je prétende que je travaille dur, puis qu'un jour j'affirme que j'ai tout jeté, que c'était trop mauvais.

Joséphine regardait sa sœur et ne comprenait pas. Iris la belle, l'intelligente, la magnifique avait menti pour se trouver une légitimité ! Elle l'observa un long moment, stupéfaite, comme si elle découvrait une autre femme derrière le personnage fier et déterminé qu'elle connaissait. Iris avait baissé la tête et découpait sa tarte aux pommes en petits morceaux réguliers qu'elle repoussait ensuite sur le bord de l'assiette. Pas étonnant qu'elle ne grossisse pas si elle mange comme ça, pensa Jo.

— Tu me trouves ridicule ? fit Iris. Vas-y, dis-le. Tu auras raison.

— Mais non... Je suis étonnée. Conviens que c'est surprenant de ta part...

— Eh oui ! C'est surprenant, mais on ne va pas en faire toute une histoire. Je vais me débrouiller. Je raconterai n'importe quoi. Ce ne sera pas la première fois !

Joséphine eut un mouvement de recul.

— Qu'est-ce que tu veux dire ? Pas la première fois que... tu mens ?

Iris ricana.

— Que je mens ? Quel grand mot ! Elle a raison, Hortense. Qu'est-ce que tu peux être nunuche. Tu connais rien à la vie, ma pauvre Jo. Ou ta vie est si simple que c'en est alarmant... Avec toi, il y a le bien et le mal, le blanc et le noir, les bons et les méchants, le vice et la vertu. Ah ! c'est plus simple comme ça ! On sait tout de suite à qui on a affaire.

Joséphine baissa les yeux, blessée. Elle ne trouva pas les mots pour se rattraper. Elle n'en eut pas besoin, car Iris enchaîna d'une voix mauvaise :

— Pas la première fois que je suis dans la merde, pauvre niaise !

Il y avait une raillerie méchante dans sa voix. Du mépris, de l'énervement aussi. Joséphine n'avait jamais entendu ces intonations malveillantes dans la bouche de sa sœur. Mais ce qui l'alerta davantage, c'est la pointe de jalousie qu'elle crut percevoir. Imperceptible, presque indécelable, une note qui déraille et se reprend... mais présente tout de même. Iris jalouse d'elle ? Impossible, se dit Joséphine. Impossible ! Elle s'en voulut d'avoir pensé ça... et tenta de se rattraper.

— Je vais t'aider ! Je vais te trouver une histoire à raconter... La prochaine fois que tu verras ton éditeur, tu vas l'éblouir de culture médiévale.

— Ah oui ? Et comment je ferai d'après toi ? ricana Iris en écrasant sa part de tarte sous la fourchette à gâteau.

Elle n'en a pas mangé une miette, se dit Jo. Elle l'a découpée en petits morceaux qu'elle a éparpillés autour de son assiette. Elle ne mange pas, elle assassine la nourriture.

— Comment pourrais-je éblouir un homme cultivé avec toute mon ignorance ?

— Écoute-moi ! Tu connais l'histoire de Rollon, le chef des Normands, qui était si grand que lorsqu'il était à cheval, ses pieds traînaient par terre ?

— Jamais entendu parler.

— C'était un marcheur infatigable et un grand navigateur. Il venait de Norvège et semait la terreur. Il proclamait qu'il n'y avait de paradis que pour le guerrier mort en combattant. Ça ne te rappelle rien ? Tu peux broder à partir d'un personnage comme lui. C'est lui qui a fait la Normandie !

Iris haussa les épaules et soupira.

— J'irais pas loin. Je connais rien à cette époque.

— Ou alors tu pourrais lui dire que le titre du roman *Gone with the wind*, tu sais, le livre de Margaret Mitchell, vient d'un poème de François Villon...

– Ah bon ?

– *Autant en emporte le vent...* c'est un vers tiré d'un sonnet de François Villon.

Joséphine aurait fait n'importe quoi pour ramener un sourire sur le visage hostile et fermé de sa sœur. Elle aurait fait des galipettes, se serait renversé l'assiette de tarte aux pommes sur la tête afin qu'Iris retrouve son sourire, et que ses yeux se remplissent de bleu sans le noir encre qui les salissait. Elle se mit à réciter, en étendant la manche de son peignoir blanc à la façon d'un tribun romain haranguant la foule :

> *Princes à mort sont destinés*
> *Et tous autres qui sont vivants*
> *S'ils en sont chagrins ou courroucés*
> *Autant en emporte le vent.*

Iris sourit faiblement et la regarda avec curiosité.

Joséphine était transfigurée. Il émanait d'elle une lumière douce qui l'auréolait d'un charme indéfinissable. Soudain elle était devenue une autre, savante et assurée, douce et confiante, si différente de la Joséphine qu'elle connaissait ! Iris la regarda avec envie. Une lueur rapide qui s'évanouit aussi vite qu'elle était venue mais que Jo eut le temps d'apercevoir.

– Reviens sur terre, Jo. Ils s'en fichent pas mal de François Villon !

Joséphine se tut et soupira :

– Je voulais juste t'aider.

– Je sais, c'est gentil de ta part... T'es gentille, Jo. Complètement à côté de la plaque mais gentille !

Retour à la case Départ, songea Joséphine. Je suis à nouveau la godiche... Je voulais juste l'aider. Tant pis.

Tant pis pour elle.

Et pourtant, il y avait ce dépit, cette trace de jalousie dans la voix d'Iris qu'elle était sûre d'avoir entendue. Deux fois en quelques secondes ! Je ne suis pas si nulle que ça si elle m'envie, pensa-t-elle en se redressant, pas si nulle... Et puis je n'ai pas pris de tarte aux pommes. J'ai déjà perdu cent grammes, au moins.

Elle jeta un regard triomphant autour d'elle. Elle m'envie, elle m'envie ! Je possède quelque chose qu'elle n'a pas et qu'elle aimerait bien avoir ! Cela s'était joué en un millième de seconde dans un éclat de regard, un dérapage de voix. Et tout ce luxe, tous ces palmiers en pots, tous ces murs en marbre blanc, tous ces reflets bleutés qui courent sur les baies vitrées, ces femmes en peignoir blanc qui s'étirent en faisant tinter leurs bracelets, je m'en fiche complètement. Je n'échangerais ma vie contre aucune autre au monde. Renvoyez-moi aux X$^e$, XI$^e$ et XII$^e$ siècles ! Je revis, je prends des couleurs, je me redresse, je saute à cru derrière Rollon le géant et je m'enfuis avec lui en lui tenant les flancs... Je guerroie à ses côtés le long des côtes normandes, j'agrandis son domaine jusqu'à la baie du Mont-Saint-Michel, j'adopte son bâtard, je l'élève et il devient Guillaume le Conquérant !

Elle entendit sonner les trompettes du sacre de Guillaume et s'empourpra.

Ou alors...

Je m'appelle Arlette, la mère de Guillaume... Je foule le linge à la fontaine de Falaise lorsque Rollon, Rollon le géant, me voit, m'enlève, me marie et m'engrosse ! De simple lavandière je deviens presque reine.

Ou alors...

Elle souleva le bord de son peignoir comme on retrousse

un jupon. Je m'appelle Mathilde, fille de Baudouin, comte de Flandre, qui épousa Guillaume. J'aime bien l'histoire de Mathilde, elle est plus romanesque. Mathilde aima Guillaume jusqu'au jour de sa mort ! C'était rare à l'époque. Et il l'aima aussi. Ils firent construire deux grandes abbayes, l'abbaye aux Hommes et l'abbaye aux Femmes, aux portes de Caen, pour rendre grâces à Dieu de leur amour.

J'en aurais des histoires à raconter si un éditeur venait me le demander. Des dizaines et des milliers ! Je saurais rendre le cuivre des trompettes, le galop des chevaux, la sueur des batailles, la lèvre qui tremble avant le premier baiser... « La douceur des baisers qui sont les appâts de l'amour. »

Joséphine frissonna. Elle eut envie d'ouvrir ses cahiers, de fouiller dans ses notes, de retrouver la belle histoire de ces siècles qui la charmaient.

Elle regarda sa montre et décida qu'il était temps de rentrer chez elle. « J'ai du travail qui m'attend... », dit-elle en prenant congé. Iris releva la tête et lâcha un morne Ah !

– Je prends les filles en passant... ne te dérange pas. Et merci pour tout !

Elle avait hâte de partir. Quitter cet endroit où tout, soudain, lui semblait faux et vain.

– Allez, les filles ! On rentre ! Et pas de protestations !

Hortense et Zoé obéirent aussitôt, sortirent de l'eau et la rejoignirent dans les vestiaires. Joséphine se sentit grandir de dix centimètres. Elle avançait en dansant sur la pointe des pieds, foulant en souveraine l'épaisse moquette blanche immaculée, balayant du regard les miroirs qui lui renvoyaient son image. Pffft ! Quelques kilos en moins et je serai somptueuse ! Pffft ! Iris m'a emprunté mon savoir pour briller dans un dîner parisien ! Pffft ! Si on me demandait à moi, ce sont des volumes de mille pages que j'écrirais ! Elle passa devant la jeune femme exquise de l'entrée et lui adressa un large

185

sourire victorieux. Heureuse ! Je suis si heureuse. Si elle savait ce qu'il vient de se passer. Elle aussi ne pourrait s'empêcher de me regarder autrement.

C'est alors que son peignoir s'ouvrit et que la jeune femme la regarda avec douceur et bienveillance.

– Oh ! Je n'avais pas vu...

– Vous n'aviez pas vu quoi ?

– Que vous alliez avoir un petit bébé. Je vous envie tellement ! Mon mari et moi, nous essayons d'en avoir un depuis trois ans et...

Joséphine la regarda, interdite. Puis ses yeux retombèrent sur sa taille épaisse et elle rougit. N'osa détromper la jeune femme exquise qui la couvait d'un regard si doux et regagna sa cabine en traînant les pieds comme deux boulets.

Rollon et Guillaume le Conquérant passèrent sans la regarder. Arlette la lavandière lui éclata de rire au nez en faisant gicler l'eau du lavoir...

Dans la cabine voisine, Zoé réfléchissait aux propos d'Alexandre.

Il ne fallait pas qu'Iris et Philippe se séparent ! C'était tout ce qu'il lui restait comme famille : un oncle et une tante. Elle n'avait jamais connu la famille de son père. Je n'ai pas de famille, chuchotait son père en lui mangeant le cou, ma seule famille, c'est vous ! Depuis six mois, elle ne voyait plus Henriette. Ta maman et elle ont eu un petit différend, expliquait Iris quand elle lui demandait pourquoi. Elle était triste de ne plus voir Chef ; elle aimait s'asseoir sur ses genoux et écouter ses histoires, quand il était pauvre et petit garçon dans les rues de Paris, qu'il ramonait des cheminées pour quelques sous ou massicotait des vitres cassées.

Il fallait qu'elle trouve une idée géniale pour qu'Iris et Philippe restent ensemble ; elle en parlerait à Max Barthillet. Un large sourire éclaira son visage. Max Barthillet ! Ils formaient une fameuse équipe, Max et elle ! Il lui apprenait des tas de choses. Grâce à lui, elle n'était plus une poule mouillée. Elle entendit la voix de sa mère, impatiente et précipitée, qui l'appelait et elle cria « oui, maman, j'arrive, j'arrive... ».

Antoine Cortès fut réveillé par un hurlement. Mylène se cramponnait à lui et, agitée de tremblements, montrait du doigt quelque chose sur le sol.

– Antoine ! Regarde, là ! Là !

Elle se collait contre lui, la bouche crispée, les yeux agrandis par la terreur.

– Antoine, aaaah ! Antoine, fais quelque chose !

Antoine eut du mal à se réveiller. Il avait beau vivre au Croco Park depuis plus de trois mois, chaque matin, dans le demi sommeil qui suivait la sonnerie du réveil, il cherchait les rideaux de sa chambre à Courbevoie et regardait Mylène, étonné de ne pas voir Joséphine dans sa chemise de nuit à myosotis bleus, étonné de ne pas entendre les filles bondir sur le lit en scandant « debout, papa ! debout ! ». Chaque matin, il devait faire le même effort de mémoire. Je suis à Croco Park, sur la côte orientale du Kenya, entre Malindi et Mombasa, et j'élève des crocodiles pour une grosse firme chinoise ! J'ai quitté ma femme, mes deux petites filles. Il était obligé de se répéter ces mots. Quitté ma femme, mes deux petites filles. Avant... Avant, quand il partait, il revenait toujours. Ses absences relevaient de courtes vacances. Aujourd'hui, se forçait à répéter Antoine, aujourd'hui j'élève des crocodiles et je vais devenir riche, riche, riche. Quand j'aurai doublé le chiffre d'affaires, j'aurai doublé mon investissement. On viendra me proposer de nouvelles aventures et je choisirai, en fumant un gros cigare, celle qui me permettra de devenir encore plus riche ! Ensuite, je repartirai en France. Je rembourserai Joséphine au centuple, j'habillerai les filles en petites princesses russes, je leur achèterai à chacune un bel appartement et vogue la galère ! nous serons une famille heureuse et prospère.

Quand je serai riche...

Ce matin-là, il n'eut pas le temps de finir son rêve. Mylène battait des jambes, envoyant toute la literie à terre. Ses yeux cherchèrent le réveil pour y lire l'heure : cinq heures et demie !

Le réveil sonnait à six heures chaque matin et, à sept heures précises, résonnait le sifflet de mister Lee qui faisait aligner l'équipe d'ouvriers qui allait travailler jusqu'à 15 heures. Sans interruption. La plantation Croco Park fonctionnait sans arrêt ; les cent douze ouvriers étaient divisés en trois équipes, selon les bons vieux principes de Taylor. Chaque fois qu'Antoine demandait à mister Lee d'aménager des pauses dans les horaires des ouvriers, il s'entendait répondre : « *But, sir, mister Taylor said...* » et il savait qu'il était inutile de discuter. Malgré la chaleur, l'humidité, le dur travail à effectuer, les ouvriers ne ralentiraient pas le rythme. La moitié d'entre eux étaient mariés. Ils vivaient dans des cases en torchis. Quinze jours de vacances par an, pas un de plus, aucun syndicat pour les défendre, soixante-dix heures de travail par semaine, et cent euros de salaire mensuel, logés, nourris. « *Good salary, mister Cortès, good salary. People are happy here ! Very happy ! They come from all China to work here ! You don't change the organization, very bad idea !* »

Antoine s'était tu.

Chaque matin donc, il se levait, prenait sa douche, se rasait, s'habillait et descendait prendre le petit-déjeuner préparé par Pong, son boy, qui, pour lui faire plaisir, avait appris quelques mots de français et le saluait par un « Bien domi, mister Tonio, bien domi ? *Breakfast is ready !* » Mylène se rendormait sous la moustiquaire. À sept heures, Antoine était aux côtés de mister Lee, face aux ouvriers qui, au garde à vous, recevaient leur feuille de travail pour la journée. Droits comme des bâtons d'encens, leur short flottant sur leurs cuisses allumettes, un éternel sourire aux lèvres et une seule réponse : « Yes, sir », le menton levé vers le ciel.

Ce matin-là, il était dit que les choses ne se passeraient pas comme d'habitude. Antoine fit un effort et se réveilla tout à fait.

– Qu'est-ce qu'il y a, ma chérie ? Tu as fait un cauchemar ?

– Antoine... Là, regarde... Je ne rêve pas ! Il m'a léché la main.

Il n'y avait ni chien ni chat dans la plantation : les Chinois ne les aimant pas, ils finissaient jetés en pâture aux crocodiles. Mylène avait recueilli un petit chat sur la plage de Malindi, un ravissant chaton blanc avec deux petites oreilles pointues et noires. Elle l'avait appelé Milou et lui avait acheté un collier en coquillages blancs. On retrouva le collier flottant sur l'eau d'une rivière à crocodiles. Mylène avait sangloté de terreur. « Antoine, le petit chat est mort ! Ils l'ont mangé. »

– Rendors-toi, chérie, on a encore un peu de temps...

Mylène enfonça ses ongles dans le cou d'Antoine et le força à se réveiller. Il fit un effort, se frotta les yeux et, se penchant par-dessus l'épaule de Mylène, il aperçut, sur le parquet, un long crocodile luisant et gras qui le fixait de ses yeux jaunes.

– Ah, déglutit-il, en effet... Nous avons un problème. Ne bouge pas, Mylène, surtout ne bouge pas ! Le crocodile attaque si tu bouges. Si tu restes immobile, il ne te fait rien !

– Mais regarde : il nous fixe !

– Pour le moment, si nous ne bougeons pas, nous sommes ses amis.

Antoine observa l'animal qui le tenait en mire de ses minces fentes jaunâtres. Il frissonna. Mylène le sentit et le secoua.

– Antoine, il va nous dévorer !

— Mais non..., dit Antoine pour la calmer. Mais non...

— T'as vu ses crocs ? hurla Mylène.

Le crocodile les regardait en bâillant, découvrant des dents acérées et puissantes, et se rapprocha du lit en se dandinant.

— Pong ! cria Antoine. Pong, où es-tu ?

L'animal renifla le bout de drap blanc qui traînait sur le sol et, le saisissant entre ses mâchoires, se mit à tirer, tirer sur le drap, entraînant Antoine et Mylène qui se raccrochèrent aux barreaux du lit.

— Pong ! hurla Antoine qui perdait son sang-froid. Pong !

Mylène criait, criait tant que le crocodile se mit à vagir et à faire vibrer ses flancs.

— Mylène, tais-toi ! Il pousse son cri de mâle ! Tu es en train de l'exciter sexuellement, il va nous sauter dessus.

Mylène devint livide et se mordit les lèvres.

— Oh, Antoine ! On va mourir...

— Pong ! cria Antoine, en prenant bien soin de ne pas bouger et de ne pas laisser la peur l'envahir. Pong !

Le crocodile regardait Mylène et émettait un drôle de couinement qui semblait venir de son thorax. Antoine ne put s'empêcher de piquer un fou rire.

— Mylène... je crois qu'il est en train de te faire la cour.

Mylène, furieuse, lui décocha un coup de pied dans la cuisse.

— Antoine, je croyais que tu avais toujours une carabine sous l'oreiller...

— Je l'avais au début mais...

Il fut interrompu par des pas précipités qui montaient les escaliers. Puis on frappa à la porte. C'était Pong. Antoine lui demanda de neutraliser l'animal et tira le drap sur la poitrine de Mylène que Pong détaillait en faisant semblant de baisser les yeux.

— Bambi ! Bambi ! couina Pong, parlant soudain comme

une vieille Chinoise édentée. *Come here, my beautiful Bambi...*
*Those people are friends !*

Le crocodile tourna lentement sa tête de gyrophare à yeux
jaunes vers Pong, hésita un instant puis, poussant un soupir,
fit pivoter son corps et rampa jusqu'à mister Lee qui le flatta
de la main et le caressa entre les yeux.

– *Good boy, Bambi, good boy...*

Puis il sortit une cuisse de poulet de la poche de son short
et la tendit à l'animal qui l'attrapa d'un coup sec et brutal.

C'en fut trop pour Mylène.

– *Pong, take the Bambi away ! Out ! Out !* dit elle dans son
anglais approximatif.

– *Yes, mâme, yes... Come on, Bambi.*

Et le crocodile, en se dandinant, disparut à la suite de Pong.

Mylène, livide et tremblante, interrogea Antoine d'un long
regard qui signifiait « je ne veux plus JAMAIS voir cet animal
dans la maison, tu as compris, j'espère ? ». Antoine acquiesça
et, attrapant son short et un tee-shirt, partit à la recherche de
Pong et de Bambi.

Il les trouva dans la cuisine avec Ming, la femme de Pong.
Pong et Ming gardaient les yeux baissés pendant que Bambi
mordillait le pied de la table où Pong avait attaché une carcasse de poulet frit. Antoine avait appris qu'il ne fallait jamais
affronter un Chinois de front. Le Chinois est très sensible,
susceptible même, et chaque avertissement peut être inter-
prété comme une humiliation qu'il remâchera longtemps. Il
demanda donc avec douceur à Pong d'où venait cet animal
charmant, certes, mais menaçant et qui, en tous les cas, n'avait
pas sa place à la maison. Pong raconta l'histoire de Bambi
dont la mère avait été découverte morte dans le Boeing qui
les amenait de Thaïlande. Il n'était pas plus grand qu'un gros
têtard, assura Pong, et si mignon, mister Tonio, si mignon...
Pong et Ming s'étaient attachés au petit Bambi et l'avaient

apprivoisé. Ils l'avaient nourri avec des biberons de soupe de poissons et de la bouillie de riz. Bambi avait grandi et ne les avait jamais agressés. Un peu mordillés parfois, mais c'était normal. D'habitude, il vivait dans une mare, entourée d'un enclos, et n'en sortait jamais. Ce matin, il s'était échappé. « Il voulait certainement faire votre connaissance... Cela ne se reproduira plus. Il ne vous fera pas de mal, promit Pong, ne le rejetez pas dans les marais avec les autres, ils le mangeraient, c'est devenu un petit d'homme ! »

Comme si je n'avais pas assez de problèmes comme ça, soupira Antoine en s'épongeant. Il n'était que six heures et demie du matin et déjà la sueur perlait à son front. Il fit promettre à Pong d'enfermer Bambi à double tour et d'avoir l'œil sur lui. Je ne veux plus jamais que cela se reproduise, Pong, plus jamais ! Pong sourit et s'inclina en remerciant Antoine de sa compréhension. « *Nevermore, mister Tonio, nevermore !* » croassa-t-il en multipliant les courbettes de soumission.

La plantation comprenait plusieurs départements. Il y avait l'élevage des poulets qui servaient à nourrir les crocodiles et les employés, l'élevage de crocodiles qui partait des barrières de corail et s'étendait sur plusieurs centaines d'hectares à l'intérieur des terres dans des rivières aménagées, la conserverie qui recueillait la viande des crocodiles et la mettait en boîtes, et l'usine de transformation où les peaux des crocodiles étaient découpées, tannées, préparées, assemblées afin de partir en Chine pour être transformées en malles de voyage, valises, sacs, porte-cartes, porte-monnaie siglés au nom des grands maroquiniers français, italiens ou américains. Cette partie de son commerce inquiétait Antoine qui craignait des représailles internationales si on venait à découvrir que le trafic commençait dans sa plantation. Quand il avait été embauché par le propriétaire chinois qui était venu de Pékin pour le rencontrer à Paris, cette partie de son activité lui avait été cachée. Yang Wei avait surtout insisté sur l'élevage, la production de viande et d'œufs qu'il faudrait organiser dans les meilleures conditions financières et sanitaires. Il lui avait parlé d'activités « annexes » sans les détailler, lui promettant qu'il toucherait un pourcentage sur tout ce qui sortait « vivant ou mort » de la plantation. « *Dead or alive, mister Cortès !* *Dead or alive.* » Il souriait d'un large sourire cannibale qui avait fait entrevoir des profits mirifiques à Antoine. C'est une fois sur place qu'il s'était rendu compte qu'il était aussi responsable de l'usine de transformation de peaux.

Il était trop tard pour protester : il s'était engagé dans l'aventure. Moralement et financièrement.

Car Antoine Cortès avait vu grand. Échaudé par son échec précédent chez Gunman and Co, il avait investi dans le Croco Park. Il s'était promis de ne plus jamais être un simple rouage mais de devenir un homme avec lequel il fallait compter. Il avait racheté dix pour cent de l'affaire. Pour cela, il avait fait un emprunt à sa banque. Il était allé voir monsieur Faugeron, au Crédit commercial, lui avait montré les plans d'exploitation du Croco Park, le profil des profits sur un an, deux ans, cinq ans et avait emprunté deux cent mille euros. Monsieur Faugeron avait hésité, mais il connaissait Antoine et Joséphine, présumait que, derrière cet emprunt, se cachaient la fortune de Marcel Grobz et le prestige de Philippe Dupin. Il avait accepté de prêter cette somme à Antoine. Le premier remboursement aurait dû avoir lieu le 15 octobre dernier. Antoine n'avait pu y faire face, sa paie n'étant pas encore arrivée. Problèmes d'intendance, avait expliqué Yang Wei qu'il avait pu finalement joindre au téléphone après plusieurs essais infructueux, ça ne saurait tarder et puis, n'oubliez pas que si les résultats du premier trimestre sont bons vous aurez, à Noël, une grosse prime pour vos premiers trois mois de dur labeur ! « *You will be Superman* ! Car, vous, les Français avoir beaucoup d'idées et nous les Chinois beaucoup de moyens pour les réaliser ! » Mister Wei avait éclaté d'un rire sonore. « Je rembourserai les trois mensualités en un seul paiement, avait promis Antoine à monsieur Faugeron, le 15 décembre au plus tard ! » Il avait senti à la voix du banquier que ce dernier s'inquiétait et avait employé son ton le plus enthousiaste pour le rassurer. « Ne vous en faites pas, monsieur Faugeron, on est dans du gros buisiness, ici ! La Chine bouge et prospère. C'est le pays avec lequel il faut faire des affaires. Je signe des traites qui feraient rougir vos employés ! Des millions de dollars me passent entre les mains, chaque jour ! »

– J'espère pour vous que c'est de l'argent propre, monsieur Cortès, avait répondu Faugeron.

Antoine avait failli lui raccrocher au nez.

Il n'empêche que, chaque matin, il se réveillait avec la même angoisse et la phrase de Faugeron résonnait à ses oreilles : « J'espère pour vous que c'est de l'argent propre, monsieur Cortès. » Chaque matin aussi, il regardait dans le courrier si sa paie n'était pas arrivée...

Il n'avait pas menti aux filles : il veillait sur soixante-dix mille crocodiles ! Les plus grands prédateurs de la terre. Des reptiles qui règnent sur la chaîne alimentaire depuis vingt millions d'années. Qui descendent de la préhistoire, sont apparentés aux dinosaures. Chaque matin, une fois les tâches distribuées et l'ordre du jour fixé, il partait avec mister Lee vérifier que tout marchait selon les plans et les prévisions. Pour le moment, il dévorait des ouvrages sur le comportement des crocodiles afin d'améliorer le rendement et la reproduction.

– Tu sais, expliquait-il à Mylène qui regardait les reptiles avec méfiance, ils ne sont pas agressifs pour le plaisir. C'est un comportement purement instinctif : ils éliminent les plus faibles et, en bons éboueurs, ils nettoient scrupuleusement la nature. Ce sont de véritables aspirateurs de saletés dans les rivières.

– Oui, mais lorsqu'ils t'attrapent, ils peuvent te dévorer en un clin d'œil. C'est l'animal le plus dangereux du monde !

– Il est très prévisible. On sait pourquoi et comment il attaque : quand on fait des remous, le crocodile croit qu'il a affaire à un animal en détresse et il fonce droit sur lui. Mais si on glisse lentement dans l'eau, il ne bouge pas. Tu ne veux pas essayer ?

Elle avait sursauté et Antoine avait éclaté de rire.

– Pong m'a montré : l'autre jour, il s'est glissé à côté d'un crocodile, sans bouger, sans faire de remous, et le crocodile ne lui a rien fait.

– Je te crois pas.

– Si, je t'assure ! Je l'ai vu, de mes yeux vu.

– La nuit, tu sais, Antoine... Parfois, je me lève pour les regarder et j'aperçois leurs yeux dans le noir... Ça fait comme des lampes de poche sur l'eau. Des petites lucioles jaunes qui flottent... Ils ne dorment jamais ?

Il riait de son innocence, de sa curiosité de petite fille et la serrait contre lui. C'était une bonne compagnie, Mylène. Elle ne s'était pas encore complètement habituée à la vie dans la plantation, mais elle était pleine de bonne volonté. « Je pourrais peut-être leur apprendre le français... ou à lire et à écrire », disait-elle à Antoine quand il l'emmenait faire le tour des cases des employés. Elle disait quelques mots aux femmes, les félicitait sur la propreté de leur intérieur, prenait dans ses bras les premiers bébés nés à Croco Park et les berçait. « J'aimerais bien me rendre utile, tu sais... Comme Meryl Streep dans *Out of Africa*, tu te souviens de ce film ? Elle était si belle... Je pourrais faire comme elle : ouvrir une infirmerie. J'ai passé mon brevet de secouriste quand j'étais à l'école...

j'apprendrais à désinfecter les blessures, à les recoudre. Au moins, je m'occuperais... Ou servir de guide aux touristes qui viennent visiter... »

– Ils ne viennent plus, il y a eu trop d'accidents ! Les voyagistes ne veulent plus prendre ce risque...

– C'est dommage... J'aurais pu ouvrir une petite boutique de souvenirs. Ç'aurait fait des sous...

Elle avait essayé de travailler à l'infirmerie. Ça n'avait pas été un franc succès. Elle s'était présentée, vêtue d'un jean blanc et d'un calicot en dentelle blanche, transparente, et les ouvriers s'étaient précipités pour lui montrer un petit bobo qu'ils s'étaient fait exprès afin qu'elle les palpe, les soigne, les ausculte.

Elle avait dû abandonner.

Antoine l'emmenait parfois avec lui, dans la Jeep. Un jour, alors qu'ils parcouraient tous les deux la plantation, ils avaient aperçu un crocodile qui déchiquetait un gnou d'au moins deux cents kilos. Le crocodile roulait et tournait sur lui-même, entraînant sa proie dans ce que les employés appelaient « le rouleau de la mort ». Mylène avait hurlé de terreur et, depuis, elle préférait rester à la maison à l'attendre. Antoine lui avait expliqué qu'elle n'avait plus rien à craindre de ce crocodile-là : après un tel repas, il se passerait de nourriture pendant plusieurs mois.

C'était le plus gros problème auquel Antoine était confronté : nourrir les crocodiles en captivité. Les rivières aménagées pour garder les crocodiles s'enfonçaient certes dans le territoire où vivait un riche gibier mais les animaux sauvages, méfiants, ne s'approchaient plus de l'eau et remontaient leur cours, plus haut, pour se désaltérer. Les crocodiles dépendaient de plus en plus de la nourriture fournie par les employés de la plantation. Mister Lee avait été obligé d'organiser une « ronde alimentaire » qui consistait à faire marcher des ouvriers le long des rivières en traînant derrière eux des chapelets de carcasses de poulets immergées. Parfois, quand ils croyaient qu'on ne les voyait pas, les employés tiraient d'un coup sec sur la ficelle, happaient une carcasse et la dévoraient. Ils la nettoyaient proprement, aspirant la chair, recrachant les os, puis reprenaient leur ronde.

Il fallait donc élever de plus en plus de poulets.

Il faut absolument que je me débrouille pour faire revenir les animaux sauvages à proximité des rivières, sinon je vais avoir un grave problème sur les bras. Ces crocodiles ne peuvent pas se nourrir exclusivement de ce qui vient de la main de l'homme, ils vont finir par ne plus chasser, ne plus se déplacer et perdre leur vitalité. Ils vont devenir si fainéants qu'ils ne voudront même plus se reproduire.

De plus, il était inquiet quant à la proportion de crocodiles mâles et femelles. Il s'était aperçu qu'il risquait fort d'y avoir trop de mâles pour trop peu de femelles. Difficile de repérer à l'œil nu le sexe de cet animal. Il aurait fallu les endormir et les marquer dès leur arrivée, mais cela n'avait pas été fait. Peut-être faudrait-il, un jour, entreprendre un grand tri sexuel ?

Il y avait d'autres parcs à crocodiles à l'intérieur des terres. Les propriétaires n'étaient pas confrontés à ces problèmes. Leurs réserves étaient restées à l'état sauvage et les crocodiles se nourrissaient eux-mêmes, broyant le gibier qui s'aventurait trop près de l'eau. Ils se rencontraient entre éleveurs, quand il allait à Mombasa, la ville la plus proche de Croco Park. Dans un café, le Crocodile Café. Ils échangeaient les dernières nouvelles, le cours de la viande, la dernière cote des peaux. Antoine écoutait les conversations de ces vieux éleveurs, tannés par l'Afrique, l'expérience et le soleil. « Ce sont des animaux très intelligents, tu sais, Tonio, d'une intelligence terrifiante malgré leur petit cerveau. Comme un sous-marin sophistiqué. Faut pas les sous-estimer. Ils nous survivront, c'est sûr ! Ils communiquent entre eux : un discret mais large répertoire de mimiques et de sons. Quand ils redressent la tête dans l'eau, c'est qu'ils laissent le rôle du plus fort à un autre. Quand ils arquent la queue, ça veut dire je suis de mauvais poil, déguerpis. Ils s'envoient sans cesse des signaux pour montrer qui est le chef. Très important chez eux : qui est le plus fort. C'est comme les hommes, non ? Tu te débrouilles comment avec ton propriétaire ? Il respecte ses engagements ? Il te paie rubis sur l'ongle ou il te fait lanterner en te racontant des bobards. Ils essaient toujours de nous baiser. Tape sur la table, Tonio, tape sur la table ! Ne te laisse ni intimider ni endormir par des promesses. Apprends à te faire respecter ! » Ils regardaient Antoine en riant. Antoine apercevait alors leurs mâchoires s'ouvrir et se fermer. Une sueur froide coulait sur sa nuque.

Il prenait une grosse voix pour commander une tournée générale et portait une bière glacée à ses lèvres gercées par le soleil. « À la vôtre, les gars ! Et aux crocodiles ! » Tout le monde levait le coude et roulait des cigarettes. « Y a de la bonne came ici, Tonio, tu devrais t'y mettre, ça adoucit les poisseuses soirées quand t'as pas fait ton chiffre et que tu balises ! » Antoine refusait. Il n'osait pas leur demander ce qu'ils savaient de mister Wei, comment était le précédent responsable de la plantation, pourquoi il était parti.

— En tous les cas, tu ne mourras pas de faim, disaient en riant les éleveurs. Tu pourras toujours bouffer des œufs de crocodile sur le plat, des œufs de crocodile en omelette, des œufs de crocodile mimosa ! Qu'est-ce qu'elles pondent, ces sales bêtes !

Ils le fixaient de leurs yeux jaunes en fentes de... crocodiles.

Le plus difficile, c'était de cacher son angoisse à Mylène, le soir, quand il rentrait de ces expéditions à Mombasa. Elle lui posait des questions sur ce qu'il avait vu, ce qu'il avait appris. Il sentait bien qu'elle cherchait à être rassurée. Elle lui avait donné toutes ses économies pour payer le voyage et leur installation. Ils étaient allés ensemble acheter ce qu'elle avait appelé « les premières commodités ». Il n'y avait rien dans la maison, le précédent propriétaire avait tout emporté, allant jusqu'à décrocher les rideaux des chambres et du salon. Gazinière, frigidaire, table et chaises, chaîne hi-fi, lit et tapis, casseroles et assiettes, ils avaient dû tout acheter. « Je suis si heureuse de participer à cette aventure », soupirait-elle en lui tendant sa carte de crédit. Elle ne reculait devant aucune dépense pour leur « petit nid d'amour » ; grâce à elle, la maison avait pris jolie tournure. Elle s'était acheté une machine à coudre, une vieille Singer trouvée sur le marché, et elle piquait des rideaux, des dessus-de-lit, des nappes et des serviettes toute la journée. Les employées chinoises avaient pris l'habitude de lui apporter du travail et Mylène le faisait de bonne grâce. Quand il arrivait par surprise et voulait l'embrasser, elle avait la bouche pleine d'épingles ! Le week-end, ils allaient sur les plages blanches de Malindi ; ils pratiquaient la plongée sous-marine.

Trois mois avaient passé, Mylène ne soupirait plus de bonheur. Chaque jour, elle attendait, inquiète, l'arrivée du courrier. Antoine lisait dans ses yeux sa propre angoisse.

Le 15 décembre, il n'y avait rien au courrier.

Ce fut une journée morne, une journée silencieuse. Pong les servit sans rien dire. Antoine ne toucha pas à son petit-déjeuner. Il ne supportait plus de manger des œufs. Dans dix jours c'est Noël, et je n'ai rien pu envoyer à Joséphine et aux filles. Dans dix jours c'est Noël, et je vais me retrouver, avec Mylène, à siroter une coupe de champagne aussi glacée que l'espoir dans nos veines.

Ce soir, j'appellerai mister Wei et je hausserai le ton...

Ce soir, ce soir, ce soir...

Le soir, la réalité était moins crue, les yeux jaunes des crocodiles dans les bassins scintillaient de mille promesses. Le soir, avec le décalage horaire, il était sûr de trouver mister Wei chez lui.

Le soir, le vent se levait et l'étouffante chaleur retombait sur l'herbe sèche et sur les marais. Une vapeur légère s'élevait. On respirait mieux. Tout devenait flou et rassurant.

Le soir, il se disait que les débuts étaient toujours difficiles, que travailler avec des Chinois c'était comme prendre des claques dans la gueule mais que le cuir finirait par se tanner. On ne devenait pas riche sans prendre de risques, mister Wei n'avait pas investi tout cet argent sur soixante-dix mille têtes de crocodiles sans en espérer un rondelet bénéfice. Tu te décourages trop vite, Tonio ! Allez, reprends-toi ! Tu es en Afrique, plus en France. Ici, il faut se battre. Le courrier, les transactions prennent davantage de temps. Ton chèque est entre les mains d'un douanier qui le tourne et le retourne, en vérifie l'origine avant de te l'envoyer. Il arrivera demain, après-demain au plus tard... Patiente un jour ou deux. La prime ajoutée est si énorme que les vérifications sont plus longues ! Ma prime de Noël...

Il sourit à Mylène, qui, soulagée de le voir se détendre, lui rendit son sourire.

Huit mille douze euros ! Un chèque de huit mille douze euros. Quatre fois mon salaire mensuel au CNRS. Huit mille douze euros ! J'ai gagné huit mille douze euros en traduisant la vie de la délicieuse Audrey Hepburn. Huit mille douze euros ! C'est écrit sur le chèque. Je n'ai rien dit quand le comptable me l'a tendu, je n'ai pas cherché à en connaître le montant, je l'ai empoché comme si de rien n'était. Je transpirais de peur. Ce n'est qu'après, dans l'ascenseur, que j'ai entrouvert l'enveloppe, tout doucement, en décollant un bord, en l'agrandissant, j'avais le temps, je redescendais du quatorzième étage, j'ai détaché le chèque de la lettre à laquelle il était agrafé et j'ai regardé... Et là, j'ai vu ! J'ai ouvert les yeux et j'ai aperçu le montant : huit mille douze euros ! Il a fallu que je m'appuie contre la paroi de l'ascenseur. Tout tournait. Une tempête de billets m'étourdissait. Soulevait ma jupe, s'engouffrait dans mes yeux, mes narines, ma bouche. Huit mille douze papillons voletaient autour de moi ! Quand l'ascenseur s'est arrêté, je suis allée m'asseoir dans le grand hall vitré. Je contemplais mon sac. Il y avait là-dedans huit mille douze euros... Impossible ! J'avais mal lu ! Je m'étais trompée ! J'ai ouvert le sac, repéré l'enveloppe, l'ai tâtée, tâtée, elle bruissait d'un doux bruit de soie et me rassurait, je l'ai approchée de mes yeux sans que personne ne se doute de ce que j'étais en train de faire et ai détaillé une nouvelle fois le montant : huit mille douze euros à l'ordre de madame Joséphine Cortès.

Joséphine Cortès, c'est moi. C'est bien moi. Joséphine Cortès a gagné huit mille douze euros.

J'ai coincé le sac sous mon bras et j'ai décidé d'aller déposer le chèque à ma banque. Tout de suite. Bonjour, monsieur Faugeron, devinez quel bon vent m'amène ? Huit mille douze euros ! Alors, monsieur Faugeron, fini les coups de fil en point d'interrogation, comment comptez-vous vous en sortir, madame Cortès ? Comme ça, monsieur Faugeron ! En travaillant avec la délicieuse, l'exquise, la ravissante, la magnifique, la troublante Audrey Hepburn ! Et demain, à ce tarif-là, je veux bien faire un petit tour dans la vie de Liz Taylor, Katharine Hepburn, Gene Tierney et pourquoi pas Gary Cooper ou Cary Grant ? Ce sont mes copains. Ils me murmurent des confidences à l'oreille. Voulez-vous que je vous imite l'accent plouc de Gary Cooper ? Non... Bon... Et ce chèque, monsieur Faugeron, il tombe pile quand il faut ! Juste avant Noël.

Jo exultait. Elle marchait dans la rue et poursuivait son dialogue avec monsieur Faugeron. Elle avançait en dansant puis se figea soudain en statue de sel et porta la main à son cœur. L'enveloppe ! Et si elle l'avait perdue ? Elle s'arrêta, entrouvrit son sac et contempla l'enveloppe blanche qui reposait, gonflée, joufflue, prospère, entre le trousseau de clés, le poudrier, les Hollywood chewing-gums, et les gants en peau de pécari qu'elle ne mettait jamais. Huit mille douze euros ! Tiens, se dit-elle, je vais prendre un taxi. Je vais me rendre à la banque en taxi. J'aurais trop peur de me faire braquer dans le métro...

Braquer dans le métro !

Son cœur battait mille coups, sa gorge criait mille soifs, des gouttelettes de sueur perlaient à son front. Ses doigts repartaient à la recherche de l'enveloppe, la repéraient, la palpaient encore ; elle poussait un soupir, calmait les battements de son cœur, caressait l'enveloppe.

Elle arrêta un taxi, lui donna l'adresse de sa banque à Courbevoie. Mettre les huit mille douze euros à l'abri et après, après... gâter les filles ! Noël, Noël ! *Djingle bells ! Djingle bells ! Djingle all the way...* Merci, mon Dieu, merci, mon Dieu ! Qui que vous soyez, où que vous soyez, vous qui veillez sur moi, vous qui m'avez donné le courage et la force de travailler, merci, merci.

À la banque, elle remplit le formulaire de dépôt et, quand elle écrivit en beaux chiffres arrondis, huit mille douze euros, elle ne put s'empêcher de sourire de fierté. Arrivée devant le caissier, elle demanda si monsieur Faugeron était là. Non, lui répondit-on, il est en visite de clientèle, mais il sera là vers dix-sept heures trente. Dites-lui de m'appeler, je suis madame

Cortès, demanda Joséphine en faisant claquer le fermoir de son sac.

Et clac ! Madame Joséphine Cortès convoquait monsieur Faugeron.

Et clac ! Madame Joséphine Cortès n'avait plus peur de monsieur Faugeron.

Et clac ! Madame Joséphine Cortès n'avait plus peur de rien.

Et clac ! Madame Joséphine Cortès, c'était quelqu'un.

L'éditeur à qui elle avait remis sa traduction avait eu l'air enchanté. Il avait ouvert le manuscrit, s'était frotté les mains et avait dit « voyons... voyons ». Il avait humecté son index, tourné une page puis deux, il avait lu, et avait hoché la tête de satisfaction. « Vous écrivez très bien, c'est fluide, c'est élégant, c'est simple comme une robe de Yves Saint Laurent ! – C'est Audrey, elle m'a inspirée », avait rougi Joséphine qui ne savait comment répondre à tant de compliments.

– Ne soyez pas modeste, madame Cortès. Vous avez un vrai talent... Accepteriez-vous d'autres travaux similaires ?

– Oui... bien sûr !

– Eh bien, il n'est pas impossible que je vous contacte bientôt... Vous pouvez passer à la comptabilité, à l'étage au-dessus, on vous remettra votre chèque.

Il lui avait tendu une main qu'elle avait serrée comme une naufragée agrippe un canot de sauvetage en pleine tempête.

– Au revoir, madame Cortès...

– Au revoir, monsieur...

Elle avait oublié son nom. Elle s'était dirigée vers l'ascenseur. Vers la comptabilité. Et c'est alors que...

Elle n'en revenait pas.

Et maintenant, se dit-elle en sortant de la banque, direction le centre commercial de la Défense, et une averse de cadeaux pour les filles. Mes petites chéries ne manqueront de rien pour Noël et mieux : elles seront à égalité avec leur cousin Alexandre !

Huit mille douze euros ! Huit mille douze euros...

Devant les vitrines des boutiques, elle écarquilla les yeux, en serrant son porte-monnaie où reposait sa carte de crédit. Gâter Zoé, gâter Hortense, les éblouir de cadeaux, graver un sourire définitif sur leurs visages de gamines sans papa à Noël. D'un coup de carte magique, moi, Joséphine, je serai tout à la fois : papa, maman, le Père Noël. Je leur rendrai confiance dans la vie. Je ne veux pas qu'elles aient les mêmes angoisses que moi. Je veux qu'elles s'endorment le soir, en pensant maman est là, maman est forte, maman veille sur nous, il ne peut rien nous arriver... Mon Dieu, merci de me donner cette force-là ! Joséphine parlait de plus en plus souvent à Dieu. Je vous aime, mon Dieu, veillez sur moi, ne m'oubliez pas, moi qui vous oublie si souvent. Et parfois il lui semblait qu'il posait la main sur sa tête et la caressait.

En arpentant les galeries marchandes, habillées de guirlandes, d'arbres de Noël, sillonnées par de gros bonshommes en houppelande rouge et barbe blanche, elle remerciait Dieu, les étoiles, le Ciel et hésitait à pousser la porte d'un magasin. Il faut que j'épargne pour les impôts !

Joséphine n'était pas femme à perdre la tête.

Et pourtant... En une heure, elle avait dépensé le tiers de son chèque ; elle en avait le vertige. Comme c'est tentant de tout prendre : les options, le service après-vente, un accessoire en promotion. Les vendeurs bourdonnent autour de vous et vous bercent de douces mélopées, telles les sirènes qui enchantèrent Ulysse. Elle n'était pas habituée, elle n'osait pas dire non, elle rougissait, osait une question vite balayée par le vendeur qui avait repéré la proie facile et la ficelait au mât de la tentation.

Pour quelques euros de plus, on lui installerait les programmes nécessaires sur l'ordinateur, pour quelques euros de plus on lui dézonerait le DVD, pour quelques euros de plus on lui livrerait la marchandise à la maison, pour quelques euros de plus on étendrait la garantie à cinq ans, pour quelques euros de plus... Joséphine, grisée, disait oui bien sûr, oui volontiers, oui vous avez raison, oui vous pouvez livrer dans la journée, je suis toujours là, vous comprenez, je travaille à la maison. Aux heures d'école de préférence pour que mes filles ne soient pas présentes, que ce soit une surprise pour Noël. Pas de problème, madame, aux heures d'école si vous y tenez...

Elle était repartie, un peu étourdie, un peu inquiète, puis avait aperçu, dans la foule, une petite fille qui ressemblait à Zoé et qui contemplait, les yeux brillants, une vitrine de jouets. Son cœur s'était emballé. C'est cette mine-là qu'auront mes filles quand elles ouvriront leurs cadeaux, cette mine-là qui fera de moi la plus heureuse des femmes...

Elle était rentrée à pied, affrontant le vent qui sifflait dans les grandes avenues de la Défense. On était en hiver, la nuit tombait vite. À quatre heures et demie, il faisait sombre et les lampadaires blafards s'allumaient un à un le long de son chemin. Elle releva le col de son manteau, tiens ! j'aurais pu m'acheter un manteau plus chaud, et baissa la tête pour se protéger du vent glacial. Il a parlé d'une autre traduction, alors je m'achèterai un manteau. Celui-là, Antoine me l'a offert il y a dix ans déjà ! On venait de s'installer à Courbevoie...

Il ne rentrera pas pour Noël. Le premier Noël sans lui...

L'autre jour, à la bibliothèque, elle avait consulté un livre sur le Kenya. Elle avait regardé où se trouvaient Mombasa et Malindi, les plages blanches, les vieilles maisons de Malindi, les petites boutiques artisanales, et les gens si amicaux, disait le guide. Et Mylène ? Elle est amicale, Mylène ? avait-elle grogné en refermant le livre d'un coup sec.

L'homme en duffle-coat ne venait plus. Il avait sans doute

fini ses recherches. Il traversait les rues de Paris en laissant une jolie blonde glisser la main dans sa poche...

Quand elle arrivait à la bibliothèque, elle posait ses livres sur la table, et le cherchait des yeux. Puis elle se mettait à travailler. Relevait la tête, le guettait, en se disant il est arrivé, il me regarde en cachette...

Il ne venait plus.

En bas de l'immeuble, elle croisa madame Barthillet qui la heurta sans la voir. Joséphine eut un mouvement de recul en l'apercevant. Une lueur de bête traquée brillait dans ses yeux. Elle baissa le regard quand elle vit Joséphine et avança en biais, en regardant ses pieds. Elles se croisèrent en silence. Joséphine n'osa pas lui demander des nouvelles de sa famille. Elle avait appris que monsieur Barthillet était parti.

Sa belle humeur du début de l'après-midi s'était enfuie. C'est d'un geste las qu'elle décrocha le téléphone qui sonnait quand elle ouvrit la porte de son appartement.

C'était monsieur Faugeron. Il la félicitait pour le chèque qu'elle avait déposé à la banque puis lui dit quelque chose qu'elle ne comprit pas tout de suite. Elle lui demanda de patienter un instant, le temps d'enlever son manteau et de poser son sac, puis reprit le téléphone.

– Ce chèque tombe à point nommé, madame Cortès. Vous êtes à découvert depuis trois mois...

Joséphine, la bouche sèche, les doigts crispés autour du téléphone, ne pouvait pas parler. À découvert ! Depuis trois mois ! Pourtant elle avait fait ses comptes : son solde était positif.

– Votre mari a ouvert un compte à son nom avant de partir pour le Kenya. Il a fait un gros emprunt et n'a honoré aucun des remboursements prévus à partir du 15 octobre...

– Un emprunt, Antoine ? Mais...

– Sur son propre compte, madame Cortès, mais vous êtes

responsable. Il avait promis de rembourser et... Vous avez dû signer des papiers, madame Cortès ! Souvenez-vous...

Joséphine fit un effort et se rappela, en effet, qu'Antoine lui avait fait signer de nombreux formulaires de banque avant de partir. Il avait parlé de plan, d'investissement, d'assurance pour l'avenir, de pari à prendre. C'était au début du mois de septembre. Elle lui avait fait confiance. Elle signait toujours les yeux fermés.

Elle écouta, comme dans un mauvais rêve, les explications du banquier. Grelottant dans la lumière blafarde de l'entrée. Il faudrait que je pousse le chauffage, il fait trop froid. Les dents serrées, recroquevillée sur la chaise près du petit meuble où se trouvait le téléphone, les yeux fixés sur la trame usée de la moquette.

— Vous êtes responsable en son nom, madame Cortès. J'ai le regret de vous le dire... Maintenant, si vous voulez passer à la banque, nous pouvons aménager votre dette... Vous pourriez aussi demander à votre beau-père de vous aider...

— Jamais, monsieur Faugeron, jamais !

— Pourtant, madame Cortès, il va bien falloir...

— Je me débrouillerai, monsieur Faugeron, je me débrouillerai...

— En attendant, ce chèque de huit mille douze euros comblera le trou laissé par votre mari... Les échéances sont de mille cinq cents euros par mois, donc faites le calcul vous-même...

— J'ai fait des achats cet après-midi, parvint à articuler Joséphine. Pour les filles, pour le Noël des filles... J'ai acheté un ordinateur et... Attendez, j'ai les tickets de carte bleue...

Elle fouilla dans son sac, arracha son porte-monnaie, l'ouvrit en toute hâte et en extirpa les relevés de carte bleue. Additionna lentement les sommes dépensées et les annonça au banquier.

— Ce sera juste, madame Cortès... Surtout s'il n'honore pas la traite du 15 janvier... Je ne voudrais pas vous affoler en cette période de Noël mais ce sera juste.

Joséphine ne savait plus que dire. Son regard tomba sur la table de la cuisine où trônait sa machine à écrire, une vieille IBM à boule que lui avait donnée Chef.

— Je ferai face, monsieur Faugeron. Laissez-moi le temps de me retourner. On m'a promis, ce matin, un autre travail bien rémunéré. C'est une question de jours...

Elle disait n'importe quoi. Elle était en train de se noyer.

— Il n'y a pas urgence, madame Cortès. On se revoit début janvier, si vous voulez, vous aurez peut-être des nouvelles...

— Merci, monsieur Faugeron, merci.

— Allez, madame Cortès... ne vous tourmentez pas, vous vous en sortirez ! En attendant, essayez de passer de bonnes fêtes de Noël. Vous avez des projets ?

— Je vais chez ma sœur à Megève, répondit Joséphine tel un boxeur sonné que l'arbitre est en train de compter.

— C'est bien de ne pas être seule, d'avoir une famille... Allez, madame Cortès, bonnes fêtes de Noël.

Joséphine raccrocha et tituba jusqu'au balcon. Elle avait pris l'habitude de s'y réfugier. Du balcon, elle contemplait les étoiles. Elle interprétait un scintillement, un passage d'étoile filante comme un signe qu'elle était écoutée, que le ciel veillait sur elle. Ce soir-là, elle s'agenouilla sur le béton, joignit les mains et, levant les yeux au ciel, elle récita une prière :

« Étoiles, s'il vous plaît, faites que je ne sois plus seule, faites que je ne sois plus pauvre, faites que je ne sois plus harcelée. Je suis lasse, si lasse... Étoiles, on ne fait rien de bien toute seule et je suis si seule. Donnez-moi la paix et la force intérieure, donnez-moi aussi celui que j'attends en secret. Qu'il soit grand ou petit, riche ou pauvre, beau ou laid, jeune ou vieux, ça m'est égal. Donnez-moi un homme qui m'aimera et que j'aimerai. S'il est triste, je le ferai rire, s'il doute, je le rassurerai, s'il se bat, je serai à ses côtés. Je ne vous demande pas l'impossible, je vous demande un homme tout simplement, parce que, voyez-vous, étoiles, l'amour, c'est la plus grande des richesses... L'amour qu'on donne et qu'on reçoit. Et de cette richesse-là, je ne peux pas me passer... »

Elle inclina la tête vers le sol en béton et se laissa aller en une infinie prière.

C'est au 75 de l'avenue Niel que Marcel Grobz avait établi ses bureaux. Pas très loin de la place de l'Étoile, pas très loin non plus du boulevard périphérique. « Un côté fric, un côté chic », s'esclaffait-il quand il faisait visiter son domaine ou « ça entre à un centime, ça ressort à dix euros ! » quand il était seul avec René.

Il avait acheté, il y avait des années, un immeuble de deux étages, dans une cour pavée, où courait une glycine dessinant des ronds et des festons. Elle lui avait tapé dans l'œil. Le jeune Marcel Grobz cherchait un endroit frais et bourgeois pour y loger son entreprise. « Bon Dieu ! s'était-il exclamé en voyant le lot qu'on lui proposait pour une bouchée de pain, voilà qui fera bel effet ! » et il bichait comme un pou sur la tête d'un teigneux. « On se croirait dans un couvent de carmélites ! Ici, on me parlera avec respect, et on attendra si je suis en retard d'une traite ! Cet endroit respire la bonhomie, la douceur provinciale, l'affaire honnête et prospère. »

Il avait tout acheté : l'immeuble et l'atelier, la cour et la glycine, et d'anciennes écuries aux fenêtres cassées qu'il avait aménagées pour en faire des locaux supplémentaires.

C'est là au 75 de l'avenue Niel que son entreprise avait pris son envol.

C'est là aussi qu'un beau jour d'octobre 1970, il avait

vu arriver René Lemarié, un jeune gars, de dix ans son cadet, dont la taille étranglée de jeune fille s'évasait jusqu'à des épaules de cariatide ; le crâne rasé, le nez cassé, le teint rouge brique, un sacré gaillard ! s'était dit Marcel en écoutant les arguments de René qui cherchait une place. « C'est pas pour me vanter, mais je sais tout faire. Et je lanterne pas. J'ai pas un nom qui se dévisse, je sors pas de Polytechnique, mais je vous rendrai service ! Prenez-moi à l'essai et vous me supplierez de rester. »

René était jeune marié. Ginette, sa femme, une petite blonde, qui riait tout le temps, fut embauchée à l'atelier. Elle travaillait sous les ordres de son mari. Elle conduisait les vans, tapait à la machine, comptait et recomptait les conteneurs, en vérifiait le contenu. Elle aurait aimé être chanteuse, mais la vie en avait décidé autrement. Quand elle avait rencontré René, elle était choriste dans les spectacles de Patricia Carli et avait dû choisir : René ou le micro. Elle avait choisi René, mais continuait à hurler, quand l'envie lui prenait, « arrête, arrête ! Ne me touche pas ! Je t'en supplie, aie pitié de moi ! Je ne peux plus, plus suporrrrter avec une autre te parrrtager... D'ailleurs, demain tu te marrries, elle a de l'archent, elle est cholie ! Elle a tou-ou-tes les qualités, mon seul défaut, c'est de t'aimer !!! » sous les grandes verrières de l'atelier. Elle vocalisait et imaginait un parterre de spectateurs hurlant à ses pieds. Elle avait également été choriste pour Rocky Volcano, Dick Rivers et Sylvie Vartan. Tous les samedis soir, chez René et Ginette, il y avait karaoké. Ginette n'avait pas dépassé les années soixante, portait des ballerines et des corsaires en vichy et se coiffait comme Sylvie à l'époque de sa petite robe bleue Real et de la marguerite coincée derrière l'oreille. Elle possédait toute la collection de *Salut les copains* et de *Mademoiselle Âge tendre* et la feuilletait, quand elle se sentait d'humeur nostalgique.

Marcel prêtait à René et Ginette un local au-dessus des

écuries, qu'ils avaient transformé en logement. Ils y avaient élevé leurs trois enfants, Eddy, Johnny et Sylvie.

Quand Marcel avait embauché René, il avait remis à plus tard la définition de son poste. « Je commence, vous commencerez avec moi ! » Depuis, les deux hommes étaient unis comme les branches noueuses de la glycine.

Certes, ils se voyaient rarement en dehors du bureau, mais il n'y avait pas un jour sans que Marcel ne passe soulever la casquette de René, qui, en salopette, la clope aux lèvres, bougonnait : « Comment ça va, le Vieux ? »

René tenait un compte exact de toutes les marchandises, notait les entrées et les sorties, les promotions et les produits qui ne partaient pas et dont il était urgent de se débarrasser : « Ce machin-là, tu me le fous en promo du mois. Tu le refiles aux gogos, bobos et autres clampins qui traînent dans tes magasins, je veux plus le voir ! Et si t'as commencé la production en chaîne à Tsing-Tsing ou Pétaouchnock, tu bloques les freins. Ou tu vas te retrouver en slip à faire des claquettes dans le métro. Sais pas ce qui t'a pris le jour où t'en as commandé trente palettes, mais tu devais avoir un raisin sec dans la tête ! »

Marcel clignait de l'œil, écoutait, et suivait presque toujours les conseils de René.

En plus de la gestion de l'entrepôt de l'avenue Niel, René était chargé de répartir les marchandises entre les magasins de Paris et de province, de gérer les stocks, de commander les articles manquants ou qui allaient manquer. Chaque soir, avant de quitter le bureau, Marcel descendait à l'entrepôt pour y boire un coup de rouge en compagnie de René. René sortait un saucisson, un camembert, une baguette, du beurre salé, et les deux hommes bavardaient en contemplant la glycine à travers les vitres de l'atelier. Ils l'avaient connue menue, timide, hésitante et, près de trente après, elle se tortillait d'aise, bouclait, rebondissait sous leurs yeux enchantés.

Depuis un mois, Marcel ne venait plus voir René.

Ou, quand il venait, c'est qu'il y avait un problème, qu'un des magasins avait appelé pour se plaindre ; il arrivait, maussade, aboyait une question, crachait un ordre et repartait, en évitant de croiser le regard de René.

D'abord René fut piqué. Il ignora Marcel. Lui fit répondre par Ginette. Quand Marcel déboulait en râlant, René montait sur un chariot et partait au fond de l'entrepôt compter ses caisses. Cette petite comédie dura trois semaines. Trois semaines sans rondelles de saucisson ni coups de rouge. Sans confidences devant les vrilles de la glycine. Puis René comprit qu'il faisait le jeu de son ami et que Marcel ne viendrait pas le relancer.

Un jour, il ravala sa fierté et monta interroger Josiane. Que se passait-il avec le Vieux ? À sa grande surprise, Josiane le rembarra.

— Demande-lui toi-même, on se cause plus ! Il me bat froid comme plâtre.

Elle ressemblait à un jeune malheur. Amaigrie, pâle, avec un peu de rose posé sur les pommettes en une réclame menteuse. Du rose de camelote ! se dit René. Pas le rose du bonheur, le rose qui vient du cœur.

— Il est dans son bureau ?

Josiane acquiesça d'un geste sec du menton.

— Seul ?

— Seul... Profites-en, le Cure-dents tape l'incruste en ce moment. L'est là tout le temps !

René poussa la porte du bureau de Marcel et le surprit, tassé sur son fauteuil, le visage baissé, en train de renifler un chiffon.

— Tu testes un nouveau produit ? demanda-t-il en faisant

le tour du bureau avant d'arracher la chose des mains de son copain. Puis, étonné, il demanda : C'est quoi ?

— Un collant...

— Tu te lances dans le collant ?

— Non...

— Mais bon Dieu, qu'est-ce que tu fous à sniffer du nylon ?

Marcel lui lança un regard malheureux et furieux. René s'assit sur le bureau face à lui et, le regardant droit dans les yeux, attendit.

Sorti de ses bureaux, de sa réussite financière, Marcel redevenait le gamin rustre et grossier qu'il avait été dans les rues de Paris quand il traînait, le soir, avant de rentrer chez lui où personne ne l'attendait. Il n'avait su maîtriser ses passions que pour s'élever : devenir riche et puissant. Une fois le but atteint, l'intelligence de la vie l'avait déserté. Il continuait à jongler avec les chiffres, les usines, les continents, comme une vieille cuisinière monte ses œufs en neige sans même y faire attention, mais pour le reste, il avait perdu la main. Plus il prospérait, plus il devenait vulnérable. Il perdait son bon sens paysan. Il n'avait plus de repères. Était-il ébloui par l'argent, le pouvoir que lui donnait sa fortune ou au contraire étourdi, ne comprenant pas comment il avait fait pour en arriver là ? Avait-il perdu la science et l'intuition que lui donnait sa rage de débutant pour se perdre dans le luxe et la facilité ? René ne comprenait pas comment l'homme qui tenait tête aux capitalistes chinois ou russes pouvait se faire rouler dans la farine par Henriette Grobz.

René avait vu d'un très mauvais œil le mariage de Marcel avec Henriette. Le contrat qu'elle lui avait fait signer, la veille du mariage, était, d'après lui, une prise en otage. Marcel était fait aux pattes. Une communauté universelle, avec séparation de biens pour qu'elle ne soit pas responsable en cas de faillite, mais une donation au dernier vivant afin qu'elle hérite en cas de bénéfices. Et, cerise sur le gâteau, le titre de présidente du conseil d'administration de l'entreprise. Il ne pouvait plus rien décider sans elle. Ligoté, saucissonné, le Marcel ! « Je ne veux pas avoir l'air de t'épouser pour ton argent, avait-elle prétexté, je veux travailler avec toi. Faire partie de l'entreprise. J'ai tellement d'idées ! » Marcel avait tout gobé. « Folie en barre ! avait hurlé René quand il avait appris les termes du contrat. Une escroquerie ! Un braquage en bonne et due forme ! C'est pas une femme, c'est un gangster. Et tu prétends qu'elle t'aime, pauvre imbécile ? Elle te cisaille les couilles avec des ciseaux à ongles. Ma parole, t'as l'intelligence au ras de la moquette ? » Marcel avait haussé les épaules : « Elle va me faire un petit et alors tout reviendra au petit ! – Elle va te faire un petit ? Tu hallucines ou quoi ? »

Marcel, vexé, avait claqué la porte de l'entrepôt.

Ils étaient restés plus d'un mois sans se parler, cette fois-là. Et quand ils s'étaient retrouvés, ils avaient décidé d'un commun accord de ne plus aborder le sujet.

Et maintenant c'était Josiane qui le rendait maboul au point de renifler un vieux collant.

– Tu vas rester longtemps comme ça ? Tu veux que je te dise, t'as l'air d'un vieux crapaud sur une boîte d'allumettes.

– J'ai plus d'envies..., répondit Marcel avec, dans la voix, le désenchantement de l'homme à qui la vie a tout pris et qui s'installe, docile, dans sa misère.

– Tu veux dire que tu vas attendre la mort sans broncher ?

Marcel ne répondit pas. Il avait maigri, et sa figure tombait en deux bourses molles le long des mâchoires. Il était devenu un vieillard hébété, livide, sans arrêt au bord des larmes. Ses yeux, aux bords rougis, suintaient.

– Reprends-toi, Marcel, tu fais pitié. Et bientôt tu feras horreur. Un peu de dignité !

Marcel Grobz haussa les épaules en entendant le mot

« dignité ». Il jeta un regard humide à René et leva la main comme pour dire : à quoi bon ?

René le regardait, incrédule. Ce ne pouvait pas être le même homme qui lui avait appris l'art de la guerre dans les affaires. Il appelait ça ses cours du soir. René le soupçonnait de déclamer haut et fort pour se convaincre et se donner du cœur à l'ouvrage. « Plus froidement tu calcules, plus loin tu vas. Pas de sentiment, mon vieux. Faut occire à froid ! Et pour asseoir définitivement ton autorité, tu frappes un grand coup avant de commencer, tu sacques un gêneur, tu liquides un ennemi, et tu seras craint le reste de ta vie ! » Ou encore : « Il y a trois moyens de réussir : la force, le génie ou la corruption. La corruption, c'est pas mon truc, le génie, j'en ai pas alors... il ne me reste plus que la force ! Sais-tu ce que disait Balzac ? "Il faut entrer dans cette masse d'hommes comme un boulet de canon ou s'y glisser comme une peste." C'est beau, ça, non ? »

— Et comment tu sais ça, toi qui n'es jamais allé à l'école ?

— Henriette, mon vieux, Henriette ! Elle me fait des fiches pour que j'aie l'air moins con dans les dîners. J'apprends par cœur et je répète.

Un caniche savant, avait pensé René. Il s'était tu. Marcel était fier à l'époque. D'accrocher Henriette à son bras et d'apprendre par cœur des citations pour faire effet dans les dîners. C'était le bon vieux temps. Il avait tout : la réussite, l'argent et la femme. Cherchez l'erreur, il disait à René en lui tapant dans le dos. J'ai tout, mon vieux ! J'ai tout ! Et bientôt, qui je ferai sauter sur mes genoux ? Marcel Junior en personne. Il dessinait, dans l'air une bonne bouille de bébé, une bavette, un hochet et souriait aux anges. Marcel Junior ! Un héritier. Un petit mâle à installer aux commandes. On l'attendait encore, celui-là !

Parfois René surprenait un regard de Marcel sur ses enfants.

215

Il leur faisait bonjour de la main et c'était comme du plomb qu'il soulevait, un adieu qu'il faisait à un rêve.

René chassa la cendre de cigarette qui tombait sur sa salopette et pensa que tout vainqueur cachait un vaincu. Une vie se résume autant par ce qu'elle a apporté que par ce qu'elle a manqué en route. Marcel avait empoché l'argent et la réussite, mais avait perdu l'amour et l'enfant. Lui, René, il avait Ginette et les trois mômes, mais pas plus d'économies que de beurre en branche.

— Vas-y, accouche... Qu'est-ce qui se passe ? T'as intérêt à ce que ce soit croustillant pour justifier ta gueule depuis un mois.

Marcel hésita, leva une lourde paupière sur son copain puis se mit à table. Il raconta tout : Chaval et Josiane près de la machine à café, la réaction d'Henriette qui, depuis, exigeait le départ de Josiane et lui qui perdait le goût de vivre, de faire des affaires.

— Même pour mettre mes deux jambes dans le pantalon, le matin, j'hésite. J'ai envie de rester sur le dos à compter les fleurs des rideaux. J'ai plus envie, mon vieux. C'est bien simple : de les voir tous les deux collés l'un contre l'autre, ça m'a renvoyé mon extrait de naissance en pleine gueule ! Tant que je la tenais dans mes bras, je me racontais des histoires, je me disais que j'étais balèze, que j'allais repousser les frontières du monde, construire une nouvelle muraille de Chine, damer le pion à un milliard de petits Chinois ! C'est pas dur : je sentais mes cheveux repousser. Il a suffi d'une image, cette image-là, ma Choupette dans les bras d'un autre, plus jeune, plus mince, plus vigoureux, pour que je redevienne chauve et m'engouffre dans ma carte vermeille ! D'un seul coup d'un seul ! J'ai tombé les bretelles, j'ai tout lâché...

Il balaya la surface du bureau, envoyant par terre dossiers et téléphones.

– À quoi ça sert tout ça, tu peux me le dire, toi ? Du vent, du bluff, du camouflage !

Et comme René restait silencieux, il enchaîna :

– Des années à travailler pour rien. Peau de balle ! Toi, au moins, t'as tes enfants, Ginette, une maison où on t'attend le soir... Moi, j'ai mes bilans, mes clients, mes conteneurs à trois balles. Je dors sur un divan, je mange en bout de table, je pète et je rote en cachette. Je porte des pantalons trop serrés. Tu veux que je te dise ? On me met pas à la porte parce que je peux encore servir mais sinon...

Il fit le geste d'une boulette qu'on fait gicler du bout des doigts et s'affaissa de tout son poids sur son fauteuil.

René resta un moment silencieux puis tout doucement, comme on parle à un enfant en colère, un enfant qui se raidit et ne veut pas vous écouter, il commença :

– Ce que je vois, c'est que ta Choupette, elle va pas mieux que toi. Vous êtes comme deux otaries échouées sur une banquise déserte et qui se battent froid. Son Chaval, c'était rien du tout ! Un coup de chaud sur la croupe, une envie de précipiter le printemps, un baba au rhum qui te fait de l'œil et que tu te tapes derrière le comptoir. Ne me dis pas que ça t'est jamais arrivé ?

– Moi, c'est pas pareil, protesta Marcel en se redressant et en tapant de toutes ses forces sur la table.

– Parce que toi, t'es un homme ? Il est vieux, l'argument ! Il sent son petit Napoléon ! Elles ont changé les bonnes femmes, figure-toi. Elles sont comme nous, maintenant, et quand elles ont un petit Chaval bien gominé qui leur emboîte la croupe, elles se prennent un petit acompte mais ça veut rien dire du tout. C'est de la roupie de sansonnet. Elle t'a à la bonne, la Josiane ! Y a qu'à voir la gueule qu'elle déroule derrière son burlingue. Tu l'as regardée, au moins ? Non. Tu passes devant elle raide comme une saucisse avec ta fierté en visière. T'as pas vu qu'elle avait perdu du poids, qu'elle flotte dans son jersey et qu'elle a le brushing qui tète les mites ? T'as pas vu que le rose qu'elle se peinturlure, il est tout faux, elle l'achète en pack de six au Monoprix parce que sinon elle rivalise avec le bidet ?

Marcel secouait la tête, obstiné et triste. Et René reprenait, mélangeait la gouaille et le sentiment, le bon sens et la raison, pour remettre sur pied son vieux copain qui menaçait de s'étrangler dans son bas nylon.

Soudain il eut une idée et son œil s'alluma.

— Tu me demandes même pas pourquoi je suis monté te voir alors que j'avais juré de te couper la parole ? Tu es si habitué à ce qu'on te cire les pompes que tu trouves normal que je vienne te relancer à domicile. Ma parole, tu vas finir par me vexer !

Marcel le regarda, se passa la main dans la nuque et, jouant avec un stylo qui avait échappé au raz de marée sur le bureau, il demanda :

— Je te demande pardon... Tu voulais me dire quelque chose ?

René croisa les bras, et prenant tout son temps, annonça à Marcel que sa plus grande frousse risquait bien de devenir réalité : les Chinois avaient recopié ses ordres de travers. Ils avaient mélangé les centimètres et les pieds *english* !

— Je viens de m'en apercevoir en détaillant les bons de commande de ton usine près de Pékin. Ils ont tout compris de travers et si tu veux empêcher le pire, faut que tu viennes voir tout de suite et que tu leur bigophones.

— Nom de Dieu ! rugit Marcel. Y en a pour des milliards ! Et tu me le disais pas.

Il se leva d'un bond, attrapa sa veste, ses lunettes, et s'engouffra dans l'escalier pour descendre dans le bureau de René.

René le suivit et, en passant devant Josiane, lui ordonna :
– Prends ton Bic et ton bloc... Y a du rififi chez les Chinetoques !

Josiane obtempéra et ils se précipitèrent tous les trois en bas.

Le bureau de René était une petite pièce, presque entièrement vitrée, qui donnait sur l'entrepôt. Au départ, ce devait être un vestiaire, mais René s'y était installé, trouvant que c'était plus pratique pour surveiller l'entrée et la sortie des marchandises. Et depuis, c'était le sanctuaire de René.

C'était la première fois que Josiane et Marcel se retrouvaient nez à nez depuis l'incident de la machine à café. René ouvrit les livres de comptes sur son bureau, puis se frappant le front, il s'écria :
– Putain ! J'ai oublié l'autre... le principal ! Il est resté dans l'entrée. Bougez pas, je vais le chercher.

Il sortit du bureau, tira la clé de sa poche et clic clac les enferma tous les deux. Puis il s'éloigna en se frottant les mains et en faisant claquer les boucles de sa salopette.

À l'intérieur du bureau, Josiane et Marcel attendaient. Josiane posa la main sur le radiateur et l'ôta aussitôt : il était brûlant ! Elle poussa un petit cri de surprise et Marcel demanda :
– Tu as dit quelque chose ?

Elle secoua la tête. Au moins, il l'avait regardée. Enfin il tournait la tête vers elle et ne se détournait pas, le nez pincé.
– Non... C'est le radiateur, il est brûlant...
– Ah...

Le silence retomba entre eux. On n'entendait que le bruit des vans, les cris des ouvriers qui lançaient des indications pour manœuvrer, à droite, à gauche, plus haut, des jurons qui éclataient quand les manœuvres trop brusques menaçaient de tout répandre à terre.

— Qu'est-ce qu'il fout ? grommela Marcel en regardant par la fenêtre.

— Il fout rien. Il fout qu'il voulait nous mettre tous les deux face à face et qu'il a gagné ! C'est du pipeau son histoire de commande foirée.

— Tu crois ça ?

— T'as qu'à essayer de sortir... M'est avis qu'on est enfermés. On est faits comme les Pieds Nickelés !

Marcel posa la main sur la porte du bureau, fit jouer la poignée dans tous les sens, la secoua, la porte resta fermée. Il tempêta et balança un coup de pied.

Josiane sourit.

— C'est que j'ai pas que ça à foutre, moi ! éclata Marcel.

— Moi non plus. Qu'est-ce que tu crois, que c'est le Club Med ici ?

L'air dans le bureau était chaud et fétide. Ça sentait la cigarette refroidie, le chauffage électrique poussé à fond et le pull en laine qui sèche sur une chaise. Josiane plissa le nez et émit un petit reniflement. Elle se pencha sur le bureau et vit collé contre le bas du radiateur un vieux pull jacquard étendu sur le dossier de la chaise. Il a oublié de l'emporter avec lui, il va attraper froid ! Elle se tourna vers la glycine et c'est à ce moment qu'elle aperçut le Cure-dents qui arrivait de son pas militaire.

— Merde, Marcel ! Le Cure-dents ! chuchota-t-elle.

— Planque-toi, fit Marcel, s'il lui vient l'idée de venir par là.

— Et pourquoi je me planquerais ? On ne fait rien de mal.

— Planque-toi, je te dis ! Elle va nous apercevoir en passant.

Il l'attira vers lui et ils tombèrent accroupis tous les deux contre le muret.

— Pourquoi tu trembles devant elle ? demanda Josiane.

Marcel lui mit la main sur la bouche et la coinça contre lui avec son bras.

— T'oublies toujours que c'est elle qui a la signature.

— Parce que tu as été assez con pour la lui filer.

— Arrête de vouloir faire la révolution tout le temps.

— Et toi, arrête de te faire couillonner !

— Oh ! ça va, la donneuse de leçons... Tu faisais moins la maligne l'autre jour près de la machine à café, hein ? Toute molle répandue dans les bras de ce bellâtre qui vendrait sa propre mère pour une dent en or !

— Je prenais un café... Tout simplement.

Marcel manqua s'étouffer. D'une voix assourdie, presque blanche, il protesta :

— Parce que t'étais pas dans les bras de Chaval peut-être ?

— On se frottait un peu, c'est vrai. Mais c'était juste pour te faire bisquer.

— Ben... t'as réussi.

— Oui... J'ai réussi. Et depuis tu me parles plus !

— C'est que tu vois, je m'attendais pas à ça...

— Tu t'attendais à quoi ? À ce que je te tricote des bonnets en laine pour tes vieux jours ?

Marcel haussa les épaules et, tirant sur la manche de sa veste, se mit à cirer le bout de ses chaussures.

— J'en avais marre, Marcel...

— Ah bon ? fit-il, faisant semblant d'être absorbé par la propreté de ses pompes.

— Marre de te voir repartir tous les soirs avec le Cure-dents ! Marre ! Marre ! Tu te dis jamais que ça me rend folle ? Toi installé pépère dans ta double vie, moi ramassant les miettes que tu veux bien me lâcher. Les attrapant du bout des doigts, sans faire de bruit, des fois qu'elle entende. Et ma vie qui défile à toute berzingue sans que je puisse lui mettre la main dessus. Des lustres que ça dure, nous deux ! Et on continue

221

de se voir en cachette ! Et jamais tu m'emmènes comme une officielle, jamais tu me fais parader dans de beaux atours, jamais tu m'exhibitionnes au soleil des îles lointaines ! Non, pour Choupette, c'est le noir complet... Les menus à vingt balles et les fleurs en plastique ! Les parties de cuisses en l'air, Popaul qui s'épanouit et hop ! tu remballes tes petites affaires et tu rentres chez toi ! Oh, bien sûr... quand je klaxonne, quand je brandis la menace de sevrer Popaul, tu me files un bijou. Histoire de me faire patienter... de calmer la tempête dans ma tête. Sinon, que des promesses ! Des promesses à perpète ! Alors ce jour-là, j'ai craqué... Ce jour-là, en plus, elle m'avait agressée. C'était le jour où j'avais perdu ma mère et elle m'a interdit de pleurer au bureau. J'usurpais mon salaire, qu'elle a dit ! Je l'aurais massacrée...

Marcel écoutait, calé contre le muret. Il se laissait envahir par la musique des mots de Josiane et, peu à peu, la tendresse montait en lui. Sa colère retombait comme la voile d'un parachute qui se pose à terre. Consciente qu'il s'attendrissait, Josiane délayait son récit, l'agrandissait, y accrochait des larmes, des soupirs, des ex-voto, du mauve, du marron, du noir et du rose. Tout en chuchotant son drame, elle accompagnait le lent affaissement du corps de Marcel contre le sien. Il se tenait encore, il enfermait ses genoux entre ses mains pour ne pas se laisser choir contre elle, mais il tanguait doucement et se rapprochait.

– Ça a été dur de perdre ma mère, tu sais. C'était pas une sainte, loin de là, tu le savais ! Mais c'était ma mère... Je croyais que je serais forte, que j'encaisserais sans rien dire et puis vlan ! ça m'a fait comme un crochet dans le buffet, j'en ai perdu le souffle...

Elle lui prit la main et la posa entre ses seins, là où ça lui avait fait tellement mal. La main de Marcel devint chaude dans la sienne et retrouva sa place d'antan dans le sillon doux et rassurant.

— Je me suis retrouvée comme à deux ans et demi... Quand tu lèves la tête, confiante, vers l'adulte qui devrait te protéger et que tu te prends une beigne, un aller-retour dont tu ne reviendras plus... On ne s'en remet jamais de ces blessures-là, jamais. On fait la fière, on avance le menton mais on a le cœur qui bat le tambour...

Sa voix était devenue un filet, un chuchotis de confidences douces qui remplissait Marcel Grobz d'une ouate vaporeuse. Choupette, ma Choupette, que c'est bon de t'entendre à nouveau, ma petite fille, ma beauté, mon amazone dorée... parle-moi, parle-moi encore, quand tu gazouilles, que tu tortilles les mots comme le crochet avec la laine, je ressuscite, la vie est aride sans toi, elle ne ruisselle pas, elle ne vaut plus qu'on se lève le matin pour mettre le nez à la fenêtre.

Henriette Grobz était montée dans le bureau de Marcel et, ne trouvant ni Josiane ni son mari, elle était partie à la recherche de René. Elle le vit dans l'entrepôt, en grande discussion avec un ouvrier qui se grattait la tête : il n'y avait plus de place en hauteur pour ranger les palettes. Henriette attendit, un peu à l'écart, qu'on lui prête attention. Sa figure était peinte comme une fresque restaurée et son chapeau planté sur le crâne trônait tel un trophée arraché à l'ennemi. René se retourna et l'aperçut. Un rapide regard vers son bureau le rassura : les deux amants contrariés s'étaient planqués ! Il prit congé de l'ouvrier et demanda à Henriette ce qu'il pouvait faire pour elle.

— Je cherche Marcel.

— Il doit être dans son bureau...

— Il n'y est pas.

Elle répondait d'une voix grave et cassante. René prit l'air étonné et fit mine de réfléchir, tout en la soupesant du regard.

La poudre rose sur son visage dessinait des plaques sèches et irritées qui soulignaient les fines rides de la bouche et les bajoues qui s'affaissaient. Sa face vieillotte, d'où sortait un nez d'oiseau de proie, s'articulait autour d'une bouche si mince que le rouge débordait des lèvres pincées. Henriette Grobz tentait d'afficher le sourire contraint de celle qui poireaute et escompte un bon pourboire en échange, puis qui, déçue, voudrait bien cracher sur l'imposteur qui lui a fait espérer une seconde qu'elle aurait son obole. Elle avait fait un effort envers René, pensant qu'il la renseignerait, mais, devant son inefficacité, elle reprit son allure d'adjudant-chef et tourna les talons. Dieu, songea René, quelle femme ! Raide comme un coup de trique ! On peut imaginer en la voyant qu'elle trouve son plaisir ni dans la nourriture ni dans la boisson, ni dans le moindre abandon. Faudrait faire sauter tout ça à la dynamite ! Tout est contrôlé chez elle, tout respire la contrainte, l'intérêt ; le calcul s'allie à la raideur de ses tenues et de ses gestes. Un amidon parfait moulé dans un corset de calculs financiers.

— Je vais l'attendre dans son bureau, siffla-t-elle en s'éloignant.

— C'est ça, répondit René, si je le vois, je lui dirai que vous êtes là.

Pendant ce temps, dans le bureau de René, accroupis dans l'obscurité et chuchotants, Marcel et Josiane poursuivaient leurs retrouvailles.

— Tu m'as trompé avec Chaval ?

— Non, je t'ai pas trompé... Je me suis laissée aller un soir de cafard. C'est tombé sur lui parce qu'il était là... Mais ç'aurait pu être n'importe qui.

— Tu m'aimes un peu tout de même ?

Il s'était rapproché et sa cuisse reposait contre celle de

Josiane. Son souffle court était chaud et il respirait par à-coups à force d'être plié en deux.

— Je t'aime tout court, mon gros loup...

Elle soupira et laissa tomber sa tête sur l'épaule de Marcel.

— Oh, tu m'as manqué, tu sais !

— Toi aussi ! T'as pas idée.

Ils étaient là, tous les deux, étonnés, serrés l'un contre l'autre, comme deux écoliers qui ont fait le mur et se cachent pour fumer. Ils chuchotaient dans l'obscurité et la chaleur qui puait la laine mouillée.

Ils restèrent un long moment sans bouger, sans parler. Leurs doigts s'étreignaient, s'épluchaient, se reconnaissaient et c'est toute une tendresse, toute une chaleur que Josiane retrouvait comme un paysage d'enfant. Leurs yeux s'étaient habitués à l'obscurité, ils discernaient dans le noir le contour des objets. Je m'en fiche qu'il soit vieux, qu'il soit gros, qu'il soit moche, c'est mon homme, c'est ma pâte à aimer, ma pâte à rire, ma pâte à pétrir, ma pâte à souffrir, je sais tout de lui, je peux le raconter en fermant les yeux, je peux dire ses mots avant même qu'il les prononce, je peux lire dans sa tête, dans ses petits yeux malins, dans sa grosse bedaine... je le raconterais les yeux fermés, cet homme-là.

Ils restèrent un long moment sans parler. Ils s'étaient tout dit et surtout, surtout ils s'étaient retrouvés. Et puis soudain, Marcel se redressa d'un coup. Josiane lui murmura « fais gaffe ! Elle est peut-être derrière la porte ! ».

— Je m'en fiche ! Lève-toi, Choupette, lève-toi... On est cons de se cacher comme ça. On n'a rien fait de mal, hein, Choupette ?

— Allez, viens ! Rassieds-toi là.

— Non, debout ! J'ai un truc à te demander. Un truc trop sérieux pour que tu restes accroupie.

Josiane se leva, épousseta sa jupe et, en riant, demanda :

225

– Tu vas me demander ma main ?

– Mieux que ça, Choupette, mieux que ça !

– Je vois pas... Tu sais, à trente-huit berges, il reste plus que ça que j'ai pas fait, me marier ! Personne m'a jamais demandée en mariage. Tu le crois, ça ? Et pourtant, j'en ai rêvé... Je m'endormais en me disant un jour on me demandera et je dirai oui. Pour la bague au doigt et pour ne plus jamais être seule. Pour manger à deux sur une toile cirée en se racontant sa journée, pour se mettre des gouttes dans le nez, pour tirer au sort celui qui aura le quignon de la demi-baguette...

– Tu m'écoutes pas, Choupette... j'ai dit « mieux que ça ».

– Alors là... je donne ma langue au chat.

– Regarde-moi, Choupette. Regarde-moi, là, dans les yeux...

Josiane le regarda. Il avait le sérieux d'un pape bénissant la foule le jour de Pâques.

– Je te regarde... dans les yeux.

– C'est important ce que je vais te dire... Très important !

– Je t'écoute...

– Tu m'aimes, Choupette ?

– Je t'aime, Marcel.

– Si tu m'aimes, si tu m'aimes vraiment, prouve-le-moi : fais-moi un enfant, un petit à moi, à qui je donnerai mon nom. Un petit Grobz...

– Tu peux répéter, Marcel ?

Marcel répéta, répéta et répéta encore. Elle le suivait des yeux comme si les mots défilaient sur un écran. Et qu'elle avait du mal à lire. Il ajouta qu'il attendait ce petit depuis des siècles et des siècles, qu'il savait déjà tout de lui, la forme de ses oreilles, la couleur de ses cheveux, la taille de ses mains, les plis sous le pied, le marbré des fesses, la mignardise des ongles et le petit nez qui se fronce quand il prend sa tétée.

226

Josiane écoutait les mots mais ne les comprenait pas.

— Je peux me laisser tomber par terre, Marcel ? J'ai les genoux qui dansent la javanaise...

Elle se laissa tomber droit sur le derrière et il vint s'accroupir contre elle, en grimaçant parce qu'il avait mal aux genoux.

— Tu dis quoi, Choupette ? Tu dis quoi ?

— Un petit ? Un petit de nous deux ?

— C'est ça.

— Ce petit... tu le reconnaîtras ? Tu lui donneras des droits ? Ce ne sera pas un petit bâtard honteux ?

— Je l'assiérai à la table de la famille. Il portera mon nom... Marcel Junior Grobz.

— Promis juré ?

— Promis juré sur mes couilles !

Et il tendit la main sur ses testicules.

— Tu vois... tu te moques de moi.

— Non, au contraire ! Comme autrefois. Pour s'engager vraiment, on jurait sur ses couilles. Testicules, testament... c'est Jo qui m'a appris ça.

— La pointue ?

— Non, la ronde. La gentille. C'est plus que sérieux quand on jure sur ses couilles ! Tu parles ! Elles tombent en poussière si je me dédis. Et ça, Choupette, j'y tiens pas.

Josiane commença par glousser de rire puis elle éclata en sanglots.

C'était trop d'émotions pour la journée.


Une main aux griffes rouges et acérées vint se planter dans celle d'Iris qui poussa un cri et envoya, sans se retourner, un coup de coude furieux dans les côtes de l'assaillante qui couina de douleur. Non mais ! fulmina Iris en serrant les dents, faut pas vous gêner ! J'étais là avant. Et ce petit ensemble en soie crème ourlée de ganse marron que vous semblez convoiter, il est pour moi. J'en ai pas vraiment besoin, mais puisque vous semblez y tenir tant, je le prends. Et je prends le même en rose et en vert amande puisque vous insistez !

Elle ne pouvait voir son assaillante : elle lui tournait le dos dans la mêlée furieuse où mille bras, mille jambes jaillissaient, s'emmêlaient, mais elle comptait bien ne pas se laisser faire et poursuivit son repérage, penchée en avant, un bras tendu, l'autre crispé sur son sac pour ne pas qu'on le lui arrache.

Elle s'empara des articles convoités, referma ses doigts fermement sur ses prises et entreprit de se dégager de la meute déchaînée qui tentait d'attraper les articles en solde, au premier étage de la maison Givenchy. Elle s'arc-bouta, poussa, se démena, donna des coups de poing, des coups de hanche, des coups de genou, pour s'extirper de la horde qui la faisait tanguer. La main rouge traînait encore, tentant d'agripper, au hasard des poussées, ce qui se trouvait à sa portée. Iris la vit revenir comme un crabe obstiné. Alors, négligemment, calculant soigneusement son effet, Iris appuya de toutes ses forces avec le fermoir de sa gourmette et lui lacéra la peau. L'odieuse poussa un cri de bête blessée et retira sa main précipitamment.

– Non, mais ça va pas ! Vous êtes complètement timbrée ! vagit la propriétaire de la main rouge en essayant d'identifier l'assaillante.

Iris sourit sans se retourner. Bien fait ! Elle restera marquée longtemps et devra porter des gants, Scarface des beaux salons !

Elle se redressa, se dégagea de la mêlée des croupes anonymes et, brandissant sa prise, elle se précipita vers le rayon des chaussures qui, heureusement, étaient rangées par tailles, sur des étagères, ce qui rendrait la quête moins périlleuse.

Elle attrapa, à la volée, trois paires d'escarpins du soir, une paire de chaussures plates pour la journée, pour trotter à l'aise, et une paire de bottes en crocodile noires, un peu rock and roll mais pas mal, pas mal... bonne qualité de peau, se dit-elle en glissant la main à l'intérieur de la botte. Peut-être devrais-je voir s'il reste un smoking pour aller avec ces bottines ? Elle se tourna et, apercevant la horde rugissante des furies en action, décida que non. Le jeu n'en valait pas la chandelle. Et puis... elle en avait déjà tout un placard ! Des Saint Laurent, en plus ! Cela ne valait quand même pas la peine de se faire étriper. Que ces femmes sont redoutables, lâchées dans la jungle des soldes ! Elles avaient attendu une heure et demie sous la pluie battante, chacune serrant dans sa main le précieux carton qui lui permettait l'accès au saint des saints, une semaine avant Noël, en soldes extrêmement privés. Happy few, quantité limitée, occasions à saisir, prix sacrifiés. Un petit aperçu avant les vrais soldes de janvier. De quoi les mettre en appétit, les faire saliver, passer les fêtes de Noël à cogiter sur les emplettes à effectuer lors de la prochaine corrida.

Ce n'est pas n'importe qui, en plus, avait pensé Iris en les regardant alignées dans la rue. Des femmes d'industriels, de banquiers, d'hommes politiques, des journalistes, des attachées de presse, des mannequins, une actrice ! Chacune tendue dans son attente, dressée sur son carré de macadam afin qu'on ne lui pique pas son rang d'entrée. On aurait dit une procession de communiantes enfiévrées : la voracité brillait dans leurs yeux. L'avidité, la peur de manquer, l'angoisse de passer à côté de l'article qui changerait leur vie ! Iris connaissait la directrice de la boutique et était montée directement à l'étage, sans avoir à attendre, jetant un regard apitoyé à ces pauvres ouailles agglutinées sous la pluie.

Son téléphone sonna mais elle ne répondit pas. Faire les soldes demandait une concentration extrême. Son regard examina au rayon laser les étagères, les portants et les paniers posés à terre. Je crois que j'ai fait le tour, se dit-elle en mangeant l'intérieur de ses joues. Je n'ai plus qu'à picorer quelques babioles pour mes cadeaux de Noël et le tour est joué.

Elle s'empara, en passant, de boucles d'oreilles, de bracelets, de lunettes de soleil, de foulards, d'un peigne en écaille pour les cheveux, d'une pochette en velours noir, d'une poignée de ceintures, de gants – Carmen raffole des gants ! – et se présenta à la caisse, ébouriffée, essoufflée.

– Il vous faudrait un dompteur ici, dit-elle en riant à la vendeuse. Avec un grand fouet ! Et un lâcher de lions de temps en temps pour faire de la place...

La vendeuse eut un sourire poli. Iris jeta sa pêche miraculeuse sur le comptoir et sortit sa carte bleue avec laquelle elle s'éventa en remettant quelques mèches en place.

– Mon Dieu, quelle aventure ! J'ai cru mourir.

– Huit mille quatre cent quarante euros, dit la vendeuse en commençant à plier les articles dans de grands sacs en papier blanc au sigle de Givenchy.

Iris tendit sa carte.

Le téléphone sonna à nouveau ; Iris hésita mais le laissa sonner.

Elle compta le nombre de sacs qu'il lui faudrait porter et se sentit épuisée. Heureusement, elle avait réservé un taxi pour la journée. Il attendait en double file. Elle mettrait les sacs dans le coffre et irait prendre un café à la brasserie de l'Alma pour se remettre de ses émotions.

En tournant la tête, elle aperçut Caroline Vibert qui finissait de payer, Me Caroline Vibert qui travaillait avec Philippe. Comment a-t-elle pu avoir une invitation, celle-là ? se demanda Iris en lui adressant son plus beau sourire.

Elles échangèrent des soupirs de combattantes fourbues et brandirent chacune leurs sacs géants pour se consoler. Puis se firent un signe en langage muet : on va prendre un café ?

Elles se retrouvèrent bientôt chez Francis, à l'abri de la meute en furie.

– Ça devient dangereux, ce genre d'expéditions. La prochaine fois, je prends un garde du corps qui m'ouvre un chemin avec sa Kalachnikov !

– Moi, y en a une qui m'a scarifiée, s'exclama Caroline. Elle m'a enfoncé sa gourmette dans la peau, regarde...

Elle défit son gant et Iris, confuse, aperçut, sur le dos de la main, une large et profonde entaille où séchaient encore quelques gouttes de sang.

– Ces femmes sont folles ! Elles s'immoleraient pour un bout de chiffon ! soupira Iris.

– Ou elles immoleraient les autres, dans mon cas. Tout ça pour quoi en plus ? On en a plein nos armoires ! On ne sait plus qu'en faire.

– Et chaque fois qu'on sort, on pleure parce qu'on n'a rien à se mettre, enchaîna Iris en éclatant de rire.

– Heureusement toutes les femmes ne sont pas comme nous. Tiens, j'ai fait la connaissance de Joséphine, cet été. Faut le savoir que vous êtes sœurs ! Ça ne saute pas aux yeux.

– Ah bon... à la piscine de Courbevoie ? plaisanta Iris en faisant signe au garçon qu'elle prendrait un autre café.

Le garçon s'approcha et Iris se tourna vers lui.

– Tu veux quelque chose ? demanda-t-elle à Caroline Vibert.

– Une orange pressée.

– Ah, c'est une bonne idée. Deux oranges pressées, s'il vous plaît... J'ai besoin de vitamines après une telle expédition. Au fait, qu'est-ce que tu faisais à la piscine de Courbevoie ?

– Rien. Je n'y ai jamais mis les pieds.

– Tu m'as pas dit que tu avais rencontré ma sœur cet été ?

– Si... au bureau. Elle a travaillé pour nous... T'es pas au courant ?

Iris fit semblant de se rappeler et se frappa le front.

231

— Mais oui, bien sûr. Je suis bête...

— Philippe l'a engagée comme traductrice. Elle se débrouille très bien. Elle a travaillé pour nous tout l'été. Et à la rentrée, je l'ai branchée sur un éditeur qui lui a donné une bio à traduire, la vie d'Audrey Hepburn. Il chante ses louanges partout. Un style élégant. Du travail impeccable. Rendu à l'heure, sans une faute d'orthographe, et tout et tout ! En plus, elle est pas chère. Elle ne demande pas à l'avance combien on la paiera. T'as déjà vu ça, toi ? Elle discute pas, elle prend son chèque et tout juste si elle vous baise pas les pieds en partant. Une petite fourmi humble et silencieuse. Vous avez été élevées ensemble ou elle a grandi dans un couvent ? Je la verrais bien chez les carmélites.

Caroline Vibert éclata de rire. Iris eut une soudaine envie de la moucher.

— C'est vrai que le travail bien fait, la bonté, la modestie, aujourd'hui, ça se fait rare... Elle est comme ça, ma petite sœur.

— Oh, je ne voulais pas en dire du mal !

— Non mais tu en parles comme si c'était une demeurée...

— Je voulais pas te fâcher, je croyais juste être drôle.

Iris se ravisa. Il ne fallait pas qu'elle se fasse une ennemie de Caroline Vibert. Elle venait d'être élevée au rang d'associée. Philippe en parlait avec beaucoup de considération. Quand il avait des doutes sur une affaire, c'est Caroline qu'il allait chercher. Elle me stimule les neurones, disait-il avec un sourire las, elle a une manière de m'écouter, on dirait qu'elle prend des notes, elle hoche la tête, classe les informations en posant deux questions et tout devient clair. Et puis, elle me connaît si bien... Peut-être Caroline Vibert savait-elle quelque chose au sujet de Philippe ? Iris se radoucit et décida d'avancer prudemment ses pions.

— Non, c'est pas grave... T'en fais pas ! Je l'aime beaucoup, ma sœur, mais je dois reconnaître que, parfois, elle me paraît complètement désuète. Elle travaille au CNRS, tu sais, et ce n'est pas du tout le même monde.

— Vous vous voyez souvent ?

— Lors des réunions de famille. On va passer Noël ensemble au chalet, cette année, par exemple.

— Ça fera du bien à ton mari. Je le trouve tendu, en ce moment. Il y a des heures où il est complètement absent. L'autre jour, je suis entrée dans son bureau après avoir frappé plusieurs fois, il n'avait pas entendu, il regardait les arbres par la fenêtre et...

— Il a trop de travail.

— Une bonne semaine à Megève et il sera en pleine forme. Interdis-lui de travailler. Confisque l'ordinateur et le portable.

— Impossible, soupira Iris, il dort avec. Et même dessus !

— C'est juste de la fatigue, parce que, sur les dossiers, il est toujours aussi vif. C'est un animal à sang froid. Très dur de savoir ce qu'il pense vraiment mais, en même temps, il est fidèle et droit. Et ça, on ne peut pas le dire de tout le monde dans ce bureau.

— Y a de nouveaux rapaces qui sont arrivés ? demanda Iris en attrapant la rondelle d'orange et en la déchiquetant.

— Un petit nouveau qui a les dents qui rayent le plancher... Me Bleuet ! Il porte mal son nom, je t'assure. Toujours collé à Philippe pour se faire bien voir, tout miel, tout doux, mais tu sens que, derrière, il affûte le couteau. Il ne veut traiter que les dossiers importants...

Iris la coupa :

— Et Philippe, il l'aime bien ?

— Il le trouve efficace, cultivé, expert... il aime sa conversation, bref, il le regarde avec les yeux de l'amour : normal, c'est le début, mais je peux te dire que moi, le barracuda, je l'ai repéré et je l'attends avec mon harpon.

Iris sourit et, d'une voix douce, ajouta :

— Marié ?

— Non. Une petite copine qui vient le chercher parfois le soir... À moins que ce ne soit sa sœur. On peut pas dire. Même elle, il la traite de haut ! De toute façon, Philippe ce qu'il veut c'est que ça bosse. Il exige des résultats. Quoique... il s'est humanisé depuis quelque temps. Il est moins dur... L'autre soir, je l'ai surpris en pleine réunion, en train de rêver. On était une dizaine dans le bureau, tous dans les starting-blocks, ça tchatchait ferme, on attendait qu'il tranche et... il était parti ailleurs. Il avait un dossier grand ouvert devant lui, dix personnes suspendues à ses lèvres et il dérivait, l'air grave, douloureux. Il avait quelque chose de blessé dans le regard... C'est la première fois en vingt ans de collaboration que je le surprends comme ça. Ça m'a fait tout drôle, moi qui suis habituée au guerrier implacable.

— Je ne l'ai jamais trouvé implacable, moi.

— Normal... C'est ton mari et il est fou de toi. Il t'adore ! Quand il parle de toi, il a les yeux qui scintillent comme la tour Eiffel. Tu l'épates, je crois !

— Oh, tu exagères !

Est-elle sincère ou essaie-t-elle de noyer le barracuda ? se demanda Iris en scrutant le visage de Caroline, qui sirotait son jus d'orange. Elle ne perçut aucune duplicité chez l'avocate qui se détendait, après l'épreuve épuisante du deux cents mètres-soldes.

— Il m'a dit que tu allais te mettre à écrire...

— Il t'a dit ça ?

— Alors c'est vrai, t'as commencé ?

— Pas vraiment... j'ai une idée, je joue avec.

— En tous les cas, il t'encouragera, c'est évident. Ce n'est pas le genre de mari à être jaloux du succès de sa moitié. Pas comme Me Isambert, sa femme a commis un livre, eh bien, il ne décolère pas, tout juste s'il ne lui a pas fait un procès pour lui interdire de publier sous SON nom...

Iris ne répondit pas. Ce qu'elle redoutait était en train d'arriver : tout le monde parlait de son livre, tout le monde pensait à son livre. Sauf elle. Elle n'en avait pas la moindre idée. Et pire : elle s'en sentait incapable ! Elle s'imaginait bien en train d'en parler, de faire comme si, de vaticiner autour de l'écriture, la solitude de l'écrivain, les mots qui vous échappent, le trac avant de commencer, le trou blanc, le trou noir, les personnages qui s'invitent dans le récit, qui vous tirent par la manche... Mais se mettre à la tâche, toute seule, dans son bureau ! Impossible. Elle avait menti, un soir, pour crâner, pour se faire remarquer et son mensonge était en train de se refermer sur elle.

— J'aimerais trouver un mari comme le tien, moi, soupira Caroline qui poursuivait ses pensées sans remarquer le trouble d'Iris. J'aurais dû lui mettre la main dessus avant que tu l'épouses.

— Toujours célibataire ? demanda Iris, se forçant à s'intéresser au sort de Caroline Vibert.

— Plus que jamais ! Ma vie est une fête perpétuelle. Je pars de chez moi à huit heures le matin, je rentre à dix heures le soir, j'avale un potage en sachet et hop ! au lit avec la télé ou un roman qui me prend pas la tête... J'évite les romans policiers pour ne pas avoir à attendre deux heures du matin pour connaître le nom de l'assassin. C'est dire ce que ma vie est passionnante ! Pas de mari, pas d'enfant, pas d'amant, pas d'animal domestique, une vieille mère qui ne me reconnaît pas quand je l'appelle ! La dernière fois, elle m'a raccroché au nez en prétendant qu'elle n'avait jamais eu d'enfant. J'en ai ri aux larmes...

Elle éclata d'un rire qui n'en était pas un. Un rire pour maquiller sa solitude, la vacuité de sa vie. Nous avons le même âge, songea Iris, mais j'ai un mari et un enfant. Un mari qui reste un mystère et un enfant qui est en train d'en devenir un ! Que faut-il mettre dans sa vie pour qu'elle devienne intéressante ? Dieu ? Un poisson rouge ? Une passion ? Le Moyen Âge, comme Jo... Pourquoi ne m'a-t-elle pas parlé de ces traductions ? Pourquoi Philippe ne m'a-t-il rien dit ? Ma vie est en train de se dissoudre, rongée par un acide invisible, et j'assiste, impuissante, à cette lente dissolution. La seule énergie qui me reste, je la mets dans les tranchées des soldes, au premier étage de la maison Givenchy. Je suis une poule de luxe avec une cervelle de poule d'usine car des comme moi y en a à la pelle dans le monde des privilégiées.

Caroline avait fini de jouer avec la paille de son jus d'orange.

— Je me demande pourquoi je risque ma vie dans ces soldes vu que je sors jamais ou alors en survêtement, le dimanche matin pour aller acheter ma baguette !

— Tu as tort. Tu devrais t'habiller en Givenchy pour aller acheter ta baguette. Tu risques fort de faire des rencontres le dimanche quand tout le monde flâne dans les boulangeries.

— Tu parles d'un lieu de rencontre ! Des familles qui achètent des croissants, des mamies qui hésitent entre une pâte feuilletée et une pâte sablée pour ne pas briser leur dentier, et des gamins obèses qui se foutent des sucreries plein les poches. Je risque pas de rencontrer Bill Gates ni Brad Pitt. Non, il ne me reste plus qu'Internet... Mais j'ai du mal à m'y résoudre. Mes copines y vont et parfois ça marche... Elles font des rencontres.

Caroline Vibert continuait à parler mais Iris ne l'écoutait plus. Elle la considérait avec un mélange de tendresse et de pitié. Assise en crochet X, les yeux cernés, la bouche amère, Caroline Vibert semblait une pauvre chose usée, flapie, alors que, une demi-heure avant, c'était une harpie, prête à flinguer son prochain pour avoir un petit haut en soie crème de Givenchy. Cherchez l'erreur, songea Iris. Où est la vraie ? Dissimulée dans les branches d'un arbre comme dans ces devinettes que j'adorais résoudre quand j'étais petite. Le méchant loup est caché dans ce dessin et le petit chaperon rouge ne se doute de rien, trouvez-le et sauvez le petit chaperon rouge ! Elle trouvait toujours le grand méchant loup.

– Oh, faut que j'arrête de parler avec toi, soupira Caroline, ça me fout le cafard. Je ne pense jamais à tout ça, d'habitude. Je me demande si je ne vais pas retourner risquer ma vie chez Givenchy. Ça, au moins, ça vous forge un caractère... À condition que la cinglée au cutter ait disparu !

Les deux femmes s'embrassèrent et se séparèrent.

Iris regagna son taxi en sautant par-dessus les flaques. Elle pensa aux bottes de crocodile et se félicita de les avoir achetées.

Bien à l'abri dans la voiture, elle regarda Caroline Vibert se placer dans la queue pour attendre un taxi, place de l'Alma. Il pleuvait, la file d'attente était longue. Elle avait glissé ses achats sous son manteau pour les protéger. Elle ressemblait à un de ces capuchons qu'on pose sur les théières pour garder le thé chaud. Iris pensa à lui proposer de la raccompagner, se pencha par la fenêtre pour la héler, mais son téléphone sonna et elle décrocha.

– Oui, Alexandre chéri, qu'est-ce qu'il y a ? Pourquoi tu pleures, mon amour... Dis-moi...

Il avait froid, il était mouillé. Il attendait devant l'école depuis une heure qu'elle vienne le chercher pour aller chez le dentiste.

– Qu'est-ce qu'il y a, Zoé ? Parle à maman... Tu sais qu'une maman, ça comprend tout, ça pardonne tout, ça aime ses enfants même s'ils sont des assassins sanguinaires... Tu le sais, ça ?

Zoé, droite dans son pantalon écossais, avait enfoncé son index dans une narine et explorait son nez avec application.

— On ne met pas les doigts dans son nez, mon amour... Même quand on a un gros chagrin.

Zoé le retira avec regret, l'inspecta et l'essuya sur son pantalon.

Joséphine regarda l'horloge de la cuisine. Il était quatre heures et demie. Elle avait rendez-vous dans une demi-heure avec Shirley pour aller chez le coiffeur. Je te paie le perruquier, avait dit Shirley, j'ai touché un gros paquet. Je vais te transformer en bombe sexuelle. Joséphine avait ouvert des yeux de Martienne qu'on menace d'un bigoudi. Tu vas me rendre sexuelle ? Tu vas me teindre en blond platine ? Non, non, une petite coupe et quelques mèches pour ajouter un peu de lumière. Jo appréhendait. Tu me changes pas trop, hein ? Mais non, je te fais belle comme une hirondelle et après on fête Noël tous ensemble avant que tu partes le célébrer chez les riches ! Elle n'avait plus qu'une demi-heure pour faire parler Zoé. Il fallait en profiter : Hortense n'était pas là.

— Je peux faire le bébé ? demanda Zoé en escaladant les genoux de sa mère.

Jo la hissa jusqu'à elle. Les mêmes joues rebondies, les mêmes boucles emmêlées, le même petit ventre rond, le même côté pataud, la même fraîcheur inquiète. Jo se revoyait telle qu'elle était enfant sur les photos de famille. Une petite fille boudinée dans son chandail qui pointe le ventre en avant et regarde l'objectif d'un air méfiant. « Mon amour, ma petite fille que j'aime à la folie, murmura-t-elle en l'installant contre elle. Tu sais que maman est là ? Toujours, toujours ? » Zoé hocha la tête et se blottit contre elle. Elle doit avoir le cafard, songea Jo, Noël approche et Antoine est loin. Elle n'ose pas me le dire. Les filles ne parlaient jamais de leur père. Elles ne lui montraient pas les lettres qu'il envoyait une fois par semaine. Il appelait parfois, le soir. C'était toujours Hortense qui décrochait puis elle tendait l'appareil à Zoé qui balbutiait des oui et des non. Elles avaient fait une séparation bien nette entre leur père et leur mère. Jo entreprit de bercer Zoé en lui chantonnant des mots doux.

– Oh, c'est qu'elle a grandi, mon bébé ! Ce n'est plus du tout un bébé ! C'est une belle jeune fille avec de beaux cheveux, un beau nez, une belle bouche...

À chaque mot elle lui effleurait les cheveux, le nez et la bouche, puis elle reprit sa comptine sur le même ton chantant :

– Une belle jeune fille dont, bientôt, tous les garçons vont être fous d'amour. Tous les garçons du monde entier vont venir poser leur échelle sur la tour du château où habite Zoé Cortès pour recevoir un baiser...

À ces mots, Zoé éclata en sanglots. Joséphine se pencha sur elle et lui murmura dans l'oreille :

– Dis, mon bébé... Dis à maman ce qui te fait tant de peine.

– C'est pas vrai, tu mens, je suis pas une belle jeune fille et y a pas un garçon qui veut poser son échelle sur moi !

Ah ! nous y voilà, se dit Jo. Le premier chagrin d'amour. J'avais dix ans, moi aussi. Je me tartinais les cils de gelée de groseille pour les faire pousser. C'est Iris qu'il a embrassée.

– D'abord, mon amour, on ne dit jamais « tu mens » à sa maman...

Zoé hocha la tête.

– Et puis je ne mens pas comme tu dis, tu es une très jolie jeune fille.

– Non ! Parce que Max Barthillet, il m'a pas mise sur sa liste.

– C'est quoi cette liste ?

– C'est Max Barthillet qui l'a faite. C'est un grand et il sait. Il a fait une liste avec Rémy Potiron et il m'a pas mise dessus ! Il a mis Hortense, mais pas moi.

– Une liste de quoi, mon amour chéri ?

– Une liste de filles vaginalement exploitables et j'y suis pas.

Jo faillit laisser tomber Zoé de ses genoux. C'était la première fois qu'une de ses filles était associée à un vagin. Ses lèvres se mirent à tressauter et elle passa sa langue sur ses dents pour en calmer le tremblement.

– Est-ce que tu sais, au moins, ce que ça veut dire ?

– Ça veut dire que c'est des filles qu'on peut baiser ! Il me l'a dit...

– Parce qu'il t'a expliqué, en plus ?

– Oui, il m'a dit qu'il fallait pas que j'en fasse toute une histoire parce qu'un jour, moi aussi, j'aurais un vagin exploitable... mais que c'était pas pour tout de suite.

Zoé avait attrapé un bout de la manche de son sweat-shirt et le mâchonnait, l'air douloureux.

– D'abord, chérie, commença Joséphine en se demandant comment il fallait répondre à cet affront, un garçon ne classe pas les filles selon la qualité de leur vagin. Un garçon sensible n'utilise pas une fille comme une marchandise.

– Oui mais Max, c'est mon copain...

– Alors il faut que tu lui dises que tu es fière de ne pas être sur sa liste.

– Même si c'est un mensonge ?

– Comment, un mensonge ?

– Ben oui... j'aimerais bien être sur la liste.

– Vraiment ? Eh bien... tu vas lui dire que ce n'est pas délicat de classer les filles comme ça, qu'entre un homme et une femme on ne parle pas de vagin mais de désir...

– C'est quoi, le désir, maman ?

240

— C'est quand on est amoureux de quelqu'un, qu'on a très envie de l'embrasser mais qu'on attend, on attend et toute cette attente... c'est le désir. C'est quand on ne l'a pas encore embrassé, qu'on en rêve en s'endormant, c'est quand on imagine, qu'on tremble en l'imaginant et c'est si bon, Zoé, tout ce temps-là où on se dit que peut-être, peut-être on va l'embrasser mais on n'est pas sûre...

— Alors on est triste

— Non. On attend, le cœur se remplit de cette attente... et le jour où il t'embrasse... Alors là, c'est un feu d'artifice dans tout ton cœur, dans toute ta tête, tu as envie de chanter, de danser et tu deviens amoureuse.

— Alors je suis déjà amoureuse ?

— Tu es encore très petite, tu dois attendre...

Jo chercha une image pour montrer à Zoé que Max n'était pas un amoureux pour elle.

— C'est comme, déclara-t-elle, comme si toi, tu parlais à Max de son zizi. Comme si tu lui disais, je veux bien t'embrasser mais il faut que je voie ton zizi d'abord.

— Il m'a déjà proposé de voir son zizi ! Alors il est amoureux, lui aussi ?

Joséphine sentit son cœur battre à toute allure. Rester calme, ne pas montrer son affolement, ne pas s'énerver ni s'emporter contre Max.

— Et... il te l'a montré ?

— Non. Parce que j'ai pas voulu...

— Eh bien, tu vois... C'est toi qui as eu raison ! Toi, la plus petite ! Parce que, sans le savoir, tu voulais pas voir son zizi, tu voulais de la tendresse, de l'attention, tu voulais qu'il reste à côté de toi et que vous attendiez tous les deux avant de faire quoi que ce soit...

— Oui mais, maman, il l'a montré à d'autres filles et depuis, il dit que je le colle, que je suis un bébé.

– Zoé, il faut que tu comprennes quelque chose. Max Barthillet a quatorze ans, presque quinze, il a l'âge d'Hortense,
il devrait être ami avec elle. Pas avec toi ! Il faut peut-être que
tu te trouves un autre ami...

– C'est lui que je veux, maman !

– Oui, je sais, mais vous n'êtes pas du tout sur la même
longueur d'onde. Il faut que tu t'éloignes pour que tu lui
redeviennes précieuse. Que tu joues la Princesse Mystère. Ça
marche toujours, avec les garçons. Ça prendra un peu de
temps mais, un jour, il reviendra vers toi et il apprendra à
être délicat. C'est ça ta mission : apprendre à Max à être un
vrai amoureux.

Zoé réfléchit un instant, laissa tomber le bord de sa manche
et ajouta, désabusée :

– Ça veut dire que je vais être toute seule.

– Ou que tu vas te trouver d'autres amis.

Elle soupira, se redressa et descendit des genoux de sa mère
en tirant sur les jambes de son pantalon écossais.

– Tu veux venir avec Shirley et moi chez le coiffeur ? Il te
fera de belles boucles comme tu les aimes...

– Non, j'aime pas le coiffeur, il tire les cheveux.

– Bon. Tu m'attends ici et tu travailles. Je peux te faire
confiance ?

Zoé prit un air sérieux. Joséphine la regarda dans les yeux
et lui sourit.

– Ça va mieux, mon amour ?

Zoé avait repris sa manche de sweat-shirt et la tétait à
nouveau.

– Tu sais, maman, depuis que papa est parti, la vie, elle est
pas drôle...

– Je sais, mon amour.

– Tu crois qu'il reviendra ?

– Je ne sais pas, Zoé. Je ne sais pas. En attendant, tu vas

te faire plein de copains maintenant que tu ne seras plus toujours flanquée de Max. Il y a sûrement des tas de garçons et de filles qui veulent être amis avec toi mais qui pensent que Max prend toute la place.

— La vie, elle est dure pas que pour ça, soupira Zoé. Elle est dure pour tout.

— Allez, la secoua Jo en riant, pense à Noël, pense aux cadeaux que tu vas recevoir, pense à la neige, au ski... C'est pas gai, ça ?

— Moi je préférerais faire de la luge.

— Eh bien, on fera de la luge toutes les deux, d'accord ?

— On peut pas emmener Max Barthillet avec nous ? Il aimerait bien faire du ski et sa maman, elle a pas les sous pour...

— Non, Zoé ! s'écria Joséphine au bord de la crise de nerfs. Puis elle se calma et reprit : On n'emmène pas Max Barthillet à Megève ! On est invités chez Iris, on n'emmène pas des gens dans nos valises.

— Mais c'est Max Barthillet !

Joséphine fut sauvée de l'emportement par deux coups de sonnette rapides. Elle reconnut la main énergique de Shirley et, se baissant pour embrasser Zoé, lui recommanda de réviser son histoire en attendant sa sœur qui n'allait pas tarder à rentrer.

— Vous faites vos devoirs et, ce soir, on fête Noël avec Shirley et Gary.

— Et j'aurai mes cadeaux en avance ?

— Et tu auras tes cadeaux en avance...

Zoé s'éloigna en gambadant vers sa chambre. Joséphine la regarda et se dit qu'elle risquait bientôt d'être dépassée par ses deux filles.

Dépassée par la vie, en général.

Revenir au temps d'*Érec et Énide*. À l'amour selon Chrétien de Troyes.

L'amour courtois et ses mystères, ses effleurements, ses soupirs, ses douleurs enchantées, ses baisers volés et la haute idée de l'autre dont on arbore le cœur au bout de sa lance. J'étais faite pour vivre à cette époque-là. Ce n'est pas un hasard si je me suis prise de passion pour ce siècle. Princesse Mystère ! J'ai beau jeu de dire ça à ma fille, moi qui en suis incapable.

Elle soupira, prit son sac, ses clés et claqua la porte.

Ce n'est qu'une fois chez le coiffeur, la tête recouverte de papillotes en aluminium, que Joséphine reprit le fil de ses pensées et se confia à Shirley, qui, elle, se faisait faire une décoloration platine sur ses mèches de garçon.

— J'ai une drôle de tête, non ? demanda Jo en s'apercevant dans la glace, le scalp farci de nœuds argentés.

— T'as jamais fait de balayage ?

— Jamais.

— Fais un vœu si c'est la première fois.

Joséphine regarda le clown dans la glace et lui chuchota :

— Je fais le vœu que mes filles ne souffrent pas trop dans la vie.

— C'est Hortense ? Elle a encore frappé ?

— Non, c'est Zoé... chagrin d'amour à cause de Max Barthillet.

— Les chagrins d'amour de nos enfants, c'est ce qu'il y a de pire. On souffre autant qu'eux et on est impuissantes. La première fois que c'est arrivé à Gary, j'ai cru que j'allais mourir. J'aurais étripé la gamine.

Joséphine lui raconta « la liste des vagins exploitables ». Shirley éclata de rire.

— Moi je ne trouve pas ça drôle mais inquiétant !

— Ce n'est plus inquiétant puisqu'elle t'en a parlé : elle l'a évacué, et c'est formidable, elle te fait confiance. *She trusts you !*

Félicite-toi d'être une mère aimée au lieu de gémir sur les mœurs actuelles. C'est comme ça aujourd'hui et c'est comme ça partout. Dans tous les milieux, dans tous les quartiers... Donc, prends ton mal en patience et fais exactement ce que tu fais : de la présence douce. On a de la chance : on travaille à la maison. On est là pour écouter les moindres bobos et rectifier le tir.

– Tu n'es pas choquée ?

– Je suis choquée par tellement de choses que j'en perds le souffle ! Alors j'ai décidé de devenir positive sinon je deviens folle.

– On marche sur la tête, Shirley, si des gamins de quinze ans classent les filles selon l'accès à leur vagin.

– Calme-toi. Je te parie que le même Max Barthillet deviendra une petite fleur bleue, le jour où il sera vraiment amoureux. En attendant, il joue les caïds et roule des mécaniques ! Tiens Zoé loin de lui un moment, et tu verras, ils redeviendront copains sans problème.

– Je ne veux pas qu'il l'agresse !

– Il ne lui fera rien. Et s'il fait quelque chose, ce sera avec une autre. Je parie n'importe quoi qu'il a fait ça pour impressionner... Hortense ! Ils fantasment tous sur ta petite peste. Mon fils le premier ! Il croit que je ne le vois pas : il la mange des yeux !

– Quand j'étais petite, c'était pareil avec Iris. Tous les garçons en étaient fous.

– On a vu ce que ça a donné.

– Ben... Elle a plutôt réussi, non ?

– Oui. Elle a fait un beau mariage... si tu appelles ça réussir. Mais sans le fric de son mari, elle n'est rien !

– Tu es dure, avec elle.

– Non ! Je suis lucide... Et toi, tu devrais t'entraîner à l'être un peu plus.

L'intonation agressive d'Iris, l'autre jour, à la piscine, revint à la mémoire de Jo. Et l'autre soir, au téléphone... quand Jo avait essayé de lui donner des idées pour son livre... je t'aiderai, Iris, je te trouverai des histoires, des documents, tu n'auras plus qu'à écrire ! Tiens, sais-tu comment on appelait les « impôts » en ce temps-là ? Et comme elle ne répondait pas, Jo avait lâché : « banalités », on appelait ça les « banalités » ! Tu ne trouves pas ça drôle ? Et alors... Alors... Iris, sa sœur, sa sœur bien-aimée, avait répondu... Tu fais chier, Jo, tu fais chier ! Tu es trop... ! Et elle avait raccroché. Trop quoi ? s'était demandé Jo, interloquée. Elle avait décelé une réelle méchanceté dans ce « tu fais chier, Jo ». Elle ne le raconterait pas à Shirley, ce serait lui donner raison. Iris devait être malheureuse pour réagir ainsi. C'est ça, elle est malheureuse..., avait répété Jo en écoutant le combiné qui sonnait occupé, dans le vide.

— Elle est gentille avec les filles.

— Pour ce que ça lui coûte !

— Tu ne l'as jamais aimée, je ne sais pas pourquoi.

— Et ton Hortense... si tu ne la visses pas, elle finira comme sa tante. Ce n'est pas un métier d'être « la femme de... » ! Le jour où Philippe laissera tomber Iris, il ne lui restera que sa petite culotte pour pleurer.

— Il ne la laissera jamais tomber, il est fou amoureux d'elle.

— Qu'est-ce que tu en sais ?

Jo ne répondit pas. Depuis qu'elle travaillait pour Philippe, elle avait appris à le connaître. Quand elle allait dans son cabinet d'avocats, avenue Victor-Hugo, elle jetait un œil dans son bureau, si la porte était entrouverte. L'autre fois, elle l'avait fait rire... il faut appuyer sur une télécommande pour que tu relèves la tête de tes dossiers ? avait-elle demandé dans l'embrasure de la porte. Il lui avait fait signe d'entrer.

— Encore un quart d'heure et je rince, déclara Denise, la

coloriste, en écartant les papillotes argentées avec la pointe de son peigne. Ça prend bien, ça va être magnifique ! Et vous, lança-t-elle à Shirley, dans dix minutes, je vous emmène au bac.

Elle s'éloigna en roulant des hanches dans sa blouse rose.

— Dis donc..., interrogea Jo, suivant des yeux la croupe de Denise, elle ne travaillait pas ici, Mylène ?

— Si. Elle m'avait fait les ongles, une fois. Très bien d'ailleurs. T'as des nouvelles d'Antoine ?

— Aucune. Mais les filles en ont...

— C'est le principal. C'est un brave mec, Antoine. Un peu faible, un peu mou. Encore un qui n'a pas fini de grandir.

En entendant le nom d'Antoine, Jo sentit son estomac se contracter. Une masse noire se jeta sur elle et la prit à la gorge : la dette ! Mille cinq cents euros par mois ! Monsieur Faugeron... Le Crédit commercial ! Si elle prenait en compte l'échéance de janvier, il ne lui resterait plus rien des huit mille douze euros. Elle avait dépensé ses derniers sous en achetant un cadeau pour Gary, un cadeau pour Shirley. Elle s'était dit au point où j'en suis, quelques euros de plus, quelques euros de moins... et puis la bouille de Gary quand il ouvrirait le paquet.

Elle se laissa glisser dans le fauteuil, dérangeant l'ordre des papillotes.

— Ça ne va pas ?

— Si, si...

— T'es blanche comme un linceul... Tu veux un journal ?

— Oui... Merci !

Shirley lui passa le *Elle*. Jo l'ouvrit. Sans arriver à lire. Mille cinq cents euros. Mille cinq cents euros. On vint chercher Shirley pour la conduire au bac de rinçage.

— Dans cinq minutes, c'est à vous, dit la jeune fille.

Joséphine acquiesça et se força à regarder le journal. Elle

ne lisait jamais les journaux. Elle regardait les couvertures en devanture des kiosques ou dans le métro, par-dessus l'épaule de ses voisines, déchiffrait la moitié d'un régime, le début d'un horoscope, guettait la photo d'une actrice qu'elle aimait. Parfois elle en ramassait un, oublié sur une banquette et le rapportait à la maison.

Elle ouvrit le journal, le feuilleta et poussa un cri.

— Shirley, Shirley, regarde !

Elle se leva et alla au bac à shampooing en brandissant le journal.

La tête renversée, les yeux fermés, Shirley déclara :

— Tu vois bien que je ne peux pas lire.

— Juste regarde la photo ! Cette pub-là pour une marque de parfum.

Joséphine s'assit sur le fauteuil à côté de Shirley et lui mit le journal sous le nez.

— Oui et alors ? fit Shirley en grimaçant. Vous m'avez mis de la mousse dans l'œil.

Joséphine agita le journal et Shirley se tortilla le cou dans le bac.

— Regarde l'homme sur la photo...

Shirley écarquilla les yeux.

— Pas mal ! Pas mal du tout !

— C'est tout ?

— J'ai dit pas mal... *You want me to fall on my knees ?*

— C'est le type de la bibliothèque, Shirley ! Le type en duffle-coat ! Il est mannequin. Et la fille blonde sur la photo, c'est celle du passage clouté. Ils faisaient la photo quand on les a vus. Qu'est-ce qu'il est beau ! Mais qu'est-ce qu'il est beau !

— C'est bizarre : sur le passage clouté, il ne m'avait pas marquée...

— Toi, t'aimes pas les hommes.

248

– *Sorry* : je les ai trop aimés, c'est pour ça que je les tiens à distance.

– N'empêche : il est beau, il est vivant, il fait des photos de mode.

– Et tu vas tourner de l'œil !

– Non, je vais découper la photo et la glisser dans mon porte-monnaie... Oh, Shirley, c'est un signe !

– Un signe de quoi ?

– Un signe qu'il va revenir dans ma vie.

– Tu crois à ces conneries, toi ?

Jo hocha la tête. Oui et je parle aux étoiles, pensa-t-elle sans oser le dire.

– Allez, madame, suivez-moi, on va rincer, l'interrompit Denise. Vous allez être métamorphosée...

Et les cheveux d'Yseut la blonde aussi dorés et luisants qu'ils fussent ne seront rien en comparaison des miens..., pensa Joséphine en prenant place au bac à shampooing.


La grande aiguille de l'horloge vint se placer sur la demie de cinq heures. Iris se surprit à guetter la porte du café avec anxiété. S'il ne venait pas ? Si, à la dernière minute, il avait décidé que ce n'était pas la peine. Au téléphone, le directeur de l'agence lui avait paru courtois, précis. « Oui, madame, je vous écoute... »

Elle avait expliqué ce qu'elle désirait. Il avait posé quelques questions puis avait ajouté : « Vous connaissez nos tarifs ? Deux cent quarante euros par jour si c'est en semaine, le double le week-end. – Non, le week-end, je n'aurai pas besoin de vous. – Très bien, madame, on pourrait donc fixer un premier rendez-vous, disons, dans une semaine... – Une semaine, vous êtes sûr ? – Absolument, madame... Un rendez-vous dans un quartier, de préférence où vous n'allez jamais, où vous ne risquez pas de rencontrer quelqu'un de votre connaissance. – Les Gobelins », avait proposé Iris. Ça sonnait mystérieux, clandestin, un peu louche même. « Les Gobelins, madame ? Très bien. Disons à dix-sept heures trente au café du même nom, avenue des Gobelins à la hauteur de la rue Pirandello. Vous reconnaîtrez notre homme facilement : il portera un chapeau de pluie Burberry, c'est de saison, il ne se fera pas remarquer. Il vous dira "il fait un froid de gueux" et vous répondrez "je ne vous le fais pas dire". – Parfait, avait répondu Iris sans se troubler, j'y serai, au revoir, monsieur. » Que c'était simple ! Elle avait hésité si longtemps avant de se décider à appeler et voilà, c'était fait ! Le rendez-vous était pris.

Elle regarda les gens assis autour d'elle. Des étudiants qui lisaient, une ou deux femmes seules qui semblaient attendre, elles aussi. Des hommes au bar qui buvaient, les yeux perdus dans le vide. Elle entendit un bruit de percolateur, des ordres lancés, la voix de Philippe Bouvard qui racontait une blague à la radio, c'était l'heure des « Grosses têtes ». « Vous connaissez l'histoire du mari qui dit à sa femme : Chérie tu me dis jamais quand tu jouis ? et la femme qui répond : Comment le pourrais-je ? t'es jamais là ! » Le garçon derrière le comptoir éclata de rire.

À dix-sept heures trente précises, un homme entra dans le café, portant le fameux chapeau à motif écossais. Un bel homme, jeune, souple, souriant.

Il fit un rapide tour d'horizon et ses yeux se posèrent aussitôt sur Iris qui inclina la tête pour signaler que, oui, c'était bien elle. Il eut l'air surpris et s'approchant, prononça la phrase codée à mi-voix :

– Il fait un froid de gueux...

– Je ne vous le fais pas dire.

Il lui tendit la main et lui fit signe qu'il aimerait bien

s'asseoir auprès d'elle si elle avait la gentillesse de débarrasser la chaise voisine de son sac et de son manteau.

– Ce n'est pas très prudent de laisser votre sac offert au tout-venant sur une chaise...

Elle se demanda si c'était aussi une phrase codée car il la prononça sur le même ton que sa remarque d'introduction sur le temps.

– Oh ! Je n'ai rien de précieux à l'intérieur...

– Oui mais le sac, en lui-même, est précieux, fit-il remarquer en posant son regard sur les impressions Vuitton.

Iris fit un geste de la main pour indiquer que ce n'était pas un problème, qu'elle n'y tenait pas spécialement et l'homme eut un petit geste de retrait du menton qui montra sa désapprobation.

– Je ne saurais trop vous engager à être prudente. Se faire dévaliser est toujours une expérience douloureuse, ne tentez pas le diable !

Iris l'écoutait sans l'entendre. Elle toussota pour montrer qu'il était temps de passer aux choses sérieuses et, comme il ne paraissait pas comprendre, regarda de manière appuyée plusieurs fois sa montre.

– Vous êtes impatiente, madame, donc je vais commencer...

Il fit signe au garçon et commanda un Orangina bien frais, sans glaçons.

– Je n'aime pas les glaçons. Très mauvais pour le foie de boire glacé...

Iris se frotta les mains sous la table, son cœur battait la chamade. Je pourrais encore partir, partir tout de suite...

Il se racla la gorge puis se décida à parler :

– Donc, comme vous nous l'aviez demandé, j'ai été chargé de suivre votre mari, monsieur Philippe Dupin. Je l'ai pris en filature le jeudi 11 décembre à huit heures dix du matin devant votre domicile et l'ai suivi, secondé en cela par deux collègues, sans discontinuer jusqu'à hier soir, 20 décembre, vingt-deux heures trente, heure à laquelle il a regagné votre domicile.

— C'est exact, répondit Iris d'une voix blanche.

Le garçon vint déposer l'Orangina devant eux et demanda à ce qu'on le règle, son service prenant fin. Iris paya et fit signe qu'elle n'attendait pas de monnaie.

— Votre mari a une vie très organisée. Il ne semble pas se cacher. La filature fut donc très aisée. J'ai pu identifier la plupart de ses rendez-vous sauf un interlocuteur qui me donne du mal...

— Ah ! fit Iris, sentant son cœur s'emballer.

— Un homme qu'il a vu deux fois, à trois jours d'intervalle, dans un café à l'aéroport de Roissy. Une fois le matin à onze heures trente, l'autre fois l'après-midi à quinze heures. Chaque rencontre a duré une petite heure... Un homme dans les trente ans, portant un attaché-case noir, un homme avec lequel il semble avoir des conversations sérieuses. L'homme lui a montré des photos, des documents écrits, des coupures de journaux. Votre mari hochait la tête, l'a laissé parler un bon moment à chaque rencontre, puis lui a posé de nombreuses questions pendant que l'homme écoutait et prenait des notes...

— Prenait des notes ? répéta Iris.

— Oui. Je me suis dit alors que c'était un rendez-vous d'affaires... Je me suis débrouillé, je ne vous dirai pas comment, pour avoir une photocopie de son agenda, or nulle part il n'y a trace de ces rendez-vous. Il ne l'a pas noté sur son calepin, n'en a pas parlé à sa secrétaire ni à sa plus proche collaboratrice, maître Vibert...

— Comment pouvez-vous savoir tout ça ? demanda Iris, étonnée d'une telle intrusion dans la vie de son mari.

— Cela est mon affaire, madame. Bref, sans vous révéler

notre petite cuisine intérieure, je sais que ce ne sont pas des rendez-vous d'affaires...

— Vous avez des photos de l'homme en question ?

— Oui, dit-il en sortant une liasse d'un porte-documents.

Il l'étala sous les yeux d'Iris qui se pencha, le cœur battant. L'homme avait en effet la trentaine, les cheveux châtains, coupés court, des lèvres minces et des lunettes en écaille. Ni beau ni laid. Un homme passe-partout. Elle fit un effort de mémoire mais dut reconnaître qu'elle ne l'avait jamais vu.

— Votre mari lui a donné de l'argent en liquide et ils se sont séparés en se serrant la main. À part ces deux rencontres, votre mari semble avoir une vie organisée uniquement autour de ses affaires. Aucun tête-à-tête, aucun rendez-vous furtif, aucun séjour à l'hôtel... Voulez-vous que je continue la filature ?

— J'aimerais savoir qui est cet homme, dit Iris.

— J'ai suivi l'inconnu après ces deux rendez-vous. Une fois il a pris un avion pour Bâle, une autre fois pour Londres. C'est tout ce que j'ai pu obtenir. Je pourrais en savoir davantage mais il faudrait une filature plus approfondie, plus longue... Pouvoir aller à l'étranger. Cela signifie des frais en plus, forcément...

— Il est venu exprès à Paris... pour voir mon mari, pensa Iris tout haut.

— Oui et là gît le mystère.

— En même temps, nous entrons dans la période de Noël. Mon mari va partir avec nous en vacances quelques jours et...

— Je ne veux pas vous mettre la pression, madame. Une filature est onéreuse. Peut-être pourriez-vous réfléchir et nous rappeler si vous voulez que nous donnions suite.

— Oui, répondit Iris, préoccupée. En effet, ce serait peut-être mieux.

Il y avait cependant une question qu'elle n'osait pas

poser et qui lui brûlait les lèvres. Elle hésita. Prit une gorgée d'eau.

— Je voudrais vous demander, commença-t-elle en bredouillant. Je voudrais savoir si... s'ils ont eu des gestes...

— Des gestes physiques, laissant deviner une intimité entre eux ?

— Oui, déglutit Iris, honteuse d'étaler ses doutes devant un parfait inconnu.

— Aucun... mais une complicité certaine. Ils se sont parlé d'une manière qui semblait directe, précise. Chacun semblait savoir exactement ce qu'il attendait de l'autre.

— Mais pourquoi mon mari lui donne-t-il de l'argent ?

— Aucune idée, madame. J'aurais besoin de plus de temps pour le savoir.

Iris leva les yeux sur l'horloge du café. Six heures quinze. Elle n'en saurait pas plus. Un grand découragement l'envahit. Elle était à la fois déçue et soulagée de n'avoir rien appris. Elle sentait un danger s'organiser autour d'elle.

— Je crois que j'ai besoin de réfléchir, murmura-t-elle.

— Parfait, madame. Je reste à votre disposition. Si vous voulez poursuivre, téléphonez à l'agence, ils me remettront sur votre affaire.

Il finit son verre, claqua plusieurs fois la langue comme s'il goûtait un bon vin, eut l'air satisfait et ajouta :

— En attendant de vos nouvelles, je vous souhaite de bonnes fêtes et...

— Merci beaucoup, l'interrompit Iris sans le regarder. Merci beaucoup...

Elle lui tendit la main, distraite, et le vit s'éloigner.

Hier soir, Philippe était revenu dormir avec elle. Il avait simplement dit : « Je crois qu'Alexandre se fait du souci, ce n'est pas bon pour lui qu'il nous voie dormir séparément. »

Le silence peut être le signe d'une grande joie qui ne trouve pas ses mots. C'est parfois aussi une manière de dire son mépris. C'est ce qu'avait ressenti Iris, la veille au soir. Le mépris de Philippe. Pour la première fois de sa vie.

Elle regarda le chapeau écossais tourner au coin de la rue et se dit qu'il fallait à tout prix qu'elle regagne l'estime de son mari.

Il était six heures et demie lorsque Joséphine et Shirley sortirent de chez le coiffeur. Shirley attrapa Jo par le bras et la força à se regarder dans la vitrine d'un magasin Conforama, illuminé d'un grand néon rouge où s'étalaient les lettres de la marque de meubles.

— Tu veux que j'achète un lit ou une armoire ? demanda Jo.

— Je veux que tu voies à quel point tu es jolie !

Joséphine regarda le reflet que lui renvoyait la vitrine et dut reconnaître qu'elle n'était pas mal du tout. La coiffeuse lui avait dégradé les cheveux en un halo lumineux, lui donnant l'air plus jeune. Elle pensa aussitôt à l'homme en duffle-coat et se dit que peut-être, s'il revenait à la bibliothèque, il l'inviterait à prendre un café.

— C'est vrai... tu as eu une bonne idée. Je ne vais jamais chez le coiffeur. C'est de l'argent foutu en l'air...

Elle regretta aussitôt d'avoir prononcé ces mots car le spectre de l'argent venant à manquer la saisit à la gorge et elle frissonna.

— Et moi, tu me trouves comment ? fit Shirley en tournant sur elle-même et en tapotant ses boucles platine.

Elle avait relevé le col de son long manteau et tourbillonnait, les bras en corolle, la tête renversée comme une danseuse gracieuse et fragile.

— Oh ! Je te trouve toujours belle. Belle à damner tous les

saints du calendrier, répondit Jo pour chasser le spectre de la faillite de sa tête.

Shirley éclata de rire et entonna un vieux tube de Queen en faisant des bonds dans la rue. « *We are the champions, my friend, we are the champions of the world... We are the champions, we are the champions !* » Elle se mit à danser dans les rues désertes, bordées de longs immeubles gris et froids. Elle sautait sur ses longues jambes, rebondissait, se déhanchait, faisait semblant de jouer sur une guitare électrique et chantait sa joie d'avoir embelli Joséphine.

— Désormais, je te paie le coiffeur une fois par mois.

Une rafale de vent glacé vint interrompre son numéro musical. Elle prit le bras de Jo pour se réchauffer. Elles marchèrent un moment sans rien dire. Il faisait nuit et les rares piétons qu'elles croisaient avançaient en aveugles, la tête baissée, pressés de rentrer chez eux.

— C'est pas ce soir que tu vas pouvoir vérifier si tu plais, marmonna Shirley, ils regardent tous leurs pieds.

— Tu crois qu'il va me regarder, l'homme au duffle-coat ? demanda Jo.

— S'il ne te voit pas, c'est qu'il a de la merde dans les yeux.

Elle avait répliqué d'un ton si catégorique que Joséphine se sentit soulevée de bonheur. Se peut-il que je sois devenue jolie ? se demanda-t-elle en cherchant une vitrine pour se contempler.

Elle serra le bras de son amie contre elle. Et puisque, pour la première fois de sa vie, elle se sentait belle, elle s'enhardit.

— Dis, Shirley... je peux te poser une question ? Une question un peu personnelle. Si tu ne veux pas répondre, tu ne réponds pas...

— Vas-y toujours.

— C'est indiscret, je te préviens... je voudrais pas que tu te fâches.

– Oh ! Joséphine, *come on*...

– Bon, alors, je me lance... Pourquoi t'as pas d'homme dans ta vie ?

À peine eut-elle posé la question que Joséphine le regretta. Shirley retira son bras d'un coup sec et se rembrunit. Elle fit un bond sur le côté et continua d'avancer à grandes enjambées, distançant rapidement Jo.

Joséphine fut obligée de courir pour la rattraper.

– Je suis désolée, Shirley, désolée... j'aurais pas dû, mais comprends-moi, tu es si belle, et de te voir toujours seule... je...

– Ça fait longtemps que je crains que tu me poses la question.

– T'es pas obligée de me répondre, je t'assure.

– Et je te répondrai pas ! D'accord ?

– D'accord.

Une nouvelle rafale de vent les saisit en pleine face et elles se courbèrent d'un même élan, se raccrochant l'une à l'autre.

– C'est sinistre, pesta Shirley. On se croirait au jour du Jugement dernier !

Joséphine se força à rire pour dissiper le malaise entre elles.

– T'as raison. Ils pourraient mettre un peu plus de lampadaires, non ? Il faudrait écrire à la mairie...

Elle disait n'importe quoi pour changer l'humeur de son amie.

– Une autre question, alors... Plus anodine.

Shirley grogna quelque chose que Joséphine ne comprit pas.

– Pourquoi tu te coupes les cheveux si court ?

– Je ne répondrai pas non plus.

– Ah... C'était pas une question indiscrète celle-là.

– Non, mais ça a un rapport direct avec ta première question.

– Oh ! Je suis désolée... J'arrête de parler.

– Si c'est pour en poser d'autres comme ça, il vaut mieux !

Elles continuèrent à marcher en silence. Joséphine se mordait la langue. C'est toujours comme ça quand on se sent bien, on s'enhardit et on dit n'importe quoi. J'aurais mieux fait de me taire !

Perdue dans ses pensées, elle ne vit pas que Shirley s'était arrêtée et elle buta contre elle.

– Tu veux que je te dise un truc, Jo ? Un seul... *I give you a hint*...

Jo hocha la tête, reconnaissante à Shirley de ne plus être fâchée.

– Les cheveux blonds et longs, ça porte malheur... Débrouille-toi avec ça.

Et elle reprit sa marche solitaire.

Joséphine la suivit, la laissant marcher quelques mètres devant. Les cheveux longs et blonds, ça porte malheur... Ça avait porté malheur à Shirley ? Elle l'imagina adolescente avec de longs cheveux blonds et tous les garçons du village en train de l'espionner, la suivre, la harceler. Ses longs cheveux blonds flottant au vent telle une bannière qui rameutait les désirs, les appétits. Elle les avait coupés.

C'est alors que, sans qu'elles les aient vus venir, surgirent trois garçons qui se ruèrent sur elles et leur arrachèrent leurs sacs. Jo reçut un violent coup de poing et gémit, portant la main à son nez qui, lui sembla-t-il, saignait. Shirley poussa un chapelet de jurons en anglais et se lança à leur poursuite. Jo assista, médusée, à la raclée que leur infligea Shirley. Seule contre trois. En un éclair de coups de bras, de coups de pied, de coups de poing, elle les terrassa et les envoya à terre en s'acharnant sur eux avec une violence inouïe. Un des trois brandit un couteau et Shirley, de la pointe de sa jambe lancée à toute volée, l'envoya valser.

— Ça vous va ou vous en voulez encore ? les menaça-t-elle en se baissant pour récupérer leurs sacs.

Les trois garçons se tenaient les côtes et se roulaient par terre.

— Tu m'as pété une dent, connasse, lui lança le plus balèze.

— Rien qu'une ? lança Shirley en lui balançant un nouveau coup de pied dans la bouche.

Il poussa un hurlement et se mit en boule pour se protéger. Les deux autres se relevèrent et déguerpirent, prenant leurs jambes à leur cou. Celui qui était resté à terre gémissait. Il se mit à ramper sur les coudes. « Salope, putain de ta race ! » bredouilla-t-il en constatant qu'il crachait du sang. Shirley se baissa, l'agrippa par le col de son blouson et, le forçant à rester à quatre pattes, le dépouilla entièrement. Lui arracha ses vêtements un par un comme on déculotte un enfant. Jusqu'à ce qu'il soit en slip et en chaussettes, accroupi, au milieu de l'esplanade. Elle lui arracha une plaque en métal qu'il avait autour du cou et lui ordonna de la regarder droit dans les yeux.

— Maintenant, petit connard, tu vas m'écouter... Pourquoi tu nous as attaquées ? Parce qu'on est deux femmes seules, hein ?

— Mais m'dame... C'était pas mon idée, c'est mon pote qui...

— Trouillard, lâche, tu devrais avoir honte !

— Rendez-moi ma plaque, m'dame, rendez-la-moi...

— Tu nous aurais rendu nos sacs, toi, hein ? Réponds !

Elle lui frappa la tête contre le sol. Il cria, promit qu'il ne le ferait plus, qu'il toucherait plus à une femme seule. Il se tordait, nu et blanc sur le sol noir.

Shirley, maintenant la pression sur le gars à terre, s'approcha d'une grille d'aération et laissa tomber la plaque en métal. On entendit le bruit sourd de la plaque qui rebondissait au fond du soupirail. Le garçon lâcha une injure et Shirley lui donna un nouveau coup dans la nuque, du tranchant du coude cette fois. Plié en deux de douleur, il choisit de ne plus résister et s'étala sur le sol.

— Tu vois : je viens de te faire à peu près ce que tu nous as fait tout à l'heure. Ta plaque, elle est perdue... Alors casse-toi et médite. T'as compris, trou-du-cul !

Le garçon, le bras toujours levé pour se protéger, se releva en titubant, fit un geste pour ramasser ses vêtements mais Shirley secoua la tête.

— Tu vas repartir comme ça... en slip et en chaussettes. Allez, connard.

Il détala sans protester. Shirley attendit qu'il eût disparu. Elle fit une boule de ses vêtements et les balança dans une benne de chantier. Puis elle se rajusta, remonta son pantalon, remit en place son manteau et poussa un dernier juron en anglais.

Joséphine la fixait, stupéfaite par le déchaînement de violence auquel elle venait d'assister. Elle en avait le souffle coupé. Elle adressa un regard muet à Shirley qui haussa les épaules et laissa tomber :

— Ça aussi ça fait partie du fait que je n'aie pas de fiancé... Deuxième indice !

Elle s'approcha de Jo, observa son nez qui saignait, sortit un Kleenex de sa poche et lui tamponna le visage. Joséphine grimaça de douleur.

— Ça va..., dit Shirley. Il n'est pas cassé. Juste un gros choc ! Il va être de toutes les couleurs, demain. Tu diras que tu t'es pris la porte vitrée du salon en sortant. Pas un mot aux enfants ce soir, d'accord ?

Joséphine hocha la tête. Elle aurait bien demandé à Shirley où elle avait appris à se battre, mais elle n'osait plus poser de questions.

Shirley ouvrit son sac et vérifia qu'il ne manquait rien.

– T'as tout ?

– Oui...

– Allez !

Elle la prit par le bras et la força à avancer. Joséphine avait les genoux qui tremblaient et demanda à s'arrêter pour reprendre ses esprits.

– C'est normal, lâcha Shirley. C'est ta première bagarre. Après, tu t'habitues... Tu te sens capable d'affronter les enfants sans rien dire ?

– Je boirais bien un petit verre d'alcool... J'ai la tête qui tourne !

Dans l'entrée de l'immeuble, elles aperçurent Max Barthillet, assis sur les marches près de l'ascenseur.

– J'ai pas la clé et ma mère n'est pas rentrée...

– Mets-lui un mot, dis-lui que tu l'attends chez moi, décida Shirley sur un ton si autoritaire que le gamin acquiesça. T'as de quoi écrire ?

Il dit oui de la tête en montrant son cartable. Et monta à pied les deux étages pour laisser le mot sur sa porte.

Jo et Shirley prirent l'ascenseur.

– J'ai pas de cadeau pour lui ! dit Jo en regardant son nez dans la glace de l'ascenseur. Mince, je suis défigurée !

– Joséphine, quand diras-tu merde comme tout le monde ! Je vais lui donner un billet dans une enveloppe, c'est ce dont ils ont le plus besoin les Barthillet en ce moment.

Elle tourna le visage de Jo vers elle, inspecta son nez longuement.

– Je vais te mettre un peu de glace dessus... Et souviens-toi : tu t'es pris la porte vitrée du salon de coiffure. Pas de gaffe ! C'est Noël, pas besoin de gâcher la fête et de leur foutre la trouille !

Joséphine alla chercher les filles et les cadeaux qu'elle avait cachés sur la plus haute étagère de l'armoire de sa chambre. Elles s'esclaffèrent devant la maladresse de leur mère et son nez enflé. Quand elles sonnèrent chez Shirley, elles entendirent des chants de Noël anglais et Shirley ouvrit la porte avec un grand sourire. Jo eut du mal à reconnaître la furie qui avait mis trois voyous en déroute.

Hortense et Zoé poussèrent des cris de joie en ouvrant leurs cadeaux. Gary découvrit l'Ipod offert par Jo et fit un bond de joie. « Yes, Jo ! rugit-il, maman ne voulait pas que j'en aie un ! T'es vraiment trop... ! Trop top ! » Il se jeta à son cou, lui écrasant le nez. Zoé regardait sans y croire les films de Disney et caressait le lecteur de DVD. Hortense était stupéfaite : sa mère lui avait acheté le dernier modèle de chez Apple, pas un truc au rabais ! Et Max Barthillet contemplait le billet de cent euros que Shirley avait glissé dans une enveloppe avec un petit mot.

– Putain ! remercia-t-il avec un sourire émerveillé. T'es trop bien, Shirley, tu as pensé à moi ! C'est pour ça que maman est pas là... Elle savait que tu faisais une fête et elle m'a rien dit pour me faire la surprise.

Joséphine tourna la tête vers Shirley pour lui faire un signe de connivence. Elle tendit son cadeau à Shirley : une édition originale d'*Alice au pays des merveilles*, en anglais, qu'elle avait trouvée aux Puces. Et Shirley lui offrit un magnifique col roulé en cachemire noir.

– Pour frimer à Megève !

Jo la serra dans ses bras. Shirley eut un mouvement d'abandon qui la rendit légère et douce. « On fait une sacrée équipe, toutes les deux », murmura Shirley. Jo ne sut que répondre et resserra son étreinte.

Gary s'était emparé de l'ordinateur d'Hortense et lui montrait comment s'en servir. Max et Zoé étaient penchés sur les films de Walt Disney.

— Tu regardes encore des dessins animés ? demanda Jo à Max.

Il leva vers elle le regard ébloui d'un tout petit garçon et Jo fut à nouveau au bord des larmes. Il faut que je fasse attention à ne pas finir en fontaine, se dit-elle. Cette fête qu'elle redoutait à cause de l'absence d'Antoine se déroulait comme elle n'avait pas osé l'imaginer. Shirley avait dressé et orné un sapin. La table était décorée de branches de houx, de flocons de neige en coton hydrophile, d'étoiles en papier doré. De hautes bougies rouges brûlaient dans des bougeoirs en bois, donnant l'apparence d'un rêve à toute la scène.

Ils débouchèrent du champagne, dévorèrent la dinde aux marrons, une bûche au chocolat et au café, selon une recette confidentielle de Shirley, puis, le repas fini, ils repoussèrent la table et dansèrent.

Gary entraîna Hortense dans un slow langoureux et les deux mères les regardèrent danser en sirotant leur champagne.

— Ils sont mignons, dit Jo, un peu éméchée. T'as vu : Hortense ne s'est pas fait prier. Je trouve même qu'elle danse d'un peu trop près !

— Parce qu'elle sait qu'il va l'aider à faire marcher son ordinateur.

Joséphine lui donna un coup de coude dans les côtes et Shirley poussa un petit cri de surprise.

— Touche pas à la femme karaté ou il pourrait t'en cuire !

— Et toi, arrête de voir le mal partout !

Joséphine aurait voulu suspendre le temps, s'emparer de ce moment de bonheur et le mettre en bouteille. Le bonheur, songea-t-elle, est fait de petites choses. On l'attend toujours avec une majuscule, mais il vient à nous sur ses jambes frêles et peut nous passer sous le nez sans qu'on le remarque. Ce soir-là, elle le saisit et ne le lâcha pas. Par la fenêtre, elle aperçut les étoiles dans le ciel et tendit son verre vers elles.

Il fallut rentrer et se coucher.

Ils étaient sur le palier quand madame Barthillet vint chercher Max. Elle avait les yeux rougis et prétendit qu'elle avait pris une poussière dans l'œil en sortant du métro. Max exhiba son billet de cent euros. Madame Barthillet remercia Shirley et Jo d'avoir pris soin de son fils.

Jo eut beaucoup de mal à coucher les filles. Elles faisaient des bonds sur leur lit et hurlaient de joie à l'idée de partir le lendemain pour Megève. Zoé voulut vérifier dix fois de suite que sa valise était bien pleine, qu'elle n'avait rien oublié. Jo réussit enfin à l'attraper, à lui faire enfiler son pyjama et à la coucher. « Je suis paf, maman, complètement paf ! » Elle avait bu trop de champagne.

Dans la salle de bains, Hortense se nettoyait le visage avec un lait démaquillant que lui avait acheté Iris. Elle passait et repassait le coton sur sa peau et inspectait les impuretés ramassées. Hortense se retourna et demanda :

— Maman... Tous ces cadeaux, c'est toi qui les as payés ? Avec ton argent ?

Joséphine hocha la tête.

— Mais alors, maman... on est riches maintenant ?

Joséphine éclata de rire et vint s'asseoir sur le bord de la baignoire.

— J'ai trouvé un nouveau travail : je fais des traductions. Mais chut ! c'est un secret, il ne faut en parler à personne... Sinon ça s'arrête ! Promis ?

Hortense étendit la main et répéta promis.

— J'ai reçu huit mille euros pour la traduction d'une biographie d'Audrey Hepburn, et si ça se trouve, je vais en faire beaucoup d'autres...

— Et on aura plein de sous ?

— Et on aura plein de sous...

— Et je pourrai avoir un portable ? demanda Hortense.

— Peut-être, dit Joséphine, heureuse de voir briller la joie dans les yeux de sa fille.

— Et on déménagera ?

— Ça te pèse tellement d'habiter ici ?

— Oh maman... c'est si plouc ! Comment veux-tu que je me fasse des relations ici ?

— On a des amis. Regarde la soirée formidable qu'on vient de passer. Ça vaut tout l'or du monde !

Hortense fit la moue.

— Moi j'aimerais aller vivre à Paris, dans un beau quartier... Tu sais, avoir des relations, c'est aussi important que les études qu'on fait.

Elle était fraîche, longue et belle dans son petit tee-shirt à bretelles, son pantalon de pyjama rose. Tout dans son visage indiquait le sérieux et la détermination. Jo s'entendit dire :

— Je te promets, chérie, quand j'aurai gagné assez d'argent, on ira habiter Paris.

Hortense lâcha le coton et lança ses bras autour du cou de sa mère.

— Oh, maman, ma petite maman chérie ! J'aime quand tu es comme ça ! Quand tu es forte ! Décidée ! Au fait, je ne t'ai pas dit : c'est très bien ta nouvelle coupe et ton balayage ! Tu es très jolie ! Belle comme un cœur...

— Tu m'aimes un peu alors ? demanda Joséphine, en essayant d'être légère et de ne pas l'implorer.

— Oh, maman je t'aime à la folie quand tu es une gagnante ! Je ne supporte pas quand tu es une petite chose triste, effacée. Ça me fout le cafard... pire encore, ça me fait peur. Je me dis qu'on va se planter...

— Comment ça ?

— Je me dis qu'au premier gros pépin, tu vas flancher et j'ai la trouille.

— Je te fais une promesse, ma chérie douce, on ne se plantera pas. Je vais travailler comme une folle, gagner plein de sous et tu n'auras plus jamais peur !

Joséphine referma ses bras sur le corps chaud et doux de sa fille et se dit que ce moment-là, ce moment d'intimité et d'amour avec Hortense, était son plus beau cadeau de Noël.

Le lendemain matin, sur le quai F de la gare de Lyon, le quai où stationnait le train 6745 en direction de Lyon, Annecy, Sallanches, Zoé avait mal à la tête, Hortense bâillait et Joséphine arborait un nez violet, vert et jaune. Elles attendaient sur le quai, les billets compostés à la main, qu'Iris et Alexandre les rejoignent.

Elles attendaient, les mains vissées à la poignée de leur valise de peur de se faire détrousser, et se faisaient bousculer par des voyageurs pressés. Elles attendaient en surveillant la grande aiguille de l'horloge qui progressait inexorablement vers l'heure du départ.

Dans dix minutes, le train allait partir. Joséphine se dévissait la tête dans tous les sens, espérant attraper au vol l'image de sa sœur flanquée du petit Alexandre, courant vers elles. Ce n'est pas cette image rassurante qui lui sauta aux yeux, mais une autre, qui la figea dans une attitude de chien à l'arrêt.

Elle détourna la tête en priant le ciel que ses filles ne voient pas ce qu'elle venait de voir : Chef sur le même quai qu'elles, embrassant à pleine bouche Josiane, sa secrétaire, puis l'aidant à monter dans le train avec mille recommandations, bruits de baisers, mignardises. Il est ridicule, se dit Joséphine, on dirait qu'il porte le saint sacrement ! Elle fit un dernier aller-retour de la tête pour vérifier qu'elle n'avait pas la berlue et surprit à nouveau son beau-père en train d'escalader le marchepied du train derrière la plantureuse Josiane.

Elle ordonna alors une ruée générale, pressant les filles de gagner au plus vite la voiture 33 qui était en tête de quai.

– On n'attend pas Iris et Alexandre ? demanda Zoé en grognant. J'ai mal à la tête, maman, j'ai bu trop de champagne.

– On les attendra à l'intérieur. Ils ont leurs places, ils nous retrouveront. Allez, on y va, commanda Jo d'une voix ferme.

– Et Philippe, il ne vient pas ? s'enquit Hortense.

– Il nous rejoint demain, il a du travail.

Traînant leurs valises, déchiffrant le numéro des wagons qu'elles dépassaient, elles s'éloignèrent de l'endroit fatal où Chef enlaçait Josiane.

Jo se retourna une dernière fois pour apercevoir au loin Iris et Alexandre qui arrivaient ventre à terre.

Ils s'installèrent à leurs places alors que le train partait. Hortense ôta sa doudoune qu'elle plia soigneusement et la déposa bien à plat sur l'espace réservé aux manteaux. Zoé et Alexandre entreprirent aussitôt de se raconter leur soirée de la veille avec force mimiques, ce qui énerva Iris qui les rabroua sévèrement.

– Ils vont finir idiots, je te jure. Mais qu'est-ce que tu t'es fait ? T'es défigurée ! T'as fait du judo ? T'as passé l'âge, tu sais.

Quand le train eut démarré, elle prit Jo à part et lui dit :

– Viens, on va prendre un café.

– Maintenant, tout de suite ? interrogea Jo qui craignait de tomber sur Josiane et Chef au wagon-restaurant.

– Il faut absolument que je te parle. Et le plus vite possible !

– Mais on peut parler et rester à nos places.

– Non, ordonna Iris entre ses dents. Je ne veux pas que les enfants entendent.

Jo se rappela alors que Chef et sa mère passaient Noël à Paris. Il n'était donc pas monté dans le train. Elle se résigna

267

à suivre Iris. Elle allait manquer le passage qu'elle préférait : quand le train traversait la banlieue parisienne, s'enfonçait telle une flèche d'acier dans un paysage de pavillons et de petites gares et prenait de plus en plus de vitesse. Elle essayait de déchiffrer le nom des arrêts. Au début, elle y parvenait, puis elle sautait une lettre sur deux, la tête lui tournait et elle ne lisait plus rien. Alors elle fermait les yeux et se laissait aller : le voyage pouvait commencer.

Accoudées au bar de la voiture-restaurant, Iris tournait et retournait sa petite cuillère en plastique dans son café.

— Ça va pas ? demanda Jo, surprise de la voir aussi sombre et nerveuse.

— Je suis dans la merde, Jo, dans une de ces merdes !

Jo ne dit rien mais songea qu'elle n'était pas la seule. Moi je serai dans la mouise, dans une quinzaine de jours. À partir du 15 janvier exactement.

— Et y a que toi qui puisses m'en sortir !

— Moi ? articula Joséphine, ahurie.

— Oui... toi. Alors écoute-moi et ne m'interromps pas. C'est suffisamment difficile à expliquer, alors si tu m'interromps...

Joséphine acquiesça de la tête. Iris but une gorgée de café et, posant ses grands yeux bleu-violet sur sa sœur, commença :

— Tu te souviens de ce coup de bluff d'un soir où j'ai prétendu que j'écrivais un livre ?

Joséphine, muette, hocha la tête. Les yeux d'Iris lui faisaient toujours le même effet : elle était hypnotisée. Elle aurait voulu lui demander de détourner légèrement la tête, de ne pas la fixer de cette manière, mais Iris enfonçait son regard profond et presque noir d'intensité dans celui de sa sœur. Ses longs cils ajoutaient une touche de gris ou d'or selon la lumière qu'ils captaient en s'abaissant ou en s'écarquillant.

— Eh bien, je vais écrire !

Joséphine sursauta, étonnée.

– Ben, c'est plutôt une bonne nouvelle.

– Ne me coupe pas, Jo, ne me coupe pas ! Crois-moi, j'ai besoin de toutes mes forces pour te dire ce que j'ai à te dire parce que ce n'est pas facile.

Elle prit une profonde inspiration, recracha l'air avec irritation comme s'il lui avait brûlé les poumons et continua :

– Je vais écrire un roman historique sur le XIIᵉ siècle comme je m'en suis vantée ce soir-là... J'ai téléphoné à l'éditeur, hier. Il est enchanté... Je lui ai filé, pour l'appâter, les quelques anecdotes que tu m'avais gracieusement soufflées, l'histoire de Rollon, de Guillaume le Conquérant, de sa mère lavandière, les « banalités », patin couffin, j'ai fait une sorte de salmigondis de tout ça et il a eu l'air subjugué ! Tu peux me faire ça pour quand ? il a demandé... J'ai dit que je n'en savais rien, mais rien du tout. Alors il m'a promis une grosse avance si je lui filais une vingtaine de pages à lire le plus vite possible. Pour voir comment j'écris et si je tiens la longueur... Parce que, m'a-t-il dit, pour ces sujets-là, il faut de la science et du souffle !

Joséphine écoutait et opinait en silence.

– Le seul problème, Jo, c'est que je n'ai ni science ni souffle. Et c'est là que tu interviens.

– Moi ? dit Jo en posant le doigt sur sa poitrine.

– Oui... toi.

– Je vois pas très bien comment, sans vouloir te vexer...

– Tu interviens parce que, toutes les deux, on passe un contrat secret. Tu te souviens... quand on était petites et qu'on faisait le serment du sang mêlé ?

Joséphine fit oui de la tête. Et après, tu faisais ce que tu voulais de moi. J'étais terrorisée à l'idée de rompre le serment et de mourir sur-le-champ !

– Un contrat dont on ne parle à personne. Tu m'entends ?

Personne. Un contrat qui sert nos intérêts à toutes les deux. Toi, tu as besoin d'argent... Ne dis pas non. T'as besoin d'argent... Moi, j'ai besoin de respectabilité et d'une nouvelle image... je ne t'explique pas pourquoi, ça deviendrait trop compliqué et puis je ne suis pas sûre que tu comprendrais. Tu ne pigerais pas l'urgence dans laquelle je suis.

— Je peux essayer si tu m'expliques, proposa timidement Joséphine.

— Non ! Et puis je n'ai pas envie de t'expliquer. Alors ce qu'on va faire, c'est très simple : toi tu écris le livre et tu récoltes l'argent, moi je le signe et je vais le vendre à la télévision, à la radio, dans les journaux... Tu produis la matière première, moi j'assure le service après-vente. Parce que aujourd'hui, un livre, ce n'est pas tout de l'écrire, il faut le vendre ! Se montrer, faire parler de soi, avoir les cheveux propres et brillants, être bien maquillée, avoir une allure, laquelle, je ne sais pas encore, se faire photographier en train de faire son marché, dans sa salle de bains, main dans la main avec son mari ou son ami, sous la tour Eiffel, est-ce que je sais ? Plein de choses qui n'ont rien à voir avec le livre mais qui en assurent le succès... Moi, je suis très bonne pour ça, toi tu es nulle ! Moi, je suis nulle pour écrire, toi tu excelles ! À nous deux, en réunissant le meilleur de chacune, on fait un malheur ! Je te répète : pour moi, ce n'est pas une question d'argent, tout l'argent te reviendra.

— Mais c'est une escroquerie ! protesta Joséphine.

Iris la regarda en sifflant d'exaspération. Ses grands yeux balayèrent Jo d'un coup de cils exaspéré, elle haussa les sourcils puis revint plonger à nouveau dans le regard de sa sœur comme un oiseau de proie.

— J'en étais sûre. Et en quoi c'est une escroquerie puisque tout l'argent te revient ? Je ne garde pas un centime pour moi. Je te donne tout. Tu m'entends, Jo ? Tout ! Je ne t'escroque pas, je te donne le truc dont tu as le plus besoin en ce moment : de l'argent. Et, en échange, je te demande un tout petit mensonge... même pas un mensonge, un secret.

Joséphine fit une moue méfiante.

– Je ne te demande pas de faire ça toute ta vie. Je te demande de faire ça *une* fois et après on oublie. Après chacune reprend sa place et continue sa petite vie tranquille. Sauf que...

Joséphine l'interrogea du regard.

– Sauf qu'entre-temps tu auras gagné de l'argent, et moi j'aurai résolu mon problème...

– Et c'est quoi, ton problème ?

– Je n'ai pas envie de t'en parler. Tu dois me faire confiance.

– Comme quand on était petites...

– Exactement.

Joséphine regarda le paysage qui défilait et ne répondit pas.

– Jo, je t'en supplie, fais-le pour moi ! Qu'est-ce que tu as à perdre ?

– Je ne pense pas en ces termes-là...

– Oh, arrête ! Ne me dis pas que tu es claire comme de l'eau de fontaine et que tu ne me caches rien ! J'ai appris que tu travaillais pour le bureau de Philippe, en cachette, sans me le dire. Tu trouves ça bien ? Tu fais des cachotteries avec mon mari !

Joséphine rougit et bafouilla :

– Philippe m'avait demandé de ne rien dire et comme j'avais besoin de cet argent...

– Eh bien, moi, c'est pareil : je te demande de ne rien dire et je te donne l'argent dont tu as besoin...

– Je n'étais pas fière de te cacher quelque chose.

– Oui mais tu l'as fait ! Tu l'as fait, Joséphine. Alors tu veux bien le faire pour Philippe et pas pour moi ? Ta propre sœur !

Joséphine commençait à faiblir. Iris le sentit. Elle prit une voix plus douce, presque suppliante, et noya ses yeux, qui ne lâchaient plus sa sœur, d'une tendresse muette.

— Écoute, Jo ! En plus, tu me rends service. Un immense service ! À moi, ta sœur... J'ai toujours été là pour toi, je me suis toujours occupée de toi, je ne t'ai jamais laissée dans le manque ou la misère. Cric et Croc... tu te souviens ? Depuis qu'on est toutes petites... Je suis ta seule famille. Tu n'as plus personne ! Plus de mère puisque tu ne la vois plus et qu'elle est VRAIMENT mal disposée à ton égard, plus de père, plus de mari... Tu n'as plus que moi.

Joséphine frissonna et s'entoura de ses bras. Seule et abandonnée. Elle avait cru, dans l'euphorie du premier chèque, que les propositions allaient s'enchaîner, or elle était bien obligée de constater qu'il n'en était rien. L'homme qui l'avait félicitée pour son excellent travail ne l'avait pas rappelée. Le 15 janvier, il allait bien falloir payer. Le 15 février aussi et le 15 mars, le 15 avril et le 15 mai, le 15 juin et le 15 juillet... Les chiffres lui faisaient tourner la tête. La masse noire du malheur imminent fondit sur elle et un étau se referma sur sa poitrine. Elle eut le souffle coupé.

— En plus, continua Iris qui constatait que le regard de Joséphine s'embuait d'inquiétude, je ne te parle pas de petite somme d'argent ! Je te parle d'au moins, au bas mot, cinquante mille euros !

Joséphine poussa une exclamation de surprise.

— Cinquante mille euros !

— Vingt-cinq mille euros dès que j'aurai rendu les vingt premiers feuillets et un plan de l'histoire...

— Cinquante mille euros ! répéta Joséphine qui n'en croyait pas ses oreilles. Mais il est fou, ton éditeur !

— Non, il n'est pas fou. Il réfléchit. Il compte, il calcule. Un livre coûte huit mille euros à fabriquer ; à partir de quinze mille exemplaires, il se sera remboursé. Frais de fabrication et avance compris. Or il dit, et là il faut bien écouter, Jo... il dit qu'avec mes relations, mon allure, mes grands yeux bleus, mon sens de la repartie, je vais emballer les médias et que le livre surfera sur la vague du succès ! Il a dit ça : mot pour mot.

— Oui mais..., protesta Joséphine de plus en plus faiblement.

— Tu l'écris... Tu connais ton sujet par cœur, tu vas jongler avec les faits historiques, les détails de l'époque, le vocabulaire, les personnages... Tu vas te régaler ! Ça va être un jeu d'enfant pour toi. Et en six mois, écoute-moi bien, Jo, en six mois tu empoches cinquante mille euros ! Et tu n'as plus de souci à te faire ! Tu retournes à tes vieux parchemins, tes poèmes de François Villon, ta langue d'oïl et ta langue d'oc.

— Tu mélanges tout ! la reprit Joséphine.

— Je m'en fous de tout mélanger. Moi, je n'aurai à défendre que ce que toi, tu auras écrit ! On fait ça une fois et on n'en parle plus...

Joséphine sentit un chatouillement de plaisir au creux du plexus. Cinquante mille euros ! De quoi payer... Elle fit un rapide calcul... au moins trente échéances ! Trente mois de répit ! Trente mois où elle pourrait dormir la nuit, raconter des histoires le jour, elle aimait tant raconter des histoires aux filles quand elles étaient petites, elle savait faire apparaître Rollon et Arthur et Henri et Aliénor et Énide ! Les faire tourbillonner dans des bals, des tournois, des batailles, des châteaux, des complots...

— Une seule fois, sûr de sûr ?

— Une seule fois ! Que le grand Cruc me croque.

Quand le train entra en gare de Lyon, Lyon-Perrache, trois minutes d'arrêt, Joséphine soupira oui, mais une fois seulement... hein, Iris, tu me le promets ?

Iris promit. Pour une fois seulement. Croix de bois, croix de fer, si je mens je vais en enfer...

*Troisième partie*

Il fallait donc qu'elle écrivît !

Elle ne pouvait plus reculer. À peine avait-elle dit oui en gare de Lyon-Perrache, Lyon-Perrache trois minutes d'arrêt, qu'Iris avait murmuré : « Merci, petite sœur, tu me sors d'un de ces bourbiers, tu n'as pas idée ! Ma vie est un gâchis, un immense gâchis, mais il est trop tard, je ne peux plus faire demi-tour, je peux sauver des restes, les accommoder de manière plus ou moins alléchante, mais il faut que je me rende à cette idée, je ne fais qu'accommoder des restes ! C'est peu glorieux, je te le concède, mais j'en suis là. »

Elle l'avait embrassée, puis s'était reprise en la noyant dans ses yeux bleus, assombris d'ombres noires, « tu deviens jolie, Joséphine, de plus en plus jolie, très bien ces petites mèches blondes, tu es amoureuse ? Non ? Ça ne saurait tarder, je te prédis la beauté, le talent, la fortune, avait-elle ajouté en claquant des doigts comme si elle défiait le sort. Tu vas prendre le relais. J'ai beaucoup reçu à la naissance, plus que toi, c'est vrai, mais j'ai pressé la vie comme un citron et il ne me reste plus qu'un vieux zeste auquel je tente de donner du goût. J'ai espéré un moment pouvoir mettre en scène, écrire. Tu te souviens, Jo... il y a longtemps, j'avais du talent... On disait, Iris est douée, c'est une artiste, elle ira loin, elle va réussir à Hollywood ! Hollywood ! – elle avait eu un ricanement amer –, je suis descendue à Bécon-les-Bruyères ! Il a fallu que je me rende à l'évidence : je suis peut-être douée mais impuissante. Entre l'idée et la réalisation, il y a un fossé que je ne peux franchir, je reste bête, sur le bord à scruter le vide. J'ai envie d'écrire, une envie forcenée, des débuts d'histoires qui clignotent, mais quand je me penche sur les mots, ils s'enfuient sur leurs petites pattes gluantes comme d'ignobles cafards ! Alors que toi... tu sauras les attraper, les aligner en belles phrases sans qu'ils fassent mine de déguerpir. Tu racontes si bien les histoires... Je me souviens des lettres que tu m'envoyais quand tu étais en colonie de vacances, je les lisais à mes copines, elles t'avaient baptisée Madame de Sévigné ! ».

Émue par l'abandon subit d'Iris, émoustillée par ses prédictions, Joséphine s'était sentie importante. Importante, mais, ne pouvait-elle s'empêcher de penser, menacée. Le ton grandiloquent d'Iris la portait et, en même temps, faisait sonner une alarme : serait-elle assez forte pour remplir son rôle de nègre alerte ? Elle savait écrire une thèse, des conférences, des textes universitaires, elle aimait raconter des histoires, mais il y avait une grande différence entre les épopées qu'elle déroulait au chevet de ses filles et le roman historique qu'Iris avait promis à son éditeur. « Pour l'intendance, ne t'en fais pas, avait poursuivi Iris, la tirant de sa stupeur, je t'achèterai un ordinateur, je te ferai installer Internet. » Jo avait protesté : « Non, non, ne me donne rien tant que je n'ai pas fait mes preuves », Iris avait insisté et Jo, une fois de plus, s'était inclinée.

Et maintenant, il lui fallait passer à l'acte.

Elle regarda l'ordinateur, un très joli portable blanc qui l'attendait la gueule ouverte sur la table de la cuisine encombrée de livres, de factures, de feutres, de Bic, de feuilles de papier, des miettes du petit-déjeuner ; son regard effleura le rond jaune laissé par la théière, le couvercle du pot de confiture à l'abricot, une serviette roulée en couleuvre blanche... Il lui faudrait faire de la place pour écrire. Mettre son dossier d'habilitation de côté. Il faudrait tant de choses, tant de choses, elle soupira, soudainement lasse à l'idée de l'effort à fournir. Comment décider du sujet d'un livre ? Comment créer des personnages ? Une histoire ? Des rebondissements ? Proviennent-ils des événements extérieurs ou de l'évolution des personnages ? Comment commencer un chapitre ? L'ordonner ? Fallait-il fouiller dans ses travaux et ses recherches, convoquer le panache de Rollon, Guillaume le Conquérant, Richard Cœur de Lion, Henri II, demander à l'esprit de Chrétien de Troyes de descendre sur elle ? Ou s'inspirer de Shirley, d'Hortense, d'Iris, de Philippe, d'Antoine et de Mylène, les revêtir d'un heaume, d'un hennin, d'une paire de poulaines ou de sabots, les loger à la ferme ou au château ? Le décor change, les oscillations du cœur perdurent. Le cœur bat, identique, chez Aliénor, Scarlett ou Madonna. Les tournures des robes, les cottes de mailles tombent en poussière, mais les sentiments demeurent. Par où commencer ? se répétait Joséphine en observant l'intensité de la lumière de ce mois de janvier baisser doucement dans la cuisine, éclairer d'une lueur pâle le rebord de l'évier et mourir dans l'égouttoir. Existe-t-il un livre qui donne des recettes pour écrire ? Cinq cents grammes d'amour, trois cent cinquante grammes d'intrigues, trois cents grammes d'aventures, six cents grammes de références historiques, un kilo de sueur... laissez cuire à feu doux, à four chaud, remuez, faites sauter pour que ça n'accroche pas, évitez les grumeaux, laissez reposer trois mois, six mois, un an. Stendhal, à ce qu'on prétend, écrivit *La Chartreuse de Parme* en trois semaines, Simenon troussait ses romans en dix jours. Mais combien de temps auparavant les avaient-ils portés et nourris en se levant, en enfilant un pantalon, en buvant un café, en ramassant le courrier, en regardant la lumière du matin s'étaler sur la table du petit-déjeuner, en comptant les grains de poussière dans le rayon du soleil ? Laisser le temps infuser. Trouver son propre mode d'emploi. Boire du café comme Balzac. Écrire debout comme Hemingway. Cloîtrée comme Colette quand Willy l'enfermait. Faire des enquêtes comme Zola. Prendre de l'opium, du gros rouge, du haschich. Gueuler comme Flaubert. Courir, divaguer, dormir. Ou ne pas dormir comme Proust. Et moi ? La toile cirée de la table de cuisine, le face-à-face avec l'évier, la théière, le tic-tac de l'horloge, les miettes du petit-déjeuner et les échéances à payer ! Léautaud disait « écrivez comme si vous écriviez une lettre, ne vous relisez pas, je n'aime pas la grande littérature, je n'aime que la conversation écrite. » À qui pourrais-je envoyer une lettre ? Je n'ai pas d'amant qui m'attend dans le parc. Je n'ai plus de mari. Ma meilleure amie habite sur le palier.

Écrire à un homme que j'inventerais... Un homme qui m'écouterait. L'ordinateur avait toujours la gueule ouverte. Iris l'avait acheté le lendemain de leur arrivée à Megève. Si je pose mes doigts sur le clavier, il me les tranchera. Elle eut un petit rire nerveux et frissonna.

C'est avec l'argent des traductions que tu l'as acheté ? avait murmuré Philippe dans les cheveux de Jo qui avait rougi violemment. Iris était occupée à allumer le feu dans la cheminée. « Je suis enchanté de ma nouvelle collaboratrice, avait-il ajouté en se redressant, sur le contrat Massipov tu nous as évité une grosse bourde. » Je suis en train de devenir la reine du mensonge et de la dissimulation, avait pensé Jo. Traduire des contrats pour Philippe, passe encore, mais si la maison d'édition d'Audrey Hepburn lui proposait un livre à traduire, si son directeur de thèse demandait à lire son dossier, elle ne suffirait plus à la tâche, il faudra que je prenne un nègre. Elle avait pouffé de rire. Iris s'était retournée, « c'est si drôle ce que te raconte Philippe ? Tu devrais en faire profiter tout le monde... ». Jo avait bafouillé une excuse. Joséphine était de plus en plus à l'aise avec Philippe. Ils n'étaient pas encore intimes, et probablement ne le seraient jamais, Philippe n'inspirant ni l'abandon ni la confidence, mais ils s'entendaient très bien. Il y a des gens dont le regard vous améliore. C'est très rare, mais quand on les rencontre, il ne faut pas les laisser passer. Il y avait, chez Philippe, une étrange douceur dans le regard qu'il posait parfois sur elle, une tendresse étonnée. D'habitude, songea-t-elle, quand on me regarde, c'est pour me demander ou me prendre quelque chose. Philippe, lui, donne. Et sous son regard bienveillant, je grandis. Peut-être un jour deviendra-t-il mon ami ?

Le rayon de soleil s'était éteint et l'égouttoir ne luisait plus. La cuisine était plongée dans une lumière froide et triste de mois de janvier. Joséphine soupira, il lui fallait faire de l'ordre pour installer un espace de travail. Bientôt, elle serait à l'étroit.

C'est en poussant la table de la cuisine qu'elle retrouva le triangle rouge. Il avait glissé derrière le grille-pain. Elle se pencha, saisit la feuille de papier entre ses doigts, la tourna, la retourna, ferma les yeux et remonta le temps. Juillet dernier. Antoine vient chercher les filles pour les emmener en vacances. Elle croise les bras sur le pas de la porte. Se mord les lèvres pour ne pas montrer son émotion. Crie « bonnes vacances, mes chéries, amusez-vous bien ». Appuie fort sur ses lèvres avec ses doigts pour ne pas pleurer. Entend les pas qui dégringolent les escaliers. Tout à coup, elle s'élance, se précipite sur le balcon. Se penche. Aperçoit un coude rouge qui déborde de la voiture. Le coude rouge de Mylène... et Antoine qui place les valises dans le coffre, en pousse une, en déplace une autre avec l'attention d'un bon père de famille qui part en vacances. Un éclair tombe sur la tête de Jo qui comprend en une fraction de seconde que c'est fini. Un homme range des valises dans un coffre, un coude rouge dépasse, une femme sur un balcon regarde. Le couple éclate et la femme sur le balcon a envie de sauter dans le vide.

Joséphine déchira le triangle rouge et le jeta à la poubelle.

C'est de ma faute aussi. Je l'ai ennuyé avec mon amour. J'ai vidé mon cœur dans le sien. Jusqu'à la dernière goutte. Je l'ai rassasié. Il n'y a pas seulement l'amour, il y a la politique de l'amour, disait Barbey d'Aurevilly.

Elle leva les yeux sur l'horloge et s'exclama : sept heures ! elle réfléchissait depuis quatre heures. Quatre heures envolées à la vitesse de dix minutes ! Les filles allaient rentrer de l'école. L'étude finissait à six heures et demie.

Elle n'avait pas préparé le dîner.

Elle sortit une casserole, la remplit d'eau, y plongea des pommes de terre, je les éplucherai quand elles seront cuites, prit une salade dans le frigidaire, la fit tremper, mit la table, se raisonna, ne panique pas, tu vas y arriver, un écrivain n'a pas besoin d'être intelligent, il doit savoir traduire ce qu'il ressent, trouver les mots qui habillent les émotions, à qui aurais-je envie d'écrire une lettre ? Séduire en écrivant, séduire un homme, je ne veux séduire personne, c'est là mon problème, je me trouve moche, grosse, pourtant j'ai perdu du poids... Elle commença une vinaigrette, huile de tournesol ou huile d'olive, avec l'argent du livre je ne prendrai plus que de la bonne huile d'olive, de la première pression à froid, celle qui coûte le plus cher, qui a gagné plein de concours, l'argent, je ne vais plus en manquer, cinquante mille euros tout de même, ils sont fous ces éditeurs, est-ce que j'ai vraiment maigri ou est-ce que j'ai mal lu la balance, je me repèserai demain, *Érec et Énide*, quelle belle histoire, quelle bonne idée de commencer un roman avec un mariage et d'explorer ensuite la survivance du désir, le contraire de ce qu'il se passe habituellement dans les contes de fées, pourquoi faut-il être mince pour plaire aux hommes, au XII$^e$ siècle les femmes étaient des armoires à glace, elles se devaient d'être grasses, est-ce que mon héroïne sera solide ou la ferai-je fragile, en tous les cas, elle sera belle et luisante d'onguents, soigneusement épilée par des bandelettes de poix car le poil était mal vu, et comment vais-je l'appeler, ne pas mettre trop de moutarde dans la vinaigrette, Hortense n'aime pas, y aura-t-il des enfants dans mon histoire ? Quand on s'est mariés avec Antoine, on en voulait quatre, on s'est arrêtés à deux, aujourd'hui, je le regrette, il exagère d'avoir pris cet emprunt sans me le dire, il aurait pu m'en parler ! Et moi, bonne pomme, j'ai signé, les yeux fermés, ça ne lui portera pas bonheur ! Et l'autre, Mylène, je parie qu'elle dépense mon argent, je la déteste celle-là, je voudrais qu'elle perde ses cheveux, qu'elle perde ses dents, qu'elle perde sa ligne, qu'elle perde... Et comment trouve-t-on des noms et des prénoms ? Aliénor ? non... trop prévisible... Emma, Adèle, Rose, Gertrude, Marie, Gode-live, Cécile, Sibylle, Florence... Et lui ? Richard, Robert, Eus-tache, Baudouin, Arnoud, Charles, Thierry, Philippe, Henri, Guibert... Et pourquoi n'aurait-elle qu'un amoureux, elle n'est pas aussi nunuche que moi ! Ou alors, c'est une nunuche qui réussit... malgré elle ! Ce serait drôle, ça, une fille qui n'aspire qu'à un bonheur tout simple et qui se trouve aspirée par le succès, la gloire et la fortune car tout ce qu'elle approche se transforme en or ! Quand l'histoire commence, elle veut être religieuse, mais ses parents s'y refusent... elle doit se marier. Avec un riche noble car elle appartient à une famille de petite noblesse, ruinée par les guerres locales, qui ne peut entretenir ses terres et est dépossédée. Elle doit se marier avec Guibert le félon à la barbe fourchue, mais...

Une goutte d'eau bouillante jaillit de la casserole et lui brûla la main, elle poussa un cri et fit un bond. Piqua les pommes de terre avec la pointe d'un couteau, vérifia qu'elles étaient cuites.

— Maman, maman ! On est rentrées avec madame Barthillet, elle est maigre comme un clounichon ! Maman, si je deviens une grosse dondon, tu me feras faire le régime de madame Barthillet ?

— Bonsoir, maman, dit Hortense, on nous a informés qu'il n'y avait pas cantine demain, tu peux me donner cinq euros que je puisse m'acheter un sandwich ?

— Oui, chérie, donne-moi mon portefeuille... Il est dans mon sac, ajouta Jo en montrant le sac posé sur le radiateur de la cuisine. Et toi, Zoé, tu ne veux pas un sandwich, demain midi ?

— Je déjeune chez Max. Il m'a invitée. J'ai eu treize à mon contrôle d'histoire. Et demain, on nous rend le français, je crois bien que j'ai une bonne note !

— Comment le sais-tu si on ne t'a pas rendu les copies ?

— Je l'ai vu dans l'œil de madame Portal, elle me regardait avec fierté.

Joséphine contempla sa fille, il faut absolument que je mette une petite Zoé dans mon histoire ; elle l'imagina en paysanne avec de bonnes joues rouges rentrant le foin ou faisant cuire la soupe dans la grande marmite accrochée au-dessus du feu dans la cheminée. Je changerai son nom pour qu'elle ne se reconnaisse pas, je garderai sa bonne humeur, sa joie de vivre, ses expressions. Et Hortense ? Hortense, j'en ferai une princesse, très belle, un peu pimbêche, qui réside au château... son père est parti en croisade et...

— Hé, maman, t'es où là ? Reviens sur terre...

Hortense tendait son sac à Joséphine.

— Mes cinq euros, t'as oublié ?

Joséphine prit son portefeuille. L'ouvrit, tira un billet de cinq euros et le tendit à Hortense. Une coupure de journal tomba. Jo se baissa pour la ramasser. C'était la photo du journal. L'homme au duffle-coat. Elle caressa le cliché. Elle savait désormais à qui elle écrirait la longue lettre.

Le soir, quand les filles furent couchées, elle s'enveloppa dans la couette de son lit, alla sur le balcon parler aux étoiles. Elle leur demanda la force de commencer le livre, elle leur demanda de lui envoyer des idées, elle leur dit aussi de lui pardonner, ce n'était pas terrible de rentrer dans la combine d'Iris mais avait-elle un autre moyen de subsister ? Hein ? Est-ce que vous m'avez laissé le choix ? Elle regardait attentivement le ciel étoilé et particulièrement la dernière étoile au bout du manche de la Grande Ourse. C'était son étoile quand elle était petite. Son père la lui avait offerte, un soir qu'elle avait un gros chagrin, il avait dit : « Tu vois, Jo, cette petite étoile au bout de la casserole, elle est comme toi, si tu l'enlèves, la casserole perd son équilibre, et toi, si on te retire de la famille, la famille s'écroule parce que tu es la joie incarnée, la bonne humeur, la générosité... et pourtant, avait poursuivi son père, elle a l'air bien modeste, cette étoile en bout de constellation, on la voit à peine... Dans chaque famille, il y a des gens qui ont l'air de petits boulons insignifiants, et pourtant, sans eux, il n'y a plus de vie possible, plus d'amour, plus de rires, plus de fêtes, plus de lumière pour éclairer les autres. Toi et moi, nous sommes des petits boulons d'amour... » Depuis, chaque fois qu'elle regardait le ciel étoilé, elle repérait la petite étoile en bout de casserole. Elle ne clignotait jamais. Joséphine aurait bien aimé qu'elle clignote de temps en temps, elle se serait dit que son père lui faisait un signe. Ce serait trop facile, s'invectiva-t-elle, tu parlerais aux étoiles, tu poserais une question et l'étoile te répondrait en direct du ciel ! Non mais quoi encore ? Avec un accusé de réception ! Enfin, se reprit-elle, merci d'avoir fait tomber la photo de l'homme au duffle-coat de mon portefeuille, merci beaucoup, parce que cet homme-là, il me plaît, j'aime penser à lui. Ce n'est pas grave qu'il ne me regarde pas. Pour lui, j'inventerai une histoire, une belle histoire...

Elle remonta sa couette, la serra autour de ses épaules, souffla sur ses doigts et, jetant un dernier regard au ciel étoilé, elle partit se coucher.

– Toi, tu me caches quelque chose !

Shirley avait poussé la porte de l'appartement de Joséphine et se tenait debout sur le seuil de la cuisine, les mains sur les hanches. Depuis une heure et demie, Jo jouait avec son ordinateur, attendant l'inspiration. Rien. Pas le moindre frémissement narratif. La photo de l'homme au duffle-coat, scotchée sur le côté du clavier, ne suffisait pas. On pouvait même dire qu'elle échouait complètement dans son rôle de muse. *Inspiration*, mot du XIIᵉ siècle, issu du vocabulaire chrétien, qui charrie avec lui des notions aussi enivrantes que l'enthousiasme, la fureur, le transport, l'exaltation, l'élévation, le génie, le sublime. Elle venait de lire un texte magnifique d'un certain monsieur Maulpoix sur l'inspiration poétique[1] et ne pouvait que constater qu'elle en était cruellement dépourvue. Clouée à terre, elle assistait, impuissante, à l'inertie de sa pensée. Elle avait beau l'apostropher, la supplier, lui ordonner de se mettre en branle, lancer un coup d'archet pour qu'elle s'ébroue, s'agite, s'échauffe, se délie, offre des images et des mots, des collisions avec d'autres images, d'autres mots, fasse surgir le Beau, le Bizarre, l'Intrépide, la belle se faisait prier et Joséphine, assise sur sa chaise de cuisine, labourait la table de ses doigts impatients. Pas la moindre envolée lyrique, pas le début d'une idée créatrice. Hier, elle avait cru en tenir une, mais ce matin, en se réveillant, l'idée s'était évanouie. Attendre, attendre. Se faire toute petite devant ce hasard foudroyant qui dépose à nos pieds ce qu'on a cherché en vain pendant des

---

1. Jean-Michel Maupoix, *Du lyrisme*, Éditions José Corti.

heures. Cela lui était déjà arrivé en rédigeant des morceaux de sa thèse, le choc de deux idées, de deux mots, comme deux silex qui s'allument. Il existait, ce glorieux éblouissement ! Il n'y avait qu'à lire des poèmes de Rimbaud ou d'Eluard... Il existait chez les autres ! Les tentatives malheureuses de sa sœur lui revenaient en tête et elle craignait que la même stérilité ne s'abatte sur elle. Adieu, veaux, vaches, cochons et euros par milliers ! Le pot au lait menaçait de se renverser, elle allait se retrouver Perrette comme devant. Elle prit une brusque décision, décida de vaincre ce vertige paralysant et d'écrire n'importe quoi, de travailler coûte que coûte, de courtiser l'opiniâtreté et d'ignorer l'inspiration afin que cette dernière, dépitée, se rende et livre ses premiers éclairs. Elle allait lancer ses doigts sur le clavier... lorsque Shirley avait poussé la porte et s'était campée face à elle.

— Tu me fuis, Joséphine, tu me fuis.

— Shirley, tu tombes mal... Je suis en plein travail.

— Tu me fais beaucoup de peine, Joséphine. Que se passe-t-il pour que tu m'évites ainsi ? Tu sais très bien qu'entre nous, on peut tout se dire.

— On peut tout se dire mais on n'est pas obligées de tout se dire tout le temps ! Il y a des silences qui font aussi partie de l'amitié.

Juste au moment où j'allais m'élancer ! ragea Joséphine, au moment où j'avais trouvé une solution, un subterfuge qui m'aurait soulagée de cette peur indicible qui menace les auteurs devant la feuille blanche. Elle releva la tête, fixa son amie et trouva que le nez de Shirley était trop retroussé. Beaucoup trop court ! Un nez en pâte à modeler ! Un nez d'opérette, un nez de cousette, un bête de nez ! Dégage avec ton nez en trompette, s'entendit-elle penser, horrifiée par la violence qui s'était levée en elle.

— Tu m'évites... je le sens bien, tu m'évites. Depuis que tu es rentrée des sports d'hiver, il y a trois semaines, je ne te vois plus...

Elle étendit la main vers la gueule ouverte de l'ordinateur.

— C'est celui d'Hortense ?

— Non, c'est le mien..., gronda Jo entre ses dents.

Le bruit d'un crayon qu'elle venait de briser entre ses doigts la fit sursauter ; elle décida de se calmer. Elle respira profondément en délassant le haut de son torse, tourna la tête de droite à gauche et souffla toute son irritation en un long jet puissant.

— Et depuis quand as-tu deux ordinateurs ? Tu as des actions chez Apple ? Une histoire d'amour avec Steve Jobs ? il t'envoie des *computers* en guise de fleurs ?

Joséphine baissa la garde, sourit et accepta l'idée d'abandonner son travail. Shirley semblait réellement en colère.

— C'est Iris qui me l'a offert pour Noël..., lâcha-t-elle, se reprochant aussitôt d'en avoir trop dit.

— C'est louche, ça cache quelque chose !

— Pourquoi tu dis ça ?

— Ta sœur ne donne jamais rien pour rien. Même pas l'heure ! Je la connais bien ! Alors, vas-y, dis-moi tout.

— Je ne peux pas, c'est un secret...

— Et tu crois que je ne suis pas capable de garder un secret ?

— Je pense surtout qu'un secret est fait pour rester secret.

Shirley haussa les sourcils, se détendit et sourit.

— Ce n'est pas faux, tu viens de marquer un point. Tu m'offres un café ?

Joséphine lança un regard d'adieu aux touches noires de l'ordinateur.

— Je veux bien faire une exception pour cette fois mais c'est la dernière ! Sinon, je ne vais jamais y arriver.

— Laisse-moi deviner : tu écris une lettre pour ta sœur, une lettre officielle et difficile qu'elle ne peut pas écrire ?

Joséphine brandit un index autoritaire vers Shirley, la prévenant qu'il était inutile d'insister.

— Tu ne m'auras pas comme ça.

— Un café bien noir avec deux morceaux de sucre roux...

— Je n'ai que du sucre blanc, je n'ai pas eu le temps de faire des courses.

— Trop occupée à bosser, je présume ?

Joséphine se mordit les lèvres, se rappelant sa résolution de rester muette.

— Donc, ce n'est pas une lettre... Et puis on n'offre pas un ordinateur pour une seule lettre ! Même la belle madame Dupin sait cela...

— Shirley, arrête.

— Tu ne me demandes pas comment se sont passées mes vacances ?

Elle la considérait d'un air malicieux qui rappela à Joséphine que la partie allait être rude. Shirley ne lâchait pas prise facilement. Il avait été aisé de lui cacher l'histoire du prêt d'Antoine. C'était Noël, elle avait la tête aux guirlandes, aux cadeaux, à la dinde fourrée, à la bûche, mais les fêtes étaient passées, Shirley était revenue à la vie réelle avec l'intention de faire fonctionner son « radar à malices ». C'est comme ça qu'elle appelait son nez, en appuyant dessus pour montrer à quel point il était efficace.

— Comment se sont passées tes vacances ? demanda Jo poliment.

— Très mal... Gary n'a pas arrêté de faire la tronche. Depuis qu'il a tenu ta fille dans ses bras, il pète les plombs ! Il soupirait des heures entières en lisant des sonnets d'amour pathétiques. Il errait dans les couloirs de la maison de ma copine, Mary, en déclamant de la poésie sinistre et en menaçant de se pendre avec son col roulé. Je te le dis, Jo, il faut lui enlever cette gamine de la tête !

– Ça lui passera, on a tous vécu, adolescent, un amour impossible. On s'en est remis !

– C'est moi qui ne m'en remettrai pas. J'ai trouvé dans sa chambre vingt-quatre brouillons de lettres d'amour aussi torrides que désespérées ! Certaines écrites en alexandrins. Il n'en a pas envoyé une seule.

– Il a eu raison. Hortense a très peu d'indulgence pour les geignards. S'il veut conquérir son cœur, il faut qu'il devienne un nabab ! Hortense a de gros besoins, de grandes exigences et peu de patience.

– Merci beaucoup.

– Elle aime les belles robes, les beaux bijoux, les belles voitures, son idéal d'homme, c'est Marlon Brando dans *Un tramway nommé désir*... Il peut toujours commencer par faire de la musculation et porter un tee-shirt déchiré, ça ne coûte pas cher et ça lui tapera peut-être dans l'œil.

– Chère Joséphine, je te trouve délicieusement sarcastique aujourd'hui. Est-ce ton nouveau secret qui te donne cette pétulance ?

Ça fait une heure et demie que j'essaie d'être pétillante à l'écrit et voilà que je retrouve ma verve à l'oral ! songea Joséphine, dépitée. Elle eut une envie impérieuse d'être seule.

– Marlon Brandon ! Moi, c'était Robert Mitchum. J'étais folle de lui ! Tiens, hier soir, j'ai vu un très bon film sur Cinétoile. Avec Robert Mitchum, Paul Newman, Dean Martin, Gene Kelly et Shirley MacLaine. À l'époque où elle tournait ce film, elle vivait un amour torride avec Mitchum.

– Ah..., dit Joséphine, distraite, cherchant une excuse pour se débarrasser de Shirley.

C'est incroyable, se dit-elle, c'est ma meilleure amie, je l'aime tendrement et là, en ce moment précis, je pourrais la réduire en bouillie et la congeler pour qu'elle débarrasse le plancher.

Shirley avait fini d'égrener le nom de tous les acteurs du film, celui de la costumière, « Edith Head, très connue tu sais, Jo, une grande dame du costume, elle a habillé les plus belles actrices d'Hollywood et pas un film élégant ne se serait réalisé sans elle, en ce temps-là ». Elle en était à raconter l'histoire du film lorsque Joséphine dressa l'oreille.

— ... Et comme elle ne veut absolument pas devenir riche, elle cherche à épouser l'homme le plus modeste, le plus effacé afin d'avoir une petite vie bien tranquille... Car, d'après elle, l'argent ne fait pas le bonheur, il fait même de manière certaine le malheur. C'est si drôle, Jo ! Parce qu'elle a beau choisir l'homme le plus terne, le plus modeste, grâce à elle il parvient au zénith, gagne beaucoup d'argent, se tue au travail et elle se retrouve veuve à chaque fois, ce qui confirme son idée que l'argent ne fait pas le bonheur !

— Attends, dit Joséphine en arrêtant Shirley dans son élan. Reprends l'histoire depuis le début... Je n'écoutais pas.

Elle avait posé sa main sur le bras de Shirley et le serrait comme si sa vie en dépendait. Shirley considéra la mine avide et passionnée de son amie et en déduisit qu'elle n'était plus très loin de découvrir le secret que Jo lui cachait. Tout allait s'éclaircir. Joséphine cherchait une histoire à raconter. Pour écrire un livre ? Un scénario ? La solution de l'énigme lui échappait encore, mais elle ne désespérait pas. Shirley consentit à raconter l'histoire de *What a Way To Go*, le film de Jack Lee Thompson qu'elle avait vu à la télévision.

— Mais c'est mon idée ! L'idée que j'ai eue hier ! L'histoire d'une fille qui ne veut être ni riche ni puissante, qui épouse des hommes pauvres qui, tous réussissent parce qu'il suffit qu'elle s'unisse à eux pour qu'ils triomphent. Comment s'appelle ce film ?

Shirley répéta le titre. Joséphine serrait les poings d'excitation.

— Je ne t'ai jamais vue aussi transportée par un programme de télévision, lâcha Shirley en se moquant.

— Mais ce n'est pas n'importe quel programme de télévision ! C'est l'histoire que je voulais raconter moi, pour mon fichu roman.

Elle se mordit les lèvres et s'aperçut qu'elle en avait trop dit. Shirley eut le triomphe modeste et resta silencieuse.

— Je me suis trahie...

— Je ne dirai rien. Promis, juré, craché, sur la tête de Gary !

Shirley étendit une main pour jurer et croisa les doigts de l'autre main dans son dos car elle avait bien l'intention de le dire à Gary. Elle racontait tout à son fils. Tout ce qui était important pour comprendre la vie. Comment les gens vous utilisent, vous culpabilisent, vous meurtrissent. Afin qu'il prenne garde et se méfie. Elle lui racontait aussi le don, l'amour, les rencontres, les belles fêtes. Elle ne faisait pas partie de ces adultes qui affirment qu'il ne faut pas parler de « certaines choses » aux enfants. Elle assurait que les enfants savent tout, avant nous. Ils possèdent une intuition diabolique ou angélique, au choix, mais ils savent. Ils savent avant leurs parents que ceux-ci vont se séparer, que maman boit en cachette, que papa couche avec la caissière du Shopi ou que leur grand-père n'est pas mort d'une crise cardiaque dans son lit, mais a rendu l'âme sur le corps d'une strip-teaseuse à Pigalle. C'est leur faire injure que de les prendre pour des ignorants. Enfin, résumait-elle péremptoire, vous pensez ce que vous voulez, mais moi je ne prends pas mon fils pour un simple d'esprit !

— Dès que je suis entrée ici, j'ai reniflé l'embrouille, poursuivit Shirley tentant de mettre Jo en confiance afin qu'elle se livre davantage.

Elle n'était pas sûre d'avoir tout compris. Il lui manquait quelques éléments.

— C'est de ma faute, balbutia Joséphine, je t'ai sous-estimée...

— Je suis très forte, Jo, à ces petits jeux de la vie ; on m'en a trop fait... j'ai développé une certaine sensibilité pour repérer les arnaques.

— Mais tu ne diras rien !

— Je ne dirai rien...

— Elle serait furieuse, si elle savait que tu sais...

À qui Joséphine faisait-elle allusion ? À Iris ? Shirley prit l'air assuré de celle qui a tout compris afin de pousser Joséphine dans les derniers aveux.

— Il va vraiment falloir que j'apprenne à mentir...

— Et tu n'es pas très douée, Joséphine !

— Quand Iris m'a proposé d'écrire pour elle, au début je t'assure, j'ai refusé...

Bingo ! pensa Shirley, c'est Iris qui est derrière l'arnaque. Je le savais, je le savais, mais à quoi peut-elle bien jouer ?

— D'écrire ce roman dont tu cherches l'idée...

— Oui. Elle m'a proposé d'échanger mon soi-disant talent d'écrivain contre des espèces... Cinquante mille euros, Shirley ! C'est beaucoup d'argent.

— Et tu as besoin d'autant d'argent ? demanda Shirley, vraiment étonnée.

— Il y a un autre truc que je ne t'ai pas dit...

Shirley soutenait Joséphine du regard et l'encourageait à parler. Joséphine raconta tout.

Shirley croisa les bras et considéra Joséphine en soupirant.

— Tu ne changeras jamais... Tu te fais avoir par le premier requin qui sournoise ! Ce que je ne comprends pas très bien, c'est pourquoi Iris a besoin de te faire écrire un roman...

— Pour qu'elle le signe et qu'elle devienne, aux yeux de tous, un écrivain. C'est très bien vu de nos jours, tu sais, tout le monde veut écrire, tout le monde croit qu'il peut écrire.

Elle a commencé par se vanter un soir, à un dîner, devant un éditeur...

— Oui mais pourquoi ? Qui veut-elle impressionner ? Qu'est-ce que ça lui rapportera ?

Joséphine baissa les yeux.

— Elle n'a pas voulu me le dire...

— Et tu as accepté de ne rien savoir ?

— Je me suis dit que ça la regardait.

— Enfin, Jo, tu te rends complice d'une escroquerie et tu ne veux pas savoir le pourquoi de la chose ? Tu m'étonneras toujours !

Joséphine se mordait les doigts, déchirait les petites peaux autour de ses ongles et lançait des regards apeurés vers Shirley.

— Ce que j'aimerais, c'est que, la prochaine fois que tu la vois, tu lui poses la question ! C'est important. Elle va mettre son nom sur un livre que tu auras écrit et ça lui rapportera quoi ? La gloire ? Il faudrait pour cela qu'il fracasse, votre livre... La fortune ? Elle te donne tout l'argent. À moins qu'elle ne prévoie de t'escroquer... Ce qui n'est pas impossible. Elle te promet l'argent, mais ne t'en donnera qu'une petite partie. Avec le reste, elle partira rejoindre son amant au Venezuela...

— Shirley ! C'est toi qui es en train d'écrire un roman. Ne me mets pas des idées comme ça dans la tête, je suis suffisamment angoissée...

— Ou alors elle écrit pour se donner un alibi... Mitonne une vilenie derrière ton dos. Elle s'enferme dans une pièce, prétend qu'elle travaille, ressort par le balcon et...

Joséphine regarda Shirley, désemparée. Shirley s'en voulut d'avoir semé le doute et l'angoisse dans l'esprit de Jo.

— J'ai enregistré le film d'hier soir, tu veux le regarder ? proposa-t-elle pour se rattraper.

— Tout de suite ?

– Tout de suite... J'ai mon cours au conservatoire dans une heure et demie, si ce n'est pas fini, je te laisserai devant la télé.

Pendant que Shirley rembobinait le film, Joséphine lui raconta tout en détail : l'emprunt d'Antoine, la proposition d'Iris, son appréhension à l'idée d'écrire, « j'ai peur de ne pas y arriver, quand tu es entrée dans la cuisine, j'étais en plein doute, je cherchais l'inspiration. C'est bien que je t'en aie parlé finalement, parce que je ne suis plus toute seule. Je pourrai me confier quand ça n'ira pas... Surtout qu'Iris est pressée, elle doit montrer vingt feuillets à son éditeur à la fin du mois ! ».

Elles s'installèrent sur le canapé. Shirley appuya sur la touche de la télécommande et cria : « Moteur ! » Apparut alors sur l'écran la ravissante, la délicieuse, l'émouvante Shirley MacLaine toute de rose vêtue, avec un immense chapeau rose, dans une maison rose à colonnades roses, suivant un cercueil rose porté par huit hommes en noir. Joséphine oublia le livre, oublia sa sœur, oublia l'éditeur, les échéances du prêt d'Antoine et suivit la silhouette longue, fine et rose qui descendait l'escalier en titubant de chagrin.

– La photo de l'homme en duffle-coat, sur le clavier, tu l'as vue ? murmura-t-elle à Shirley pendant que le générique défilait.

– Oui, et je me suis dit que tu devais faire quelque chose d'important pour coller sa photo sous tes yeux en permanence, ça devait t'inspirer...

– Ça n'a pas marché. Il ne m'a pas inspirée du tout !

– Fais-en un des maris et ça marchera.

– Merci beaucoup, tu m'as dit qu'ils mouraient tous.

– Pas le dernier !

– Ah..., fit Joséphine d'une petite voix. C'est que je n'ai pas envie qu'il meure, moi !

– *Silly you !* Tu ne sais même pas qui il est.

– Je l'imagine et c'est délicieux. C'est presque mieux de vivre un amour en rêve, on ne risque pas d'être déçue...

– Et faire l'amour en rêve, c'est comment ?

– Je n'en suis pas là, soupira Joséphine, les yeux rivés à l'écran où le cercueil du défunt mari avait échappé aux croque-morts et dévalait les marches de l'escalier pendant que Shirley MacLaine, imperturbable, continuait d'avancer sous son grand chapeau rose.

La nuit, il ne trouvait plus le repos. Le doigt menaçant de Faugeron le tirait de son sommeil ; il se réveillait, en sueur, l'oreiller et les draps trempés. Il étouffait, perdait le souffle, râlait, se tordait, s'asphyxiait jusqu'à ce que sa gorge se dénoue et que ses narines se remplissent de l'air frais de la nuit. Il se levait, allait prendre une douche, enfilait un bas de pyjama propre et sec, écoutait les bruits de la nuit africaine par la fenêtre grande ouverte de la chambre. Le cri des perroquets réfugiés sur le toit de la maison, le piaillement des singes se poursuivant de branche en branche dans les larges acacias, la course rapide d'un impala dans les herbes hautes, tout lui semblait étranger, menaçant. Dans la journée, il se sentait un intrus sur cette terre... mais la nuit, c'était comme si toute la nature lui criait de s'en aller, de repartir chez les Blancs, ces petits hommes frêles et transpirants qui ne supportent pas la chaleur de l'Afrique et se bourrent de quinine.

Il entendait le souffle calme de Mylène à ses côtés et ne parvenait pas à se rendormir. Alors il se levait, descendait dans le salon, se servait un whisky et sortait sur la terrasse en bois qui entourait la maison. Il s'asseyait sur les marches, buvait une gorgée d'alcool puis une autre et une autre ; ses yeux s'habituaient à l'obscurité. Peu à peu, se détachaient de l'ombre des taches jaunes, vacillantes, qui s'allumaient les unes après les autres et semblaient converger vers lui : les yeux jaunes des crocodiles. Affleurant le niveau de l'eau, posés comme des lucioles sur la surface moirée et noire des étangs, ils le regardaient. Il entendait leur queue agiter l'eau, leur corps s'ébranler lentement, pesamment, s'approcher du rivage et attendre. Face à la maison. Un, puis deux, trois, quatre, cinq, six, sept, huit... Ils fendaient l'obscurité comme des plongeurs silencieux. Parfois l'un d'eux ouvrait grande sa mâchoire et une rangée de dents blanches rayait la nuit noire. Puis la gueule se refermait d'un coup sec et il n'apercevait plus que les fentes jaunes qui le fixaient. Vingt millions d'années qu'ils sont sur terre, pensait-il, qu'ils résistent à toutes les catastrophes naturelles, la terre qui se fend, se plisse, se brise, brûle et coule, se glace et se fige. Ils ont vu passer des dinosaures, des primates, des hommes à quatre pattes, des hommes penchés, des hommes droits, des hommes foudroyés et ils sont toujours là, aux aguets. Je ne fais pas le poids face à eux. Je suis si seul ici. Plus personne à qui parler. Et toujours pas de nouvelles de mister Wei. Pas de nouvelles, pas de chèque, pas d'explication. Sa secrétaire me répond toujours que oui, oui, *mister Wei is going to call you back*, mais il ne rappelle jamais. *Don't worry, mister Tonio, he'll call you, he'll call you, everything's all right*, mais non ! Rien n'était all right, il n'avait pas touché un sou depuis qu'il était ici. Il vivait sur les économies de Mylène. Quand il appelait ses filles en France, il inventait des histoires, parlait de profits mirifiques, promettait de les faire venir bientôt, ce n'était qu'une question de jours maintenant. Elles devaient sentir la contrainte dans sa voix parce qu'elles ne répondaient plus que par monosyllabes pour ne pas l'offenser. Et Jo ? murmura-t-il en suivant un crocodile qui venait s'agglutiner au groupe, ajoutant deux lampes jaunes au parterre de lumières qui le contemplaient.

Faugeron avait dû la mettre au courant. Elle n'avait pas appelé. Ne lui avait pas adressé le moindre reproche. Il eut honte. Ses yeux repartirent sur les taches jaunes dans l'obscurité, il eut envie de pleurer. Il se sentait si lâche. Plus forte que la honte, il sentait grandir en lui une peur froide et tenace. Elle ne le lâchait plus. La peur avait remplacé sa belle assurance d'autrefois quand il faisait le beau, le soir, après les safaris, sous les tentes de toile, en buvant des whiskies. Il n'avait personne à qui dire qu'il avait peur. Les crocodiles le savent, eux. Ils sentent ma peur du fond de l'étang et viennent s'attrouper face à moi pour s'en repaître. Ils attendent. Ils ont le temps pour eux, tout le temps, qu'importe qu'on les trucide, ils savent qu'ils auront le dessus, que la force brute l'emporte toujours. Ils attendaient en braquant sur lui des lampes jaunes. Pour accroître sa peur. Sa peur... grande comme une caverne qui le dévorait.

Joséphine. Mylène. Elles se sont endurcies tandis que je me ramollissais, elles ont la tête vissée sur les épaules alors que la mienne tourne comme une girouette. Mylène affichait calme et sérénité quand Pong apportait le courrier. Elle ne disait rien, elle n'avait même pas besoin de demander si le chèque était arrivé, elle le regardait ramasser les enveloppes sur l'assiette en bois que présentait Pong, puis déchirait son escalope de buffle en rayant l'assiette. Antoine en avait des frissons dans le dos. Elle demandait : « C'est bon ? Tu aimes ? » Elle avait appris à cuisiner le buffle en le faisant mariner dans une sauce à la menthe et à la verveine sauvages qui lui donnait un goût délicieux. Ça changeait du poulet.

Elle faisait des projets car elle ne comptait pas rester oisive. Apprendre le chinois, la cuisine chinoise, faire des bracelets, des colliers comme les femmes sur le marché, les vendre en France peut-être, fabriquer des produits de maquillage avec les graines et les colorants locaux, monter un ciné-club, un atelier de dessin. Chaque jour, elle avait une nouvelle idée. Joséphine n'avait même pas pris la peine de décrocher le téléphone pour l'insulter, le traiter de lâche, de voleur. Deux femmes dans une cuirasse. Une peau de crocodile, songea-t-il en souriant du rapprochement qu'il osait faire. Les femmes ont si bien appris à être fortes qu'elles se sont cuirassées. Parfois cruelles tellement elles semblent impitoyables. Elles ont raison, il faut être impitoyable aujourd'hui. Il voyait les rivages, les blocs de pierre qui délimitaient les étangs, les grillages qui empêchaient les crocodiles de vagabonder. Il sentit une petite brise se lever et rabattit ses cheveux sur le sommet du crâne. Un crocodile tentait de se hisser hors de l'eau. Il avait sorti son corps de la mare et avançait sur ses pattes trapues et courtes, des pattes d'infirme, songea Antoine. Le crocodile resta un moment le museau contre le fil barbelé, chercha à le tordre, poussa une sorte de cri rauque et referma plusieurs fois ses mâchoires sur le grillage. Puis il se coucha et referma ses yeux jaunes comme des volets qu'on descend à regret.

Hier soir, Mylène avait dit qu'elle aimerait bien faire un tour à Paris. Pour une semaine. Comme ça, tu pourrais voir tes filles. Et le grand trou s'était creusé dans son ventre, le remplissant de peur. Il s'était mis à suer, à dégouliner ; affronter Joséphine et les filles, leur avouer qu'il s'était trompé, que ce n'était pas une si bonne idée d'élever des crocodiles. Qu'il s'était fait avoir une fois de plus...

Il regarda devant lui l'herbe haute et les grands acacias qui frissonnaient dans la brise du matin. J'aime le petit matin et la rosée qui brille sur l'herbe encore grasse, avant que le soleil ne la dessèche. J'aime l'odeur de verveine, les troncs d'arbre qui se dessinent dans le jour naissant, la brume humide qui s'évapore aux premiers rayons du soleil. Est-ce vraiment moi, Antoine Cortès, assis sur les marches du perron ? Le crocodile avait recommencé à donner des coups dans le grillage. Il ne renonçait pas. Ses grands yeux jaunes semblaient rétrécis par la colère et ses griffes labouraient le sol comme s'il voulait creuser un souterrain pour s'échapper. Ce doit être un mâle, songea Antoine, un sacré mâle ! Il me fera des dizaines de petits, celui-là. Il faut qu'il me fasse des petits. Il faut que ce foutu élevage marche ! J'ai quarante ans, bordel de merde, si je ne réussis pas maintenant, je suis foutu ! Plus personne ne voudra de moi, je ferai partie des vieux, des perdants, et ça il n'en est pas question, bordel de bordel de merde ! Il se mit à jurer pour encourager la haine qu'il sentait monter en lui, haine de mister Wei, haine des crocodiles, haine de ce monde où, si on n'avait pas réussi à son âge, on était bon à être jeté, haine de ses deux femelles que rien n'abattait ! Dégoût de lui, aussi. Ça ne fait pas six mois que tu es ici et tu es déjà prêt à baisser les bras...

Il se leva pour se servir un verre, décida de prendre la bouteille et de boire au goulot. S'il allait à Paris, il mettrait au point une stratégie avec Faugeron pour se faire payer. Faugeron avait toujours été bienveillant. Sûrement à cause de l'argent de Chef et des relations de Philippe, ricana-t-il en approchant une nouvelle fois le goulot de ses lèvres, n'empêche, il est gentil, je parlerai avec lui et on trouvera un moyen pour faire payer le vieux Chinois. Se prend pour qui, celui-là ? L'empereur de Chine ? C'est fini, ce temps-là !

Il aurait cru qu'au nom de mister Wei, la peur lui aurait encore noué les tripes, mais il n'en fut rien. Non seulement il n'avait plus peur mais il exultait. Il était rempli d'une joie folle, une joie d'homme qui sait exactement comment il va casser la gueule au mec qui l'entube depuis des mois. Il voyait très précisément ce qu'il allait faire : aller à Paris, discuter avec Faugeron, mettre un plan sur pied et se faire payer. Il y avait sûrement un moyen de tirer du blé de ce Croco Park à la mords-moi-le-nœud ! Qui c'est qui la fait tourner cette plantation à la con ?

C'est moi, Tonio Cortès... Personne d'autre. Et pas un gamin en culottes courtes qui a peur de lâcher la main de sa maman, non ! Un vrai gars qui en a une belle paire ! Un gars qui pourrait même aller faire un bisou au crocodile hargneux... Il éclata de rire et leva sa bouteille à la santé du crocodile.

La lueur du petit matin avait effacé les taches jaunes des crocodiles. Le soleil se levait derrière le toit de la maison avec une lenteur majestueuse qui emplit Antoine d'un respect ému. Il s'inclina profondément, mima une révérence puis une autre, perdit l'équilibre et s'étala dans la poussière.

Il se releva, but une gorgée au goulot puis, fixant chaque paire d'yeux jaunes, il ouvrit sa braguette et lâcha un jet chaud, doré, sonore face aux reptiles. Il allait leur montrer que non seulement il n'avait plus honte, mais qu'il n'avait plus peur et qu'ils avaient intérêt à se tenir à carreau.

— Tu as quelque chose à prouver pour pisser ainsi face à ces sales bêtes ? demanda une voix ensommeillée derrière lui.

Il se retourna et vit Mylène qui descendait les marches en serrant un tissu en coton sur ses hanches. Il la regarda, hébété.

— Quelle allure ! s'esclaffa-t-elle.

Il se demanda s'il rêvait ou s'il n'y avait pas une pointe de mépris dans sa voix. Il éclata d'un rire énorme qu'il voulait naturel et s'inclina à nouveau en disant :

— *The new Tonio is facing you !*

— Parle français, s'il te plaît ! J'aimerais bien tout comprendre...

— T'occupe ! Mais moi je sais ce que je sais et je sais que ça ne va pas durer longtemps comme ça...

— C'est bien ce que craignais, soupira Mylène en resserrant le pagne autour de ses reins. Allez, viens, on va prendre le petit-déjeuner, Pong est déjà en cuisine...

Et comme Antoine se dirigeait en titubant vers la maison,

elle éleva la voix suffisamment haut pour qu'il l'entende et lâcha d'un ton sec :

— J'aimerais bien que tu sois aussi brave et déterminé face à cet escroc de Wei. Quand je pense qu'on est en train de dépenser toutes mes économies, ça me file vraiment les boules !

Antoine n'entendit pas. Il avait raté la marche du perron, s'était étalé de tout son long sur le sol de la véranda. La bouteille de whisky roula sur les marches, descendit jusqu'à la dernière où elle finit de répandre sur le sol une flaque de liquide ambré qui accrocha les plus hauts rayons du soleil.

— Alors je lui ai dit que vous devriez vous revoir, que c'était stupide que vous ne vous parliez plus et elle m'a dit non, pas tant qu'elle ne m'a pas fait des excuses, des excuses pensées, des excuses venues du cœur, pas des excuses bâclées, c'est elle qui m'a agressée, elle est ma fille, elle me doit le respect ! Je lui ai dit que je te ferais la commission et...

— C'est tout vu, je ne lui ferai pas d'excuses.

— Donc vous n'êtes pas près de vous revoir...

— Je vis très bien sans elle. Je n'ai besoin ni de ses conseils, ni de son argent, ni de l'amour qu'elle croit donner et qui n'est en fait qu'abus d'autorité. Tu crois qu'elle m'aime, ma chère mère ? Tu le crois vraiment ? Moi, je ne le crois pas, je pense qu'elle a fait son devoir en nous élevant mais qu'elle ne nous aime pas. Elle n'aime qu'elle et l'argent. Toi, elle te respecte parce que tu as fait un beau mariage, qu'elle parade en parlant de son gendre merveilleux, de ton grand appartement, de tes amis, de ton train de vie mais moi... elle me méprise.

— Jo, ça fait près de huit mois que tu ne l'as pas vue. Imagine qu'il lui arrive quelque chose... C'est ta mère tout de même !

– Il ne lui arrivera rien : la méchanceté conserve ! Papa est mort à quarante ans d'une crise cardiaque, elle, elle finira centenaire.

– Là, tu es carrément méchante.

– Non, pas méchante, vivante ! Depuis que je ne la vois plus, je me porte à merveille...

Iris ne répondit pas. Elle jeta un regard aiguisé sur une ravissante blonde qui entrait en éclatant de rire.

– Tu changes, Jo, tu changes. Tu t'endurcis... fais attention !

– Dis-moi, Iris, tu ne m'as pas donné rendez-vous dans ce café porte d'Asnières pour me parler de notre mère et me faire la morale ?

Iris haussa les épaules et soupira.

– Je suis passée chez Chef avant de venir, Hortense était dans ses bureaux : elle cherche un stage pour le mois de juin, pour son école ; je peux te dire que les petits gars de l'entrepôt avaient le sang en ébullition. La vie s'est arrêtée quand Hortense est arrivée...

– Je sais, elle fait cet effet-là à tout le monde...

À l'intérieur du Café des Carrefours, Jo et Iris déjeunaient. Les camions faisaient trembler les parois vitrées de l'établissement en freinant juste avant de tourner et de se lancer sur le périphérique ; des habitués entraient en faisant battre les portes. Des jeunes, pour la plupart, qui devaient travailler dans les bureaux avoisinants. Ils arrivaient en se poussant, criaient qu'ils mouraient de faim et choisissaient le menu à dix euros, quart de vin compris. Iris avait demandé des œufs au plat-jambon, Joséphine une salade verte avec un yaourt.

– J'ai vu Serrurier... l'éditeur, commença Iris. Il a lu... et...

– Et ? souffla Joséphine, nouée d'angoisse.

– Et... Il est enchanté par ton idée, enchanté par les vingt feuillets que tu m'as donnés, il m'a noyée sous les compliments et... et...

Elle prit son sac, l'ouvrit, en sortit une enveloppe qu'elle agita dans l'air.

— Il m'a donné une première avance. La moitié des cinquante mille euros... le reste viendra quand je lui remettrai la totalité du manuscrit. Je t'ai aussitôt rédigé un chèque de vingt-cinq mille euros, comme ça ni vu ni connu, tu l'empoches.

Elle tendit l'enveloppe à Joséphine qui la prit avec infiniment de respect. Soudain, alors qu'elle refermait son sac, une question vint la tarauder.

— Comment tu vas faire pour les impôts ? demanda-t-elle à Iris.

— Tu as de la salade sur les dents de devant, l'interrompit Iris en faisant le geste de se nettoyer les dents.

Joséphine obtempéra et posa à nouveau sa question.

— Ne t'inquiète pas, Philippe n'y verra que du feu. De toute façon, ce n'est pas lui qui fait sa déclaration, c'est un comptable, et il paie tellement d'impôts que ce n'est pas ça qui changera beaucoup les choses !

— T'es sûre ? Et moi, si on me demande d'où vient cet argent ?

— Tu diras que c'est un cadeau de ta sœur qui est pleine aux as.

Joséphine fit une moue dubitative.

— Arrête de te miner, Jo. Profite, profite... Ce n'est pas merveilleux ? Notre projet est accepté, et avec les félicitations du jury.

— Je n'en reviens pas. Et tu me parlais de notre poison de mère ! Mais tu te rends compte, Iris ? Il a aimé ! Il a aimé mon idée ! Il a fait un chèque de vingt-cinq mille euros rien que sur mon idée !

– Et sur les vingt feuillets que tu as écrits... Très astucieux, ton plan. Il donne envie de lire la suite...

Joséphine eut, un instant, la tentation de commander une choucroute pour fêter l'événement, mais résista.

– C'est pas génial, petite sœur ? demanda Iris, une lueur jaune dans ses yeux écarquillés. On va devenir riches et célèbres !

– Riche pour moi, célèbre pour toi !

– Ça t'ennuie ?

– Non... Au contraire. Je peux écrire ce que je veux : personne ne saura que c'est moi. Ça m'enlève une tonne de trac, je te jure ! Et puis j'en serais bien incapable ! Quand je vois ce qu'il faut faire et dire pour passer à la télé, j'ai envie de me faufiler sous mon lit.

– Moi, c'est ce qui va m'amuser. Je n'en peux plus de mon image de femme si correcte, Jo, je n'en peux plus...

Iris resta un moment rêveuse, faisant écho au silence de Joséphine qui couvait son sac des yeux. Puis ses mâchoires reprirent leur mastication, et elle se frappa le front.

– J'ai failli oublier. Je voulais te montrer un article de journal que j'ai découpé pour toi...

Elle plongea la main dans son sac et en sortit un journal plié en deux qu'elle ouvrit délicatement, cherchant le passage qui l'intéressait.

– Voilà ! C'est un portrait de Juliette Lewis, tu sais, l'ancienne actrice de cinéma... enfin quand je dis ancienne, elle doit avoir une petite trentaine, on ne lui propose plus de rôles, alors elle s'est reconvertie dans la chanson. Écoute bien ce qui est écrit dans ce journal ! « Juliette Lewis est aujourd'hui à la tête d'un groupe de rock, Juliette and the Licks, en français Juliette et les Léchouilles, un nom qui provoque l'émotion à lui tout seul, surtout quand le jeune homme qui s'occupe des relations de presse des Léchouilles confirme que Juliette Lewis porte sur scène ces slips assez légers qu'on est en droit d'appeler strings. "Oui, il arrive qu'on lui voie une bonne partie des fesses", affirme le dénommé Chris au moment même où Juliette revient vers nous en disant *Here, we go, man*, de cette voix rauque qu'on lui connaît si bien...

— Je trouve ça nul...

— Et moi, je suis prête à jouer le jeu !

— À montrer ton string ?

— À fabriquer des images comme celles-là pour vendre le livre.

Joséphine regarda sa sœur et se demanda si elle n'était pas en train de faire une grosse bêtise en devenant sa complice.

— Iris, tu parles sérieusement ?

— Mais oui, petite cruche. Je vais faire un show... Un vrai show que je réglerai au détail près, et j'ai bien l'intention de crever l'écran. Il n'arrête pas de me le dire, Serrurier, « avec vos yeux, vos relations, votre beauté »... Tout ça, c'est mieux que tes petits doigts sur ton clavier et toute ton érudition ! Pour vendre, je veux dire, pour vendre...

Elle rejeta ses longs cheveux noirs en arrière, étendit les bras au ciel comme si elle ouvrait une voie royale et soupira :

— Je m'ennuie tellement, Jo, je m'ennuie tellement...

— C'est pour ça que tu le fais ? demanda Jo timidement.

Iris ouvrit grands les yeux et n'eut pas l'air de comprendre.

— Ben oui... Pour quelle autre raison ?

— Justement. J'aimerais bien savoir. L'autre jour, dans le train, tu m'as dit que je te sortais d'un mauvais pas... Tu as même employé le mot « bourbier », alors je me demandais...

— Ah ! Je t'ai dit ça !

Elle fit la moue comme si Joséphine venait de lui rappeler un mauvais souvenir.

— Tu m'as dit ça exactement... et je pense que j'ai le droit de savoir.

— Comme tu y vas, Jo. Le droit de savoir !

– Ben oui... Je m'embarque avec toi dans une galère et il me semble juste que j'aie les mêmes cartes que toi en main.

Iris soupesa sa petite sœur du regard. Elle changeait, Joséphine ! Plus vindicative, plus hardie. Elle comprit qu'elle ne pourrait pas se taire, poussa un long soupir et lâcha, sans regarder Jo :

– C'est à cause de Philippe... J'ai l'impression qu'il se détourne de moi, que je ne suis plus la dernière merveille du monde... J'ai peur qu'il me lâche et je me dis qu'en écrivant ce livre, je le séduirai à nouveau.

– Parce que tu l'aimes ? demanda Joséphine, de l'espoir dans la voix.

Iris lui jeta un regard mêlé de pitié et d'exaspération.

– On peut dire ça comme ça. Je ne veux pas qu'il me quitte. J'ai quarante-quatre ans, Jo, je n'en retrouverai pas un autre comme lui. J'ai la peau qui va friper, les seins qui vont tomber, les dents qui vont jaunir, les cheveux se clairsemer. Je tiens à la vie en or qu'il m'offre, je tiens à l'appartement, au chalet à Megève, aux voyages, au luxe, à la carte Gold, au statut de madame Dupin. Tu vois, je suis honnête avec toi. Je ne supporterai pas de retomber dans une petite vie banale, sans argent ni relations ni évasion... Et puis peut-être que je l'aime après tout !

Elle avait écarté son assiette et allumé une cigarette.

– Tu fumes maintenant ? demanda Joséphine.

– C'est pour mon personnage ! Je m'entraîne. Josiane, la secrétaire de Chef... Elle avait un vieux paquet, elle a arrêté de fumer, elle me l'a donné.

Joséphine se rappela la scène entrevue sur le quai de la gare : Chef embrassant sa secrétaire, l'installant dans le train comme s'il portait le saint sacrement. Elle n'en avait parlé à personne. Elle frissonna et pensa à sa mère : que deviendrait-elle si Chef l'abandonnait pour refaire sa vie ?

— Tu as peur qu'il te quitte ? demanda-t-elle doucement à Iris.

— Ça ne m'avait jamais effleuré l'esprit... mais depuis quelque temps, oui, j'ai peur. Je sens qu'il s'éloigne de moi, qu'il ne me regarde plus avec les mêmes yeux. J'ai même été jalouse de votre complicité à Noël. Il te parle avec plus d'affection et de considération qu'à moi...

— Tu dis n'importe quoi !

— Hélas, non... Je suis impitoyablement lucide. J'ai beaucoup de défauts mais je ne suis pas aveugle. Je sens quand j'intéresse les gens ou pas. Et je ne supporte pas l'indifférence à mon égard.

Elle suivit les volutes de sa cigarette et pensa à sa rencontre avec Serrurier. Dans le petit bureau où il l'avait reçue. La bouche débordant de louanges, les yeux brillants d'intérêt. Elle s'était sentie revivre. Il était à la fois empressé et respectueux. Il tirait sur son gros cigare dont la fumée âcre envahissait le bureau et imaginait les rebondissements du récit inventé par Joséphine. « Très bien l'idée de cette jeune fille qui veut se retirer au couvent et qu'on force au mariage. Très bien l'idée qu'elle fasse mouche à chaque mari, se retrouve couverte d'or et de gloire et veuve à chaque fois. Très bien l'idée d'humilité qu'elle poursuit avec obstination et qui se dérobe, très bien de la faire changer de milieu, de la confronter à un chevalier, un troubadour, un prédicateur, un prince de France... » Il arpentait le bureau et lui donnait le tournis. « C'est moderne, délicieusement désuet, cocasse, naïf, roué, populaire ! Il faudrait que vous y ajoutiez une pointe de mystère et ce serait parfait... Les gens raffolent des intrigues qui mêlent histoire de France, religion, assassinats, amour, Dieu et le diable... mais vous saurez le faire, je ne veux pas vous influencer ! Ce que j'ai lu m'a enchanté. Pour être honnête, je ne pensais pas qu'une si jolie tête renfermât autant de science et de talent... Et où avez-vous trouvé cette histoire de degrés d'humilité ? C'est magnifique ! Magnifique ! Transformer une femme qui se torture pour être humble en héroïne malgré elle ! Quelle idée de génie ! » Et dans un grand élan, il lui avait serré les mains d'une poigne enthousiaste et vibrante. Puis il lui avait donné le chèque, ajoutant qu'il était prêt à lui virer le reste quand elle le désirait. Iris avait préféré taire ce détail à Joséphine. Elle était sortie du bureau de Serrurier le cœur battant et les jambes flageolantes.

— Où as-tu trouvé cette histoire de degrés d'humilité ? demanda-t-elle en essayant de cacher son admiration.

— Dans la règle de saint Benoît... je me suis dit que ce serait bien pour une jeune fille qui rêve de se consacrer à Dieu. Elle s'entraîne à n'être qu'une pauvre servante au service des hommes, elle franchit humblement chaque degré...

— Et c'est quoi exactement cette règle ? Il faudra que tu me l'expliques...

— Selon saint Benoît il y a plusieurs degrés d'abnégation afin de parvenir à la perfection et à Dieu. C'est ce qu'il appelle l'échelle de l'humilité. La Bible dit : « L'homme qui s'élève sera abaissé et celui qui s'abaisse sera élevé. » Aux premiers échelons, on te demande de surveiller tes désirs, ton égoïsme et d'obéir à Dieu en tout. Puis tu apprends à donner, à aimer qui te réprimande ou te calomnie, à être patient et bon. Le sixième échelon, c'est d'être content de la condition la plus ordinaire et la plus basse. Dans tout ce qu'on lui ordonne de faire, le moine pense qu'il est un ouvrier mauvais et incapable. Il répète en battant sa coulpe : « Je ne suis plus rien du tout et je ne sais rien. Je suis comme une bête devant Toi, mon Dieu. Pourtant, je suis toujours avec Toi. » Le septième échelon, ce n'est pas seulement de dire avec la bouche : je suis le dernier et le plus misérable, c'est aussi de le croire du fond du cœur. Et ainsi de suite... jusqu'au douzième échelon, jusqu'à ce que tu ne sois plus qu'un misérable cafard au service de Dieu et des hommes et que tu te grandisses en t'anéantissant. Mon héroïne, au début du livre, avant que ses parents n'interviennent, rêve de mettre en pratique la règle de saint Benoît...

— Eh bien, il a adoré cette idée !

— Charles de Foucauld, par exemple, s'est rabaissé toute sa vie. Sainte Thérèse de Lisieux aussi...

— Dis donc, Jo, tu ne deviendrais pas un peu mystique par hasard ? Fais attention, tu vas finir au couvent !

Joséphine décida de ne pas répondre.

— Dis-moi..., reprit Iris au bout d'un long moment de silence, si tu as décidé de marcher dans les chemins de la sainteté, pourquoi ne pardonnes-tu pas à notre mère ?

— Parce que je n'en suis qu'au premier échelon... Je ne suis qu'une humble apprentie ! Et puis je te rappelle qu'il ne s'agit pas de moi, mais de mon héroïne. Ne confonds pas !

Iris secoua la tête en riant.

— Tu as raison ! Je mélange tout. En tous les cas, il a aimé, c'est le principal. Le prénom de ton héroïne aussi ! Florine ! C'est joli, Florine... On boit une petite coupe de champagne à la santé de Florine ?

— Non, merci. Je dois garder la tête claire pour travailler cet après-midi. Il veut le publier quand, mon livre ?

— Notre livre... Joséphine, n'oublie pas ! Et quand il sera sorti, ce sera MON livre. Il ne faudra pas que tu commettes d'impair.

Joséphine eut un petit pincement au cœur. Elle s'était déjà attachée à son histoire, à Florine, à ses parents, à ses maris. Elle s'endormait le soir en choisissant leur nom, la couleur de leurs cheveux, de leurs yeux, en définissant leur caractère, en leur inventant une vie, un passé, un présent, en dessinant une ferme, un château, un moulin, une boutique, elle caracolait avec des chevaliers, apprenait à faire le pain, commençait une longue tapisserie, elle vivait leurs vies et avait du mal à s'endormir. C'est mon histoire, eut-elle envie de dire à sa sœur.

— Nous sommes en février... Je pense qu'il le sortira en octobre ou novembre prochain. Septembre, c'est la rentrée littéraire, il y a trop de monde ! Il faudra que tu rendes le manuscrit en juillet. Ça te laisse six, sept mois pour l'écrire... C'est suffisant, non ?

— Je ne sais pas, répondit Joséphine, blessée que sa sœur lui parle comme à une secrétaire.

— Tu vas t'en sortir très bien. Arrête de te faire du souci ! Mais surtout, Jo, surtout, pas un mot à âme qui vive ! Si on veut que notre combine marche, il ne faut en parler à personne, absolument personne. Tu as bien compris...

— Oui, soupira Jo d'une petite voix faible.

Elle aurait bien voulu reprendre sa sœur, ce n'est pas une « combine », c'est mon livre dont tu parles, mon livre... Mon Dieu, se dit-elle, je suis trop sensible, je remarque tout, un rien m'égratigne.

Iris tendit le bras vers le garçon et commanda une coupe de champagne. « Une seule ? » demanda-t-il, étonné. « Oui, je suis la seule à faire la fête. — Je veux bien faire la fête avec vous », déclara-t-il en bombant le torse. Iris posa sur lui ses grands yeux bleus remplis de trouble et le garçon s'éloigna en sifflotant « l'amour est enfant de bohême, il n'a jamais, jamais connu de loi... Si tu ne m'aimes pas, je t'aime et si je t'aime, prends garde à toi ».

— Alors, toujours rien ?
— Rien de rien... je désespère !
— Mais non, c'est normal. Tu prends la pilule depuis des

années et tu t'attends à ce que pouf! tu claques des doigts et l'embryon se forme! Patience, patience! Il viendra le divin enfant, mais à son heure.

— Je suis peut-être trop vieille, Ginette... trente-neuf ans, bientôt. Et Marcel qui devient fou!

— Vous me faites rire tous les deux, on dirait un couple de jeunes mariés. Ça fait même pas trois mois que vous essayez!

— Il me fait faire plein d'examens pour vérifier que tout fonctionne bien. Alors que moi, il suffit de me regarder pour que je tombe enceinte!

— Tu es déjà tombée enceinte?

Josiane hocha la tête d'un air grave.

— Et j'ai avorté trois fois! Alors...

— Alors il a peut-être peur que tu te sois esquintée.

— T'es folle! Je lui ai rien dit. Motus!

— T'as avorté d'un petit Grobz? demanda Ginette, ébahie.

— Ben qu'est-ce que tu crois? Que j'allais jouer les Vierge Marie? J'avais pas de Joseph, moi! Et Marcel, trouillard comme il l'est devant le Cure-dents, ça n'inspirait pas la sécurité... Face à elle, c'est pas un homme, c'est une poignée de flotte! Même aujourd'hui, je me pose des questions. Qui me dit qu'il va le reconnaître, mon petit, une fois qu'il m'aura engrossée?

— Il te l'a promis.

— Tu sais bien que les promesses n'engagent que ceux qui les reçoivent.

— Oh, tu charries, Josiane. Pas cette fois-ci! Il est tout chamboulé, il ne parle plus que de ça, il s'est mis au régime, il fait du vélo, il mange bio, il a arrêté de fumer, il prend sa tension matin et soir, il connaît tous les catalogues pour bébés, c'est tout juste s'il ne teste pas les grenouillères!

Josiane la regarda, dubitative.

— Mouais... Enfin, on verra bien quand il aura planté la

petite graine. Mais je te préviens, s'il se courbe une fois encore devant le Cure-dents, moi je dégoupille et je fais tout sauter, le père et l'enfant.

– Gaffe ! Il arrive.

Marcel grimpait les escaliers, suivi par un homme corpulent qui soufflait à chaque marche. Ils entrèrent dans le bureau de Josiane. Marcel présenta monsieur Bougalkhoviev, un homme d'affaires ukrainien, à Ginette et à Josiane. Les deux femmes s'inclinèrent en souriant. Marcel lança un coup d'œil tendre à Josiane et lui effleura le sommet du crâne d'un baiser une fois que l'Ukrainien eut pénétré dans son bureau.

– Ça va, Choupette ?

Il avait posé la main sur son ventre et Josiane l'en retira en bougonnant.

– Arrête de me considérer comme une pondeuse, je vais finir par faire un œuf.

– Toujours rien ?

– Depuis ce matin ? répondit-elle avec un sourire ironique. Non, rien du tout. Personne à l'horizon...

– Te moque pas, Choupette.

– Je me moque pas, je me lasse... Nuance !

– Il reste du whisky dans mon bureau ?

– Oui, et de la glace dans le mini-frigo. Tu comptes le saouler, l'Ukrainien ?

– Si je veux qu'il signe à mes conditions, va bien falloir en passer par là !

Il se redressa, rejoignit son bureau et, avant de fermer la porte, souffla à Josiane :

– Ah ! Que personne nous dérange tant que je l'ai pas harponné !

– D'accord... Même pas de téléphone ?

– Sauf si c'est urgent... Je t'aime, Choupette ! Je suis le plus heureux des hommes.

Il disparut et Josiane lança un regard d'impuissance à Ginette. Que veux-tu que je fasse face à un tel homme ? semblaient dire ses yeux. Depuis que Marcel lui avait proposé de lui faire un bébé, elle ne le reconnaissait plus. À Noël, il l'avait envoyée aux sports d'hiver. Il l'appelait tous les jours pour savoir si elle respirait correctement, s'inquiétait quand elle toussait, la poussait à consulter un médecin sur-le-champ, lui ordonnait de manger de la viande rouge, de prendre des vitamines, de dormir dix heures par nuit, de boire des jus d'orange et de carotte. Il lisait et relisait *J'attends un enfant*, prenait des notes, les commentait au téléphone, se renseignait sur les différentes manières d'accoucher, « et assise, tu y as pensé ? C'est comme ça qu'on accouchait dans le temps et pour le bébé, c'est moins fatigant, il descend tout doucement, il n'a pas à lutter pour trouver la sortie, on pourrait trouver une sage-femme qui soit d'accord, non ? ». Elle marchait pendant des heures dans la neige en pensant à cet enfant. Elle se demandait si elle serait une bonne mère. Avec la mère que j'ai eue... est-ce qu'on naît mère ou est-ce qu'on le devient ? Et pourquoi ma propre mère n'est-elle jamais devenue maternelle ? Et si, malgré moi, je répétais son comportement ? Elle frissonnait, resserrait le col de son manteau et repartait de plus belle. Elle rentrait, épuisée, à l'hôtel quatre-étoiles que lui avait réservé Marcel, commandait un potage et un yaourt dans sa chambre, allumait la télévision et glissait dans les draps doux et chauds du lit immense. Il lui arrivait de penser à Chaval. Au corps mince et nerveux de Chaval, à ses mains sur ses seins, à sa bouche qui la mordait jusqu'à ce qu'elle crie grâce... Elle secouait la tête pour le chasser de son esprit.

— Je vais devenir folle ! soupira Josiane à haute voix.

— Dis donc, je rêve ou il s'est fait faire des implants, Marcel ?

— Tu rêves pas. Et une fois par semaine, il se fait décrasse

314

la peau dans un institut de beauté ! Il veut être le papa le plus beau du monde...

— C'est mignon !

— Non, Ginette : c'est angoissant !

— Bon, tu me files le bordereau de livraison que je t'ai demandé. J'ai un stock qui est arrivé et René m'a demandé de le vérifier...

Josiane chercha dans les papiers entassés dans son répartiteur, trouva le bon demandé par Ginette et le lui tendit. En sortant du bureau de Josiane, Ginette croisa Chaval.

— Elle est là ? demanda-t-il sans même lui dire bonjour.

— « Elle » a un nom, je te rappelle.

— Oh ! ça va... Je vais pas la manger ta copine.

— Fais gaffe, Chaval, fais gaffe !

Il la bouscula de l'épaule et entra dans le bureau de Josiane.

— Alors, ma belle, on fait toujours dans le vieux ?

— Ça te regarde où je pose mes fesses ?

— Du calme ! Du calme ! Il est là ? Je peux le voir ?

— Il a demandé qu'on ne le dérange sous aucun prétexte.

— Même si j'ai un truc important à lui dire ?

— Exact.

— Très important ?

— C'est un gros client. Tu fais pas le poids, l'allumette...

— C'est ce que tu crois.

— Et j'ai raison ! Tu reviendras quand il voudra bien te recevoir...

— Alors il sera trop tard...

Il fit mine de tourner les talons, attendant que Josiane le rappelle. Comme elle ne bougeait pas, il se retourna, vexé, et demanda :

— Tu n'as pas envie de savoir ?

— Tu ne m'intéresses plus du tout, Chaval. Lever un cil sur

toi me demande un effort surhumain. Ça fait deux minutes que t'es là et j'ai déjà des crampes.

— Oh ! Comme elle y va, la petite caille ! Depuis qu'elle a regagné le lit du big boss, elle roucoule de suffisance, elle éjacule de prétention.

— Elle a la paix, surtout. Et ça, mon petit bonhomme, ça vaut toutes les parties de jambes en l'air. Je fais des bulles de plaisir !

— C'est une des joies du grand âge.

— Dis donc, Ben Hur, arrête ton char ! C'est pas parce que t'as trois ans de moins que moi qu'il faut te prendre pour un jeunot ! La goutte te guette, toi aussi.

Il sourit d'un air suffisant ; la fine moustache qu'il se dessinait au rasoir fit comme un petit chapeau pointu et il laissa tomber, nonchalant :

— Autant te le dire puisqu'il te dit tout : je me casse d'ici ! On m'a proposé la direction d'Ikea France et j'ai dit oui...

— Ils sont venus te chercher, toi ! Ils ont envie de couler leur boîte ?

— Ricane, ricane ! T'étais la première à vouloir me hisser au sommet. Je ne dois pas être si mauvais. J'ai été chassé, ma pauvre vieille ! Je n'ai pas eu à lever le petit doigt, ils sont venus me débaucher sur place. Double salaire, avantages divers, ils m'ont recouvert d'or et j'ai dit oui. Comme je suis un type correct, j'étais venu prévenir le Vieux. Mais tu lui diras, toi, quand vous aurez un moment de répit sur l'oreiller... Et on prendra rendez-vous pour arranger tout ça. Le plus tôt sera le mieux, j'ai pas envie de moisir ici. J'ai déjà des champignons qui poussent et ça m'irrite... Je vais vous flinguer tous les deux, à bout portant, ma petite chérie ! À bout portant !

— C'est fou ce que tu me fais peur, Chaval, j'en ai la chair de poule.

Elle le toisa.

– Tiens ! Puisqu'on parle de chair... j'ai fait la connaissance de mademoiselle Hortense, ce matin. Un beau petit lot, cette gamine ! Elle roule des hanches à faire couler la *Jeanne-d'Arc*...

– Elle a quinze ans.

– Ben... elle en fait vingt bien sonnés ! Ça doit te foutre un coup au moral. Déjà que tu frôles la ménopause...

– Dégage, Chaval, dégage ! Je lui ferai la commission, et il te rappellera...

– C'est comme vous voulez, ma bonne dame, et... vas-y doucement sur le Viagra !

Il éclata d'un rire mauvais et partit.

Josiane haussa les épaules et fit une note pour Marcel : « Prendre rendez-vous avec Chaval. Il a des propositions d'Ikea. Il a dit oui... » Elle se souvint qu'il n'y a pas un an, elle roulait dans les bras de Chaval. Cet homme a quelque chose de mauvais, de vicieux qui attire et rend folle. Pourquoi la vertu ne me fait-elle pas le même effet ? Je dois être viciée, moi aussi...

Le problème de la délocalisation, pensait Marcel en contemplant les petits yeux plissés de l'Ukrainien assis en face de lui, tassé dans un vieux pardessus pied-de-poule, c'est qu'il faut délocaliser tout le temps. À peine a-t-on trouvé un pays juteux, où le taux horaire est bas, les charges sociales inexistantes et la main-d'œuvre corvéable à merci qu'il rentre dans l'Europe ou un autre machin comme ça, et cesse d'être rentable. Il passait son temps à déménager ses usines, à trouver des intermédiaires qui lui vendaient clés en main des locaux et des hommes, à payer des pots-de-vin à droite, à gauche, à apprendre les us et coutumes locaux, il était à peine installé qu'il fallait déménager. Toujours plus à l'est. Il faisait la course inverse à celle du soleil. Après la Pologne, la Hongrie, c'était au tour de l'Ukraine de s'ouvrir et de s'offrir. Autant aller directement en Chine ! Mais la Chine, c'était loin. Et difficile. Il y avait installé plusieurs usines déjà. Il lui faudrait un bras droit. Et Marcel Junior qui se faisait prier ! Je tiendrai pas jusqu'à sa majorité...

Il soupira et revint aux arguments de l'Ukrainien. Lui resservit un verre de whisky, ajouta deux glaçons, le lui tendit avec un grand sourire en poussant vers lui le contrat. L'homme se leva d'une fesse pour attraper le verre, sortit un stylo, ôta le capuchon, ça y est, se dit Marcel, ça y est ! Il va signer. Mais l'homme hésita... extirpa une grosse enveloppe de la poche de son veston, la tendit à Marcel en disant : « Ce sont mes frais pour ce voyage, vous pouvoir les prendre sur votre compte ? – Pas de problème », affirma Marcel qui l'ouvrit, jeta un coup d'œil rapide sur le tas de papiers chiffonnés, des notes de restaurant, une note exorbitante d'hôtel, des factures de grandes boutiques, une caisse de champagne, des parfums Yves Saint Laurent, une bague et un bracelet Mauboussin. Toutes les factures avaient été établies au nom de Marcel Grobz. Rusé, l'Ukrainien ! Il n'avait plus qu'à payer et à régler d'un trait de stylo les folies de ce gros porc ! « Pas de problème, assura-t-il en faisant un clin d'œil à l'Ukrainien qui attendait le stylo levé, pas de problème, répéta-t-il, je transmets à ma comptabilité et je prends tout en charge », il appuya son sourire pour faire comprendre à l'homme immobile que tout était réglé, qu'est-ce qu'il attend pour signer, qu'est-ce qu'il veut encore ? L'homme attendait et ses petits yeux brillaient d'une impatience rageuse, « pas de problème, vous êtes mon ami et... chaque fois que vous viendrez à Paris, vous serez mon invité ».

L'homme sourit, se détendit, ses yeux devinrent deux fentes sans lumière, il laissa tomber la plume sur le contrat et signa.

Philippe Dupin allongea les pieds sur son bureau et commença la lecture d'un dossier que lui avait transmis Caroline Vibert. La note disait : « On est coincés, on ne trouve pas de solution, il faut conseiller au client de racheter mais il renâcle à investir, pourtant apparemment il n'y a que la fusion qui sauverait l'affaire, il n'y a plus de place pour deux affaires rivales de cet acabit sur le marché français... » Il soupira et reprit le dossier au début. C'était la fin du textile en France, c'était sûr, mais une affaire comme Labonal survivait et réalisait des bénéfices parce qu'elle s'était spécialisée dans la chaussette haute classe. Il fallait que les entreprises françaises se spécialisent dans le luxe, la qualité et laissent aux Chinois le bas de gamme. Il fallait que chaque pays européen se spécialise dans son savoir-faire pour affronter la mondialisation. Cela nécessitait de l'argent : acheter de nouvelles machines, déposer des brevets, investir dans la recherche, dans la publicité. Comment faire entendre ça au client ? On comptait donc sur lui pour trouver les arguments. Il laissa tomber ses chaussures, agita les doigts de pied dans ses chaussettes. Des Labonal, remarqua-t-il. Les Anglais ont compris ça depuis longtemps. Ils n'ont plus d'industries lourdes, ils n'ont plus que des services et leur pays marche du feu de Dieu. Il soupira. Il aimait son vieux pays, il aimait la France, mais il assistait, impuissant, au naufrage de ses plus belles entreprises, faute de mobilité, d'imagination, d'audace. Il faudrait changer les mentalités, expliquer, faire de la pédagogie mais aucun dirigeant ne voulait s'y risquer. Le risque d'être impopulaire un quart d'heure pour sauver de belles heures à venir. Le téléphone sonna. La ligne directe avec sa secrétaire.

— Un certain mister Goodfellow. Il veut vous parler, il dit que c'est important... Il insiste.

Philippe se redressa et fronça le front.

— Je le prends. Passez-le-moi...

319

Il entendit un déclic et la voix de Johnny Goodfellow, rapide, hachée, moitié en anglais, moitié en français.

— *Hello, Johnny ! How are you ?*

— *Fine, fine.* On est repérés, Philippe...

— Comment ça : repérés ?

— Je suis suivi, j'en suis sûr... On m'a mis un détective aux trousses.

— Sûr ?

— J'ai vérifié... L'homme est un détective privé. Je l'ai filé à mon tour. Pas très bon. Un amateur. J'ai son nom, l'adresse de son agence, une agence à Paris, reste plus qu'à l'identifier... On fait quoi ?

— *Wait and see !* dit Philippe. *Just give me his name and the number where I can reach him and I'll take care of him...*

— On continue ou on arrête ? demanda Johnny Goodfellow.

— Bien sûr qu'on continue, Johnny.

Il y eut un silence au bout de la ligne et Philippe reprit :

— On continue, Johnny. Okay ? Je me charge du reste... Lundi prochain, à Roissy, comme convenu.

— Okay...

Un déclic à nouveau et Philippe raccrocha. Il était donc suivi. Qui avait intérêt à le filer ? Ni lui ni Goodfellow ne faisait de mal à quiconque. Une affaire privée. Cent pour cent privée. Un client qui cherchait à s'immiscer dans sa vie pour le faire chanter ? Tout était possible. Certains dossiers de l'agence étaient de gros dossiers. Parfois son arbitrage décidait du sort de centaines d'employés. Il regarda le morceau de papier sur lequel il avait inscrit le nom du détective et le téléphone de son agence et décida d'appeler plus tard. Il n'avait pas peur.

Il reprit son dossier mais eut du mal à se concentrer. Il avait souvent la tentation de tout arrêter. À quarante-huit ans, il avait fait ses preuves. Il avait gagné beaucoup d'argent, assuré les années à venir, il pouvait nourrir plusieurs générations de petits Dupin. Il songeait de plus en plus à vendre son affaire et à garder un statut de consultant. Prendre sa retraite et se consacrer à ce qu'il aimait. Il voulait profiter de son fils. Alexandre grandissait, son fils devenait un étranger. Salut, p'pa! Ça va, p'pa? Et il disparaissait dans sa chambre, grand fil de fer dégingandé avec des écouteurs sur les oreilles. Si Philippe essayait d'engager la conversation, il n'entendait pas. Comment lui en vouloir? Il rentrait chez lui le plus souvent avec des dossiers sous le bras. Il s'enfermait dans son bureau après un rapide repas et n'en ressortait que lorsque Alexandre était couché. Sans compter les soirs où Iris et lui sortaient. Je ne veux pas passer à côté de mon fils, articula-t-il tout haut en regardant la pointe de ses chaussettes Labonal à la couture parfaite. C'est Iris qui me les a achetées. Elle les achète par douzaine : des bleues, des grises, des noires. Hautes. Tenant bien au jarret. Ne se détendant pas après lavage. L'autre jour, il avait eu une idée : il allait écrire une longue lettre à son fils. Tout ce qu'il ne pouvait pas lui dire de vive voix, il le mettrait par écrit. Ce n'est pas bon que ce garçon ne voie que des femmes. Sa mère, Carmen, Babette, ses cousines Hortense et Zoé... Il est entouré de femmes ! Il va avoir onze ans, il est temps que je le sorte de ce gynécée. Qu'on aille au foot ensemble, au rugby, au musée. Je ne l'ai jamais emmené au Louvre ! et ce n'est pas sa mère qui va y penser... Il s'était dit je vais lui écrire une longue lettre où je lui dirai que je l'aime, que je m'en veux de ne pas avoir le temps de m'occuper de lui, je lui raconterai mon enfance, comment j'étais à son âge, les filles et les billes, on jouait encore aux billes à mon époque, il joue à quoi, lui ? Je ne sais même pas. Philippe avait acheté un ordinateur portable pour son usage personnel. Il voulait apprendre à taper sans regarder les touches. Il avait engagé une dactylo pour lui enseigner l'essentiel de la méthode et, après, il se débrouillerait seul. Il voulait toujours tout faire à la perfection. « Lettre à mon fils » ! Ce serait une belle lettre. Il y mettrait tout son amour. Il ferait les excuses qu'aucun père n'a jamais faites à son fils. Il lui proposerait de repartir de zéro. Il ébouriffa sa raie trop droite. Sourit en songeant à Alexandre. Reprit son dossier. Il fallait avant tout trouver de l'argent. Faire racheter l'entreprise par les salariés pour les intéresser au redressement ? Comment commencerait-il sa lettre ? Alex, Alexandre, mon fils ? Il pourrait demander à Joséphine. Elle saurait. Il s'adressait de plus en plus à Joséphine. J'aime parler avec elle. J'aime sa sensibilité. Elle a toujours de bonnes idées. Elle est brillante et elle ne le sait pas. Et si discrète ! Elle se tient toujours sur le pas de la porte comme si elle avait peur de gêner. Je pense que je vais liquider ma boîte et me retirer, avait-il lâché l'autre jour devant elle, je m'ennuie, ce métier devient de plus en plus dur, mes collaborateurs m'ennuient. Elle avait protesté : mais vous êtes les meilleurs sur la place de Paris ! Oui, ils sont bons, mais ils sont en train de se dessécher et, humainement, ils n'ont plus beaucoup d'intérêt, tu sais ce dont je rêverais, Jo ? Elle avait fait non de la tête. Je rêverais de devenir consultant... Donner mon avis de temps en temps et avoir du temps pour moi. Et qu'est-ce que tu ferais alors ? Il l'avait regardée et avait dit bonne question ! Il faudrait que je recommence de zéro, que je trouve quelque chose de nouveau. Elle avait souri et dit : c'est drôle tu dis toujours « de zéro » toi qui gagnes tellement de zéros !

Il lui avait parlé d'Alexandre et elle avait ajouté : il est inquiet, il aurait besoin de toi, besoin que tu passes du temps avec lui. Tu es là, mais en même temps, tu n'es pas là... Les gens croient que l'important, c'est la qualité du temps qu'on donne à son enfant, mais c'est aussi la quantité parce qu'un enfant ne parle pas sur commande. Parfois, on peut passer toute une journée avec lui et c'est le soir, en voiture, quand tu rentres à la maison, que, tout à coup, il se délivre et dépose un secret, une confidence, une angoisse. Et tu te dis que tu as attendu tout ce temps-là, tout ce temps que tu croyais perdu et qui finalement ne l'était pas... Elle avait rougi, avait dit : je ne sais pas si je suis très claire. Elle était repartie, un peu voûtée, emportant trois nouveaux contrats à traduire. Elle semblait fatiguée. Il allait augmenter ses tarifs de traductrice.

Il l'avait rappelée et lui avait demandé : tu n'as besoin de rien, Jo ? Tu es sûre que tu t'en sors ? Elle avait dit : oui, oui. Avait réfléchi un instant et avait ajouté :

— Tu sais, Iris sait que je travaille pour toi...

— Comment l'a-t-elle appris ?

— Par maître Vibert... Elles ont pris un thé ensemble. Elle était un peu vexée que tu ne lui aies rien dit, alors peut-être que tu devrais...

— Je le ferai, promis. Je n'aime pas mélanger la famille et le travail... Tu as raison. C'est idiot de ma part. D'autant plus que ce n'était pas un secret terrible, hein ? On fait de piètres conspirateurs, tous les deux ! On ne sait pas bien mentir...

Elle avait paru terriblement gênée par sa dernière remarque.

— Il ne faut pas rougir comme ça, Jo ! Je lui parlerai, promis. Il le faut bien si je veux repartir de zéro !

Il avait éclaté de rire. Elle l'avait regardé, gênée, et était sortie de son bureau à reculons.

Quelle drôle de fille, s'était-il dit. Si différente de sa sœur ! À croire qu'elle a été échangée à la maternité et que les Plissonnier sont repartis avec le mauvais bébé. Ça ne m'étonnerait pas qu'on l'apprenne un jour. La tête d'Henriette si elle découvrait ça ! Elle en perdrait son éternel chapeau.

Caroline Vibert poussa la porte de son bureau.

– Alors, t'as trouvé une stratégie pour le dossier que je t'ai filé ?

– Non, je n'ai fait que rêvasser. Je n'ai aucune envie de travailler. Je crois que je vais inviter mon fils à déjeuner, c'est mercredi !

Caroline Vibert le regarda, bouche bée, et le vit composer le numéro du portable d'Alexandre qui hurla de joie à l'idée d'aller avec son père dans son restaurant préféré. Philippe Dupin mit le haut-parleur du téléphone afin que la joie de son fils retentisse dans le bureau.

– Et après, mon fils, je t'emmène au cinéma et c'est toi qui choisis le film.

– Non, cria Alexandre, on va au Bois et on fait des tirs au but.

– Par ce temps-là ? On va plonger dans la boue !

– Si, papa, si ! On fait des tirs et si je les bloque bien, tu me dis bravo.

– D'accord, c'est toi qui décides.

– Yes ! Yes !

Maître Vibert vissa un doigt sur sa tempe, et le fit tourner, faisant comprendre à Philippe qu'il était complètement fou.

– Les chaussettes françaises attendront... Je me casse, j'ai rendez-vous avec mon fils.

D'abord, il y eut le bruit de ses pas dans le hall d'entrée. Les murs en carreaux de faïence jaune pâle, le liseré bleu, la grande glace pour se regarder de haut en bas, la boîte aux lettres, il y avait encore la carte de visite avec leur nom dessus, monsieur et madame Antoine Cortès, Joséphine ne l'avait pas changée. Puis il y eut l'odeur dans l'ascenseur. Une odeur de cigarette, de vieille moquette et d'ammoniaque. Enfin, ce fut le bruit de ses pas dans le couloir de leur étage. Il n'avait pas ses clés. Il leva l'index pour frapper. Il croyait se rappeler que la sonnette ne marchait plus quand il était parti. Elle l'avait peut-être réparée. Il eut envie de sonner pour vérifier mais Joséphine avait déjà ouvert la porte.

Ils étaient là, face à face. Presque un an, semblaient dire leurs regards qui s'attardaient sur le visage de l'un et de l'autre. Il y a un an encore, nous étions un couple parfait. Mariés, deux petites filles. Que s'est-il passé pour que tout vole en éclats ? Il y avait de part et d'autre la même interrogation discrète et étonnée. Et pourtant comme tout a changé en un an, se disait Joséphine en scrutant la peau de buvard fripé sous les yeux d'Antoine, les petits vaisseaux éclatés sur le visage, les rides qui creusaient le front. Il s'est mis à boire, c'est ça, cette peau gonflée, par endroits écarlate... Et pourtant rien n'a changé, pensait Antoine en voulant caresser les mèches blondes qui encadraient le visage plus ferme, plus mince de Joséphine. Tu es belle, ma chérie, aurait-il aimé murmurer. Tu as l'air fatigué, mon ami, se retint-elle de dire.

De la cuisine sortait une odeur tenace d'oignons frits.

— Je prépare un poulet aux oignons pour les filles ce soir, elles en raffolent.

— Justement, ce soir, je me demandais si je n'allais pas les emmener au restaurant, ça fait si longtemps que...

— Elles seront contentes. Je ne leur ai rien dit, je ne savais pas si...

Si tu étais seul, si tu étais libre pour dîner, si l'autre ne t'accompagnait pas... Elle se tut.

— Elles ont dû tellement changer ! Elles vont bien ?

— Au début, ça a été un peu dur...

– Et à l'école ?

– Tu n'as pas reçu leurs bulletins ? Je te les ai fait envoyer...

– Non. Ça a dû se perdre...

Il avait envie de s'asseoir et de se taire. De la regarder préparer le poulet aux oignons. Joséphine produisait toujours cet effet-là sur lui, elle l'apaisait. Elle avait ce don, comme certains ont le don de guérir en imposant les mains. Il aurait aimé se reposer du tour menaçant que prenait sa vie. Il avait l'impression qu'il s'émiettait. Il sentait son être flotter et se répartir entre mille identités qu'il ne maîtrisait pas. En mille responsabilités trop lourdes pour lui. Il venait de voir Faugeron. Il l'avait reçu dix minutes à peine et avait répondu à trois coups de téléphone. « Vous m'excuserez, monsieur Cortès, mais c'est important... » Parce que moi, je ne suis pas important ! avait-il failli crier dans un ultime sursaut de révolte. Il s'était repris. Il avait attendu que Faugeron raccroche et reprenne le fil de leur discussion. « Mais votre femme s'en tire très bien ! Je n'ai aucun problème avec vos comptes ; le mieux serait que vous voyiez ça avec elle... Parce que, finalement, c'est une histoire de famille et vous semblez une famille très unie. » Puis il avait été interrompu par un autre coup de téléphone, vous permettez ? Au deuxième, il ne s'excusait plus. Au troisième, il avait décroché sans rien dire. Finalement, il s'était levé et lui avait serré la main en répétant aucun problème, monsieur Cortès, tant que votre femme est là... Antoine était reparti sans avoir pu lui exposer son problème avec monsieur Wei.

– C'est encore l'hiver à Paris ?

– Oui, dit Joséphine. On est en mars, c'est normal.

C'était l'heure où la nuit tombait, les lumières de l'avenue s'allumaient, une impalpable lueur blanche montait vers le ciel noir. En face, par la fenêtre de la cuisine, on apercevait les lumières de Paris. Quand ils s'étaient installés, ils regardaient la grande ville et faisaient des projets. Quand on habitera à Paris, on ira au cinéma, au restaurant... Quand on habitera Paris, on prendra le métro et l'autobus, on laissera la voiture au garage... Quand on habitera Paris, on ira boire des cafés dans des bistrots enfumés... Paris était devenue une carte postale, le réceptacle de tous leurs rêves.

— Finalement, on n'a jamais habité Paris, murmura Antoine d'une voix si triste que Joséphine eut pitié de lui.

— Je suis très bien, ici. J'ai toujours été très bien ici...

— Tu as changé quelque chose dans la cuisine ?

— Non.

— Je ne sais pas... Elle semble différente.

— Il y a encore plus de livres, c'est tout... Et l'ordinateur ! Je me suis fait un coin-travail, j'ai changé le toasteur, la bouilloire et la cafetière de place.

— Ce doit être ça...

Il resta encore un moment silencieux, légèrement voûté. Il toucha la toile cirée de ses doigts, chassa quelques miettes de pain. Elle aperçut des cheveux blancs sur sa nuque et se fit la réflexion que, d'habitude, c'était les tempes qui grisonnaient en premier.

— Antoine... pourquoi as-tu pris cet emprunt sans me prévenir ? Ce n'est pas bien.

— Je sais. Tout ce que je fais depuis quelque temps n'est pas bien... Je n'ai rien à dire pour ma défense. Mais tu vois, quand je suis parti, je pensais...

Il déglutit comme si ce qu'il allait dire était trop lourd pour lui. Se reprit.

— Je pensais que j'allais réussir, gagner beaucoup d'argent, te rembourser largement, te dédommager même. J'avais de grands projets, je m'imaginais que tout allait marcher comme sur des roulettes et puis...

– Ce n'est pas fini, tout peut s'arranger...

– L'Afrique, Jo ! L'Afrique ! Ça te bouffe un homme blanc en moins de deux, ça le pourrit lentement mais sûrement... Il n'y a que les grands fauves qui résistent en Afrique. Les grands fauves et les crocodiles...

– Ne dis pas ça.

– Ça me fait du bien, Jo. Je n'aurais jamais dû te quitter, je ne le voulais pas vraiment. D'ailleurs je n'ai jamais voulu vraiment tout ce qui m'arrive... C'est là ma plus grande faiblesse.

Joséphine comprit qu'il était envahi par la mélancolie. Il ne fallait pas que les filles le voient dans cet état-là. Un soupçon terrible lui vint alors à l'esprit.

– Tu as bu... Tu as bu avant de venir ?

Il fit non de la tête, mais elle s'approcha, respira son haleine et soupira.

– Tu as bu ! Tu vas aller prendre une douche, te changer, il me reste encore des chemises à toi et une veste. Tu vas me faire le plaisir de te tenir droit et d'être un peu plus gai si tu veux les emmener au restaurant...

– Tu as gardé mes chemises ?

– Elles sont très belles, tes chemises. J'allais sûrement pas les jeter ! Allez, lève-toi et va prendre une douche. Elles seront là dans une heure, tu as le temps...

Ça allait mieux maintenant. L'aisance familière revenait. Il allait prendre une douche, se changer, les filles rentreraient de l'étude et il pourrait faire comme s'il n'était jamais parti. Ils pourraient aller dîner tous les quatre, comme avant. Il se plaça sous le pommeau de la douche et laissa ruisseler l'eau sur sa nuque.

Joséphine regardait les vêtements qu'Antoine avait posés sur une chaise dans leur chambre avant de pénétrer dans la salle de bains. Elle était étonnée de la facilité de leurs retrouvailles. Dès qu'elle avait ouvert la porte, elle avait compris : il n'était pas un étranger, il ne serait jamais un étranger, il resterait toujours le père de ses filles, mais c'était pire, ils s'étaient séparés. La séparation avait eu lieu sans pleurs ni cris. En douceur. Pendant qu'elle luttait, seule, il était sorti de son cœur. À pas de loup.

— J'ai toujours été certain qu'il y avait des gens parfaitement heureux et j'ai toujours voulu en faire partie, lui avoua-t-il une fois lavé, rasé et habillé.

Elle lui avait fait un café et l'écoutait, la tête appuyée sur la main, dans un mouvement d'abandon attentif et amical.

— Toi, tu me sembles maintenant faire partie de ces gens heureux. Et je ne sais pas comment tu y es arrivée. Rien ne te fait peur... Faugeron m'a dit que tu remboursais le prêt toute seule.

— J'ai pris du travail en plus. Je fais des traductions pour le bureau de Philippe et il me paie très bien, trop même...

— Philippe, le mari d'Iris ?

Il y avait de l'incrédulité dans la voix d'Antoine.

— Oui. Il est devenu plus humain. Il a dû se passer quelque chose dans sa vie, il fait attention aux gens, maintenant...

Il faut que je retienne cet instant. Il faut qu'il dure encore un peu pour qu'il s'imprime dans ma mémoire. Le moment où il a cessé d'être l'homme que j'aime et qui me torture pour devenir simplement un homme, un camarade, pas encore un ami. Mesurer le temps que ça m'a pris pour que j'arrive à ce résultat. Savourer ce moment où je me détache de lui. En faire une étape. Penser à ce moment précis me donnera des forces, plus tard, quand j'hésiterai, douterai, me découragerai. Il fallait qu'ils parlent encore un peu pour que cet instant se remplisse, devienne réel et marque un tournant dans sa vie. Une borne sur sa route. Grâce à ce moment-là, je serai plus forte et je pourrai continuer à avancer en sachant qu'il y a un sens, que toute la douleur que j'ai accumulée depuis qu'il est parti s'est transformée en un pas en avant, une invisible progression. Je ne suis plus la même, j'ai changé, j'ai grandi, j'ai souffert mais cela n'a pas été en vain.

— Joséphine, comment font les gens qui réussissent ? Sont-ils simplement touchés par la chance ou ont-ils une recette ?

— Je ne crois pas qu'il y ait une recette... Ce qu'il faut au départ, c'est choisir un costume qui te va, dans lequel tu te sens bien et, petit à petit, tu l'agrandis, tu le fais à tes mesures. Petit à petit, Antoine... Toi, tu vas trop vite. Tu vois grand tout de suite et tu sautes tous les petits détails qui sont importants. On ne réussit pas du premier coup, on pose une pierre après l'autre... Quand tu retrouveras tes crocodiles, apprends à faire les choses une par une comme elles se présentent et puis, seulement après, tu verras plus grand, et un peu plus grand et encore plus grand... Si tu vas lentement, tu construis, si tu vas trop vite, tout s'écroule aussi rapidement...

Il suivait ses mots, un à un, comme on suit les gestes du secouriste qui vous sauve la vie.

— C'est comme avec l'alcool... Chaque matin quand tu te réveilles, dis-toi je ne boirai pas jusqu'à ce soir. Ne te dis pas je ne boirai plus de toute ma vie. C'est trop grand pour toi, cette promesse-là. Un petit pas chaque jour... et tu y arriveras.

— Mon employeur chinois... il me paie pas.

— Mais tu vis comment ?

— Avec l'argent de Mylène. C'est pour ça que je n'ai pas pu rembourser le prêt.

— Oh ! Antoine...

— Je pensais en parler à Faugeron, pour qu'il m'aide à trouver une solution et il m'a à peine écouté...

— Mais les Chinois, ils sont payés ?

— Oui, des clopinettes, mais ils sont payés. Sur un budget à part. Je ne vais pas leur piquer leurs sous.

Joséphine réfléchit, faisant tinter sa cuillère à café contre la tasse.

— Il faut que tu t'en ailles ! Que tu le menaces de t'en aller...

Antoine la dévisagea, abasourdi.

— Mais je fais quoi si je pars ?

— Tu recommences ici ou ailleurs... tout petit... peu à peu...

— Je peux pas ! Je me suis investi là-bas. Et je suis trop vieux.

— Écoute-moi bien, Antoine : ces gens-là ne comprennent que les rapports de force. Si tu restes, si tu travailles sans être payé, comment veux-tu qu'il te respecte ? Alors que si tu le quittes en lui laissant les crocodiles sur les bras, il t'enverra un chèque illico ! Réfléchis... C'est évident. Il ne va pas prendre le risque de laisser mourir des milliers de crocodiles... C'est lui qui serait dans le pétrin !

— Tu as peut-être raison...

Il soupira comme si le bras de fer qu'il fallait engager avec monsieur Wei l'épuisait déjà, se reprit et répéta « tu as raison, je vais faire ça ». Joséphine se leva pour baisser le feu sous les oignons, sortit les morceaux de poulet qu'elle mit à rissoler dans la cocotte. L'odeur du poulet tira Antoine de sa rêverie.

— C'est si simple quand je parle avec toi. Si simple... Tu as changé.

Il tendit le bras et attrapa la main de Joséphine. Il l'étreignit et murmura « merci », plusieurs fois. Un coup de sonnette. C'étaient les filles.

— Reprends-toi, maintenant ! Souris, sois gai... Il ne faut pas qu'elles sachent. Ce n'est pas leur problème. D'accord ?

Il acquiesça en silence.

— Je pourrai t'appeler si ça ne va pas ?

Elle hésita un instant, mais, devant son air suppliant, accepta.

— Et ne laisse pas Hortense accaparer la conversation, ce soir... Fais parler Zoé. Elle s'efface toujours devant sa sœur.

Il lui sourit faiblement et hocha la tête.

Quand ils furent sur le point de partir, Antoine demanda « tu viens dîner avec nous ? ». Joséphine secoua la tête et répondit « non, j'ai du travail, amusez-vous et ne rentrez pas trop tard, il y a école demain ! ».

Elle referma la porte d'entrée et sa première réaction la fit sourire. Il faut que j'écrive, se dit-elle, il faut que j'écrive cette scène et que je la mette dans mon livre. Je ne sais pas où exactement, mais je sais que je viens de vivre un beau moment, un moment où l'émotion d'un personnage fait progresser l'action. C'est magnifique quand l'action vient de l'intérieur, quand elle n'est pas plaquée de l'extérieur...

Elle alla s'asseoir derrière son ordinateur et se mit à écrire.

Pendant ce temps, Mylène Corbier regagnait la chambre de l'hôtel Ibis à Courbevoie. Antoine avait réservé au nom de monsieur et madame Cortès. Ce qui aurait ébloui Mylène il y a un an la laissait froide. Elle eut du mal à glisser la clé dans la porte de la chambre tant elle était chargée. Elle avait fait le tour des magasins, Monoprix, Sephora, Marionnaud, Carrefour, Leclerc, à la recherche de produits de maquillage bon marché. Depuis quelques semaines, une idée germait : apprendre aux Chinoises du Croco Park à se maquiller et en faire un commerce. Acheter en France du fond de teint, du rimmel, du vernis à ongles, des fards à joues et à paupières, des rouges à lèvres et les revendre là-bas en se réservant une marge de bénéfice. Elle avait remarqué que, chaque fois qu'elle se maquillait, les Chinoises la suivaient, chuchotaient dans son dos, puis l'abordaient en demandant dans un mauvais anglais comment se procurer du rouge, du vert, du bleu, du rose, de l'ocre crème, du beige rosé, du « cacao pour les cils ». Elles pointaient du doigt les yeux, les cils, les lèvres, la peau de Mylène, lui prenaient le bras pour respirer l'odeur de sa crème pour le corps, touchaient ses cheveux, les froissaient, poussaient des petits cris d'excitation. Mylène les observait, maigres et pitoyables dans leurs shorts trop grands, la peau mal soignée, le teint terne, brouillé. Elle avait remarqué aussi qu'elles raffolaient des produits où il y avait écrit Paris ou Made in France sur la boîte. Elles étaient prêtes à les lui racheter très cher. Cela lui avait donné une idée : ouvrir un cabinet d'esthéticienne à l'intérieur du Croco Park. Elle y ferait des nettoyages de peau et des soins de beauté. Elle vendrait les produits rapportés de Paris. Il faudrait qu'elle calcule soigneusement les prix pour amortir les frais du voyage et faire un bénéfice.

Elle ne pouvait plus compter sur Antoine. Il se délitait de jour en jour. Il s'était mis à boire. C'était un alcoolique doux et résigné. Bientôt, si elle ne prenait pas les choses en main, ils n'auraient plus un sou. Ce soir, il voyait sa femme et ses filles. Ce serait peut-être un déclic. Sa femme avait l'air gentille. C'était une femme bien. Une travailleuse. Elle ne se plaignait pas.

Mylène jeta les paquets sur le grand lit de la chambre, ouvrit un sac de voyage vide et commença à le remplir. D'ailleurs, poursuivit-elle en bourrant le sac de produits, à quoi bon gémir, ça ne fait pas avancer le schmilblick, on ne gémit que sur soi, sur le temps passé, et le temps passé, on ne peut pas le rattraper, alors à quoi ça sert ? Elle recompta une dernière fois les emballages, nota sur une feuille la quantité achetée pour chaque article et le prix qu'elle l'avait payé. Je n'ai pas pensé aux parfums ! Ni aux shampooings colorants ! Ni à la laque ! Zut ! se dit-elle, ce n'est pas grave, je verrai ça demain ou lors d'un prochain voyage. Et puis il vaut mieux commencer petit...

Elle se déshabilla, sortit sa chemise de nuit de la valise, défit l'emballage de la savonnette de la salle de bains et prit une douche. Elle avait hâte de repartir au Kenya pour ouvrir son salon de beauté.

Elle s'endormit en songeant à un nom de salon : Beauté de Paris, Paris Chic, Vive Paris, Paris Beauty, eut un bref accès d'angoisse, mon Dieu pourvu que tout ça ne me reste pas sur les bras, j'ai dépensé tout ce qu'il restait sur mon compte en banque, je n'ai plus rien ! Elle tâtonna à l'aveuglette dans le noir à la recherche d'un morceau de bois à toucher et s'endormit.

Joséphine considéra le calendrier de la cuisine et noircit d'un trait de feutre noir les deux semaines à venir. On était le 15 avril, les filles rentreraient le 30, elle avait deux semaines pour se consacrer à son livre. Deux semaines, soit quatorze jours, soit un minimum de dix heures de travail par jour. Douze peut-être si je bois beaucoup de café. Elle revenait de Carrefour où elle avait fait le plein de victuailles. Elle n'avait acheté que des aliments en boîte, en sachet, à tartiner. Du pain de mie, des bouteilles d'eau, du café en poudre, des barres d'Ovomaltine, des yaourts, du chocolat. Il allait falloir noircir des feuillets et des feuillets si elle voulait avoir terminé en juillet.

Quand Antoine avait proposé de prendre les filles pour les vacances de Pâques, elle avait hésité. Les laisser partir avec lui au Kenya sans autre chaperon que Mylène ne la rassurait pas. Et si les filles s'approchaient trop près des crocodiles ? Elle en avait parlé à Shirley qui avait lancé : « Je pourrais partir avec elles, j'emmènerais Gary... Je peux m'absenter deux semaines, il n'y a pas de cours au conservatoire et je n'ai pas de grosses commandes à livrer et puis j'adore les voyages et l'aventure ! Demande à Antoine s'il est d'accord. » Antoine avait dit oui. La veille, elle avait déposé les filles, Shirley et Gary à Roissy.

S'imposer des horaires. Ne pas laisser filer le temps. Manger entre deux chapitres. Boire beaucoup de café. Étaler ses livres et ses notes sur la table de la cuisine sans avoir peur de gêner. Et écrire, écrire...

D'abord planter le décor.

Je la mets où, mon histoire. Dans les brumes du Nord ou au soleil ?

Au soleil !

Un village dans le sud de la France, près de Montpellier. Au XIIᵉ siècle. Il y a douze millions d'habitants en France et seulement un million huit cent mille en Angleterre. La France est partagée en deux : le royaume des Plantagenêts, avec à sa tête Henri II et Aliénor d'Aquitaine, et celui de Louis VII, le roi de France, père du futur Philippe Auguste. Le soc à reversoir de la charrue a remplacé le soc droit et les récoltes sont plus abondantes. Les moulins se substituent à la meule à bras. Les hommes sont mieux nourris, l'alimentation se diversifie et la mortalité infantile diminue. Le commerce se développe sur les marchés et dans les foires. L'argent circule et devient une valeur convoitée. Le juif, dans les bourgs, est toléré mais honni. Les chrétiens n'ayant pas le droit de prêter de l'argent avec intérêt, il fait office de banquier. C'est le plus souvent un usurier. Il est intéressé à la misère du peuple et on ne l'aime pas. Il doit porter l'étoile jaune.

Dans la haute société, la seule valeur de la femme est sa virginité qu'elle apporte le jour de son mariage. Le futur mari la considère comme un ventre à féconder. Des garçons. Il ne doit pas montrer son amour. Comme l'enseigne la loi de

l'Église : celui qui aime sa femme avec trop d'ardeur est consi-
déré comme coupable d'adultère. C'est pour cette raison que
de nombreuses femmes rêvent de se retirer dans un couvent.
Les couvents se multiplient aux XIᵉ et XIIᵉ siècles.

« L'œuvre d'enfantement est permise dans le mariage mais
les voluptés à la manière des putains sont condamnées », dit
le prêtre dans ses sermons. Très important, le curé ! Il fait la
loi. Même le roi lui obéit. Une fille qui, sortant de chez elle
sans escorte, est violée devient une « aubaine ». On la montre
du doigt et elle ne peut plus se marier. Des bandes de garçons,
des soldats sans chefs, des chevaliers sans château, sans maître,
sans armée, écument les campagnes à la recherche d'un ten-
dron à trousser ou de vieux à dévaliser. C'est une période de
grande violence sociale.

Florine a compris tout cela. Elle ne veut pas faire partie de
ces femmes qu'on conduit au mariage comme à l'abattoir.
Bien que l'amour courtois commence à se répandre dans les
ballades des troubadours, elle n'en entend guère parler dans
son village. Quand on parle de mariage, on dit que le jeune
chevalier veut « jouir et s'établir, une femme et une terre ».
Elle refuse d'être un objet. Elle préfère se donner à Dieu.

Florine commençait à exister. Joséphine la voyait physiquement. Grande, blonde, bien faite de sa personne, une
blancheur de neige, le cou long et délié, les yeux verts
en amande, bordés de cils noirs, un front haut et bombé,
un teint admirable, la bouche dessinée et rose, les joues ver-
meilles, les mèches blondes relevées dans un bandeau brodé,
tombant en cascade sur son visage. Entre autres perfections,
elle a des mains d'ivoire, des mains longues, douces, aux
doigts fuselés comme des cierges et terminés par des ongles
brillants. Des mains d'aristocrate.

Pas comme les miennes, se dit Joséphine en jetant un œil
navré sur ses ongles envahis de petites peaux.

Ses parents sont des nobles ruinés qui vivent dans une maison bourgeoise qui prend l'eau et le vent. Ils rêvent de retrouver leur splendeur passée en mariant leur fille unique. Ils appartiennent au monde de la campagne et du bourg. Ils vivent du maigre revenu de leurs terres. Ils n'ont plus qu'un cheval, une carriole, un bœuf, des chèvres et des moutons. Mais les armoiries de leur blason, reproduites sur une grande tapisserie, ornent le mur de la salle commune où ils se rassemblent lors des veillées.

L'histoire commence lors d'une veillée...

Une veillée, dans un petit bourg d'Aquitaine, au XII$^e$ siècle.

Il faudra que j'invente un nom pour le bourg. Le soir, on se reçoit entre gens de la même famille ou entre voisins. Un soir donc, alors que les grands-parents, les enfants, les petits-enfants, les cousins et les cousines sont rassemblés, on apprend que le comte de Castelnau est revenu d'une croisade. Guillaume Longue Épée est un noble vaillant, riche et beau.

Là, je fais le portrait de Guillaume...

Sa chevelure d'or flamboie au soleil et ses soldats le repèrent dans les batailles à sa crinière déployée tel un étendard. Le roi l'a remarqué et lui a donné des terres que Guillaume a ajoutées à son comté. Il possède un très beau château que sa mère, veuve, a gardé en son absence, des terres étendues et fertiles. Il cherche à se marier et chacun se perd en conjectures sur l'identité de la future comtesse. C'est ce soir-là que Florine compte annoncer à ses parents qu'elle a choisi d'obéir à la règle de saint Benoît et d'entrer au couvent.

Je commence donc par la veillée. Florine cherche l'occasion de parler à sa mère. Non, à son père... C'est le père qui est important.

On les voit écosser les pois, gratter les bettes, ravauder les vêtements, nettoyer, raccommoder, chacun s'occupe à des tâches utiles tout en causant. On rumine le quotidien, les derniers scandales du bourg (les hommes accusés de bigamie, une fermière qui a fait disparaître son nouveau-né, le curé qui tourne autour des filles...), on se gausse, on soupire, on parle des moutons, du blé, du bœuf qui a la fièvre, de la laine à carder, de la vigne et des semences à acheter ; puis la conversation passe aux sujets éternels : les bâtisses à retaper, les enfants à marier, les impôts trop nombreux, les naissances trop rapprochées, ces enfants qui « ne font que manger »...

Je mets alors l'accent sur la mère de Florine. Une femme avide, sèche de cœur, intéressée, et le père plutôt bonhomme et bon mais dominé par sa femme.

Florine essaie d'attirer l'attention de son père et de se placer dans la conversation. En vain. Les enfants n'ont pas le droit de parler si on ne les y encourage pas. Florine doit faire la révérence quand elle s'adresse à ses parents. Alors elle se tait et guette le moment où elle pourra parler. Une vieille tante maugrée et affirme qu'il ne faut pas parler de choses futiles mais de choses magnifiques. Florine lève les yeux sur elle avec l'espoir qu'elle va parler de Dieu et qu'elle pourra alors s'exprimer. Hélas ! personne n'écoute la vieille tante et Florine reste silencieuse. Enfin, le maître des lieux, celui que tout le monde est tenu de respecter, s'adresse à sa fille et lui demande de lui apporter sa pipe.

Comme quand j'étais petite ! C'est moi qui tendais sa pipe à mon père. Maman lui interdisait de fumer à la maison. Il allait fumer sur le balcon et je le suivais. Il me montrait les étoiles et m'apprenait leurs noms...

Le père de Florine fume à la maison ; c'est Florine qui lui bourre sa bouffarde. Elle en profite pour lui annoncer son projet. Sa mère entend et se récrie. Il n'en est pas question : elle épousera le comte de Castelnau !

Florine se rebiffe. Assure que Dieu est son promis. Son père lui ordonne de gagner sa chambre, d'y rester enfermée

et de méditer le premier commandement de Dieu : Tu hono-
reras ton père et ta mère.

Florine se retire dans sa chambre.

Là, je décris la chambre : ses coffres, ses tentures, ses icônes,
ses bancs et escabeaux, son lit. Les coffres et les bahuts sont
munis de serrures multiples. Avoir les clés des coffres est signe
d'importance domestique. De sa chambre, quand tout le
monde est reparti, Florine entend ses parents dans la chambre
voisine. Parfois sa mère se plaint : « Je n'ai rien à me mettre,
tu me négliges... Une telle est mieux habillée que moi, une
autre plus honorée, tout le monde me trouve ridicule... » Elle
gémit tout le temps et son mari reste silencieux. Ce soir-là,
ils parlent d'elle, de son rôle de fille. Une fille de bonne
famille fait le pain, fait les lits, lave, cuisine, s'occupe à tous
les travaux de toile et d'aiguille, brode des aumônières. Tout
est réglé par les parents : elle leur doit obéissance en tout.

« Elle épousera Guillaume Longue Épée, assure la mère, et
je n'en démordrai point. »

Son père se tait.

Le lendemain, Florine arrive dans la cuisine et sa nourrice
s'évanouit. Sa mère accourt et s'évanouit à son tour ! Florine
s'est rasé la tête et répète, butée : « Je n'épouserai pas Guillaume Longue Épée, je veux entrer au couvent. »

Sa mère retrouve ses esprits et l'enferme dans sa chambre.

C'est l'indignation générale : reproches et brimades pleu-
vent. On la prive de serrure, de liberté, on l'expédie comme
une souillon à la cuisine. Florine est très belle. Florine est
parfaite. Aucun ragot ne court sur son compte, le curé en
répond. Elle va à confesse trois fois par semaine. Elle fera une
épouse idéale. Tout permet aux parents d'espérer un beau
mariage.

Elle est bouclée chez elle. Surveillée par sa mère, son père
et les servantes. Un travail domestique solitaire et silencieux

aura raison des songes ridicules que peut nourrir cette écervelée. On la tient éloignée des fenêtres. On surveille beaucoup les fenêtres car elles sont dangereuses pour la vertu des filles. Ouvertes sur la rue, abritées par les persiennes, elles autorisent les pires libertinages. On épie, on regarde, on converse d'une baie à l'autre.

La réputation de Florine est allée jusqu'aux oreilles de Guillaume Longue Épée. Il demande à la voir. La mère la couvre d'un voile brodé et de mille breloques pour cacher son crâne rasé.

L'entrevue a lieu. Guillaume Longue Épée est fasciné par la beauté silencieuse de Florine et par ses longues mains d'ivoire. Il la demande en mariage. Florine doit s'incliner. Elle décide que ce sera là son premier degré d'humilité.

Le mariage. Guillaume désire un grand mariage. Il fait dresser une immense estrade, couverte de tables où festoient pendant huit jours jusqu'à cinq cents personnes. L'estrade est décorée de tapisseries, de meubles précieux, d'armures, d'étoffes rapportées d'Orient. Des parfums brûlent dans des vasques. Pour protéger les dîneurs, un immense vélum de drap bleu clair a été tendu, brodé et festonné de guirlandes de verdure mêlées de roses. Une crédence d'argent ciselé trône sur l'estrade. Le sol est jonché de verdure. Cinquante cuisiniers et gâte-sauces s'affairent dans les cuisines. Les plats succèdent aux plats. La mariée porte une coiffure de plumes de paon qui coûte cinq à six ans de salaire d'un bon maçon. Pendant toute la journée du mariage, elle garde les yeux baissés. Elle a obéi. Elle a promis devant Dieu d'être une bonne épouse. Elle tiendra sa promesse.

Et là, pense Joséphine, je brosse les premiers jours de femme mariée de Florine. Sa nuit de noces. La terreur de la nuit de noces ! Ces femmes-enfants qu'on livrait à des soudards qui revenaient des guerres et ne connaissaient rien au plaisir féminin. Elle tremble, nue, sous sa chemise. Peut-être que Guillaume est doux... Je verrai bien le degré de sympathie qu'il m'inspire ! Pendant son mariage avec Florine, Guillaume Longue Épée prospère et devient très riche. Comment ? Il faut que je réfléchisse...

Le deuxième mari, elle le...

À ce moment-là, on sonna à sa porte. Joséphine, d'abord, ne voulut pas ouvrir. Qui pouvait bien venir la déranger chez elle ? Elle se déplaça sur la pointe des pieds jusqu'à l'œilleton de la porte. Iris !

— Ouvre, Jo, ouvre. C'est moi, Iris.

Joséphine ouvrit à contrecœur. Iris éclata de rire.

— Mais t'es habillée comment ? On dirait une souillon !

— Ben... Je travaille...

— Je suis venue te rendre une petite visite pour voir où tu en étais de mon livre et comment va notre héroïne.

— Elle s'est rasé la tête, bougonna Joséphine qui aurait bien rasé celle de sa sœur.

— Je veux lire ! Je veux lire !

— Écoute, Iris, je ne sais pas si... Je suis en plein travail.

— Je ne reste pas, je te le promets. Je ne fais que passer.

Elles pénétrèrent dans la cuisine et Iris se pencha sur l'ordinateur. Elle commença à lire. Son portable sonna et elle répondit. « Non, non, tu me déranges pas, je suis chez ma sœur. Oui ! À Courbevoie ! T'imagines ! J'ai pris une boussole. Et mon passeport ! Ah ! ah ! ah ! Non ! C'est vrai ? Raconte... Il a dit ça ! Et elle, qu'est-ce qu'elle a dit ? »

Joséphine sentit son sang bouillir. Non seulement elle me dérange mais, en plus, elle s'arrête en pleine lecture pour babiller au téléphone. Elle arracha l'ordinateur des mains de sa sœur en la foudroyant du regard.

— Oh ! oh ! Je vais être obligée de te quitter, Joséphine me mitraille des yeux ! Je te rappelle.

Iris fit claquer le clapet de son portable.

— Tu es fâchée ?

— Oui. Je suis fâchée. D'abord tu te pointes sans prévenir, tu me déranges en plein boulot, et ensuite tu t'interromps alors que tu lis ma prose, pour parler à une crétine et te moquer de moi ! Si ça ne t'intéresse pas ce que j'écris, ne viens pas me déranger, d'accord ?

La colère de Florine bouillait en elle.

— Je croyais t'aider en venant te donner mon avis.

— Je n'ai pas besoin de ton avis, Iris. Laisse-moi écrire en paix et quand moi, je l'aurai décidé, tu liras.

— D'accord, d'accord. Calme-toi ! Je peux lire un peu tout de même ?

— À condition que tu ne répondes plus au téléphone.

Iris opina et Joséphine lui rendit l'ordinateur. Iris lut en silence. Son téléphone sonna. Elle ne répondit pas. Quand elle releva la tête, elle fixa sa sœur et dit « c'est bien. C'est très bien ».

Joséphine sentit le calme revenir en elle.

Jusqu'à ce qu'Iris sourie et dise :

— C'est une bonne idée qu'elle se rase la tête... Bon gimmick !

Joséphine ne répondit pas. Elle n'avait qu'une hâte : reprendre le cours de son roman.

— Tu veux que je parte maintenant ?

— Tu ne m'en voudras pas ?

— Non... Je me félicite, au contraire, que tu prennes ça au sérieux.

Elle prit son sac, son portable, embrassa sa sœur et partit, laissant derrière elle l'odeur tenace de son parfum.

Joséphine se laissa aller contre la porte d'entrée, souffla et revint dans la cuisine. Elle reprit l'écriture de son histoire mais dut y renoncer : elle n'avait plus une seule idée.

Elle poussa un cri de rage et ouvrit la porte du réfrigérateur.

— Papa, les crocodiles, ils vont me manger ?

Antoine serra la petite main de Zoé dans la sienne et la rassura. Les crocodiles ne la mangeraient pas. Il ne fallait pas qu'elle s'approche de trop près ni qu'elle leur donne à manger. On n'est pas dans un zoo, ici, il n'y a pas de gardiens. Il faut faire attention, c'est tout.

Il avait emmené Zoé faire une promenade le long des étangs à crocodiles. Il voulait lui montrer où il travaillait, ce qu'il faisait. Qu'elle se dise qu'il était parti pour une bonne raison. Il se souvenait de la recommandation de Joséphine : « Donne du temps à Zoé, ne te laisse pas accaparer par Hortense. » Shirley, Gary et les filles étaient arrivés la veille, fatigués par le voyage, la chaleur, mais excités à l'idée de découvrir le Croco Park, la mer, la lagune, les récifs de corail. Shirley avait acheté un guide sur le Kenya et le leur avait lu dans l'avion. Ils avaient dîné sous la véranda. Mylène semblait heureuse d'avoir de la compagnie. Elle avait cuisiné toute la journée pour que le repas soit réussi. Et il l'était. Antoine s'était senti, pour la première fois depuis son installation au Kenya, heureux. Heureux d'avoir ses filles. Heureux de reconstituer une vie de famille. Mylène et Hortense semblaient très bien s'entendre. Hortense avait promis à Mylène de l'aider à vendre ses produits de beauté. « Alors je te maquillerai et tu seras une sorte de pub ambulante, mais fais attention à ne pas affoler les Chinois ! » Hortense avait eu une petite moue de dégoût, « ils sont trop petits, trop maigres, trop jaunes, moi j'aime les vrais hommes avec des muscles partout ! ». Antoine avait écouté, stupéfait par l'assurance de sa fille. Gary avait tâté ses biceps. Il en était à cinquante pompes, matin et soir. Encore un effort, le nain, et je te calculerai ! Shirley s'était renfrognée. Elle ne supportait pas qu'on traite son fils de nain.

Ce matin, Zoé était entrée dans leur chambre sans frapper. Il lui avait fait signe de ne pas faire de bruit et ils étaient partis tous les deux en promenade.

Ils marchaient en silence. Antoine montrait à Zoé les installations du parc. Lui apprenait le nom d'un arbre, d'un oiseau. Il avait pris soin de mettre de la crème solaire à Zoé et lui avait donné un grand chapeau pour la protéger du soleil. Elle chassa une mouche de la main et soupira.

— Papa, tu vas rester longtemps ici ?

— Je ne sais pas encore.

— Quand tu auras tué tous les crocodiles, que tu les auras mis en boîte ou que tu en auras fait des sacs, tu pourras partir, non ?

— Il y en aura d'autres. Ils vont faire des petits...

— Et les petits, tu les tueras aussi ?

— Je serai bien obligé...

— Même les bébés ?

— J'attendrai qu'ils grandissent... Ou je n'attendrai pas, si je trouve un autre travail.

— Je préférerais que tu n'attendes pas. C'est grand à quel âge, un crocodile ?

— À douze ans...

— Alors tu n'attends pas ! Hein, papa ?

— À douze ans, il prend un territoire et une femelle.

— C'est un peu comme nous, alors.

— Un peu, c'est vrai. La maman crocodile pond une cinquantaine d'œufs et puis elle reste pendant trois mois à couver ses œufs. Plus la température du nid est haute, plus elle aura des crocodiles mâles. Ça, c'est pas comme nous.

— Alors, elle aura cinquante bébés !

— Non, parce qu'il y en a qui vont mourir dans l'œuf et

d'autres qui seront mangés par des prédateurs. Les mangoustes, les serpents, les aigrettes. Ils guettent les absences de la mère et viennent fouiller le nid.

— Et quand ils sont nés ?

— La maman croco les prend dans sa gueule très délicatement et les met à l'eau. Elle va rester avec eux pendant des mois, voire un à deux ans, pour les protéger mais ils se débrouillent tout seuls pour manger.

— Ça lui fait beaucoup d'enfants à s'occuper !

— Quatre-vingt-dix-neuf pour cent des bébés crocodiles meurent en bas âge. C'est la loi de la nature...

— Et la maman, elle a de la peine ?

— Elle sait que c'est comme ça... elle se bat pour les survivants.

— Elle doit avoir de la peine quand même. Elle a l'air d'être une bonne maman. Elle se donne beaucoup de mal. C'est comme maman, elle se donne beaucoup de mal pour nous. Elle travaille beaucoup...

— Tu as raison, Zoé, ta maman est formidable.

— Alors pourquoi tu es parti ?

Elle s'était arrêtée, avait relevé un bord de son chapeau et le regardait avec sérieux.

— Ça, c'est un problème de grande personne. Quand on est petit, on croit que la vie est simple, logique et quand on grandit, on s'aperçoit que c'est plus compliqué... j'aime infiniment ta maman, mais...

Il ne savait plus quoi dire. Il se posait la même question que Zoé : pourquoi était-il parti ? Après avoir raccompagné les filles, l'autre soir, il serait bien resté avec Joséphine. Il se serait glissé dans le lit, se serait endormi et la vie aurait recommencé, rassurante, douce.

— Ce doit être compliqué si même toi tu sais pas... Moi, je voudrais jamais devenir une grande personne ! C'est que des embêtements. Peut-être que je peux grandir et pas devenir une grande personne...

— Tout le problème est là, chérie : apprendre à devenir une grande et bonne personne. On met des années à apprendre et, parfois, on n'apprend pas... Ou on comprend trop tard qu'on a fait une bêtise.

— Quand tu dors avec Mylène, tu dors tout habillé ?

Antoine sursauta. Il ne s'attendait pas à cette question. Il reprit la main de sa fille, mais elle se dégagea et répéta sa question.

— Pourquoi tu me demandes ça ? C'est important ?

— Tu fais l'amour avec Mylène ?

Il bredouilla :

— Enfin, Zoé, ça ne te regarde pas !

— Si ! Si tu fais l'amour avec elle, tu vas avoir plein de petits bébés et moi, je veux pas...

Il s'accroupit, la prit dans ses bras et lui murmura tout doucement :

— Je ne veux pas d'autres enfants qu'Hortense et toi.

— Tu me le promets ?

— Je te le promets... Vous êtes mes deux amours de filles et vous remplissez tout mon cœur.

— Alors tu dors tout habillé !

Il ne se résolut pas à mentir ; il décida de changer de sujet de conversation.

— Tu n'as pas faim ? Tu n'as pas envie d'un bon gros déjeuner avec des œufs, du jambon, des tartines et de la confiture ?

Elle ne répondit pas.

— On va rentrer... D'accord ?

Elle hocha la tête. Prit un air soucieux. Sembla réfléchir un instant. Antoine l'observa, craignant une autre question déroutante.

– C'est Mylène qui fait le pain, ici. Il est délicieux, parfois un peu trop cuit mais...

– Alexandre, lui aussi, il se fait du souci pour ses parents. À un moment, ils dormaient plus ensemble et Alexandre m'a dit qu'ils faisaient plus du tout l'amour !

– Et comment il le savait ?

Elle gloussa et lança un coup d'œil à son père qui signifiait tu me prends pour un bébé ou quoi ?

– Parce qu'il n'entendait plus de bruit dans leur chambre ! C'est comme ça qu'on sait.

Antoine se fit la réflexion qu'il allait devoir faire attention pendant que les filles étaient là.

– Et ça l'inquiétait ?

– Oui parce que après les parents, ils divorcent...

– Pas toujours, Zoé. Pas toujours... Maman et moi, on n'est pas encore divorcés.

Il s'arrêta net. Il valait mieux changer de sujet pour éviter d'autres questions embarrassantes.

– Oui, mais ça revient au même... Vous dormez plus ensemble.

– Tu la trouves jolie, ta chambre, ici ?

Elle fit la moue et répondit « oui, ça va, ça peut aller ».

Ils revinrent vers la maison en silence. Antoine reprit la main de Zoé dans la sienne et elle le laissa faire.

Ils passèrent l'après-midi à la plage. Sans Mylène qui ouvrait sa boutique à seize heures. Antoine eut un choc quand Hortense laissa tomber son tee-shirt et son paréo : elle avait un corps de femme. De longues jambes, une taille cambrée, des belles fesses rondes, un petit ventre doux, musclé, deux seins bien pleins que le maillot de bain avait du mal à contenir. Un corps et un port de femme. La manière dont elle releva ses longs cheveux et les attacha, dont elle enduisit ses cuisses, ses épaules, son cou de crème le troubla. Il détourna

347

les yeux et chercha sur la plage s'il y avait des hommes qui la reluquaient. Il fut soulagé de s'apercevoir qu'ils étaient presque seuls, à part quelques enfants qui jouaient dans les vagues. Shirley s'aperçut de son trouble et constata :

— Stupéfiant, non ? Elle va rendre les hommes fous ! Dès qu'il la voit, mon fils se prend les pieds dans ses lacets.

— Quand je suis parti, c'était encore un bébé.

— Va falloir t'y faire ! Et ça ne fait que commencer.

Les enfants s'étaient précipités dans la mer. Le sable blanc collait sous leurs pieds et ils se jetèrent en criant dans les vagues. Antoine et Shirley, assis côte à côte, les regardaient.

— Elle a un petit ami ? demanda Antoine.

— Je ne sais pas. Elle est très secrète.

Antoine soupira.

— Oh là là ! Et je ne serai pas là pour la surveiller.

Shirley eut un sourire ironique.

— Elle te mène par le bout du nez ! Elle enjôle tous les hommes... Va falloir te préparer au pire, c'est plus simple.

Antoine porta son regard dans la mer où les trois enfants sautaient dans les vagues. Gary attrapa Zoé et la jeta dans une vague. Attention ! faillit crier Antoine puis il se rappela qu'il n'y avait pas beaucoup de fond et que Zoé avait pied. Son regard revint sur Hortense qui s'était écartée et faisait la planche sur le ventre, les bras le long du corps, les jambes jointes en une longue queue de sirène, ne laissant dépasser que ses yeux mi-clos qui affleuraient sur l'eau.

Un frisson le parcourut. Il se leva et proposa à Shirley :

— On les rejoint ? Tu vas voir, l'eau est délicieuse.

C'est en pénétrant dans l'eau qu'Antoine se rappela soudain qu'il n'avait pas bu une goutte d'alcool depuis l'arrivée des filles.

Henriette Grobz était sur le sentier de la guerre.

Devant son miroir, elle finissait de poser son chapeau et enfonçait vigoureusement une longue épingle de part et d'autre de la structure en feutre afin qu'il tienne bien droit sur la tête et ne s'envole pas au premier coup de vent. Puis elle se barra les lèvres d'un trait de rouge vermillon, les joues de deux coups de blush foncé, clippa deux boucles d'oreilles sur ses lobes secs et fripés, et se dressa, prête à faire son enquête.

Ce matin-là, on était un 1$^{er}$ mai, et le 1$^{er}$ mai, personne ne travaille.

Personne, excepté Marcel Grobz.

Il lui avait annoncé au petit-déjeuner qu'il partait au bureau et ne rentrerait que le soir tard, qu'elle ne l'attende pas pour dîner.

Au bureau ? avait répété en silence Henriette Grobz en penchant sa tête aux cheveux plaqués sur le crâne par d'abondantes giclées de laque. Son chignon était si tiré qu'elle n'avait pas besoin de lifting. Elle prenait dix ans quand elle le défaisait : ses chairs affaissées et molles tombaient faute d'épingles pour les maintenir. Au bureau, un 1$^{er}$ mai ? Il y avait anguille sous roche. C'était bien la confirmation de ce qu'elle pressentait depuis la veille.

Une deuxième bombe que lâchait le débonnaire Marcel en décapitant le haut de son œuf à la coque et en y trempant sa mouillette de baguette beurrée. Elle contempla cet homme boudiné et gras qui avait du jaune d'œuf qui coulait sur le menton et eut un haut-le-cœur.

La première bombe avait éclaté, la veille. Ils dînaient en tête-à-tête, à chaque bout de la longue table de la salle à manger pendant que Gladys, leur bonne mauricienne, faisait le service quand Marcel avait demandé « tu as passé une bonne journée ? » comme il le faisait chaque soir quand ils dînaient ensemble. Mais hier soir, il avait ajouté deux petits mots qui avaient crépité comme un tir de mitraillette. Marcel n'avait pas seulement demandé « tu as passé une bonne journée », il avait ajouté « ma chérie » à la fin de sa question !

« Tu as passé une bonne journée, ma chérie ? »

Et il avait replongé le nez dans son bœuf-carottes sans prêter attention à la tempête qu'il venait de déchaîner.

Cela faisait vingt ans ou davantage que Marcel Grobz n'appelait plus Henriette « ma chérie ». D'abord parce qu'elle lui avait interdit de l'apostropher ainsi en public, ensuite parce qu'elle trouvait ces deux petits mots « grotesques ». « Grotesques », c'était son interprétation à elle de cette marque de tendresse entre époux. À force de s'entendre rabrouer chaque fois qu'il se laissait aller, Marcel ne s'adressait plus à elle qu'en employant des termes plus neutres comme « ma chère » ou tout simplement « Henriette ».

Mais hier soir, il l'avait appelée « ma chérie ».

Ce fut comme un nerf de bœuf qui lui cingla le visage.

Ce « ma chérie » ne lui était évidemment pas destiné.

Elle avait passé la nuit à se tourner et se retourner dans le grand lit autrefois conjugal et, quand elle s'était levée à trois heures du matin pour aller prendre un petit verre de vin rouge qui, l'espérait-elle, l'aiderait à s'endormir, elle avait poussé tout doucement la porte de la chambre de Chef pour constater que le lit n'était pas défait.

Encore un indice !

Il lui arrivait de ne pas dormir chez lui, quand il était en déplacement, mais il ne s'agissait pas de déplacement puisqu'il avait dîné avec elle et s'était retiré dans sa chambre ensuite comme chaque soir. Elle avait pénétré dans la chambre de Chef, avait allumé la lumière : pas de doute, l'oiseau s'était envolé, les draps n'étaient même pas défaits ! Elle avait regardé avec étonnement cette petite chambre où elle n'entrait jamais, le lit étroit, une table de nuit bancale, le tapis bon marché, une lampe à l'abat-jour déchiré, des chaussettes qui traînaient. Elle avait inspecté la salle de bains : rasoir, after-shave, peigne, brosse, shampooing, dentifrice et... et toute une ligne de produits de beauté pour hommes, *Bonne gueule* de la marque Nickel. Crème de jour, crème pour teint brouillé, crème gommante, crème adoucissante, crème hydratante, crème contour des yeux, crème raffermissante, crème poignées d'amour. La panoplie de beauté de Chef étalée sur les rebords du lavabo la narguait.

Elle poussa un cri : Chef avait une maîtresse ! Chef roucoulait ! Chef faisait des frais ! Chef faisait le mur !

Elle partit à la cuisine finir la bouteille de bordeaux grand cru qu'elle avait commencée lors du dîner.

Elle ne ferma pas l'œil de la nuit.

L'histoire du 1er mai, au petit-déjeuner, confirma ses doutes.

Il allait falloir qu'elle se livre à une enquête. En premier lieu, courir au bureau de Chef pour savoir s'il y était vraiment. Fouiller dans son courrier, son agenda de bureau, consulter ses rendez-vous, étudier ses talons de chéquier, ses relevés de carte bleue. Il faudrait pour cela qu'elle passe sur le corps de cette petite vermine de Josiane mais n'était-on pas le 1er mai ? Les bureaux seront vides et je pourrai fouiller en toute liberté ! Je n'aurai qu'à éviter ce ballot de René et sa cocotte de femme, deux grands nigauds entretenus grassement par ce benêt de Marcel Grobz. Quel nom infâme ! Et dire que je le porte, maugréa-t-elle, en vérifiant que son épingle à chapeau tenait bien.

Que ne faut-il pas faire pour élever ses enfants ! On se sacrifie sur l'autel de la maternité. Iris savait être reconnaissante, agréable, plaisante, mais Joséphine ! Une honte ! Et rebelle avec ça ! Elle fait sa crise d'adolescence à quarante ans, n'est-ce pas ridicule ? Enfin, on ne se voit plus et ça vaut bien mieux. Je ne la supportais pas ! Je ne supporte pas la vie médiocre qu'elle s'est choisie : un ballot de mari, un appartement dans une tour en banlieue et un salaire minable de petite prof. Parlez-moi d'une réussite ! C'est risible. Il n'y avait guère que la petite Hortense qui mettait un peu de baume sur ses blessures. Une vraie jeune fille, celle-là, un beau maintien, de l'allure, et d'autres ambitions que sa pauvre mère !

Elle tira sur son cou pour en effacer les rides et, s'efforçant de garder la bouche pincée, elle sortit de chez elle et appela l'ascenseur.

En passant devant la loge de la concierge, elle inclina la tête et fit un grand sourire. La concierge lui rendait de nombreux services ; elle tenait à conserver son amitié.

Henriette Grobz était comme beaucoup de gens : détestable avec ses proches, aimable avec le premier venu. Comme elle pensait qu'elle n'avait plus rien à gagner auprès des personnes avec lesquelles elle vivait et qu'elle ignorait tout ce qui était don, amour et générosité, elle ne faisait plus d'efforts et exerçait sur ses proches une tyrannie brutale, impitoyable, afin de les maintenir sous son joug. Mais, remplie d'orgueil, il lui manquait ces douces flatteries chères à son cœur, flatteries qu'elle ne pouvait récolter qu'auprès de parfaits inconnus, qui, ignorant le tréfonds de son âme, trouvaient cette femme charmante, admirable et la paraient de toutes les qualités. Qualités dont elle se vaporisait et qu'elle répétait à l'envi, mentionnant tous ces gens qui l'aimaient tant et tant, qui se feraient couper en mille morceaux pour elle, qui la jugeaient si distinguée, si méritante, si éblouissante... Aussi faisait-elle de louables efforts pour se gagner l'estime de ces gens-là, alors qu'elle soupçonnait ses proches, sa fille Joséphine en particulier, d'avoir sondé le vide de son cœur. Elle espérait ainsi gagner l'estime de ceux qui lui étaient étrangers et agrandir le cercle au centre duquel elle se plaçait. En rendant service à de parfaits inconnus, elle en recueillait un gain d'amour-propre qui la confortait dans la haute opinion qu'elle avait d'elle-même.

La concierge faisait partie de sa cour. Henriette lui donnait ses vieilles frusques en lui assurant qu'elles provenaient des plus grands couturiers, un billet à son fils qui lui montait ses paquets quand elle était trop chargée et permettait au concierge de garer gratuitement sa voiture dans le parking vacant qu'ils possédaient dans l'immeuble. Par ces fausses générosités, elle s'assurait une gratitude qui la rehaussait dans l'idée qu'elle avait d'elle-même et lui permettait de continuer à terroriser son entourage. Ce réseau d'amitiés lointaines la rassurait. Elle pouvait s'épancher auprès d'elles, raconter sans fin les mille tourments que lui faisait subir sa fille cadette et, autrefois, Joséphine était souvent étonnée de l'air revêche qu'arborait la concierge quand elle rendait visite sa mère.

Ce matin-là, Henriette Grobz n'eut aucun mal à supputer le pire chez son époux. Elle voyait le mal partout puisqu'elle le portait en elle.

Elle fut d'abord surprise de ne pas trouver la voiture et le chauffeur au garde-à-vous devant sa porte, puis se souvint qu'il ne travaillait pas le 1er Mai, maudit ces fêtes et ces jours fériés qui entretenaient la paresse des Français et ralentissaient l'activité du pays, et consentit à tendre le bras pour arrêter un taxi.

— Avenue Niel, aboya-t-elle au chauffeur d'une Opel grise qui s'arrêta en la frôlant de très près.

Comme elle s'y attendait, les bureaux étaient vides.

Nulle trace de Chef ni de sa secrétaire. Ni des deux crétins de l'entrepôt. Elle eut un rire mauvais et monta les escaliers du bureau dont elle possédait les clés.

Elle s'installa confortablement, commença à inspecter les

papiers en attente, ouvrit un classeur puis un autre, releva les rendez-vous sur l'agenda. Aucun nom de femme, aucune initiale suspecte. Elle ne se découragea pas, entreprit de vider les tiroirs à la recherche de chéquiers et de relevés de carte bleue. Les talons de chèque ne lui apprirent rien. Ni les doubles de carte bleue. Elle commençait à désespérer lorsqu'elle mit la main sur une grosse enveloppe coincée au fond d'un des tiroirs sur lesquels était inscrit « Frais divers ». Elle ouvrit l'enveloppe et une vague chaude de joie revancharde la submergea. Elle le tenait ! Une facture d'hôtel, quatre nuits au Plazza pour deux personnes, avec petits déjeuners, tiens, tiens, ricana-t-elle, du caviar et du champagne au petit-déjeuner, il ne s'ennuie pas quand il est avec sa poule ! une facture salée établie au nom d'un bijoutier de la place Vendôme, et d'autres encore, de champagne, de parfums, de vêtements provenant de boutique griffées ! Fichtre ! il s'en donne du mal pour ses conquêtes, rien n'est trop beau pour elles ! Quand on est vieux, on paie ! Et on paie cher !

Elle se leva, passa dans le bureau de Josiane pour photocopier son butin. Pendant que la machine tournait, elle se demanda pourquoi Chef avait gardé ces factures. Les avait-il payées avec le chéquier de l'entreprise ? Si c'était le cas, il tombait sous le coup de l'abus de bien social et elle le coinçait doublement !

Elle revint s'asseoir au bureau, continua à fouiller. Il y avait peut-être d'autres enveloppes suspectes. Son pied heurta un carton, sous le bureau. Elle se pencha, l'extirpa, l'ouvrit et regarda, médusée, son contenu : des dizaines de grenouillères roses, bleues, blanches, en velours de coton, en nid-d'abeille, en soie mélangée, des bavoirs, des moufles pour bébé afin qu'il ne s'égratigne pas le visage, des chaussettes en laine de toutes les couleurs, des châles luxueux provenant de La Châtelaine, et des catalogues suisses, anglais, français de berceaux, de landaus, de mobiles à accrocher au-dessus de la couche du chérubin. Elle inspecta le carton et réfléchit. Il allait lancer une ligne pour bébés ! Copier les plus grands noms, la faire fabriquer à bas prix en Chine ou ailleurs. Elle eut une grimace de dégoût. Le vieux Grobz attaquait un nouveau marché. Celui des bébés. Pitoyable ! Elle referma le carton et le repoussa sous le bureau de la pointe de son escarpin. C'est comme ça qu'il se console de ne jamais avoir eu d'enfant ! La vieillesse est un âge pathétique quand on perd le sens des convenances, il faut savoir renoncer. Dieu sait qu'il l'avait tannée avec son envie d'enfant... Mais elle avait tenu bon ! Sa poigne d'acier ne s'était pas relâchée. C'était déjà assez pénible de subir ses assauts, de sentir ses petits doigts boudinés lui pétrir les seins et... Elle eut une grimace de dégoût et se reprit. Allez ! Ce temps était passé, elle y avait vite mis le holà.

Elle redescendit par l'escalier. Elle avait peur de prendre l'ascenseur toute seule. Il lui était arrivé une fois d'y rester coincée et elle avait cru mourir. Elle étouffait, happait l'air en battant de la tête, suffoquait, râlait. Il avait fallu qu'elle ôte son chapeau, dégrafe son chemisier, qu'elle défasse une à une les épingles de son chignon pour reprendre son souffle et c'est une vieille femme, affolée et agonisante, qu'avaient récupérée les pompiers appelés à la rescousse. L'épisode avait duré une bonne heure, mais elle n'oublierait jamais les regards interdits du personnel lorsqu'elle était sortie, titubante. Elle n'avait pas osé remettre les pieds dans l'entreprise pendant longtemps.

Dans la cour, elle entendit une musique de sauvages provenant du logement de Ginette et René, et un homme, ivre probablement, passa la tête pour l'apostropher :

– Hé, la vieille ! Tu viens twister avec nous ! Hé, les mecs ! Venez voir, y a une vieille avec un bibi sur la tête qui s'enfuit !

– Ta gueule, Régis ! gueula un homme qui semblait être René. C'est la mère Grobz.

Elle haussa les épaules et accéléra le pas, serrant l'enveloppe diffamante sous son bras. Vous pouvez vous moquer, je vous tiens tous et vous ne vous en tirerez pas comme ça, pesta-t-elle en priant le ciel de trouver un taxi tout de suite afin de mettre son butin à l'abri dans le coffre de sa chambre.

— C'est pour ça qu'on ne te voit plus nulle part ? Tu t'enfermes et tu écris ?

Iris prit un air mystérieux et acquiesça. Elle se transporta en pensée dans la cuisine de Joséphine et décrivit les affres de la création à une Bérengère médusée par la métamorphose de son amie.

— C'est épuisant, tu sais. Tu me verrais ! Je ne sors presque pas de mon bureau. Carmen m'apporte des plateaux-repas. Elle me force parce que j'oublie complètement de manger !

— C'est vrai : tu as maigri...

— Tous ces personnages dans ma tête ! Ils m'habitent. Ils sont plus réels que toi, Alexandre ou Philippe ! C'est pas dur : tu me vois là, mais je ne suis pas là ! Je suis avec Florine, c'est le nom de mon héroïne.

Bérengère écoutait, bouche béante.

— Je n'en dors plus. Je me relève la nuit pour prendre des notes. J'y pense tout le temps. Et puis, il faut trouver à chacun son langage, son évolution intérieure qui va faire avancer l'action sans que ça ait l'air plaqué. Tout doit couler, tout doit avoir l'air d'être écrit sans effort pour que le lecteur puisse s'engouffrer et faire son miel. Laisser des trous, faire des ellipses...

Bérengère n'était pas sûre de comprendre le sens du mot « ellipse » mais n'osa demander à Iris de le lui expliquer.

— Et comment fais-tu pour les histoires du Moyen Âge ?

— Du XIIᵉ siècle, ma chérie ! Un tournant dans l'histoire de

France... J'ai acheté plein de livres et je lis, je lis. Georges Duby, Georges Dumézil, Philippe Ariès, Dominique Barthélemy, Jacques Le Goff... Je lis aussi Chrétien de Troyes, les romans de Jean Renart et le grand poète du XIIᵉ siècle, Bernard de Ventadour !

Iris prit un air soucieux, courba la nuque comme si tout ce savoir pesait sur ses épaules.

— Tiens, sais-tu comment on appelait la luxure en ce temps-là ?

— Aucune idée !

— La lècherie. Et comment on avortait ? Avec de l'ergot de céréales.

Encore un mot que je ne comprends pas, se dit Bérengère, stupéfaite par la science de son amie. Qui aurait cru que la dédaigneuse, la futile Iris Dupin allait s'atteler à une tâche aussi ardue : écrire un roman. Un roman situé au XIIᵉ siècle, en plus !

Ça marche, ça marche, se félicitait Iris. Si tous les lecteurs sont aussi faciles à berner que celle-là, je vais surfer sur la vague de la facilité. Il n'y aura plus qu'à me trouver une panoplie adéquate, une coiffure, une dégaine, deux ou trois tics de langage, un viol quand j'avais onze ans, deux ou trois lignes de cocaïne et bingo ! je décroche le gros lot. Ces déjeuners avec Bérengère étaient une excellente répétition de ce qui l'attendait, aussi les provoquait-elle régulièrement pour s'entraîner à répondre aux questions comme elle le ferait plus tard avec les journalistes.

— Et le Decretum ? Tu as entendu parler du Decretum ?

— J'ai pas mon bac, Iris, répondit Bérengère, affolée. J'ai même pas été admise à l'oral !

— C'était un questionnaire très cru, établi par l'Église, destiné à réglementer le comportement sexuel des femmes. Avec des questions terrifiantes : « As-tu fabriqué une certaine machine de la taille qu'il te convient, l'as-tu liée à l'emplacement de ton sexe ou de celui d'une compagne et as-tu forniqué avec d'autres mauvaises femmes avec cet instrument ou un autre ? »

— Ça existait les godes à l'époque ?

Bérengère n'en revenait pas.

— « As-tu forniqué avec ton petit garçon ? L'as-tu posé sur ton sexe et imité la fornication ? »

— Ouaou..., s'exclama Bérengère, interdite.

— « T'es-tu offerte à un animal ? L'as-tu par quelque artifice provoqué au coït ? As-tu goûté de la semence de ton homme pour qu'il brûle de plus d'amour pour toi ? Lui as-tu fait boire du sang de tes menstrues ou manger du pain pétri sur tes fesses ? »

— Jamais fait ça, dit Bérengère, déstabilisée.

— « As-tu vendu ton corps à des amants pour qu'ils en jouissent ou le corps de ta fille ou petite-fille ? »

— On se croirait aujourd'hui !

— Ça m'aide justement. Le décor, les vêtements, la nourriture, les rythmes de vie changent mais les sentiments et les conduites privées sont toujours les mêmes, hélas...

Encore un argument qu'elle avait entendu développer par Joséphine. Elle était assez contente d'elle. Elle avait appris par cœur des passages du Décrétum et les avait récités sans erreurs. Cette petite dinde est parfaite, elle va raconter notre déjeuner à tout ce que Paris compte de personnalités et personne ne pourra me soupçonner de ne pas avoir écrit le livre. Plus tard, quand il sortira, elle dira mais j'y étais, j'y étais, je l'ai vue trimer sur son roman ! J'arrête ou je porte une dernière estocade ?

Elle décida de porter une dernière estocade, se pencha vers Bérengère, qui avait avorté plusieurs fois, et murmura d'un air menaçant :

— « As-tu tué ta portée ? Expulsé le fœtus de la matrice soit par de maléfices, soit par des herbes ? »

Bérengère se cacha le visage de la main.

— Arrête, Iris ! Tu me fais peur.

Iris éclata de rire.

— Les nouveau-nés non désirés, on les étouffait ou on les jetait dans l'eau bouillante. Et ceux qui pleuraient trop, on les glissait dans les fentes des meurtrières en priant Dieu ou le diable de les échanger contre d'autres plus calmes.

Bérengère poussa un cri d'horreur et demanda grâce.

— Arrête ou je ne déjeune plus jamais avec toi.

— Ah ! âme damnée, je foule aux pieds le sexe et les vanités de ce monde et je fais de mon corps une hostie vivante !

— Amen, répliqua Bérengère qui avait envie d'en finir. Et Philippe, il réagit comment ?

— Il est assez étonné, je dois dire... et respecte mon enfermement. C'est un amour, il s'occupe d'Alexandre tout le temps.

Ce n'était pas complètement faux. Philippe regardait la prétendue nouvelle occupation de sa femme avec perplexité. Il ne lui en parlait jamais mais, en revanche, il est vrai qu'il prenait grand soin d'Alexandre. Il rentrait tous les soirs du bureau à sept heures, passait du temps dans sa chambre à lui faire réciter ses leçons, lui expliquait ses problèmes de maths, l'emmenait voir des matchs de foot ou de rugby. Alexandre était radieux. Il imitait son père en tout, glissait ses mains dans les poches de son pantalon d'un air important, empruntait des mots de Philippe et pouvait répéter « c'est consternant » avec tout le sérieux de son père ! Iris avait appelé l'agence de filature pour abandonner son enquête. « Ça tombe bien, avait rétorqué le directeur de l'agence, il semble que nous ayons été découverts. — Oh ! Je me suis affolée pour rien, il s'agissait simplement d'une affaire professionnelle de mon mari ! » avait dit Iris pour en terminer au plus vite.

Pas si simple, avait pensé le directeur de l'agence. Il avait reçu une visite de Philippe Dupin. Ce dernier lui avait fait comprendre que, s'il ne mettait pas un terme à la filature, il faisait sauter sa licence professionnelle. Il en avait les moyens. Il n'avait pas l'air de plaisanter. Il s'était assis d'autorité dans le gros fauteuil en cuir, face au bureau. Avait calé ses avant-bras sur les accoudoirs, croisé ses jambes, tiré sur ses manchettes. Était resté un moment sans rien dire. Puis, les paupières à moitié closes, il avait parlé à voix basse, laissant filtrer un regard impitoyable qui signifiait qu'il ne parlait pas en vain. « Ce sera tout, j'espère que j'ai été clair... » Il s'était levé, son regard avait fait le tour du bureau comme s'il en dressait l'inventaire. Le directeur s'était avancé pour le raccompagner mais Philippe Dupin l'avait remercié comme on remercie un domestique et avait pris la porte sans ajouter un mot. Le directeur de l'agence avait préféré clore le dossier avant même que la belle madame Dupin ne l'appelle.

Le déjeuner terminé, Iris prit sa voiture et fonça à Courbevoie voir Joséphine. Il fallait qu'elle lui raconte comment elle avait dupé Bérengère. Elle trouva porte close. Maudit sa sœur de ne pas avoir de portable, d'être injoignable. Renonça et rentra chez elle peaufiner son personnage de romancière à succès. Il ne fallait laisser aucun détail au hasard. S'entraîner à répondre à toutes les questions, préparer des réponses percutantes. Et lire, lire. Elle avait demandé à Jo de lui faire une liste de quelques ouvrages indispensables et les étudiait, en prenant des notes. Carmen fut autorisée à lui apporter son thé. En silence.

Il lui arrivait de penser à Gabor. Peut-être lirait-il le livre ? Il pourrait lui venir l'idée de l'adopter en vue d'un film ! Ils travailleraient ensemble sur le scénario... Comme avant !

Comme avant... Elle soupira, s'enfonça dans le canapé moelleux face à son tableau préféré, celui qui lui rappelait Gabor. Elle ne parvenait pas à l'oublier.

Joséphine s'était réfugiée à la bibliothèque. Les fenêtres grandes ouvertes sur un jardin à la française laissaient pénétrer une lumière paisible, une lumière de monastère, qui nimbait l'atmosphère d'un doux halo de quiétude. On entendait des oiseaux chanter, le bruit rythmé d'un tuyau d'arrosage ; c'était à la fois bucolique et sans âge.

*Je pourrais tout aussi bien être dans le château de Florine...*

Elle avait étalé ses notes sur la table et suivait le déroulement de son plan. Florine est veuve pour la première fois. Guillaume Longue Épée, sur ses conseils, était reparti en croisade. *Il n'est pas de bon aloi, mon ami, que vous restiez au château quand le nom de Dieu réclame votre bravoure dans des terres lointaines et impies. Vos gens se gaussent de votre empressement amoureux et j'entends murmurer des vilenies sur votre virilité, qui me blessent et me tourmentent. Reprenez donc les armes !* Guillaume s'était incliné devant sa jeune épouse et, après six mois de félicité amoureuse, avait revêtu son armure, était remonté à cheval, et s'en était allé guerroyer en Orient. Là, après avoir découvert un trésor qu'il s'était empressé de faire rapatrier auprès de Florine, il mourait, égorgé par un Maure jaloux de son audace et de sa beauté. Florine pleurait sur son tas d'écus, se voilait de chagrin et de dévotion. Mais son statut de jeune veuve éplorée déchaînait les convoitises.

On veut la forcer à se remarier. On la harcèle de prétendants qu'elle ignore. On la menace de lui retirer ses biens. Sa belle-mère gémit. Florine doit réagir ! C'est son devoir de femme et de comtesse. Elle la supplie et ne lui laisse guère de répit. Florine ne désire qu'une chose : vivre en paix dans son château et se livrer au jeûne, à la prière, à l'adoration de

Dieu. Elle n'a pas eu le temps de concevoir un héritier qui la protégerait de ces assauts, en faisant respecter le nom de son père...

La vie d'une jeune veuve, à l'époque, est un dur combat et Florine est obligée de se remarier si elle ne veut pas se voir dépouillée du trésor de Guillaume et voir le nom de sa famille traîné dans la boue. Elle n'a pas le choix. De plus, Isabeau, sa fidèle servante, l'informe qu'un complot est ourdi contre elle. Le châtelain voisin, Étienne le Noir, a acheté les services d'une bande de mercenaires afin qu'ils l'enlèvent, la déshonorent et qu'il puisse s'emparer de ses terres sans coup férir ! Le rapt était, jadis, un moyen courant de s'approprier un domaine. Florine se résout au mariage. Elle choisit le préten dant le plus doux, le plus modeste, celui qui n'entravera pas ses plans de dévote : Thibaut de Boutavant, dit le Troubadour. Il est de bonne famille, honnête et droit, il passe ses journées à écrire des poèmes sur la *fin'amor* et joue de la mandoline en rêvant de Florine. Encore faut-il que le mariage soit accepté par les autres seigneurs ! Florine les mettra devant le fait accompli et se mariera en secret, une nuit, dans la petite chapelle du château. Elle offre une grosse somme d'argent au prêtre chargé de les unir. Le jour suivant, elle donne un banquet où elle présente son nouveau mari aux prétendants floués. Le vin coule à flots, le vin gascon car le vin anglais, « il faut le boire les yeux fermés et les dents serrées » tellement il est mauvais, et les prétendants roulent sous la table. Thibaut va planter sa bannière sur la muraille du château pour montrer à tous qu'il est le seul maître.

Joséphine, pour écrire, s'emparait souvent de la personnalité de quelqu'un qu'elle connaissait. Un ou plusieurs détails. Une impression même fugace. Il n'était pas utile que ce soit juste. Ainsi avait-elle pris l'image de son propre père pour incarner le père de Florine. Et c'était comme si elle faisait enfin connaissance avec lui. Elle se souvenait qu'enfant, elle admirait son père et lui pardonnait ses calembours parce qu'elle avait compris qu'il les faisait pour se délasser. Il rentrait chez lui, soucieux et fatigué ; il se laissait aller à des jeux de mots faciles. Des bribes de souvenirs revenaient. Elle comprenait des silences, des mots qu'elle n'avait pas compris, alors. Elle se disait qu'elle aimait le travail, la loi et l'autorité parce que son père incarnait ces valeurs. Je ne suis pas une révoltée ni une battante, j'ai hérité de son humilité ; je respecte cette attitude face à la vie. J'aime admirer. J'aime les gens qui me sont supérieurs, sans doute parce que je suis la fille de mon père. Il était, pour moi, un personnage mystérieux, effacé, mais exigeant. J'avais compris que son silence était sa façon de lutter, de chercher. En rencontrant des gens qui n'attendent rien, qui ne cherchent rien, je me suis aperçue, par contraste, de la richesse de mon père. C'est quelqu'un qui est toujours allé vers ce qui ne sert à rien. C'est pourquoi j'ai besoin des chevaliers, des rois mendiants, de ces temps reculés où la règle de saint Benoît prônait l'humilité.

Parfois, des souvenirs revenaient qu'elle ne comprenait pas bien. Comme des bois flottants, composant un dessin qu'elle n'arrivait pas à déchiffrer. Cette colère terrible et silencieuse de son père, un jour d'orage, en été, dans les Landes... La seule fois où il avait élevé la voix contre sa mère, l'avait traitée de « criminelle ». La seule fois où sa mère n'avait rien répondu. Elle se souvenait très bien d'être partie, emportée dans les bras de son père. Il sentait le sel ; était-ce la mer ou des larmes ? Ce souvenir allait et venait, déposant à chaque fois une nouvelle moisson d'émotions, lui faisant monter les larmes aux yeux sans qu'elle sache pourquoi. Elle devinait que cette résistance cachait une énigme, mais la scène se dérobait toujours. Un jour, je déchiffrerai l'énigme des bois qui flottent, songeait Joséphine.

Elle se demandait, en suçant le capuchon de son Bic, qui elle pourrait bien prendre comme modèle pour incarner Thibaut, le doux troubadour, quand son regard tomba sur l'homme au duffle-coat, installé à l'autre bout de la longue table. Il était là, à quelques mètres. Il portait un col roulé noir qui jurait avec l'atmosphère printanière de cet après-midi de mai. Son duffle-coat bleu marine reposait sur le dossier de sa chaise. Ce sera lui, mon troubadour ! Mais, se reprit-elle aussitôt, il va falloir qu'il meure puisqu'il n'est que le deuxième mari ! Elle hésita. L'observa. Il écrivait de la main gauche, penché sur son coude, il gardait la tête baissée, ignorant le regard qu'elle posait sur lui. Il a de longues mains blanches, des joues bleutées par la naissance d'une barbe drue, des cils épais qui cachent des yeux bruns piqués de taches vertes, il est pâle, si maigre. Qu'il est beau ! Qu'il inspire l'amour ! Qu'il paraît loin des vanités de cette terre !

Il sera Thibaut et je ne le ferai pas mourir : il disparaîtra et reviendra en fin d'histoire ! Ce sera une nouvelle péripétie. On le croira mort, Florine versera toutes les larmes de son corps, se remariera mais son cœur appartiendra pour toujours à Thibaut le Troubadour.

Non... Il doit mourir. Sinon mon histoire ne tient plus debout. Je ne dois pas me laisser distraire. Thibaut est à la fois seigneur et troubadour. Il trousse des chansons d'amour mais aussi des pamphlets contre le pouvoir du roi de France ou de Henri II. Il chante les joies que procurent les batailles, les coups d'épée, mais aussi les profits des guerres, les manœuvres des entourages, la rapacité des conquérants. Il condamne la politique des deux souverains, les impôts trop lourds, les campagnes dévastées. Ses chansons sont reprises dans les villes et les bourgs ; il devient influent, trop influent. L'argent, écrit-il, doit être dépensé pour le bien des sujets et non pour la gloire des princes. Il reprend les plaintes murmurées chez les paysans, les serfs et les vassaux. Il séduit, il irrite. Il lance des polémiques. On le couvre d'or pour l'entendre chanter ses ballades engagées. Sa tête est mise à prix par Henri II. Il meurt empoisonné après avoir connu la gloire.

Joséphine se résigna à la mort de Thibaut le Troubadour en soupirant.

Elle travailla tout l'après-midi, se nourrissant de la présence de l'homme en duffle-coat, notant la main qui passait et repassait sur la barbe naissante, les yeux qui se fermaient à la recherche d'une idée, le poignet mince et décharné qui reposait sur la feuille blanche, les veines du front qui se gonflaient, les joues qui se creusaient... et reversait tous ces détails dans le personnage de Thibaut. Florine, émue par la douceur de cet homme, découvre l'amour, néglige son Dieu puis s'abîme en longues prières pour se faire pardonner... Florine découvre les plaisirs de la couche conjugale. Joséphine rougit en commençant le récit de la nuit de noces, quand Thibaut en chemise vient se coucher près de Florine, dans le grand lit fermé par des rideaux... La remit à plus tard : quand elle ne serait pas en bibliothèque, face à lui !

Le temps passait. Elle remarqua à peine que l'homme rangeait ses affaires et se préparait à partir. Elle hésita un instant entre Thibault et l'homme au duffle-coat et... le suivit sur le chemin de la sortie, poussant à son tour la porte à double battant qui protégeait la salle de travail des bruits extérieurs. Le rejoignit dans l'avenue encombrée de voitures, à l'arrêt d'autobus où il attendait, la tête perdue dans ses pensées.

Elle vint se placer à côté de lui et laissa tomber un livre. Il se baissa pour le ramasser et, se relevant, la reconnut et sourit.

– C'est une habitude chez vous de tout laisser tomber !

– C'est que je suis si distraite !

Il rit doucement et ajouta :

– Mais je ne serai pas toujours là.

Il avait prononcé ces mots sur un ton monocorde et plat. Sans la moindre nuance d'espièglerie. Il faisait un constat, et elle eut honte de sa manœuvre. Elle ne savait plus que répondre. Elle s'en voulait d'être muette, chercha, chercha comment répliquer en étant spirituelle, mais resta silencieuse et rougit.

— On est au printemps et vous portez toujours votre duffle-coat, se risqua-t-elle à dire pour que le silence ne s'installe pas.

— J'ai toujours froid...

Encore une fois elle resta silencieuse et se maudit. L'autobus s'arrêta à leur hauteur. Il la laissa passer et monta derrière elle, comme s'ils allaient tous les deux dans la même direction. Mon Dieu ! Ce n'est pas du tout mon chemin, remarqua Jo quand elle vit l'autobus prendre la direction de la place de la Boule. Elle alla s'asseoir et lui fit de la place pour qu'il s'installe à côté d'elle. Elle le vit hésiter un instant. Mais il se ravisa, la remercia et prit place à ses côtés.

— Vous êtes enseignante ? demanda-t-il poliment.

Il avait un long nez, des narines bien dessinées. Thibaut Grand Nez ? Ce serait plus original que Thibaut le Troubadour.

— Je travaille au CNRS, sur le XIIᵉ siècle.

Il fit une moue appréciative.

— Belle époque, le XIIᵉ siècle. Un peu ignorée, sans doute...

— Et vous ? demanda-t-elle.

— Moi, j'écris une histoire des larmes... Pour un éditeur étranger. Un éditeur universitaire. Ce n'est pas très gai, vous voyez.

— Oh ! mais ce doit être passionnant !

Elle s'insulta intérieurement : quelle remarque idiote. Idiote et plate. Interdisant la réplique, le rebond.

— C'était en quelque sorte le cinéma de l'époque, dit-il. Un moyen d'exprimer ses émotions en privé comme en public. Hommes et femmes pleuraient beaucoup...

Il s'enfonça dans son duffle-coat, reprit sa rêverie. Cet homme est vraiment frileux, se dit Joséphine, qui pensa aussitôt à utiliser ce détail pour Thibaut, fragile des bronches.

Elle regarda par la fenêtre : elle s'éloignait de plus en plus ! il allait falloir qu'elle songe à rentrer. Les filles sortiraient de l'école et seraient étonnées de ne pas la voir à la maison. Dire qu'avant j'étais toujours là quand elles rentraient, attentive, disponible. J'aime sonner et j'aime quand c'est toi qui ouvres la porte, disait Zoé en se pendant à son cou.

— Vous venez souvent à la bibliothèque ? demanda-t-elle, s'enhardissant.

— Chaque fois que je veux avoir la paix pour travailler... Je suis si concentré, quand je travaille, que je ne supporte pas le moindre bruit.

Il est marié, il a des enfants, se dit Joséphine. Il fallait qu'elle en sache davantage. Elle se demandait comment poser la question sans paraître trop curieuse, quand il se leva et dit :

— Je descends ici... On se reverra sûrement.

Il lui lança un regard embarrassé. Elle hocha la tête, répondit oui, à bientôt, et le regarda sortir. Il s'en alla, sans un regard, avec la démarche de quelqu'un qui regarde en lui-même et non le chemin qu'il suit.

Elle n'avait plus qu'à reprendre l'autobus dans le sens inverse. Elle avait oublié de lui demander son nom. Il n'incitait guère à la conversation. Pour un type qui posait pour des photos, il semblait plutôt renfrogné.

En bas de l'immeuble, il y avait un attroupement. Le cœur de Joséphine s'emballa : il était arrivé quelque chose aux filles. Elle se précipita, écarta les badauds qui contemplaient madame Barthillet et Max, assis sur les marches de l'escalier.

— Que se passe-t-il ? demanda Joséphine à la voisine du troisième étage qui les contemplait, les bras croisés.

— Les huissiers sont venus. Ils ont mis les scellés. Ils doivent partir. Trop de loyers pas payés !

— Mais ils vont aller où ?

Elle haussa les épaules. Ce n'était pas son problème. Elle constatait, c'est tout. Joséphine s'approcha de madame Barthillet qui pleurait doucement, la tête basse. Elle croisa le regard de Max, sombre, silencieux.

— Vous savez où aller, ce soir ?

Madame Barthillet répondit que non.

— Mais vous n'allez pas dormir dans la rue.

— Et pourquoi pas ? dit madame Barthillet.

— Ils n'ont pas le droit de vous mettre à la porte ! Avec un enfant, en plus !

— Ils se sont pas gênés.

— Venez chez moi. Pour ce soir, en tout cas...

Madame Barthillet releva la tête et murmura :

— Vous parlez sérieusement ?

Joséphine opina et prit Max par le bras.

— Lève-toi, Max... Prenez vos affaires et suivez-moi.

La voisine du troisième secoua la tête d'un air sombre et commenta :

— Elle sait pas ce qu'elle fait, la pauvre ! Elle est pas sortie de l'auberge.


— Maman, c'est quand que je baise ?

Shirley dit quelques mots en anglais et raccrocha le téléphone. Elle allait devoir partir. La question de Gary la prenait de court.

— Mais enfin, Gary... Tu as seize ans ! Ce n'est pas urgent !

— Pour moi, si.

Elle regarda son fils. Il a raison, c'est un homme, maintenant. Un mètre quatre-vingt-cinq, des mains, des bras, des jambes comme des spaghettis. Une voix d'homme, un début de barbe, des cheveux noirs mi-longs hirsutes. Il se rase, passe des heures dans la salle de bains, refuse de sortir quand il a un bouton, se ruine en crèmes et en lotions. Sa voix a mué. Ce doit être troublant de sentir qu'un homme pousse dans son corps d'enfant. Je me rappelle quand mes seins ont poussé, je les ai bandés, et mes premières règles, je croyais qu'en serrant les jambes...

— Tu es amoureux ? Tu penses à une fille ?

— J'ai tellement envie, m'man... Ça me prend là !

Il porta la main à sa gorge et tira la langue de désir.

— Je pense plus qu'à ça.

Faire ses valises, prendre le premier avion pour Londres. Demander à Joséphine de garder un œil sur Gary. Ce n'était vraiment pas le moment d'entamer une discussion sur la sexualité des adolescents.

— Écoute, chéri, on en reparlera quand tu seras amoureux...

— C'est obligé d'être amoureux ?

— Ça vaut mieux ! Ce n'est pas un acte banal... Et puis, la première fois, c'est important. Il ne faut pas le faire avec n'importe qui, n'importe comment. Tu t'en souviendras toute ta vie de ta première fois.

— Y a bien Hortense, mais elle me regarde pas.

Pendant les vacances de Pâques, au Kenya, Gary avait passé son temps à suivre Hortense tel un papillon attiré par la lumière. Elle le repoussait en lui disant « tu colles, Gary ! qu'est-ce que tu es collant ! Dégage ! Dégage ! ». Shirley était bouleversée. Elle serrait les dents. Le désarroi de Gary avait gâché le séjour de Shirley qui observait la maladresse de son fils sans pouvoir y remédier. Un soir, elle lui avait expliqué qu'il s'y prenait très mal : « Une femme a besoin de mystère, de distance. Elle a besoin de désirer l'homme qui lui plaît, d'être intriguée, de douter de son pouvoir de séduction, comment veux-tu qu'elle te désire, tu la suis partout comme un bourdon, tu préviens toutes ses envies, tous ses caprices, elle ne te respecte pas ! – M'man, c'est plus fort que moi, elle me rend fou ! »

– Écoute, Gary, ce n'est pas le bon moment pour en parler, je dois partir à Londres, une urgence ! Je serai absente une semaine, tu vas devoir te débrouiller tout seul...

Il se tut, enfonça les mains dans son pantalon trop grand. Son caleçon dépassait. Shirley tendit la main pour remonter son pantalon mais Gary la repoussa.

– C'est jamais le bon moment pour te parler !

– T'exagères, chéri... je suis toujours là pour t'écouter mais là, ça tombe mal.

Gary souffla bruyamment et alla s'enfermer dans sa chambre. Shirley rageait. Normalement, elle se serait assise, aurait posé des questions, écouté, proposé une solution, mais que pouvait-elle dire à un garçon de seize ans que la puberté tourmentait ? Il lui aurait fallu du temps et, justement, elle n'en avait pas. Il fallait qu'elle boucle sa valise, réserve un billet d'avion, prévienne Joséphine de son départ.

Elle alla sonner chez Jo. Ce fut madame Barthillet qui lui ouvrit.

– Joséphine est là ?

– Oui... Dans sa chambre.

Shirley aperçut deux grandes valises dans l'entrée et alla retrouver Joséphine.

– Qu'est-ce qu'elle fait là, madame Barthillet ?

– Elle vient d'être mise à la porte de chez elle. Je lui ai dit de venir chez moi le temps qu'elle se retourne.

– Ça tombe mal... J'allais te demander un service.

Joséphine posa les draps qu'elle venait de sortir de la penderie.

– Vas-y... Je t'écoute.

– Je dois partir à Londres. Une urgence... Du boulot ! Je

voulais te demander si tu pouvais surveiller Gary le temps de mon absence.

— Tu pars longtemps ?

— Une petite semaine...

— Pas de problème. Au point où j'en suis ! Je vais me dessiner une croix rouge sur le front.

— Je suis désolée, Jo, mais je ne peux pas refuser. Je te donnerai un coup de main pour madame Barthillet quand je reviendrai.

— J'espère qu'elle sera partie quand tu reviendras. Et mon livre ! Je n'ai plus que deux mois avant de rendre le manuscrit ! Et j'en suis qu'au deuxième mari. Y en a trois autres qui attendent !

Elles s'assirent toutes les deux sur le lit de Joséphine.

— Elle va dormir dans ta chambre ? demanda Shirley.

— Avec Max. Je vais m'installer dans le salon et j'irai travailler en bibliothèque...

— Elle n'a pas de boulot ?

— Elle vient d'être licenciée.

Shirley prit la main de Joséphine, la serra et lui dit merci.

— Je te revaudrai ça, promis !

Quand les filles rentrèrent de l'école, Zoé battit des mains en apprenant que Max allait habiter avec elles. Hortense prit sa mère à part dans la salle de bains et demanda :

— C'est une plaisanterie ?

— Non. Écoute, Hortense... On ne va pas les laisser dormir sous les ponts.

— Putain, m'man !

— Mais je te demande rien.

— Si. Va falloir faire de la place à cette famille de demeurés. Tu sais qui c'est, madame Barthillet : un cas social. Tu vas voir, tu vas le regretter ! En tout cas, il est hors de question qu'ils envahissent ma chambre ! Ou qu'ils touchent à mon ordinateur !

– Hortense, c'est juste pour quelques jours... chérie, murmura-t-elle, en essayant de la prendre dans ses bras, ne sois pas égoïste ! Et puis, ce n'est pas TA chambre, c'est celle de Zoé aussi...

– Tu me fais chier avec tes airs de bonne sœur. Qu'est-ce que t'es ringarde, ma pauvre !

La gifle partit sans que Joséphine s'en aperçoive. Hortense porta la main à sa joue et foudroya sa mère du regard.

– J'en peux plus de vivre ici ! siffla Hortense. J'en peux plus de vivre avec toi ! Je n'ai qu'une idée, c'est de me casser, et je te préviens...

Une autre gifle partit et, celle-là, Joséphine mit toute sa rage à la donner. Dans la cuisine, Zoé, Max et madame Barthillet préparaient le dîner. Max et Zoé mettaient la table pendant que madame Barthillet faisait chauffer l'eau pour les pâtes.

– Tu vas te reprendre et faire bonne figure, sinon ça va aller très mal, murmura Joséphine entre ses dents.

Hortense la regarda, chancela et se laissa tomber sur le bord de la baignoire. Puis elle eut un rire léger, regarda sa mère et laissa tomber avec un mépris rageur :

– Pauvre conne !

Joséphine l'attrapa par la manche de son chandail et la jeta hors de la salle de bains. Puis elle se laissa glisser sur le sol et lutta contre la nausée qui lui soulevait l'estomac. Elle avait envie de vomir. Elle avait envie de pleurer. Elle s'en voulait de s'être laissée aller à sa colère. On ne résout rien en donnant des gifles à une enfant. On s'avoue vaincue, c'est tout. Hortense sortait toujours victorieuse de ces affrontements. Joséphine passa de l'eau sur ses yeux rougis et alla frapper à la porte de la chambre d'Hortense.

– Tu me détestes, n'est-ce pas ?

– Oh, maman, arrête ! On n'a rien à se dire, toi et moi. J'aurais mieux fait de rester au Kenya, avec papa. Même avec Mylène, je m'entends mieux qu'avec toi. C'est te dire !

– Mais qu'est-ce que je t'ai fait, Hortense, dis-moi ?

– Je ne supporte pas ce que tu représentes. Ton air gnangnan, tes discours à la con ! Et puis, j'en peux plus de vivre ici... Tu m'avais promis qu'on allait déménager et on végète toujours dans cet endroit minable, dans cette banlieue minable, avec des gens minables.

– Je n'ai pas les moyens de déménager, Hortense ! Je t'ai promis que je le ferais si je pouvais, si ça devait te rendre heureuse.

Hortense la dévisagea, d'un air méfiant, et passa la main sur sa joue pour effacer le souvenir cuisant des gifles. Joséphine s'en voulut de l'avoir battue et s'excusa.

Je n'aurais pas dû te gifler, chérie... mais tu m'as poussée à bout.

Hortense haussa les épaules.

– C'est pas grave... Je vais tâcher d'oublier.

On frappa à la porte de la chambre. Zoé annonçait que le dîner était prêt. On n'attendait plus qu'elles. Joséphine aurait voulu que sa fille lui dise qu'elle lui pardonnait, elle aurait voulu la prendre dans ses bras, l'embrasser mais Hortense répondit « voilà, voilà, on arrive » et sortit de la chambre sans se retourner.

Joséphine se reprit, essuya ses yeux et se dirigea vers la cuisine. Dans le couloir, elle s'arrêta et pensa : Je ne pourrai plus travailler dans la cuisine, avec les Barthillet, ni dans le salon. Où vais-je mettre mes livres, mes papiers et l'ordinateur ? Quand on déménagera, je prendrai un appartement avec un bureau, pour moi... Si le livre marche, si je gagne beaucoup d'argent, on pourra déménager. Elle soupira, eut envie de courir annoncer la bonne nouvelle à Hortense mais se reprit. Il fallait d'abord qu'elle finisse le livre. Elle irait travailler en bibliothèque. Auprès de l'homme au duffle-coat. Elle n'avait plus l'âge de tomber amoureuse. Elle était ridicule. Qu'avait dit Hortense ? Gnangnan. Elle avait raison. Hortense avait toujours raison.

— Vous n'avez pas la télé ? demandait Max quand elle pénétra dans la cuisine.

— Non, répliqua Joséphine et on vit très bien sans.

— Encore une idée de maman, soupira Hortense en levant les épaules. Elle a mis la télé à la cave. Elle préfère qu'on lise dans notre lit, le soir ! Qu'est-ce qu'on s'éclate !

— Oh, mais il y a le grand bal de Charles et Camilla au château de Windsor, dit madame Barthillet, on ne pourra pas le regarder. Y aura la reine, le prince Philip, William, Harry et toutes les têtes couronnées !

— On ira chez Gary, répliqua Zoé. Eux, ils ont la télé. Mais nous, on a Internet. C'est ma tante Iris qui l'a fait installer pour que maman puisse travailler. C'était son cadeau de Noël. Même qu'on n'a pas besoin de se brancher, c'est du wifi !

— Personne ne touche à mon ordinateur, grinça Hortense, ou je mords ! Vous êtes prévenus.

— T'en fais pas. J'ai réussi à garder le mien, dit madame Barthillet. Un que j'ai acheté au marché aux voleurs à Colombes, pour rien du tout...

C'était un sous-sol de magasin hi-fi où l'on pouvait acheter au tiers du prix de la marchandise volée. Joséphine sentit un frisson lui hérisser le cou. Manquait plus que la police débarque chez elle !

— Ils vous ont tout piqué alors ? demanda Zoé en prenant un air triste.

— Tout... il nous reste plus rien ! soupira madame Barthillet.

— Bon, on va pas se lamenter ! intervint Hortense. Vous

allez chercher du boulot et travailler. Pour ceux qui le veulent vraiment, y a toujours du travail. Le mec de Babette, il a trouvé en vingt-quatre heures dans une agence d'intérim. Il a poussé la porte et il a eu le choix. Faut se lever tôt le matin, c'est tout ! Moi, j'ai reçu ma réponse de stage ; Chef me prend dix jours en juin. Il m'a dit que si je bossais bien, en plus, il me paierait !

– C'est bien, ma chérie, dit Joséphine. Tu t'es débrouillée toute seule !

– Fallait bien ! Allez, les pâtes sont prêtes ou pas ? J'ai encore plein de boulot, moi.

Joséphine alla égoutter les pâtes et les servit en veillant à les répartir équitablement. Il allait falloir faire attention, ménager les susceptibilités.

Ils mangèrent en silence. Hortense prit du fromage râpé sans en proposer aux autres. Joséphine fronça les sourcils, elle lui jeta un regard noir.

– Y en a plein dans le tiroir du frigidaire. C'est pas un drame, non ? Ils peuvent se lever et se servir.

Joséphine se demanda si elle n'avait pas fait une grosse erreur en recueillant les Barthillet.


Le Dr Troussard devait les recevoir à quinze heures. Ils arrivèrent à quatorze heures trente, habillés comme pour un dimanche, et prirent place dans la salle d'attente de ce cabinet médical cossu de l'avenue Kléber. Le Dr Troussard était spécialisé dans les problèmes de fertilité. Marcel avait obtenu son nom en discutant avec l'un de ses directeurs de magasin. « Mais faites gaffe, Marcel, nous, on en a eu trois d'un coup. On était épuisés ! On a failli laisser trois orphelins ! – Trois, quatre, cinq, je prends tout », avait répliqué Marcel. Le directeur de magasin avait eu l'air étonné. « C'est pour vous ? »

avait-il demandé, curieux. Marcel s'était repris : « Non, c'est pour ma petite nièce, elle désespère d'avoir un enfant et la voir dépérir me fout un de ces bourdons ! Je l'ai élevée, elle est comme ma fille, vous comprenez... – Ah ! avait dit l'autre en rigolant, je préfère, j'ai cru que c'était pour vous ! Y a un âge où vaut mieux regarder la télé que pouponner, pas vrai ? »

Marcel était reparti, chafouin. Il a pas tort, ce brave homme, je me réveille un peu tard pour chanter des berceuses ! Et Josiane n'est pas toute jeunette, non plus. Pourvu qu'on fasse pas un fond de bidet ! Un avorton élevé au jus de concombre. Oh ! je l'imagine si bien, cet enfant ! Je le vois déjà. Un costaud des Halles que j'élèverai en prince-de-Galles. Manquera pas de vitamines ni d'air frais, pas de leçons d'équitation ni de grandes écoles, je te fous mon billet !

Le Dr Troussard leur avait demandé de faire des analyses, une page entière, écrite serré ! et les attendait à seize heures pour « commenter les résultats ». Ils étaient là, tremblants, dans la salle d'attente. Intimidés par les canapés, les chauffeuses, le tapis qui léchait les chevilles, les lourds rideaux.

– Vise les rideaux, on dirait des couilles de rhinocéros !

– Doit pas prendre des clopinettes, ce docteur-là, chuchota Josiane. Y a trop de pognon ! Ça sent le charlatan.

– Mais non ! Le gars m'a dit qu'il était un peu pincé, pas du genre à te sucer la pomme, mais un grand efficace.

– Oh ! J'ai le trac, Marcel ! Touche mes mains, elles sont glacées.

– Prends une revue, ça te changera les idées...

Marcel prit deux journaux et en tendit un à Josiane, qui le repoussa.

– J'ai pas la tête à lire un bouquin.

– Lis, Choupette, lis !

Pour lui montrer l'exemple, il se plongea dans le journal.

376

Ouvrit une page au hasard et lut : « On savait que les femmes de quarante ans ont trois fois plus de risques de faire une fausse couche que celles de vingt-cinq ans, mais aujourd'hui une étude franco-américaine montre que l'âge du père augmente aussi ce risque. Parce que les spermatozoïdes subissent eux aussi les effets du vieillissement : ils perdent de leur mobilité et contiennent davantage d'anomalies chromosomiques ou génétiques qui peuvent aboutir à une fausse couche spontanée. Le risque de fausse couche serait augmenté de trente pour cent lorsque le futur père a plus de trente-cinq ans. Ce risque augmente régulièrement avec l'âge, quel que soit celui de la future mère... »

Marcel referma le journal, affolé. Josiane le vit devenir livide et s'humecter les lèvres comme s'il n'avait plus de salive.

– Ça va pas ? T'as un malaise ?

Il lui tendit le journal, accablé.

Elle le parcourut, le reposa et dit :

– Ça sert à rien de se mettre marteau en tête. Lui, il a nos résultats d'analyse et il nous dira ce qu'il en est...

– Je rêve d'un petit Hercule et c'est tout juste si on arrivera à lui faire une bretelle de maillot.

– Arrête, Marcel ! Je t'interdis de parler en mal de ton fils.

Elle s'écarta et referma les bras sur sa poitrine. Pinça les lèvres pour ne pas pleurer. Dieu, qu'elle le désirait, cet enfant, elle aussi ! Elle avait avorté trois fois, sans la moindre hésitation, et maintenant qu'elle souhaitait plus que tout être enceinte, elle n'y arrivait pas. Elle faisait des prières tous les soirs, allumait une bougie blanche devant une statue de la Vierge, se mettait à genoux et récitait le *Notre Père* et le *Je vous salue, Marie*. Il avait fallu qu'elle les réapprenne parce qu'elle les avait oubliés. Elle s'adressait surtout à la Vierge : « Tu es une maman, toi aussi, tu sais ce que c'est, je t'en demande pas un comme le tien, un dont on parle encore aujourd'hui, juste un normal, en bonne santé, avec tout bien en place et une grande bouche pour rigoler. Un qui mette ses bras autour de mon cou et qui dise "je t'aime, mamounette", un pour qui je me trouerai la peau ! Y en a qui te demandent des trucs plus compliqués, moi je veux juste un petit déclic dans mon ventre, c'est pas grand-chose, tout de même... » Elle était allée voir une voyante qui lui avait assuré qu'elle aurait un enfant. « Un beau petit garçon, je vous assure, je le vois... que je perde mon don si je me trompe ! » Elle lui avait pris cent euros, mais Josiane y serait bien retournée chaque jour pour être rassurée. Garçon ou fille, elle s'en moquait ! Pourvu qu'elle ait un bébé, un petit bébé à aimer, à choyer, à bercer dans ses bras. Plus il tardait à venir, cet enfant, plus elle s'y attachait. Ça lui était bien égal, maintenant, que Marcel quitte le Cure-dents ou pas ! Pourvu qu'elle ait son bébé...

Ils restèrent un moment silencieux jusqu'à ce que l'assistante vienne leur annoncer que le docteur allait les recevoir. Marcel se leva, resserra le nœud de sa cravate et passa la langue sur ses lèvres.

— Je crois que je vais avoir une attaque.

— C'est pas le moment, le houspilla Josiane.

— Donne-moi le bras : je marche pas droit !

Le Dr Troussard les rassura tout de suite. Tout était en ordre. Chez Josiane et chez Marcel. Des bilans de jeunes parents ! Ils n'avaient plus qu'à retrousser leurs manches et à se mettre à la tâche.

— Mais on ne fait que ça ! s'écria Marcel.

— Et on n'y arrive pas ! Pourquoi ? gémit Josiane.

Le Dr Troussard écarta les bras en signe d'impuissance.

— Moi, je suis comme le mécanicien, je soulève le capot

et je fais un diagnostic : tout est en ordre, tout fonctionne. Maintenant, c'est vous qui êtes au volant et qui conduisez !

Il se leva, leur tendit leur dossier et les raccompagna.

— Mais..., reprit Josiane.

Il l'interrompit aussitôt et lui dit :

— Arrêtez de réfléchir ! Sinon, c'est votre tête qu'il va falloir analyser. Et ça, croyez-moi, c'est beaucoup plus compliqué !

Marcel régla le prix de la consultation, cent cinquante euros, pendant que Josiane soupirait : mille balles pour savoir que tout va bien, c'est un peu cher tout de même !

Dans la rue, Marcel prit le bras de Josiane et ils avancèrent en silence. Puis Marcel s'arrêta et, regardant Josiane droit dans les yeux, il demanda :

— Tu es sûre de le vouloir, cet enfant ?

— Archisûre. Pourquoi ?

— Parce que...

— Parce que tu te disais que je faisais semblant, que j'en voulais pas ?

— Non. Je me demandais si tu n'avais pas peur... rapport à ta mère ?

— Je me suis déjà posé la question...

Ils reprirent leur marche. Puis Josiane agrippa le bras de Marcel.

— Faudrait peut-être que j'aille voir un psy ?

— Je n'aurais jamais imaginé que ce serait si compliqué de faire un bébé !

— Peut-être qu'on se complique trop la vie ! Que si on était plus décontractés, il arriverait comme une fleur ?

Marcel déclara qu'il fallait arrêter d'y penser, supprimer le nom de Junior de leurs conversations, et faire comme si de rien n'était.

— On ne parle plus de rien, on fait la fête, on s'envoie en

l'air et si, dans six mois, t'es toujours plate comme une sole normande... je te fais enfermer dans une éprouvette !

Josiane lui jeta les bras autour du cou et l'embrassa. Ils s'étaient arrêtés devant une grande vitrine Nicolas. Marcel s'approcha de la partie miroir, tira sur la peau de son cou, grimaça, « et si je me faisais faire un petit lifting, pour Junior ? Pour qu'on ne me prenne pas pour son grand-père à la sortie de l'école ? ».

Elle lui donna un grand coup de coude dans les côtes et hurla :

— On avait dit qu'on n'en parlait plus !

Il porta la main à sa bouche pour assurer qu'il ne dirait plus un mot sur le sujet. Lui donna une petite tape sur les fesses et lui reprit le bras.

— Mille balles pour lire un bilan, il se mouche pas avec les pieds, déclara Josiane. C'est remboursé par la Sécu, ça ?

Marcel ne répondit pas. Il s'était arrêté devant un kiosque à journaux et en détaillait la façade, les yeux écarquillés.

— Ben, Marcel, t'es où, là ? Tu penses à quoi ?

Il fit signe qu'il ne pouvait pas parler.

— T'as avalé ta langue ?

Il secoua la tête.

— Ben alors ?

Elle se planta devant le kiosque à journaux, entreprit de regarder les unes affichées jusqu'à ce qu'elle tombât sur un numéro spécial consacré à Yves Montand. « Yves Montand, sa vie, ses amours, sa carrière. Yves Montand et Simone. Yves Montand et Marylin. Yves Montand, papa à soixante-treize ans... Son dernier amour s'appelait Valentin. »

Elle soupira, ouvrit son porte-monnaie, prit le journal et le tendit à Marcel qui la remercia en un salut muet.

Ils revinrent au bureau à pied. Il faisait beau. L'Arc de triomphe se détachait victorieux sur le ciel bleu, des petits drapeaux bleu-blanc-rouge flottaient sur les rétroviseurs des autobus, les femmes avaient les bras nus et les garçons leur pinçaient la taille. Marcel et Josiane se tenaient par le bras comme un couple de promeneurs qui a mis ses habits les plus chic pour se promener dans les beaux quartiers.

— On ne se promène jamais comme ça. En amoureux, fit remarquer Josiane. On a toujours peur de tomber sur quelqu'un.

— La petite Hortense va faire un stage dans la boîte en juin...

— Je sais. Chaval m'a prévenue... Il part quand, celui-là ?

— Fin juin. Il jubilait quand il m'a donné sa démission. Je l'aurais bien fait décaniller avant mais j'ai encore besoin de lui. Faut que je lui trouve un remplaçant...

— Bon débarras ! Je ne le supportais plus...

Marcel lui jeta un regard inquiet. Disait-elle vrai ou n'y avait-il pas un peu d'amour et de dépit dans sa voix ? Il aurait préféré garder Chaval dans l'entreprise pour le surveiller, avoir à l'œil son emploi du temps, ses déplacements.

— Tu n'y penses plus du tout ?

Josiane secoua la tête et donna un coup de pied dans une cannette qui alla rouler dans le caniveau.

— Tiens ! s'exclama Marcel. Quand on parle du loup...

Au feu de croisement, à l'angle de l'avenue des Ternes et de l'avenue Niel, un coupé décapotable rouge ronflait en attendant de redémarrer. Bruno Chaval était au volant. Lunettes de soleil, veste en daim clair, col de chemise ouvert, il chantonnait en poussant le volume de sa radio. Il vérifia son reflet dans le rétroviseur, passa et repassa la main dans ses cheveux noirs, dessina d'un doigt sa fine moustache, fit vrombir son moteur et laissa la trace de ses pneus sur le macadam en démarrant.

Le grand bal au château de Windsor était retransmis ce samedi soir ; ils étaient tous installés devant la télé de Shirley. Tous sauf Hortense qui avait refusé de venir voir les têtes couronnées défiler en grand tralala. Gary leur avait ouvert la porte en grognant « c'est quoi, cette connerie que vous allez regarder ? Moi, je reste dans ma chambre... ». Joséphine, Zoé, Max et Christine Barthillet s'étaient installés, par terre, dans le salon devant la télévision. Ils avaient répandu à même le sol des paquets de chips, des Coca, des fraises Tagada, deux baguettes et des rillettes qu'ils tartinaient avec leurs doigts.

Joséphine se disait qu'elle aurait mieux fait de rester chez elle et de travailler. Le deuxième mari était toujours vivant ! Elle s'était attachée à lui, avait du mal à le faire trépasser. Elle n'aurait jamais fini à temps. Le troisième, il allait falloir qu'il meure plus vite que ça ! Elle était allée en bibliothèque tous les jours et n'avait guère progressé. Elle avait trop de soucis en tête. Hortense ne lui adressait plus la parole, Zoé avait déserté deux fois l'école, en une semaine, pour suivre Max dans des expéditions troubles. « Mais on est juste allés récupérer le portable qu'une copine de Max s'était fait voler ! Mais Max avait laissé son cartable chez son copain et je suis allée avec lui le reprendre... – Et tu as besoin d'être maquillée comme une marchande foraine pour aller à l'école maintenant ? » L'adorable Zoé se métamorphosait en minette déchaînée. Elle s'enfermait dans la salle de bains. En ressortait en minijupe, les yeux charbonneux, la bouche rouge vampire ! Joséphine était obligée de la débarbouiller avec un gant et du savon pendant qu'elle se débattait et hurlait au harcèlement. Hortense haussait les épaules d'un air indifférent. Elle avait dû en parler à son père car Antoine avait appelé en demandant : « C'est quoi cette cohabitation avec les Barthillet ? Joséphine, je t'avais toujours dit de ne pas t'approcher d'eux, ce sont de mauvaises gens !

— Et alors ? avait dit Jo, que fallait-il que je fasse ? Que je les laisse sur le palier ?

— Oui, avait répondu Antoine. Tu dois penser aux filles d'abord... »

Christine Barthillet passait ses journées sur le canapé du salon, en survêtement, à surfer sur son ordinateur. Elle avait trouvé un site de rencontres et répondait aux mails de mâles en chaleur. Quand Jo rentrait de la bibliothèque, elle lui racontait les touches qu'elle avait faites durant la journée. « Vous en faites pas, madame Joséphine, je vais déguerpir bientôt. Je fais encore un peu monter la sauce et je me barre. J'en ai deux bien chauds qui me proposent de m'héberger. Un petit jeune qui renâcle à cause de Max, et un autre plus vieux, marié, quatre enfants, mais qui est prêt à me payer un studio pour avoir un peu de compagnie en fin d'après-midi. Il a une entreprise de plomberie et nettoyer la merde des autres, ça rapporte gros. » Joséphine l'écoutait, abasourdie. « Mais vous ne savez rien d'eux, Christine, vous n'allez pas vous embarquer dans une nouvelle galère ?

— Pourquoi pas ? répondait Christine Barthillet. Pendant des années j'ai joué réglo et regardez où ça m'a menée... J'ai plus rien, plus de toit, plus de sous, plus de mari, plus de boulot ! Maintenant je vais profiter ! M'inscrire à toutes les aides sociales, toucher le RMI et faire banquer un vieux ! » Quand elle ne répondait pas aux mails d'inconnus, elle jouait au poker sur Internet avec sa carte bleue. « Le stud poker, madame Joséphine, ça peut rapporter gros ! Pour le moment, j'apprends mais après je blinderai comme une dingue ! » En attendant de toucher le gros lot, elle multipliait les crédits express et courait droit à la banqueroute.

Joséphine était atterrée. Elle bafouillait des arguments qui faisaient éclater de rire Christine Barthillet. « Mais vous êtes adulte, responsable, vous devez donner l'exemple à votre enfant ! » Christine Barthillet répliquait : « C'est fini, ce temps-là ! Bien fini. On gagne rien à être honnête. Vive la débauche !

— Mais pas sous mon toit ! » avait protesté Joséphine. Madame Barthillet avait bougonné quelque chose du genre « vous en faites pas, on va se tirer de là bientôt, Max et moi », et elle avait repris son pianotage. « Y en a un nouveau qui me demande si j'ai des accessoires ? Qu'est-ce qu'il entend par là, dites ? L'est malade celui-là ! »

Joséphine partait travailler en bibliothèque, la gorge serrée. Elle avait toujours un moment de panique quand elle mettait la clé dans la serrure, le soir en rentrant. Même l'homme au duffle-coat n'arrivait plus à la dérider.

— Ça ne va pas ? Vous ne laissez plus rien tomber, lui avait-il dit, la veille.

Il l'avait invitée à prendre un café. Il était passionné d'histoire sacrée. Il lui avait longuement parlé des larmes saintes, des larmes profanes, des larmes d'extase, des larmes de joie, des larmes d'offrande... et toutes ces larmes avaient rempli le cœur de Joséphine qui s'était mise à pleurer.

— J'avais raison, ça ne va pas du tout... Vous voulez un autre café ?

Joséphine avait souri à travers ses larmes.

— Ce n'est pas très gai ce que vous racontez..., avait-elle reniflé en cherchant un Kleenex dans ses poches.

— Mais vous devez connaître ça. Le XII$^e$ siècle est un siècle très religieux, très mystique. Les couvents pullulaient. Les prêcheurs parcouraient les campagnes en annonçant le châtiment éternel si on ne se lavait pas de tous ses péchés.

— C'est vrai, avait-elle soupiré, ravalant ses larmes car elle n'avait pas de Kleenex.

Il l'observait, attentif. Parfois elle se disait que c'était peut-être ce qu'il y avait de plus lourd dans son travail : le secret.

Toute l'énergie qu'elle dépensait, toutes les idées qui lui venaient la nuit et l'empêchaient de dormir, toutes les histoires qu'elle inventait, elle ne pouvait pas les partager. Elle avait l'impression d'être une clandestine. Pire : une criminelle ; plus Iris parlait de leur « combine », plus elle se convainquait qu'elle avançait sur le chemin du crime. Tout cela va mal finir, supputait-elle quand elle n'arrivait pas à trouver le sommeil. On va être démasquées, et je finirai comme madame Barthillet, ruinée et chassée de chez moi.

— Faut pas vous laisser impressionner comme ça par ce que je vous raconte, avait repris l'homme au duffle-coat. Vous êtes trop sensible...

C'est à ce moment-là qu'elle avait bredouillé « je ne connais même pas votre nom ». Il avait souri et avait dit : « Luca, italien d'origine, trente-six ans, toutes mes dents et un grand amour des livres. Je suis un moine de bibliothèque. » Elle lui avait souri, pitoyable, songeant qu'il ne lui disait pas tout, songeant aussi que trente-six ans, c'était un peu vieux pour faire le mannequin. Mais moi, je fais bien le nègre à quarante ans ! Elle n'osait pas lui parler des photos de mode. Elle ne savait pas pourquoi mais ça lui paraissait saugrenu qu'il puisse faire ce métier.

— Et votre famille, elle est en France ou en Italie ? s'était-elle enhardie.

Il fallait qu'elle sache s'il était marié.

— Je n'ai pas de famille, avait-il répliqué, sombre.

Elle n'avait pas insisté.

Shirley n'était pas là pour qu'elle lui raconte. Elle avait appelé trois fois de Londres. Elle devait rentrer lundi. « Je serai là lundi, promis, et je t'emmènerai faire la fête !

· · C'est pas une fête qu'il me faudrait mais une cure de sommeil ! Je suis fatiguée, si fatiguée... »

L'émission avait commencé et Christine Barthillet se

léchait les doigts en engouffrant une nouvelle fraise Tagada. On apercevait les lumières du château de Windsor, Charles et Camilla, sur le haut des marches, recevant amis et famille.

– Que c'est beau ! Comme ils sont mignons ! Vous avez vu comme ça brille, vous avez vu les bouquets, les musiciens, les décorations ! C'est beau, ça, un amour qui attend tout ce temps ! Trente-cinq ans, madame Joséphine, trente-cinq ans ! C'est pas tout le monde qui peut en dire autant.

Sûrement pas vous ! pensa Joséphine. Trente-cinq secondes sur le Net et vous êtes prête à vous installer avec le premier venu !

– Il s'appelle comment l'homme marié avec quatre enfants ? chuchota-t-elle à l'oreille de Christine Barthillet.

– Alberto... Il est portugais...

– Il ne divorcera jamais ! Les Portugais sont très croyants.

Pourquoi je lui dis ça, je m'en fiche totalement qu'il divorce ou pas.

– Je tiens pas à me marier. Je veux juste un logement et voir venir !

– Alors... bien sûr...

– Tout le monde n'est pas sentimental comme vous !

Après avoir pris un café, ils s'étaient dirigés naturellement vers l'arrêt d'autobus et, naturellement, elle était montée avec lui. Quand il était descendu, il lui avait dit au revoir et avait ajouté « à demain », en lui faisant un petit signe de la main. Elle avait pensé au chemin qu'il allait lui falloir faire pour revenir sur ses pas. Les filles à affronter, le dîner à préparer... Madame Barthillet ignorait la cuisine. Elle n'achetait que des soupes en poudre, des légumes en boîtes, des crevettes sous plastique ou des poissons rectangulaires. Elle s'étonnait quand Joséphine préparait le dîner et la regardait en posant du vernis rouge sur ses ongles. Zoé s'emparait du pinceau, Joséphine le lui ôtait des mains. « Mais pourquoi ? C'est joli ! – Non, pas à ton âge ! – Mais je suis grande ! – Non, c'est non ! – Vous avez tort, madame Joséphine, ça plaît aux garçons. – Zoé n'a pas l'âge de plaire aux garçons ! – C'est vous qui le dites, une petite fille, c'est coquet très tôt ! Moi, à son âge, j'avais déjà deux amoureux... – Maman, elle dit toujours que je suis trop petite » geignait Zoé en louchant sur les ongles rouges de madame Barthillet.

– Regardez, madame Joséphine, regardez ! C'est la reine et le prince Philip ! Qu'est-ce qu'il est beau ! Il a la poitrine musclée et bombée ! Un vrai prince de conte de fées !

– Un peu vieux, non ? lança Joséphine, agacée.

La reine Elisabeth avançait, vêtue d'une longue robe du soir turquoise, un sac noir pendant à son bras. Suivait le prince Philip, en queue-de-pie.

– Mais, mais..., hoqueta Joséphine. Juste derrière la reine, là, à trois pas d'elle, dans l'ombre, regardez, regardez !

Elle se dressait, l'index tendu vers l'écran, répétant « regardez, mais regardez », et, comme personne ne réagissait, elle se leva et alla poser le doigt sur l'écran, sur une jeune femme qui avançait tête baissée, en robe rose, pourvue d'une longue traîne, silhouette que l'on repérait aux boucles d'oreilles scintillantes comme gouttes au soleil.

– Vous avez vu ?

– Non, répondirent-ils en chœur.

– Là, je vous dis, là !

Joséphine martelait l'écran du doigt. « Là, cette femme aux cheveux tout courts ! » La jeune femme avançait en tenant sa traîne. Elle cherchait à l'évidence à rester dans l'ombre de la reine, mais la suivait de près.

– Ben oui... Elle a un sac noir, la reine. Et c'est pas joli avec sa robe turquoise.

– Non, pas la reine. Juste à côté ! Gary, hurla Joséphine en direction de la chambre de Gary. Gary, viens ici !

La jeune femme apparaissait maintenant à l'écran, à moitié cachée par la reine qui souriait derrière ses lunettes.

– Là ! Juste derrière la reine !

Gary entra dans le salon et demanda « qu'est-ce qu'il y a ? Pourquoi vous criez comme ça ? ».

– Ta mère ! Chez les Windsor ! À côté de la reine ! hurla Joséphine.

Gary s'ébouriffa les cheveux, vint se planter devant l'écran de télévision et marmonna « ah oui ! m'man... » avant de repartir dans sa chambre, en traînant les pieds.

– Mais qu'est-ce qu'elle fait là-bas ? cria Joséphine en direction de la chambre de Gary. Vous faites partie de la famille royale ?

Il n'y eut pas de réponse.

– Madame Shirley ! éructa Christine Barthillet, suspendant l'absorption d'une fraise Tagada. C'est vrai, ça, qu'est-ce qu'elle fout là-bas ?

– J'aimerais bien le savoir..., dit Joséphine en suivant la longue silhouette rose qui se fondait maintenant dans la foule des invités.

– Alors ça ! gloussa Christine Barthillet. C'est fort comme le roquefort.

– Ou la moutarde anglaise, émit finement Zoé.

– Va falloir qu'elle m'explique, murmura Joséphine.

Elle repéra Shirley dans la foule des invités, l'aperçut une nouvelle fois dans le sillage de la reine et resta stupéfaite. Se pouvait-il vraiment que Shirley soit apparentée à la famille royale ? Mais alors que faisait-elle dans une banlieue parisienne à donner des cours de musique, des cours d'anglais, à cuire des gâteaux ?

Joséphine passa la soirée à s'interroger pendant que Christine Barthillet, Max et Zoé finissaient les chips, le Coca, les fraises Tagada en bavant devant la beauté du spectacle et le

défilé des princes et des princesses. Oh ! William, il a grossi !
Il paraît qu'il a une fiancée et que Charles va l'inviter à
dîner ! Et Harry ! qu'il est mignon ! Ça lui fait quel âge
maintenant ? C'est un cœur à prendre et il a l'air plus rigolo
que William...

Le lundi, Shirley ne revint pas. Ni le mardi, ni le mercredi,
ni le jeudi. Gary venait prendre ses repas chez Joséphine.
Quand les filles le pressaient de questions, il répondait :
« Vous avez mal vu, vous vous êtes trompées ! – Mais enfin,
Gary, tu l'as vue toi aussi ! – J'ai vu une femme qui lui
ressemblait, c'est tout ! Y en a plein de blondes avec des
cheveux courts ! Qu'est-ce qu'elle irait foutre là-bas ? – C'est
vrai, ça, madame Joséphine, vous travaillez trop ! Ça vous
monte à la tête. – Mais vous l'avez tous vue ! J'ai pas rêvé.
– Gary a raison... On a vu quelqu'un qui lui ressemblait mais
si ça se trouve, c'était pas elle ! »

Joséphine n'en démordait pas : c'était Shirley, en robe
longue rose, dans l'ombre de la reine. Elle ressentit une colère
terrible contre Shirley. Je lui dis tout, elle me tire les vers du
nez et elle, elle se tait ! Je n'ai même pas le droit de lui poser
des questions. Elle avait l'impression d'être dupée. Que tout
le monde la dupait. Tout se mélangeait dans sa tête : Iris,
Antoine, madame Barthillet et ses amants sur le Net, Shirley
chez les Windsor, le mépris d'Hortense, Zoé qui se déver-
gondait... Ils la prenaient tous pour une pomme ! Et d'ailleurs,
c'est exactement ce qu'elle était.

La colère lui donna des ailes. Elle mit fin aux jours du
gentil troubadour qui rendit l'âme, empoisonné, après avoir
eu la joie immense d'assister à la naissance de son fils. Florine
n'avait plus besoin de se battre pour exister : elle avait un
fils légitime, héritier du domaine, Thibaut le Jeune. Jo en
profita pour faire mourir la belle-mère qui commençait à
lui taper sur les nerfs avec ses jérémiades perpétuelles. Puis

elle fit surgir le troisième mari, Baudouin, un chevalier, doux et fort pieux. Baudouin a belle figure, il rêve de cultiver ses terres, d'aller à la messe et de faire pénitence. Très vite, par ses mièvreries, il énerva Joséphine et succomba, victime de son courroux. Comment vais-je le faire périr, celui-là ? Il est jeune, en bonne santé, il ne boit pas, il ne ripaille pas, il pratique le coït avec componction... Elle repensa au bal de Charles et Camilla, à la silhouette furtive de Shirley, à une filiation possible avec les Windsor et sa colère s'abattit sur Baudouin le doux.

Baudouin et Florine sont invités à un grand bal donné par le roi de France, qui chasse sur des terres voisines de Castelnau. Le roi, dans la foule d'invités aux tenues chatoyantes, aperçoit Baudouin. Il blêmit et lâche son sceptre qui roule sous le trône. Puis, d'un signe de sa main gantée, il convie les jeunes mariés à prendre place auprès de lui pour boire une coupe de vin. Baudouin rougit, dépose son épée aux pieds du souverain. Florine s'inquiète : elle redoute une nouvelle promotion. Va-t-elle encore connaître une bonne fortune qui l'éloignera du sixième échelon où elle patine depuis quelque temps ? Que nenni ! À la fin de la soirée, alors que le jeune couple, étonné par tant d'honneurs, regagne l'appartement que le roi a fait mettre à sa disposition, Baudouin est égorgé au détour d'un couloir sous les yeux de sa jeune femme, horrifiée. Trois soudards s'élancent, le maîtrisent, lui tranchent la gorge. Le sang coule à flots. Florine défaille et s'écroule sur le corps sans vie de son époux. On apprendra plus tard qu'il était un fils bâtard du roi de France et pouvait prétendre à la Couronne. De peur qu'il ne se pose en héritier, le roi a préféré le faire assassiner. Pour consoler la jeune veuve, il la couvre d'or, d'hermines, de pierres précieuses, la renvoie au château de Castelnau, escortée de quatre chevaliers chargés de la surveiller. Florine, veuve une nouvelle fois, supplie le Ciel d'éloigner d'elle son courroux afin qu'elle gravisse tranquillement les derniers échelons.

Et de trois ! soupira Joséphine, devenue sanguinaire. Ah ! grinça-t-elle en comptant le nombre de pages écrites en quelques jours, la colère est bonne muse et noircit la page blanche de milliers de signes.

– Ça a l'air d'aller mieux, constata Luca, à la cafétéria de la bibliothèque.

– Je suis en colère et ça me donne des ailes !

Il la dévisagea. Quelque chose de rebelle et d'ardent s'était posé sur son visage et lui donnait un air d'adolescente en guerre.

– Vous avez un air... un air d'espiègle rouerie !

– C'est vrai que ça fait du bien de se lâcher un peu. Je suis toujours si convenable ! Bonne amie, bonne sœur, bonne mère...

– Vous avez des enfants ?

– Deux filles... Mais pas de mari ! Je n'ai pas dû être une bonne épouse. Il est parti avec une autre.

Elle rit, bêtement, et rougit. Elle venait de laisser échapper une confidence.

Ils avaient pris l'habitude de se retrouver à la cafétéria. Il lui parlait de son manuscrit. Je veux écrire une histoire des larmes pour mes contemporains qui confondent sensibilité et sensiblerie, qui pleurent pour s'exhiber, pour se vendre, pour se faire l'âme belle, pour vivre des émotions qu'ils ne ressentent pas. Je veux rendre aux larmes leur noblesse telle que l'a comprise jadis Jules Michelet ; vous savez ce qu'il écrivait ? « Le mystère du Moyen Âge, le secret de ses larmes intarissables et son génie profond. Larmes précieuses, elles ont coulé en limpides légendes, en merveilleux poèmes, et, s'amoncelant vers le ciel, elles se sont cristallisées en gigantesques cathédrales qui voulaient monter au Seigneur ! » Il citait, les yeux fermés, et le miel coulait de ses lèvres. Il citait Michelet, Roland Barthes et les Pères du Désert en croisant les doigts comme s'il disait une prière.

Un après-midi, il se tourna vers elle et demanda :

— Ça vous dirait d'aller au cinéma samedi soir ? On donne un vieux film de Kazan qui ne passe jamais en France, *Le Fleuve sauvage*, dans un cinéma rue des Écoles. Je me disais...

— D'accord, dit Joséphine. Tout à fait d'accord.

Il la regarda, étonné par son enthousiasme.

Elle venait de comprendre quelque chose de très important : quand on écrit, il faut ouvrir toutes grandes les portes à la vie afin qu'elle s'engouffre dans les mots et alimente l'imaginaire.


Le samedi soir, Luca et Joséphine allèrent au cinéma. Ils s'étaient donné rendez-vous devant le cinéma. Joséphine arriva en avance. Elle désirait avoir le temps de reprendre une contenance avant que Luca ne paraisse. Elle ne pouvait s'empêcher de rougir quand il la regardait et si, d'aventure, leurs mains se frôlaient, son cœur semblait vouloir sortir de sa poitrine. Il la troublait physiquement et cela la perturbait beaucoup. Jusqu'à présent son expérience sexuelle avait été assez fade. Antoine s'était montré doux et empressé, mais il ne faisait pas monter en elle la vague de chaleur qu'un seul regard de Luca provoquait. Ça la tourmentait. Elle voulait que rien ne la détourne de l'écriture du livre, mais en même temps, elle ne pouvait résister à l'envie d'être près de lui dans une salle obscure. Et s'il passait son bras autour de mes épaules ? Et s'il m'embrassait ? Ne pas m'abandonner trop vite, garder la tête froide. Il me reste encore un bon mois de travail acharné et je ne dois pas traîner en route. Ni m'égarer dans une amourette. Florine a besoin de moi.

Joséphine était étonnée de la facilité avec laquelle elle écrivait. Du plaisir qu'elle prenait à échafauder ses histoires. De la place que prenait le livre dans sa vie. Elle était tout le temps, en pensée, avec ses personnages et avait beaucoup de mal à s'intéresser à la vie réelle. Elle faisait de la figuration, disait oui, disait non, mais aurait été incapable de répéter ce qu'on venait de lui dire ou de lui demander. Elle regardait évoluer les filles, Max et madame Barthillet d'un œil distrait pendant qu'elle refaisait une phrase ou décidait d'une nouvelle péripétie. D'ailleurs, en acceptant l'invitation de Luca, ne s'était-elle pas dit qu'elle allait pouvoir utiliser son propre trouble pour traduire l'émoi amoureux de Florine, aspect qu'elle avait quelque peu négligé jusqu'ici ? Florine était une maîtresse femme, une *perpulchra* dévote et courageuse, mais elle n'en était pas moins femme. Il va bien falloir qu'elle tombe amoureuse d'un de ses cinq maris, songeait Jo en faisant les cent pas devant le cinéma, vraiment amoureuse, amoureuse à en perdre la tête, à en perdre le souffle... Elle ne peut pas se contenter de l'échelle de saint Benoît et de son Divin Époux. La tentation charnelle doit lui mordre les entrailles. Et comment est-on quand on est amoureuse à en perdre la tête ? Elle pouvait le deviner en se regardant agir avec Luca.

Elle sortit un petit carnet pour noter son idée. Elle ne se déplaçait plus sans son carnet ni son stylo.

Elle venait de refermer son carnet lorsque, relevant la tête, elle aperçut Luca, penché sur elle. Il la regardait avec l'assurance nonchalante, le détachement affectueux qui caractérisait leur relation. Elle fit un bond, son sac se renversa et ils s'accroupirent pour en ramasser le contenu.

— Ah ! Je vous retrouve comme je vous ai connue, dit-il malicieusement.

— J'étais repartie dans mon livre...

— Vous écrivez un livre ? Vous me l'aviez caché !

— Euh... Non... je veux dire ma thèse et je...

— Ne vous excusez pas. Vous êtes une bosseuse. Y a pas de honte à ça.

Ils se placèrent dans la file pour acheter les billets. Au moment de payer, Joséphine ouvrit son porte-monnaie, mais Luca lui fit signe qu'elle était son invitée. Elle rougit et détourna la tête

— Vous préférez vous mettre au fond, au milieu ou devant ?

— Ça m'est complètement égal...

— Alors un peu devant ? J'aime bien en avoir plein les yeux...

Il enleva son duffle-coat et le posa sur le siège vide à côté de Joséphine. Elle fut émue en voyant le vêtement replié près d'elle, eut envie de le toucher, de respirer l'odeur, la chaleur de Luca, d'enfoncer ses mains dans les manches abandonnées et pendantes.

— Vous allez voir, c'est une histoire d'eau...

— De larmes ?

— Non, un barrage... Vous avez le droit de pleurer, si vous êtes sincère. Pas des larmes de crocodile, de vraies larmes d'émotion !

Il lui sourit de ce sourire qui semblait sortir d'une solitude immense. Il lui sembla que si elle pouvait le voir lui sourire ne serait-ce que quelques minutes chaque jour, elle serait la plus heureuse des femmes. Tout chez cet homme était unique et rare. Rien n'était mécanique ni joué. Elle n'avait toujours pas osé lui parler de son activité de mannequin. Elle remettait toujours à plus tard.

Les lumières de la salle s'éteignirent et le film commença.

Tout de suite, il y eut de l'eau, une eau jaune, une eau puissante, une eau boueuse qui lui fit penser aux étangs des crocodiles. Des lianes qui pendaient, des arbustes desséchés par le soleil et Antoine surgit devant elle. Sans qu'elle l'ait invité. Elle croyait entendre sa voix, elle revoyait son dos voûté quand il s'était assis dans sa cuisine, sa main qui était venue prendre la sienne, son invitation à venir dîner avec les filles. Elle cligna des yeux pour le faire disparaître.

Le film était si beau que Joséphine fut bientôt transportée sur l'île avec les fermiers. Emportée par la beauté blessée de Montgomery Clift, ses yeux remplis d'une résolution douce et sauvage. Quand les fermiers lui cassèrent la figure, elle étreignit le bras de Luca qui lui tapota la tête... « Il va s'en sortir, il va s'en sortir », murmura-t-il dans le noir... elle oublia tout pour ne retenir que cet instant-là, sa main sur sa tête, son ton rassurant. Elle attendit, suspendue dans l'obscurité à cette main, attendant qu'il l'attire vers elle, passe son bras autour de ses épaules, mêle son souffle au sien. Attendit, attendit... Il avait remis sa main le long de son corps. Elle replaça sa tête, droite, et les larmes lui montèrent aux yeux. Être si près de lui et ne pas pouvoir se laisser aller. Son coude touchait son coude, leurs épaules s'effleuraient, mais il semblait réfugié sur la muraille de Chine.

Je peux pleurer, il croira que c'est l'eau du film. Il ne saura pas que c'est à cause de ce tout petit moment de suspension, ces quelques secondes où j'ai attendu qu'il m'attire à lui, qu'il m'embrasse peut-être, ce tout petit moment gorgé d'attente qui s'est rompu, me signifiant que j'étais juste une bonne copine, une médiéviste avec qui parler des larmes, du Moyen Âge, du sacré et des chevaliers.

Elle pleura. Elle pleura de tristesse de ne pas être une femme qu'on attire à soi dans le noir. Elle pleura de déception. Elle pleura de fatigue. Elle pleura en silence, elle pleura toute droite sans que son corps tremble. Elle s'étonna de pleurer si dignement, attrapant du bout de la langue l'eau qui coulait sur ses joues, la goûtant comme un grand cru salé, comme l'eau qui coulait sur l'écran, qui allait emporter la maison des fermiers, qui emportait l'ancienne Joséphine, celle qui n'aurait jamais imaginé pleurer à côté d'un autre garçon qu'Antoine dans le noir d'un cinéma. Elle lui disait adieu ; elle pleurait de lui dire adieu. Cette Joséphine sage, raisonnable, douce, qui s'était mariée en blanc, avait élevé ses deux enfants, tâchait de faire de son mieux, toujours juste, toujours raisonnable. Elle s'effaçait devant la nouvelle. Celle qui écrivait un livre, allait au cinéma avec un garçon et attendait qu'il l'embrasse ! Elle ne savait plus si elle devait rire ou pleurer.

Ils marchèrent dans les rues de Paris. Elle regardait les vieux immeubles, les portes cochères majestueuses, les arbres centenaires, les lumières des cafés, les gens qui entraient et sortaient, l'énergie des gens qui se bousculaient, s'apostrophaient, riaient. Les nerfs de la vie nocturne. Antoine revenait en surimpression. Ils avaient si longtemps rêvé de venir vivre à Paris ; leurs rêves semblaient reculer toujours et toujours, comme un leurre. Il y avait dans tous ces gens qu'elle croisait une envie de vivre, de faire la fête, de tomber amoureux qui la poussait à entrer dans la danse. Elle, la nouvelle Joséphine. Aurait-elle assez d'énergie pour tendre la main ou se contenterait-elle de rester là, au bord de la danse, comme une enfant qui a peur de rentrer dans la mer ? Elle leva le visage vers Luca. Il semblait à nouveau une tour solitaire et sauvage qui avançait, murée dans son silence.

À combien de vies a-t-on droit lors de notre passage sur terre ? On dit que les chats ont sept vies... Florine a cinq maris. Pourquoi n'aurais-je pas droit à un deuxième amour ? Ai-je assez expliqué comment marchait le commerce à cette époque ? J'ai oublié de parler des finances. On payait en monnaie ou en nature : blé, avoine, vin, chapons, poules, œufs. Chaque ville d'importance frappait sa monnaie, certaines monnaies avaient plus de valeur que d'autres. C'était selon la ville.

Elle sentit Luca l'attraper par le bras.

– Oh ! sursauta-t-elle comme s'il la réveillait.

– Si je ne vous avais pas arrêtée, vous passiez sous la voiture. Vous êtes vraiment très distraite... J'ai l'impression de marcher à côté d'un fantôme !

– Je suis désolée... Je pensais au film.

– Vous me le ferez lire votre livre quand vous l'aurez fini ?

Elle bafouilla « mais je ne, mais je ne... », il sourit, ajouta : « C'est un mystère c'est toujours un mystère l'écriture d'un livre, vous avez bien raison de ne pas en parler, on peut le défigurer en le livrant quand il n'est pas fini, et puis il change tout le temps, on croit écrire une histoire et on en écrit une autre, personne ne peut savoir tant que la dernière phrase n'a pas été posée. Je sais tout ça et je le respecte. Surtout ne me répondez pas ! »

Il la raccompagna jusqu'à sa porte. Jeta un regard sur l'immeuble, lui dit « on recommencera, n'est-ce pas ? ». Il lui tendit la main, la serra doucement, longuement ? comme s'il trouvait impoli de la lâcher trop vite.

– Alors bonsoir...

– Bonsoir et merci mille fois. Le film était très beau, vraiment...

Il partit d'un pas vif en homme content d'avoir échappé au piège de l'au revoir devant la porte de l'immeuble. Elle le regarda s'éloigner. Une sensation affreuse de vide grandit en elle. Elle savait maintenant ce que signifiait « être seule ». Pas « être seule » pour payer des factures ou élever des enfants, mais « être seule » parce qu'un homme dont on avait espéré qu'il vous prenne dans ses bras s'éloignait en vous tournant le dos. Je préfère la solitude avec les factures, soupira-t-elle en appuyant sur le bouton de l'ascenseur, au moins on sait où on en est.

Les lumières du salon étaient allumées. Les filles, Max et Christine Barthillet, autour de l'ordinateur, poussaient des cris, s'esclaffaient, criaient « et celle-ci ! et celle-là ! » en montrant du doigt l'écran.

— Vous n'êtes pas couchés ? Il est une heure du matin !

Ils relevèrent à peine la tête, subjugués par ce qu'ils voyaient à l'écran.

— Viens voir, m'man, cria Zoé en faisant signe à Joséphine de s'approcher.

Elle n'était pas sûre de vouloir participer à l'excitation générale. Elle était encore pénétrée de la douceur triste de sa soirée. Elle défit la ceinture de son imperméable, se laissa tomber dans le canapé et enleva ses chaussures.

— Que se passe-t-il exactement ? Vous avez l'air au bord de l'explosion !

— Enfin, m'man, viens voir. On peut pas te dire, il faut que tu regardes avec tes yeux à toi, déclara Zoé avec le plus grand sérieux

Joséphine se rapprocha de l'ordinateur posé sur la table.

— T'es prête ? demanda Zoé.

Joséphine acquiesça. Le doigt de Christine Barthillet cliqua sur l'écran.

— Vous feriez mieux de prendre une chaise, madame Joséphine, vous allez être drôlement secouée...

— C'est pas des photos porno ? demanda Jo, doutant du discernement de Christine Barthillet.

— Mais non, maman ! dit Hortense. C'est bien plus intéressant.

Madame Barthillet alla cliquer sur une icône et des photos de petits garçons apparurent à l'écran.

– J'avais dit pas de pornographie mais aussi pas de pédophilie, gronda Joséphine. Et je ne plaisante pas !

– Attendez, dit Max. R'gardez-y de plus près !

Joséphine se pencha sur l'écran. Il y avait bien deux garçons, tout blonds, et un autre, bien plus jeune, aux cheveux brun foncé. Ils jouaient dans un parc, dans une piscine, ils étaient aux sports d'hiver, ils faisaient du cheval, ils découpaient un gâteau d'anniversaire, ils étaient en pyjama, ils mangeaient des glaces...

– Et alors ? demanda Joséphine.

– Tu ne les reconnais pas ? pouffa Zoé.

Joséphine regarda de plus près.

– C'est William et Harry...

– Oui, et le troisième ?

Joséphine se concentra et reconnut le troisième enfant. Gary ! Gary en vacances avec les petits princes, Gary tenant la main de Diana, Gary sur un poney tenu en longe par le prince Charles, Gary jouant au foot dans un grand parc...

– Gary ? murmura Joséphine.

– En personne ! clama Zoé. Tu te rends compte : Gary est royal !

– Gary ? répéta Jo. Vous êtes sûrs que ce n'est pas un montage ?

– On les a trouvées en surfant dans des photos de famille mises sur le Net par un valet peu attentionné...

– C'est le moins qu'on puisse dire ! dit Joséphine.

– Ça troue le cul, pas vrai ? fit remarquer madame Barthillet.

Joséphine regardait l'écran, cliquait sur une photo puis sur une autre.

– Et Shirley ? Il n'y a pas de photo de Shirley ?

– Non, répliqua Hortense. En revanche, elle est rentrée.

Elle est arrivée tout à l'heure quand tu étais au cinéma...
C'était bien, le cinéma ?

Joséphine ne répondit pas.

— C'était bien le cinéma avec Luca ?

— Hortense !

— Il a téléphoné, tu venais de partir. Pour dire qu'il serait
un peu en retard. Pauvre maman, tu étais en avance ! Il ne
faut jamais être en avance. Je parie qu'il ne t'a même pas
embrassée. On n'embrasse pas les femmes qui sont à l'heure !

Elle mit la main devant sa bouche pour arrêter un bâille-
ment et signaler son ennui devant le peu de savoir-faire de
sa mère.

— Et on ne se fait pas belle de manière évidente ! On la
joue subtile. On se maquille sans se maquiller ! On s'habille
sans s'habiller ! Ce sont des choses qu'on sait ou pas, et toi,
apparemment, t'es pas douée pour ça.

En l'humiliant devant madame Barthillet, Hortense savait
que Joséphine ne pourrait pas réagir violemment. Elle serait
obligée de se retenir. Ce qu'elle fit. Joséphine serra les dents,
cherchant une contenance.

— Il a un beau nom... Luca Giambelli ! Est-il aussi beau
que son nom ?

Elle bâilla et, relevant ses cheveux comme un lourd rideau,
elle ajouta :

— Je ne sais pas pourquoi je te pose cette question. Comme
si ça m'intéressait ! Ce doit être un de ces rats de bibliothèque
que tu aimes tellement... Il a des pellicules et les dents jaunes ?

Elle avait éclaté de rire en prenant à parti du regard Christine Barthillet, qui tentait de rester à l'écart, un peu gênée.

— Hortense, tu vas filer te coucher, cria Joséphine, perdant
son calme. Et vous aussi, d'ailleurs ! J'ai sommeil. Il est tard.

Ils se retirèrent du salon. Joséphine ouvrit le canapé-lit d'un geste si brutal qu'elle se retourna un ongle. Elle se laissa tomber sur le lit ouvert.

Cette soirée a été un échec. Je manque tellement d'assurance que je n'impressionne personne. Ni en bien ni en mal. Je suis la femme invisible. Il m'a traitée comme une bonne copine, il ne lui est pas venu à l'esprit que je pouvais être autre chose. Hortense l'a senti tout de suite, dès que je suis entrée dans la pièce. Elle a reniflé mon odeur de perdante.

Elle se mit en boule sur le canapé, et fixa un fil rouge sur la moquette.


Le lendemain matin, après le départ de Max et des filles pour une brocante dans les rues voisines, Joséphine rangea la cuisine et fit une liste de ce qui manquait : beurre, confiture, pain, œufs, jambon, fromage, salade, pommes, fraises, un poulet, tomates, haricots verts, pommes de terre, chou-fleur, artichauts... C'était jour de marché. Elle était en train de griffonner lorsque Christine Barthillet arriva en traînant les pieds.

– J'ai une de ces gueules de bois, marmonna-t-elle en se tenant la tête. On a trop bu, hier soir.

Elle tenait sa radio et cherchait sa station préférée en la portant à son oreille. Elle n'est pas sourde, pourtant, se dit Jo.

– Quand vous dites « on », j'espère que vous n'incluez pas mes filles.

– Vous êtes drôle, madame Joséphine.

– Vous ne pouvez pas m'appeler Joséphine tout court ?

– C'est que vous m'intimidez. On n'est pas du même monde.

– Essayez !

– Non, j'y ai déjà pensé, j'y arriverai pas...

Joséphine poussa un soupir.

— Madame Joséphine, ça fait tenancière de bordel.

— Qu'est-ce que vous savez des putes et des bordels, vous ?

Joséphine eut un soupçon et fixa madame Barthillet. Elle avait posé sa radio sur la table et écoutait une musique sud-américaine, en remuant les épaules.

— Parce que vous, vous les connaissez ?

Christine Barthillet ramena les pans de son peignoir sur sa poitrine avec la solennité de l'accusée qui se drape dans sa dignité.

— De temps en temps, pour mettre du beurre dans les épinards.

Joséphine déglutit et dit :

— Alors ça...

— Je suis pas la seule, vous savez...

— Je comprends mieux l'histoire d'Alberto...

— Oh ! Il est gentil. Aujourd'hui, c'est notre premier rendez-vous. On se retrouve à la Défense, le temps d'un café. Va falloir que je m'habille bien ! Hortense a promis de m'aider...

— Vous en avez de la chance ! Hortense s'intéresse à très peu de gens.

— Au début, c'est sûr, elle m'aimait pas ; maintenant, elle me supporte. Je sais comment y faire : votre fille, faut la flatter, lui caresser le col, lui dire qu'elle est belle, intelligente et...

Joséphine s'apprêtait à répondre quand le téléphone sonna. C'était Shirley. Elle invitait Joséphine à venir chez elle.

— Tu comprends... avec madame Barthillet dans les pieds, on ne peut pas parler tranquillement, on sera mieux chez moi.

Joséphine accepta. Elle remit la liste des courses à Christine Barthillet, lui donna de l'argent et la pressa de s'habiller et de sortir. Madame Barthillet marmonna que c'était dimanche matin, qu'avec Joséphine on ne pouvait jamais se laisser aller, qu'elle était toujours pressée. Joséphine lui cloua le bec en lui assurant que le marché fermait à midi et demi.

– Même pas vrai ! bougonna Christine Barthillet en contemplant la liste.

– Et n'échangez pas les fruits et les légumes contre des sucreries ! rugit Joséphine en sortant. C'est mauvais pour les dents, pour le teint et pour le derrière.

– Je m'en fiche, moi, je mange ma pomme de terre tous les soirs.

Elle haussa les épaules et se remit à lire la liste des courses comme si elle déchiffrait un mode d'emploi. Joséphine la regarda, voulut dire quelque chose et se reprit.

Quand Shirley lui ouvrit la porte, elle parlait au téléphone. En anglais. En colère. Elle disait « *no, no, nevermore ! I'm through with you...* ». Joséphine lui fit signe qu'elle reviendrait plus tard, mais Shirley, après un dernier lâcher de jurons, raccrocha.

Devant la mine défaite de Shirley, ses cernes sous les yeux, la colère qui l'avait habitée toute la semaine tomba.

– Ça me fait plaisir de te voir. Ça s'est bien passé avec Gary ?

– C'est un amour, ton fils... Gentil, beau, intelligent ! Il a tout pour plaire.

– Merci beaucoup. Je te fais un thé ?

Joséphine opina et considéra Shirley comme si elle ne l'avait jamais vue. Comme si l'avoir aperçue aux côtés d'une reine en faisait une parfaite étrangère.

– Jo... Qu'est-ce que tu as à me regarder comme ça ?

– Je t'ai vue à la télé... l'autre soir. À côté de la reine d'Angleterre. Avec Charles et Camilla. Et ne me dis pas que ce n'était pas toi parce que alors...

Elle chercha ses mots, brassa l'air de ses mains comme si

elle étouffait. Ce qu'elle voulait dire était clair mais elle ne savait comment le formuler. Si tu me dis que ce n'était pas toi, alors que je t'ai parfaitement reconnue, je saurai que tu mens et je ne le supporterai pas. Tu es ma seule amie, la seule personne à laquelle je me confie, je ne voudrais pas mettre cette amitié, cette confiance en doute. Alors dis-moi que je n'ai pas rêvé. Ne me mens pas, s'il te plaît, ne me mens pas.

— C'était bien moi, Joséphine. C'est pour ça que je suis partie à la dernière minute. Je ne voulais pas y aller et...

— Tu as été obligée de te rendre à un bal avec la reine d'Angleterre ? articula Joséphine, stupéfaite.

— Obligée...

— Tu connais Charles, Camilla, William, Harry et toute la famille ?

Shirley approuva d'un signe de la tête.

— Et Diana ?

— Je l'ai très bien connue. Gary a grandi avec eux, avec elle...

— Mais Shirley... Il faut que tu m'expliques !

— Je ne peux pas, Jo.

— Comment ça ?

— Je ne peux pas.

— Même si je te promets de n'en parler à personne ?

— Pour ta sécurité, Jo. La tienne et celle de tes filles. Tu ne dois pas savoir.

— Je ne te crois pas.

— Et pourtant...

Shirley la regardait avec tendresse et une grande tristesse.

— On se connaît depuis des années, on se parle de tout, je t'ai livré mon seul secret, tu lis en moi à livre ouvert et la seule chose que tu trouves à me dire c'est que tu ne peux rien me dire sous peine que je sois...

Joséphine suffoquait de colère.

— Je t'ai détestée toute la semaine, Shirley ! Toute la semaine j'ai eu l'impression que tu m'avais volé quelque chose, que tu m'avais trahie et tu ne veux rien me dire. Mais l'amitié, ça marche dans les deux sens !

— C'est pour te protéger. Quand on ne sait pas, on ne parle pas...

Joséphine éclata d'un rire désabusé.

— Comme si j'allais être torturée à cause de toi.

— Ça peut être dangereux. Comme ça l'est pour moi ! Mais moi, je suis obligée de vivre avec, pas toi...

Shirley parlait d'une voix égale. Elle faisait un constat. Joséphine ne décelait aucune emphase, aucun trucage dans sa voix. Elle énonçait un fait, un fait terrifiant, sans que l'émotion trouble sa voix. Joséphine fut frappée par sa sincérité et eut un mouvement de recul.

— À ce point là ?

Shirley vint s'asseoir à côté de Jo. Elle lui passa le bras autour des épaules et, dans un chuchotement, se confia à elle.

— Tu ne t'es jamais demandé pourquoi j'étais venue m'installer ici ? Dans cette banlieue ? Dans cet immeuble ? Toute seule, sans famille en France, sans mari, sans amis, sans vrai métier ?

Joséphine fit non de la tête.

— C'est pour ça que je t'aime, Joséphine.

— Parce que je suis stupide ? Que je vois pas plus loin que le bout de mon nez ?

— Parce que tu ne vois le mal nulle part ! Je suis venue me réfugier ici. Dans un endroit où j'étais sûre de ne pas être reconnue, recherchée, traquée. Là-bas, je vivais, j'avais une grande et belle vie jusqu'à ce que... cette chose arrive. Ici, je fais des petits métiers, je survis...

— En attendant quoi ?

— En attendant je ne sais quoi. En attendant que ça

405

s'arrange là-bas, dans mon pays à moi... Que je puisse y retourner et reprendre une vie normale. J'ai tout oublié en m'installant ici. J'ai changé de personnalité, j'ai changé de nom, j'ai changé de vie. Je peux élever Gary sans trembler de peur quand il rentre en retard de l'école, je peux sortir sans regarder si je suis suivie, je peux dormir sans avoir peur qu'on fracture ma porte...

— C'est pour ça que tu as coupé tes cheveux tout court ? Que tu marches comme un garçon ? Que tu te bats comme un homme ?

Shirley hocha la tête.

— J'ai tout appris. J'ai appris à me battre, j'ai appris à me protéger, j'ai appris à vivre toute seule...

— Gary sait ?

— Je lui ai dit. J'ai été obligée. Il avait compris beaucoup de choses et je devais le rassurer. Lui dire qu'il ne se trompait pas. Ça l'a fait beaucoup mûrir, beaucoup grandir... Il a tenu le coup. Parfois, j'ai l'impression qu'il me protège !

Shirley resserra son bras autour de Joséphine.

— Au milieu de tout ce malheur, j'ai trouvé une sorte de bonheur, ici. Un bonheur tranquille, sans chichis ni tremblements. Sans homme...

Un frisson la parcourut. Elle aurait voulu dire sans « cet » homme. Elle l'avait revu. C'est à cause de lui qu'elle avait prolongé son séjour à Londres. Il avait téléphoné, avait donné le numéro de sa chambre au Park Lane Hotel et avait dit « je t'attends, chambre 616 ». Il avait raccroché sans attendre sa réponse. Elle avait regardé le téléphone en se disant je n'irai pas, je n'irai pas, je n'irai pas. Elle avait couru jusqu'au Park Lane Hotel, à l'angle de Piccadilly et de Green Park. Juste derrière Buckingham Palace. Le grand hall beige et rose aux lustres en forme de grappes vénitiennes. Les canapés où des hommes d'affaires prenaient le thé en parlant à voix feutrée.

Les énormes bouquets de fleurs. Le bar. L'ascenseur. Le long couloir aux murs beiges, à la moquette épaisse, aux appliques ornées de petits abat-jour juponnés. La chambre 616... Le décor défilait comme dans un film. Il lui donnait toujours rendez-vous dans des hôtels au bord des parcs. « Tu laisses le petit dans l'herbe et tu montes me retrouver. Il observera les amoureux et les écureuils gris, ça lui apprendra la vie. » Un jour, elle l'avait attendu toute la journée. Dans Hyde Park. Gary était petit. Il courait après les écureuils. Je les aime de loin, mummy, de près on dirait des rats. Moi, c'est le contraire, avait-elle pensé, je l'aime de près, de loin je le prends pour ce qu'il est : un rat. Ce jour-là, il n'était pas venu. Ils étaient allés chez Fortnum and Mason. Ils avaient mangé des glaces et des gâteaux. Elle avait bu du thé fumé en fermant les yeux. Gary se tenait droit dans son fauteuil et goûtait les gâteaux en connaisseur du bout de sa fourchette. « Il a le maintien d'un prince », avait dit la serveuse. Shirley avait blêmi. « C'était bien cet après-midi dans le parc, avait enchaîné Gary en lui prenant la main, Green Park, c'est mon préféré. » Il connaissait tous les parcs de Londres.

Une autre fois, alors qu'elle était montée dans la chambre d'hôtel, Gary était allé parler avec les orateurs de Marble Arch. Il devait avoir onze ans. Il disait « prends tout ton temps, mummy, ne t'en fais pas pour moi, je m'entraîne à parler anglais, je ne veux pas oublier ma langue natale ». Il avait disserté sur l'existence de Dieu avec un individu taciturne qui, perché sur son escabeau, attendait qu'on vienne lui parler. Il avait demandé à Gary : si Dieu existe, pourquoi a-t-il plongé l'homme dans la souffrance. « Et tu as répondu quoi ? » avait demandé Shirley en relevant le col de sa veste pour cacher la trace d'un suçon. Je lui ai parlé du film *La Nuit du chasseur*, le bien et le mal, l'homme doit faire un choix et comment peut-il choisir s'il ne connaît pas la souffrance et le mal... – Tu lui as dit ça ? avait répondu Shirley, émerveillée.

Parle-moi, mon chéri, parle-moi encore que j'oublie cette chambre et cet homme, que j'oublie le dégoût de moi quand je sors des bras de cet homme, avait-elle supplié en silence. Il attendait dans la chambre. Allongé sur le lit avec ses chaussures. Il lisait le journal. Il l'avait regardée sans rien dire. Avait posé le journal. Posé sa main sur sa hanche, avait relevé sa jupe et...

C'était toujours pareil. Cette fois-ci, elle avait été libre de rester sa prisonnière : Gary n'attendait pas dans le parc. Elle n'avait plus vu passer les heures. Ni les jours. Les plateaux s'entassaient au pied du lit. Les femmes de chambre se faisaient renvoyer quand elles frappaient à la porte.

Plus jamais, plus jamais. Il fallait que ça s'arrête !

Il lui fallait rester loin de lui. Il la retrouvait toujours. Il ne venait jamais en France, il était recherché et avait peur de passer les frontières. En France, elle était protégée. Là-bas, elle était à sa merci. Par sa faute. Elle ne parvenait pas à lui résister. Elle avait honte quand elle retrouvait son fils. Il l'attendait, confiant, devant l'hôtel. Quand il pleuvait, il s'abritait à l'intérieur et attendait. Ils rentraient tous les deux à pied en traversant le parc. « Tu crois en Dieu ? » avait demandé Gary, un jour, après avoir passé l'après-midi à parler avec un nouvel orateur de Hyde Park. Il y avait pris goût. « Je ne sais pas, avait répondu Shirley, j'aimerais tellement y croire... »

— Tu crois en Dieu ? demanda Shirley à Joséphine.

— Ben, oui..., répondit Joséphine, étonnée par la question de Shirley. Je Lui parle, le soir. Je vais sur mon balcon, je regarde les étoiles et je Lui parle. Ça m'aide beaucoup...

— *Poor you !*

— Je sais. Quand je dis ça, les gens me prennent pour une demeurée. Alors je n'en parle pas.

— Je n'ai pas la foi, Joséphine... N'essaie pas de me convertir.

— Je n'essaierai pas, Shirley. Si tu ne crois pas, c'est par dépit parce que le monde n'est pas fait comme tu le voudrais. Mais c'est comme l'amour, il faut être courageux pour aimer. Donner, donner, ne pas penser, ne pas compter... Avec Dieu, il faut se dire « je crois » et tout devient alors parfait, logique, tout a un sens, tout s'explique.

— Pas dans mon cas, ricana Shirley. Ma vie est une suite de choses imparfaites, illogiques... Si c'était un roman, ce serait un mélo à vous tirer les larmes et j'ai horreur d'inspirer la pitié.

Elle s'arrêta comme si elle en avait déjà trop dit.

— Et avec madame Barthillet, ça se passe comment ?

— Ça veut dire que tu ne veux plus parler de rien ? soupira Joséphine. Tu changes de sujet. La discussion est close.

— Je suis fatiguée, Jo. J'ai envie de souffler... Je suis heureuse d'être rentrée, crois-moi.

— N'empêche qu'on t'a tous vue à la télévision. Tu vas dire quoi si les filles ou Max te posent des questions ?

— Que j'ai un sosie à la cour d'Angleterre.

— Ils ne te croiront pas : ils ont trouvé des photos de Gary sur Internet avec William et Harry ! Un ancien domestique qui...

— Il n'a pas pu les vendre aux journaux, alors il les a mises sur Internet. Mais je nierai, je dirai que rien ne ressemble plus à un petit garçon qu'un autre petit garçon. Fais-moi confiance, je saurai m'en tirer. J'ai connu pire. Bien pire !

— Tu dois trouver ma petite vie bien ennuyeuse...

— Elle va se compliquer, ta vie, avec l'histoire du livre.

Quand on commence à tricher, à mentir, on s'embarque dans de drôles d'aventures...

— Je sais. Parfois ça me fait peur...

La bouilloire s'était mise à siffler et le couvercle dansait soulevé par la force de la vapeur. Shirley se leva et décida de faire du thé.

— J'ai rapporté un Lapsang Souchong de Fortnum and Mason. Tu vas me dire ce que tu en penses...

Joséphine la regarda se livrer à la cérémonie du thé : ébouillanter la théière, compter les cuillerées de thé, verser l'eau bouillante, laisser reposer, avec le sérieux d'une vraie Anglaise.

— On le fait de la même manière en Écosse et en Angleterre, le thé ?

— Je ne suis pas écossaise, Jo. Je suis une pure lady anglaise...

— Mais tu m'avais dit...

— Je trouvais cela plus romantique.

Joséphine faillit lui demander quels étaient ses autres mensonges, mais elle se ravisa. Elles savourèrent leur thé en parlant des enfants, de madame Barthillet, de ses rencontres sur Internet.

— Elle t'aide un peu financièrement ?

— Elle n'a pas un rond.

— Tu veux dire que tu achètes la bouffe pour tout le monde ?

— Ben oui...

— T'es vraiment trop mignonne, toi, dit Shirley en lui donnant une petite tape sur le bout du nez. Elle fait le ménage ? Elle cuisine ? Elle repasse ?

— Même pas.

Shirley haussa les épaules puis les laissa retomber en poussant un profond soupir.

— Je passe mon temps à la bibliothèque. Je suis allée au cinéma avec l'homme au duffle-coat. Il est italien, il s'appelle

Luca. Toujours aussi taciturne. Ça m'arrange d'un certain côté. Je dois finir le livre d'abord...

— Tu en es où ?

— Au quatrième mari.

— Et c'est qui, celui-là ?

— Je ne sais pas encore. Je voudrais qu'elle vive une passion torride ! Une passion physique...

— Comme Shelley Winters et Robert Mitchum dans *La Nuit du chasseur* ? Elle le désire comme une folle et il la repousse... donc elle le désire encore plus. Il se fait passer pour un pasteur et se sert de la Bible pour masquer son avidité. Quand elle tente de le séduire, il la sermonne et lui tourne le dos. Il finit par l'assassiner. C'est le mal incarné...

— C'est ça..., reprit Joséphine en serrant la tasse de thé entre ses mains. Il serait prédicateur, parcourrait les campagnes, elle le rencontrerait, tomberait follement amoureuse de lui, il l'épouserait, convoiterait son château et son or et essaierait de la tuer. On craindrait pour sa vie, il prendrait en otage son fils... Mais celui-là ne pourrait pas la rendre riche.

— Pourquoi pas ? Tu pourrais inventer qu'il a déjà escroqué de nombreuses veuves, qu'il a caché le magot quelque part et qu'elle en hériterait...

— Luca me parlait justement l'autre jour des prêcheurs de l'époque...

— Tu lui as dit que tu écrivais un livre ? demanda Shirley, inquiète.

— Non... mais j'ai commis une belle gaffe.

Joséphine raconta comment elle avait évoqué le livre quand ils étaient allés au cinéma. Elle se demanda tout haut s'il n'avait pas percé son secret.

— Tu es la dernière à qui je confierais un secret, dit en souriant Shirley. Tu vois que j'ai raison de ne rien te dire.

Joséphine baissa les yeux, confuse.

— Il faudra que je fasse attention quand le livre sera sorti...

— Iris se débrouillera pour que toute l'attention soit concentrée sur elle. Elle ne t'en laissera pas une miette. À propos, comment elle va, Iris ?

— Elle répète pour le grand jour... Elle vient lire de temps en temps ce que j'écris, bouquine tous les livres que je lui ai recommandés. Parfois elle me donne des idées. Elle voulait que j'écrive une scène où des écoliers parisiens se livrent à de véritables émeutes, brandissant leurs couteaux et leurs crânes rasés ; les étudiants étaient des clercs et appartenaient au clergé, ce qui les mettait à l'abri de la justice séculière. Le roi ne pouvait rien faire contre eux, ils dépendaient de la justice de Dieu et ils en abusaient, ce qui compliquait beaucoup le maintien de l'ordre à Paris. Ils commettaient des crimes en toute impunité ! Ils volaient, ils tuaient. Personne ne pouvait les juger ou les punir.

— Et alors ?

— J'ai l'impression d'être un grand entonnoir, j'écoute tout, je ramasse les anecdotes, les petits détails de la vie et je les reverse dans le livre. Je ne serai plus jamais la même après ce livre. Je change, Shirley, je change beaucoup, même si ça ne se voit pas !

— Tu découvres la vie en racontant cette histoire ; elle t'entraîne vers des terrains où tu ne serais jamais allée...

— Surtout, Shirley, je n'ai plus peur. Avant, j'avais peur de tout ! Je me cachais derrière Antoine. Derrière ma thèse. Derrière mon ombre. Aujourd'hui, je m'autorise des choses que je m'interdisais avant, je monte au filet !

Elle eut un rire de petite fille et se cacha derrière sa main.

— Il faut juste que je sois patiente, que je laisse la nouvelle Jo grandir et, un jour, elle prendra toute la place, elle me donnera toute sa force. Pour le moment j'apprends... J'ai compris que le bonheur, ce n'est pas de vivre une petite vie

412

sans embrouilles, sans faire d'erreurs ni bouger. Le bonheur, c'est d'accepter la lutte, l'effort, le doute, et d'avancer, d'avancer en franchissant chaque obstacle. Avant, je n'avançais pas, je dormais. Je me laissais porter par un train-train paisible : mon mari, mes enfants, mes études, mon confort. Aujourd'hui, j'ai appris à me battre, à trouver des solutions, à désespérer momentanément puis à me reprendre et j'avance, Shirley. Toute seule ! Je me débrouille... Quand j'étais petite, je répétais ce que disait maman ; sa vision de la vie était la mienne ; puis j'ai écouté Iris. Je la trouvais si intelligente, si brillante... Après, il y a eu Antoine : je signais tout ce qu'il voulait, je modelais ma vie sur la sienne. Même toi, Shirley... Le fait de savoir que tu étais mon amie me rassurait, je me disais que j'étais quelqu'un de bien puisque tu m'aimais. Eh bien, tout ça est fini ! J'ai appris à penser toute seule, à marcher toute seule, à me battre toute seule...

Shirley écoutait Joséphine et pensait à la petite fille qu'elle avait été. Si sûre d'elle. Insolente, presque arrogante. Un jour que sa gouvernante l'avait emmenée se promener dans le parc, elle lui avait lâché la main et elle était partie. Elle devait avoir cinq ans. Elle avait erré, savourant la délicieuse sensation d'être libre, de courir sans que miss Barton lui dise que ce n'était pas bien, qu'une petite fille bien élevée devait marcher d'un pas régulier. Un policier lui avait demandé si elle était perdue. Elle avait répondu « non, mais vous devriez chercher ma gouvernante, elle s'est égarée » ! Je n'avais jamais peur. Je tenais debout toute seule. C'est après que ça s'est gâté. J'ai fait le chemin inverse de Jo.

— Tu ne m'écoutes plus !

— Si...

— J'ai accepté le côté noir de la vie, il ne me rebute plus, il ne me fait plus peur.

— Et comment y es-tu arrivée ? demanda Shirley, attendrie.

— Tu vois, je crois que... cette lutte de tous les jours, elle repose sur l'amour. Pas sur l'ambition, le besoin d'avoir, de posséder, mais sur l'amour... Pas l'amour de soi, non plus. Ça, c'est le malheur, c'est ce qui nous fait tourner en rond. Non ! sur l'amour des autres, l'amour de la vie. Quand tu aimes, tu es sauvée. Voilà, en résumé, ce qui s'est passé ces derniers temps dans ma vie.

Elle esquissa un petit sourire comme si elle était étonnée d'avoir prononcé tous ces mots pompeux. Shirley la contempla et tout doucement ajouta :

— Moi, j'en suis encore à me débattre, pas à me battre pour avancer !

— Mais si, tu avances à ta manière. On a chacun sa manière d'avancer.

— Je n'ai pas su affronter, j'ai préféré prendre la fuite. Et depuis, je vis une éternelle cavale.

Elle poussa un soupir comme si elle ne devait pas en dire plus. Joséphine la considéra un instant et l'enlaça.

— Pour bien vivre, il faut se lancer dans la vie, se perdre et se retrouver et se perdre encore, abandonner et recommencer mais ne jamais, jamais penser qu'un jour on pourra se reposer parce que ça ne s'arrête jamais... La tranquillité, c'est plus tard que nous l'aurons.

— Quand nous serons morts ?

Jo éclata de rire.

— On est sur terre pour se battre. On n'est pas sur terre pour se la couler douce.

Elle marqua une pause, tendit sa tasse pour demander du thé, ferma les yeux et murmura tout bas, en gloussant :

— Elle est comment, la reine d'Angleterre ?

Shirley prit la théière, versa le thé et répondit « joker ! ».

Madame Barthillet était de retour du marché. Elle avait mal aux bras d'avoir porté les sacs en plastique et se frotta les paumes des mains que les poignées avaient meurtries. Elle pensa un instant laisser les courses sur la table de la cuisine puis se ravisa et décida de tout ranger. Tous ces légumes, tous ces légumes qu'elle m'a fait acheter et qui coûtent si cher ! Alors que c'est si simple d'ouvrir une boîte de conserve. Et puis, il faut les laver, les éplucher, les faire cuire, ça prend du temps. Même le pot-au-feu, on le trouve lyophilisé, maintenant. Il faut que je me tire d'ici ! Que j'entame une nouvelle vie peinarde. Ne plus faire d'efforts, me trouver un brave mec qui paie le loyer et me laisse regarder la télé toute la journée. Max saura se débrouiller. Élever un enfant, c'est trop de boulot. Quand ils sont petits, c'est facile mais, quand ils grandissent, il faut se dresser contre eux. Imposer des règles. Se battre pour qu'ils les respectent. J'ai pas envie, j'ai envie de calme plat. Les enfants sont des ingrats. Chacun pour soi ! À dix-sept heures, elle avait rendez-vous avec Alberto à la Défense. Prendre une douche, se préparer. Se faire belle. J'ai encore de beaux restes. Je peux encore faire illusion. Et puis ce n'est pas un perdreau de l'année, lui non plus ! Il m'a envoyé une photo floue où on ne voyait rien. Il ne sera pas trop regardant.

Quand Hortense rentra de la brocante, madame Barthillet l'attendait en peignoir sur le canapé du salon. Elle regardait Michel Drucker en mâchant son chewing-gum.

– Vous avez trouvé des trucs bien ? demanda-t-elle en se redressant.

– Oh ! des conneries, répondit Max, mais on s'est bien amusées. On est allés jouer au flipper et on a bu des Coca. C'est un type qui a payé pour tout... Pour les beaux yeux d'Hortense.

– Il était comment ? demanda Christine Barthillet.

— Nul à chier, répondit Hortense. Mais ça l'émoustillait de croire que j'allais tomber pour trois Coca et quelques pièces pour jouer. Pauvre mec !

— T'as tout compris, toi, rigola Christine Barthillet.

— C'est pas difficile à comprendre ce genre de mecs. Il bavait de convoitise, ça faisait une flaque par terre !

— Moi, j'en ai marre d'être petite, personne me regarde, grogna Zoé.

— Ça viendra, ma poule, ça viendra... T'as pas oublié que t'avais promis de m'habiller pour mon rencard ? demanda Christine Bartillet à Hortense.

Hortense la dévisagea en la jaugeant.

— Vous avez quoi comme fringues mettables ?

Madame Barthillet soupira « pas grand-chose, je roule pas sur les marques, moi, je fais mon shopping dans les catalogues ».

— Va falloir la jouer décontracté, alors..., déclara Hortense d'une voix de professionnelle. Vous avez une saharienne ?

Madame Barthillet hocha la tête.

— Un modèle de La Redoute. De cette année...

— Un survêt ?

Madame Barthillet opina.

— Bon... Allez me les chercher !

Madame Bartillet revint avec des vêtements roulés en boule. Hortense les souleva du bout des doigts, les étala sur le canapé, les considéra un long moment. Max et Zoé la regardaient, subjugués.

— Alors... Alors...

Elle fronça le nez, tordit la bouche, palpa un pull, un débardeur, défroissa un chemisier blanc, le repoussa.

— Vous avez des accessoires ?

Madame Barthillet leva la tête, surprise.

– Des colliers, des bracelets, une écharpe, une paire de lunettes...

– J'ai quelques babioles de Monoprix...

Elle alla dans la chambre les chercher.

Zoé poussa Max du coude et susurra « tu vas voir, regarde bien ! Elle va transformer ta mère en bombe sexuelle ». Madame Barthillet déposa un tas de breloques à côté des vêtements dépliés qui semblaient attendre le coup de baguette magique d'Hortense. Cette dernière réfléchit puis, sur un ton docte, déclara :

– Déshabillez-vous !

Madame Barthillet eut l'air interloqué.

– Vous voulez que je vous habille ou pas ?

Christine Barthillet obtempéra. Elle se retrouva en petite culotte et soutien-gorge devant Max et les filles. Elle cacha ses seins de ses mains et se racla la gorge, gênée. Max et Zoé piquèrent un fou rire.

– Le must : la saharienne. Règle numéro un : accompagnée d'un pantalon de jogging Adidas à bandes blanches, je dis oui. Ça tombe bien, vous en avez un. C'est d'ailleurs la seule façon d'avoir l'air chic en survêt !

– Avec une saharienne ?

– Absolument. Règle numéro deux : sous la saharienne, mettre un pull en V et un débardeur qui pointe son nez sous le pull...

Elle fit signe à madame Barthillet d'enfiler les vêtements qu'elle lui tendait.

– Pas mal... Pas mal ! dit Hortense en la soupesant du regard. Règle numéro trois : saupoudrer le tout de quelques accessoires bon marché, on va prendre vos colliers et bracelets de Monoprix...

Elle la décora comme un mannequin de vitrine. Recula d'un pas. Retroussa une manche. Recula encore. Détendit l'encolure du pull. Ajouta un dernier collier et une paire de lunettes d'aviateur dans les cheveux.

— Aux pieds, des baskets... Et le tour est joué ! déclara-t-elle, satisfaite.

— Des baskets ! protesta Christine Barthillet. C'est pas très féminin.

— Vous voulez avoir l'air d'un tas ou d'une pro du style ? Faut choisir, Christine, faut choisir ! Vous m'avez demandé de vous aider, je vous aide, si ça vous plaît pas, mettez vos talons aiguilles et soyez pouff.

Madame Barthillet se tut et enfila ses baskets.

— Voilà..., dit Hortense, en tirant sur le pull et en faisant apparaître la bretelle du débardeur. Allez vous regarder dans la glace.

Madame Barthillet partit dans la chambre de Joséphine et en revint avec un grand sourire.

— C'est génial ! Je me reconnais plus. Merci, Hortense, merci.

Elle tourbillonna dans le salon puis se laissa tomber sur le canapé en se tapant sur les cuisse de joie.

— C'est fou ce qu'on peut faire avec trois chiffons quand on a du goût ! Et ça te vient d'où ça ?

— J'ai toujours su que j'étais douée pour ça.

— Un vrai tour de passe-passe ! Comme si t'avais vu quelqu'un d'autre en moi ! Comme si je savais enfin qui j'étais.

Zoé se replia en boule sur le tapis et, tripotant ses lacets, elle bougonna :

— J'aimerais bien savoir qui je suis, moi. Tu me le fais à moi, dis, Hortense...

— Te faire quoi ? demanda Hortense, distraite, en observant un dernier détail dans la tenue de Christine Barthillet.

— Comme t'as fait à madame Barthillet...

— Je te le promets.

Zoé fit un bond de joie et vint se suspendre au cou d'Hortense qui se dégagea.

– Apprends d'abord à te tenir, Zoé. Ne jamais montrer tes émotions. Garder tes distances. C'est la règle numéro un pour avoir de la classe. Le dédain... Tu prends les gens de haut et ils te respectent. Si t'as pas compris ça, c'est pas la peine de sortir.

Zoé se reprit et fit trois pas en arrière, jouant la fière et l'indifférente.

– Comme ça ? Ça va ?

– Il faut que ce soit naturel, Zoé. Que tu sois dédaigneuse naturellement. C'est ce qu'il y a de plus dur dans « l'attitude ».

Elle avait prononcé ce mot en l'articulant soigneusement.

– L'attitude doit être naturelle...

Zoé tritura ses cheveux et poussa un soupir en se grattant le ventre.

– C'est trop dur...

C'est du travail, c'est sûr, répliqua Hortense, du bout des lèvres.

Son regard retomba sur Christine Barthillet et elle lui demanda :

– Vous savez à quoi il ressemble, votre Alberto ?

– Aucune idée. Il aura *Le Journal du dimanche* sous le bras ! Je vous raconterai... Allez, j'y vais. Ciao ! Ciao !

Elle prit son sac et s'apprêta à sortir. Hortense la rattrapa, lui fit remarquer que son sac n'allait pas du tout avec sa tenue.

– Tant pis, fit Christine Barthillet. Je sais qu'il faut être en retard mais si je traîne trop, y aura plus d'Alberto !

Elle était en train de descendre les escaliers quand Max et Zoé lui crièrent de prendre une photo afin qu'ils sachent à quoi ressemblait Alberto.

— Tu comprends, souffla Zoé, soucieuse, il va peut-être devenir ton beau-père...

Dans la cuisine, les volets fermés pour la protéger de la chaleur, Joséphine écrivait. Le jour où elle devait rendre le manuscrit approchait. Plus que trois semaines et elle devait avoir fini. Iris venait chaque jour prendre les enfants et les emmenait au cinéma, se promener dans Paris ou au Jardin d'Acclimatation. Elle mangeait des glaces en payant des tours d'auto-tamponneuses et des parties de tir à la carabine. Le collège des filles étant un centre d'examens pour le bac, Max et Zoé étaient livrés à eux-mêmes. Joséphine avait fait comprendre à Iris qu'elle ne réussirait pas à terminer le roman si elle n'était pas entièrement délivrée de toute présence dans l'appartement et dégagée du souci de savoir ce qu'ils faisaient toute la journée. « Je ne peux pas laisser traîner Zoé avec Max Barthillet, elle va finir dans un trafic de portables volés ou de vente de cannabis ! » Iris avait râlé. « Mais comment je vais faire ? — Tu te débrouilles, avait répondu Jo, c'est ça ou je n'écris pas ! » Hortense faisait son stage chez Chef et vivait sa vie, mais il fallait occuper Zoé et Max.

Madame Barthillet poursuivait sa romance avec Alberto. Il lui donnait rendez-vous à des terrasses de café, mais ils n'avaient pas encore consommé. « Il y a un loup, disait Christine Barthillet, il y a un loup quelque part ! Pourquoi ne m'emmène-t-il pas à l'hôtel ? Il m'embrasse, me tripote, me fait des cadeaux mais rien d'autre. Je ne demande qu'à conclure, moi ! Au lieu de s'envoyer en l'air, on passe des heures à parler, assis, en buvant des cafés ! Je vais finir par connaître tous les bars de Paris. Il est toujours à l'heure, arrive toujours en premier et son grand truc est de me regarder marcher. Il dit que ma démarche l'inspire, qu'il adore me voir arriver, me voir m'éloigner ! Cet homme est sûrement impuissant. Ou détraqué. Il rêve d'avoir une liaison mais n'arrive pas à passer à l'acte. C'est bien ma chance ! C'est pas difficile, j'ai l'impression d'être avec un homme-tronc ! Je ne l'ai jamais vu debout ! – Mais non, avait dit Zoé, c'est un romantique, il prend son temps. – J'ai pas de temps à perdre. Je ne vais pas prendre racine chez vous. J'ai envie de m'installer et, là, on perd du temps, on perd du temps. Je ne sais même pas son nom de famille. Je vous dis que c'est louche ! »

Joséphine, elle, n'avait pas de temps à perdre. Le quatrième mari de Florine venait de rendre l'âme, brûlé sur le bûcher des hérétiques. Ouf ! pensa-t-elle en s'épongeant le front. Il était temps ! Quel homme malsain et malfaisant ! Il était arrivé au château, monté sur un grand destrier noir et portant avec lui les Saints Évangiles. Il avait demandé l'asile et Florine l'avait recueilli. La première nuit, il ne voulut point dormir dans un lit, mais à la dure, sous les étoiles, enveloppé dans sa grande cape noire. Guibert le Pieux était un homme magnifique. Les cheveux longs et bruns, le torse puissant, des bras de bûcheron, de belles dents blanches, un sourire de carnassier, des yeux bleus perçants... Florine avait senti le feu brûler ses entrailles. Il parlait en citant des versets de l'Évangile, récitait le texte du Decretum qu'il connaissait par cœur et pourfendait le péché sous toutes ses formes. Il s'était installé au château et réglementait la vie de tous. Il exigeait de Florine qu'elle porte des tenues austères, sans aucune couleur. Le Malin se loge dans le sein de chaque femme, professait-il en levant le doigt vers le ciel. Les femmes sont frivoles, bavardes, infanticides, avorteuses, luxurieuses, lubriques, prostituées. La preuve : il n'y a pas de femmes au Paradis. Il avait fait retirer les tapisseries et les tentures des murs du château, avait confisqué les fourrures, vidé les coffres à bijoux. De sa belle voix de mâle assuré, il lâchait des anathèmes. Les fards sont des vermillons adultérins, les filles laides des vomissures de la terre et les belles, il faut s'en méfier car ce n'est qu'une apparence dissimulant un sac d'ordures. Tu prétends vouloir suivre la règle de saint Benoît et tu trembles quand je t'ordonne de dormir au sol, en chemise ? Mais ne vois-tu pas que c'est le diable qui t'enferme dans ce confort de reine, le diable qui a rempli tes caisses d'argent et de pierres précieuses, le diable qui te murmure de soigner ta beauté et la douceur de ta peau pour te détourner de ton Époux divin ? Florine écoutait et se disait que cet homme lui avait été envoyé pour la remettre sur le droit chemin. Elle s'était égarée avec ses précédents maris. Elle avait oublié sa vocation. Sa voix l'ensorcelait, sa stature la troublait, son regard la transperçait. Elle tremblait si fort de désir pour lui qu'elle consentit à tout. Isabeau, sa fidèle servante, effrayée par le fanatisme de Guibert, s'enfuit une nuit en emmenant le jeune comte. Florine demeura seule, parmi des domestiques terrorisés. Ceux qui n'obéissaient pas étaient enfermés dans les cachots du château. Personne n'osait s'opposer à lui. Un soir, pourtant, il passe le bras autour des épaules de Florine et lui demande de l'épouser. Défaillant de joie, Florine remercie Dieu et accepte. Ce sera une noce triste et austère. La mariée est pieds nus, le marié la tient à distance. Lors de la nuit de noces, alors que Florine se glisse dans la couche conjugale en tremblant de joie, il s'enveloppe de son manteau et s'allonge à côté d'elle. Il n'entend pas consommer le mariage. Ce serait céder au péché de luxure. Florine sanglote, mais serre les dents pour qu'il ne l'entende pas. Il lui fait répéter en prière je ne suis rien, je suis moins que rien, je suis une mauvaise femme, plus mauvaise que la plus mauvaise des bêtes. J'ai rencontré mon Sauveur en prenant cet homme pour époux et je dois lui obéir en tout. Elle s'incline. Le lendemain, il coupe ses longs cheveux d'or avec son poignard et lui barre le front de deux grands traits de cendre. Cendre tu es et cendre tu retourneras, énonce-t-il en glissant le pouce sur son front. Florine défaille de plaisir en sentant son doigt sur sa peau nue. Elle avoue son plaisir et il redouble de cruauté. Il l'épuise à la tâche, lui inflige un jeûne perpétuel, lui ordonne de faire elle-même toutes les tâches ménagères, de boire l'eau sale du ménage. Renvoie un à un les domestiques en les couvrant de cadeaux pour qu'ils ne parlent pas. Il ordonne qu'elle lui livre son argent et lui indique où elle a caché son or, l'or que t'a donné le roi de France après avoir trucidé ton mari et que tu as dissimulé. Cet argent est maudit, tu dois me le donner que je le jette à la rivière. Florine résiste. Ce n'est pas son argent, c'est celui de son fils. Elle ne veut pas déshériter Thibaut le Jeune. Guibert la soumet alors à une véritable torture. Lui impose les fers, l'enchaîne dans une geôle jusqu'à ce qu'elle parle. Parfois, pour l'amadouer, il la prend dans ses bras et ils prient ensemble. Dieu m'a envoyé à toi pour te purifier. Elle le remercie, remercie Dieu qui la conduit sur la voie de la soumission et de l'obéissance.

Elle est sur le point de renoncer à tout, de livrer sa fortune lorsque la fidèle Isabeau revient avec une troupe de chevaliers pour la délivrer. En fouillant le château pour venir la secourir, Isabeau découvre un véritable trésor : celui de Guibert et de toutes les veuves qu'il a ensorcelées avant de rencontrer Florine. Elle le remet à Florine qui a repris ses esprits. Florine décide alors de ne plus poursuivre la perfection et de reprendre une vie normale, sans atteindre la sainteté sur terre, car c'est péché d'orgueil de se croire l'égale de Dieu en pureté. Elle regarde Guibert brûler sur son bûcher et ne peut s'empêcher de pleurer en voyant cet homme qu'elle a tant aimé partir en torche brûlante sans crier ni demander pardon. Il ira tout droit en enfer et c'est bien fait ! déclare Thibaut le Jeune. La voilà veuve une nouvelle fois et encore plus riche qu'avant.

Un peu comme moi, songea Joséphine en se levant pour s'étirer. Je vais bientôt toucher vingt-cinq mille euros de plus et je n'ai pas d'homme dans ma vie. Plus ça va, plus je suis riche et seule ! Luca avait encore disparu. Elle n'avait pas de nouvelles depuis dix jours. Il ne venait plus en bibliothèque. Il a dû partir faire des photos à l'autre bout du monde. Elle soupira, se massa les reins et revint s'asseoir devant son ordinateur. Il ne restait plus qu'un mari à Florine... Le dernier. Celui-là, décida-t-elle, ce sera le bon. Je veux une fin heureuse. Elle avait sa petite idée. Il s'appelle Tancrède de Hauteville. Florine le connaît depuis longtemps. C'est un seigneur voisin. Un débraillé, un sans foi ni loi, un cupide. Il faisait partie du complot ourdi contre elle par Étienne le Noir au moment de la mort de son premier mari. Il a tenté de l'enlever pour mettre la main sur le château et ses terres. Depuis il s'est moult repenti, revient de croisade, et veut vivre en bon chrétien, loin des tentations terrestres. Il vient demander à Florine de lui pardonner son crime d'antan. Florine l'épouse, laisse le château à son fils devenu grand et part vivre avec Tancrède sur ses terres. Chemin faisant, ils se réfugient dans une forêt du Poitou, dans la région de Melle, trouvent une chaumière, s'y installent et vivent en priant, en mangeant les légumes qu'ils cultivent, en buvant de l'eau de pluie, vêtus de fourrures, dormant auprès du feu. Ils sont heureux, s'aiment d'amour tendre jusqu'au jour où Tancrède en allant chercher de l'eau découvre de la galène argentifère. Un magnifique gisement d'argent ! De quoi fabriquer plein de deniers, pièce de monnaie inventée par Charlemagne. Ils vont devenir riches à crouler sous les pièces ! Florine est d'abord effondrée puis voit un signe de Dieu dans la répétition de son destin. Elle doit accepter son sort et cet argent. Elle se résout à sa nouvelle richesse, ouvre un refuge pour les déshérités et les sans-abri qu'elle dirigera avec Tancrède à qui elle donnera de nombreux enfants. FIN.

Il n'y avait plus qu'à l'écrire. Au moins, j'entrevois la fin. Un dernier effort et j'en aurai fini. Et alors... alors il faudra que je remette le livre entre les mains d'Iris. Ce sera une épreuve. Je ne dois pas y penser, je ne dois pas y penser. J'ai accepté. Pour de mauvaises raisons, certes, mais j'ai accepté. Je dois me séparer de ce livre et ne plus m'en soucier.

Elle redoutait ce moment. Le livre était devenu un ami, les personnages du livre remplissaient sa vie, elle leur parlait, elle les écoutait, elle les accompagnait. Comment vais-je accepter de m'en séparer ?

Pour ne pas y penser, elle alla consulter ses mails. Il y en avait un d'Antoine. La dernière fois qu'ils s'étaient parlé, ils s'étaient presque disputés. À cause de madame Barthillet.

Ma chère Jo,

Un petit mot pour te donner des nouvelles. Tu seras heureuse d'apprendre que j'ai finalement suivi tes conseils et je me suis mis en grève. Ce fut un beau désastre ! Lee ne suffisait plus à la tâche. Il courait de partout, les yeux exorbités. Les crocodiles, affamés, ont démoli les barrières et ont dévoré deux ouvriers. Il a fallu les abattre, eux et tous ceux qui s'échappaient ! C'est pas facile de tirer sur des crocodiles. Ça ricochait de partout, il y a eu plusieurs blessés ! On a frôlé l'émeute. Tout le monde en a parlé, ça a fait la une du journal local et M. Wei m'a envoyé un chèque consistant, me payant enfin tout ce qu'il me devait !

Cela dit, je me suis rendu compte que Lee était du côté de Wei. Quand j'ai déclaré que je ne voulais plus travailler, il ne m'a pas cru. Il m'observait avec ses petits yeux jaunes en se demandant si c'était du lard ou du cochon. Il me suivait partout, surgissait derrière moi quand je ne m'y attendais pas, me suivait quand j'allais à la boutique de Mylène et je l'ai surpris plusieurs fois au téléphone, parlant à voix basse comme un conspirateur. Il cachait quelque chose. Sinon pourquoi murmurait-il alors que je ne comprends pas un mot de chinois ? Depuis, je m'en méfie. J'ai pris un chien et je lui fais goûter discrètement sous la table une bouchée de tout ce que je mange. Tu vas me dire que je suis parano mais j'ai l'impression de voir des crocodiles partout.

Pendant que je faisais grève, j'ai donné un coup de main à Mylène. C'est une fille bien, tu sais. Et pleine de ressources. Elle se tue à la tâche, travaille douze heures d'affilée tous les jours, même le dimanche ! Sa boutique ne désemplit pas. Elle gagne un fric fou. L'ouverture a été un triomphe et, depuis, le succès ne s'est pas ralenti. Les Chinoises claquent tout leur argent pour devenir aussi belles que les Occidentales. Elle fait des soins et vend des produits de maquillage. Elle a dû aller deux fois en France pour se ravitailler. Pendant qu'elle était absente, j'ai tenu la boutique et, ma foi, cela m'a donné des idées. Attends-toi à ce que je devienne riche et important, quitte, s'il le faut, à aller vivre en Chine ! Car il est évident que si les Chinois nous inondent de produits fabriqués à bas prix, on peut leur clouer le bec en leur vendant notre savoir-faire !

Ça y est ! se dit Joséphine, catastrophée. Il voit encore trop grand, trop rapidement. Il n'a rien compris.

Je ne bois presque plus. Juste un whisky le soir quand

le soleil se couche. Mais c'est tout, je te le promets... Bref, je suis un homme heureux et je touche enfin au but ! Je pense d'ailleurs que nous allons devoir divorcer. Ce serait plus pratique si je dois me lancer dans de nouvelles activités...

Divorcer ! Le mot porta un coup à Joséphine. Divorcer... Elle n'y avait jamais pensé. « Mais tu es mon mari, dit-elle à haute voix en regardant l'écran. On s'est engagés pour le meilleur et pour le pire. »

Je parle aux filles régulièrement et elles ont l'air d'aller très bien. Je suis très content. J'espère que les Barthillet sont enfin partis et que tu vas cesser de jouer les saint-bernard ! Ces gens-là sont des parasites de la société. Et de très mauvais exemples pour nos filles...

Mais pour qui se prend-il ? Parce que sa copine fait fortune avec des points noirs et des fonds de teint, il me fait la leçon !

Il faudra qu'on discute des vacances de cet été. Je ne sais pas encore comment je vais m'organiser. Je ne pense pas pouvoir m'éloigner des crocodiles. Je devrais avoir mes premières portées. Dis-moi ce que tu as prévu et je m'alignerai. Je t'embrasse fort, Antoine.

P-S : Maintenant que je gagne de l'argent, je vais pouvoir payer mon emprunt. Tu n'as plus de souci à te faire. Je vais appeler Faugeron. Il va falloir qu'il me parle sur un autre ton, celui-là !

P-S : Hier, à la télé, j'ai découvert que je pouvais suivre « Questions pour un champion » ! C'est retransmis avec un jour de décalage ! C'est pas génial ?

Joséphine haussa les épaules. La lecture du mail d'Antoine avait fait naître des sentiments si contradictoires qu'elle demeura bête devant son écran.

Elle regarda l'heure. Iris rentrerait avec les enfants. Madame Barthillet reviendrait de son rendez-vous avec Alberto. Hortense de sa journée de travail chez Chef. Fini la tranquillité ! Demain, elle recommencerait. Elle avait hâte de recommencer.

Elle ferma l'ordinateur et se leva pour préparer le dîner. Le téléphone sonna. C'était Hortense.

— Je vais rentrer un peu tard. Il y a un pot organisé à l'atelier...

— Qu'est-ce que tu appelles « un peu tard » ?

— Je ne sais pas... Ne m'attendez pas pour dîner. Je n'aurai pas faim.

— Hortense, comment vas-tu rentrer ?

— On me raccompagnera.

— C'est qui, « on » ?

— Je ne sais pas. Je trouverai bien quelqu'un ! Ma petite maman chérie, s'il te plaît... Ne me gâche pas ma joie ! Je suis si contente de travailler et tout le monde paraît enchanté de moi. On m'a fait plein de compliments.

Joséphine regarda sa montre. Il était sept heures du soir.

— D'accord, mais tu ne rentres pas après...

Elle hésita. C'était la première fois que sa fille lui demandait l'autorisation de sortir, elle ne savait pas ce qu'il convenait de dire.

— Dix heures ? D'accord, maman chérie, je serai là à dix heures, ne te fais pas de souci... Tu vois, si j'avais un portable, ce serait plus pratique. Tu pourrais me joindre tout le temps et tu serais rassurée. Enfin...

Sa voix était retombée et Joséphine pouvait imaginer la

moue qu'elle faisait. Hortense raccrocha. Joséphine resta abasourdie. Téléphoner à Chef pour lui demander de veiller à mettre Hortense dans un taxi ? Hortense serait furieuse qu'elle fasse le gendarme derrière son dos. De plus, elle n'avait plus parlé à Chef depuis la brouille avec sa mère...

Elle demeura près du téléphone en se mordant les doigts. Elle sentait un nouveau danger se profiler : gérer la liberté d'Hortense. Elle esquissa un petit sourire ; deux mots qui n'allaient vraiment pas ensemble, « gérer » et « Hortense ». Elle n'avait jamais su « gérer » Hortense. Elle était toujours étonnée quand sa fille lui obéissait.

Elle entendit une clé tourner dans la serrure de la porte d'entrée, madame Barthillet entra dans la cuisine et se laissa tomber sur une chaise.

— Ça y est !

— Ça y est quoi ?

— Il s'appelle Alberto Modesto et il a un pied bot.

— C'est joli, Alberto Modesto...

— Oui mais un pied bot, c'est pas joli du tout. C'est bien ma chance ! Je tombe sur un infirme.

— Enfin, Christine, ce n'est pas grave !

— C'est pas vous qui serez obligée de marcher dans la rue à côté d'une chaussure géante ! Je vais avoir l'air de quoi, moi ?

Joséphine la considéra, stupéfaite.

— Et encore, je m'en suis aperçue parce que j'ai rusé ! Sinon il m'aurait encore flouée. Quand je suis arrivée au café, il était là, tout bien habillé, tout bien parfumé, assis sur sa chaise, le col de sa chemise ouverte et un petit paquet-cadeau... Tenez !

Elle tendit sa main, exhibant ce qui ressemblait à un petit diamant à son annulaire.

— On s'embrasse, il me fait des compliments sur ma tenue,

il commande une menthe à l'eau pour lui et un café pour moi et on parle, et on parle... Il dit qu'il s'attache de plus en plus à moi, qu'il a bien réfléchi, qu'il va me louer cet appartement dont j'ai tant besoin. Alors je l'embrasse comme du bon pain, je me pends à son cou, je gigote, bref, je me rends ridicule ! Lui, il boit du petit-lait et il ne me propose toujours pas d'aller à l'hôtel. Le temps passe, je commence à me dire que c'est pas normal et je prétexte un rendez-vous pour lever le camp. Là, Alberto me baise la main et me dit la prochaine fois, on achète le journal et on fait les petites annonces ensemble. Je me lève et je vais me poster au coin de la rue en attendant qu'il décanille. C'est comme ça que je l'ai vu passer. Avec son pied bot ! On dirait qu'il a le pied pris dans une boîte à outils ! Il boite, madame Joséphine, il boite ! Il est tout de travers !

— Et alors ? Il a le droit de vivre, non ?

Joséphine avait rugi son dégoût.

— Il a le droit d'avoir un pied bot puisque vous avez le droit de l'escroquer.

Christine Barthillet écoutait Joséphine, bouche bée.

— Ben, madame Joséphine... Faut pas vous mettre en colère.

— Vous voulez que je vous dise : vous me dégoûtez ! Si ce n'était pas pour Max, je vous mettrais à la porte ! Vous habitez chez moi, vous ne faites rien, absolument rien, vous passez votre temps à roucouler sur Internet ou à mâcher du chewing-gum devant la télé et vous râlez parce que votre amoureux n'est pas conforme à l'idée que vous vous en faisiez. Vous êtes lamentable... Vous n'avez ni cœur ni dignité.

— Oh ben alors..., grogna Christine Barthillet. Si on peut plus discuter.

— Vous devriez chercher du travail, vous lever le matin, vous habiller, vous occuper de votre fils et me donner un coup de main. Ça ne vous est jamais venu à l'idée, ça ?

– Je croyais que vous aimiez bien vous occuper des gens. Je vous laissais faire...

Joséphine se reprit et, posant les coudes sur la table comme si elle s'installait pour mener des négociations, elle poursuivit :

– Écoutez... Je suis débordée de travail, je n'ai pas que ça à faire. Nous sommes le 10 juin, je veux qu'à la fin du mois vous soyez partie. Avec ou sans Alberto ! Je veux bien, parce que je suis bonne poire, garder Max le temps que vous trouviez une vraie solution mais je ne veux plus jamais, vous m'entendez, plus jamais m'occuper de vous.

– Je crois que j'ai compris..., murmura Christine Barthillet en poussant un soupir d'incomprise.

– Eh bien, c'est tant mieux parce que je n'étais pas prête à vous faire un dessin ! La gentillesse a ses limites et là, franchement, je crois que j'ai atteint les miennes...


Josiane vit arriver la petite Cortès. Ponctuelle comme chaque matin. Elle entrait dans l'entreprise de sa démarche balancée, une hanche à droite, une hanche à gauche, se déplaçant avec l'élégance et l'allure d'une gravure de mode. Chaque geste était juste mais étudié. Elle disait bonjour à chaque employé, souriait, prenait un air attentif et se souvenait de tous leurs noms. Chaque jour, un détail vestimentaire changeait mais, chaque jour, on ne pouvait qu'admirer ses longues jambes, sa taille fine, ses seins haut placés comme si elle avait appris à mettre chaque partie de son corps en valeur sans qu'on puisse l'accuser de le faire exprès. Pour travailler, elle attachait ses longs cheveux auburn et les lâchait d'un geste théâtral quand la journée était finie, plaçant des mèches derrière ses oreilles pour qu'on remarque l'ovale gracieux de son visage, l'éclat nacré de sa peau et la délicatesse de ses traits. Mais elle travaillait ! On peut pas dire qu'elle vole son pain, celle-là, c'est sûr. Ginette l'avait prise sous son aile et lui avait montré la gestion des stocks. La petite savait se servir d'un ordinateur et elle avait vite compris. Elle avait envie de passer à autre chose et tournait autour de Josiane.

— Qui s'occupe des achats ici ? lui demanda-t-elle avec un grand sourire que démentait l'éclat métallique de son regard.

— Chaval, répondit Josiane en s'éventant.

Il faisait une chaleur étouffante et Marcel n'avait pas encore fait installer de climatiseur dans les bureaux. Ça va me bloquer l'ovulation, cette chaleur !

— Je crois que je vais aller travailler avec lui... Les stocks, j'ai compris, c'est pas passionnant, j'aimerais bien apprendre autre chose.

Et toujours ce sourire artificiel qui me prend pour une bernique ! râla Josiane. Même Ginette et René n'y voient que du feu. Quant aux manutentionnaires, leurs langues raclent le béton de convoitise.

— T'as qu'à lui demander... Je suis sûre qu'il sera enchanté d'avoir une stagiaire comme toi.

— Parce que moi, ce qui m'intéresse, c'est de connaître les goûts des gens, et de les façonner. On peut vendre pas cher et vendre du beau !

— Parce que c'est moche ce qu'on vend ici ? ne put s'empêcher de demander Josiane, irritée par la condescendance de la gamine.

— Oh mais non, Josiane... j'ai pas dit ça.

— Non, mais tu l'as laissé entendre ! Va voir Chaval... Il te prendra sûrement mais dépêche-toi, il part à la fin du mois. Son bureau est à l'étage du dessus.

Hortense la remercia en lui décochant un nouveau sourire tout aussi fabriqué qui laissa Josiane de glace. Ça va être intéressant le choc entre ces deux-là ! pensa-t-elle. Je me demande qui va manger l'autre.

Elle regarda par la fenêtre pour voir si la voiture de Chaval était dans la cour. Elle y était. Garée comme un mercredi, en plein milieu ! Les autres n'avaient qu'à se débrouiller pour se trouver une place.

Le voyant du téléphone s'alluma et elle décrocha. C'était Henriette Grobz qui cherchait son mari.

– Il n'est pas encore arrivé, répondit Josiane. Il avait un rendez-vous aux Batignolles et devrait être là vers dix heures...

En fait, il faisait son jogging comme tous les matins. Il arrivait trempé de sueur au bureau, prenait une douche chez René, avalait ses vitamines, se changeait et attaquait la journée avec l'énergie d'un jeune homme.

Henriette Grobz grommela qu'il la rappelle dès qu'il serait arrivé. Josiane promit de lui faire la commission. Henriette raccrocha sans dire au revoir ni merci et Josiane eut un pincement au cœur. Elle aurait dû être habituée après toutes ces années mais elle ne s'y faisait pas. Il y a des petites humiliations qui vous marquent plus sûrement qu'une grande baffe dans la gueule et elle, elle me fait des pinçons depuis trop longtemps. Ah ! tout ça va changer bientôt et alors... Alors, rien du tout, se reprit-elle, je m'en fous du Cure-dents, elle aura fait son malheur toute seule.

Pendant qu'Hortense faisait ses armes dans l'entreprise de Chef, Zoé, Alexandre et Max traînaient dans les salles du musée d'Orsay. Iris les y avait emmenés, de bon matin, espérant que les chefs-d'œuvre impressionnistes auraient raison de la turbulence des enfants. Elle ne supportait plus le Jardin d'Acclimatation, les queues devant les attractions, les cris, la poussière, les peluches minables qu'il fallait trimbaler parce qu'ils les avaient gagnées et les exhibaient comme des trophées. Il est temps que Jo termine et que je retrouve ma vie d'avant. Je n'en peux plus de ces ados en chaleur ! Alexandre, passe encore, mais les deux autres ! Qu'est-ce qu'ils sont mal élevés ! La petite Zoé, autrefois charmante, est devenue un monstre. Ce doit être l'influence de Max. Après la visite du musée, elle les emmènerait déjeuner au café Marly et les interrogerait sur ce qu'ils avaient vu. Elle leur avait demandé de choisir chacun trois tableaux et d'en parler. Celui qui s'exprimerait le mieux aurait droit à un cadeau. Comme ça, je pourrai, moi aussi, faire un peu de shopping. Ça me détendra. C'est Philippe qui avait eu l'idée du musée. Hier soir, en se couchant, il lui avait dit : « Pourquoi tu ne les emmènes pas à Orsay, j'y suis allé avec Alexandre et il a beaucoup apprécié. » Un peu plus tard, avant d'éteindre, il avait ajouté : « Et ton livre à toi, il avance ?

– À pas de géant.

– Tu me le feras lire ?

– Promis, dès que j'aurai fini.

– Eh bien ! Finis-le vite comme ça j'aurai de la lecture, cet été. »

Elle avait cru déceler une pointe d'ironie dans la voix de Philippe.

En attendant, ils déambulaient dans les salles du musée d'Orsay. Alexandre regardait les tableaux, avançant, reculant, pour se faire une idée, Max traînait les pieds en raclant la pointe de ses baskets sur le parquet et Zoé hésitait entre imiter son copain ou son cousin.

– Depuis que Max habite chez vous, tu me parles plus, se plaignit Alexandre à Zoé qui était venue se placer à ses côtés alors qu'il regardait une toile de Manet.

– C'est pas vrai... Je t'aime tout pareil.

– Non. T'as changé... J'aime pas ce vert que tu mets sur tes yeux... Je trouve ça vulgaire. Ça te vieillit. C'est consternant !

– Tu choisis quoi comme toiles ?

– Je sais pas encore...

– Moi, j'aimerais bien gagner. Je sais ce que je demanderai comme cadeau à ta mère !

– Tu demanderas quoi ?

– Tout un attirail pour me faire belle. Comme Hortense.

– Mais t'es belle déjà !

– Non, pas comme Hortense...

– T'as pas de personnalité ! Tu veux tout faire comme Hortense.

– Et toi, t'as pas de personnalité, tu fais tout comme ton père ! Tu crois que j'ai pas remarqué ?

Ils se séparèrent, vexés, et Zoé alla retrouver Max qui était tombé en arrêt devant une femme nue de Renoir.

– La meuf à oilpé ! Savais pas qu'ils avaient des trucs comme ça dans les musées.

Zoé gloussa et le poussa du coude.

– Dis pas ça à ma tante, elle va tourner de l'œil.

– Je m'en fous. J'ai marqué trois tableaux déjà !

– T'as marqué où ?

– Là...

Il lui montra la paume de sa main où il avait noté trois tableaux de Renoir.

– Tu peux pas choisir trois fois le même peintre, tu triches.

– Moi, j'aime bien ses gonzesses à ce mec-là. Elles sont confortables et elles ont l'air gentilles et heureuses de vivre.

Pendant le déjeuner, Iris eut beaucoup de mal à faire parler Max.

– Tu n'as vraiment pas beaucoup de vocabulaire, mon chéri, ne put-elle s'empêcher de dire. Ce n'est pas de ta faute, note, c'est une histoire d'éducation !

– Ouais... mais je sais des choses que vous savez pas, moi !

Des choses où on n'a pas besoin de vocabulaire. Ça sert à quoi le vocabulaire ?

— Ça sert à t'aider dans ta pensée. À mettre des mots sur des émotions, des sensations... Tu clarifies ta tête en sachant mettre le bon mot sur la bonne chose. Et en te clarifiant la tête, tu te fais une personnalité, tu apprends à penser, tu deviens quelqu'un.

— Mais j'ai pas peur, moi ! On me respecte, moi ! On me marche pas sur les pieds, moi !

— Ce n'est pas ce que je voulais dire..., commença Iris qui décida d'abandonner la conversation.

Il y avait un fossé entre ce garçon et elle et elle n'était pas sûre de vouloir le combler. Pour ne pas faire de jaloux, elle décida d'accorder aux trois gamins le choix d'un cadeau et ils partirent dans le Marais regarder les boutiques. Vivement que cette corvée finisse, que Jo termine le livre, que je le porte à Serrurier et qu'on se retrouve, en famille, à Deauville. On attendra ensemble qu'il l'ait lu et qu'il donne son avis. Là-bas, il y aura Carmen ou Babette et je n'aurai pas à supporter l'humeur de ces gamins tous les jours. Elle avait réussi à convaincre Joséphine de passer le mois de juillet avec eux. « S'il y a des modifications à faire, tu seras sur place, ce sera plus pratique. » Joséphine avait accepté, de mauvaise grâce. « Tu n'aimes pas notre maison ?

— Si, si, avait répondu Joséphine, c'est juste que j'aimerais bien ne pas passer toutes mes vacances avec vous. J'ai l'impression d'être une enfant attardée. »

En déambulant dans les rues du Marais, Zoé, prise de remords, se rapprocha à nouveau d'Alexandre et glissa sa main dans la sienne.

— Qu'est-ce que tu veux ? bougonna Alexandre.

— Je vais te dire un secret...

— Je m'en fiche, de tes secrets !

— Non mais celui-là, c'est un énorme secret.

Alexandre faiblit. Il était triste de devoir partager sa cousine avec ce Max Barthillet qu'on lui imposait à chaque sortie. Je peux pas le saquer, celui-là, en plus il fait comme si j'existais pas ! Tout ça parce qu'il vit en banlieue et moi, à Paris. Il me prend pour un petit bourge et il me méprise. C'était bien mieux quand j'avais Zoé pour moi tout seul.

– C'est quoi ton secret ?

– Ah, tu vois que ça t'intéresse ! Mais tu le dis à personne, promis, juré ?

– D'accord...

– Alors voilà... Gary, le fils de Shirley, c'est un « royal ».

Zoé raconta tout : la soirée devant la télé, les photos sur Internet, William, Harry, Diana, le prince Charles. Alexandre haussa les épaules en disant que c'était du bidon.

– Pas du bidon, du vrai, Alex, je te jure ! D'ailleurs, rien que pour te prouver que c'est la vérité : Hortense y croit. Elle est devenue toute gentille avec Gary maintenant. Elle lui parle plus de haut, elle le considère... Avant, elle le photographiait même pas !

– Tu parles aussi mal que lui, maintenant...

– C'est pas beau d'être jaloux.

– C'est pas beau de raconter des mensonges.

– Mais c'est pas des mensonges, hurla Zoé, c'est la vérité...

Elle alla chercher Max et lui demanda de témoigner. Max assura à Alexandre que tout était vrai.

– Mais lui, Gary, qu'est-ce qu'il dit ? demanda Alexandre.

– Il dit rien... Il dit qu'on s'est trompés. Il dit comme sa mère, qu'il a un sosie, mais nous, on y croit pas au coup du sosie, hein, Max ?

Max opina, sérieux.

– Et toi, tu crois que c'est vrai ? demanda Alexandre à Max.

— Ben oui... puisque je les ai vus. À la télé et sur Internet. J'ai peut-être pas de vocabulaire mais j'ai des yeux !

Alexandre sourit.

— Elle t'a vexé, ma mère ?

— Ben oui, grave... C'est pas parce qu'elle pète dans le blé qu'il faut tacler ceux qui n'en ont pas !

— Ça, c'est sûr. C'est pas de ta faute.

— C'est pas la faute de ma mère, non plus. Elle me gave avec ses discours de bourgeoise ! Bouffonne !

— Hé ! T'arrêtes, parce que c'est ma mère...

— Oh ! Vous allez pas vous disputer... Allez, faites la paix !

Alexandre et Max se donnèrent une bourrade. Ils marchèrent un moment tous les trois. Iris les héla en leur demandant de l'attendre, elle avait vu un chemisier en vitrine. Ils s'arrêtèrent et Max demanda à Alexandre :

— T'as quoi comme portable, toi ?

Alexandre sortit son portable et Max poussa un cri.

— Le même que moi, mec ! Le même ! Et comme sonnerie ?

— J'en ai plusieurs. Ça dépend qui m'appelle...

— Tu me les fais écouter ? On pourrait s'en échanger...

Les deux garçons se mirent à faire sonner leurs portables, laissant Zoé de côté.

— Moi, je sais ce que je veux, marmonna Zoé. Je veux un portable. J'irai au marché aux voleurs à Colombes et j'en volerai un !

Joséphine se réveilla la première et descendit préparer son petit-déjeuner. Elle appréciait ces matins où elle était seule dans la grande cuisine dont la baie vitrée donnait sur la plage. Elle glissait les tartines dans le toasteur, faisait chauffer l'eau du thé, sortait le beurre salé et les confitures. Parfois elle se faisait cuire un œuf sur le plat avec une saucisse ou du bacon. Elle déjeunait en regardant la mer.

Ses personnages lui manquaient. Florine, Guillaume, Thibaut, Baudouin, Guibert, Tancrède, Isabeau et les autres. J'ai été injuste avec ce pauvre Baudouin. À peine était-il entré en scène que je l'ai exécuté. Tout ça parce que j'étais en colère contre Shirley. Guibert la faisait frissonner. Elle était comme Florine : subjuguée. Parfois, la nuit, elle rêvait qu'il venait l'embrasser, elle sentait son odeur, ses lèvres chaudes et douces sur les siennes, elle répondait à son baiser et il posait un poignard sur sa gorge. Elle se réveillait en frissonnant. Les hommes étaient si violents à l'époque ! Elle se souvenait d'une scène qu'elle avait lue dans un manuscrit ancien. Un mari qui assiste à l'accouchement de sa femme. « Plus de cent kilos de chair, de sang et d'irascibilité. Dans une main un long et gros tisonnier, dans l'autre une cafetière énorme plein de liquide bouillant. Le bébé était un garçon et le père se décrispa, il se mit à pleurer, à prier et à rire. » Les femmes n'étaient bonnes qu'à enfanter. Isabeau chante une comptine qui en dit long : « Ma mère prétend qu'elle m'a donnée à un homme de cœur. Quel cœur est-ce donc là ? Il m'enfonce son dard dans le ventre et me bat comme sa mule. » Elle avait rendu son manuscrit à Iris qui l'avait porté à Serrurier. Chaque fois que le téléphone sonnait, les deux sœurs sursautaient.

Ce matin-là, Philippe la rejoignit dans la cuisine. Lui aussi se levait tôt. Il allait acheter le journal et les croissants, prenait un premier café dehors et revenait finir son petit-déjeuner à la maison. Il ne venait que le week-end. Arrivait le vendredi soir et repartait le dimanche. Il prenait ses vacances au mois d'août. Il emmenait les enfants à la pêche. Sauf Hortense qui préférait rester sur la plage avec ses amis. Il faudrait que je fasse leur connaissance, pensa Jo. Elle n'osait pas lui demander de les lui présenter. Hortense sortait souvent le soir. Elle disait : « Oh ! maman ! je suis en vacances, j'ai travaillé toute l'année, je ne suis plus un bébé, je peux sortir... – Mais tu fais comme Cendrillon, tu rentres à minuit », avait décrété Joséphine, sur un ton de plaisanterie qui cachait mal son anxiété. Elle craignait qu'Hortense ne se rebiffe. Hortense avait acquiescé. Joséphine, soulagée, n'avait plus abordé le sujet et Hortense rentrait, ponctuelle, à minuit. Après le dîner, on entendait un coup de klaxon bref, Hortense finissait d'avaler son dessert et quittait la table. Les premières fois, Joséphine avait veillé jusqu'à minuit, guettant le bruit des pas de sa fille dans l'escalier. Puis, rassurée par l'exactitude d'Hortense, elle céda au sommeil. C'était le seul moyen d'avoir la paix ! Je n'ai pas le courage de l'affronter tous les soirs. Si son père était là, on se répartirait les rôles, mais toute seule, je ne me sens pas de taille à livrer bataille et elle le sait.

Au mois d'août, les filles partaient retrouver leur père au Kenya et ce serait à Antoine de faire le gendarme. Pour le moment, Joséphine désirait plus que tout ne pas s'épuiser en interminables disputes avec sa fille.

– Tu veux un croissant chaud ? demanda Philippe en posant les journaux et le sachet de la boulangerie sur la table.

– Oui. Avec plaisir...

– Tu pensais à quoi quand je suis rentré ?

– À Hortense et à ses sorties nocturnes...

– Elle est dure ta fille. Elle aurait besoin d'un père à poigne de fer...

Joséphine soupira.

– C'est vrai... En même temps, elle est si dure que je ne me fais pas de souci pour elle. Je ne crois pas qu'elle se laissera embarquer dans de sales histoires. Elle sait exactement ce qu'elle veut.

– Tu étais comme elle à son âge ?

Joséphine manqua de s'étouffer en avalant son thé.

— Tu plaisantes, j'espère ? Tu vois comme je suis aujourd'hui ? Eh bien, j'étais la même, en encore plus gourde.

Elle s'arrêta, regrettant d'avoir dit ces mots ; elle avait l'impression de quémander de la pitié.

— Tu as manqué de quoi, enfant ?

Elle réfléchit un instant et lui fut reconnaissante de lui poser cette question. Elle ne se l'était jamais posée et pourtant, depuis qu'elle écrivait, il y avait des morceaux de son enfance qui revenaient et lui mettaient les larmes aux yeux. Comme cette scène dans les bras de son père criant à sa mère « tu es une criminelle ! ». Une fin de journée avec un ciel lourd, des nuages noirs et le bruit fracassant des vagues. Je deviens d'une sensibilité un peu niaise, il faut que je me reprenne. Elle essaya de faire un constat sans sensiblerie.

— Je n'ai manqué de rien. J'ai reçu une bonne éducation, j'avais un toit sur la tête, un père et une mère, un équilibre certain. J'ai même perçu plusieurs fois l'amour de mon père pour moi. Mais j'ai manqué de... C'était comme si je n'existais pas. On ne me considérait pas. On ne m'écoutait pas, on ne me disait pas que j'étais jolie, intelligente, drôle. Ça ne se faisait pas, à l'époque.

— Mais on le disait à Iris...

— Iris était tellement plus belle que moi. Je me suis vite effacée derrière elle. Maman la citait toujours en exemple. Je sentais bien qu'elle était fière d'elle et pas de moi...

— Et ça dure encore, n'est-ce pas ?

Elle rougit, mordit dans son croissant, attendit qu'il ait fondu dans sa bouche.

— On n'a pas suivi le même chemin. Mais c'est vrai qu'elle est plus...

— Mais aujourd'hui, Jo ? l'interrompit Philippe. Aujourd'hui...

— Mes filles me donnent un sens, un but dans la vie mais

441

elles ne me font pas exister, c'est vrai. Écrire me donne un début d'existence. Quand je suis en train d'écrire, parce que quand je me relis... non ! Je pourrais tout jeter !

— Écrire pour ton dossier d'habilitation à diriger des recherches ?

— Oui..., balbutia-t-elle, comprenant qu'elle venait, une nouvelle fois, de faire une gaffe. Tu sais, je suis de ces êtres qui se développent lentement. Je me demande si je ne vais pas m'éveiller trop tard, si je ne vais pas laisser passer ma chance et, en même temps, je ne sais pas ce que peut être cette chance que j'appelle de toutes mes forces...

Philippe éprouva le désir de la rassurer, de lui dire qu'elle prenait les choses trop à cœur, qu'elle se faisait des reproches sans raison. Son attitude rigide, ses yeux fixes exprimaient quelque chose de trop intense et il ajouta comme s'il lisait dans ses pensées :

— Ainsi, tu crois que tu as laissé passer ta chance ? Que ta vie est finie...

Elle le regarda avec beaucoup de sérieux puis sourit pour s'excuser d'avoir été si sérieuse.

— En un sens, oui... Mais, tu sais, ce ne sera pas grave. Ce ne sera pas un renoncement déchirant, juste un tout petit glissement vers le plus rien du tout. Le désir de vie s'effrite et, un jour, on s'aperçoit qu'il se réduit à presque rien. Tu ne connais pas ça, toi. Tu as toujours pris ta vie en main. Tu n'as jamais laissé personne te dicter sa loi.

— Personne n'est vraiment libre, Joséphine. Et moi, pas plus qu'un autre ! Et peut-être, en un sens, es-tu plus libre que moi... Mais tu l'ignores, c'est tout. Un jour, tu pourras toucher du doigt ta liberté et, ce jour-là, tu auras de la pitié pour moi...

— Comme tu en as pour moi en ce moment...

Il sourit et ne voulut pas mentir.

– C'est vrai... j'ai éprouvé de la pitié pour toi, et même de l'agacement parfois ! Mais tu as changé. Tu es en train de changer. Tu t'en apercevras quand la métamorphose aura eu lieu. On est toujours les derniers à réaliser le chemin parcouru. Mais je suis sûr qu'un jour, tu auras le genre de vie qui te plaît et, cette vie-là, tu te la seras faite toute seule !

– Tu le crois vraiment ?

Elle eut un sourire bref et triste.

– Tu es ta plus terrible ennemie, Jo.

Philippe prit le journal, sa tasse de café et demanda :

– Ça ne t'ennuie pas si je vais lire sur la terrasse ?

– Pas du tout. Je vais pouvoir reprendre ma rêverie. Sans Sherlock Holmes à mes côtés !

Il ouvrit le *Herald Tribune* en pensant à la veille. C'est si facile de parler avec Jo. De parler vraiment. Avec Iris, je suis fermé comme une huître. Elle lui avait proposé d'aller boire un verre au bar du Royal. Il n'avait pas voulu la contrarier et avait dit oui. En fait, il n'avait qu'une envie : retrouver Alexandre. Il avait fini par écrire sa lettre. La joie d'Alexandre quand il l'avait reçue ! C'est Babette qui lui avait raconté. Fallait le voir ! Il avait l'œil en lampion et la binette écarlate. Il s'est précipité dans la cuisine et m'a annoncé j'ai reçu une lettre de mon papa ! Une lettre où il dit qu'il m'aime et qu'il va me consacrer tout son temps ! Tu te rends compte, Babette ! C'est pas génial, ça ? Il agitait sa lettre dans l'air et m'a donné le tournis. Depuis, Philippe avait tenu parole. Il avait promis à Alexandre de le faire conduire et tous les samedis et dimanches matin, il l'emmenait sur des petites routes, l'asseyait sur ses genoux et lui apprenait à tenir le volant.

Iris avait commandé deux coupes de champagne. Une jeune femme en robe longue jouait de la harpe de ses longs doigts effilés.

– Qu'as-tu fait cette semaine à Paris ?

— J'ai bossé...

— Raconte-moi.

— Oh ! Iris, ce n'est pas intéressant et puis, quand je suis ici, je n'ai pas envie de parler de mes affaires.

Ils s'étaient installés au bord de la terrasse. Philippe observait un oiseau : il essayait de transporter un morceau de pain de mie qui avait dû tomber de l'assiette que le serveur avait déposée en apportant les coupes de champagne.

— Comment va le beau maître Bleuet ?

— Toujours aussi efficace.

Et de plus en plus imbu de lui-même ! L'autre jour, dans l'avion qui l'emmenait à New York en première classe, mécontent de la cuisson de son steak, il avait rédigé un message de récrimination qu'il avait placé dans l'enveloppe Air France, prévue pour les commentaires sur le voyage. Avant de refermer l'enveloppe, il avait joint sa carte de visite et... le steak ! Air France lui avait doublé ses miles.

— Ça t'ennuie si j'enlève ma veste et desserre ma cravate ?

Elle lui avait souri et lui avait donné une petite caresse de la main sur la joue. Une caresse qui dénotait une certaine habitude conjugale. De l'affection, de la tendresse certes, mais aussi une manière de le ravaler au rang d'enfant impatient. Il ne supportait pas qu'elle le traite en enfant. Oui, je sais, pensa-t-il, tu es belle, tu es magnifique, tu as les yeux les plus profondément bleus du monde, des yeux à exemplaire unique, un port de sultane anorexique, ta beauté n'est altérée par aucun souci, tu règnes, souveraine et sereine, sur mon amour et vérifies d'une petite tape de la main sur ma joue que je suis toujours ton obligé. Tout cela, autrefois, m'a ému, envoûté, je prenais ta condescendance affectueuse pour un gage d'amour mais, vois-tu, Iris, je m'ennuie maintenant avec toi, je m'ennuie parce que toute cette beauté repose sur des mensonges. Je t'ai connue à cause d'un mensonge et tu n'as

444

cessé de me mentir depuis. J'ai cru, au début, que j'allais te changer mais tu ne changeras jamais car tu es satisfaite de ce que tu es.

Il eut un petit sourire en se mordant la lèvre et Iris se méprit.

— Tu ne me dis jamais rien...

— Que veux-tu que je te dise ? demanda-t-il en suivant le déhanchement de l'oiseau qui s'était emparé du morceau de pain et essayait de le placer dans son bec.

Iris lança un noyau d'olive sur l'oiseau qui tenta de s'envoler, tout en emportant son butin. Ses efforts pour décoller étaient risibles.

— Tu es méchante ! C'est peut-être le dîner de toute sa famille.

— C'est toi qui es méchant ! Tu ne me parles plus.

Elle se renfrogna, fit l'enfant, bouda mais il se détourna et ses yeux revinrent sur l'oiseau qui, constatant qu'il n'était plus assailli, avait déposé son fardeau et tâchait de le couper en deux en donnant des petits coups de bec. Philippe sourit, se détendit et étira les bras en poussant un soupir de soulagement.

— Ah ! Enfin loin de Paris !

Il l'observa du coin de l'œil : elle boudait toujours. Il connaissait cette attitude qui criait occupe-toi de moi, regarde-moi, je suis le centre de la Terre. Elle n'est plus le centre de la Terre. Je me suis lassé. Je me lasse de tout : de mes affaires, de mes collaborateurs, du mariage. Maître Bleuet m'a apporté une affaire formidable et je l'ai à peine écouté. Je n'aime plus le couple que nous formons. Ces derniers mois ont été particulièrement creux et vides. Est-ce moi qui ai changé ou bien est-ce elle ? Est-ce moi qui ne me contente plus des restes qu'elle veut bien m'accorder ? En tous les cas, force est de constater qu'il ne se passe plus rien. Et pourtant, ça dure. Nous passons l'été ensemble, en famille. Serons-nous encore ensemble l'été prochain ? Ou aurai-je tourné la page ? Je n'ai rien à lui reprocher, pourtant. Beaucoup d'hommes doivent m'envier. Certains mariages sécrètent un ennui si doux qu'il en devient anesthésiant. On reste parce qu'on n'a pas la force ni l'énergie de partir. Il y a quelques mois, je ne sais pas pourquoi, je me suis réveillé. À cause de ma rencontre avec John Goodfellow ? Ou l'ai-je rencontré parce que justement je m'étais réveillé ?

L'oiseau avait réussi à scinder son repas en deux et s'envola si vite que bientôt il disparut dans le bleu du ciel. Philippe regarda la moitié laissée à terre : il reviendra, il reviendra, on revient toujours vers son butin.


— Papa ! Papa ! Tu me feras conduire aujourd'hui ? hurla Alexandre en apercevant son père sur la terrasse.

— Promis, mon fils ! On y va quand tu veux...

— Et on emmène Zoé ! Elle veut pas croire que je sais conduire...

— Demande à Jo si elle est d'accord.

Alexandre retourna dans la cuisine et demanda l'autorisation à Joséphine qui la donna avec joie. Depuis qu'elle n'était plus en permanence avec Max, Zoé était redevenue la petite fille d'avant. Elle était retombée dans son âge, ne parlait plus de maquillage ni de garçons. Elle avait repris ses anciennes habitudes avec Alexandre ; ils avaient mis au point un langage secret qui n'était secret que pour eux. *The dog is barking* signifiait attention danger, *the dog is sleeping*, tout va bien, *the dog is running away*, et si on allait se promener ? Les parents faisaient semblant de ne pas comprendre et les enfants prenaient un air mystérieux.

Joséphine avait reçu une carte postale de madame Barthillet. Alberto lui avait trouvé un meublé rue des Martyrs, non loin de son entreprise. Elle lui donnait sa nouvelle adresse. « Tout va bien. Il fait beau. Max passe l'été chez son père qui fait du fromage de chèvre dans le Massif central avec sa copine. Il aime beaucoup travailler avec les bêtes et son père parle de le garder ce qui m'arrangerait bien. Je vous souhaite le meilleur, Christine Barthillet. »

— On est quel jour aujourd'hui ? demanda Joséphine à Babette qui entrait dans la cuisine.

— Le 11 juillet... C'est pas encore le jour de faire péter les pétards !

« Il est un peu tôt pour faire péter les pétards. » Dans deux jours, ce serait l'anniversaire de la mort de son père. Elle n'oubliait jamais cette date.

— Qu'est-ce qu'on fait pour le déjeuner ? Vous avez une idée ? demanda Babette.

— Aucune... Vous voulez que j'aille au marché ?

— Non. Je vais y aller, je suis habituée... C'était juste pour savoir s'il y avait un truc qui vous ferait plaisir.

Carmen prenait ses vacances en juillet. À Paris. Elle s'occupait de sa vieille mère, une duègne irascible qui souffrait d'emphysème mais avait toute sa tête. Elle avait réduit sa fille en esclavage, l'avait empêchée de faire sa vie. Joséphine était plus à l'aise avec Babette. Carmen l'intimidait. Ses manières de gouvernante stylée la paralysaient. Elle avait toujours l'impression d'avoir le dos rond ou un doigt dans le nez, en sa présence.

— Vous êtes gentille, Babette... Comment va votre fille ?

— Marilyn ? Ça va. Elle finit un diplôme pour être secrétaire de direction. Elle a du plomb dans la cervelle, elle. C'est pas comme moi !

— Vous êtes fière d'elle...

— J'en reviens pas d'avoir une gosse intelligente ! Et gentille ! J'ai tiré le bon numéro. On sait jamais avant de les avoir, hein ?

Elle avait ouvert le frigidaire et faisait le point sur ce qu'il manquait. Elle revint s'asseoir pour faire une liste des courses, chercha un crayon, tâtonna parmi les objets posés sur la table, se souvint soudain qu'elle en avait un pour tenir ses cheveux et le prit en éclatant de rire.

— Ce que je peux être gourde ! J'oublie tout. Tiens, ça me fait penser : j'ai trouvé ça dans la poche de jean de votre fille. Il a failli passer à la machine !

Elle exhibait un téléphone portable qu'elle déposa sur la table.

— Y devraient pas appeler ça des portables mais des perdables. J'en ai déjà balancé deux à la flotte en faisant les chiottes.

— Vous devez vous tromper, Babette, mes filles n'ont pas de portable.

— Sans vouloir vous contredire, il appartient bien à Hortense, celui-là. Il était dans la poche de son jean.

Joséphine considéra le téléphone, étonnée.

— Faites-moi plaisir, Babette, ne dites rien. On va voir comment elle réagit.

Elle prit le téléphone et l'empocha. Babette la regarda avec un sourire complice.

— Vous savez pas d'où il vient, c'est ça ?

— Oui. Et comme je n'ai pas envie d'ouvrir le feu la première, je vais attendre qu'elle se démasque...


Le 13 juillet, en fin de matinée, Joséphine revenait d'avoir couru dans les bois. Un souffle de vent venu de la mer soulevait ses cheveux qui retombaient en maigres queues sur le bout de son nez et son tee-shirt orange lui collait à la peau, dessinant des plaques disgracieuses de transpiration. La sueur lui brouillait la vue et lui piquait les yeux.

Lasse de penser, il y a trente ans papa mourait, il y a trente ans papa mourait, il y a trente ans papa mourait, elle avait chaussé ses baskets et était partie courir. Quarante-cinq minutes ! Elle avait tenu quarante-cinq minutes ! Elle regarda sa montre et se félicita. Courir l'aidait à penser. Elle déroulait sa pensée au fur et à mesure que ses foulées s'amplifiaient. Il avait plu pendant la nuit. Elle sentait l'odeur de la terre mouillée, l'odeur qui fait remonter toutes les odeurs, qui exhale la fougère, le chèvrefeuille, la mousse des bois, les champignons, les feuilles mortes en un bouquet de saveurs et, par-dessus tout, comme une brume vaporisée dans l'air, l'odeur salée de la mer qui venait se déposer sur son visage et qu'elle léchait à petits coups de langue. Elle courait en écoutant l'oiseau qui criait « pffiit, pffiit, pfiit », elle entendait « vite, vite, vite » et accélérait le pas. Ou celui qui disait « mais oui, mais oui, mais oui... » et elle parlait à son père. Papa, petit papa, si tu es là, fais-moi un signe... « mais oui, mais oui, mais oui », il va répondre bientôt l'éditeur ? Qu'est-ce qu'il fabrique ? Près de quinze jours qu'il l'a reçu ! Mais oui, mais oui... répondait l'oiseau. Ce serait bien qu'il donne sa réponse aujourd'hui, cela voudrait dire que tu veilles sur le manuscrit ! Hier, sa mère avait appelé et longuement parlé avec Iris. « Maman pense que Chef a une maîtresse, avait chuchoté Iris à Jo. Tu imagines Chef au lit ? » Elle avait mis le doigt sur la bouche pour ne pas parler devant les enfants et elles s'étaient retrouvées toutes les deux dans la cuisine, quand tout le monde était couché. « Elle le trouve changé, émoustillé, rajeuni. Il paraît qu'il met des crèmes de beauté, se teint les cheveux, a perdu du ventre et découche ! Maman flaire la rivale. Elle a trouvé une photo de Chef enlaçant une femme, en fouillant dans ses affaires. Une brune voluptueuse au décolleté avantageux avec de longs cheveux noirs. Une jeunette. Derrière la photo, il avait gribouillé un prénom : Natacha, et un cœur. La photo provenait d'un dîner au Lido. Il paraît qu'il se ruine pour elle et fait passer les notes en frais professionnels. À son âge ! Tu te rends compte ! – Qu'est-ce qu'elle va faire ? » avait demandé Joséphine, se souvenant de la scène entrevue sur le quai de la gare.

Josiane était blonde, potelée et avait passé l'âge d'être appelée jeunette. Ainsi il a plusieurs maîtresses, pensa-t-elle, presque admirative. Quelle nature !

« Elle prétend qu'elle a un Scud contre lui ! Elle s'en fiche qu'il la trompe mais s'il veut divorcer, elle lui balance son Scud ! – Un Scud ? avait demandé Joséphine. Qu'est-ce que ça peut bien être ? – Une histoire d'abus de bien social. Elle est tombée sur un dossier très compromettant ! C'est vrai que ça peut faire mal ce genre de choses. Il a intérêt à se tenir à carreau s'il ne veut pas se retrouver ruiné et à la une des journaux. »

Pauvre Chef ! pensait Joséphine en regardant le poteau rouge qui marquait l'entrée de la propriété des Dupin, il a le droit de tomber amoureux, il n'a pas dû toujours rigoler avec notre mère ! Dans le ciel flottaient des nuages blancs qui découpaient des lettres blanches et rondes sur l'azur.

Iris l'attendait, triomphante, sur les marches de la maison, vêtue du dernier modèle de chemise Lacoste et d'un panta-court blanc. Ses immenses yeux bleus paraissaient encore plus grands quand elle était hâlée. Elle lança un regard apitoyé sur l'accoutrement de Joséphine et annonça, fièrement :

– Cric et Croc croquèrent le grand Cruc qui croyait les croquer !

Joséphine se laissa tomber sur les marches et, s'épongeant le front avec son tee-shirt, elle demanda :

– Tu as enfin réussi à faire un soufflé ?

– Tu n'y es pas du tout.

– Alexandre a conduit pour la première fois tout seul autour de la maison ?

– Encore moins...

– Tu attends un bébé ?

– À mon âge ? T'es folle !

Soudain, elle leva la tête vers sa sœur et comprit.

– Serrurier a téléphoné.

– Bingo ! ET IL ADORE !

Joséphine roula à terre et resta allongée, les bras en croix, à regarder les nuages écrire dans le ciel. Elle dessina les lettres « ET IL ADORE ! ». Elle avait réussi ! Florine allait naître une deuxième fois ! Et Guillaume, et Thibaut, et Baudouin, et Guibert et Tancrède ! Ils étaient jusqu'à maintenant des figurines allongées dans une boîte, enveloppées de papier de soie, attendant le coup de baguette magique... Ils allaient pouvoir s'animer et reposer sur les rayons des librairies et des bibliothèques !

Iris vint se planter devant elle, solidement campée sur ses pieds. Ses longues jambes bronzées et fines dessinaient un V inversé, le V de la victoire.

– Il adore. Aucune correction. Tout parfait. Sortie en octobre. Gros tirage. Succès pour les fêtes. Grosse campagne de publicité. Spots radio. Spots télé. Spots journaux. Affiches Abribus. Pub partout !

Elle leva les bras en l'air et, se laissant tomber à côté de Jo, roula à terre.

– Tu as réussi, Jo ! Tu as réussi ! Il était cul par-dessus tête ! Époustouflé ! Merci ! Merci ! Tu es magnifique, tu es merveilleuse, tu es incroyable !

– Il y a trente ans pile, papa mourait. « Les pétards du 14 juillet... » C'est à lui qu'il faut dire merci.

– Ah ? Ça fait trente ans ?

— Aujourd'hui.

— Oui, mais c'est toi qui as écrit le livre ! Ce soir, on fait la fête. On va au restaurant. On boit du champagne, on mange du caviar à la louche, des écrevisses à la nage, des profiteroles au chocolat !

— J'ai couru en pensant à lui, je lui ai demandé de donner un coup de pouce au livre et...

— Arrête ! C'est toi qui as écrit le livre, pas lui ! lança-t-elle avec une pointe d'agacement dans la voix.

Pauvre Jo. Triste Jo. Accro aux sentiments et aux illusions de pacotille. Jo et son insatiable besoin d'aimer, de s'en remettre à un autre qu'elle. Jo qui ne se reconnaît jamais aucun mérite. Iris haussa les épaules et son esprit revint au livre. C'était à elle de jouer, maintenant. À elle de reprendre le flambeau.

Elle s'appuya sur les coudes et déclara :

— À partir de maintenant, je suis un écrivain ! Il va falloir que je pense en écrivain, que je mange en écrivain, que je dorme en écrivain, que je me coiffe en écrivain, que je m'habille en écrivain...

— Que tu fasses pipi comme un écrivain !

Iris n'entendit pas. Perdue dans ses pensées, elle échafaudait des plans de carrière. Elle s'arrêta brusquement et réfléchit.

— Comment je vais faire tout ça ?

— Aucune idée. On a dit qu'on se répartissait les rôles. À ton tour !

Elle tentait de parler de manière désinvolte mais le cœur n'y était pas.

Le soir même, Philippe, Iris et Jo allèrent dîner au Cirro's. Philippe gara sa grosse berline entre deux voitures sur le front de mer. Iris et Joséphine se tortillèrent pour en sortir. Iris effleura de la main la carrosserie d'une voiture rouge décapotable. Un homme brun, en veste de daim beige, à la fine moustache, rugit : « Faites attention ! C'est ma voiture ! »

Iris le toisa et ne répondit pas.

– Quel imbécile ! murmura-t-elle en s'éloignant. Pour un peu, il aurait fallu faire un constat. Ce que les hommes sont chatouilleux avec leur voiture ! Je te parie qu'il va dîner sur son capot pour que personne ne l'approche.

Elle s'éloigna en faisant claquer ses mules Prada et Joséphine la suivit en courbant le dos. Luca prenait le bus. Luca portait une vieille parka. Luca se rasait un jour sur trois. Luca ne rugissait pas. Il était revenu à la bibliothèque fin juin et ils avaient repris leur longues pauses à la cafétéria.

« Que faites-vous cet été ? avait-il demandé en plongeant ses yeux tristes dans les siens. – Je vais chez ma sœur au mois de juillet, à Deauville. Au mois d'août, je ne sais pas. Les filles seront chez leur père... – Je vous attendrai alors. Je reste ici tout l'été. Je vais pouvoir travailler en paix. J'aime l'été à Paris. On se croirait dans une ville étrangère. Et puis, la bibliothèque est vide, on n'attend plus pour avoir les livres... »

Ils s'étaient donné rendez-vous début août et Joséphine était repartie, heureuse à l'idée de le revoir.

Iris commanda du champagne et leva le verre à la santé du livre.

– Ce soir, je me sens comme la marraine d'un bateau qui va s'élancer dans les flots, lâcha-t-elle, pompeuse. Je souhaite au livre longue vie et prospérité...

Philippe et Joséphine trinquèrent avec elle. Ils goûtèrent en silence leurs coupes de champagne rosé. Une légère buée glaçait le bord des verres, l'ourlant d'une couleur irisée. Le téléphone de Philippe sonna. Il regarda le numéro du perturbateur et déclara « je suis obligé de le prendre ». Il se leva et alla discuter sur les planches. Iris plongea alors la main dans son sac et en sortit une belle enveloppe blanche cartonnée.

– Pour toi, Jo. Pour que, pour toi aussi, ce soir soit une fête !

— Qu'est-ce que c'est ? demanda Joséphine, étonnée.

— Un petit cadeau... qui te rendra la vie plus légère !

Joséphine prit l'enveloppe, l'ouvrit, en sortit une carte gansée de rose où était écrit en lettres dorées de la grande écriture d'Iris : « Happy you ! Happy book ! Happy life ! » Un chèque était plié à l'intérieur de la carte. Vingt-cinq mille euros. Joséphine rougit et remit le tout dans l'enveloppe, mortifiée. Le prix de mon silence. Elle se mordit les lèvres pour ne pas pleurer.

Elle n'eut pas le cœur à balbutier un remerciement. Elle aperçut Philippe qui l'observait de loin ; il avait terminé sa conversation et revenait vers elles. Elle se força à sourire.

Iris s'était levée et faisait de grands gestes en direction d'une jeune fille qui se dirigeait vers une table au bord de la plage.

— Eh ! Mais c'est Hortense ! Qu'est-ce qu'elle fait là ?

— Hortense ? se reprit Joséphine.

— Mais oui... regarde.

Elle cria en direction d'Hortense. Hortense s'arrêta et vint vers eux.

— Qu'est-ce que tu fais là, ma chérie ? demanda Iris.

— J'étais venue vous faire un petit coucou ! Babette m'a dit que vous dîniez ici et je ne voulais pas rester seule avec les deux petits...

— Assieds-toi avec nous, dit Iris en lui montrant un fauteuil.

— Non, merci... Je vais aller retrouver mes copains qui sont au bar à côté.

Elle fit le tour de la table, embrassa sa tante, sa mère, son oncle et demanda à Joséphine :

— Tu me donnes la permission, maman chérie ? Tu es très en beauté, ce soir !

— Tu trouves ? dit Joséphine. Pourtant je n'ai rien de spécial. Si, j'ai couru ce matin, c'est peut-être ça...

– Ce doit être ça ! Allez... À tout à l'heure ! Amusez-vous bien.

Joséphine la regarda disparaître, intriguée. Elle me cache quelque chose. Ce n'est pas normal qu'Hortense me fasse un compliment.

– Allez, dit Philippe. À la santé du livre !

Ils reprirent leurs coupes. Le garçon apporta les cartes pour qu'ils commandent.

– Nous vous recommandons les écrevisses, ce soir, elles sont délicieuses...

– Au fait, demanda Philippe, il s'appelle comment ce livre ?

Joséphine et Iris se regardèrent, abasourdies. Elles n'avaient pas pensé au titre.

– Zut ! dit Jo. C'est vrai, ça, je n'ai pas pensé au titre !

– Pourtant, je t'ai consultée souvent ! la coupa Iris. Tu m'as toujours dit que tu étais très bonne pour les titres et tu ne m'en as pas trouvé un !

Elle tenta d'effacer la gaffe de Joséphine. Insista, dit :

– Depuis le temps que je t'ai passé le manuscrit en te suppliant de me faire des suggestions, et rien ! rien de rien ! Tu m'avais promis, Jo, ce n'est pas sympa !

Joséphine, le nez plongé dans la carte, n'osait regarder Philippe. Il la dévisageait sans rien dire, le regard lourd de colère. Cette scène lui rappelait une autre scène, il y a quinze ans. L'ambition est une passion dévastatrice, pensa-t-il. L'avare se repaît de son or, le débauché se repaît de chair, l'orgueilleux se bouffit de vanité, mais l'ambitieux qui n'a pas réussi, de quoi se nourrit-il si ce n'est de lui-même ? Il se ronge, il se détruit lentement, rien ne peut apaiser sa soif de briller, de réussir. Il est prêt à se vendre ou à s'emparer de l'âme et du talent des autres pour se hisser jusqu'au succès. Pour qu'enfin on l'applaudisse. Ce qu'elle ne parvenait pas à faire elle-même, Iris le faisait faire par les autres et endossait une gloire obtenue

455

par procuration. Cela avait failli marcher une fois. Elle récidivait et, cette fois-ci, la victime était consentante. Son regard tomba sur Joséphine qui se dissimulait derrière la carte.

– Tu as la mauvaise carte, Jo. C'est celle des vins...

Elle bafouilla, murmura « je suis désolée, je me suis trompée ».

Philippe vint à son secours.

– Ce n'est pas grave ! On ne va pas gâcher ta fête, n'est-ce pas, ma chérie ? dit-il en se retournant vers Iris.

Il avait légèrement appuyé sur le « ta » puis sa voix était remontée en une douce ironie pour finir dans ce « ma chérie » suave et mordant.

– Allez, Jo, poursuivit-il, souris ! On le trouvera, ce titre.

Ils trinquèrent à nouveau pendant que le garçon revenait se placer à leurs côtés pour prendre la commande. Un léger vent s'était levé, les franges des parasols tremblaient, le sable se déplaçait en frissonnant. On respirait l'odeur de la mer que dissimulaient des bosquets de verdure plantés dans de grandes jardinières en bois blanc. Une fraîcheur subite descendit sur les épaules des dîneurs. Iris trembla et resserra son châle sur les épaules.

– On est venus pour faire la fête, non ? Alors au succès du livre et à notre succès à tous les trois !

*Quatrième partie*

— Qu'est-ce que vous faites que les autres ne font pas ?

— Je tète encore ma mère.

— Que manque-t-il à votre bonheur ?

— Un habit de carmélite.

— D'où venez-vous ?

— Je suis tombée du ciel.

— Êtes-vous heureuse ?

— Oui... pour quelqu'un qui veut se suicider tous les jours.

— À quoi avez-vous renoncé ?

— À être blonde.

— Que faites-vous de votre argent ?

— Je le donne. L'argent porte malheur.

— Quels sont vos plaisirs favoris ?

— Souffrir.

— Qu'aimeriez-vous recevoir pour votre anniversaire ?

— Une bombe atomique.

— Citez trois contemporains que vous détestez ?

— Moi, moi et moi.

— Que défendez-vous ?

— Le droit de me détruire.

— Qu'êtes-vous capable de refuser ?

— Tout ce qu'on veut m'imposer par la force.

– Qu'avez-vous été capable de faire par amour ?

– Tout. Quand on est amoureux, quatre-vingt-dix-huit pour cent du cerveau ne fonctionne pas.

– À quoi vous sert l'art ?

– À attendre que la nuit tombe.

– Que préférez-vous en vous ?

– Mes longs cheveux noirs.

– Seriez-vous capable de les sacrifier pour une cause ?

– Oui.

– Laquelle ?

– Toutes les causes défendues avec sincérité sont bonnes.

– Si je vous demandais de les sacrifier maintenant, le feriez-vous ?

– Oui.

– Qu'on m'apporte des ciseaux !

Iris ne broncha pas. Ses grands yeux bleus regardaient la caméra de télévision et son visage ne trahissait aucune appréhension. Vingt et une heures. Une grande chaîne publique. Toute la France regardait. Elle avait bien répondu, n'avait oublié aucun effet. Une assistante apporta sur un plateau argenté une grande paire de ciseaux. L'animateur les prit et, s'approchant d'Iris, lui demanda :

– Vous savez ce que je vais faire ?

– Vos mains tremblent.

– Vous acceptez et vous ne porterez pas plainte ? Dites oui, je le jure.

Iris étendit la main et prononça les mots « oui, je le jure » d'un ton égal comme s'il ne s'agissait pas d'elle. L'animateur s'empara des ciseaux, les montra à la caméra. L'assistance retenait son souffle. L'homme eut un léger mouvement de recul et se dressa à nouveau face à la caméra en brandissant les ciseaux. On aurait dit qu'il agissait au ralenti. Qu'il faisait durer cet insoutenable suspense, attendant qu'Iris se reprenne

et proteste. Ah ! si on pouvait couper et mettre de la pub !
La minute coûterait cher. À ma prochaine émission, les écrans
publicitaires vont exploser. Puis il s'approcha, caressa les
lourds cheveux d'Iris, les soupesa, les étala sur ses épaules et
donna le premier coup de ciseau. Cela fit un bruit sourd, un
crissement de limaille et de soie. L'homme recula, laissant se
détacher une masse de cheveux noirs qu'il saisit. Il se retourna
vers le public, brandit son trophée. On entendit un murmure
de stupéfaction horrifiée. Iris ne bougeait pas. Elle restait
droite, indifférente, les yeux grands ouverts. Un léger sourire
se dessina sur ses lèvres, suggérant une extase. L'homme souleva d'autres mèches de cheveux épais, noirs, étincelants. Les
lissa et approcha les ciseaux. Les mèches de cheveux tombaient
sur la longue table ovale. Les autres invités s'écartaient comme
s'ils ne voulaient pas être complices de cette mise à mort
audiovisuelle.

Le silence était total. En régie, on choisissait des plans de
spectateurs stupéfaits qu'on intercalait entre chaque coup de
ciseau.

On n'entendait plus que ça : les mâchoires des ciseaux dans
la masse soyeuse des cheveux. Cela faisait un grincement
régulier, terrifiant. Pas une voix ne s'éleva pour protester. Pas
un cri. Mais une stupeur générale qui filtrait des lèvres closes
des spectateurs en un sourd murmure.

L'animateur taillait maintenant franchement dans la masse
comme un jardinier armé d'un sécateur égalise une haie.
Le cliquetis des ciseaux s'était fait plus doux, moins brutal. Les lames argentées dansaient au-dessus de la tête d'Iris
en un ballet métallique. Des touffes de cheveux persistaient
et l'homme s'acharnait avec une régularité d'ouvrier zélé.
L'Audimat allait exploser. Il allait passer à tous les zappings
de la semaine. On n'allait parler que de son émission. Il imaginait les titres, les commentaires, la jalousie de ses confrères.

Il laissa enfin tomber les lourds ciseaux et proclama, triomphant :

— Mesdames, messieurs, Iris Dupin vient de prouver que fiction et réalité ne font qu'un, car...

Il s'arrêta devant la salve d'applaudissements qui montait vers lui, libérant l'angoisse de tous ceux qui avaient assisté, médusés, à la scène.

— Car, dans son livre, Iris Dupin met en scène une jeune femme, Florine qui, pour échapper au mariage, se rase la tête ! C'est aux éditions Serrurier, le livre s'appelle *Une si humble reine* et c'est l'histoire de... Je fais le pitch ou vous le faites ?

Iris s'inclina en disant :

— Vous le ferez très bien, vous avez si bien compris mon héroïne...

Elle passa la main dans ses cheveux et sourit. Lumineuse et sereine. Que lui importaient quelques centimètres de cheveux en moins ! Demain le livre s'arracherait, demain tous les libraires de France allaient supplier l'éditeur de leur livrer en priorité des milliers et des milliers d'*Une si humble reine*, il faudra juste que je souligne que ce n'est pas l'histoire d'une reine de France mais d'une reine de cœur. L'éditeur lui avait bien recommandé, surtout, de ne pas oublier ce détail. Qu'ils ne s'imaginent pas que c'est un simple récit historique, dites-leur bien que c'est à l'image d'une tapisserie, plusieurs fils de plusieurs histoires qui rejoignent la grande Histoire et nous entraînent au XIIᵉ siècle, au temps obscur des châteaux forts, et là, vous rajoutez du détail, des expressions, un peu de chair, de l'émotion... Vous rosissez, vous avez une larme à l'œil, vous parlez de Dieu, très bon de parler de Dieu en ce moment, du Dieu de nos aïeux, de la bonne terre de France, de la loi de Dieu, de la loi des hommes, enfin, je vous fais confiance, vous serez magistrale ! Il n'avait pas prévu qu'elle se ferait faire une coupe en direct. Iris savourait son triomphe, la mine humble, les yeux baissés, concentrée sur l'histoire que dévidait l'animateur.

Puisque c'est un cirque, puisque je suis dans l'arène, autant être la reine du cirque, pensa-t-elle encore en écoutant distraitement l'animateur. Un dernier rappel du titre du livre, du nom de l'éditeur, une dernière fois son nom ovationné par l'assemblée qui se dressa comme les Romains aux jeux du Colisée. Iris s'inclina pour remercier et, la mine grave, la démarche légère, descendit de la chaise où elle était perchée et regagna les coulisses de l'émission.

L'attachée de presse, au téléphone, leva le pouce, rayonnante. Gagné !

– C'est gagné, ma chérie ! Tu as été magnifique, héroïque, divine ! ajouta-t-elle en plaquant la main sur son portable, ils appellent tous, les journaux, les radios, les autres télés, ils te veulent, ils délirent, c'est gagné !


Dans le salon de Shirley, groupés autour de la télévision, Joséphine, Hortense, Zoé et Gary regardaient l'émission.

– Tu es bien sûre que c'est Iris ? demanda Zoé d'une petite voix inquiète.

– Ben oui...

– Pourquoi elle a fait ça ?

– Pour vendre, répliqua Hortense. Et elle va vendre ! On ne va parler que d'elle ! Quel beau coup ! Tu crois que c'était prémédité ? Qu'ils avaient tout organisé avec le journaliste ? demanda-t-elle à Shirley.

– Je la crois capable de tout, ta tante. Mais là... je dois avouer qu'elle me dégringole !

– *She knocks me down too !* balbutia Gary. C'est la première fois que je vois ça à la télé. Je veux dire pas dans un film parce que le coup de Jeanne d'Arc, je l'ai déjà vu mais bon, c'était une actrice et elle avait une perruque.

— Tu veux dire qu'elle a plus de cheveux pour de bon ? s'écria Zoé, au bord des larmes.

— À mon avis, non !

Zoé regarda sa mère qui n'avait rien dit.

— Mais c'est horrible, maman, c'est horrible. J'écrirai jamais de livre, moi, et j'irai jamais à la télé !

— Tu as raison, c'est horrible..., parvint à dire Joséphine avant de se précipiter dans les toilettes de Shirley pour vomir.

— Fin du film et suite au prochain numéro ! lança Shirley en éteignant la télé. Car, à mon avis, ça ne fait que commencer.

Ils entendirent la chasse d'eau se déclencher dans les toilettes et Joséphine revint, livide, en s'essuyant la bouche du revers de la main.

— Pourquoi elle est malade, maman ? chuchota Zoé à Shirley.

— C'est de voir ta tante se conduire comme ça ! Allez, vous mettez la table et je sors mon poulet de grain qui doit être en train de rissoler au four. Encore heureux qu'elle soit passée la première sinon il aurait été carbonisé.

Gary se leva le premier et ce fut un mètre quatre-vingt-douze qui se déplia d'un seul coup. Joséphine n'arrivait pas à s'habituer. Elle ne l'avait pas reconnu quand il était revenu en septembre. Elle l'avait aperçu de dos dans le hall de l'immeuble et avait pensé que c'était un nouveau locataire. Il avait encore grandi et dépassait sa mère d'une tête et demie. Il avait forci aussi. Ses épaules semblaient à l'étroit dans sa chemise à carreaux ouverte sur un tee-shirt noir où on pouvait lire « Fuck Bush ». Il n'avait plus rien de l'adolescent qu'elle avait quitté début juillet. Ses cheveux noirs mi-longs encadraient son visage et soulignaient le vert de ses yeux, ses dents blanches et bien alignées. Une barbe légère marquait son menton. Sa voix avait mué. Presque dix-sept ans ! Il était devenu un homme mais conservait encore, par moments, la grâce maladroite de l'adolescent qui surgissait dans un sourire, une manière d'enfoncer les mains dans ses poches ou de se dandiner d'un pied sur l'autre. Encore quelques mois, et il passera définitivement du côté des adultes, avait-elle pensé en le regardant évoluer. Il a une classe naturelle, se déplace avec élégance, il est, peut-être, vraiment « royal », après tout !

— Je ne sais pas si je vais pouvoir avaler quoi que ce soit, dit Joséphine, en se mettant à table.

Shirley se pencha à l'oreille de Jo et chuchota « reprends-toi, ils vont se demander pourquoi tu te mets dans cet état ! ».

Shirley avait parlé à Gary du secret de Joséphine. « Mais tu le dis à personne ! – Promis juré ! » avait-il répondu. Elle pouvait lui faire confiance : il savait tenir un secret.

Ils avaient passé un été magnifique, ensemble. Deux semaines à Londres et quatre semaines en Écosse, dans un manoir qu'un ami leur avait prêté. Ils avaient chassé, pêché, fait de grandes balades dans les collines vertes. Gary passait toutes ses soirées avec Emma, une jeune fille qui travaillait dans la journée au pub du village. Un soir, il était rentré et avait dit à sa mère « *I did it* » avec un sourire de fauve rassasié. Ils avaient trinqué à la nouvelle vie de Gary. « La première fois, avait dit Shirley, ce n'est jamais terrible mais après, tu vas voir, ça va devenir de mieux en mieux ! – C'était pas mal ! Depuis le temps que j'en mourais d'envie ! Tu sais, c'est drôle mais j'ai l'impression que je suis à égalité avec mon père maintenant. » Il avait failli ajouter : Parle-moi de lui, mais elle avait vu la question mourir sur ses lèvres. Tous les soirs il partait retrouver Emma qui habitait une petite chambre au-dessus de la taverne. Shirley allumait un feu dans la grande salle des armures et, recroquevillée sur le canapé placé face au feu, elle prenait un livre. Parfois, elle rejoignait l'homme. Il était venu passer deux ou trois week-ends avec elle. Ils se retrouvaient dans l'aile ouest du château, quand il faisait nuit. Il n'avait jamais croisé Gary.

Elle regarda Gary qui finissait de mettre la table. Elle surprit un regard d'Hortense sur lui et jubila. Ah ! il ne va plus être le jeune chien haletant qu'il était autrefois. *Well done, my son !*

Quelque chose a changé en Gary, se disait Hortense. Bien sûr, il a grandi, s'est développé, mais il y a autre chose. Comme s'il avait gagné une autonomie nouvelle. Comme s'il n'était plus à sa merci. Je n'aime pas que mes soupirants m'ignorent, pensa-t-elle en tripotant son portable enfoncé dans la poche de son jean.

Elle aussi elle a changé, pensa Shirley en la regardant. Elle était jolie, elle est devenue dangereuse. Elle diffuse une sensualité trouble. Il n'y a que Jo pour ne pas s'en apercevoir et la traiter encore en petite fille. Elle arrosa le poulet avec le jus du plat, constata qu'il était bien cuit, bien doré, et le déposa sur la table. Elle demanda qui voulait du blanc, qui voulait les cuisses. Les filles et Gary levèrent la main en réclamant du blanc.

– On se garde les cuisses pour nous ? dit Shirley à Jo qui considérait le poulet d'un air dégoûté.

– Je te donne ma part, dit Jo, repoussant son assiette.

– Maman, il faut que tu manges..., ordonna Zoé. Tu as beaucoup trop maigri, c'est pas joli, tu sais, tu n'as plus tes fossettes.

– T'as fait le régime de madame Barthillet ? demanda Shirley en servant les morceaux de blanc.

– J'ai travaillé en août et j'ai pas beaucoup mangé. Il a fait si chaud...

Et j'ai passé mon temps à guetter Luca à la bibliothèque, à me consumer d'attente, je ne pouvais plus rien avaler.

– Il est pas sorti un peu vite, ce livre ? demanda Shirley.

– L'éditeur a préféré tenter le coup pour la rentrée.

– C'est qu'il devait être bien sûr de lui.

– Ou d'elle ! Et la preuve : il a eu raison..., grommela Jo.

– Tu as des nouvelles des Barthillet ? demanda Shirley, soucieuse de changer de sujet de conversation.

– Aucune et je m'en porte très bien.

– Max n'est pas revenu au collège, soupira Zoé.

– C'est très bien. Il avait une très mauvaise influence sur toi.

– C'est pas un mauvais type, Jo, intervint Gary. Il est juste paumé... Faut dire qu'avec les parents qu'il se trimbale, il est pas gâté ! Maintenant, il s'occupe des brebis de son père. Il doit pas se marrer tous les jours. J'ai un pote qui le connaît bien et qui a eu des nouvelles. Il a arrêté l'école et s'est reconverti dans le fromage ! *Good luck !*

– Au moins, il bosse, dit Hortense. Ça devient rare aujourd'hui. Je me suis inscrite à l'option théâtre, moi ! Ça va m'aider pour me poser dans la vie...

– Comme si tu manquais d'assurance, pouffa Shirley. Moi, j'aurais plutôt pris des cours d'humilité.

– Très drôle, Shirley ! Tu me fais tordre de rire.

– Je te taquine, chérie...

– D'ailleurs, maman, il faudrait que je m'abonne à quelques journaux, que je sois au courant des dernières tendances. Hier, avec un ami, nous sommes allés chez Colette et c'était trop bien !

– Pas de problème, ma chérie. Je t'abonnerai... C'est quoi, « Colette » ?

– Un magasin hyper-branché ! J'ai vu une petite veste Prada trop mignonne. Un peu chère mais très belle... Évidemment, ici, je me ferais un peu remarquer mais quand nous habiterons Paris, ce sera parfait.

Shirley lâcha son os de poulet et se tourna vers Jo.

— Vous allez déménager ?

— Hortense en a très envie et...

— Moi je veux pas aller à Paris, grogna Zoé, mais moi on me demande pas mon avis !

— Tu partirais d'ici ? demanda Shirley.

— Ce n'est pas fait, Shirley. Faudrait que je gagne beaucoup d'argent...

— Ça risque d'arriver plus vite que tu ne crois, dit Shirley en jetant un coup d'œil à la télévision éteinte.

— Shirley ! protesta Joséphine pour la faire taire.

— Excuse-moi... C'est l'émotion. Tu es toute ma famille... Vous êtes toute ma famille. Si vous déménagez, je vous suis.

Zoé battit des mains.

— Ça serait super ! On prendrait un grand appartement...

— On n'en est pas là, conclut Joséphine. Mangez, les filles, ça va être froid.

Ils savourèrent le poulet en silence. Shirley fit remarquer que c'était bon signe : il était à leur goût. Elle se lança dans une longue explication sur l'achat d'un bon poulet élevé au grain, à quel label il fallait se fier, ce qu'il signifiait, la taille des cages, la qualité de l'alimentation, et fut interrompue par une sonnerie de portable.

Comme personne ne faisait mine de répondre, Joséphine demanda :

— C'est le tien, Gary ?

— Non, je l'ai laissé dans ma chambre.

— C'est le tien, Shirley ?

— Non, c'est pas ma sonnerie...

Joséphine se tourna alors vers Hortense qui finit de manger

ce qu'elle avait dans la bouche, s'essuya la bouche d'un coin de serviette et répondit d'un ton égal :

— C'est le mien, maman.

— Et depuis quand tu as un portable ?

— C'est un ami qui m'a prêté le sien. Il en a deux...

— Un ami qui paie tes communications ?

— Ses parents. Ils sont blindés.

— C'est hors de question. Tu vas le lui rendre et je t'en achèterai un...

— À moi aussi ? implora Zoé.

— Non. Toi, tu attendras d'avoir treize ans...

— J'en ai marre d'être petite ! J'en ai marre !

— Tu es très gentille, maman, intervint Hortense, mais tant que j'ai celui-là, je préfère le garder... On verra après.

— Hortense, tu vas le rendre immédiatement !

Hortense fit la moue et laissa tomber « si tu y tiens... ».

Puis elle se demanda ce qui permettait à sa mère d'être si généreuse. Elle avait entrepris une nouvelle traduction, peut-être... Il allait falloir qu'elle lui demande d'augmenter son argent de poche. Ce n'était pas urgent. Pour le moment, il lui payait tout ce qu'elle voulait mais, le jour où elle le jetterait, elle serait bien contente d'avoir un peu d'argent de côté.


Ce 1ᵉʳ octobre, Josiane allait s'en souvenir toute sa vie.

Le bruit de ses talons sur les pavés inégaux de la cour résonnerait longtemps dans sa mémoire. Quelle journée ! Elle ne savait pas si elle devait rire ou pleurer.

Elle était arrivée la première au bureau, s'était réfugiée dans les toilettes et avait fait le test de grossesse qu'elle avait acheté en passant devant la pharmacie de l'avenue Niel, à l'angle de la rue Rennequin. Elle avait du retard : dix jours qu'elle aurait dû avoir ses règles ! Chaque matin, elle se levait avec appréhension, relevait sa chemise de nuit, écartait les jambes lentement et considérait le petit morceau de coton blanc de sa culotte. Rien ! Elle joignait les mains et priait pour que ce soit « ça » : le petit Grobz en chaussons bleus ou roses qui emménageait. Si c'est toi, mon amour, tu vas voir, je vais te faire une belle maison !

Ce matin-là, dans les toilettes du premier étage, elle attendit dix minutes, assise sur le trône, récitant toutes les prières qu'elle connaissait, priant Dieu et tous ses saints, les yeux levés au plafond comme si le ciel allait s'ouvrir, puis elle regarda la bandelette du test : Bingo, Josiane, cette fois-ci, ça y est, le divin enfant a posé son baluchon chez toi !

Ce fut une explosion de joie. Une boule éclata dans sa poitrine et la souleva de bonheur. Elle poussa un cri de triomphe, se dressa d'un bond et leva les bras au ciel. De grosses larmes se mirent à rouler sur ses joues, elle se rassit, secouée par l'émotion. Maman, je vais être maman, répétait-elle, enroulée sur elle-même, les bras serrés autour de ses épaules comme si elle se donnait l'accolade. Maman, moi, maman... Les petits chaussons roses et bleus dansaient sous ses yeux en une pluie de larmes.

Elle courut frapper à la porte de Ginette et René. Ils finissaient de prendre leur petit-déjeuner quand ils la virent débarquer telle une tornade. Elle eut du mal à attendre que René se lève pour rejoindre l'entrepôt puis, une fois qu'il fut parti, elle tira Ginette par la manche et lui confia :

— Ça y est ! Le petit, il est là...

Elle montra du doigt son ventre plat.

— T'es sûre ? demanda Ginette, les yeux écarquillés.

— Je viens de faire le test : po-si-tif !

— Tu sais qu'il faut en faire un autre chez le médecin

parce que, parfois, il est positif mais tu n'es pas enceinte pour autant...

— Ah bon ! dit Josiane, déçue.

— C'est une fois sur mille... Quand même, il vaut mieux être sûre.

— Moi, je le sens déjà. Il a pas besoin de me téléphoner, je sais qu'il est là. Regarde mes seins : ils sont pas plus gros ?

Ginette sourit.

— Tu vas le dire à Marcel ?

— Tu crois que je devrais attendre d'être sûre ?

— Je ne sais pas...

— D'accord, j'attendrai. Ça va être dur. Je vais avoir du mal à cacher ma joie.

Un bébé, un petit Jésus, un chérubin à dorloter ! Ah ! Il ne brodera pas des pierres, celui-là ! Je vais l'aimer comme mes petits boyaux ! Toute sa vie il sera aux pommes et grâce à qui ? À moi ! À l'idée de tenir bientôt son bébé dans les bras, elle se remit à pleurer à gros bouillons et Ginette dut la prendre dans ses bras pour la calmer.

— Allez, ma belle, détends-toi ! C'est une bonne nouvelle, non ?

— Ça m'émotionne, t'as pas idée ! Je suis toute secouée. J'ai cru que j'arriverais jamais jusqu'à chez toi. Et pourtant, c'est pas loin. J'avais plus mes jambes, elles s'étaient fait la malle ! Qu'est-ce que tu veux : depuis le temps qu'on l'attendait, j'y croyais plus.

Soudain elle eut une angoisse et se cramponna à la table.

— Pourvu qu'il décanille pas ! On dit que jusqu'à trois mois, il peut se décrocher ! Tu imagines le chagrin de Marcel si je cassais son œuf ?

— Te mets pas à repeindre du rose en noir. T'es enceinte, c'est une bonne nouvelle !

Ginette souleva la cafetière et lui servit un café.

— Tu veux une tartine ? Il va te falloir manger pour deux maintenant !

— Oh ! Je suis prête à manger pour quatre pour qu'il soit bien rondelet ! À bientôt quarante ans ! Tu te rends compte ? C'est pas un miracle, ça ?

Elle porta la main à sa poitrine pour calmer son cœur qui battait la chamade.

— Ben... Va falloir te reprendre parce que tu as encore huit mois à attendre et, si tu continues à pleurer comme ça, t'auras les yeux bordés d'anchois.

— T'as raison. Mais c'est si bon de pleurer de joie, ça ne m'est pas arrivé souvent, je te le jure.

Ginette eut un petit sourire ému et lui caressa le bras.

— Je sais, ma Josiane, je sais... c'est le meilleur de ta vie qui va commencer maintenant ; tu vas voir comme il va te choyer, ton Marcel.

— Ça, pour sûr, qu'il va être content ! Il va même falloir que je sois précautionneuse dans l'annonce parce qu'il peut avoir le cœur qui explose...

— Avec tout le sport qu'il fait, il est costaud son cœur maintenant, allez. Va bosser et essaie de tenir ta langue quelques jours...

— Va falloir que je fasse un nœud au bout.

Elle regagna son bureau, se poudra le nez et venait de ranger son poudrier lorsqu'elle entendit le bruit des pas d'Henriette Grobz dans l'escalier. Celle-là, elle a une manière de marcher ! Elle bat le briquet. Elle doit avoir les genoux usés à force de les frotter l'un contre l'autre.

— Bonjour, Josiane, lâcha Henriette en regardant la secrétaire de son mari d'un air plus aimable que d'habitude. Vous allez bien ?

— Bonjour, madame, répondit Josiane.

Qu'est-ce qu'elle vient faire au bureau à l'aube, la chapeautée ? Et cette voix de velours côtelé, ça cache quoi ? Elle a un service à me demander, c'est sûr.

— Ma petite Josiane, commença Henriette d'une voix hésitante, je voulais vous demander quelque chose, mais je voudrais que ça reste strictement entre nous, que mon mari ne l'apprenne pas. Il pourrait se vexer que je passe ainsi pardessus lui pour une affaire touchant son business...

Henriette Grobz aimait saupoudrer ses phrases de mots anglais. Elle trouvait que cela sonnait chic.

— Vous savez, les hommes n'aiment pas qu'on soit plus clairvoyantes qu'eux et, là, il me semble bien que mon mari se soit fourvoyé et...

Elle cherchait ses mots. Ce ne doit pas être très clair dans sa tête, se dit Josiane, sinon elle ne ferait pas la gentille. Elle a un service à me demander et elle tourne autour du pot comme une poule aveugle.

— Vous gênez pas, dit Josiane en repérant la qualité du sac d'Henriette.

Sûr que c'est pas du plastique, ça. Elle n'achète que du croco, cette vieille bique ! Ça lui va bien, elle boufferait sa propre fille, s'il le fallait.

Henriette sortit une photo de son sac et la présenta à Josiane.

— Connaissez-vous cette femme ? L'avez-vous déjà vue au bureau ?

Josiane jeta un œil sur la belle jeune femme brune à la poitrine avantageuse qu'Henriette Grobz venait de lui mettre sous le nez et secoua la tête négativement.

— A priori, non... Jamais vue ici.

— Vous êtes sûre ? demanda Henriette. Regardez-la de plus près.

Josiane prit la photo entre ses mains et eut un choc. En effet, elle avait été un peu vite en besogne. À côté de la belle brune, un peu caché, se tenait Marcel, épanoui et béat, le bras passé autour de la taille de l'inconnue. Pas de doute ! C'était bien lui. Elle reconnut la chevalière de Marcel, cette bague qu'il s'était offerte pour fêter son premier milliard. Un monument de mauvais goût : énorme, avec un rubis planté au milieu d'un entrelacs doré qui dessinait ses initiales. Il en était très fier. Il la tripotait tout le temps, la faisait tourner. Il disait que ça l'aidait à réfléchir.

Henriette s'aperçut du changement d'attitude de Josiane et demanda :

— Ah ! Vous l'avez reconnue, n'est-ce pas.

— C'est que... Vous permettez que je fasse une photocopie ?

— Faites donc, ma petite... Mais ne la laissez pas traîner. Je sais que monsieur Grobz est à Shanghai, mais je ne voudrais pas qu'il tombe dessus à son retour.

Josiane se leva et alla poser la photo sous le couvercle de la photocopieuse. Profitant de ce qu'Henriette lui tournait le dos, elle retourna la photo et découvrit un cœur bien dessiné et, de l'écriture de Marcel, les mots « Natacha, Natacha, Natacha ». C'était bien lui. Elle n'avait pas la berlue. Elle bloqua sa salive et réfléchit rapidement. Il ne fallait pas qu'Henriette Grobz s'aperçoive de son trouble.

— Je vais aller voir dans le fichier parce que je crois avoir vu cette femme, une fois, dans ce bureau... Avec votre mari...

Henriette Grobz l'encourageait à parler avec des petits signes de la tête. Elle scandait chaque mot de Josiane en inclinant son chapeau.

— Son nom... Son nom... Je ne me souviens plus très bien... Il l'appelait Tacha, tacha quelque chose...

— Natacha ? Ce pourrait être ça ?

— Absolument ! Natacha...

— Son nom de famille, je ne l'ai pas. Mais j'ai bien peur que ce soit une espionne de la concurrence envoyée à monsieur Grobz pour le troubler et lui voler quelques secrets de fabrication. Il est si ballot, il se ferait avoir comme un gosse ! Une belle femme et il perd la tête !

C'est cela, pensa Josiane, maîtrisant sa colère, tu crèves de trouille qu'il te quitte avec cette pétasse et tu m'inventes une histoire d'espionne venue de l'Est ! Une rouleuse qui viendrait du froid !

— Écoutez, madame Grobz, je vais vérifier dans mon fichier et si je trouve un renseignement qui peut vous intéresser, je vous préviens...

— Merci, ma petite Josiane, vous êtes très aimable.

— C'est normal, madame, après tout je suis à votre service.

Josiane lui sourit de la manière la plus obséquieuse qui fût, et la raccompagna jusqu'à la porte.

— Dites-moi, ma petite Josiane, vous ne lui direz rien, c'est bien sûr ?

— Ne craignez rien... Je sais garder les secrets.

— Vous êtes très aimable.

Eh bien, je vais l'être un peu moins avec lui quand il reviendra, se promit Josiane en revenant s'asseoir. Il peut se pointer, la gueule enfarinée, tout frétillant, frais rincé de son jogging, il ne va pas être déçu, le roi de l'embrouille.

Elle planta la plume de son stylo sur le visage de la belle Natacha et lui creva les yeux.

— Arrête-toi là, ordonna Hortense en pointant du doigt l'angle de la rue.

— Si je veux...

— Tu veux qu'on continue à se voir ou pas ?

— T'es bête, je plaisantais...

— Si ma mère ou Zoé me voyait avec toi, ce serait la fin des petits pois.

– Mais elle me connaît pas, elle m'a jamais vu.

– Elle me connaît, moi. Elle aura vite fait le rapprochement. Elle est retardée mais elle sait additionner un et un.

Chaval se gara et coupa le contact. Il passa un bras autour des épaules d'Hortense et l'attira à lui.

– Embrasse-moi.

Elle lui donna un rapide baiser et chercha à ouvrir la portière.

– Mieux que ça !

– Qu'est-ce que t'es relou !

– Dis donc... Tu disais pas ça tout à l'heure quand tu faisais marcher ma carte bleue.

– C'était tout à l'heure.

Il glissa une main sous son tee-shirt, chercha à attraper un sein.

– Arrête, Chaval, arrête.

– J'ai un prénom, je te rappelle. Je déteste quand tu m'appelles Chaval.

– C'est ton nom... Tu l'aimes pas ?

– J'aimerais que tu sois un peu plus douce, un peu plus tendre...

– Désolée, mec, c'est pas mon truc.

– C'est quoi ton truc, Hortense ? Tu donnes rien, pas un gramme de ta petite personne...

– Si t'es pas content, on arrête. Je t'ai rien demandé, moi, c'est toi qui es venu me chercher ! Toi qui me suis partout comme un toutou !

Il enfouit son visage dans ses longs cheveux, respira l'odeur de sa peau, de son parfum, et murmura :

– Tu me rends fou ! C'est pas de ma faute. S'il te plaît, ne sois pas méchante... J'ai tellement envie de toi. Je te paierai tout ce que tu voudras.

Hortense leva les yeux au ciel. Qu'est-ce qu'il était pénible ! Il allait même arriver à la dégoûter du shopping !

— Il est sept heures et demie, il faut que je rentre.

— On se voit quand ?

— Sais pas. Je vais essayer de monter un bateau pour samedi soir, mais c'est pas dit que ça marche...

— J'ai deux invitations pour une soirée Galiano, vendredi soir... Ça te dit ?

— John Galiano ?

Hortense écarquillait des yeux grands comme des soucoupes de Martiens.

— *Himself !* Si tu veux, je t'emmène.

— D'accord. J'inventerai un truc !

— Mais il faut que tu sois très très gentille avec moi...

Hortense soupira et s'étirant dans un mouvement de chatte lassée :

— Toujours des conditions ! Si tu crois que ça donne envie...

— Hortense, ça fait trois mois que tu me mènes en bateau. La patience a ses limites...

— Moi, je n'ai aucune limite, figure-toi ! C'est ce qui fait mon charme et c'est pour ça que tu t'intéresses à moi.

Chaval posa les mains sur le volant de son coupé Alfa Romeo et grogna :

— J'en ai marre que tu joue les vierges effarouchées.

— Je coucherai avec toi quand je l'aurai décidé et, pour le moment, il n'en est pas question. C'est clair ?

— Ça a le mérite d'être direct, au moins.

Elle ouvrit la portière, exhiba une longue jambe nerveuse et fine qu'elle posa délicatement sur le macadam et, retroussant sa jupe jusqu'à l'aine, décocha son plus beau sourire et lui dit au revoir.

— On s'appelle ?

– On s'appelle.

Elle prit le grand sac blanc marqué Colette sur le siège arrière et sortit. Elle avançait en se promenant comme un mannequin sur le podium et il la regarda s'éloigner en poussant un juron. La salope ! Elle le rendait fou ! Rien que de sentir ses lèvres douces et élastiques sous les siennes lui faisait tourner le sang. Et sa petite langue qui dansait dans ses baisers... Il ferma les yeux et renversa la tête en arrière. Elle le faisait bander comme un âne et lanterner comme un ver luisant. Je n'en peux plus, il va falloir qu'elle passe à la casserole !

Ça durait depuis le mois de juin, leur petite histoire. Et depuis le mois de juin, elle lui brandissait un lampion : passer une nuit entière avec lui, le laisser la déshabiller tout doucement, la caresser... Il avait passé chaque week-end du mois de juillet à Deauville, à cause d'elle. Il avait payé tous ses caprices, payé pour tous ses copains et le jeu du chat et de la souris avait repris à Paris. Quand il croyait la tenir, elle s'échappait en lui faisant un pied-de-nez. Il s'invectiva, connard, grand chef des connards, elle te promène en gondole, oui ! En te jouant de la mandoline quand il s'agit de passer à la caisse ! Qu'as-tu obtenu d'elle ? Que dalle ! À part des baisers sur la bouche et deux ou trois tripotages. Dès que ma main descend trop bas, c'est un tollé de taliban ! Elle veut bien s'afficher avec moi dans les restos à la mode, dévaliser les magasins, manger des glaces, se répandre dans les fauteuils de cinéma, mais pour le reste, c'est porte blindée ! C'est chichounet, comme récompense. Si j'additionne les fringues qu'elle me fait acheter, les portables qu'elle prend un malin plaisir à semer, les gadgets dont elle se lasse et qu'elle balance à la poubelle parce qu'elle n'a pas le courage de lire le mode d'emploi, j'investis à fonds perdus ! Aucune fille ne m'a jamais traité comme ça. Aucune ! D'habitude, elles lèchent la semelle de mes bottes. Elle, elle s'essuie les pompes sur le bas de mes pantalons, colle du gloss sur les coussins de ma voiture, écrase son chewing-gum dans la boîte à gants et file des coups de sac Dior sur le capot quand elle n'est pas contente ! Il se regarda dans le rétroviseur et se demanda ce qu'il avait fait pour mériter ça. T'es pas le fils de Frankenstein, tu sens pas le moisi, t'as de la moelle dans les os et elle te photographie même pas ! Il soupira et remit le contact.

Comme si elle avait suivi le déroulement de ses pensées, Hortense se retourna et, avant de disparaître au coin de la rue, lui envoya un baiser en balançant une lourde mèche de cheveux. Il lui répondit par un appel de phares et disparut en imprimant sa fureur dans la gomme de ses pneus.

Qu'est-ce que c'est facile de faire marcher les mecs ! L'imbécillité du désir érotique ! La tyrannie du sentiment ! Ils s'y engouffrent tous comme dans des cavernes menaçantes et ils s'en vantent ! Même les vieux comme Chaval ! Il mendie son plaisir, il tremble, il quémande. Trente-cinq ans, pourtant ! songea Hortense. Il devrait avoir de l'expérience. Eh bien, non ! Il se répand en flaque molle. Il suffisait qu'elle lui promette un vague délice ou remonte un peu sa jupe sur ses cuisses pour qu'il ronronne comme un vieux matou sans dents. Est-ce que je vais coucher avec lui ou pas ? J'en ai pas vraiment envie mais il risque de se lasser. Et la kermesse sera fermée. J'aimerais mieux faire ça avec un peu d'entrain au cœur. Surtout, la première fois. Avec Chaval, ça risque d'être purement mercantile. Et puis, il est si collant, c'est pas sexy, la glue !

Il allait falloir qu'elle se change avant de rentrer chez elle. Dans le cagibi où étaient entreposés les produits d'entretien pour les escaliers de l'immeuble. Elle ôta sa minijupe, enfila son jean, un gros pull pour cacher le tee-shirt qui découvrait son nombril, se frotta le visage pour faire disparaître le maquillage et redevint la petite fille à sa maman. Quelle idiote, celle-là, elle se doute de rien ! Elle déplaça un bidon d'encaustique pour cacher ses fringues et aperçut un journal déplié où s'affichait à la une le visage de sa tante. « Avant, après : la naissance d'une star », disait le titre. Juste en dessous, une photo d'Iris avec ses cheveux longs et une autre, avec sa coupe de Jeanne d'Arc et ces mots : « Je n'ai fait que suivre les conseils d'André Gide à un jeune écrivain... » La bouche d'Hortense s'arrondit et laissa échapper un sifflement d'admiration.

Elle allait remonter chez elle quand elle s'aperçut qu'elle tenait le grand sac blanc de Colette à la main. La veste Prada !

Elle réfléchit un instant, décida d'arracher l'étiquette et de prétendre qu'elle l'avait achetée aux puces de Colombes le week-end précédent.


Antoine observait le crocodile qui se prélassait au soleil devant eux. Ils s'étaient arrêtés à l'ombre d'un grand acacia et son regard contemplait l'animal qui se chauffait au soleil, les yeux en fermeture éclair. Énorme, répugnant, luisant. Tu es quoi, toi ? ruminait-il, agacé. Un souvenir de dinosaure ? Un tronc avec deux fentes jaunes ? Un futur sac à main ? Pourquoi tu me nargues de tes yeux mi-clos ? Ça te suffit pas de me faire chier tous les jours que Dieu fait ?

– Oh ! Regarde comme il est mignon, s'écria Mylène à côté de lui. Il dore au soleil, il a l'air si tranquille. J'ai envie de le prendre dans mes bras !

– Et il te déchiquetterait avec ses quatre-vingts crocs !

– Mais non... Il nous observe, lui aussi. Il est curieux de nous. J'ai appris à les aimer, tu sais ! Je n'ai plus peur...

Et moi, je les hais ! songea Antoine en tirant un coup de fusil en l'air pour le faire déguerpir. L'animal ne bougea pas et sembla, en effet, lui sourire. Depuis la rébellion des crocodiles et le décès des deux Chinois, Antoine ne circulait plus qu'armé. Il portait son fusil sous le bras et plaçait les cartouches dans les poches de son bermuda. Ça lui rappelait le bon vieux temps de Gunman and Co, quand tout tournait rond, que les bêtes sauvages n'étaient que des cibles alléchantes pour milliardaires oisifs.

Mister Wei le payait régulièrement. Chaque fin de mois, il recevait son virement. Un vrai coucou suisse, ricanait Antoine en dépliant l'enveloppe où sa paie était détaillée. Il a cru m'entuber mais j'ai été plus coriace que lui. Je sais montrer les dents, moi aussi.

Les problèmes d'Antoine s'amplifiaient pourtant. Il avait dû accueillir une équipe de scientifiques venus faire des recherches sur le sang des crocodiles en vue de la fabrication de nouveaux antibiotiques. Ces sales bêtes résistent à tout. Quand ils se blessent, au lieu de développer des infections ou une septicémie, ils cicatrisent et repartent plus fringants que jamais. Une molécule dans le sang qui les immunise. Il avait fallu loger et nourrir les scientifiques, mettre des locaux à leur service. Des soucis en plus pour Antoine. Du profit en plus pour mister Wei ! J'en ai marre que ça aille toujours dans le même sens, râla Antoine en tirant une nouvelle salve.

– Arrête ! protesta Mylène, elles t'ont rien fait, ces pauvres bêtes...

Parce qu'il faisait feu de tout bois, le Chinois ! Il avait appelé Mylène quand il avait appris la nature de son activité. Il lui avait proposé de s'associer avec lui et de lancer une ligne de produits de beauté, « Belles de Paris ». Il voulait faire fabriquer les emballages en France pour avoir le label « Made in France » gravé sur les boîtes. Cela assurerait le succès des cosmétiques sur le marché chinois. En plus, il a du bol, ragea Antoine en rechargeant son fusil. Dès qu'il touche à un truc, il se transforme en or !

Ce n'était pas son cas.

Ses rêves de milliardaire en sacs et en terrines prenaient l'eau. Les crocodiles se révélaient une matière première aléatoire : obèses, impuissants, exigeants. Ils ne voulaient manger que du poulet ou de la chair humaine. Ils laissaient pourrir au soleil ce qui n'était pas à leur goût ! C'est à croire qu'ils ont été élevés dans un cinq étoiles, pestait Antoine en faisant déverser des tombereaux de riz agrémentés d'un mélange spécial d'huîtres et d'algues qu'il faisait venir de Sao Paulo. Ils n'y touchaient pas. Ni au canard ni aux fricassées de poisson. Ils exigeaient du poulet. Quand on leur présentait leur pâtée, ils détournaient la tête.

— Non, mais je rêve ! grinça Antoine. Ils sont si gras qu'ils n'arrivent même plus à chevaucher les femelles, t'as vu ça ? Elles ont beau les abreuver de caresses, c'est à peine s'ils soulèvent une paupière.

— Ils se marrent à te regarder t'énerver tout seul. Ils savent bien que ce sont eux les gagnants...

— Ils vont pas gagner longtemps s'ils continuent à grossir comme ça.

— Pfft ! Tu seras mort depuis longtemps qu'ils seront encore là, bien plantés sur leurs pattes. Ça peut vivre cent ans, ces bêtes-là !

— Sauf si je les zigouille tous !

— Parce que tu crois que ce serait une solution ?

— Y a pas de solution, Mylène, je me suis fait avoir comme un bleu ! Wei, il s'en fout, il s'en sortira toujours, mais moi... J'ai investi dans un parc d'ovipares obèses et impuissants.

En outre, Antoine s'était aperçu que les femelles livrées par les Thaïlandais étaient presque toutes ménopausées. Il avait appelé le directeur de l'élevage, celui-là même qui avait rempli le Boeing des soixante-dix crocodiles, et s'était plaint. Le Thaïlandais avait assuré : « *Forty eggs a day ! Forty eggs a day !* — *Zero egg a day* », avait hurlé Antoine dans le récepteur. — Ah,

avait conclu le Thaïlandais, *they must be grand mothers then !*
*You are not lucky, we put the wrong ones in the plane, we didn't*
*know...* »

Des crocodiles ménopausées ! Et avec ça, il fallait qu'il fasse
exploser la natalité ! L'usine avait ralenti sa fabrication de
maroquinerie et le taux de remplissage des conserves avait été
divisé par deux. Si ça se trouve, ce qui va marcher, c'est
l'industrialisation des antibiotiques, mais là, je n'ai pas de
contrat. Je suis marron ! Saloperies de reptiles !

Il tira une nouvelle fois en l'air. Le crocodile leva une
paupière.

Mylène haussa les épaules et décida de regagner son bureau.
Elle avait des mails à relire avant de les envoyer à Paris en vue
de nouvelles commandes. Le maquillage se vendait beaucoup
mieux que les produits de soins, plus coûteux et plus difficiles
à conserver par grande chaleur. Tant mieux ! Les maquillages,
je les achète en gros passage de l'Industrie à Paris et je fais quatre
fois la culbute. Elles y voient que du feu, mes clientes. Jamais
elles ne discutent le prix ! Elles vénèrent le bâton de rouge ou
le fard à paupières et se saignent les veines pour s'enluminer la
face. Le produit-vedette : mon fond de teint blanc. Elles ado-
rent ! Elles se transforment en petites poupées rondes et blafardes. À peine posée sur les étagères, la marchandise disparaît,
happée par leurs petites mains avides. Mister Wei m'a proposé
une association. Cinquante-cinquante. J'apporte le savoir-
faire, la philosophie, l'esprit, le bon goût français, il s'occupe,
lui, de fabriquer et de vendre. Il dit que ça ne coûtera rien à
produire. Il faut que j'en parle à Antoine. Il a tellement de
soucis que j'ai peur de l'encombrer avec mes projets.

Le soir même, pendant que Pong les servait en silence,
Mylène annonça qu'elle avait envoyé un projet de contrat à
mister Wei et qu'elle songeait à s'associer avec lui.

– Tu as signé ?

— Non, pas encore mais c'est quasiment fait...

— Tu m'en as pas parlé !

— Si, mon chéri, je t'en ai parlé, mais tu m'as pas écoutée... Tu pensais que c'était un amusement de petite fille ! Il y a beaucoup d'argent à la clé, tu sais.

— Tu as pris conseil auprès de quelqu'un avant de signer ?

— J'ai fait établir un contrat très simple, avec le montant des investissements, celui des pourcentages, un dépôt de licence à mon nom, payé par Wei... Un truc très clair que je peux comprendre.

Elle eut un petit rire étouffé pour montrer à Antoine qu'elle n'était pas dupe de son inexpérience.

— Tu as entrepris des études de droit ? demanda Antoine d'un ton narquois. Passe-moi le sel, veux-tu... C'est un ragoût de quoi, ça ? Ça n'a aucun goût !

— De l'antilope...

— Ben, c'est dégueulasse.

— J'ai pas vraiment le temps de faire la cuisine maintenant...

— Ben, je préférais quand t'avais le temps ! T'aurais mieux fait d'ouvrir un restaurant...

— Tu vois : on ne peut pas parler sérieusement.

— Vas-y, je t'écoute.

— Voilà : à mon dernier voyage à Paris, je suis allée consulter un avocat spécialisé. Sur les Champs-Élysées...

— Et tu as eu son nom par qui ?

— J'ai appelé la secrétaire de ton beau-père. Josiane, elle s'appelle. Très gentille. On a sympathisé. J'ai dit que j'appelais de ta part, que t'avais besoin d'un renseignement, du nom d'un bon avocat, un bien rusé habitué à discuter avec les plus gros requins de la planète...

— Et...

— Ça n'a pas fait un pli : elle m'a donné un nom, un téléphone, et j'ai appelé. Comme je venais de la part de

Marcel Grobz, il a été très gentil et a accepté de s'occuper de mon affaire. Il m'a même invitée à dîner ; on est allés dans un cabaret russe tout près de son bureau.

— Tu as fait ça ? Tu t'es servie des relations de Chef alors que tu ne le connais pas ? Alors que si ça se trouve, il te déteste.

— Pourquoi il me détesterait ? Je lui ai rien fait...

— Je te rappelle que, à cause de toi, j'ai planté là ma femme et mes deux filles ! Tu sembles l'oublier...

— C'est pas moi qui t'ai demandé de partir. C'est toi qui es parti tout seul... Toi qui m'as embarquée dans cette aventure !

— Parce que tu le regrettes maintenant ?

— Non. Je ne regrette rien. Ça ne sert à rien de regretter. J'essaie de m'en sortir, c'est tout. Et tu n'as pas à m'en vouloir pour ça...

Ils se disputaient à voix basse pour ne pas éveiller les soupçons de Pong. Ils se disputaient en souriant, mais chaque mot chuchoté était une flèche empoisonnée. Comment ça a commencé ? se demanda Antoine en reprenant du vin. Je rumine trop. Je devrais faire comme tout le monde, et ne pas penser. Gagner de l'argent mais surtout ne pas penser. C'est en Afrique que j'ai été le plus heureux et j'ai cru qu'en y revenant, je serais heureux à nouveau. Tout recommencer ici. J'ai emmené cette adorable petite garce qui disait qu'elle allait veiller sur moi. Foutaises ! Il n'y a que moi qui peux veiller sur moi et je me sabote avec méthode et acharnement. Pourquoi le lui reprocher ? Ce n'est pas de sa faute. J'ai enfilé des habits trop grands pour moi. Jo a raison. Elles ont toutes raisons. Il eut un sourire ironique, un sourire qui se moquait de lui, mais Mylène se méprit.

— Oh ! Ne sois pas fâché ! Je t'aime tellement. J'ai tout quitté pour te suivre. Je serais allée n'importe où... Je veux juste m'occuper. Je ne suis pas habituée à ne rien faire. J'ai toujours travaillé, depuis que je suis toute petite...

Elle arrondissait la bouche telle une petite fille prise en train de faire un gros mensonge et qui proteste de son innocence. Ses grands yeux bleus le regardaient avec une candeur qui l'énerva.

— Et il a pas essayé de te sauter après le cabaret ?

— Tu vois le mal partout.

— Tu es redoutable, Mylène ! Redoutable... Et tout ça sans rien me dire.

— Je voulais te faire la surprise... Et puis, chaque fois que j'ai essayé de te parler, tu changeais de sujet. Alors j'ai renoncé. Mais faut pas te fâcher, mon chéri, c'est juste pour m'amuser, tu sais... Si ça se trouve, mister Wei va perdre sa mise et moi, j'aurai rien investi du tout ! Et si ça marche, je me remplis les poches et tu deviens directeur commercial de ma petite entreprise...

Antoine la dévisagea, stupéfait. Elle envisageait de l'engager. Elle devait être en train de calculer son salaire et le montant de sa prime de fin d'année ! Une rigole de sueur coula dans son dos, puis ce furent ses tempes, ses bras, son torse... Non pas ça ! Pas ça ! Il serra les dents.

— Mon chéri, qu'est-ce que tu as ? Tu es tout mouillé ! On dirait que tu sors de la douche. T'es malade ?

— J'ai dû avaler une saloperie. C'est ce ragoût d'antilope qui ne passe pas.

Il jeta sa serviette sur la table et se leva pour aller se changer.

— Tu sais, mon amour, il ne faut pas te fâcher... C'est un pari. Si ça se trouve, ça ne marchera pas. Et si ça se trouve aussi, ça marchera. Et alors je serai riche, riche, riche ! Ce serait drôle, non ?

Antoine s'arrêta sur le seuil de la maison. Elle n'avait pas dit « nous », elle avait dit « je ». Il ôta sa chemise trempée et disparut à l'intérieur.

Philippe Dupin se laissa tomber dans le fauteuil du bureau de sa femme et soupira. Si on lui avait dit qu'un jour, il fouillerait dans les affaires d'Iris comme un mari jaloux ! Quand il voyait, au cinéma, un homme faire ça, il le plaignait. Il ouvrit un classeur rose posé sur le bureau, sur lequel Iris avait inscrit en grosses lettres : ROMAN. En dessous, au feutre vert : *Une si humble reine*. Elle compte peut-être en écrire d'autres, pensa-t-il en ouvrant le classeur. Ou en faire écrire d'autres. C'était plus fort que lui, il avait besoin de savoir. L'affronter aurait été plus noble. Mais on n'affrontait pas Iris. Elle se défilait toujours. Quand elle était revenue de l'émission de télévision qu'il avait regardée avec Alexandre et Carmen en dînant sur la table basse face au poste, elle s'était plantée devant eux et avait lancé, triomphante : « J'ai été comment ? Superbe, non ? » Ils n'avaient pas eu le cœur à répondre. Elle avait attendu puis, devant le silence qui se prolongeait, avait soupiré : « Vous n'y connaissez rien ! Ça s'appelle du marke-ting et si on ne fait pas ça, le livre ne se vend pas. Je suis totalement inconnue, c'est un premier roman, il faut le mettre sur orbite ! Et puis, ça va repousser ! » avait-elle ajouté en passant ses doigts dans ses cheveux. Fin des discussions. Le lendemain, elle avait couru chez son coiffeur pour qu'il lui refasse une coupe, une vraie à cent soixante-cinq euros. Les cheveux courts soulignaient l'immensité et le trouble de ses grands yeux bleus ; la ligne de son long cou, l'ovale parfait de son visage, ses épaules dorées éclataient comme les chiffres d'un blason sur une tapisserie. Elle avait l'air d'un page inno-cent. « Maman, maman, on dirait que t'as quatorze ans ! » s'était exclamé Alexandre. Philippe avait été troublé et, n'eût été le sourd dégoût qu'il éprouvait pour toute cette affaire, il aurait été ému.

Il ouvrit le classeur. Il était rempli de coupures de journaux. Des quotidiens. Les mensuels ne sont pas encore sortis. Ils vont se remplir d'elle, de ses mensonges, de ses allégations. Il parcourut des yeux les premiers articles. Certains étaient signés par des journalistes qu'il connaissait. Ils parlaient tous d'Iris et de son audace. « *A star is born* » titrait l'un d'eux. « La surprise du chef », titrait un autre. Un journaliste plus sérieux se demandait où s'arrêtait le spectacle et où commençait la littérature mais reconnaissait que le livre était bien écrit bien qu'« un peu universitaire » et très bien documenté. « On sent qu'Iris Dupin connaît son XIIe siècle sur le bout des doigts et nous le fait revivre avec maestria. Tout est juste. Tout est intriguant. On se prend à suivre la règle de saint Benoît comme si on suivait l'intrigue d'un film d'Hitchcock. » Il les parcourut des yeux. Suivaient des réflexions d'Iris sur l'écriture, la difficulté d'un premier roman, les mots qui se dérobent, l'angoisse de la page blanche. Elle en parlait très bien, rappelait ses années d'études à Columbia, ses débuts de scénariste, citait les conseils de Gide à un jeune écrivain : « Pour ne pas être tenté de sortir, rasez-vous la tête ! » « Ce que je n'avais pas osé faire, par coquetterie, m'a été imposé. On ne peut pas tricher avec l'écriture. Elle vous rattrape toujours. Je ne le regrette pas, je ne vis que pour la littérature. » Ou encore : « J'ai vécu neuf mois en ne buvant que de l'eau bouillie et en mangeant des pommes de terre à peau rouge, il n'y avait que comme ça que je trouvais l'inspiration. » Sur les photos, elle portait un jean à taille basse, un tee-shirt qui s'arrêtait au-dessus du nombril, et, avec sa nouvelle coupe de garçonnet, affichait un air de teen-ager rebelle. Sur une autre, on lui avait inscrit « love » et « money » au rouge à lèvres sur la nuque et elle s'était laissé photographier la tête inclinée

afin que les deux mots se détachent bien. La légende disait :
« Elle porte sur sa nuque l'histoire de son roman et le destin
du monde. » Rien que ça ! soupira Philippe, le destin du
monde sur la nuque de ma femme ! Un autre ajoutait : « Les
ados vont en être fous, les hommes en raffoler, les femmes
trouveront en elle leur porte-parole. Ce livre est la réconciliation des Anciens et des Modernes. » Plus loin, il apprit
qu'un milliardaire russe avait mis à la disposition d'Iris son
avion privé afin qu'elle aille faire son shopping à Londres ou
à Milan, et qu'une marque de parfum voulait acheter le titre
du livre pour lancer une nouvelle fragrance. À toutes ces
propositions, Iris répondait, modeste, qu'elle était flattée,
mais que tout ça était « bien loin de la littérature. Je ne veux
pas devenir un phénomène de foire. Quoi qu'il arrive, que le
livre soit un succès ou un échec, je continuerai à écrire, il n'y
a que ça qui m'intéresse. »

J'ai nourri un monstre, songea Philippe. Cette constatation
n'était pas douloureuse. C'est à cela qu'on reconnaît que
l'amour s'est détaché de vous : il ne fait plus mal. On regarde
l'objet autrefois aimé avec un regard froid, on constate il est
comme ci, il est comme ça, je ne le changerai pas. C'est moi
qui ai changé. Alors, c'est fini. Bien fini. Tout ce qu'il ressentait maintenant, c'était du dégoût mêlé d'une vague colère.
Pendant des années il avait été obsédé par elle, il n'avait eu
qu'un souci : lui plaire, l'épater, devenir le meilleur avocat de
la place parisienne, puis le meilleur avocat de France, puis un
avocat international. Il s'était mis à collectionner les œuvres
d'art, à acheter des manuscrits, à financer des ballets, des
opéras, il avait créé un fonds de mécénat... Pour qu'elle soit
fière de lui. Fière de s'appeler madame Philippe Dupin. Il
savait qu'elle ne respectait pas l'argent : Chef lui avait donné
tout l'argent qu'elle voulait. Elle voulait être une créatrice.
Écrire, dessiner, diriger, qu'importe ! Pourvu qu'on lui recon-

naisse un talent. Il lui avait offert une palette de talents. Il avait cru, naïf, qu'il lui suffirait d'être à ses côtés quand il choisissait des tableaux ou finançait la création d'un spectacle pour qu'elle soit heureuse. Il aurait rêvé qu'elle l'accompagne dans les foires internationales d'art moderne, qu'elle assiste aux réunions où étaient lus des manuscrits de pièces de théâtre, qu'elle l'aide à choisir, qu'elle suive les répétitions. Elle avait été présente, au début, puis s'était vite désintéressée. Ce n'était pas elle qu'on honorait mais l'argent, le nom, le goût de son mari.

Ses yeux firent le tour de la pièce et reconnurent chaque œuvre d'art. C'est l'histoire de notre amour. De mon amour, corrigea-t-il, car elle ne m'a pas aimé. Elle m'a bien aimé. Elle m'a apprécié. Ses mensonges ont réussi là où mon amour a échoué. Je ne l'aime plus et ne pourrai plus longtemps prétendre le contraire. Pour la survie d'un couple, il vaut mieux deux beaux mensonges que deux vilaines vérités. C'était la fin. Il lui restait encore une chose à régler et il s'en irait. De manière grandiose. Un peu ridicule, certes, mais grandiose. Organiser une fin avec panache. Ce sera mon œuvre d'art à moi !

Ses yeux retombèrent sur la dernière coupure de journal. Un article qui ne parlait pas d'elle, mais du festival du film de New York. Elle avait souligné un nom au Stabilo jaune Gabor Minar. Il était l'invité d'honneur ; on y présenterait son dernier film, *Gypsies*, primé au festival de Cannes. Nous y voilà, songea Philippe, Gabor Minar... L'éternel Gabor Minar, figé dans sa pose de metteur en scène baroque et flamboyant. Avec son physique de rebelle insouciant, ses films au rythme époustouflant. On disait de lui qu'il avait réveillé le septième art figé dans ses effets spéciaux. Qu'il avait su redonner au cinéma du sens et de la richesse. Sur la photo, il souriait, des mèches de cheveux dans les yeux, le col de son polo ouvert. Il referma le dossier d'un geste sec, regarda l'heure, il était trop tard pour appeler Johnny Goodfellow. Il l'appellerait demain.

Quand Iris rentra le soir, elle brandissait un numéro de *L'Express*.

— Numéro quatre dans le classement des livres ! En quinze jours. J'ai appelé Serrurier, ils en sortent quatre mille cinq cents exemplaires par jour. En plus de la mise en place initiale. Tu te rends compte ? Chaque jour quatre mille cinq cents personnes achètent le livre d'Iris Dupin ! Je m'installe en tête. La semaine prochaine, je parie que je suis à la première place ! Et tu me demandais si me faire tondre en public était nécessaire ?

Elle éclata de rire et embrassa le journal.

— Il faut vivre avec son temps, mon chéri. On n'est plus au temps des troubadours, c'est sûr ! Carmen, vite, vite, à table, j'ai une faim de loup.

Ses yeux brillaient d'une petite flamme dorée et dure qui brûlait le journal qu'elle tenait entre ses mains. Elle l'abaissa, se tourna vers lui, étonnée par son silence, lui adressa un grand sourire et pencha la tête, attendant qu'il la félicite. Il s'inclina poliment et la félicita.


Joséphine se frotta les yeux et se dit qu'elle ne rêvait pas : la femme, assise en face d'elle dans l'autobus 163, lisait son roman. Elle le lisait en affamée, repliée sur le livre, tournant chaque page avec soin, épluchant chaque ligne comme si elle ne voulait pas en perdre une miette. Autour d'elle, les gens se déplaçaient, téléphonaient, toussaient, s'interpellaient, elle ne bougeait pas. Elle lisait.

Joséphine la dévisagea, ébahie. *Une si humble reine* dans le 163 !

Ainsi, c'était vrai ce qu'on écrivait dans les journaux : son livre se vendait. Comme des petits pains. Au début, elle n'y croyait pas. Elle s'était même dit que ce devait être Philippe qui les achetait tous. Mais voir *Une si humble reine* dans le 163 lui prouvait que le succès était réel.

À chaque fois qu'elle lisait une bonne critique, elle avait envie de pousser des cris de victoire, de rire aux larmes, de faire des sauts de kangourou. Elle courait chez Shirley. C'était le seul endroit où elle pouvait laisser libre cours à sa joie. « Il marche, Shirley, il marche, j'ai écrit un best-seller ! Tu te rends compte, moi, la petite chercheuse obscure, au salaire de misère, aux conférences poussiéreuses, la petite oie blanche qui ne comprend rien à la vie ! Pour mon premier coup d'essai, je m'offre un coup de maître ! » Shirley criait Olé et elles dansaient un flamenco endiablé. Gary les avait surprises, une fois ; elles s'étaient interrompues, rouges et essoufflées.

Puis, le temps passant, elle avait été envahie par un grand sentiment de vide. La sensation d'avoir été volée, cambriolée, utilisée. Salie. Iris s'étalait partout. Iris souriait partout. Les yeux bleus d'Iris la surprenaient à chaque kiosque à journaux. Iris parlait des affres de l'écriture, de la solitude, du XII^e siècle, de saint Benoît. Comment avait-elle eu l'idée de son histoire ? En entrant au Sacré-Cœur, un soir de mélancolie. En regardant la statue d'une sainte si belle, au visage si doux qu'elle lui avait cousu une histoire sur mesure. L'idée de l'appeler Florine ? Je faisais un gâteau avec mon fils et j'ai versé de la farine Francine dans le moule. Francine-Florine-Francine-Florine ! Joséphine écoutait, médusée : mais où trouvait-elle tout ça ? Un jour, elle l'entendit même évoquer Dieu et l'inspiration divine pour expliquer la fluidité de son écriture, « ce n'est pas moi qui écris, on me dicte ». Joséphine était tombée d'un coup sur le tabouret près de l'évier. « Alors ça, répétait-elle, quel culot ! »

Elle avait ouvert la porte vitrée qui donnait sur le balcon et regardé les étoiles. C'est trop, je n'en peux plus ! C'est déjà dur de la voir prendre la pose, s'approprier Florine mais si, en plus, elle vous confisque, vous aussi ! Il me reste quoi à moi ? Bayer aux corneilles ? C'est laid, les corneilles ! Et comment elle sait que je vous parle ? Je ne lui ai jamais dit ou si, peut-être une fois... Elle se sert de tout ! C'est un vampire.

Ce soir-là, après avoir surpris une lectrice dans l'autobus, elle sonna à la porte de Shirley. Il n'y avait personne. Elle retourna chez elle, trouva un mot de Zoé qui disait : « Maman, je vais dormir chez Alexandre, Carmen vient me chercher. Hortense m'a dit de te dire qu'elle sortait ce soir, qu'elle rentrerait tard, ne te fais pas de souci, je t'aime, Zoé. »

Elle était seule. Elle fit réchauffer un reste de quiche lorraine, ajouta deux feuilles de salade, regarda la nuit tomber. Triste, si triste.

Quand il fit nuit, elle poussa la porte vitrée qui donnait sur le balcon et regarda les étoiles.

– Papa, risqua-t-elle, papa ? Tu m'entends ?

Elle ajouta d'une petite voix d'enfant :

– C'est pas juste... Pourquoi c'est toujours elle au premier rang, dis ? Une fois de plus, on m'a effacée. Quand on était petites et qu'on nous prenait en photo, maman insistait toujours pour qu'on voie bien Iris. Les yeux d'Iris, la coiffure d'Iris, pousse-toi un peu, Jo, je n'ai pas le bas de la robe d'Iris.

« Criminelle, tu es une criminelle », elle entendait la voix de son père. Ses bras autour d'elle, le goût de sa peau salée ou de ses larmes, ses grandes enjambées. Il l'emportait comme s'il la sauvait. On était sur la plage, c'était l'été, je sortais de l'eau, je crachais de l'eau, les yeux me piquaient, je pleurais, je pleurais... Après, je me souviens, il n'a plus jamais dormi dans la même chambre que maman. Après, il s'est réfugié dans ses mots croisés, ses mauvais jeux de mots, sa pipe en bois. Et puis il est mort. Il a cassé sa pipe... Elle eut un petit rire à l'adresse de son père. Tu l'aurais appréciée, celle-là ! Papa, mon papa, chantonna-t-elle dans le noir, sous les étoiles. Un jour, je trouverai le morceau du puzzle qui me manque... Un jour, je comprendrai. En attendant, petit papa, merci de ce succès-là. Il m'a donné un certain confort. Et puis, je n'ai plus peur. C'est important, ça. Je ne me sens plus menacée. Je ne suis toujours pas très sûre de moi mais je n'ai plus peur. Tu dois être fier de moi, toi qui sais que c'est moi qui ai écrit le livre.

Elle soupira, j'ai encore beaucoup de choses à apprendre, c'est sûr. On croit avoir gagné quand on a remporté une victoire, mais il y en a toujours une autre à livrer. Ma vie était si simple, avant. Plus j'avance dans la vie, plus je la trouve compliquée. Peut-être qu'avant je ne vivais pas...

Elle releva la tête. Sa colère était partie.

Elle étendit les bras vers le ciel et envoya tout son amour, toute sa joie vers les étoiles. Elle n'enviait pas Iris. Iris sait que le livre, c'est moi qui l'ai écrit. Elle le sait. Sa belle gloire repose sur un mensonge.

Une douceur paisible l'envahit. Il lui restait son dossier d'habilitation à diriger des recherches. Il fallait qu'elle y travaille. Je vais retourner en bibliothèque, retrouver les vieux grimoires, les livres d'histoire.

Et puis, un jour, j'écrirai un autre livre.

Un livre qui sera à moi, rien qu'à moi.

Vous en dites quoi, les étoiles ?


Marcel Grobz sortit de l'aéroport et monta dans la voiture à côté de son chauffeur, après avoir jeté ses valises dans le coffre.

– Je suis épuisé, mon petit Gilles ! Je suis trop âgé pour ces longs voyages en avion.

– C'est sûr, patron. Un mois de tournée avec tous les changements d'hôtels et les décalages horaires, ça vous arrange pas !

– On se pèle, ici ! Fin octobre et voilà les glaciers qui s'annoncent. Là-bas, au moins, les cerisiers souriaient... J'ai pas l'air trop déglingué ?

Gilles lança un rapide regard vers Marcel Grobz et conclut que non, le patron avait l'air d'une canne à pêche bien droite.

– T'es sympa ! Elle a quelques bourrelets mal placés, la canne à pêche. J'ai beau courir comme un dératé, ils restent bien accrochés. Sinon quoi de neuf ? Tu m'as acheté les journaux ?

– Ils sont sur la banquette arrière. Votre belle-fille, madame Dupin, elle fait un malheur avec son livre...

– Parce qu'elle a écrit un bouquin ?

– Même ma mère elle l'a acheté, et elle s'est régalée !

– Putain, je vais en entendre parler ! Et sinon...

– Sinon, rien. J'ai fait faire la révision de la voiture comme vous me l'aviez demandé. Tout baigne. On va où ?

– Au bureau.

– Vous passez pas par chez vous d'abord ?

– Au bureau, je t'ai dit...

Retrouver Josiane. Chaque fois qu'il l'avait eue au téléphone, elle avait été froide. À peine audible, à peine aimable. Oui, non, sais pas, j'vais voir, on en parlera à ton retour. Si ça se trouve, elle a revu ce grand échalas de Chaval ! Il a le vice au corps, celui-là.

– T'as des nouvelles de Chaval ?

Son chauffeur, Gilles Larmoyer, était un copain de Chaval. Gilles et Chaval faisaient souvent des virées ensemble dans les boîtes de nuit. Gilles lui racontait leurs nuits agitées, les boîtes à partouzes, « un cul à droite, un cul à gauche, avec Chaval, on se régale », les petits matins où ils remettaient leur cravate, Chaval pour venir travailler, Gilles pour conduire la voiture. Gilles n'avait aucune ambition. Marcel avait essayé de lui mettre le pied à l'étrier mais Gilles n'aimait qu'une chose : les voitures. Pour lui faire plaisir, Marcel en changeait tous les deux ans.

— Ah ! Vous ne savez pas ?

Marcel s'examinait dans le miroir du pare-soleil. Ce n'est pas des valises que j'ai sous les yeux mais des malles avec soufflets et poignées !

— Savoir quoi ?

— Chaval. Il est tombé raide siphonné de votre nièce...

— La petite Hortense ?

— Celle-là même ! Et il en bave ! Je vous dis pas... À quatre pattes, elle le fait ramper ! Il mangerait son chapeau s'il en avait un. Ça doit faire six mois qu'il essaie de la culbuter et que dalle ! Il finit le travail chez lui à la main tous les soirs. Elle le rend fou.

Marcel éclata de rire, soulagé. Donc ce n'était pas Chaval qui embrouillait Josiane. Il sortit son portable et appela le bureau.

— Choupette, c'est moi. Je suis dans la voiture, j'arrive... Ça va ?

— Ça va...

— T'es pas contente de me voir ?

— Je danse de joie !

Elle raccrocha.

— Un problème, patron ?

— C'est Josiane. Elle me bat froid. Elle m'a envoyé à la balançoire.

— Oh ! Les bonnes femmes... Suffit qu'elles aient leurs ragnagnas et elles font la poire sans qu'on sache pourquoi.

— Ben alors, elle les a depuis un mois ses ragnagnas. Et c'est un poirier qu'elle va me livrer !

Il se carra dans le siège de la voiture et décida de piquer un somme.

— Réveille-moi avant d'arriver, que j'aie le temps de me dégourdir !

Quand elle le vit entrer, Josiane ne se dérida pas. Elle ne leva même pas la tête de son bureau. Il ouvrit les bras pour l'étreindre, elle le repoussa.

— Ton courrier t'attend sur le bureau. La liste des appels aussi. J'ai tout trié.

Il ouvrit la porte de son bureau, s'y installa et découvrit sur le tas de lettres une photo posée bien à plat : la fille du Lido avec les deux yeux crevés. Il s'en saisit et ressortit, hilare.

— C'est à cause de ça, Choupette, que tu me fais la tête depuis des lunes ?

— J'vois pas ce qu'il y a de drôle. Enfin, moi, ça me fait pas rire !

— Mais tu y es pas du tout. Pas du tout ! C'était pour entourlouper, l'Henriette ! J'avais appris par René qu'elle était venue traîner ici un jour, un jour qu'y avait personne et pour cause, c'était le 1er mai ! Je me suis dit que c'était du gros louche, j'ai bien vérifié mes papiers et je me suis aperçu qu'une enveloppe avait été ouverte et sûrement photocopiée : celle des frais de l'Ukrainien. La pauvre méchante ! Elle a cru mettre la main sur l'existence d'une poule avec abus de bien social, en plus. Elle croit me tenir ! J'ai décidé de lui donner la réplique. J'ai laissé traîner dans ma chambre cette photo prise un soir au Lido avec un gros client, y a belle lurette, un soir où tu n'avais pas voulu m'accompagner. J'ai inventé un nom, et hop ! va chercher, Henriette, va chercher ! Et ça a marché. Et toi, tu as mouliné pendant un mois à cause de ça ?

Josiane le contemplait, méfiante.

— Et tu crois que je vais gober ça ?

— Pourquoi je te mentirais, Choupette ? Je la connais pas, cette fille. J'ai pris la pose pour la photo, pour rigoler, mais c'est tout... Rappelle-toi, c'est un soir où t'avais pas voulu sortir, il y a au moins un an et demi, t'étais fatiguée...

Un soir où je voyais Chaval, se rappela Josiane. Pauvre gros vieux ! Il a raison. Elle avait prétexté une migraine et l'avait laissé aller tout seul faire ses libations avec ses clients.

Il se rapprocha du bureau de Josiane et buta dans un sac de voyage.

— C'est quoi ce sac ?

— J'avais l'intention de me faire la malle. J'attendais qu'on s'explique et je mettais les voiles...

— Mais t'es folle ! T'as le cerveau qui ballonne !

— Je suis fragile, nuance.

— Tu me fais vraiment pas confiance.

— C'est pas un article que j'ai souvent eu en magasin, la confiance...

— Ben, va falloir t'habituer. Parce que je suis là et bien là ! Et rien que pour toi, ma petite poulette ! Tu es toute ma vie.

Il l'avait prise dans ses bras et la berçait en marmonnant « mais qu'elle est bête ! mais qu'elle est bête ! et moi qui me mets la rate au court-bouillon pendant un mois à cause de tes silences au téléphone ! ».

Elle se laissait aller contre lui, attendant qu'il ait fini de ronronner pour lui annoncer la bonne nouvelle, confirmée par la mort d'une lapine foudroyée en laboratoire. Une émotion à la fois, se disait-elle, je le laisse redescendre sur terre et à peine a-t-il posé la pointe des pieds que je le renvois direct au ciel en annonçant l'arrivée du petit Grobz.

— Surtout que, Choupette, avec la photo je faisais coup double. Je la roulais dans le nanan et en plus, j'écartais de toi les soupçons. Tu comprends au cas où t'aies le gros ventre...

Elle n'y voyait que du feu ! Elle pensait à la Natacha et pas à toi. Tu grossissais tranquille sous ses yeux pendant qu'elle reniflait la mauvaise piste.

Josiane se dégagea doucement. Elle n'aimait pas beaucoup ce qu'elle venait d'entendre.

— Parce que tu ne comptes pas le lui dire, le jour où je suis enceinte ? Tu comptes laisser flotter le doute ?

Marcel rougit violemment, pris en flagrant délit de lâcheté.

— Mais non, Choupette, mais non... C'est juste qu'il me faudra le temps de m'organiser ! Je suis pieds et poings liés, avec elle.

— Dis donc, depuis le temps qu'on en parle de ce petit, tu t'es toujours pas organisé, comme tu dis ?

— Je vais pas te mentir, Choupette, j'ai les foies. Je ne sais pas comment m'y prendre, comment la dégager en touche sans qu'elle se venge et me fasse les pires sournoiseries.

— T'as pas vu ton notaire ?

— J'ose pas lui dire, de peur qu'il la prévienne. Ils sont très proches, tu sais, elle va le voir souvent.

— Alors t'as rien fait ? Rien du tout ? Tu me joues du violon à longueur de journée en parlant du chérubin et tu restes le cul dans ta chaise longue.

— Mais je le ferai, Choupette, je le ferai le jour où il le faudra. Je te promets, je serai à la hauteur !

— À la hauteur de ta petitesse ? Ne te tracasse pas, tu y es déjà. Tu rases la moquette !

Josiane se leva, défroissa sa robe, ajusta son haut, attrapa son sac à main et, montrant son bureau et la pièce d'un geste théâtral, elle déclara :

— Regarde-moi bien, Marcel Grobz, parce que tu ne me verras plus. Je jette l'éponge, je joue les filles de l'air, je m'évanouis dans l'atmosphère. Pas la peine de me filer le train, je décanille à tout jamais ! Dire que tu me lasses serait trop doux, tu me dégoûtes de lâcheté.

– Choupette, je te promets...

– Depuis le temps que j'en mange, des promesses ! Depuis que je te connais, je ne fais que ça. Elles me squattent l'œsophage. J'ai envie de vomir. Je ne te crois plus, Marcel...

Elle se baissa pour empoigner son sac de voyage et, faisant claquer ses talons d'un air bien décidé, elle quitta l'entreprise de Marcel Grobz le 22 octobre à onze heures cinquante-huit précises.

Elle ne s'arrêta pas pour saluer René.

Elle ne s'arrêta pas pour embrasser Ginette.

Elle ne soupira pas devant la glycine.

Elle ne se retourna pas après avoir franchi la grille.

Si elle ralentissait le pas, songeait-elle en regardant droit devant elle, elle ne partirait jamais.


Ce soir-là, après avoir dîné, Alexandre emmena Zoé dans sa cachette secrète.

Dans une armoire normande, toute menue, que son père avait achetée chez un brocanteur. À Saint-Valéry-en-Caux. Ils y étaient partis tous les trois, en famille. Son père devait voir un client anglais dans le petit port normand. L'Anglais lui avait donné rendez-vous sur son bateau. Après avoir passé quelques heures à bord, ils étaient allés se promener le long du port. Ils s'étaient arrêtés chez un brocanteur. Alexandre avait feuilleté de vieilles bandes dessinées pendant que ses parents partaient fouiller dans l'arrière-boutique, à la recherche d'une toile oubliée. Ils n'avaient pas trouvé de tableau mais son père avait eu le coup de foudre pour cette armoire. Sa mère avait protesté en disant qu'elle n'allait pas avec leur mobilier, qu'elle allait paraître désuète, déplacée, ringarde même... « Plus personne n'achète d'armoire normande, Philippe ! » Mais son père avait insisté : « Il n'en existe pas de cette taille-là, en tous les cas, je n'en ai jamais vu, je la mettrai dans mon bureau, elle ne te dérangera pas et fera ressortir le mobilier plus moderne, j'aime bien mélanger les styles, tu le sais bien, et puis, elle apportera un peu de chaleur, des souvenirs de famille bourgeoise, c'est bien ce que nous sommes, non, une famille bourgeoise ? »

Alexandre n'avait pas compris la fin de la phrase mais il avait compris que son père allait acheter l'armoire.

Il l'avait fait transporter dans son bureau et Alexandre avait pris l'habitude de s'y cacher. Elle sentait l'encaustique et la lavande et, en se concentrant, il pouvait entendre le bruit de la mer et le cliquetis des mâts des bateaux. Elle était tapissée d'une cretonne verte et jaune. Il refermait les portes sur lui, mettait son walkman sur les oreilles, posait la tête contre une paroi, et, replié en boule, il partait dans son MISS. Son Monde Imaginaire Super Secret. Dans son MISS, il voyageait dans un pays où tout le monde vivait selon les paroles de John Lennon dans sa chanson *Imagine*. Autre accessoire indispensable au MISS : une paire de lunettes rondes qui permettait de voir l'invisible. Souvent il emmenait Zoé avec lui. « Tu vois, racontait-il, dans le MISS les paysages sont en gâteau, les gens habillés en blanc, on ne se lave pas, on est toujours propre et tout le monde fait ce qu'il veut. Il n'y a pas de maître, pas d'argent, pas d'école, pas de notes, pas d'embouteillages, pas de parents divorcés, tout le monde s'aime, la seule règle est de ne pas embêter les autres habitants du MISS. »

Et de parler anglais.

Il y tenait beaucoup. Au début, Zoé avait eu du mal. Alexandre parlait anglais couramment, ses parents l'envoyant chaque été dans un collège anglais. Elle avait appris à se laisser guider par son cousin et, quand elle ne comprenait pas, il traduisait. Elle aimait bien aussi quand il ne traduisait pas : ça lui donnait des frissons d'entendre parler Alexandre sans rien comprendre. Elle avait peur, elle lui prenait la main et attendait la suite des aventures qu'il inventait. Il jouait tous les rôles, même celui du vent et de la tempête !

Ce soir-là, Carmen les avait fait dîner tôt. Iris était partie à une fête du livre et Philippe à un dîner d'affaires. Alexandre et Zoé filèrent se réfugier dans le bureau de Philippe et entrèrent, avec des airs de conspirateurs, dans l'armoire magique. Alexandre avait institué tout un rituel. Il fallait d'abord chausser les petites lunettes rondes et dire trois fois « Hello, John, Hello John, Hello John ». Puis ils s'asseyaient en boule, fermaient les yeux et chantaient les paroles de la chanson de Lennon « *imagine no possession, it's not hard to do, no reason to kill or die for, and no religion too* ». Enfin, ils se prenaient par la main et attendaient qu'un émissaire du MISS vienne les chercher.

— Elle ne va pas nous trouver, Carmen ?

— Elle regarde son feuilleton dans la cuisine...

— Et ton père ?

— Il rentrera tard. Arrête de penser à ça ! Concentre-toi et appelons d'abord le Grand Lapin Blanc...

Zoé ferma les yeux et Alexandre prononça les mots magiques :

— *Hello White Rabbit, where are you, White Rabbit ?*

— *Here I am, little children... Where do you want to go today ?* répondit Alexandre en prenant une voix grave.

Alexandre jeta un coup d'œil à Zoé et répondit :

— *Central Park... New York... The Imagine garden...*

— *Okay, children, fasten your seat belts !*

Ils firent semblant d'attacher leur ceinture.

— Je ne suis jamais allée à Central Park, moi, chuchota Zoé.

– Moi si. Tais-toi. Suivons-le... Tu vas voir comme c'est beau. Imagine... Il y a des calèches tirées par des chevaux, des lacs avec des canards et une sculpture qui représente Alice au pays des merveilles... Là-bas, à Central Park, le Grand Lapin Blanc, il a sa statue !

Ils étaient sur le point de partir pour Central Park quand la porte du bureau s'ouvrit et qu'ils entendirent des pas.

– Ton père ?

– Chut ! Attends... On va bien voir.

– On ne peut pas voir, on est enfermés.

– T'es bête ! Attends... C'est peut-être le Grand Lapin Blanc.

C'était Philippe. Ils entendirent sa voix. Il parlait au téléphone. En anglais.

– Tu crois qu'il joue avec nous ? Il connaît le MISS ?

– Chut !

Il posa la main sur la bouche de Zoé et tous deux écoutèrent, en retenant leur souffle.

– *She didn't write the book, John, her sister wrote it for her. I am sure of it...*

– Qu'est-ce qu'il dit ?

– Attends !

– *Yes, she's done it before ! She's such a liar. She made her sister write the book and she is taking advantage of it ! It's a big hit here in France... no ! really ! I'm not kidding !*

– Qu'est-ce qu'il dit ? Je comprends rien !

– T'es chiante, Zoé ! Attends. Je te traduirai après. Tu vas me faire perdre des phrases.

– *So let's do it. In New York... At the film festival. I know for sure he's going to be there. Can you manage everything ? OK... We talk soon. Let me know...*

Il raccrocha.

Les deux enfants restèrent pétrifiés dans l'armoire. Ils

n'osaient pas bouger, à peine chuchoter. Philippe alluma alors sa chaîne hi-fi et une musique classique s'éleva, leur permettant de parler.

– Qu'est-ce qu'il a dit ? Qu'est-ce qu'il a dit ? insista Zoé en enlevant ses lunettes rondes.

– Il dit que ma mère n'a pas écrit le livre. Que c'est ta mère qui l'a écrit. Il dit que ma mère a déjà fait ça, que c'est une grosse menteuse.

– Tu le crois ?

– S'il le dit, c'est que c'est vrai... Il ment pas, lui, j'en suis sûr.

– C'est sûr que le XIIᵉ siècle, c'est plutôt maman. Alors elle aurait écrit le livre et c'est ta mère... Mais pourquoi, Alex, pourquoi ?

– J'en sais rien...

– On pourrait demander au Grand Lapin Blanc ?

Alexandre la considéra sérieusement.

– Non, on va rester encore un peu ; peut-être qu'il va téléphoner encore !

Ils entendaient Philippe marcher dans le bureau. Il s'arrêta. Ils comprirent qu'il était en train d'allumer un cigare et sentirent bientôt l'odeur de tabac envahir la pièce.

– Ça pue ! protesta Zoé. Faut sortir. Ça me pique le nez...

– Attends qu'il s'en aille d'abord. Faut pas qu'on se fasse voir... Y aurait plus de MISS après. Un endroit secret, s'il est découvert il existe plus... Retiens-toi et attends.

Ils n'eurent pas à attendre longtemps. Philippe quitta son bureau pour demander à Carmen où étaient les enfants.

Ils sortirent de l'armoire sans faire de bruit et allèrent dans la chambre d'Alexandre où Philippe les trouva, assis par terre, en train de lire des BD.

– Ça va, les enfants ?

Ils se regardèrent, gênés.

— Je vous fais peur ? Vous voulez qu'on regarde un film ensemble ? Y a pas école demain, vous pouvez vous coucher tard.

Ils approuvèrent, soulagés, et se disputèrent sur le choix du film. Alexandre ayant choisi *Matrix* et Zoé, *La Belle au bois dormant*, Philippe les réconcilia en proposant de revoir *L'assassin habite au 21*.

— Comme ça, Zoé, tu seras contente. Tu vas avoir un peu peur, mais tu sais que ça finira bien.

Ils s'installèrent devant la télévision et, pendant que Philippe mettait le film, les deux enfants se lancèrent un regard lourd de connivence.


C'est Luca qui lui en avait parlé, six mois auparavant : « En octobre prochain, il y aura un colloque sur le sacré au Moyen Âge, à Montpellier, j'y participe, vous devriez venir et intervenir. Une publication de plus, ce serait bien pour vous. » Elle partait le retrouver à Montpellier. Il parlait le vendredi. Elle avait été inscrite pour le samedi après-midi.

Il était revenu après avoir disparu tout l'été. Sans explication. Un beau jour, elle l'avait croisé à la bibliothèque. Elle n'avait pas osé poser de questions. Il avait demandé : « Vous avez passé un bel été ? Vous avez bonne mine, vous avez maigri, ça vous va bien... Je me suis acheté un portable, je déteste l'idée d'en avoir un mais je dois reconnaître que c'est pratique. Je ne savais pas où vous joindre cet été, je n'avais pas votre numéro. Nous sommes vraiment démodés tous les deux. »

Elle lui avait souri, émue de l'entendre dire « tous les deux », émue qu'il se compare à elle. Puis elle s'était reprise et avait vanté les charmes de l'été, Deauville, Paris au mois d'août, la bibliothèque presque vide, la circulation facile, les berges de la Seine, Paris Plage.

Il vint la chercher à la gare. Dans son éternel duffle-coat, le sourire aux lèvres, une barbe de trois jours qui ombrait ses joues creuses. Il avait l'air heureux qu'elle soit venue. Il s'empara de son sac et la conduisit vers la sortie en posant une main légère sur son épaule. Elle marchait en regardant à droite et à gauche si les gens l'apercevaient, flanquée d'un si bel homme. Elle remontait dans sa propre estime.

— Je me suis acheté un téléphone portable, moi aussi.

— Ah ! C'est bien... Vous me donnerez votre numéro.

Ils passèrent devant un kiosque : *Une si humble reine* s'étalait en vitrine sur toute une longueur de présentoir. Joséphine eut un sursaut.

— Vous avez vu ? dit Luca. Quel succès ! Je l'ai acheté suite au tapage qu'on en faisait et c'est pas mal du tout. Je ne lis jamais de romans récents mais celui-là, à cause de l'époque où il se passe, j'ai eu envie de le lire. Je l'ai dévoré. Très bien fait. Vous l'avez lu ?

Joséphine bredouilla oui et, changeant de sujet de conversation, lui demanda comment se passaient les conférences. Oui, les conférenciers étaient intéressants, oui, son intervention s'était bien passée, oui, il y aurait une publication.

— Et ce soir, si vous n'y voyez pas d'inconvénient, je vous invite à dîner. J'ai réservé une table dans un restaurant, au bord de mer. On m'en a dit le plus grand bien...

L'après-midi passa vite. Elle parla vingt minutes d'une voix claire et sûre dans un amphithéâtre, devant une trentaine de personnes. Se tint droite et fut surprise de sa nouvelle assurance. Certains collègues vinrent la féliciter. L'un d'eux fit allusion au succès d'*Une si humble reine* en se félicitant que le XII$^e$ siècle soit enfin remis à l'honneur et débarrassé de ses clichés. « Bel ouvrage, beau travail », conclut-il en la quittant.

Joséphine se demanda s'il parlait de son exposé ou du roman, puis se reprit en se disant que c'était la même personne qui les avait écrits. Je vais finir par l'oublier ! se dit-elle en rangeant ses papiers.

Elle retrouva Luca à l'hôtel. Ils prirent un taxi pour se rendre au restaurant sur la plage de Carnon et s'installèrent à une table près de la mer.

— Vous n'avez pas froid ? demanda-t-il en dépliant le menu.

— Non. Avec le chauffage extérieur qui me grille les épaules, ça va aller, répondit-elle en riant, montrant du menton le brasero qui servait de chauffage d'appoint.

— Vous allez finir en grillade ! Et on vous inscrira sur le menu.

Il rit et cela le changea beaucoup. Il avait l'air plus jeune et plus léger, débarrassé des ombres qui l'entouraient d'habitude.

Elle se sentait d'humeur gaie, désinvolte. Jeta un œil sur le menu et décida de prendre la même chose que lui. Il commanda le vin d'un air sérieux. C'est la première fois que je le vois aussi détendu, peut-être après tout est-il heureux d'être en ma compagnie.

Il lui posa des questions sur ses filles, lui demanda si elle avait toujours eu envie d'avoir des enfants ou si Hortense et Zoé avaient été les fruits d'un hasard conjugal. Elle le regarda, étonnée. Elle ne s'était jamais posé la question.

— En fait, vous savez, je ne réfléchissais pas beaucoup avant. C'est depuis ma séparation d'avec Antoine que la vie est devenue plus compliquée. Plus intéressante aussi... Avant, je me laissais vivre, je suivais mon petit bonhomme de chemin : je me suis mariée, j'ai eu des enfants et je me serais bien vue vieillir avec mon mari, puis devenir grand-mère. Une petite vie sans histoire. C'est la séparation qui m'a réveillée...

— Et le réveil a été dur ?

— Assez dur, oui.

— Vous vous rappelez quand nous sommes allés au cinéma, la première fois, vous m'aviez dit que vous écriviez un livre et puis vous vous êtes reprise, je voulais savoir si c'était une erreur de langage ou...

— J'avais dit ça ? demanda Joséphine pour gagner du temps.

— Oui. Vous devriez écrire, vous avez une manière très vivante de parler de l'histoire ancienne. Je vous ai écoutée, cet après-midi.

— Et vous ? Pourquoi n'écrivez-vous pas ?

— Parce que pour écrire, il faut se mettre à son compte. Avoir un point de vue. Savoir qui on est... Et ça, je ne le sais pas encore.

— Pourtant, vous donnez l'impression inverse...

— Ah oui ?

Il avait levé un sourcil douloureux et jouait avec son verre de vin.

— Alors on va dire que les apparences sont trompeuses... D'ailleurs, les apparences sont presque toujours trompeuses. Vous savez, nous avons quelque chose en commun, tous les deux, nous sommes des solitaires... Je vous observe à la bibliothèque, vous ne parlez à personne, je suis très flatté que vous vous soyez intéressée à moi.

Elle rougit et balbutia :

— Vous vous moquez de moi !

— Non, je suis sérieux. Vous travaillez, les yeux rivés à vos bouquins, et repartez comme une petite souris. Sauf quand vous renversez des livres !

Joséphine se mit à rire.

Il régnait un air d'irréalité autour de ce dîner. Elle n'arrivait pas à croire que c'était elle, assise en face de lui, sur cette terrasse au bord de la mer. Sa timidité la quittait, elle avait envie de se confier, de parler. Le restaurant s'était rempli et un brouhaha sonore avait remplacé le calme du début de soirée. Ils étaient obligés de se pencher l'un vers l'autre pour parler, cela renforçait leur intimité.

– Luca, je voudrais vous poser une question très personnelle...

Elle mit son audace sur le compte du vin, de l'air marin, de cette fin d'été qui traînait sur les nappes blanches, des jupes courtes des femmes. Elle se sentait bien. Tout ce qui l'entourait semblait pénétré du même bien-être. La buée de la nuit dessinait des festons sur le parquet en bois et elle y lisait un message d'encouragement. Elle avait l'impression, inhabituelle pour elle, d'être en accord avec le décor. Elle sentait le bonheur à portée de main et ne voulait pas le laisser passer.

– Vous ne vous êtes jamais marié ? Vous n'avez jamais eu envie d'avoir des enfants ?

Il ne répondit pas. Il se rembrunit, ses yeux glissèrent au loin et ses lèvres se pincèrent en deux traits fermés, amers.

– Je préférerais ne pas répondre, Joséphine...

Elle eut de nouveau cette sensation pénible d'avoir commis un impair.

– Je suis désolée, je ne voulais pas vous blesser.

– Vous ne m'avez pas blessé. Après tout, c'est moi qui ai commencé à vous poser des questions personnelles...

Mais si on ne parle que de généralités ou du Moyen Âge, on ne saura jamais rien l'un de l'autre, protesta-t-elle sans mot dire. Cet été encore, en feuilletant les journaux, elle l'avait repéré dans des publicités, dont une pour un parfum masculin ; il tenait dans ses bras une longue femme brune aux cheveux longs qui renversait la tête en riant, laissant apercevoir une taille fine et musclée. Elle s'était arrêtée longuement sur cette publicité : il y avait dans les yeux de Luca une intensité qu'elle ne lui avait encore jamais vue. Un désir grave et impérieux. Les hommes vont avoir envie d'acheter cette eau de toilette pour lui ressembler. Elle s'était demandé si elle n'allait pas se laisser pousser les cheveux comme la fille brune.

– Je vous ai vu cet été dans une campagne pour une eau de toilette, je crois, lança-t-elle, désirant changer de sujet.

– Ne parlons pas de ça, voulez-vous ?

Son regard était redevenu secret, impénétrable. Il tourna la tête vers l'intérieur du restaurant comme s'il attendait quelqu'un. L'homme aimable, enjoué, qui lui parlait quelques minutes avant était parti et il ne restait qu'un étranger.

– Il fait froid, vous ne voulez pas rentrer ?

Dans le taxi qui les ramenait à l'hôtel, Joséphine l'observait. Il se tenait dans un coin et regardait par la fenêtre.

– Je suis désolée, je n'aurais pas dû vous poser ces questions. On était si bien, juste avant que je parle, je me suis laissée aller...

Il la regarda avec infiniment de douceur, de lassitude et, l'attirant vers lui, passa son bras autour de sa taille.

– Vous êtes délicieuse, Joséphine. Vous ne savez pas à quel point vous me touchez. Ne changez pas, s'il vous plaît, ne changez pas !

Il avait prononcé ces derniers mots comme une supplique. Joséphine fut surprise de l'intensité qu'il y avait dans sa voix.

Il lui releva la tête, plaça un doigt sous son menton et, la forçant à le regarder dans les yeux, ajouta :

– C'est moi qui suis impossible. Je vais mieux quand vous êtes là. Vous m'apaisez, j'aime parler avec vous...

Elle posa la tête sur son épaule et se laissa aller. Elle respirait son odeur, cherchant à identifier la verveine et le citron, le bois de santal et l'écorce d'oranger, se demandant si c'était le même parfum que celui de la publicité. Les réverbères des avenues défilaient par la fenêtre ; elle souhaitait que la promenade dans la nuit ne se termine jamais. Le bras de Luca autour de sa taille, le silence de la nuit, le bercement régulier de la voiture et les arbres maigres qui se dressaient, blafards dans les phares. Elle s'abandonna sans plus réfléchir quand il l'embrassa. Un long baiser doux, tendre qui ne s'interrompit que parce que le taxi s'était arrêté devant l'hôtel.

Ils prirent leur clé en silence, montèrent au troisième étage où se trouvaient leurs chambres et quand Luca, sur le seuil de sa chambre, étendit le bras pour entrer, elle le laissa faire.

Elle le laissa faire quand il posa ses mains sur ses épaules et reprit son baiser.

Elle le laissa faire quand il souleva son pull pour la caresser.

Elle le laissa faire...

Mais, alors qu'elle était sur le point de s'oublier contre lui, l'image de la femme brune de la publicité revint s'imposer entre Luca et elle. Elle vit sa taille fine, son ventre bronzé, musclé, ses bras délicats rejetés en arrière ; elle serra les dents, rentra son ventre, l'aspira de toutes ses forces pour qu'il ne sente pas les bourrelets de sa taille, je suis grosse, je suis moche, il va me déshabiller, il va s'en apercevoir... Elle s'imagina nue contre lui : une mère de famille avec des cheveux fins et plats, des petits boutons dans le dos, une taille épaisse, une grosse culotte de coton blanc...

Elle le repoussa et murmura « non, non, non, s'il vous plaît, non ».

Il se redressa, étonné. Se reprit. S'excusa et, prenant un ton léger, déclara :

— Je ne vous importunerai pas. N'en parlons plus. On se retrouve demain au petit-déjeuner ?

Elle hocha la tête, la bouche pleine de larmes, et le regarda disparaître.

— Nulle, Shirley ! J'ai été nulle. Il était là contre moi, il m'embrassait, c'était si bon, si bon et moi, je n'ai pensé qu'à mes bourrelets, à ma culotte en coton blanc... Il est parti et j'ai pleuré, pleuré... Le lendemain, au petit-déjeuner, on a repris comme si de rien n'était. Lui très poli, très doux, me passant la panière de croissants, me demandant si j'avais bien dormi, à quelle heure était mon train. Et moi, refusant de manger un seul croissant par haine du bourrelet envahissant. C'est le rêve de ma vie, cet homme, et je le repousse ! Je suis folle, je crois que je suis folle... C'est fini, il ne m'arrivera plus rien. Ma vie est finie.

Shirley la laissa terminer sa tirade puis, étalant avec un rouleau à pâtisserie la pâte à tarte blanche et molle sur la table, elle déclara :

— Ta vie n'est pas finie, elle commence à peine. Le seul problème, c'est que tu ne le sais pas. Tu viens d'écrire un livre qui triomphe...

— C'est pas grâce à moi.

— C'est pas toi qui l'as écrit, ce livre ?

— Si mais...

— Toi et personne d'autre, répliqua Shirley, pointant le rouleau à pâtisserie d'un geste menaçant vers Joséphine.

— Oui mais...

— Mais tu ne savais pas que tu pouvais écrire. Donc soyons positives, ta sœur t'a rendu service... Tu ne l'aurais pas écrit si elle ne te l'avait pas demandé, et en plus, tu vas gagner plein de sous.

— C'est sûr.

— Grâce à elle, tu sais que tu peux le faire. Un bon point pour toi. Maintenant, fais-moi plaisir et oublie ce livre. Oublie ce livre et continue ton petit bonhomme de chemin... Écris. Écris pour toi ! Mets-toi à ton compte. Tu as envie d'un homme et tu le repousses, tu as envie d'écrire et tu hésites, merde, Jo, fonce un peu, tu es exaspérante avec tes hésitations et tes doutes. Et surtout, surtout, arrête de te trouver moche et grosse ! Tu ne l'es pas.

— Alors pourquoi je me vois comme ça, tu peux me l'expliquer ?

— Audrey Hepburn était persuadée qu'elle était moche, souviens-toi. On se trouve toutes moches !

— Pas toi !

— Disons que moi, j'ai reçu plus d'amour que toi au départ. J'ai reçu l'amour fou d'une mère qui devait se cacher pour m'aimer mais qui m'aimait à la folie. Et mon père aussi !

— Elle était comment, ta mère ?

Shirley hésita un instant, fit des trous avec une fourchette dans sa pâte étalée, puis :

— Elle ne disait rien, ne montrait pas grand-chose mais il suffisait que j'entre dans la pièce où elle se trouvait pour que son visage s'éclaire, que son front se déplisse, que tous ses soucis disparaissent. Elle ne me tendait pas les bras, elle ne m'embrassait pas, mais elle me jetait un tel regard d'amour que je le recevais en fermant les yeux de bonheur. Je le sentais si fort que, parfois, je faisais exprès de revenir dans la pièce où elle se trouvait rien que pour lire à nouveau la joie sur son visage ! Elle m'a construite sans un mot, sans un geste ; elle m'a donné une base si solide que je n'ai pas les mêmes doutes que toi...

— Et ton père ? demanda Joséphine, surprise que Shirley se mette à parler de son enfance et entendant bien en profiter.

— Mon père aussi. Tout aussi silencieux et discret que ma mère. Jamais un geste en public, jamais un baiser ni une caresse. Il ne pouvait pas. Mais il était là, toujours. Tous les deux. Ils ont toujours été là et je peux t'assurer que ce n'était pas facile pour eux... Toi, tu n'as pas eu ça ; tu as grandi toute seule, mal assurée sur tes pieds. Tu trébuches encore aujourd'hui mais tu y arriveras, Jo, tu y arriveras !

— Tu crois ? Après ce qu'il s'est passé la nuit dernière avec Luca, je n'ai pas beaucoup d'espoir...

— C'était une péripétie. Mais ce n'est pas fini. Et si ce n'est pas avec lui, ce sera avec un autre...

Joséphine soupira et compta les tranches de pomme que Shirley étalait maintenant sur la pâte.

— Pourquoi tu les coupes si fines ?

— Parce que c'est meilleur... Plus croquant.

— Où as-tu appris à faire la cuisine ?

— Dans des cuisines...

— Très drôle !

— Fin des confidences pour aujourd'hui, ma belle. Je t'ai beaucoup parlé... Tu sais que tu deviens rusée ?

Shirley enfourna la tarte aux pommes, déclencha le minuteur et proposa à Joséphine d'ouvrir une bonne bouteille de vin pour fêter sa nouvelle vie.

— Ma nouvelle vie ou mon dernier échec ?

— *Your new life, stupid !*

Elles étaient en train de trinquer à l'audace nouvelle de Joséphine lorsque Gary entra dans la cuisine, suivi d'Hortense. Il tenait un casque de moto sous le bras, avait les cheveux dressés sur la tête et posa un baiser sur le crâne de sa mère.

— Tu as fini tes tartes, mummy chérie ? Si tu veux, je peux aller te les livrer. J'ai le scooter d'un pote...

— Je ne veux pas que tu fasses du scooter. C'est trop dangereux ! s'écria Shirley en frappant la table du plat de la main. Je te l'ai dit cent fois !

— Mais je serai avec lui et je le surveillerai, dit Hortense.

— C'est ça ! Il conduira la tête dévissée vers toi et vous aurez un accident. Non ! Je me débrouillerai toute seule ou Jo m'accompagnera.

Jo hocha la tête. Les deux adolescents se regardèrent en soupirant.

— Il reste pas un morceau de tarte, je meurs de faim ? marmonna Gary.

— Articule quand tu parles, je comprends rien. Tu peux manger ce bout-là, il a trop cuit... Tu en veux aussi, Hortense ?

Hortense attrapa des miettes de pâte en humectant le bout de ses doigts.

— Ça fait grossir, la tarte...

— Tu risques rien, toi, dit Joséphine en lui souriant.

— Maman, si tu veux rester mince, il faut faire attention tout le temps.

— Tiens, au fait, j'ai eu des nouvelles de Max, poursuivit Gary, la bouche pleine. Il est revenu à Paris et habite chez sa mère... Il en pouvait plus des biquettes !

— Il a repris l'école ?

— Non. Il a plus de seize ans, il n'est plus obligé d'y aller...

— Mais qu'est-ce qu'il fait alors ? demanda Joséphine, inquiète.

— Il traîne... Il est passé au lycée.

— Il va mal finir, pronostiqua Hortense. Il deale du shit et joue au poker avec sa mère sur Internet...

— Et madame Barthillet ? demanda Joséphine.

— Il paraît qu'elle se fait entretenir par un pied-bot. C'est comme ça que Max l'appelle... Le pied-bot !

— Il aurait pu être si mignon, Max, soupira Joséphine. J'aurais peut-être dû le garder avec moi...

— Max à la maison, moi je me cassais ! protesta Hortense. Tu viens, Gary, on va essayer le scooter... Je te promets, Shirley, on fait pas de folies.

— Vous allez où ?

— Iris nous a proposé de passer la voir au studio Pin-up. Elle fait une série de photos pour *Elle*. Ça commence dans une petite heure. Gary m'y conduit et on reste un peu. Iris veut que je lui donne mon avis sur ses tenues. Elle m'a demandé de lui faire un look. On va aller faire des courses ensemble la semaine prochaine...

— J'aime pas ça, j'aime pas ça, grommela Shirley. Tu fais bien attention, Gary, promis ? Et tu mets ton casque ! Et vous rentrez pour dîner !

Gary déposa un baiser sur le front de sa mère, Hortense fit un geste de la main vers Joséphine et ils sortirent en se bousculant.

— J'aime pas qu'il fasse du scooter, j'aime pas... Et puis, j'aime pas non plus qu'Hortense lui tourne autour. Cet été, en Écosse, il l'avait oubliée. Je ne voudrais pas que ça recommence, son obsession pour elle...

— Moi, j'ai jeté l'éponge, avec Hortense. Qu'est-ce que tu veux : elle va avoir seize ans, elle est première de sa classe, les profs chantent ses louanges. Je n'ai rien à lui reprocher... Et de toute façon, je n'ai pas les moyens de m'opposer à elle. Elle est de plus en plus indépendante. C'est drôle quand on y pense : il y a deux ans encore, c'était une petite fille...

— Hortense n'a jamais été une petite fille, Jo. Je suis désolée de te faire de la peine : ta fille a toujours été une garce.

— Changeons de sujet ou on va se disputer. Tu ne l'as jamais aimée.

— Si. Il y a très longtemps. Mais je n'aime pas comment elle traite les gens. Elle manipule les uns, elle exploite les autres, elle n'a pas un gramme de cœur.

— Toi, dès qu'on touche à ton fils...

— Drapeau blanc ! On arrête. Tu viens avec moi livrer mes gâteaux ?

Marcel Grobz, emmitouflé dans un pardessus en tweed et une écharpe jaune écossaise, était assis sur un banc, sous la glycine de la cour, et regardait d'un œil morne les sarments noueux et secs où perlaient des gouttes de pluie. Josiane était partie. Elle avait disparu depuis quinze jours. Elle s'était baissée, avait empoigné son sac de voyage et clic, clac, de ses petits talons pointus, elle avait pris la porte. Clic, clac sur les pavés de la cour, clic, clac en poussant la grille. Il n'avait pas eu la force de lui courir après. Écrasé de chagrin, il avait suivi le bruit des talons et s'était laissé tomber sur la chaise devant le bureau de Josiane. Depuis, il s'asseyait partout où il pouvait, dès qu'il avait un moment de répit, et entendait le bruit sec et résolu des talons de Josiane. Ça lui tordait le cœur.

Une feuille morte se détacha d'un arbre et tomba en tourbillonnant à ses pieds. Il se pencha, la ramassa, la froissa entre ses doigts. Sans Josiane, il n'avait plus envie de se battre. Et Dieu sait qu'il avait besoin de toutes ses forces, en ce moment. Il livrait la bataille la plus dure de sa carrière. Pour elle, pour eux, pour ce bébé dont ils n'arrêtaient pas de parler et qui se faisait désirer.

Ginette l'aperçut par la fenêtre de l'atelier, gara son chariot élévateur et vint le retrouver sur le banc. Elle s'essuya les mains sur sa salopette et, lui donnant une bourrade dans le dos, s'assit à côté de lui.

– Ça va pas fort, hein, mon pauvre vieux ?

– Non. Sans elle, j'arque plus...

– Fallait pas la laisser partir. Tu pousses, Marcel, tu pousses ! Je la comprends... Elle en peut plus d'attendre, la pauvre môme !

– Et tu crois que ça me fait plaisir de la faire attendre ?

– Il ne tient qu'à toi que les choses se règlent. Depuis que tu en parles et que tu ne fais rien ! Forcément, elle pense qu'il y a une couille dans le pâté. T'as qu'à demander le divorce et tout s'arrangera.

— Je peux pas demander le divorce en ce moment, je suis sur un énorme coup ! Tu n'en parles à personne, Ginette, promis ? Même pas à René...

— Promis. Tu me connais, je suis aussi bavarde qu'une pierre tombale !

— Je suis sur le point de racheter le plus gros fabricant asiatique de meubles et d'articles de maison. C'est énorme, énorme ! J'ai hypothéqué tous mes biens, je suis à poil et je ne peux pas me payer le luxe d'une séparation avec Henriette ; elle me demanderait immédiatement ce à quoi elle a droit : la moitié de ma fortune ! Ça fait un an et demi que l'affaire est dans les tuyaux. Personne ne le sait. Je dois agir dans le plus grand secret. Ça traîne, ça traîne, j'ai engagé un bataillon d'avocats et j'ai beau essayer de précipiter le mouvement, je n'y arrive pas. Pourquoi crois-tu que je viens de passer un mois plein en Chine ? Pour mon plaisir ?

— Pourquoi tu lui as pas dit ?

Marcel grimaça et se renfonça dans son manteau.

— Depuis l'histoire avec Chaval, j'ai moins confiance. C'est pas que je l'aime moins, non, mais je me méfie. Je suis vieux, elle est jeune, elle peut retomber dans les bras de Chaval, friande de chair fraîche. Un vieil instinct qui me vient de l'enfance. J'ai appris à redouter le pire, à guetter la trahison. Alors je préfère qu'elle me prenne pour un badouille...

— C'est sûr qu'elle pense que tu pètes de trouille et que tu la quitteras jamais, la Chapeautée !

— Après quand tout sera signé, j'aurai les coudées franches. Je me suis débrouillé pour qu'elle n'ait rien à voir dans la nouvelle organisation, pas la moindre participation dans le chiffre d'affaires ni dans la gestion, je lui ferai une rente confortable jusqu'à la fin de ses jours, je lui laisserai l'appartement, elle ne manquera de rien, je ne serai pas chien, je t'assure...

— Je le sais, Marcel. T'es un brave gars...

— Mais si Josiane est pas là, à quoi ça sert tout ça ? À rien...

Il ramassa une autre feuille morte, joua un moment en la faisant tourner entre ses doigts puis la balança à terre.

— J'attendais tellement cet enfant. J'attendais tellement de vivre avec elle ! C'était mon petit moteur à moi. Qu'on boulotte tous les deux, tranquilles, peinards avec le petit dans les jambes. Toute ma vie, j'ai rêvé d'avoir un enfant et là, je croyais toucher au but...

Ginette enfonça ses mains dans les poches de sa salopette et respira un bon coup.

— Bon, Marcel. J'ai deux nouvelles pour toi : une bonne et une mauvaise. Tu commences par laquelle ?

— La mauvaise. Au point où j'en suis... J'arrête pas d'amortir !

— La mauvaise, c'est que je ne sais pas où elle est. Aucune idée. Elle m'a rien dit, pas téléphoné, pas le moindre souffle de vie de sa part...

— Ah ! laissa échapper Marcel dans un soupir déçu. Je pensais que tu savais, que tu me disais rien parce qu'elle te l'avait demandé. Je comptais même te cuisiner, tu vois...

— Elle m'a pas appelée... Elle doit vraiment être en pétard. Elle me met dans le même sac que toi.

Il laissa tomber sa tête entre ses jambes et attendit un moment. Puis il se redressa, et le regard vide, demanda :

— Et la bonne ?

— La bonne ? C'est qu'elle est enceinte. De trois mois. Elle allait sûrement te le dire quand vous vous êtes embrouillés...

La bouche de Marcel s'arrondit en un oh ! de surprise émerveillée et son regard eut l'innocence de celui d'un enfant. Il bégaya, balança la tête, les épaules. Son corps se mit à vibrer comme si le bébé reposait en lui et dansait dans son ventre. Il saisit la main de Ginette, la serra à lui briser les os.

— Tu peux répéter, dis, tu peux répéter...

— Elle est enceinte, Marcel. Et folle de joie... Elle l'a appris peu de temps après ton départ en Chine et, s'il n'y avait pas eu la visite de la Chapeautée avec la photo de la Russe, elle te l'aurait claironné au téléphone que tu en aurais eu les tympans percés...

— Elle est enceinte ! Elle est enceinte ! Merci, mon Dieu, merci !

Il regardait le ciel en joignant les mains et les phalanges de ses doigts blanchissaient tellement il les serrait fort. Il balança encore la tête entre les jambes comme pour verser à terre le trop-plein d'attente et d'angoisse de ces derniers mois. On dirait un grand singe, pensa Ginette avec affection. Soudain il se raidit, son regard se durcit et, se tournant vers Ginette, il demanda :

— Elle va le garder ?

— Elle avait les guibolles qui tricotaient de joie quand elle me l'a appris. Et les jours qui ont suivi, elle marchait sur le bord lisse des pavés pour ne pas incommoder le bébé ! Alors, tu penses...

— Je vais être papa, mon Dieu ! Ginette, tu te rends compte...

Il l'avait prise dans ses bras et lui frictionnait la tête.

— Du calme, Marcel. Du calme. J'ai pas envie de devenir chauve, moi !

— Mais ça change tout ! J'étais en train de me laisser aller, j'avais arrêté l'entraînement et les vitamines, je reprends tout à partir d'aujourd'hui. Si elle est enceinte, elle va revenir... Elle va pas rester toute seule avec son petit baigneur dans le tiroir. J'ai toute la layette dans mon bureau, j'ai le berceau, la poussette, le tire-lait, les talkies-walkies, j'ai même le train électrique ! Elle le sait, elle va revenir... Elle ne va pas se garder sa joie pour elle toute seule. C'est pas une radichonne ! Elle sait combien j'y tiens, à ce mouflet.

Ginette le regarda en souriant. La joie de Marcel la bouleversait, mais elle était moins sûre du retour de Josiane. Ce n'est pas une poule mouillée, la Josiane. Élever un gamin toute seule, ça ne lui fait pas peur. Elle a dû mettre de l'argent de côté et, avec le pécule que lui a constitué Marcel au fil des années, elle est à l'abri pour un moment.

Elle ne dit rien, se leva et, avant de retourner dans l'atelier, lui fit jurer de ne rien dire à Josiane au cas où elle déciderait de sortir de sa retraite.

— Motus et bouche cousue, Marcel ?

Marcel fit une large croix sur sa bouche réjouie et croisa les doigts.

— Promets-moi, si elle t'appelle, de me le dire tout de suite.

— Tu charries ! C'est ma copine, je vais pas la trahir.

— Tu me dis pas où elle est. Tu me dis juste « tiens, elle a appelé, elle va bien, elle a pris trois kilos, elle a mal aux reins, elle met des coussins dans le dos pour se soutenir, elle est folle des marrons glacés... ». Et n'oublie pas de lui demander si le ventre pointe en avant, c'est signe de garçon, ou s'il ballonne sur le côté, ce serait une fille... Dis-lui aussi de bien se nourrir, de ne pas lésiner sur la viande rouge, de se coucher tôt, de bien dormir sur le dos pour ne pas l'écraser...

— Oh, Marcel ! T'exagères pas un peu, là ?

— Dis-lui surtout, et ce sera tout, que son compte en banque va éclater tellement il rigole ! Surtout qu'elle manque de rien, ma Choupette, qu'elle manque de rien ! Et qu'elle se ménage !

— Écoute, Marcel, j'en ai fait trois. J'ai survécu. Calme-toi !

— On n'est jamais assez prudent. Elle est pas habituée à se rouler les pouces ! Elle pourrait se faire mal.

— Je retourne au turbin. Tu me paies pas pour attendre près du téléphone, hein ?

Marcel se dressa d'un coup, enlaça une branche de glycine et l'embrassa. Les gouttes de pluie ruisselèrent sur ses joues. On aurait dit qu'il pleurait de bonheur.


Iris jeta le magazine sur la table basse en faisant la grimace. Elle s'était fait piéger. Elle avait reçu la journaliste chez elle, avait fait servir le thé par Carmen sur un grand plateau sombre en bois ciselé de chez Brown and Birdy, l'avait régalée d'une tarte au citron meringuée et avait répondu aux questions avec sérénité et détachement. Tout était parfait, j'aurais pu dire Moteur et la caméra aurait tourné ! Scène 14. Bureau de l'écrivain dont on parle, fin d'une journée d'automne : elle reçoit une journaliste dans son bureau. Elle a répandu des livres à terre, froissé des papiers, ouvert un carnet sur lequel est posé un stylo et mis en sourdine une musique de jazz, la voix cassée de Billie Holiday qui souligne sa langueur désespérée. Tout avait été parfaitement réglé, du moins le croyait-elle...

Sa nonchalance avait été perçue comme de l'arrogance. Tout juste si elle ne me traite pas de bourge endimanchée et frimeuse ! fulmina Iris. Elle relut l'article. Toujours les mêmes questions : en quoi le rapport hommes-femmes au XII$^e$ siècle était-il différent d'aujourd'hui ? De quoi souffraient les femmes, alors ? Sont-elles vraiment plus heureuses au XXI$^e$ siècle qu'au XII$^e$ ? Qu'est-ce qui a vraiment changé ? La modernité et la parité ne compromettent-elles pas *in fine* la passion ? « Les femmes n'ont pas davantage de sécurité affective que par le passé, avait répondu Iris, elles s'en accommodent mieux, c'est tout. La seule sécurité possible serait de se détourner des hommes, de ne plus avoir besoin d'eux, mais ce serait mourir un peu – du moins pour moi. » C'est pas mal, ça, pourtant. Et ce n'est pas arrogant. « Il n'y a pas d'homme idéal. L'homme idéal est celui qu'on aime. Il peut avoir dix-huit ou quatre-vingt-dix ans, il n'y a pas de loi. Pourvu qu'on l'aime ! Je ne connais pas d'homme idéal, je connais des hommes, certains que j'aime, d'autres que je n'aime pas. – Vous pourriez aimer un garçon de dix-huit ans ? – Pourquoi pas ? Quand on aime, on ne compte pas. – Vous avez quel âge ? – L'âge que l'homme que j'aime veut bien me donner. »

Elle sentit des larmes d'irritation monter à ses yeux. Elle prit une autre revue, chercha à quelle page on parlait d'elle. Elle ne pouvait pas feuilleter un journal sans tomber nez à nez avec elle-même. Elle se regardait parfois avec tendresse, parfois avec agacement. Trop de rouge sur les joues, mauvaise lumière, oh ! que je suis mignonne, là ! Elle aimait par-dessus tout poser pour les photographes. Elle s'offrait à eux, faisait la moue, éclatait de rire, se coiffait d'un grand chapeau, s'écrasait le bout du nez avec son index ganté... Elle ne s'en lassait pas.

Page 121. L'article d'un vieux critique littéraire intellectuel et bougon. Il était connu pour ses pointes acides et ses jugements sans appel. Iris lut les premiers mots avec anxiété et soupira, soulagée. Il aimait le livre : « La science et le talent réunis sous une même plume. Des détails qui accrochent, des élans de l'âme qui enflamment. Un vocabulaire qui ne cultive pas l'hermétisme, mais sait être limpide sans être transparent... » C'est beau, ça, « limpide sans être transparent » ! Iris repoussa le bout du châle sur son pied, elle avait froid, et sonna Carmen, elle avait soif. Elle se souvenait très bien de ce journaliste. Elle l'avait rencontré à un dîner avec Philippe alors que Joséphine était en pleine écriture. Elle avait pris l'air humble pour l'écouter et lui avait parlé de Chamfort. C'était un spécialiste de Chamfort. « Tout homme qui n'est pas misanthrope à quarante ans n'a jamais aimé les hommes. » Elle avait lu dans son œil une lueur de reconnaissance émue et s'était tue.

Le prochain roman, Joséphine devra jouer une partition plus érudite, moins simpliste. C'est bien beau cette histoire de maris qui s'enchaînent et l'enrichissent, mais ça fait un peu midinette. Ça me dessert, finalement. Pas étonnant qu'on me prenne pour une cruche ! Le prochain, il faudra qu'il soit plus obscur, plus sulfureux, moins grand public, mais tout aussi limpide.

Elle donna un coup de pied dans la pile de magazines et décida de les ignorer. Le stade suivant, c'est qu'on me parle comme à un vrai écrivain. Qu'on arrête de me poser ces questions débiles ! Qu'est-ce que j'en sais, moi, des rapports hommes-femmes ! Je suis mariée depuis quinze ans, fidèle à en périr d'ennui et le seul homme que j'aime vit je ne sais où, entre Londres, New York, Budapest, le sud de la France et le nord du Mali. Il traîne ses guêtres là où bon lui semble, n'appartient à aucun pays, à aucune femme, arrête un tournage pour menaces de mort et revient, hilare, insouciant, retrouver des acteurs qui le vénèrent et acceptent tout de lui ! Il porte toujours le même jean crasseux et un bonnet en laine. Un bohémien de génie. C'est ce que j'aurais dû balancer à cette imbécile ! Gabor Minar. Le beau, le célèbre Gabor Minar fut mon amant et je l'aime encore. « Rester toujours fidèle à un ancien amour, c'est parfois le secret de toute une vie. » Alors là, je faisais la une du journal !

Gabor...

Elle allait le revoir.

Philippe lui avait proposé de l'emmener à New York pour le festival du film. Gabor y serait. Il était l'invité d'honneur. Iris se recroquevilla sous son châle et songea : Est-ce bien son amour que je regrette ou la gloire, la célébrités et les paillettes que j'aurais connues en restant avec lui ? Parce que après tout, quand on s'est connus, il n'était personne. Ma passion a grandi au fil de notre éloignement et de sa célébrité. Est-ce que je n'aime pas Gabor parce qu'il est devenu Gabor Minar, le grand metteur en scène reconnu dans le monde entier ? Elle chassa aussitôt de sa tête cette pensée dérangeante et se ravisa : ils étaient faits l'un pour l'autre, c'est son mariage avec Philippe qui avait été une erreur. Je vais le voir, je vais le voir et alors, peut-être, toute ma vie en sera changée. Que valent quinze années d'absence quand on s'est aimés si fort ? Il n'aura pas peur, lui, il m'enlèvera à la hussarde, il m'écrasera de baisers... Il m'écrasait de baisers quand on étudiait ensemble à Columbia. Elle se recroquevilla sous le châle et observa la manucure parfaite de ses ongles.

Elle fut dérangée par Carmen qui lui apportait son thé.

— Alexandre est rentré de l'école. Il a eu dix-sept en maths.

— Il ne m'a rien dit ! Il sait que je suis dans mon bureau ?

— Oui, je le lui ai dit. Il a répondu qu'il avait plein de travail pour demain. Qu'est-ce qu'il travaille !

— Il imite son père...

Iris étendit le bras, prit la tasse de thé fumant que lui tendait Carmen et se rallongea.

— Il l'imite en tout ! Et il m'évite. Normal, c'est l'âge. Le père devient le modèle, la mère est bonne à jeter et puis ça change... Que les hommes sont prévisibles, Carmen !

Elle bâilla et mit sa main devant la bouche d'un geste élégant.


Josiane se réveillait le matin vers neuf heures, appelait le room service pour qu'on lui apporte son petit-déjeuner, montait sur la balance, notait son poids, se vaporisait d'un nuage de parfum, *Chance* de Chanel, et se recouchait, en écoutant son horoscope sur RTL. L'astrologue ne se trompait jamais. Elle pouvait prévoir l'humeur de sa journée en l'écoutant.

Elle commandait toujours un *continental breakfast* et ne se résolvait pas à manger des œufs, malgré les conseils de son gynécologue qui préconisait les protéines dès le matin. C'est bon pour les English, ces choses frites et grasses, disait-elle en se bouchant le nez – elle avait pris l'habitude de se parler toute seule, elle n'avait pas d'autre compagnie. Il lui fallait de la bonne baguette, du beurre, du miel et des confitures. Elle découpait le capuchon doré de la brioche, mangeait un peu de croûte, puis la laissait sur le côté : Ah ! si ma mère me voyait ! Elle me forcerait à l'avaler d'une taloche ou la fourrerait dans sa poche.

Elle pensait de plus en plus souvent à sa mère.

Avec le petit-déjeuner, elle se faisait livrer les journaux et, tout en les feuilletant, allumait la télé et regardait l'émission de Sophie Davant. Elle lui disait Bonjour Sophie, ça va aujourd'hui ?, lui envoyait un baiser et se carrait contre les oreillers. C'est pas une bêcheuse, celle-là ! Elle la regardait avec délice, enfoncée dans la plume des oreillers et lui parlait tout haut. T'as raison, Sophie, tords-lui le nez à cet engourdi ! Quand Sophie lui disait au revoir, elle se levait, allait sur la terrasse et étendait les bras dans toutes les directions pour s'étirer. Elle filait prendre sa douche, puis descendait au restaurant des Princes, composait son menu en choisissant les plats les plus chers. Elle voulait goûter ce qu'elle ne connaissait pas. Ici, je fais mon éducation, j'efface mon malheur, je colmate ma misère, se disait-elle en dégustant du caviar sur un blini.

L'après-midi, elle sortait. Elle partait faire une promenade, vêtue d'une pelisse de vison qu'elle avait achetée avenue George-V en léchant les vitrines. La tête de la vendeuse quand elle avait dégainé sa carte Platine, en disant « je veux ça », le doigt pointé sur la friandise ! Ç'avait été une grande joie. Elle se repassait le film d'avant en arrière sans se lasser. Vous ? disait la moue dégoûtée de la fille. Vous, pauvre chose ordinaire, vous allez revêtir cet article de luxe extraordinaire ? Oui, moi, Choupette, je vous confisque votre peau de lapin rupin ! Elle devait reconnaître que ça chauffait bien les reins. Y a pas à dire, les riches, ils s'y connaissent. Ce sont les champions du confort. Quand on s'escrime en tricot de corps, ils se calfeutrent dans la fourrure.

Elle se pavanait donc dans son lapin rupin, descendait l'avenue George-V en serrant le col doux contre son visage, enfilait l'avenue Montaigne et, à chaque tentation, dégainait la Platine. Avec la même jubilation devant les mêmes mines pincées des vendeurs et des vendeuses. Elle ne s'en lassait pas. Ça, ça et ça, pointait le doigt et paf ! elle sortait l'arme fatale. Une seule, avec un grand sourire, avait répondu « vous serez enchantée de cet article, madame... ». Elle lui avait demandé son petit nom et lui avait offert une belle écharpe en cachemire. Elles étaient devenues copines. Le soir, après avoir quitté son boulot, Rosemarie venait dîner avec elle au restaurant des Princes.

Elle était bien contente d'avoir de la compagnie. Il lui arrivait de se sentir seule, un grand manteau noir lui tombait sur les épaules. Le soir surtout. Elle n'était pas une exception. Il y en avait des camions de riches esseulés chez George. C'est le nom qu'elle avait donné à l'hôtel où elle résidait : le George-V. De temps en temps, Rosemarie restait dormir. Elle posait la tête sur son ventre et essayait de deviner si c'était un petit gars ou une bambinette. Elles cherchaient des prénoms. « Te casse pas la tête, si c'est un gars, il s'appellera Marcel, si c'est une fille, j'aurai le choix. »

— D'où tu le tiens tout ce pognon ? demandait Rosemarie, déconcertée par les dépenses de Josiane.

— De mon jules. Un soir de Noël où il m'avait une nouvelle fois laissée seule pour tenir compagnie au Cure-dents, il m'a offert la Platine ! Et le compte qui va avec !

– C'est un brave homme.

– Oui mais il lambine, il lambine... Pour chauffer un gars, il faut lui refroidir le train. En disparaissant sans laisser d'indices, je l'inquiète, je le déstabilise, ça doit travailler dans sa petite tête... Je le sens. On est reliés, Marcel et moi. Je l'entends qui met les bouchées doubles. Ginette a dû lui dire pour l'angelot et il trime dur...

– Il est comment, ton Marcel ?

– C'est pas un jeunot ni un portemanteau. Mais il me plaît. On vient du même monde...

Rosemarie soupirait et actionnait la télécommande. Il y avait des chaînes dans toutes les langues, des chaînes qui passaient des films porno, des chaînes où les présentatrices étaient voilées.

– Drôle de monde ! elle disait. Tu vas rester longtemps ici ?

– Aussi longtemps que je n'entends pas l'appel du Grand Vizir. Un jour, je me réveillerai et je saurai qu'il a balancé le Cure-dents. Alors je reviendrai... Comme je suis partie, avec ma petite valise.

– Et ton vison !

– Et mon lapin rupin ! Je veux que mon bébé respire la volupté. Je veux que, plié en quatre dans mon ventre, il s'enivre de luxe. Pourquoi crois-tu que je me gave ? Tu crois que c'est pour moi ? Moi, j'aime autant les rillettes du Mans que le caviar d'Iran ! C'est pour lui que je mâche bien, pour qu'il n'en perde pas un grain...

– Tu veux que je te dise, Josiane, tu vas être une mère extraordinaire !

Elle ne se lassait pas de ce compliment-là.

Un jour qu'elle revenait de sa petite promenade quotidienne, emmitouflée dans son vison, elle aperçut Chaval, appuyé au bar. Elle s'approcha, lui mit les mains sur les yeux et klaxonna « c est qui ? ». Elle était drôlement heureuse de voir une tête ancienne. Même celle de Chaval.

– Tu me paies une petite coupe ?

Il regarda l'entrée du bar, sa montre, et lui fit signe de s'asseoir.

– Qu'est-ce que tu fais là ?

– J'attends...

– Elle est en retard ?

– Elle est toujours en retard... Et toi ?

– Moi, je crèche ici.

– T'as gagné au Loto ?

– Presque. J'ai tiré le gros lot !

– Un vieux richard ?

– Tu peux supprimer vieux de ton vocabulaire, quand tu me parles...

– C'est qui ?

– Le père Noël...

Elle se hissa sur un tabouret de bar et son manteau s'ouvrit, découvrant son ventre rond.

– Ma parole : t'as le ballon ! Félicitations. T'as quitté la boîte, alors ?

– Il voulait plus que je travaille. Il veut que je couleuvre.

– Alors t'es pas au courant pour le père Grobz ?

Le cœur de Josiane s'emballa. Il était arrivé quelque chose à Marcel.

– Il est mort ?

– T'es bête ! Il vient de réussir un coup fumant. Il a racheté le plus gros fabricant de produits de maison. C'est la souris qui mange l'éléphant. Tout le métier ne parle que de ça ! On n'a rien vu venir. Il a dû bénéficier de la complicité d'une banque, a jeté toutes ses forces dans la bataille, on n'y a vu que du feu...

Alors Josiane comprit. Il ne tremblait pas devant le Cure-dents, il attendait de conclure. Et, tant que ce n'était pas signé, il ne s'agissait pas de bouger une oreille. Henriette le tenait par les coucougnettes. Elle l'avait attaqué sur son fumier et il avait fini par l'emporter. Qu'il était fort, son Marcel ! Et dire qu'elle avait douté... Elle commanda un whisky bien serré, s'excusa auprès de Junior pour le taux d'alcool, et but au succès de son homme, sans le nommer. Chaval n'avait pas l'air guilleret. Son corps ne donnait pas l'assaut. Il se tenait, tassé sur son siège, et jetait des coups d'œil anxieux vers l'entrée.

— Allez, Chaval, redresse-toi. Tu t'es jamais courbé devant une femme !

— Ma pauvre Josiane, je vais te dire, j'ai oublié la verticalité. Je me traîne, je me traîne... Je ne savais pas que ça pouvait faire si mal.

— Tu me fais pitié, Chaval.

— Eh oui ! Le pire finit toujours par arriver !

— Le pire ou le meilleur ! Moi, je bois au meilleur. La roue tourne, la roue tourne... Dire que j'ai été folle de toi !

Elle descendit du tabouret avec précaution, passa à la réception pour demander qu'on lui prépare sa note pour le lendemain. Monta dans sa chambre prendre un bain.

Elle reposait dans la mousse parfumée, jouant avec les bulles irisées, les pinçant pour les faire claquer, racontant son bonheur futur aux miroirs qui couvraient les murs lorsqu'elle sentit un coup de pied lui ouvrir le ventre. Elle suffoqua, se recroquevilla, des larmes d'extase roulèrent sur ses joues, elle poussa un cri en plongeant sous l'eau de la baignoire : « Junior ! », c'était Junior !

Les jambes défilaient sous le nez de Joséphine. Des jambes noires, des jambes beiges, des jambes blanches, des jambes vertes, des jambes écossaises. Au-dessus des jambes, il y avait des chemises, des polos, des vestes, des impers, des manteaux. Du bruit et un ballet incessant. Du podium montait une poussière qui lui piquait la gorge, qui lui piquait les yeux. On les avait placées au premier rang, elles pouvaient toucher les mannequins qui défilaient à un mètre d'elles. À côté de Jo, droite et appliquée, Hortense prenait des notes. Iris était partie pour New York. Avant de partir, elle avait dit à Joséphine : « Tiens, j'ai deux invitations pour le défilé de la collection homme de Jean-Paul Gaultier. Pourquoi n'irais-tu pas avec Hortense ? Ça l'intéresserait et toi, ça pourrait t'inspirer pour un prochain roman. On ne va pas rester tout le temps au Moyen Âge, hein, ma petite chérie, on va peut-être sauter quelques siècles pour le prochain... » Je n'écrirai pas de deuxième, ni de troisième livre pour elle, rumina Joséphine en apercevant un homme en kilt qui tournait devant elle. Joséphine avait pris les invitations, libellées au nom d'Iris Dupin, et avait remercié en disant qu'Hortense allait être enchantée. Elle lui avait souhaité un bon séjour à New York. « Oh ! Tu sais, c'est un aller-retour, juste le temps d'un week-end... »

Joséphine regarda sa fille à la dérobée. Elle détaillait chaque modèle, notait des détails, griffonnait des revers de veste, des manches, des cols de chemise, une cravate. Je ne savais pas que la mode masculine l'intéressait. Elle avait attaché ses cheveux et tirait une petite langue recourbée, signe qu'elle était concentrée. La puissance de travail de sa fille l'étonnait. Son attention revint sur le podium. Iris a raison : observer et prendre des notes. Toujours. Même sur des sujets qui ne vous passionnent pas, comme ces hommes magnifiques qui avancent à grands pas. Certains marchaient tout droit, les yeux arrimés au vide, d'autres souriaient et faisaient des signes à des amis placés dans l'assistance. Non, je n'écrirai pas un autre livre pour Iris ! Elle était énervée par l'attitude de sa sœur. Non qu'elle soit jalouse, toute cette exposition publique l'insupportait, mais parce qu'elle voyait ce qu'elle avait écrit se tordre en une parodie infâme. Iris racontait n'importe quoi. Donnait des recettes de cuisine, de beauté, l'adresse d'un hôtel de charme en Irlande. Joséphine avait honte. Et toujours elle se disait : C'est moi qui suis à l'origine de cette farce. Je n'aurais jamais dû accepter. J'ai été faible. J'ai succombé à l'argent facile. Elle soupira. C'est vrai que la vie était devenue agréable. Elle ne comptait plus. Plus jamais. À Noël, elle emmènerait les filles au soleil. Elle choisirait une destination dans un catalogue sur papier glacé et elles partiraient toutes les trois.

Hortense tourna les pages de son carnet de croquis et le bruit des feuilles ramena Joséphine au défilé de mode. Son attention fut attirée par un homme grand, brun, au visage émacié qui venait de surgir et défilait en ignorant le monde à ses pieds. Luca ! Il était vêtu d'une veste noire et d'une chemise blanche à longs revers asymétriques. Elle sursauta. Il avançait droit devant lui ; son visage énigmatique semblait posé sur un corps désarticulé. On aurait dit un mannequin de cire. Voilà d'où il tire son mystère, songea-t-elle. Il a appris à s'extraire de son corps pour faire ce métier qu'il abhorre et, quand il n'est pas en représentation, il continue à marcher, détaché de son enveloppe physique.

Il passa plusieurs fois devant elle. Elle essaya d'attirer son attention en faisant des petit gestes de la main. Quand le défilé fut terminé, la troupe de mannequins revint saluer, entourant Jean-Paul Gaultier qui s'inclina en posant la main sur le cœur. L'atmosphère, sur le podium, était détendue, bon enfant. Luca se tenait à portée de main. Elle tendit le bras vers lui et prononça son nom à haute voix.

— Tu le connais ? demanda Hortense, étonnée.

— Oui...

Elle répéta « Luca, Luca ». Il se tourna vers elle. Leurs yeux se croisèrent mais ceux de Luca n'exprimaient ni surprise ni joie de l'apercevoir.

— Luca ! C'était superbe ! Bravo !

Il la considéra d'un regard froid, distant, de ces regards qu'on lance à une admiratrice encombrante pour qu'elle se tienne à distance.

— Luca ! C'est moi, Joséphine...

Il détourna la tête et revint se fondre dans le groupe de mannequins qui saluèrent et se retirèrent.

— Luca ? lança une dernière fois Joséphine d'une voix faiblissante.

— Il ne te connaît pas du tout.

— Mais si... C'est lui !

— Le Luca avec qui t'allais au cinéma ?

— Oui.

— Il est canonissime !

Joséphine s'était rassise et avait du mal à contenir son émotion.

— Il ne m'a pas reconnue. Il n'a pas voulu me reconnaître.

— Il ne devait pas s'attendre à te voir là ! Mets-toi à sa place...

— Mais... Mais... l'autre soir, à Montpellier, il m'a prise dans ses bras et il m'a embrassée...

Elle était si bouleversée qu'elle en oublia qu'elle parlait à sa fille.

— Toi, maman ! T'as roulé une pelle à un garçon ?

— On n'a rien fait d'autre, mais après une conférence, il m'a embrassée... et il m'a dit que j'étais merveilleuse, que je l'apaisais, qu'avec moi il se sentait bien...

— Tu ne serais pas un peu surmenée ?

— Non, je te promets. C'est lui, Luca. Celui qui m'emmène

au cinéma... Avec qui je bois des cafés à la bibliothèque, qui écrit une thèse sur les larmes au Moyen Âge...

— Maman, tu délires ! Reviens sur terre. Qu'est-ce qu'un garçon aussi beau ferait avec une femme comme toi, hein ? Réfléchis un peu...

Joséphine piqua du nez, honteuse, triturant le bout de ses ongles.

— C'est bien ce que je n'arrête pas de me demander. C'est pour ça que l'autre jour, à Montpellier, je l'ai repoussé après qu'il m'a embrassée... Pas par vertu, mais parce que j'ai eu peur d'être trop moche.

— Tu l'as repoussé ! s'exclama Hortense d'une voix sur-excitée. J'hallucine total ! Va falloir que je revoie toutes mes bases de calcul ! Toi, repousser un mec si canon !

Elle s'éventait avec son carnet de croquis pour reprendre ses esprits. Joséphine restait prostrée sur sa chaise. Les lustres suspendus au plafond s'éteignaient un à un.

— Allez, viens, on s'en va... Il n'y a plus personne, déclara Hortense.

Elle la tira par la manche et elles sortirent. Joséphine jeta un dernier regard en arrière pour voir s'il ne revenait pas, s'il ne l'avait pas, enfin, reconnue.

— Je te promets, chérie, que je ne te raconte pas de mensonges.

— Mais oui, mais oui...

Il n'a pas voulu me voir. Il a eu honte de moi. Je l'ai embarrassé en l'interpellant. Je ne pourrai plus jamais le regarder dans les yeux. Il va falloir que je l'évite... Je n'irai plus en bibliothèque.

Un buffet avait été dressé au fond d'un grand salon rouge et or. Hortense lui proposa d'aller boire un jus d'orange ou une coupe de champagne.

— Ça te fera du bien parce que là, tu pètes les plombs, ma petite mère...

— Mais si, je t'assure...

— C'est ça, c'est ça... Allez, viens !

Joséphine se dégagea.

— Je crois que je vais aller me passer un peu d'eau sur le visage... On se retrouve dans le hall, dans un quart d'heure, ça te va ?

— Une demi-heure ?

— D'accord. Mais pas plus... J'ai besoin de rentrer à la maison.

— T'es vraiment pas fun ! Pour une fois qu'on sort de notre trou.

— Une demi-heure, Hortense, pas une minute de plus !

Hortense s'éloigna en haussant les épaules et en marmonnant « même pas drôle ! ». Joséphine alla aux toilettes. Elle n'avait jamais vu de toilettes aussi luxueuses. Une petite pièce, baptisée *Powder Room* en lettres roses sur la porte grise, faisait office d'antichambre où s'ouvraient quatre autres portes gris perle encadrées de filets de peinture rose. Elle en poussa une au hasard. Pénétra dans une pièce ronde, tout en marbre, avec un lavabo profond, des serviettes moelleuses disposées tout autour, un flacon d'eau de toilette, des savonnettes, de la crème pour les mains, des brosses à cheveux. Elle se regarda dans la glace. Son visage était décomposé. Sa bouche tremblait. Elle fit couler l'eau dans la vasque et y plongea la tête. Oublier Luca. Oublier le regard de Luca. Oublier le regard froid de Luca qui disait je ne vous connais pas. Ne pas respirer, rester la tête dans l'eau. Tenir jusqu'à ce que mes poumons éclatent. Suffoquer sous l'eau pour oublier que je suffoque sur terre. Il n'a pas voulu me reconnaître. Il consent à me traiter en égale à Montpellier, au milieu d'universitaires mais, sous les lambris dorés de cet hôtel de luxe, parmi ces créatures sophistiquées, il m'ignore. Ses poumons menaçaient d'éclater, mais elle tenait bon. Oublier Luca. Oublier le regard froid de Luca. Ce regard... Ni hostile ni hargneux, non : juste vide. Comme si je n'existais pas... Si je me fais mal, là, maintenant, si je remplis mes poumons d'air à m'en faire craquer les tympans, la douleur physique remplacera la douleur mentale. C'est ce qu'elle faisait quand elle avait du chagrin, petite. Elle se coupait le doigt ou se brûlait la peau sous les ongles. Cela faisait si mal qu'elle en oubliait l'autre douleur. Elle soignait le doigt endolori, lui parlait, le dorlotait, lui donnait des baisers et toute sa peine passait dans ses baisers, effaçait la voix de sa mère qui disait en la repoussant « que tu es pataude, Jo, un peu de tenue, prends exemple sur ta sœur » ! Ou : « Joséphine n'a pas l'éclat de sa sœur, je ne sais pas ce qu'on va en faire, cette enfant n'est vraiment pas douée pour la vie. » Elle s'enfermait dans sa chambre, se blessait, puis se consolait. C'était un rituel qu'elle suivait sans faiblir. Blême, digne, enragée. Ça marchait. Elle ressortait ses cahiers et se remettait à travailler. Je vais retrouver Hortense et je ne penserai plus à Luca. Elle plongea une nouvelle fois la tête dans la vasque et demeura sans respirer, poussant jusqu'au bout les limites de sa résistance. Elle avalait de l'eau, mais restait immergée, agrippant le rebord du lavabo. Le sang battait dans ses oreilles, cognait contre ses tempes, elle sentait ses mâchoires sur le point d'exploser.

Il l'avait regardée d'un œil froid, puis il avait tourné la tête et s'était éloigné. Comme si elle n'en valait pas le coup, comme si elle n'existait pas.

Elle sortit la tête du lavabo en faisant gicler l'eau de partout, mouillant les serviettes immaculées et blanches, l'emballage des savonnettes. Elle jeta les bras autour de son corps et s'enlaça. Je vais mourir, je vais mourir. Elle s'étranglait, suffoquait, relevait la tête, cherchant à happer l'air. Elle aperçut dans la glace la figure blafarde d'une noyée et un souvenir vint heurter sa mémoire. Papa, les bras de papa, tu es une criminelle, et elle qui crachait l'eau salée et pleurait... Elle eut un frisson d'horreur. Tout lui revenait. La baignade avec sa mère et Iris, un après midi d'été, dans les Landes. Son père était resté sur la plage, il ne savait pas nager. Sa mère et sa sœur se moquaient de lui et se jetaient en courant dans les vagues pendant qu'il restait sur le bord, honteux, à les guetter. N'allez pas trop loin, il y a des courants, c'est dangereux... Sa mère était une excellente nageuse. Elle partait se baigner et disparaissait en nageant d'un crawl puissant et régulier. Les filles, quand elles étaient petites, la regardaient s'éloigner, muettes d'admiration. Elle leur avait appris à nager comme elle. Par tous les temps, elle les mettait à l'eau et les emmenait au loin. Elle disait : « Il n'y a rien de mieux que la natation pour former le caractère. » Ce jour-là, la mer était calme. Elles faisaient la planche, battaient des pieds pendant que leur père, sur le bord, s'énervait et faisait de grands moulinets. À un moment, sa mère avait regardé vers le rivage et avait dit : « En effet, on s'éloigne, il faut rentrer, votre père a peut-être raison, la mer peut être dangereuse par ici... » Elles n'avaient pas pu rentrer. Elles avaient beau nager, nager de toutes leurs forces, le courant les emportait. Le vent s'était levé, les vagues s'ourlaient de friselis d'écume menaçants. Iris avait commencé à pleurer, « j'y arriverai jamais, maman, j'y arriverai jamais », leur mère avait serré les dents, « tais-toi, ne pleure pas, ça ne sert à rien, nage ! », Joséphine pouvait lire la peur sur son visage. Et puis le vent avait soufflé plus fort et la lutte avait été plus dure. Elles s'étaient accrochées au cou de leur mère et buvaient la tasse. Les vagues les giflaient, l'eau salée leur piquait les yeux. Alors Joséphine avait senti sa mère la rejeter. « Laisse-moi, laisse-moi. » Elle avait attrapé Iris sous le menton, lui avait donné une grande claque et, la coinçant sous son bras, elle avait regagné le rivage en nageant la brasse indienne, enfonçant la tête dans les vagues, crachant l'eau sur le côté, effectuant de puissants battements de jambes.

Elle était restée derrière. Seule. Sa mère ne s'était pas retournée. Elle l'avait vue tenter de franchir plusieurs fois le rouleau de vagues. Plusieurs fois elle avait été rejetée, mais elle était revenue à l'assaut, traînant Iris inconsciente sous son bras. Elle les avait vues franchir la barre. Elle avait aperçu son père qui criait sur la plage. Elle avait eu de la peine pour lui et elle avait imité sa mère, la brasse sur le côté de sa mère, le bras en avant qui cherchait le rivage, la tête sous l'eau, elle était repartie à l'assaut des rouleaux qui devenaient de plus en plus gros. Elle buvait l'eau salée, la recrachait, le sable dans les vagues lui rayait les yeux. « Pas pleurer, elle se répétait, pas pleurer, je vais perdre mes forces si je pleure. » Elle se souvenait très bien de cette phrase, « pas pleurer, pas pleurer »... Elle dut s'y reprendre à plusieurs fois avant qu'une vague ne la cueille et ne la jette sur la plage, aux pieds de son père qui était entré jusqu'à mi-corps dans l'eau et lui tendait la main en hurlant son nom. Il l'avait arrachée à la vague et l'avait emportée contre lui en répétant « criminelle, criminelle, criminelle ». Elle ne se souvenait plus de ce qu'il s'était passé après. On n'en avait plus jamais reparlé.

Elle regarda la noyée dans le miroir. Pourquoi tu te fais du souci, dit-elle à la fille dans la glace, tu t'en es sortie ce jour-là, tu aurais dû mourir, mais une main est venue te cueillir sur cette vague et t'a déposée sur le rivage ; alors n'aie pas peur, n'aie plus jamais peur, tu n'es pas seule, Joséphine, tu n'es pas seule.

Elle eut soudain cette certitude : elle n'était pas seule.

Tu survivras à ce regard de Luca, tu survivras comme tu as survécu au regard de ta mère qui t'a abandonnée, sans se retourner.

Elle se sécha le visage avec une serviette, remit de l'ordre dans sa coiffure, de la poudre sur son nez.

Une petite fille l'attendait dans le hall de l'hôtel. Sa petite fille à elle, son amour. La vie avait continué après, la vie continue toujours. Elle te donne des raisons de pleurer et des raisons de rire. C'est la vie, Joséphine, fais-lui confiance. C'est une personne, la vie, une personne qu'il faut prendre comme partenaire. Entrer dans sa valse, dans ses tourbillons, parfois elle te fait boire la tasse et tu crois que tu vas mourir et puis elle t'attrape par les cheveux et te dépose plus loin. Parfois elle t'écrase les pieds, parfois elle te fait valser. Il faut entrer dans la vie comme on entre dans une danse. Ne pas arrêter le mouvement en pleurant sur soi, en accusant les autres, en buvant, en prenant des petites pilules pour amortir le choc. Valser, valser, valser. Franchir les épreuves qu'elle t'envoie pour te rendre plus forte, plus déterminée. Après cette baignade dans les Landes, elle avait travaillé comme une acharnée, s'était immergée dans ses études, avait construit sa vie. Une autre vague avait emporté Antoine mais elle avait survécu. Il y aurait d'autres vagues encore, mais elle savait qu'elle aurait la force de les passer et que toujours, toujours elle serait repêchée. C'est ça la vie, se dit-elle avec certitude en se regardant dans la glace. Des vagues et des vagues.

Elle regarda la fille dans la glace. Elle souriait, tranquille, apaisée. Elle respira un bon coup et retourna chercher Hortense.


Dimanche soir. L'avion pour Paris venait de décoller de JFK et Philippe regardait sa femme allongée à ses côtés. Ils ne s'étaient presque pas parlé depuis le dîner de la veille au Waldorf Astoria. Le grand dîner de clôture du festival de New York. Ils avaient dormi tard, ce matin, avaient pris leur petit-déjeuner en silence. Philippe avait dit : « J'ai deux personnes à voir aujourd'hui, on se retrouve vers cinq heures à l'hôtel pour filer à l'aéroport ? Tu n'as qu'à aller faire des courses, te promener, il fait beau. » Elle n'avait pas répondu, métamorphosée en statue de pierre dans le grand peignoir blanc de l'hôtel. Ses yeux bleus fixaient le vide et ses pieds fins se balançaient. Il lui avait laissé de l'argent pour prendre des taxis ou aller au musée. Ils sont ouverts le dimanche, profites-en. Il était parti sans qu'elle ait desserré les dents. Le soir, une voiture les avait emmenés à l'aéroport. Deux places, first class, pour Roissy-Charles-de-Gaulle. À pcinc installée dans l'avion, elle avait demandé à l'hôtesse qu'on ne la réveille pas. Elle avait mis un masque sur ses yeux, avait tourné la tête vers lui en disant : « Ça ne t'ennuie pas si je dors, je suis crevée. L'aller-retour pour un week-end, je ne le referai plus jamais. »

Il la regardait dormir. Sans ses grands yeux bleus, elle ressemblait à n'importe quelle femme élégante qui voyage en première classe, confortablement installée sous sa couverture. Il savait qu'elle ne dormait pas. Elle devait se repasser les événements de la veille.

Je sais tout, Iris, avait-il envie de dire. Je sais tout puisque j'ai tout organisé.

L'arrivée à Manhattan. La grande limousine qui les avait emmenés à l'hôtel. Elle bavardait comme une petite fille, s'étonnait du temps si lumineux pour un mois de novembre, serrait la main de Philippe, montrait du doigt un panneau publicitaire, une maison biscornue. À l'hôtel, elle s'était jetée sur les journaux, page Spectacles. On y annonçait l'arrivée de Gabor Minar, « le grand metteur en scène européen, celui avec lequel toutes les actrices rêvent de tourner. Il ne lui manque plus qu'un contrat avec une major américaine pour faire de lui le maître du cinéma contemporain, écrivait le journaliste du *New York Times* ; ça ne saurait tarder. On murmure qu'il aurait rendez-vous avec Jo Schrenkel ». Elle les lisait de la première à la dernière ligne, relevant à peine la tête pour répondre à ses questions. « Quels films veux-tu aller voir ? » demandait-il en consultant le programme du festival. Elle répondait « choisis, je te fais confiance », lui adressant un sourire distrait et convenu. Le samedi, ils avaient déjeuné au Bernardin avec des amis venus eux aussi de Paris. Iris disait oui, disait non, disait c'est une bonne idée, mais Philippe la sentait tendue vers un seul but : sa rencontre avec Gabor. Le premier soir, alors qu'elle s'habillait pour la soirée, elle avait changé trois fois de tenue, de boucles d'oreilles, de sac. Trop habillé, disaient ses sourcils froncés, trop dame, pas assez bohème. À l'issue de la projection de son film, Gabor Minar n'était pas venu. Il aurait dû parler, répondre aux questions des spectateurs. Quand les lumières s'étaient rallumées, un organisateur avait annoncé qu'il ne viendrait pas. Un oh ! de déception avait soulevé l'assistance. Le lendemain, on avait appris qu'il avait passé la nuit à faire la fête dans un club de jazz à Harlem. On ne peut jamais compter sur lui, avait dit un producteur, dépité. On est obligé de se plier à ses caprices. C'est peut-être pour cela qu'il fait des films si puissants, avait fait remarquer un autre. C'était au petit-déjeuner. On ne parlait que de l'absence de Gabor Minar. L'après-midi, ils avaient vu d'autres films. Assise à côté de lui, Iris s'agitait dans son fauteuil, puis se figeait quand un spectateur tardif venait s'asseoir devant eux. Il sentait son corps raidi dans l'espoir d'apercevoir Gabor. Il n'osait pas poser sa main sur la sienne de peur qu'elle ne se tende comme un ressort. Le soir, à nouveau, elle s'était préparée. Ballet de robes, mines perplexes, ballet de chaussures, mines inquiètes, ballet de bijoux, mines contrariées. C'était le dîner de gala. Il allait venir. Il était l'invité d'honneur. Elle avait choisi une longue robe du soir en taffetas parme qui soulignait ses yeux, son long cou, la grâce de son port. Philippe s'était dit, en la regardant, c'est une longue liane avec deux grands yeux bleu profond. Elle chantonnait en quittant la chambre et courut vers l'ascenseur en faisant voler sa robe.

Ils étaient assis à la table d'honneur. À la table de Gabor Minar. Quand il était entré, la salle entière s'était levée et l'avait applaudi. Tous les ressentiments s'étaient envolés. Soudain on ne parlait plus que de son film. Magnifique, sublime, envoûtant, étrange ! Quelle force ! Quelle mise en scène ! Quelle énergie ! Les bouches des femmes se tendaient vers lui en une offrande suppliante. Les hommes applaudissaient les bras levés comme pour se grandir face à ce génie. Il était apparu, flanqué de ses acteurs. Géant débraillé, barbu, vêtu d'un vieux jean troué, d'un blouson de cuir, de bottes de motocycliste, son éternel bonnet de laine vissé sur le crâne. Il s'était incliné avec un sourire, avait ôté son bonnet en signe de remerciement. Ses cheveux ébouriffés et gras s'étaient échappés, il les avait aplatis d'un geste rude de la main, avait traversé la salle et était venu s'asseoir à leur table avec toute sa troupe. Ils s'étaient poussés, leur avaient fait de la place. Iris se tenait sur le bord de sa chaise, le cou incliné, le regard tendu comme un arc vers lui. À ce moment-là, Philippe lui avait effleuré le bras ; elle l'avait retiré, comme foudroyée par une décharge électrique. Gabor Minar avait salué de la tête, un par un, chaque invité présent à la table, les remerciant de s'être décalés. Son regard était tombé sur Iris. Il l'avait regardée, avait fait un effort pour se souvenir... Il avait cherché quelques secondes. Iris palpitait, offerte. Les invités présents autour de la table s'étonnaient et leurs regards allaient de l'un à l'autre. Alors Gabor s'était exclamé : « *Irish ! Irish !* » Elle s'était redressée, magnifique, souriante, éclairée d'une joie intense. « *Irish ! You ! Here ! Unbelievable ! Such a long time !* »

Iris s'était levée pour aller l'embrasser. Il l'avait serrée dans ses bras. Tout le monde les regardait. « Votre femme connaît Gabor Minar ? avait demandé à Philippe son voisin. Elle le connaît personnellement ? – Oui », avait dit Philippe, les yeux rivés sur Iris, ne perdant pas une miette du spectacle qu'offraient Iris et Gabor réunis dans le même halo lumineux, portés par les mêmes murmures de curiosité. « Elle l'a connu quand elle faisait ses études à Columbia. » Toute l'assistance regardait Gabor Minar prendre Iris Dupin dans ses bras et l'embrasser. Iris, dans les bras de Gabor, recevait l'hommage muet de la salle comme si elle était la femme de Gabor, qu'enfin justice était faite et l'oubli réparé. Oh ! le regard qu'elle avait alors posé sur Gabor... Philippe ne l'oublierait jamais. Un regard de femme qui arrivait au port, qui se remettait entre les bras de l'homme, de son homme. Ses grands yeux bleus dévoraient Gabor, ses mains venaient se placer naturellement dans ses mains. Il l'enlaçait et la serrait contre lui de son bras vigoureux.

Puis il s'était retourné vers une petite femme blonde, menue, habillée d'une jupe longue de Gitane et d'un petit tee-shirt blanc. Une femme un peu effacée mais belle qui se tenait dans l'ombre du géant et souriait.

– *Elisa... my wife*, avait-il dit en prenant sa femme par l'épaule et en la présentant à Iris.

Elisa s'était inclinée, avait dit « *how are you, nice to meet you* ». Iris l'avait regardée, les yeux écarquillés de stupeur. « Tu... Tu... es marié ? » avait-elle demandé d'une petite voix tremblante au géant. Gabor avait éclaté de rire et avait ajouté : « *Yes and I have three kids !* » Puis, lâchant Iris comme on repose un objet un instant convoité, il avait empoigné sa femme et l'avait assise à côté de lui. D'autres personnes s'étaient approchées, il s'était relevé, avait repris ses embrassades avec le même entrain, la même chaleur, Hé ! Jack !, Hé !

Terry ! Hé ! Roberta !, les prenant dans ses bras, les soulevant de terre, donnant à chacun l'impression d'être la seule personne au monde qui comptait, puis, se tournant vers sa femme, il les lui présentait en la maintenant fermement à ses côtés. Quelle générosité ! Quelle force ! n'avait pu s'empêcher de penser Philippe. Il ressemble à ses films : débraillé et fulgurant. C'est un projecteur. Il vous propulse dans la lumière d'un bel élan sincère, puissant, généreux, puis vous remet dans l'ombre quand il détourne son regard. Il semble tout accorder à une personne et, l'instant d'après, son attention se déplace et il donne tout à une autre, abandonnant la précédente à une solitude douloureuse.

Iris s'était rassise. Elle n'avait plus dit un mot.

Et maintenant, dans la cabine première classe d'Air France, elle dormait. Ou faisait semblant de dormir. Le retour va être rude, pensa Philippe.

John Goodfellow avait œuvré de manière magistrale. C'est lui qui avait suivi Gabor Minar à la trace, lui qui avait convaincu son producteur de le faire venir à New York, lui qui s'était assuré qu'il serait là au dîner du Waldorf. Ça avait été dur d'arranger cette rencontre. Ça leur avait pris près de deux ans. Il y avait eu trois tentatives ratées : à Cannes, à Deauville et à Los Angeles. L'homme était volatil. Il disait qu'il viendrait et, à la dernière minute, il changeait ses plans et s'envolait pour une autre destination. John avait dû faire miroiter au producteur et à son protégé une rencontre avec le numéro 1 d'un studio américain pour être sûr qu'il serait là. Puis convaincre l'Américain de se rendre à New York, l'appâter avec la promesse d'avoir Gabor Minar pour son prochain film. Des mensonges soigneusement élaborés en passant par des intermédiaires soigneusement choisis. Un château branlant de mensonges. Jusqu'à la dernière minute, l'oiseau aurait pu s'envoler.

Le lendemain, en fin de matinée, quand ils s'étaient rejoints au bar du Waldorf, Philippe l'avait félicité :

– *Good job, John !*

– Jamais vu un homme aussi dur à localiser ! s'était exclamé John. Et pourtant, je suis habitué. Mais lui ! Il change d'endroit tout le temps. Vous avez vu sa femme ? Elle est belle, hein ? Parfois, elle me fait pitié, elle a l'air épuisé. Je suis passée par elle, entre autres contacts. Je crois qu'elle aimerait bien qu'ils se fixent quelque part. C'est une femme intelligente, elle a compris comment il fonctionnait et elle le suit partout. Dans l'ombre. Jamais une photo d'elle ni de leurs enfants dans la presse. À peine si on sait qu'il est marié ! Sous ses apparences bohèmes, l'homme est un fidèle. Obsédé par son travail, il ne batifole pas. Ou peut-être une ou deux broutilles avec une script ou une maquilleuse, des soirs où il est ivre. Rien qui puisse faire de l'ombre à sa femme. Il la respecte infiniment. Il l'aime. Elle est sa charpente. Il a trouvé son alter ego et je vais vous étonner, mais je crois que c'est un sentimental. Je pense qu'au départ elle était comme lui mais elle a vite compris qu'il n'y avait pas de place pour deux génies tourbillonnants dans le couple. Elle est hongroise comme lui. Cosmopolite comme lui. Artiste comme lui. Folle comme lui, mais la tête vissée sur les épaules quand il le faut. Elle le suit. Avec les bagages, les enfants, une sorte de gouvernante qui fait partie de la famille. Les enfants vont à l'école quand leur père se pose, le temps d'un tournage, de l'écriture d'un film. Ils parlent toutes les langues mais je ne crois pas qu'ils savent les écrire ! On m'a dit qu'un de ses fils voulait être footballeur et pour ça, y a pas besoin de faire de longues études !

Il avait éclaté de rire. Avait commandé du jus d'orange et du café.

– Vous n'avez pas d'autre boulot pour moi ?

– Désolé, John, je n'ai qu'une femme. Et encore, je ne sais pas pour combien de temps.

Ils avaient ri.

– Elle a réagi comment ?

Philippe posa un doigt sur ses lèvres closes.

– Rien. Silence total. Elle n'a pas dit un mot depuis hier soir.

– Ça vous a beaucoup fait souffrir, cette histoire, n'est-ce pas ?

– Vous ne savez pas ce que c'est, John, que de vivre en permanence à trois. Et avec un fantôme, en plus. Parce qu'elle l'idéalisait ! Il était devenu parfait : beau, intelligent, célèbre, riche, captivant, fascinant...

– Sûrement pas propre. Il est vraiment sale. Il pourrait faire un effort !

– C'est votre côté gentleman anglais qui se bouche le nez. Gabor est un Slave, il vit avec son âme, pas dans un pressing !

– Dommage, j'aimais bien travailler avec vous.

– Quand vous passerez par Paris, faites-moi signe, on ira déjeuner ensemble. Et ce n'est pas une promesse en l'air.

– Je sais... j'ai appris à vous connaître. Vous êtes un homme délicat et fidèle. Au début, je vous trouvais un peu... coincé, *old fashion*, mais finalement vous êtes très attachant.

– Merci, John.

Ils avaient fini leur petit-déjeuner en parlant de cinéma, de Doris, la femme de John, qui se plaignait de ne jamais le voir, de ses enfants, de la vie qu'il menait. Puis ils s'étaient serré la main et s'étaient quittés. Philippe l'avait regardé s'éloigner avec mélancolie. Leurs rendez-vous à Roissy allaient lui manquer. Ils avaient un petit côté clandestin qui lui plaisait bien. Il sourit intérieurement et se moqua de lui, c'est bien ton seul côté aventurier, toi l'homme avec la raie sur le côté si bien tracée.

Iris bougea dans son sommeil et marmonna quelque chose que Philippe ne comprit pas. Il lui restait encore un mensonge, une illusion à laquelle se consacrer : *Une si humble reine*. Elle ne l'a pas écrit, j'en suis sûr. C'est Joséphine qui l'a écrit. Joséphine. Il l'avait appelée avant de partir pour New York afin qu'elle traduise un contrat et, très gentiment, elle avait décliné. « Il faut que je retourne à mon HDR. – Ton quoi ? – Mon dossier d'habilitation à diriger des recherches, lui avait-elle traduit. – Pourquoi que tu "retournes", tu t'en es détournée récemment ? » Elle avait marqué un temps d'arrêt et avait répondu : « Tu fais attention à tout, Philippe ! Il faut que je surveille mes mots, tu es redoutable ! – Seulement avec les gens que j'aime, Jo... » Il y avait eu un silence gêné. Sa maladresse était devenue une grâce empreinte de mystère et de profondeur. Ses silences n'étaient plus confus mais perspicaces. Elle lui manquait. Il avait de plus en plus envie de lui parler, de se confier. Il lui arrivait de composer son numéro, puis il raccrochait.

Il regarda la belle endormie à ses côtés et se dit que son histoire d'amour avec Iris allait se dénouer bientôt et que de cela aussi, il faudrait qu'il s'occupe : il ne voulait pas perdre Alexandre. Mais allait-elle se battre pour le garder ? Ce n'était même pas sûr...


– Alors toi, tu m'étonneras toujours ! Tu plonges la tête dans un lavabo et tout ton passé revient ! Comme ça ! D'un coup d'évier magique !

– Je te jure que ça s'est passé comme je te l'ai raconté. Mais pour être tout à fait honnête, ça avait commencé avant... des bribes qui revenaient, des morceaux de puzzle qui flottaient, mais il en manquait toujours le centre, le sens...

– *What a bitch, your mother !* Tu sais qu'on aurait pu la traduire en justice pour non-assistance à personne en danger.

– Que voulais-tu qu'elle fasse ? Elle ne pouvait en sauver qu'une. Elle a choisi Iris...

– Et tu prends sa défense, en plus.

– Je ne lui en veux pas. Ça m'est égal. J'ai survécu...

– Oui mais à quel prix !

– Je me sens si forte, depuis que je suis débarrassée de ce passé. C'est un cadeau du ciel, tu sais...

– Arrête de me parler du ciel avec des yeux d'ange.

– Je suis sûre que j'ai un ange gardien qui veille sur moi...

– Et qu'est-ce qu'il faisait, ton ange gardien, ces dernières années ? Il se tricotait de nouvelles ailes ?

– Il m'a appris la patience, l'obstination, l'endurance, il m'a donné le courage d'écrire le livre, il m'a donné l'argent du livre qui me délivre des soucis quotidiens... Je l'aime bien, mon ange. Tu n'as pas besoin d'argent, par hasard ? Parce que je vais devenir très riche et je n'entends pas être grippe-sou !

– Arrête, je suis richissime.

Shirley haussa les épaules, croisa et décroisa les jambes, énervée.

Elles étaient chez le coiffeur et recommençaient la cérémonie des mèches. Elles bavardaient, transformées en arbres de Noël, des papillotes argentées sur la tête.

– Et les étoiles, tu leur parles toujours ?

– Je parle à Dieu directement quand je leur parle... Quand j'ai un problème, je prie, je Lui demande de m'aider, de me donner la force et Il le fait. Il me répond toujours.

– Jo, tu files un mauvais coton...

– Shirley, je vais très bien. Ne t'inquiète pas pour moi.

– Tes propos sont de plus en plus bizarres. Luca te bat

froid, tu perds la tête, tu la plonges dans un lavabo et tu en ressors guérie d'un traumatisme ancien. Tu te prendrais pas pour Bernadette Soubirous, des fois ?

Joséphine soupira et rectifia :

— Luca me bat froid, je crois mourir, je revis l'abandon tragique de mon enfance et je recolle les morceaux, autre version.

— En tous les cas, celui-là, j'espère qu'il n'aura pas le culot de te rappeler.

— C'est dommage, je crois que j'étais amoureuse. J'étais si bien avec lui. Ça ne m'était pas arrivé depuis longtemps... depuis Antoine !

— Tu as des nouvelles d'Antoine ?

— Il envoie des mails aux filles. Toujours les mêmes histoires de crocodiles. Au moins, il est payé et il rembourse son emprunt. Il ne vit pas sa vie, Antoine, il la rêve, les yeux grands ouverts.

— Un jour, il va s'écraser contre un mur.

— Je ne le souhaite pas. Mylène sera là...

— Celle-là, c'est une dure à cuire ! Mais je l'aime bien...

— Moi aussi. Je ne suis plus jalouse du tout...

Elles étaient sur le point de chanter les louanges de Mylène quand on vint les chercher pour leur ôter leurs boules de Noël. Elles filèrent toutes les deux au bac à shampooing et renversèrent la tête, silencieuses, les yeux fermés, vagabondant dans leurs pensées.

Joséphine insista pour payer. Shirley refusa. Elles se disputèrent à la caisse, sous les yeux amusés de Denise. Ce fut Jo qui l'emporta.

Elles repartirent, se mirant dans les vitrines, se complimentant sur leur bonne mine.

— Tu te souviens, il y a un an, quand tu m'as traînée faire

des mèches pour la première fois... On avait été agressées dans cette rue...

— Je t'avais défendue !

— Et j'avais été étonnée par ta force. Shirley, je t'en supplie, dis-moi ton secret... J'y pense tout le temps.

— T'as qu'à demander à Dieu, Il te répondra.

— On ne plaisante pas avec Dieu ! Non, dis-moi, toi. Moi je te dis tout, tout le temps je te fais confiance, et toi, tu restes muette. Je suis grande, tu dis toi-même que j'ai changé. Tu peux me faire confiance maintenant.

Shirley se retourna vers Joséphine et la regarda gravement.

— Il ne s'agit pas que de moi, Jo. Je mets d'autres personnes en péril. Et quand je dis péril, je ferais mieux de dire grand danger, secousses sismiques, tremblement de terre...

— On ne peut pas vivre tout le temps avec un secret.

— Moi, j'y arrive très bien. Sincèrement, Jo, je ne peux pas. Ne me demande pas l'impossible...

— Je ne saurais pas taire ce que Gary tait depuis longtemps ? Tu me juges si faible ? Regarde ce que ça m'a aidée que tu saches pour le livre...

— Moi, je n'ai pas besoin d'être aidée, je vis avec depuis que je suis toute petite. J'ai été élevée dans le secret. C'est ma nature...

— Ça fait huit ans que je te connais. Personne n'est jamais venu me mettre un couteau sur la gorge en me posant des questions sur toi.

— C'est vrai...

— Alors...

— Non. N'insiste pas.

Elles continuèrent à marcher sans rien dire. Joséphine passa le bras sous celui de Shirley et s'appuya contre l'épaule de son amie.

— Pourquoi tu m'as dit que tu étais richissime tout à l'heure ?

— Je t'ai dit ça ?

— Oui. Je t'ai proposé de te dépanner si tu avais des problèmes d'argent et tu m'as dit « arrête, je suis richissime »...

— Tu vois, Joséphine, comme les mots sont dangereux dès qu'on devient intimes, qu'on se lâche... Avec toi, je ne fais pas attention, et les mots jaillissent comme les pièces de ton puzzle. Un jour, tu vas découvrir la vérité toute seule... dans un lavabo de palace !

Elles éclatèrent de rire.

— Je ne vais plus fréquenter que des lavabos, désormais. Ce sera mon marc de café. Lavabo, beau lavabo, dis-moi qui est-cette femme que j'aime à la folie et qui joue les mystérieuses ?

Shirley ne répondit pas. Joséphine pensa à ce qu'elle venait de dire sur les mots qui vous échappent et vous trahissent. L'autre jour, sans qu'elle sache pourquoi, l'attention de Philippe l'avait troublée. Et, si je suis honnête avec moi, j'ai aimé cette tendresse dans sa voix. Elle avait raccroché, surprise par l'émotion qui l'avait submergée. Rien que d'y penser à nouveau, le rouge lui monta aux joues.

Dans l'ascenseur, sous la lumière blafarde du plafonnier, Shirley lui demanda . « Tu penses à quoi, Joséphine ? », elle secoua la tête et dit « à rien ». Sur le palier, devant la porte de Shirley, un homme habillé tout en noir était assis sur le paillasson. Il les vit arriver et ne se leva pas. *Oh ! My God !* chuchota Shirley. Puis se tournant vers Jo, elle enchaîna :

— Prends l'air naturel et sois souriante. Tu peux parler, il ne comprend pas le français. Peux-tu me garder mon fils ce soir et cette nuit ?

— Pas de problème...

— Peux-tu aussi le guetter qu'il ne vienne surtout pas sonner chez moi, qu'il aille directement chez toi ? Cet homme ne doit pas savoir qu'il habite ici avec moi, il croit qu'il est pensionnaire.

– D'accord...

– C'est moi qui viendrai te voir quand il sera parti, mais jusque-là, fais bien attention à lui. Interdis-lui de mettre les pieds à la maison.

Elle l'embrassa, lui étreignit l'épaule, se dirigea vers l'homme, toujours assis, et lança, désinvolte, *Hi, Jack, why don't you come in ?*

Gary comprit tout de suite quand Jo mentionna l'homme en noir.

– J'ai mon cartable, j'irai directement au lycée demain, dis à maman qu'elle ne se fasse pas de souci, je sais me défendre.

Pendant le dîner, Zoé, intriguée, posa des questions. Elle était rentrée plus tôt que Gary et Hortense et avait aperçu l'homme en noir sur le paillasson.

– C'est ton papa, le monsieur ?

– Zoé, tais-toi ! la coupa Jo.

– Mais je peux demander si c'est son papa ou non !

– Il n'a pas envie d'en parler. Tu le vois bien... Ne l'embête pas.

Zoé porta un morceau de gratin dauphinois à sa bouche, le mastiqua du bout des dents, puis reposa sa fourchette d'un air triste.

– Parce que, moi, mon papa, il me manque drôlement... J'aimais mieux quand il était là... C'est pas drôle de vivre sans papa.

– Zoé, t'es gonflante, s'exclama Hortense.

– J'ai toujours peur qu'il se fasse manger par les crocodiles. Ils sont méchants les crocodiles...

– Ils ne t'ont pas mangée, cet été, répliqua Hortense, énervée.

— Non, mais j'ai fait très attention.

— Eh bien, dis-toi que papa aussi fait très attention.

— Parfois, il est distrait. Parfois, il passe de longs moments à les regarder dans les yeux... Il dit qu'il s'entraîne à lire dans leurs pensées...

— Tu dis n'importe quoi !

Hortense s'adressa à Gary et lui demanda s'il ne voulait pas gagner un peu d'argent de poche en défilant.

— Chez Dior, ils cherchent des adolescents grands, romantiques, beaux pour présenter leur collection.

Iris lui avait demandé si elle n'avait pas de copains que ça pouvait intéresser.

— Elle m'a parlé de toi... Tu te rappelles quand on est allés la voir au studio Pin-up ? Elle t'a trouvé très beau...

— Je ne sais pas si j'en ai vraiment envie, dit Gary. J'aime pas qu'on me touche les cheveux ou qu'on m'habille.

— Ce serait fun ! Je viendrais avec toi.

— Non, merci, Hortense. Mais j'ai bien aimé voir la séance de photos avec Iris. Moi, ce qui me plairait, ce serait de devenir photographe.

— On peut y retourner, si tu veux. Je lui demanderai...

Ils avaient fini de dîner. Joséphine débarrassa, Gary mit la vaisselle dans le lave-vaisselle, Hortense passa une éponge sur la table pendant que Zoé, les yeux remplis de larmes, marmonnait « je veux mon papa, je veux mon papa ». Joséphine la prit dans ses bras et la porta jusqu'à son lit en faisant semblant de se plaindre qu'elle était si lourde, si grande, si belle qu'elle avait l'impression de tenir une étoile dans ses bras. Zoé se frotta les yeux et demanda :

— Tu le penses vraiment, maman, que je suis belle ?

— Mais oui, mon amour, parfois je te regarde et je me dis quelle est cette belle jeune fille qui vit ici ?

— Aussi belle qu'Hortense ?

— Aussi belle qu'Hortense. Aussi chic qu'Hortense, aussi craquante qu'Hortense. La seule différence, c'est qu'Hortense le sait et toi, tu ne le sais pas. Toi, tu crois que tu es un petit canard boiteux. Je me trompe ?

— C'est dur d'être petite quand on a une grande sœur...

Elle soupira, tourna la tête sur l'oreiller et ferma les yeux.

— Maman, je peux ne pas me laver les dents, ce soir ?

— D'accord, mais c'est exceptionnel...

— Je suis si fatiguée...

Le lendemain, en fin de matinée, Shirley vint frapper à la porte de Joséphine.

— J'ai réussi à le convaincre de partir. Ça a été dur, mais il est parti. Je lui ai dit qu'il ne fallait plus qu'il vienne ici, qu'il y avait un type des renseignements qui habitait dans l'immeuble...

— Et il t'a crue ?

— Je crois. Joséphine, j'ai pris une décision, cette nuit. Je vais partir... Nous sommes fin novembre, il va pas revenir tout de suite mais il faut que je parte... Je vais me réfugier à Moustique.

— Moustique ? L'île des milliardaires, de Mick Jagger et de la princesse Margaret...

— Oui. J'ai une maison là-bas... Là-bas, il ne viendra pas. Après, je verrai, mais ce qui est sûr, c'est que je ne peux plus vivre ici.

— Tu vas déménager ! Tu vas me laisser ?

— Toi aussi, tu voulais déménager, souviens-toi.

— Hortense. Pas moi...

— Tu sais ce qu'on va faire ? On va tous partir à Moustique pour les vacances de Noël et moi, je resterai là-bas. Gary rentrera avec toi, le temps qu'il finisse son année et passe son bac. Ce serait idiot qu'il interrompe ses études, il est si près du but. Tu peux me le garder ?

Joséphine hocha la tête.

– Je ferais n'importe quoi pour toi...

Shirley lui prit la main et la serra.

– Après, je verrai... On déménagera à nouveau. Je suis habituée...

– Tu ne veux toujours pas me dire ce qu'il se passe ?

– Je te le dirai à Moustique, à Noël... Je me sentirai plus en sécurité.

– Tu n'es pas en danger, au moins ?

Shirley eut un pauvre sourire fatigué.

– Pour le moment, non, ça va.


Marcel Grobz se frottait les mains. Tout marchait sur des roulettes. Il avait agrandi son empire en rachetant les frères Zang, coiffé sur le poteau les Allemands, les Anglais, les Italiens, les Espagnols qui les guignaient. Son coup de poker avait marché, il avait raflé la mise. Il tenait maintenant toutes les manettes. Il avait réussi à évincer Henriette de ses affaires et il venait de louer un grand appartement, juste à côté du bureau, pour y installer Josiane et Junior. Dans un bel immeuble avec concierge, interphone, plafonds hauts, parquets cirés façon Versailles et cheminées à trumeaux. Rien que du beau linge : des barons, des baronnes, un Premier ministre, un académicien et la poule d'un industriel connu. Il était confiant. Josiane allait revenir. Sur des roulettes, sur des roulettes. Le matin, quand il arrivait au bureau, il montait les marches sur la pointe des pieds, avançait tout doucement, passait la tête, fermait les yeux et se disait : Elle va être là, ma petite caille ! Avec son ventre en sautoir et ses cheveux blonds en buisson ! Installée derrière la table, le téléphone bloqué contre son cou, elle va me dire y a monsieur Machin qui a appelé et monsieur Trucmuche qui attend sa commande, magne-toi le cul, Marcel, magne-toi le cul ! Et moi, je dirai rien, je plongerai la main dans ma grande fouille et je lui poserai les clés de l'appartement entièrement refait à neuf pour qu'elle aille m'y attendre. Qu'elle se délasse, qu'elle se prélasse, qu'elle dévore des côtes de bœuf et des gigots saignants pour que Junior soit un gros bébé joufflu, braillard, costaud comme les deux jambes d'un zouave. Qu'elle mitonne toute la journée sur le grand lit de notre chambre en mangeant des pâtes de fruits, du saumon bien gras et des haricots verts pour la chlorophylle. Dans la chambre manque plus que les rideaux... Je vais demander à Ginette de s'en occuper.

Il montait l'escalier, léger et frais. Il avait repris l'entraînement et se sentait vibrant comme un petit poisson de torrent de montagne. Et je vais lui sauter dessus, la rouler dans mes bras, la pourlécher, la pomponner, lui masser les doigts de pied, la poudrer, la...

Elle était là. Solennelle derrière son bureau. Le ventre pointé en avant L'œil affûté.

– Comment vas-tu, Marcel ?

Il bégaya :

– T'es là ? C'est bien toi ?

– La Vierge Marie en personne et le petit têtard bien au chaud dans mon ventre...

Il se laissa tomber à ses pieds, posa sa tête sur ses genoux et murmura :

– Tu es là... Tu es revenue...

Elle mit la main sur sa tête, respira l'odeur de son eau de toilette.

– Tu m'as manqué, tu sais, Marcel...

– Oh ! Choupette ! Si tu savais...

– Je sais. J'ai croisé Chaval au bar de chez George...

Elle lui raconta tout : sa fuite dans un palace, son mois et demi à boulotter les plats les plus chers sur la carte, le grand lit moelleux, la chambre avec une moquette si épaisse qu'elle n'avait pas besoin de porter de chaussons, le room service et les larbins, les dizaines de larbins qui s'alignaient dès qu'elle appuyait sur un bouton doré.

– C'est bon le luxe, mon Marcel. C'est bon mais, au bout d'un moment, on s'en lasse. C'est toujours pareil, toujours excellent, toujours tout doux, si tu veux mon avis, ça manque d'aspérités, et je comprends qu'ils aient du vague à l'âme, les rupins... Alors, un jour que je remontais dans ma chambrette à cinq cents euros la nuit, j'ai aperçu Chaval qui éclusait au bar, tout meurtri par la petite Hortense qui le rend abruti ; il m'a dit, pour ton coup d'éclat, et j'ai tout compris ! les précautions que tu prenais avec le Cure-dents, avec moi, avec ma situation... J'ai compris, mon bon gros, que tu m'aimais, que tu taillais un empire pour Junior. Mon sang n'a fait qu'un tour et je me suis dit : Je vais aller retrouver Marcel...

– Oh, Choupette ! Je t'ai tellement attendue ! Si tu savais...

Josiane se reprit et lança :

– Le seul truc qui me chiffonne, c'est que tu m'aies pas fait confiance, que t'aies pas lâché l'information...

Marcel allait répondre, elle le bâillonna de sa petite main grasse et rose.

– C'est à cause de Chaval ? T'avais peur que je cafarde ?

Marcel soupira :

– Oui, je suis désolé, Choupette, j'aurais dû m'abandonner mais là, j'ai calé.

– C'est pas grave. On efface tout. On repart de rien du tout. Mais tu me fais plus jamais le coup de la méfiance...

– Plus jamais...

Il se releva, fouilla dans sa poche et exhiba le trousseau de clés de l'appartement.

– C'est pour nous. Tout est décoré, arrangé, pourléché.

Manque les rideaux dans la chambre... J'hésitais pour le coloris, je voulais pas te donner de l'urticaire avec des couleurs hasardeuses...

Josiane s'empara des clés et les compta.

— Ce sont de belles clés, bien lourdes, bien épaisses... Les clés du paradis ! On crèche où ?

— Juste à côté. Comme ça, j'aurai pas longtemps à marcher pour venir te trousser, roucouler et surveiller les progrès du petit...

Il posa la main sur le ventre de Josiane et ses yeux se remplirent de larmes.

— Il bouge déjà ?

— Comme un échappé du Tour de France. Attends un peu et il va te filer un coup de pédalier qui va te casser les poignets. C'est un bouillant, Junior !

— Comme son père, se rengorgea Marcel en massant le ventre rond dans l'espoir que Junior se réveille. Je peux lui parler ?

— C'est même recommandé. Présente-toi d'abord. J'ai été longtemps en pétard, je lui ai pas beaucoup parlé de toi.

— Oh ! Tu lui as pas dit de mal, j'espère...

— Non. J'ai éludé mais j'étais tout en rogne à l'intérieur et tu sais ce que c'est, les petits : ils sentent tout ! Alors va falloir que tu te rabiboches...

Ginette, qui entrait dans le bureau, assista alors à une scène déconcertante : Marcel aux pieds de Josiane qui parlait à son ventre.

— C'est moi, Junior, c'est papa...

Sa voix s'étrangla et il s'écroula, secoué de sanglots.

— Oh ! Putain ! Ça fait trente ans que j'attends ça, trente ans ! Si je vais te parler, Junior ? Je vais te saouler que t'en pourras plus ! Josiane, si tu savais, je suis le plus heureux des hommes...

Josiane fit signe à Ginette de revenir plus tard. Ce qu'elle fit volontiers, laissant les deux parents terribles à leurs retrouvailles.


Joséphine avait changé de bibliothèque. Ça lui compliquait un peu la vie mais elle se faisait une raison. Au moins, elle ne risquait plus de tomber nez à nez avec Luca, le bel indifférent. C'est comme ça qu'elle l'appelait quand il venait rôder dans ses pensées. Ça valait bien de changer deux fois de ligne d'autobus, d'attendre en pestant que le 174 succède au 163 et de rentrer plus tard chez elle.

Elle était donc debout dans le 174, serrée entre une poussette d'enfant dont la poignée lui poinçonnait le ventre et une Africaine en boubou qui lui marchait sur les pieds lorsque son téléphone sonna. Elle plongea la main dans son sac et décrocha.

– Joséphine ? C'est Luca...

Elle resta sans voix.

– Joséphine ?

– Oui, bredouilla-t-elle.

– C'est moi, Luca. Où êtes-vous ?

– Dans le 174...

– Joséphine, il faut que je vous parle.

– Je ne crois pas que...

– Descendez au prochain arrêt, je vous y attendrai...

– Mais...

– J'ai quelque chose de très important à vous dire. Je vous expliquerai. Quel est le nom de l'arrêt ?

Elle chuchota Henri-Barbusse

– J'y serai.

Il avait raccroché.

Joséphine demeura abasourdie. C'était la première fois qu'elle entendait Luca parler de cette voix forte, comminatoire. Elle n'était pas sûre d'avoir envie de le revoir. Elle avait effacé son numéro de téléphone de son répertoire de portable.

Ils se retrouvèrent à l'arrêt d'autobus. Luca la prit par le bras et, la remorquant d'une main ferme, il chercha des yeux un café. Quand il en aperçut un, il accentua la pression de sa main sur son bras de manière à ce qu'elle ne puisse pas se dégager. Il avançait à grandes enjambées, elle trottinait pour le suivre.

Il ôta son duffle-coat, commanda un café, demanda à Joséphine d'un geste brusque du menton ce qu'elle désirait et, quand le garçon fut parti, il croisa les doigts et d'une voix où tremblait une colère contenue, il demanda :

– Joséphine... Si je vous dis : « Doux Christ, bon Jésus, de même que je te désire, de même que je te prie de tout mon esprit, donne-moi ton amour saint et chaste, qu'il me remplisse, me tienne, me possède tout entier. Et donne-moi le signe évident de ton amour, la fontaine abondante des larmes qui ruissellent continuellement, ainsi ces mêmes larmes prouveront ton amour pour moi », vous me dites quoi ?

– Jean de Fécamp...

– Et quoi encore ?

Joséphine le dévisagea et répéta : Jean de Fécamp.

– Joséphine... Qui connaît Jean de Fécamp, à part vous, moi et quelques illuminés ?

Joséphine écarta les mains, en signe d'ignorance.

– Vous êtes de mon avis, donc ?

Le garçon apporta les deux cafés ; il lui demanda combien il lui devait, il ne voulait plus être dérangé. Ses yeux brillaient, il était livide, repoussait, d'un geste agacé, la mèche de cheveux qui tombait sur ses yeux.

– Vous savez où j'ai lu cette prière de Jean de Fécamp récemment ?

– Aucune idée...

— Dans le livre d'Iris Dupin, *Une si humble reine*... Vous connaissez Iris Dupin ?

— C'est ma sœur.

— J'en étais sûr.

Il donna un grand coup sur la table de la paume de la main qui fit sauter le cendrier.

— Elle n'a pas pu l'inventer, ça, votre sœur ! rugit-il.

— Je lui ai prêté mes notes pour son livre...

— Ah ! Vous lui avez prêté vos notes ?

Il eut l'air exaspéré qu'elle le prenne pour un idiot.

— Vous vous souvenez, Joséphine, d'une conversation que nous avons eue au sujet des larmes de saint Benoît et de la grâce de componction dont il jouissait, qui le faisait pleurer quotidiennement aussi souvent qu'il le voulait ?

— Oui...

— Eh bien, toujours dans *Une si humble reine*, l'auteur relate un épisode romanesque au cours duquel Benoît verse des larmes qui éteignent le feu qui a pris dans la paillasse de son lit alors qu'il priait !

— Mais c'est dans tous les vieux grimoires, cette histoire.

— Non. Joséphine, ce n'est pas dans tous les vieux grimoires comme vous dites... Et vous savez pourquoi ?

— Non...

— Parce que cette anecdote-là, je l'ai inventée. Pour vous. Vous sembliez si érudite qu'un jour j'ai voulu vous bluffer ! Et voilà que je la retrouve dans un livre, dans VOTRE livre, Joséphine !

Il parlait de plus en plus fort et ses yeux brillaient de colère.

— Comme vous m'aviez laissé tomber depuis quelque temps, j'ai relu le livre de votre sœur et il y a deux ou trois passages comme celui-là qu'elle n'a pas pu trouver en biblio-thèque puisqu'ils viennent de là !

Il frappa sa tempe de son index.

— Ils n'étaient pas dans vos notes puisque c'étaient des propos de conversation. Donc j'en déduis que c'est vous qui avez écrit ce livre. Je le savais, je le sentais...

Il s'agitait sur sa chaise, troussait et retroussait les manches de son pull, relevait sa mèche, s'humectait les lèvres.

— En tous les cas, Luca, cette nouvelle a l'air de vous bouleverser...

— Eh bien oui, ça me bouleverse ! Je m'étais attaché à vous, imaginez-vous... J'ai eu cette faiblesse ! Pour une fois que je tombais sur une femme sensible, douce, réservée... Pour une fois que je ne lisais pas « on baise quand ? » dans le regard d'une femme ! J'étais enchanté de votre timidité, de votre maladresse, enchanté que vous continuiez à me vouvoyer, que vous me tendiez la joue pour vous embrasser, enchanté de vous emmener au cinéma voir des films que vous ne connaissiez pas, enchanté de vous prendre dans mes bras dans le taxi à Montpellier, pas enchanté que vous me repoussiez, mais presque !

Il s'énervait, ses yeux devenaient noirs, brûlants, il faisait des grands gestes avec ses bras, ses mains voletaient dans l'air. Joséphine se dit que c'était bien un Italien.

— J'avais enfin rencontré une femme intelligente, mignonne, réfléchie, qui accordait de l'importance au fait qu'un homme attende avant de se jeter sur elle ! Et quand vous disparaissez, que vous me manquez, je reprends votre livre, je le lis attentivement et là, je vois, j'entends, je sens Joséphine partout ! La même retenue, la même minutie, la même pudeur... Je découvre même de quel personnage vivant vous vous êtes inspirée ! Je ne suis pas un peu Thibaut le Troubadour, moi ?

Joséphine baissa les yeux et rougit.

— Merci. Il est très séduisant ! Et si on considère le nombre de pages que vous lui avez consacrées, vous deviez m'apprécier à cette époque... Je sais, je ne devrais pas vous dire tout ça !

Je me mets à poil devant vous mais je m'en fiche. Vous me rendiez si heureux, Joséphine. J'étais sur un petit nuage...

– Alors pourquoi vous me battez froid quand on se voit lors du défilé de Jean-Paul Gaultier ? Pourquoi vous ne me répondez pas quand je vous parle ? Pourquoi vous jouez le bel indifférent ?

Ses yeux s'écarquillèrent et il écarta les bras en signe d'incompréhension.

– Vous parlez de quoi ?

– De l'autre jour, à l'hôtel Intercontinental. Sur le podium. Vous m'avez lancé un regard en forme de lance d'incendie, j'ai failli mourir de douleur sur place ! Vous m'avez ignorée.

– Mais quel défilé ?

– Le défilé de Jean-Paul Gaultier dans les salons de l'Intercontinental. J'étais au premier rang, vous défiliez, superbe et distant, je vous ai appelé, Luca, Luca, vous m'avez dévisagée et puis vous vous êtes détourné. Je n'étais pas assez... pas assez...

Elle s'énervait, ne trouvait pas ses mots. Le sentiment d'abandon revenait et la blessure s'ouvrait à nouveau. Elle sentait les larmes lui monter aux yeux. Luca la contemplait, interdit, blême. Il marmonnait Jean-Paul Gaultier, Intercontinental, soudain il se redressa et s'écria :

– Vittorio ! C'est Vittorio que vous avez vu, pas moi.

– C'est qui, Vittorio ?

– Écoutez, Joséphine, j'ai un frère, un frère jumeau qui, comme tous les jumeaux, me ressemble comme deux gouttes d'eau... C'est lui qui est mannequin, lui que vous avez vu défiler. Ce n'est pas moi.

– Un frère jumeau...

– Un vrai. Copie conforme. Physiquement, parce que sinon... J'ai l'impression que mon frère Vittorio ressemble à votre sœur Iris, il me mange la laine sur le dos, se sert de moi sans vergogne, je cours à droite, à gauche pour réparer ses conneries ! Un jour il est poursuivi par une fille qui prétend qu'il est le père de son enfant, une autre fois il s'est fait arrêter avec de la coke et je dois le sortir de là, ou il m'appelle ivre mort d'un bistrot, à quatre heures du matin, pour que je vienne le chercher ! Il ne supporte plus d'être mannequin, il ne supporte pas de vieillir et il se détruit avec application. Au début, il était heureux, c'était de l'argent facile. Maintenant, il se dégoûte. C'est moi qui dois recoller les morceaux et forcément, je les recolle, comme forcément vous écrivez et laissez votre sœur signer votre prose.

— C'est votre frère jumeau que j'aurais aperçu sur le podium pendant le défilé...

— Oui. Vittorio. Bientôt il sera trop vieux pour faire ce métier. Il n'a pas mis un rond de côté et compte sur moi pour l'entretenir. Moi qui n'ai pas non plus un rond de côté. Vous savez, vous avez eu une brillante idée quand vous m'avez repoussé : je ne suis pas un cadeau !

Joséphine le regardait, bouleversée. Un frère jumeau ! Puis, comme le silence se prolongeait, devenait lourd, elle prit son courage à deux mains.

— Je vous ai repoussé pour une seule raison... Parce que je vous trouve si beau et que je me trouve si moche ! Je ne devrais pas vous le dire, mais puisqu'on se dit tout, voilà exactement ce qu'il s'est passé.

Luca la regarda, bouche bée.

— Vous vous trouvez moche ?

— Oui. Moche, nulle, godiche, empêtrée... Et cela faisait longtemps qu'un homme ne m'avait pas embrassée. Quand on s'est retrouvés tous les deux dans le taxi, je mourais de peur...

— Peur de quoi ?

Joséphine haussa les épaules timidement.

— Je me soigne, notez. J'ai fait des progrès...

Il étendit la main vers elle, lui caressa la joue et, se penchant par-dessus la table, il l'embrassa doucement.

– Oh Luca ! gémit Joséphine.

Sa bouche contre la sienne, il chuchota :

– Si vous saviez quelle joie ce fut de vous rencontrer ! De vous parler, de marcher à vos côtés, de vous emmener voir des films sans que jamais vous ne me demandiez rien, sans que jamais vous ne mettiez la moindre pression sur moi... J'avais le sentiment d'inventer le mot « romance »...

– Parce que les femmes se jettent sur vous ? demanda Jo en souriant.

– Parce qu'elles sont pressées, qu'elles sont avides... J'aime prendre le temps, j'aime rêver, imaginer ce qu'il va se passer, je suis un lent... Et puis, il y a toujours Vittorio en arrière-plan.

– Elles vous prennent pour lui ?

– Souvent. Et quand je leur dis que ce n'est pas moi, que c'est mon jumeau, elles me demandent, il est comment ton frère, tu me le présentes, tu crois que je pourrais faire des photos aussi ? Vous, vous sembliez venir d'ailleurs, vous ne connaissiez rien à ce milieu, vous ne posiez aucune question. Vous étiez une délicieuse apparition...

– Une sorte de Bernadette Soubirous ?

Il lui sourit et recommença à l'embrasser.

La porte du bistrot s'ouvrit. Une bourrasque de vent glacé s'engouffra dans la salle. Joséphine frissonna. Luca se leva, posa son duffle-coat sur les épaules de Joséphine, rabattit le capuchon sur sa tête et affirma :

– Maintenant, vous ressemblez vraiment à Bernadette Soubirous..

*Cinquième partie*

— Tu vois quand je te disais que la vie est une partenaire. Qu'il faut la prendre comme une amie, danser avec elle, donner, donner sans compter, et qu'ensuite elle te répondait... Qu'il fallait se prendre en main, travailler sur soi, accepter ses erreurs, les corriger, lancer le mouvement... Et alors elle entre dans ta danse. Elle valse avec toi. Luca est revenu vers moi, Luca m'a parlé, Luca m'aime, Shirley...

Elles étaient toutes les deux au bord de la piscine de la maison de Shirley. À Moustique. Une maison magnifique, moderne, immense. Des cubes blancs avec des baies vitrées, d'une modernité et d'une grâce époustouflantes donnant sur la mer. Surplombant la mer, bordant la terrasse : une piscine. Dans chaque pièce, on ferait tenir mon appartement, se disait Joséphine en se levant le matin, en quittant son lit de géante aux draps de satin, en gagnant la salle à manger où, devant une mer turquoise à vous couper le souffle, un petit-déjeuner était préparé.

— Tu vas finir par me convaincre, Jo. Je vais me mettre moi aussi à parler aux étoiles...

Shirley laissa pendre sa main dans l'eau bleutée de la piscine. Les enfants dormaient. Hortense, Zoé, Gary et Alexandre que Joséphine avait emmené. Iris était revenue de New

York désabusée, amère, sombre. Elle passait ses journées enfermée dans son bureau. Joséphine ignorait ce qu'il s'était passé à New York. Philippe ne lui avait rien dit. Il l'avait appelée une fois pour lui demander si elle pouvait prendre Alexandre pour les vacances de Noël. Joséphine n'avait rien demandé. Elle avait le sentiment étrange que ça ne la regardait pas. Iris s'était détachée d'elle. Elle s'était détachée d'Iris. Comme si quelqu'un avait découpé une photo d'elles deux et en avait éparpillé les morceaux.

Elle regarda la façade de la maison de Shirley : une immense baie vitrée qui ouvrait sur la terrasse où elles se trouvaient. Dans le salon, des canapés blancs, des tapis blancs, des tables basses couvertes de revues, de livres de photos, des tableaux aux murs. Un luxe calme, raffiné.

— Comment tu faisais pour vivre à Courbevoie ?

— J'ai été heureuse à Courbevoie... Ça me changeait. C'était une nouvelle vie, je suis habituée à changer de vie, j'en ai eu tellement !

Elle renversa la tête en arrière et ferma les yeux. Joséphine se tut. Shirley parlerait quand elle le voudrait. Elle acceptait les secrets de Shirley.

— Tu veux qu'on aille voir les petits poissons sous l'eau avec les enfants cet après-midi ? demanda Shirley en rouvrant les yeux.

— Pourquoi pas ? Ce doit être beau...

— On s'équipe de masques, on plonge et on admire... Je connais le nom de tous les poissons. Je vais demander à Miguel de préparer le bateau.

Elle fit signe à un homme qui s'avança. Elle lui parla en anglais et lui demanda de préparer le bateau et de veiller à ce qu'il y ait assez de masques et de tubas pour tout le monde. L'homme s'inclina et repartit. C'est ici qu'elle devait venir en vacances quand elle prétendait aller en Écosse, songea Joséphine.

Les journées s'égrenaient, légères, gaies. Zoé et Alexandre passaient leur temps dans la piscine ou dans la mer. Ils s'étaient métamorphosés en petits poissons dorés. Hortense se faisait griller au bord de la piscine en feuilletant les revues de luxe qu'elle prenait sur les tables, dans le salon. Joséphine avait trouvé une boîte de pilules contraceptives dans ses affaires en cherchant un tube d'aspirine. Elle n'avait rien dit. Elle m'en parlera quand elle voudra. Je lui fais confiance. Elle ne voulait plus d'affrontements. Hortense ne l'agressait plus. Elle n'était pas devenue tendre et aimante pour autant...

Ils fêtèrent Noël sur la terrasse. Dans la douceur d'une nuit étoilée. Shirley avait déposé un cadeau dans chaque assiette. Joséphine défit son paquet et découvrit un bracelet Cartier. Hortense et Zoé en reçurent un aussi. Alexandre et Gary eurent un portable dernier cri. « Comme ça tu pourras m'envoyer des photos et des mails quand nous serons séparés », murmura Shirley dans les cheveux de son fils qui l'embrassait pour lui dire merci. Il devait se pencher pour qu'elle puisse l'embrasser. Il y avait tant d'amour dans leurs yeux quand leurs regards se croisaient.

On donnait une fête dans une maison voisine. Gary et Hortense demandèrent s'ils pouvaient y aller. Shirley, après avoir consulté Joséphine d'un rapide coup d'œil, leur accorda l'autorisation et ils partirent dès la dernière bouchée de gâteau avalée. Zoé alla se coucher, emportant une part de gâteau. Alexandre la suivit.

Shirley prit une bouteille de champagne et proposa à Joséphine de descendre sur la plage privée au pied de la maison. Elles s'installèrent chacune dans un hamac et regardèrent les étoiles.

C'est alors que, tenant sa flûte de champagne dans une

main, rabattant un coin de paréo sur ses pieds, Shirley commença son récit.

— Tu connais l'histoire de la reine Victoria, Jo ?

— La grand-mère de l'Europe, celle qui avait installé chacun de ses enfants et petits-enfants dans une famille royale et qui régna cinquante ans ?

— Celle-là même...

Shirley marqua une pause et regarda les étoiles.

— Victoria eut deux amours dans sa vie : Albert que tout le monde connaît et John...

— John ?

— John... John Brown. Un Écossais qui était son valet. Le roi Albert, son grand amour, mourut en décembre 1861, après vingt et un ans de mariage. Victoria avait alors quarante-deux ans. Elle était mère de neuf enfants, la petite dernière avait quatre ans. Elle était grand-mère aussi. C'était une petite femme haute comme trois pommes, avec un fort embonpoint et un caractère de cochon. Son métier de reine, qu'elle pratiquait à la perfection, l'insupportait. Elle aimait les choses simples : les chiens, les chevaux, la campagne, les pique-niques... Elle aimait les paysans, ses châteaux, son thé à quatre heures, jouer aux cartes, paresser à l'ombre d'un grand chêne. Après la mort d'Albert, Victoria s'est retrouvée très seule. Albert avait toujours été à ses côtés pour la conseiller, l'aider, la réprimander parfois ! C'est Albert qui lui disait comment se comporter, quelle attitude adopter. Elle ne savait pas vivre seule. John Brown était là, fidèle, empressé. Très vite, Victoria ne put plus se passer de lui. Il la suivait partout. Il la protégeait, veillait sur elle, la soignait, il lui a même évité un attentat ! J'ai retrouvé des lettres où elle parle de lui... Elle écrivait : « Il est extraordinaire, il fait tout pour moi. Il est à la fois mon valet, mon écuyer, mon page et je dirais même ma femme de chambre tellement il prend soin de mes manteaux et de mes châles. C'est toujours lui qui conduit mon poney, qui s'occupe de moi dehors. Je crois que je n'ai jamais eu un domestique aussi serviable, fidèle, attentionné. » Elle est touchante quand elle parle de lui. On dirait une petite fille. John Brown avait alors trente-six ans, la barbe hirsute, la larme facile. Il parlait un anglais rudimentaire et avait des manières assez grossières. Très vite, leur complicité fit scandale. On n'appela plus Victoria que Mrs Brown. On l'accusa d'avoir perdu la tête, d'être folle. Sa relation avec lui devint « le scandale Brown ». Les gazettes écrivaient « L'Écossais veille sur elle avec les yeux d'Albert. » Car, petit à petit, John Brown abusa. Il défila à ses côtés lors des cérémonies officielles. Il s'était rendu indispensable, elle ne faisait plus un pas sans lui. Elle le nomma Esquire, le premier échelon nobiliaire, lui acheta des maisons qu'elle orna des armoiries royales, et l'appelait devant tout le monde « le meilleur trésor de mon cœur ». On trouva des billets qu'elle lui envoya et qu'elle signait « *I can't live without you. Your loving one.* » Les gens étaient horrifiés...

– On dirait que tu parles de Diana ! s'exclama Joséphine qui avait arrêté le balancement de son hamac pour ne pas être distraite.

– John Brown s'était mis à boire. Il s'écroulait, ivre mort, et Victoria disait en souriant « je crois que j'ai senti comme un léger tremblement de terre ». Il était l'homme de la maison. Il s'occupait de tout, gérait tout. Il dansait avec la reine lors des fêtes royales et lui marchait sur les pieds sans qu'elle proteste. On ira jusqu'à l'appeler Raspoutine ! Quand il mourut, en 1883, elle fut aussi malheureuse qu'à la mort d'Albert. La chambre de Brown resta intacte avec son grand kilt étalé sur un fauteuil et elle déposait, sur son oreiller, une fleur fraîche chaque jour. Elle décida d'écrire un livre sur lui. Elle trouvait qu'il avait été injustement sali de son vivant. Elle écrivit deux cents pages louangeuses qu'on aura beaucoup de mal à la dissuader de publier. Plus tard, on retrouvera plus de trois cents lettres écrites par Victoria à John, très compromettantes. On les rachètera et on les brûlera. Et on réécrira entièrement son journal intime.

— Je ne savais rien de tout ça !

— C'est normal, on ne l'apprend pas dans les livres d'histoire. Il y a l'histoire officielle et l'histoire intime. Les grands de ce monde sont comme nous : faibles, vulnérables et surtout, surtout très seuls.

— Même les reines ! murmura Joséphine.

— Surtout les reines...

Elles se versèrent une dernière coupe de champagne. Shirley renversa la bouteille dans le seau à glace et, apercevant une étoile filante, dit à Jo : « Fais un vœu, vite, vite, j'ai vu une étoile filante ! » Joséphine ferma les yeux et fit le vœu que sa vie continue à aller de l'avant, que plus jamais elle ne retombe dans son engourdissement passé, que ses peurs s'effacent pour laisser place à une nouvelle ardeur. Et puis elle ajouta tout bas, tout bas : « Que j'aie la force d'écrire un nouveau livre rien que pour moi... Et Luca aussi, étoile filante, gardez-moi, Luca. »

— Tu as fait combien de vœux, Jo ? demanda en souriant Shirley.

— Un paquet ! s'exclama Joséphine en riant. Je suis si bien ici, je me sens si bien. Merci de nous avoir invités... Quelles belles vacances !

— Tu penses bien que je ne t'ai pas raconté tout ça pour te faire une leçon d'histoire.

— Tu vas rire, mais je pensais à Albert de Monaco et à son fils illégitime.

— Je ne vais pas rire du tout, Jo... Je suis une fille illégitime.

— De Monaco ?

— Non... D'une reine. D'une reine magnifique qui a vécu une très belle histoire d'amour avec son grand chambellan. Il ne s'appelait pas John Brown, il s'appelait Patrick, il était écossais aussi et c'était mon père... À la différence de John Brown, il était très discret. Personne n'en a jamais rien su. Et quand il est mort, il y a deux ans, la reine n'a pas perdu la tête. Elle a gardé longtemps un regard embué, vague, mais on n'a jamais rien su...

— Je me souviens, tu étais rentrée de vacances très triste...

— Fin 1967, quand la reine s'est aperçue qu'elle était enceinte, elle a décidé de me garder. C'est une femme très têtue, très volontaire. Elle aimait mon père. Elle aimait la présence douce et attentionnée de cet homme qui l'aimait comme une femme et la respectait comme sa reine. C'est aussi une excellente cavalière et tu sais que les femmes qui font beaucoup de cheval ont des muscles comme les danseuses, des abdominaux si serrés qu'elles peuvent dissimuler une grossesse sans que personne ne décèle rien. Trois semaines avant d'accoucher, ma mère prenait le thé avec le général de Gaulle à l'Élysée. J'ai des photos de cette rencontre. Elle porte une robe turquoise, légèrement trapèze, et personne ne pouvait deviner qu'elle était à la veille d'un heureux événement ! Je suis née à Buckingham Palace, dans la nuit. C'est mon père qui a fait venir sa propre mère pour aider maman. Ma grand-mère m'a emmenée dans ses bras cette nuit-là et mon père m'a réintroduite au palais, un an plus tard, en expliquant que j'étais sa fille et qu'il était seul pour m'élever... J'ai grandi dans les cuisines et à l'office. J'ai appris à marcher dans les immenses couloirs tapissés de tissu rouge. J'étais la mascotte du palais. Trois cents domestiques y vivent à l'année et il y a six cents pièces pour faire la folle et se cacher ! Je n'étais pas malheureuse. Je peux te le dire sans mentir : je savais qu'elle était ma mère et, le jour où j'ai eu sept ans, que papa m'a tout révélé, je n'ai pas été surprise. Comme il était le grand chambellan, je n'avais pas besoin de demander une audience pour la voir et je la voyais chaque matin, dans sa chambre. La manière dont elle se comportait avec moi prouvait qu'elle m'aimait au-delà de tout. J'avais une gouvernante, miss Barton, que j'aimais beaucoup et à qui je jouais mille tours pendables ! Un appartement au palais que j'occupais avec mon père. J'allais à l'école, je travaillais bien. J'avais, en plus de l'école, un précepteur qui m'a appris le français et l'espagnol. J'étais très occupée ! C'est quand j'ai eu quinze ans que les choses se sont compliquées. J'ai commencé à sortir, à embrasser des garçons, à boire de la bière dans les pubs. J'ai même appris à faire le mur... Un matin, mon père m'a expliqué qu'il allait m'envoyer en Écosse terminer mes études dans un pensionnat très chic. Qu'on ne se verrait plus qu'en été. Je n'ai pas compris pourquoi il m'éloignait et je lui en ai voulu... Je suis devenue du jour au lendemain une vraie rebelle. Je me suis mise à coucher avec tous les garçons que je rencontrais, je me suis droguée, je piquais dans les magasins, je poursuivais cahin-caha mes études et je ne sais même pas comment j'ai pu quitter le collège avec mon diplôme en poche ! À vingt et un ans, je me suis retrouvée enceinte. Je l'ai caché à mon père et j'ai accouché de Gary à l'hôpital. Le père de Gary était un étudiant très beau, très charmant qui, à l'annonce de sa future paternité, m'a déclaré froidement : « C'est ton problème, ma chère ! » Cet été-là quand papa est arrivé, je tenais Gary dans mes bras. La naissance de Gary a été un véritable choc pour moi ! Pour la première fois de ma vie, j'étais responsable de quelqu'un. J'ai demandé à papa de me faire revenir à Londres. Il m'a trouvé un petit appartement. Et puis, un jour, je m'en souviens, je suis allée au palais présenter Gary. Ma mère était à la fois grave et émue. Je sentais qu'elle me reprochait de m'être mal conduite et qu'elle était bouleversée de me voir avec Gary. Elle m a demandé pourquoi j'avais fait ça. Je lui ai dit que je ne supportais pas d'avoir été éloignée d'elle. La rupture avait été trop brutale. C'est alors qu'elle a eu l'idée de m'engager comme garde du corps et de me faire passer pour une de ses employées...

– C'est comme ça que je t'ai vue à la télé !

– J'ai appris à me défendre, à me battre, je me suis développée... J'étais déjà grande et bien charpentée, je suis devenue championne d'arts martiaux. Je pouvais remplir mon rôle sans qu'il y ait la moindre suspicion à mon sujet. Tout serait allé très bien si je n'avais pas rencontré cet homme.

– L'homme en noir qui était sur le paillasson ?

– Je suis tombée follement amoureuse de lui et un soir, je lui ai dit mon secret... Je l'aimais tellement, je voulais qu'on s'enfuie ensemble, il disait qu'il n'avait pas d'argent, je me suis confiée à lui et ce fut le début de tous mes ennuis. Cet homme, Jo, est un homme lamentable mais si séduisant. C'est ma part sombre. Et physiquement... Loin de lui, je résiste mais quand il est là, il peut faire n'importe quoi de moi. Très vite, il m'a fait chanter, il m'a menacée de tout révéler à la presse. C'étaient les années Diana, les années scandaleuses, horribles, *Annus Horribilis*... Tu te souviens ? Il a fallu que je prévienne mon père, qu'il en parle à ma mère et ils ont fait ce que font toutes les cours royales qui veulent étouffer un secret : ils ont acheté son silence. Une rente mensuelle de trente mille euros pour qu'il se taise ! En échange, j'ai promis de m'expatrier, de changer de nom, de ne plus jamais le revoir. C'est à ce moment-là que je suis arrivée en France, dans ton immeuble. J'avais pris un plan de Paris et de ses environs, j'ai ouvert mon compas, l'ai planté au hasard et c'est tombé sur notre quartier ! Pendant les vacances, nous partions en Angleterre, j'étais toujours un agent secret attaché à la reine ou à la famille royale. C'est comme ça qu'on a pris ces photos de Gary avec William et Harry. Voilà, tu sais à peu près tout...

— Gary sait aussi ?

— Oui. J'ai fait comme mon père. À l'âge de sept ans, je lui ai dit la vérité. Ça nous a beaucoup rapprochés et ça l'a fait mûrir. Ce qui existe entre nous est indestructible...

— Et l'homme en noir, il ne va pas te poursuivre ?

— Après son passage à Paris, j'ai averti Londres, on a fait pression sur lui. Tu sais, il a peur aussi. Peur de perdre sa rente à vie, peur des services secrets. Un accident est vite arrivé. Je ne pense pas qu'il reviendra m'importuner, mais je préfère mettre la distance la plus grande entre nous, pour ma sécurité et aussi pour l'oublier. J'ai décidé de tourner la page. C'est pour cela aussi que, ce soir, je peux te parler. Sa visite à Paris a été la visite en trop. J'ai compris que je ne le laisserais plus me terroriser et quand il est reparti, au petit matin, je n'ai ressenti qu'un immense dégoût, le dégoût de m'être laissé manipuler pendant des années...

Elle regarda les étoiles et soupira :

— Je vais avoir tout le temps de leur parler maintenant.

— Tu m'enverras Gary pour les vacances et les filles aussi, si elles veulent... Et puis, en juin, au moment du bac, je pourrai venir m'installer chez toi pour être avec lui ?

Joséphine opina.

— Tu remplaceras madame Barthillet, je gagnerai au change !


Iris regarda par la fenêtre de sa chambre. Elle détestait le mois de janvier. Elle détestait février aussi et les giboulées de mars et d'avril. En mai, elle était allergique aux pollens, en juin il faisait trop chaud. Elle n'aimait plus la décoration de sa chambre. Elle avait mauvaise mine. Elle ouvrit sa penderie :

elle n'avait plus rien à se mettre ! Noël avait été sinistre. Quelle horrible fête, songea-t-elle en appuyant son front contre la vitre. Philippe et elle, en tête à tête, devant la cheminée du salon, une abomination !

Ils n'avaient plus jamais parlé de New York.

Ils s'évitaient. Philippe sortait beaucoup. S'il rentrait vers dix-neuf heures, c'était pour s'occuper d'Alexandre. Il repartait quand son fils prenait son bain. Elle ne lui demandait pas où il allait. Il mène sa vie, je mène la mienne. Pourquoi me faire du souci, cela a toujours été ainsi.

Elle avait décidé d'oublier Gabor. Chaque fois qu'elle pensait à lui, un couteau lui déchirait le cœur. Elle restait haletante, coupée en deux par la douleur. Ce qui s'était passé à New York, quand il lui arrivait d'y repenser, lui donnait le vertige. C'était comme si on l'avait placée au bord d'un précipice. Elle ne pouvait plus avancer, à moins de sauter dans le vide... Le vide lui faisait peur. Le vide l'attirait.

Elle vivait par distraction.

Son moment de gloire avait pris fin. Après la frénésie des trois premiers mois, les journaux avaient trouvé d'autres sujets d'étonnement. Elle était moins sollicitée. Cela va si vite ! Juste avant Noël, on m'appelait pour faire une photo ou honorer une fête de ma présence. Aujourd'hui... Elle regarda dans son agenda, ah si ! une photo pour *Gala* mardi prochain... Je ne sais pas comment m'habiller, il faudra que je demande à Hortense. C'est cela, je vais demander à Hortense de m'inventer un nouveau look ! Ça m'occupera. On fera les magasins ensemble. Il faut que je trouve quelque chose pour revenir sur le devant de la scène. C'est enivrant d'être dans les feux des projecteurs, mais, quand ils s'éteignent, on grelotte.

« Je veux qu'on me regarde ! » rugit-elle dans le calme feutré de sa chambre. Mais pour cela, il faut que je crée mon propre spectacle. Me faire couper les cheveux en direct, c'était superbe. Trouver une autre idée... Oui, mais quoi ? Elle regardait la pluie tomber sur la vitre, glisser et buter sur la croisée. Elle alluma la télé, tomba sur une émission de fin de journée. Elle se rappelait y avoir été invitée. « Très vendeur, très vendeur, il faut absolument y aller », avait dit son attachée de presse. Un jeune auteur présentait son roman. Iris ressentit un pinçon de jalousie. Une chroniqueuse, elle ignorait son nom, disait qu'elle avait adoré le livre, qu'il était bien écrit : sujet, verbe, complément. Des phrases courtes, rapides.

— C'est normal, répondit le jeune auteur, à force d'écrire des textos...

Iris se laissa tomber sur le lit, déprimée. Son livre à elle n'était pas écrit comme un texto. Son livre à elle, c'était de la littérature. Qu'est-ce que j'ai en commun avec ce benêt ? On lui appuie sur le nez et il en sort du lait ! Elle éteignit la télé, énervée, fébrile. Recommença à arpenter sa chambre. Trouver une idée, trouver une idée. Philippe ne rentrerait pas dîner. Alexandre était dans sa chambre. Elle le négligeait. Elle n'avait pas la force de s'intéresser à lui. Quand ils se voyaient, tous les deux, et qu'il parlait de ce qu'il avait fait à l'école, elle faisait semblant d'écouter. Elle hochait la tête, sans rien dire, pour ponctuer les phrases de son fils d'un semblant d'attention, elle avait envie qu'il se taise. Ce soir, ils seraient seuls à table. Elle se sentit fatiguée à l'avance, songea à demander à Carmen de lui préparer un plateau qu'elle prendrait dans sa chambre puis se reprit. Il doit y avoir un truc à la télé. On va dîner devant la télé.

Le lendemain, elle déjeunait avec Bérengère.

— T'as pas l'air en forme...

— Il faudrait que je me remette à écrire et j'ai le trac...

— Faut dire que, pour un coup d'essai, ce fut un coup de maître. Réussir ça une seconde fois, ce ne doit pas être évident !

– Merci de m'encourager, siffla Iris. Je devrais déjeuner plus souvent avec toi, ça me remonterait le moral.

– Écoute, tu viens de passer trois mois où on n'a parlé que de toi, où on t'a vue partout, c'est normal que tu aies un petit coup de déprime à l'idée de t'enfermer à nouveau.

– Je voudrais que ça dure toujours...

– Mais ça dure ! Quand on est entrées dans le restaurant, j'ai entendu des gens murmurer « c'est elle, c'est Iris Dupin, vous savez celle qui vient d'écrire ce livre... ».

– C'est vrai ?

– Je te promets.

– Oui mais ça va s'arrêter...

– Non. Parce que tu vas en écrire un autre.

– C'est si dur ! Ça prend du temps...

– Ou alors tu fais un truc fou ! Tu te suicides...

Iris fit la grimace.

– Tu vas t'occuper des petits lépreux de Papouasie...

– Merci beaucoup !

– Tu donnes ton nom à une rose...

– Je ne sais même pas dans quel sens ça se tient !

– Tu t'affiches avec un petit jeune... Regarde Demi Moore, elle ne tourne plus de films mais on parle d'elle à cause de la jeunesse de son copain.

– J'en connais pas. Les copains d'Alexandre sont trop jeunes... Et puis il y a Philippe, tout de même !

– Tu lui expliques que c'est que de la pub pour le prochain livre ! Il comprendra. Il comprend tout, ton mari...

On leur apporta leurs plats et Iris baissa les yeux sur la nourriture, dégoûtée.

– Mange ! Tu vas finir anorexique.

– C'est mieux pour la télé ! À l'image, on prend dix kilos, il vaut mieux que je sois maigre...

– Iris, écoute-moi, tu vas devenir barjot... Oublie tout ça.

Remets-toi à écrire, à mon avis c'est ce que tu as de mieux à faire !

Elle a raison, elle a raison. Il faut que j'insiste auprès de Joséphine. Elle rechigne à en écrire un second. Elle se raidit quand j'en parle. Samedi prochain, je m'invite à déjeuner dans sa lointaine banlieue, je lui parle et j'emmène Hortense faire des courses avec moi...

— Non, Iris, n'insiste pas ! Je ne recommencerai pas !

Elles étaient toutes les deux dans la cuisine. Joséphine préparait le dîner. Elle avait recueilli Gary et avait l'impression d'avoir un ogre à nourrir.

— Mais pourquoi ? Ça n'a pas changé ta vie, ce premier livre ?

— Si... Et tu n'as même pas idée à quel point.

— Alors ?

— Alors... non.

— On forme une équipe formidable toutes les deux. Je suis lancée maintenant, j'ai un nom, une réputation, il n'y a plus qu'à alimenter la machine ! Tu écris, je vends, tu écris, je vends, tu écris...

— Stop ! hurla Joséphine en se bouchant les oreilles. Je ne suis pas une machine.

— Je ne comprends pas. On a fait le plus dur, on s'est fait une place au soleil et tu recules...

— J'ai envie d'écrire pour moi...

— Pour toi ? Mais tu n'en vendras pas un seul !

— Merci beaucoup.

— Ce n'est pas ce que je voulais dire. Excuse-moi... Tu en vendras beaucoup, beaucoup moins. Tu sais à combien on en est avec *Une si humble reine* ? De vrais chiffres, pas des chiffres bidon qu'on appose sur les encarts de pub...

— Aucune idée...

— Cent cinquante mille en trois mois ! Et ça continue, Jo, ça continue. Et tu veux arrêter ça ?

— Je ne peux pas. C'est comme si j'avais mis au monde un enfant, que je le croise dans la rue et que je ne le reconnaisse pas.

— Nous y voilà ! Tu n'as pas aimé que je me fasse couper les cheveux en direct, que je m'étale dans les journaux, que je réponde à des interviews idiotes... Mais c'est le jeu, Jo, c'est ce qu'il faut faire !

— Peut-être... Mais j'aime pas ça. J'ai envie de faire autrement.

— Tu sais combien ça va te rapporter cette petite histoire ?

— Cinquante mille euros...

— Tu n'y es pas du tout ! Dix fois plus !

Joséphine poussa un cri d'effroi et se couvrit la bouche de sa main libre.

— Mais c'est horrible ! Je vais en faire quoi ?

— Ce que tu veux, je m'en fiche complètement...

— Et les impôts ? Qui va payer les impôts sur cette somme ?

— Il y a une loi pour les écrivains. Ils peuvent étaler leurs gains sur cinq ans. C'est moins douloureux. Ça passera sur les impôts de Philippe, il ne s'en apercevra même pas !

— Je peux pas lui laisser payer des impôts sur ce que je gagne, moi !

— Pourquoi ? Je te dis qu'il ne s'en apercevra pas.

— Oh ! non..., gémit Joséphine. C'est horrible, je ne pourrai jamais !

— Si, tu pourras, parce qu'on a passé un pacte et que tu vas l'honorer. Il est hors de question que Philippe sache quoi que ce soit. En plus, on est en froid, alors ce n'est vraiment pas le moment de lui balancer toute l'histoire. Joséphine, pense à moi, je t'en supplie... Tu veux que je me mette à tes genoux ?

Joséphine haussa les épaules et ne répondit pas.

— Passe-moi la crème fraîche, je vais en mettre un paquet. Un garçon d'un mètre quatre-vingt-dix, je te dis pas ce que ça bouffe ! Je remplis le frigo, il le vide, je le remplis encore, il le vide encore !

Iris lui tendit le pot de crème fraîche avec une moue de petite fille suppliante.

— Cric et Croc croquèrent le grand Cruc qui...

— N'insiste pas, Iris. C'est non.

— Rien qu'un, Jo, et après je me débrouille. J'apprends à écrire, je te regarde faire, je travaille avec toi... Ça va te prendre quoi ? Six mois de ta vie et ça me sauve, moi !

— Non, Iris.

— Tu es vraiment ingrate ! Je n'ai rien gardé pour moi, je t'ai tout filé, ta vie a complètement changé, tu as complètement changé...

— Ah ! Tu le remarques toi aussi ?

Hortense passa la tête par la porte de la cuisine.

— On y va, Iris ? Il me reste du boulot à faire ce soir... Je ne voudrais pas rentrer trop tard.

Iris regarda une dernière fois Joséphine en joignant les mains en moniale fervente mais Joséphine secoua la tête fermement.

— Tu sais quoi ? dit Iris en se levant. T'es vraiment pas sympa...

La culpabilité maintenant, se dit Joséphine. Elle va me culpabiliser. Elle aura vraiment tout essayé. Elle s'essuya les mains sur son tablier, décida de rajouter un sachet de lardons dans sa quiche et l'enfourna. Ça me repose de faire la cuisine. Les petites choses de la vie me reposent. C'est ce qui manque à Iris. Elle ne tient à la vie que par des choses artificielles, sans racines, alors, à la moindre contrariété, elle perd pied. Je devrais plutôt lui apprendre à faire une quiche ! Ça arrêterait le manège dans sa tête.

Elle regarda, par la fenêtre de la cuisine, sa sœur et sa fille monter dans la voiture d'Iris.

— Ça ne va pas avec maman ? demanda Hortense à sa tante en bouclant la ceinture de sécurité de la Smart.

— Je lui ai demandé de me donner un coup de main pour mon prochain livre et elle refuse de m'aider...

Une idée surgit dans la tête d'Iris et elle demanda :

— Tu ne pourrais pas la convaincre, toi ? Elle t'aime tellement. Si tu lui demandes, elle dira peut-être oui...

— Okay, je lui en parlerai ce soir.

Hortense vérifia que sa ceinture était bien attachée, qu'elle ne froissait pas les plis de son chemisier Équipement tout neuf, puis elle revint à sa tante.

— Elle pourrait t'aider tout de même. Après tout ce que tu as fait pour elle et pour nous depuis toujours !

Iris soupira et prit un air de victime éplorée.

— Tu sais, plus on aide les gens, moins ils sont reconnaissants.

— On va où faire des courses ?

— Je ne sais pas : Prada ? Miu Miu ? Colette ?

— Tu veux quoi exactement ?

— J'ai des photos à faire pour *Gala* mardi prochain et je voudrais être à la fois déchirée, chicissime et classieuse !

Hortense réfléchit et déclara :

— On va aller aux Galeries Lafayette. Ils ont tout un étage consacré aux nouveaux créateurs. J'y vais souvent. C'est intéressant. Je peux venir assister à la séance de photos, mardi ? On ne sait jamais, je pourrais rencontrer des journalistes de mode...

— Pas de problème...

— Je peux emmener Gary ? Comme ça je profite de son scooter...

— D'accord. Je laisserai vos deux noms à l'entrée du studio.

Le soir, quand Hortense rentra chez elle, chargée de paquets contenant des vêtements que sa tante lui avait achetés pour la remercier de s'être consacrée à elle tout un après-midi, elle demanda à sa mère pourquoi elle ne voulait pas donner un coup de main à Iris.

— Elle nous a tellement aidées toutes ces dernières années.

— Ça ne te regarde pas, Hortense. C'est un problème entre Iris et moi...

— Enfin, maman... Pour une fois que tu peux lui rendre service.

— Hortense, je te répète que ça ne te regarde pas. Allez, à table ! Appelle Gary et Zoé.

Elles n'en reparlèrent plus et allèrent se coucher après le dîner. Hortense avait été surprise par le ton ferme de sa mère. Elle lui avait cloué le bec avec son assurance. Une autorité nouvelle, paisible. C'est nouveau, ça, se dit-elle en se déshabillant. Elle était en train de mettre sur des cintres les tenues que sa tante lui avait achetées lorsque son téléphone portable sonna. Elle s'allongea sur son lit et répondit, en anglais, avec une grâce langoureuse qui alerta Zoé en train de batailler pour enfiler son pyjama sans défaire les boutons de la veste. Quand Hortense raccrocha et posa son portable sur sa table de chevet, Zoé demanda :

— C'est qui ? Un Anglais ?

— Tu ne devineras jamais, répondit Hortense, s'étirant sur son lit en proie à une volupté nouvelle.

Zoé la regarda, bouche bée.

— Dis-moi. Je ne dirai rien. Promis !

— Non. T'es trop petite, tu vas cafter.

— Si tu me dis, je te dis en échange un secret terrible ! Un vrai secret de grandes personnes !

Hortense regarda sa sœur. Elle avait l'air sérieuse, ses yeux semblaient hypnotisés par l'importance de la révélation.

— Un vrai secret ? Pas un truc à trois balles ?

— Un vrai secret...

— C'était Mick Jagger...

— Le chanteur ? Celui des Rolling Stones ?

— Je l'ai rencontré à Moustique et nous avons... sympathisé.

— Mais il est vieux, petit, ridé, tout maigre avec une grosse bouche...

— Il me plaît ! Il me plaît même beaucoup !

— Tu vas le revoir ?

— Je ne sais pas encore. On se parle au téléphone. Souvent...

— Et l'autre, celui qui appelle tout le temps quand je dors ?

— Chaval ? Largué... Super-glue ! Il pleurait sur mes genoux et bavait partout. Lourdingue, le mec !

— Ouaou ! dit Zoé, admirative. Tu zappes vite, toi.

— Faut zapper dans la vie, ne garder que ce qui t'intéresse et qui peut te servir. Sinon, tu perds ton temps... Alors, ton secret ?

Sa bouche formait un pli dédaigneux, comme si le secret de sa sœur n'arrivait pas à la cheville de Mick Jagger.

— Je vais te dire... Mais tu me promets que tu ne le répéteras à personne.

— Promis, juré !

Hortense étendit la main et cracha par terre.

— Je sais pourquoi maman ne veut pas aider Iris à écrire le livre...

Hortense leva un sourcil, étonnée.

— Tu sais ça, toi ?

— Oui, je sais...

Zoé se sentait importante. Elle avait envie de faire durer le suspense.

– Comment tu sais ça ?

Devant la mine étonnée et aimable de sa sœur, elle ne tint pas plus longtemps et raconta comment elle s'était retrouvée enfermée dans une armoire avec Alexandre et ce qu'ils avaient entendu.

– Philippe disait à un monsieur que c'était maman qui avait écrit le livre...

– Tu es sûre ?

– Oui...

– Alors, conclut Hortense, c'est pour ça qu'Iris insiste tellement auprès de maman. Elle ne veut pas qu'elle l'aide, elle veut qu'elle écrive le livre en entier !

– Parce qu'elle n'a jamais écrit le premier. C'est maman qui l'a écrit. Elle est forte, maman, tu sais, hyper-forte !

– Alors, je comprends mieux... Merci, Zoétounette.

Zoé se plissa de plaisir et lança un regard de dévotion à sa sœur. Elle l'avait appelée Zoétounette ! Ça n'arrivait pas souvent. D'habitude, elle la brusquait, la bousculait, la traitait de bébé. Ce soir, elle l'avait prise au sérieux. Zoé se coucha et s'endormit en souriant.

– J'aime bien quand tu es comme ça, Hortense...

– Dors, Zoétounette, dors...

Hortense, dans son lit, réfléchissait. La vie était passionnante. Mick Jagger la poursuivait au téléphone, sa mère se révélait être un auteur à succès, sa tante ne pouvait plus faire un pas sans elle, l'argent allait couler à flots... À la fin de l'année, elle passerait son bac. Il lui faudrait décrocher une mention pour entrer dans une bonne école de design. À Paris ou à Londres. Elle s'était renseignée. Elle verrait bien. Apprendre pour réussir. Ne dépendre de personne. Charmer les hommes pour se tracer un chemin. Avoir de l'argent. La vie était simple quand on appliquait les bonnes recettes. Elle assistait, affligée, aux atermoiements de ses copines de classe qui perdaient leur temps à savoir si tel boutonneux géant les avait remarquées. Elle, elle traçait. Chaval avait perdu toutes ses dents et Mick Jagger lui courait après. Sa mère allait gagner beaucoup d'argent... à condition qu'elle empoche les droits du livre. Il faudrait qu'elle veille à ce qu'elle ne se fasse pas arnaquer ! Comment est-ce que je peux faire ? À qui pourrais-je demander conseil ?

Elle trouverait.

Ce n'était pas si difficile, après tout, de se faire une place au soleil. Il suffisait de s'organiser. Ne pas perdre son temps avec des histoires de cœur. Ne pas s'attendrir. Virer Chaval qui ne servait plus à rien et faire croire à un vieux rocker qu'il était son prince charmant. Les hommes sont si vaniteux ! Ses yeux se rétrécirent dans l'obscurité de la chambre. Elle prit sa position favorite pour s'endormir : les bras le long du corps, la tête à plat, les jambes jointes en une longue queue de sirène. Ou de crocodile. Elle avait toujours aimé les crocodiles. Ils ne lui avaient jamais fait peur. Elle les respectait. Elle pensa un instant à son père. Que la vie avait changé depuis qu'il était parti ! Pauvre papa, soupira-t-elle, en fermant les yeux. N'empêche, se reprit-elle immédiatement, il ne faut pas que je m'attendrisse sur son sort. Il s'en sortira lui aussi !

En attendant, la vie se présentait sous de très bons auspices.


Philippe Dupin regarda son carnet de rendez-vous et vit que Joséphine était marquée à quinze heures trente. Il appela sa secrétaire et lui demanda si elle savait de quoi il s'agissait.

— Elle a appelé et demandé un rendez-vous officiel... Elle a insisté pour avoir du temps. Je n'aurais pas dû ?

Il grommela oui, oui et raccrocha, intrigué.

Quand Joséphine entra dans son bureau, il eut un choc. Bronzée, blondie, amincie, elle avait rajeuni et surtout, surtout, elle semblait s'être allégée d'un poids intérieur. Elle n'avançait plus les yeux à terre, les épaules rentrées, s'excusant d'exister, elle entra dans le bureau en souriant, l'embrassa et alla s'asseoir en face de lui.

— Philippe, il faut que je te parle..

Il la regarda, lui sourit pour arrêter un instant le temps et demanda :

— Tu es amoureuse, Joséphine ?

Déconcertée, elle bredouilla oui, son regard se troubla, et elle ajouta :

— Ça se voit ?

— C'est écrit partout sur ton visage, ta manière de marcher, de t'asseoir... Je le connais ?

— Non...

Ils se regardèrent un long moment en silence et, dans le regard de Joséphine, Philippe put lire un certain désarroi qui le surprit et vint adoucir la peine qu'il avait ressentie.

— Je suis très heureux pour toi...

— Je n'étais pas venue te parler de ça.

— Ah ? Je croyais qu'on était amis...

— Justement. C'est parce qu'on est amis que je suis venue te voir.

Elle prit une profonde inspiration et commença :

— Philippe... Ce que je vais te dire ne va pas te faire plaisir et je ne voudrais en aucun cas que tu penses que je veuille nuire à Iris.

Elle hésitait encore et Philippe se demanda si elle aurait le courage, face à lui, de lui révéler la supercherie du livre.

— Je vais t'aider, Jo. Iris n'a pas écrit *Une si humble reine*, c'est toi qui l'as écrit...

La bouche de Jo s'arrondit et ses sourcils se soulevèrent en une interrogation stupéfaite.

— Tu savais ?

— Je m'en doutais et je m'en suis douté de plus en plus fort...

— Mon Dieu ! Et moi qui pensais...

— Joséphine, laisse-moi te raconter comment j'ai rencontré ta sœur... Tu veux que je demande qu'on nous apporte quelque chose à boire ?

Joséphine déglutit et dit que oui, c'était une bonne idée. Elle avait la gorge nouée et sèche.

Philippe demanda deux cafés avec deux grands verres d'eau. Joséphine acquiesça. Puis il commença son récit.

— C'était il y a environ vingt ans, j'étais avocat depuis peu, j'avais déjà travaillé deux ou trois ans en France et je faisais un stage chez Dorman et Steller à New York, au département des droits d'auteur. Je n'étais pas peu fier, je peux te l'assurer ! Un jour, j'ai reçu un coup de fil d'un dirigeant de studio de cinéma américain, dont je tairai le nom, qui avait un dossier très embêtant sur les bras et qui pensait que ça pouvait m'intéresser : cela concernait une jeune Française. J'ai demandé de quoi il s'agissait et voilà ce qu'il m'a expliqué... Il y avait eu un travail collectif réalisé par les étudiants de dernière année de *creative writing* à l'université de Columbia, département cinéma. Un scénario écrit à plusieurs, récompensé à la fin de l'année par le staff enseignant de Columbia comme étant le scénario le plus original, le plus brillant, le plus achevé de tous ceux produits par les étudiants. Ce scénario avait été mis en scène ensuite par un certain Gabor Minar. Il en avait fait un moyen-métrage d'une trentaine de minutes, financé par l'université de Columbia, qui lui valut les félicitations de ses professeurs et lui permit par la suite de trouver des contrats pour des projets plus ambitieux. Ce film fut, comme il est d'usage, montré dans le circuit universitaire et, chaque fois, il remporta un prix. Or il se trouvait qu'Iris était étudiante dans le même groupe que Gabor et qu'elle avait participé à l'écriture du scénario. Jusque-là, rien de gênant. C'est après que ça se gâte... Iris remania le scénario, changea deux ou trois détails dans l'histoire, en fit une version longue qu'elle présenta à un studio de Hollywood, le studio où travaillait l'homme qui m'appelait, comme un projet original. Le studio, enchanté par l'histoire, lui signa sur-le-champ un contrat de scénariste pour sept ans. Avec beaucoup, beaucoup de zéros. C'était une première, un coup d'éclat, et on en parla dans la presse spécialisée.

— Je me souviens, on ne parlait aussi que de ça à la maison. Ma mère ne touchait plus terre.

— Et pour cause ! C'était la première fois qu'une élève fraîchement sortie de l'université se voyait proposer un tel contrat. Tout se serait très bien passé si une étudiante qui avait fait partie du groupe de travail d'Iris n'avait eu vent de l'affaire. Elle s'est procuré le script de ta sœur, a comparé avec le script collectif original et a convaincu le studio qu'Iris était une voleuse, une fraudeuse, bref, aux yeux de la loi américaine, une criminelle ! Ce dossier m'a intéressé, j'ai eu envie de m'en occuper, j'ai rencontré ta sœur et j'en suis tombé fou amoureux... J'ai tout fait pour la sortir de ce mauvais pas. Il a fallu en échange qu'elle promette de ne plus jamais travailler aux États-Unis et, pendant dix ans, elle n'a même pas pu y mettre les pieds ! Elle avait commis un véritable crime aux yeux de la loi américaine qui ne plaisante pas avec les menteurs. C'est le crime suprême, là-bas !

— C'est pour ça que Clinton a été traîné dans la boue médiatique...

— L'affaire a été étouffée, Gabor Minar et les autres étudiants n'en ont jamais rien su et l'étudiante qui avait découvert le pot aux roses a été largement dédommagée... par mes soins. Elle a accepté de retirer sa plainte contre un gros paquet de dollars. J'avais de l'argent, j'avais défendu deux ou trois gros dossiers très juteux, j'ai donc payé...

– Parce que tu étais amoureux d'Iris...

– Oui. Le mot n'est pas assez fort ! dit il en souriant. J'étais fait aux pattes. Envoûté. Elle a accepté l'arrangement sans rien dire, mais je pense qu'elle a été profondément blessée d'avoir été prise en flagrant délit de tricherie. J'ai tout fait pour qu'elle oublie et que sa blessure d'amour-propre cicatrise. J'ai travaillé comme un fou pour la rendre heureuse, j'ai essayé de la convaincre de se remettre à écrire, elle en parlait souvent mais n'y arrivait pas... Alors j'ai essayé de l'intéresser à autre chose, à une autre forme d'art. Ta sœur est une artiste, une artiste frustrée, et c'est ce qu'il y a de pire au monde. Rien ne pourra jamais la satisfaire. Elle rêve d'avoir une autre vie, elle rêve de créer mais, tu le sais, ça ne se décrète pas, ça se fait. Quand je l'ai entendue dire qu'elle écrivait, j'ai tout de suite pensé à une embrouille. Quand j'ai entendu dire qu'elle écrivait une histoire sur le XII$^e$ siècle, j'ai su que nous allions vers de nouveaux problèmes...

– Elle a rencontré un éditeur lors d'un dîner, elle s'est vantée d'écrire, il a promis de lui signer un contrat si elle avait un projet et elle s'est trouvée embourbée dans son mensonge. Moi, à l'époque, j'avais des problèmes d'argent, Antoine était parti me laissant une grosse dette, j'étais prise à la gorge, je pense aussi que j'avais envie d'écrire depuis longtemps et que je n'osais pas, alors j'ai dit oui...

– Et tu t'es retrouvée entraînée par quelque chose qui te dépassait...

– Et maintenant je veux arrêter. Elle m'a suppliée d'en écrire un autre, mais je ne veux pas, je ne peux pas...

Ils se regardèrent sans rien dire. Philippe jouait avec son

stylo en argent. Il frappait le dessus de son bureau avec l'extrémité du capuchon, le faisait rebondir et recommençait. Cela produisait un bruit sourd, régulier, qui rythmait leurs pensées.

— Il y a un autre problème, Philippe...

Il releva la tête et la considéra, le regard lourd et triste. Le stylo cessa son martèlement. La secrétaire frappa à la porte et déposa les cafés sur le bureau. Philippe tendit une tasse à Joséphine, puis le sucrier. Elle prit un sucre qu'elle plaça contre son palais et but son café. Philippe la regarda, attendri.

— Papa faisait ça aussi, dit-elle après avoir reposé sa tasse. Je veux te parler d'autre chose, reprit Jo. C'est très important pour moi.

— Je t'écoute, Jo.

— Je ne veux pas que tu paies les impôts du livre. Il paraît que je vais gagner beaucoup d'argent, c'est Iris qui me l'a dit. Elle m'a dit aussi que tu pouvais les payer, que tu t'en apercevrais pas et ça, c'est hors de question, je me sentirais trop mal...

Il lui sourit et son regard s'adoucit.

— Tu es mignonne...

Il se redressa, reprit son petit jeu avec son stylo.

— Tu sais, Jo, en un sens, elle a raison... cet argent va être étalé sur cinq ans, en vertu de la loi Lang pour les écrivains, et je pense que je ne m'en apercevrai pas. Je paie tellement d'impôts et ça m'est tellement égal !

— Mais, moi, je ne veux pas.

Il réfléchit et dit :

— C'est bien d'avoir cette pensée et sache que je te respecte pour cela. Mais... Jo... L'alternative, c'est quoi ? Que tu déclares les droits d'auteur ? En ton nom propre ? Qu'on te signe un chèque, qu'on le verse sur ton compte ? Alors tout le monde saura que c'est toi, l'auteur du livre, et crois-moi, Jo,

Iris ne survivra pas à une humiliation publique. Elle pourrait même faire une grosse, grosse bêtise.

— Tu le crois vraiment ?

Il hocha la tête.

— Tu ne veux pas ça, Jo ?

— Non. Je ne veux pas ça, c'est certain...

Elle entendait le bruit du stylo qui heurtait la laque du bureau, toc, toc, toc.

— J'aimerais bien l'aider... Mais c'est au-dessus de mes forces. Même si c'est ma sœur...

Elle regarda Philippe droit dans les yeux et répéta « c'est ma sœur ».

— Je lui suis reconnaissante : sans elle, je n'aurais jamais écrit. Cela m'a changée, je ne suis plus la même. J'ai envie de recommencer. Je sais que le prochain marchera moins bien qu'*Une si humble reine* parce que je ne ferai pas tout ce qu'Iris a fait pour lancer le livre, mais je m'en fiche... J'écrirai pour moi, pour mon plaisir. Si ça marche, tant mieux, si ça marche pas, tant pis.

— Tu es une bosseuse, Jo. Qui a dit que le génie, c'est quatre-vingt-dix pour cent de transpiration et dix pour cent de talent ?

Le stylo martela la table, changeant de rythme, épousant la colère intérieure de Philippe.

— Iris refuse de travailler, Iris refuse de transpirer... Iris refuse de voir la réalité en face... Qu'il s'agisse du livre, de son enfant ou de son mari !

Il lui raconta leur voyage à New York, la confrontation avec Gabor Minar et le silence obstiné d'Iris depuis qu'ils étaient rentrés.

— C'est une autre histoire, ça ne te concerne pas, mais je pense que ce n'est pas le moment de dire au monde entier que c'est toi qui as écrit. Je ne sais pas si tu es au courant, mais une trentaine de pays étrangers ont acheté les droits du livre, on parle d'une adaptation au cinéma par un metteur en scène très connu, j'ignore son nom parce que, tant que ce n'est pas signé, l'éditeur ne veut rien dire... Tu imagines les proportions du scandale ?

Joséphine hocha la tête, embarrassée.

— Il ne faut même pas qu'elle sache que je sais, continua Philippe. Elle a pris goût au succès, elle ne supporterait pas la honte d'un désaveu public. Elle vit comme une somnambule en ce moment, il ne faut surtout pas la réveiller. Le livre est sa dernière illusion. Elle pourra toujours prétendre après qu'elle était la femme d'un seul livre. Elle ne serait pas la seule et, au moins, en disant ça, elle s'en tirera avec les honneurs. On la félicitera même de sa lucidité !

Le stylo ne frappait plus le dessus du bureau. Philippe était arrivé à une conclusion, Joséphine s'inclina.

— Alors, ajouta-t-elle après avoir réfléchi, laisse-moi au moins te faire un immense cadeau. Emmène-moi un jour dans une salle de ventes où se trouve un tableau ou un objet que tu convoites et je te l'offrirai...

— Ce sera avec plaisir. Tu aimes les œuvres d'art ?

— Je suis plus calée en histoire et en littérature. Mais j'apprendrai...

Il lui sourit, elle fit le tour du bureau et se pencha vers lui pour l'embrasser et le remercier.

Il tourna la tête vers elle, sa bouche rencontra la sienne. Ils échangèrent un furtif baiser puis se déprirent aussitôt. Joséphine lui caressa les cheveux d'un geste très doux, très tendre. Il lui attrapa le poignet et posa ses lèvres sur la saignée des veines en murmurant « je serai toujours là, Jo, toujours là pour toi, ne l'oublie pas ».

Elle murmura « je sais, je le sais bien... ».

Mon Dieu, se dit-elle dans la rue, la vie va devenir très

compliquée s'il m'arrive des choses comme ça. Et moi qui croyais être arrivée à un équilibre ! La vie s'est remise à valser...

Elle se sentit soudain très heureuse et héla un taxi pour rentrer chez elle.

La séance de photos se terminait. Iris était assise sur un cube blanc au milieu d'un long rouleau de papier blanc qui remontait et tapissait le mur en briques du studio. Elle portait une veste de tailleur rose pâle, très décolletée, avec de larges revers en satin, qui enveloppait son torse filiforme. La veste était boutonnée par trois gros boutons en forme de roses, épaulée mais cintrée de smocks à la taille. Un bonnet de satin rose large comme une galette des rois cachait ses cheveux courts et faisait ressortir ses grands yeux bleus, les ombrant d'un mauve délicat qui fit défaillir la journaliste de plaisir.

– Vous êtes magnifique, Iris ! Je me demande si on ne pourrait pas faire une couverture.

Iris sourit d'un air modeste.

– Vous exagérez !

– Je suis sérieuse. N'est-ce pas, Paolo ? demanda-t-elle au photographe.

Il dressa le pouce en signe d'assentiment et Iris rougit. Une maquilleuse vint la repoudrer car la chaleur des projecteurs la faisait transpirer et une légère sueur perlait sur son nez et ses pommettes.

– Et cette idée de porter cette veste Armani sur un jean déchiré et de grosses bottes d'égoutier, c'est génial !

– C'est ma nièce qui a eu cette idée. Présente-toi, Hortense !

Hortense sortit de l'ombre et vint parler à la rédactrice de mode.

— Ça vous intéresse la mode ?

— Beaucoup...

— Vous voulez venir voir d'autres prises de vues ?

— J'adorerais !

— Eh bien, laissez-moi votre portable et je vous appellerai...

— Je peux avoir le vôtre aussi au cas où vous perdriez le mien ?

La femme la regarda, surprise par son culot, et dit « pourquoi pas ? Vous irez loin, vous ! ».

— Allez, on fait une dernière pellicule et on arrête, je suis crevée. On a tout ce qu'il faut, c'est vraiment pour jouer la sécurité.

Le photographe termina sa pellicule mais, avant qu'il ne range ses appareils, Iris demanda s'il pouvait lui faire des photos avec Hortense.

Hortense vint se mettre à ses côtés et posa avec elle.

— Et Gary aussi ? demanda Hortense.

— Allez, Gary, viens..., s'écria la rédactrice. Mais c'est qu'il est beau, ce jeune homme ! Tu ne voudrais pas faire des photos par hasard ?

— Non, ça m'intéresse pas, je préférerais être photographe...

— Mettez-leur un peu de poudre sur le nez à tous les deux, demanda la rédactrice en faisant signe à la maquilleuse.

— C'est pour moi, ce n'est pas pour faire des photos de mode, indiqua Iris.

— Mais ils sont si mignons ! On ne sait jamais, s'il change d'avis.

Iris fit une série de photos avec Hortense, puis une autre avec Gary. La rédactrice insista pour en faire quelques-unes de charme, tous les deux enlacés, pour voir ce que ça pouvait donner, puis elle déclara la séance finie et remercia tout le monde.

— Vous n'oublierez pas de me les envoyer, lui rappela Iris avant d'aller se changer.

Ils se retrouvèrent tous les trois dans la grande loge d'Iris.

— Ouf ! C'est crevant de faire le mannequin, soupira Hortense. Qu'est-ce qu'on attend ! Tu te rends compte : ça fait cinq heures que tu es là. Cinq heures à sourire, à poser, à être immaculée. Je ne pourrais jamais faire ça, moi !

— Moi non plus, affirma Gary. Et puis la poudre, beurk !

— Moi, j'adore ça ! On te dorlote, on te fait belle, belle, belle..., s'écria Iris en s'étirant. En tous les cas, bravo pour ton shopping, ma chérie, c'était sublime.

Ils retournèrent sur le plateau où les éclairagistes rangeaient les projecteurs, les fils et les prises. Iris prit la rédactrice et le photographe à part et les invita au Raphaël.

— J'adore le bar de cet hôtel. Vous venez avec nous ? demanda-t-elle à Hortense et Gary.

Hortense regarda sa montre, déclara qu'ils ne resteraient pas longtemps : il fallait qu'ils rentrent à Courbevoie.

Ils s'acheminèrent tous vers le Raphaël. La rédactrice prévint le photographe :

— Ne range pas tes appareils, fais-moi des photos de ce garçon, il est d'une beauté à couper le souffle.

Au Raphaël, Iris étendit le bras et commanda une bouteille de champagne. Gary demanda un Coca : il conduisait le scooter de son copain, Hortense aussi : elle avait encore du boulot à faire le soir. Le photographe et la journaliste burent un fond de verre. Ce fut Iris qui finit la bouteille. Elle parlait beaucoup, riait fort, balançait ses jambes, secouait ses bracelets. Elle attrapa Gary par le cou et le renversa contre elle. Ils faillirent tomber, mais Gary la retint dans ses bras. Tout le monde rit. Le photographe fit des clichés. Puis Iris se mit à faire des mines, des mines de clown, des mines de carmélite, des mines de star du muet et le photographe la mitrailla. Elle riait de plus en plus fort et s'applaudissait à chaque nouvelle grimace.

— Qu'est-ce qu'on s'amuse ! cria-t-elle en vidant son verre.

Hortense la regardait, surprise. Elle n'avait jamais vu sa tante dans cet état. Elle se pencha vers elle et lui chuchota :

— Fais gaffe, tu as trop bu !

— Oh ! Si on ne peut pas s'amuser de temps en temps ! dit-elle à l'adresse de la journaliste qui la regardait, étonnée. Tu ne sais pas ce que c'est qu'écrire, toi. On passe des heures toute seule face à son écran, avec un vieux café froid, à chercher un mot, une phrase, on a mal à la tête, on a mal au dos, alors quand on peut s'amuser, profitons-en.

Hortense se détourna, gênée par les propos de sa tante. Elle jeta un regard vers Gary et lui fit signe « on se tire ? » Gary approuva et se leva.

— Il faut qu'on rentre. Joséphine nous attend. Je ne voudrais pas qu'elle se fasse du souci...

Ils saluèrent et sortirent. Dans la rue, Gary se passa la main dans les cheveux et dit :

— Putain, ta tante ! Elle était zarbi, ce soir. Elle arrêtait pas de me tripoter.

— Elle avait trop bu ! Oublie.

Hortense enlaça Gary et il démarra. Pour la première fois de sa vie, Hortense éprouvait de la pitié. Elle ne reconnaissait pas très bien ce sentiment qui montait en elle comme une vague tiède, légèrement écœurante. Iris lui avait fait honte. Iris lui avait fait de la peine. Elle ne la regarderait plus jamais pareil. Elle la verrait toujours renversée sur le canapé rouge du bar du Raphaël, essayant d'attirer Gary vers elle, le chahutant, l'embrassant ou vidant sa coupe comme une assoiffée. Elle était triste : elle venait de perdre une bonne fée, une complice. Elle se sentit seule et c'était un sentiment désagréable. Elle ne put s'empêcher de penser : Heureusement que maman n'a pas vu ça ! Elle n'aurait vraiment pas apprécié. Elle n'aurait jamais fait ça, elle. Et pourtant, elle a écrit le livre. Toute seule. Sans rien dire. Elle n'en parle pas, elle ne s'exhibe pas, elle ne se donne pas en spectacle...

Je n'aurais jamais cru ça d'Iris, songea Hortense en enlaçant Gary. Puis soudain, une pensée la frappa de plein fouet : J'espère qu'elle n'a pas abandonné ses droits d'auteur à Iris ! Ça lui ressemblerait assez. Comment pourrais-je en être sûre ? À qui m'adresser ? Comment récupérer cet argent ? Cette question la tarauda jusqu'à ce qu'elle eût une idée qu'elle qualifia de géniale...

Trois semaines plus tard, alors qu'Henriette Grobz attendait chez son esthéticienne son gommage hebdomadaire et sa séance de massage, elle prit, sur la pile de journaux posés dans la salle d'attente, une revue. Elle s'en empara car elle crut reconnaître le nom de sa fille, Iris, en première page. Autant Henriette Grobz goûtait le succès littéraire de sa fille et s'en gargarisait, autant elle réprouvait son exposition médiatique. On parle trop de toi, ma chérie, ce n'est pas bien de s'afficher partout comme ça !

Elle ouvrit le journal, le feuilleta, trouva l'article concernant Iris, sortit ses lunettes et entreprit de le lire. Il s'étalait sur une double page. Le titre de l'article disait « L'auteur d'*Une si humble reine* dans les bras de son page » et, en sous-titre : « À quarante-six ans, Iris Dupin bat le record de Demi Moore et s'affiche avec son nouvel amour, un garçon de dix-sept ans. » En illustration, se trouvaient des photos d'Iris avec un bel adolescent aux boucles brunes, au sourire éclatant, aux yeux vert sombre, à la peau ambrée. Quelle beauté, ce gosse ! se dit Henriette Grobz. Une série de photos montraient Iris le tenant par la taille, le serrant dans ses bras, reposant la tête contre son torse ou renversant le cou en fermant les yeux.

Henriette referma le journal d'un geste sec, sentit le sang lui monter aux joues et l'empourprer. Elle regarda autour d'elle si personne n'avait remarqué son trouble et se précipita au-dehors. Son chauffeur n'était pas là. Elle l'appela sur son portable et lui ordonna de venir la chercher. Elle venait de raccrocher et replaçait l'appareil dans son sac à main quand son regard tomba sur la vitrine d'un kiosque à journaux : sa fille s'étalait dans les bras du jeune Adonis sur toute la surface !

Elle crut s'évanouir et se jeta sur la banquette arrière de la voiture sans attendre que Gilles lui ouvre la porte.

— Vous avez vu votre fille, madame ? demanda Gilles avec un grand sourire. Elle est affichée partout. Vous devez être fière !

— Gilles, pas un mot là-dessus, ou je vais me trouver mal ! Quand on sera arrivés, vous irez acheter tous les exemplaires de ce torchon dans les kiosques autour de la maison, je ne veux pas que ça se sache dans le quartier.

— Ça ne servira pas à grand-chose, madame, vous savez.. Les nouvelles vont vite !

— Taisez-vous et faites ce que je vous ai dit.

Elle sentit la migraine lui enserrer la tête et rentra précipitamment chez elle, en évitant le regard de la concierge.


Joséphine était sortie acheter une baguette. Elle en profita pour appeler Luca. Les enfants lui prenaient tout son temps. Ils n'arrivaient à se voir que l'après-midi, quand les filles étaient à l'école. Il habitait un grand studio à Asnières. Au dernier étage d'un immeuble moderne, avec une terrasse donnant sur Paris. Elle n'allait plus en bibliothèque, elle le retrouvait chez lui. Il tirait les rideaux du studio et c'était la nuit.

– Je pense à vous, lui dit-elle en parlant tout bas.

La boulangère ne la quittait pas des yeux. Se peut-il qu'elle devine que je parle à un homme que j'aime, avec qui je passe mes après-midi au lit ? se demanda Jo en surprenant le regard de fouine que la boulangère lui jeta en aboyant soixante-dix centimes.

– Vous êtes où ?

– J'achète du pain. Gary a dévoré deux baguettes en rentrant de l'école.

– Demain, je vous ferai un thé avec des gâteaux, vous aimez les gâteaux ?

Joséphine ferma les yeux de plaisir et fut tirée de sa rêverie par la boulangère qui lui enjoignait de prendre sa baguette et de laisser la place aux clients qui attendaient.

– J'ai hâte d'y être, reprit Joséphine en sortant dans la rue. Savez-vous que mes jours sont devenus des nuits depuis quelque temps ?

– Je suis le soleil et la lune à la fois, vous me faites trop d'honneur...

Elle sourit, releva la tête et tomba, elle aussi, sur la photo de sa sœur en vitrine du kiosque à journaux.

– Mon Dieu ! Luca, si vous saviez ce que je vois !

– Laissez-moi deviner, dit-il en riant.

– Oh non ! Ce n'est pas drôle du tout. Je vous rappelle...

Elle se précipita pour acheter le journal et le lut dans l'escalier.

Josiane et Marcel dînaient chez Ginette et René lorsque Sylvie, la fille de ces derniers, entra dans la pièce et jeta sur la table un journal en leur disant « lisez, vous allez bien vous marrer ! ».

Ils se jetèrent dessus et ne tardèrent pas à se tordre les boyaux. Josiane riait si fort que Marcel lui ordonna d'arrêter :

– Ça va te donner des contractions et tu vas accoucher prématurément !

– Oh, je voudrais voir la bobine du Cure-dents ! hoqueta Josiane avant de se taire, foudroyée par le regard furieux de Marcel qui s'était jeté sur son ventre pour maintenir le bébé en place.

Madame Barthillet recevait Alberto Modesto à dîner, ce soir-là. Celui-là, on sait toujours quand il se pointe, on l'entend claudiquer du bas de l'escalier ! Elle n'aimait pas sortir avec lui. Elle avait l'impression de promener un handicapé. Elle préférait le recevoir chez elle. Elle habitait un troisième étage sans ascenseur. Alberto peinait à grimper et arrivait toujours bon dernier. Elle l'avait rebaptisé Poulidor. Elle était allée chez le traiteur, avait acheté du vin, du pain, des journaux. Elle avait hâte de lire son horoscope. Savoir si elle allait enfin palper le gros lot parce qu'elle en pouvait plus du pied-bot Il devenait sentimental et parlait de divorcer pour l'épouser ! C'est le bouquet, pensa-t-elle en sortant les courses des sacs en plastique. Plus je pense à me casser, plus il s'incruste.

Elle plaça les plats tout cuisinés dans le micro-ondes, déboucha une bouteille de vin, jeta deux assiettes sur la table, balaya de la main une croûte de fromage qui était restée collée à la table depuis le dîner de la veille et attendit en lisant le journal. C'est alors qu'elle vit la belle madame Dupin dans les bras de Gary ! Ça alors ! Elle se tapa sur les cuisses et hurla de rire. Il s'emmerdait pas, le rejeton royal, il se faisait l'auteur à la mode ! Elle hurla « Maxou, Maxou ! Viens voir »... Max n'était pas rentré. Il ne rentrait plus guère d'ailleurs ; ça lui allait bien, il n'était plus dans ses pattes... Elle bâilla, regarda sa montre, qu'est-ce qu'il fout, Poulidor ? Et reprit la lecture du journal en se grattant les côtes.

Philippe était passé chercher son fils à l'école. Tous les lundis, Alexandre sortait à six heures et demie. Il suivait des cours d'anglais supplémentaires. Ça s'appelait Anglais +. Alexandre en était très fier. « Je comprends tout, papa, je comprends absolument tout. » Ils faisaient le trajet à pied et parlaient anglais. C'était un rite nouveau. Les enfants sont plus conservateurs que les adultes, se dit Philippe en refermant sa main sur celle d'Alexandre. Il éprouvait une joie douce, profonde et faisait durer ces trajets. Que je suis heureux d'avoir compris à temps que j'étais en train de passer à côté de lui !

Alexandre lui racontait comment il avait marqué deux buts de suite au foot, quand Philippe aperçut la une du journal avec Iris affichée en grand chez son kiosquier. Il fit un détour pour qu'Alexandre ne voie rien. Ils montèrent à l'appartement et sur le palier, Philippe se frappa le front en disant :

– *Oh my God ! I forgot to buy* Le Monde ! *Go ahead, son, I'll be back in a minute...*

Il redescendit, acheta le journal, le lut en montant les escaliers, le mit dans la poche de son manteau et réfléchit.

Hortense et Zoé rentraient du lycée ensemble. Cela n'arrivait qu'une fois dans la semaine et Zoé en profitait pour imiter l'air détaché et altier préconisé par sa sœur pour subjuguer les hommes. Zoé avait du mal, mais Hortense s'appliquait à le lui enseigner. C'est la clé du succès, Zoétounette, allez ! Fais un effort ! Il semblait à Zoé qu'elle avait pris beaucoup d'importance aux yeux de sa sœur depuis qu'elle lui avait révélé LE secret. Hortense était plus douce avec elle, moins odieuse à la maison. Presque plus odieuse du tout, même, songea Zoé en redressant les épaules comme le lui demandait sa sœur.

C'est alors qu'elles aperçurent leur tante en titre d'accroche d'un journal, avec une photo de Gary et elle, en médaillon. Elles pilèrent à l'unisson.

— On fait comme si de rien n'était, Zoé, on garde la distance, déclara Hortense.

— Mais on reviendra l'acheter quand personne nous verra, dis...

— Même pas la peine. On sait déjà ce qu'il y a dedans !

— Oh si ! Hortense !

— On garde la distance, Zoé, on garde la distance et ça s'applique à tout.

Zoé passa à côté du kiosque sans se retourner.


Iris, vaguement honteuse, restait enfermée chez elle. Elle y avait été peut-être un peu fort en envoyant les photos sous pli anonyme à la rédaction du journal. Elle pensait que ce serait drôle, que cela ferait un petit écho qui lui permettrait de rebondir... mais la réaction de sa mère ne lui laissait aucun doute : elle était face à un scandale.

Ils dînèrent tous les trois. Seul Alexandre parlait. Il racontait comment il avait marqué trois buts de suite au foot.

— Tout à l'heure, c'était deux, Alexandre. Il ne faut pas mentir, mon chéri. Ce n'est pas bien.

- Deux ou trois, je ne me rappelle plus bien, papa.

À la fin du repas, Philippe replia sa serviette et dit : « Je crois que je vais emmener Alexandre quelques jours à Londres, chez mes parents. Ça fait un moment qu'il ne les a pas vus et c'est bientôt les vacances de février. J'appellerai l'école pour les prévenir... »

— Tu viens pas avec nous, maman ? demanda Alexandre.

— Non, répondit Philippe. Maman est très occupée en ce moment.

— Toujours le livre ? soupira Alexandre. J'en ai marre de ce livre.

Iris hocha la tête et détourna le visage pour cacher les larmes qui lui montaient aux yeux.


Gary demanda s'il pouvait prendre le dernier morceau de baguette et Jo le lui tendit, l'œil morne. Les deux filles se taisaient et le regardaient en silence saucer le reste de ratatouille.

— Qu'est-ce que vous avez à faire la tronche ? demanda-t-il après avoir englouti son morceau de pain. C'est à cause des photos dans le journal ?

Elles se regardèrent, soulagées. Il savait.

— Ça vous ennuie ?

— Pire que ça, soupira Joséphine.

— Mais c'est rien, on va en parler pendant une semaine et puis ça sera fini... Je peux reprendre un peu de fromage ?

Joséphine lui tendit le camembert.

— Mais ta mère..., dit Jo.

— Maman ? C'est sûr qu'elle serait allée lui filer un pain à Iris. Mais elle est pas là et elle ne le saura pas...

— T'es sûr ?

— Mais oui, Jo. Tu crois qu'on lit ce torchon à Moustique ? Et puis, c'est génial, ma cote va exploser auprès des filles ! Elles vont toutes vouloir sortir avec moi ! Je vais être la star du lycée ! Pendant quelques jours, en tout cas...

— C'est tout l'effet que ça te fait ? demanda Jo, stupéfaite.

– Tu aurais dû voir la presse anglaise du temps de Diana, là on serait vraiment les fesses ! Je peux finir le camembert ? Y a plus de pain ?

Jo secoua la tête, abattue. Elle était responsable de Gary.

– Oh, Jo, ne fais pas un drame de ce qui n'en est pas un.

– Parle pour toi ! Mais tu imagines Philippe et Alexandre...

– Ils n'ont qu'à prendre ça comme un jeu. Une plaisanterie. La seule chose que j'aimerais bien savoir c'est comment ces photos se sont retrouvées dans ce canard !

– Moi aussi ! gronda Jo.


On revit Iris à la télévision. On l'entendit à la radio. « Je ne comprends pas cette effervescence, s'étonna-t-elle sur RTL, quand un homme de quarante ans sort avec une jeunesse de vingt ans, il ne fait pas les gros titres des journaux ! Je suis pour l'égalité hommes-femmes sur tous les plans. »

Les ventes du livre reprirent de plus belle. Les femmes recopiaient ses secrets de beauté, et les hommes la regardaient en rentrant le ventre. On proposa à Iris d'animer une émission la nuit sur une radio FM. Elle refusa : elle voulait se consacrer entièrement à la littérature.


Loin de cette agitation parisienne, assis sur les marches de la véranda, Antoine réfléchissait : il n'avait pas pu prendre les filles pour les vacances de février. À Noël non plus, elles n'étaient pas venues. Joséphine lui avait demandé l'autorisation de les emmener à Moustique chez une amie. Les filles se faisaient une joie d'aller là-bas. Il avait dit oui. Noël avait été triste et bâclé. Ils n'avaient pas trouvé de dinde sur le marché de Malindi. Ils avaient mangé du wapiti qu'ils avaient mâché en silence. Mylène lui avait offert une montre de plongée. Il n'avait pas de cadeau pour elle. Elle n'avait rien dit. Ils s'étaient couchés tôt.

Il était mal en point depuis quelque temps. Bambi avait été dévoré par un vieux crocodile pugnace un jour qu'il se traînait, insouciant, sur le bord d'un étang. Cela avait complètement déstabilisé Pong et Ming. Ils les servaient en traînant leurs savates, avaient l'œil creux et larmoyant, ne mangeaient plus et s'étendaient sur des nattes pour se reposer à la moindre difficulté. Il devait reconnaître que lui-même avait été affecté par la mort de Bambi. Il avait fini par s'attacher à cet animal pataud et gluant qui le regardait d'un œil vitreux, attaché au pied de la table de la cuisine. C'était un lien entre les autres crocodiles et lui. Un trait d'union aimable. Il l'observait et lui trouvait une lueur humaine au fond de l'œil. Parfois même, il lui souriait. Il retroussait ses mâchoires et esquissait un sourire. « Tu crois qu'il m'aime bien ? » avait-il demandé à Pong. Il avait été attendri par la réponse affirmative de Pong.

Seule Mylène résistait. Sa petite affaire prospérait. Son association avec mister Wei se précisait. « Laisse tomber ces sales bêtes et viens avec moi », soufflait-elle à Antoine, le soir, quand ils se glissaient sous la moustiquaire. Un autre départ après un autre échec, pensait Antoine, dépité, je ne fais que ça : collectionner les échecs. Et puis, ce serait plier bagage devant les crocodiles et, il ne savait pas pourquoi, il refusait cette solution. Il voulait, face à ces sales bêtes, partir la tête haute. Il voulait avoir le dernier mot.

Il passait de plus en plus de temps en tête à tête avec eux. Le soir, surtout. Parce que, dans la journée, il s'éreintait à travailler. Mais le soir, après le dîner, il abandonnait Mylène à ses carnets de commande, à ses cahiers de comptes et partait longer les rives des crocodiles.

Partir en Chine ne le tentait pas. Se battre à nouveau, et pour quoi ? Il n'avait plus la force de se battre.

« Mais je travaillerai, tu n'auras pas grand-chose à faire... Tu t'occuperas des comptes. »

Elle ne veut pas partir seule, songeait-il. Je suis devenu un homme de compagnie, pour ne pas dire un gigolo.

Il doutait de tout. Il n'avait plus d'énergie. Il rejoignait les éleveurs au Crocodile Café, à Mombasa, et glissait le coude le long du comptoir en déblatérant sur les Noirs, sur les Blancs, sur les Jaunes, sur le climat, sur l'état des routes, sur la bouffe. Il s'était remis à boire. Je suis comme une pile à plat, se disait-il en fixant dans le noir de la nuit les yeux jaunes des crocodiles. Il pouvait lire une lueur d'ironie dans leurs yeux. On t'a bien eu, mon vieux. Regarde ce que tu es devenu : une loque humaine. Tu bois en cachette, tu n'as plus envie de baiser ta femme, tu manges du wapiti à Noël. On te massacrerait rien qu'en levant une patte ! Il leur lançait des pierres : elles ricochaient sur leur carapace luisante et grasse. Leurs paupières ne bougeaient pas, et la petite lueur jaune brûlait toujours dans l'orifice de leurs yeux, fendus comme un sourire mielleux.

Sales bêtes, sales bêtes, je vais tous vous zigouiller ! maugréait-il en cherchant comment les anéantir.

Que la vie était douce, avant. À Courbevoie.

Joséphine lui manquait. Les filles lui manquaient. Le chambranle de la porte de la cuisine venait se rappeler à son épaule, parfois, quand il s'appuyait à la porte de son bureau. Il se frottait doucement contre le bois et repartait à Courbevoie. Courbevoie, Cour-be-voie. Les syllabes résonnaient, magiques. Elles le faisaient voyager comme autrefois Ouagadougou, Zanzibar, Cap-Vert ou Esperanza. Retourner à Courbevoie. Après tout, cela ne fait que deux ans que je suis parti...

Un soir, il appela Joséphine.

Il tomba sur un répondeur qui lui demanda de laisser un message. Il regarda sa montre, surpris. Il était une heure du matin, heure française. Il réessaya le lendemain et entendit à nouveau la voix de Joséphine qui demandait qu'on laisse un message. Il raccrocha, sans laisser de message. Il appela alors dans la matinée, heure de Paris, et Joséphine décrocha. Après les banalités d'usage, il demanda s'il pouvait parler aux filles. Jo lui répondit qu'elles étaient parties en vacances.

— Tu sais, on en avait parlé. Les vacances sont tard, cette année, elles ont commencé fin février. Elles sont allées chez mon amie, à Moustique...

— Tu les as laissées partir seules ?

— Elles sont avec Shirley et Gary...

— C'est qui cette amie ?

— Tu la connais pas.

Soudain, une question lui vint à l'esprit :

— Mais tu n'étais pas là cette nuit, Jo ? Ni la nuit d'avant ! J'ai appelé et personne n'a répondu...

Il y eut un silence à l'autre bout du fil.

— Tu as quelqu'un ?

— Oui.

— Tu es amoureuse ?

— Oui.

— C'est bien.

Il y eut encore un silence. Un long silence. Puis Antoine se reprit.

— Cela devait finir par arriver...

— Je ne l'ai pas cherché. Je ne me croyais plus capable d'intéresser quelqu'un.

— Et pourtant... Tu es formidable, Jo.

— Tu ne me le disais pas souvent...

— « On reconnaît le bonheur au bruit qu'il fait en partant. » Qui a dit ça, Jo ?

— Je ne sais pas. Ça va, toi ?

— Je suis débordé de travail, mais ça va... Je vais finir de rembourser l'emprunt de la banque et je te verserai une pension pour les filles. Les affaires vont beaucoup mieux, tu sais. J'ai repris du poil de la bête !

— Je suis contente pour toi.

— Prends bien soin de toi, Jo...

— Toi aussi, Antoine. Je dirai aux filles de t'appeler quand elles rentreront.

Il raccrocha. S'épongea le front. Ouvrit une bouteille de whisky qui se trouvait sur une étagère et la finit dans la nuit.


Le 6 mai, vers six heures du matin, Josiane sentit une première contraction. Elle se rappela les cours de préparation à l'accouchement et entreprit de chronométrer le temps entre les contractions. À sept heures du matin, elle réveilla Marcel.

— Marcel... Je crois que ça y est ! Il arrive, Junior.

Marcel se redressa tel un boxeur sonné, bredouilla « il arrive, il arrive, tu es sûre, Choupette, mon Dieu ! Il arrive... ». Se prit les pieds dans la descente de lit, se releva, étendit les bras pour chercher ses lunettes, renversa le verre d'eau sur la table de nuit, jura, se rassit, jura encore et se tourna vers elle, désemparé.

— Marcel, ne t'énerve pas. Tout est prêt. Je vais m'habiller, me préparer, tu prends la valise, là, près de l'armoire, tu sors la voiture et je descends...

— Non ! Non ! Tu ne descends pas toute seule, je descends avec toi.

Il se précipita sous la douche, s'arrosa d'eau de toilette, se brossa les dents, peigna la couronne de cheveux roux qui bordait son crâne chauve, resta en arrêt devant une chemise bleue unie ou une chemise bleue avec de fines rayures.

— Il faut que je sois beau, Choupette, il faut que je sois beau...

Elle le contemplait, attendrie, et désigna une chemise au hasard.

— Tu as raison, celle-là fait plus frais, plus jeune... Et la cravate, Choupette, je veux le recevoir en cravate !

— Ce n'est peut-être pas la peine, la cravate...

— Si, si...

Il se précipita vers son dressing et lui en proposa trois. Elle choisit encore une fois au hasard et il approuva.

— Je ne sais pas comment tu fais pour garder ton sang-froid ! Je crois que je vais tourner de l'œil. Ça va ? Tu comptes bien le temps entre les contractions ?

— Tu as fini avec la salle de bains ?

— Oui. Je descends chercher la voiture et je monte te rechercher. Tu ne bouges pas d'ici, promis ? Un accident est si vite arrivé.

Il partit une première fois, remonta parce qu'il avait oublié les clés de la voiture. Repartit, revint encore : il ne se souvenait plus où il l'avait garée la veille. Elle le calma, le rassura, lui indiqua l'emplacement de la voiture et il repartit en ouvrant la porte de la cuisine.

Elle éclata de rire, il se retourna, bouleversé.

— Ça fait trente ans que j'attends ce moment, Choupette, trente ans ! Ne te moque pas de moi. Je crois que je ne vais pas y arriver...

Ils appelèrent un taxi. Marcel fit mille recommandations au chauffeur qui avait huit enfants et regardait le futur père, goguenard, dans le rétroviseur.

Sur la banquette arrière, Marcel tenait Josiane dans ses bras et l'enlaçait comme une seconde ceinture de sécurité. Il répétait « ça va, Choupette, ça va ? » en s'épongeant le front et en haletant comme un petit chien.

— C'est moi qui vais accoucher, Marcel, ce n'est pas toi.

— Je me sens mal, je me sens mal ! je crois que je vais vomir.

— Pas dans ma voiture ! s'exclama le chauffeur de taxi, je commence ma journée, moi.

Ils s'arrêtèrent. Marcel alla enlacer un marronnier pour reprendre ses esprits et ils repartirent vers la clinique de la Muette. « Mon fils naîtra dans le XVI^e arrondissement, avait décidé Marcel, dans la clinique la meilleure, la plus chic, la plus chère. » Il avait retenu la suite de luxe, au dernier étage, avec terrasse et salle de bains grande comme un salon d'ambassadeur.

Arrivés devant la clinique, Marcel donna un billet de cent euros au chauffeur qui rouspéta : il n'avait pas la monnaie.

— Mais je ne veux pas de monnaie ! C'est pour vous. Le premier voyage en taxi de mon fils !

Le chauffeur se retourna et lui dit :

— Ben dis donc... Je vous laisse mon numéro et vous m'appelez chaque fois qu'il sort, le petit.

À douze heures trente, le petit Marcel Junior poussait son premier cri. Il fallut soutenir le père qui tournait de l'œil et l'évacuer de la salle de travail. Josiane retint son souffle quand on posa son fils sur son ventre, mouillé, sale, gluant. « Qu'est-ce qu'il est beau ! Qu'est-ce qu'il est grand ! Qu'est-ce qu'il est fort ! Vous avez déjà vu un bébé aussi beau, docteur ? » Le docteur lui répondit « jamais ».

Marcel reprit ses esprits pour venir couper le cordon ombilical et donna le premier bain à son fils. Il pleurait tant qu'il ne savait plus comment tenir l'enfant et s'éponger les yeux à la fois, mais il ne voulut pas le lâcher.

— C'est moi, c'est papa, mon bébé. Tu me reconnais ? T'as vu, Choupette, il reconnaît ma voix, il s'est tourné vers moi, il a arrêté de gigoter. Mon fils, ma beauté, mon géant, mon amour... Tu vas voir la vie qu'on va te faire, ta mère et moi. Une vie de prince en babouches ! Faudra travailler aussi parce qu'en ce bas monde, si tu ne te casses pas les reins, t'as rien, mais t'en fais pas, je t'apprendrai. Je te paierai les plus belles écoles, les plus beaux cartables, les plus beaux livres tout enluminés d'or. Tu auras tout, mon fils, tu auras tout... Tu seras comme le Roi-Soleil. Tu régneras sur le monde entier parce que la France aujourd'hui, c'est tout petit, tout racorni. Y a plus que les Français pour se croire les rois du monde ! Tu verras, mon fils, toi et moi, on va s'en payer une fameuse tranche.

Josiane écoutait et le médecin accoucheur souriait.

— Il a du pain sur la planche, votre fils. Vous allez l'appeler comment ?

— Marcel, rugit Marcel Grobz. Comme moi. Il va le faire flamboyer ce prénom, vous verrez !

— J'en doute pas...

On monta la mère et l'enfant dans la suite de luxe. Marcel ne voulait plus partir.

— Tu es sûr qu'on ne va pas nous l'échanger ?

— Mais non... Il a son bracelet. Et puis y a pas de danger, t'as vu ? C'est ton portrait tout craché !

Marcel se rengorgea et alla contempler une fois encore le petit Marcel dans son berceau.

— Il faut que tu ailles le déclarer à la mairie et il faut que je me repose, je suis un peu fatiguée...

— Oh ! Pardon, Choupette... J'ai du mal à partir, tu sais, j'ai peur de pas le retrouver.

— T'as téléphoné à la boîte pour leur dire ?

— J'ai appelé Ginette et René, ils t'embrassent très fort. Ils ont sorti le champagne. Ils m'attendent pour boire ! Je reviendrai après. S'il y a quoi que ce soit, promets de m'appeler tout de suite, hein, Choupette ?

Il fit des photos de son fils, tout beau, tout baigné, tout propre, qui reposait dans sa grenouillère blanche, et repartit en se cognant dans la porte.

Josiane se laissa aller à sangloter de bonheur. Elle pleura, elle pleura longtemps puis se leva, prit son bébé dans ses bras et s'endormit, blottie contre lui.

Ils étaient tous réunis sous les branches de la glycine, décorée de petits nœuds bleus pour l'occasion, Ginette avait improvisé un buffet lorsque le portable de Marcel sonna. Il décrocha et claironna :

— Choupette ?

Ce n'était pas Choupette. C'était Henriette. Elle était à la banque, elle venait de consulter ses comptes et de faire le point avec sa conseillère en placements.

— Je ne comprends pas, nous avons deux comptes séparés maintenant ? Ce doit être un erreur...

— Non, ma chère. Deux comptes séparés et nos vies se séparent aussi. J'ai eu un fils cette nuit. Un fils nommé Marcel... Presque quatre kilos, cinquante-cinq centimètres, un géant !

Il y eut un long silence, puis Henriette, de la même voix coupante, dit qu'elle rappellerait, elle ne pouvait pas parler en face de madame Lelong.

Marcel se frotta les mains et jubila. Rappelle, rappelle, ma belle, tu vas voir comme je vais te l'envelopper la nouvelle ! René et Ginette le regardèrent en soupirant, enfin, enfin, il renversait le tyran.

Comme tous les esprits petits et malveillants, Henriette Grobz avait l'habitude de ne pas sortir de ses idées toutes faites et ne recherchait jamais en elle la cause de ses malheurs. Elle préférait s'en prendre à autrui. Ce jour-là, elle ne fit pas exception à la règle. Elle expédia les affaires courantes avec madame Lelong et sortit de la banque en renvoyant Gilles qui lui ouvrait la porte de la berline. Elle lui demanda de l'attendre, elle avait une course à faire qui ne nécessitait pas qu'il prenne la voiture. Elle fit le tour de pâté de maison pour remettre ses idées en place. Il était urgent qu'elle réfléchisse, qu'elle s'organise. Habituée à la docilité de sa victime, elle avait signé des papiers, lors du rachat de l'affaire des frères Zang, sans vraiment y prêter attention. Erreur, erreur, martela-t-elle en tricotant des genoux, grossière erreur. Je me suis endormie dans mon confort et je me suis fait rouler dans la farine. J'ai cru l'animal dompté et il bougeait encore. Il s'agit maintenant de corriger le tir. Lui parler aimablement pour tirer les marrons du feu. Le mot aimablement, bien qu'il ne fût pas articulé à haute voix, déclencha en elle une sorte de répulsion, une giclée de haine qui lui tordit la bouche. Pour qui se prenait-il, ce gros plein de soupe à qui elle avait tout appris : à tenir sa fourchette comme à décorer des vitrines ? Sans elle, il ne serait rien. Rien qu'un boutiquier obscur ! Elle lui avait donné dorure, poli et distinction. Elle avait imprimé sa marque dans le moindre pot à crayons qu'il vendait. Sa fortune, il me la doit, décida-t-elle au premier tour de pâté de maison. Elle me revient à moi. Plus elle avançait, plus sa haine grandissait. Elle grandissait en proportion de ses espérances trompées. Elle avait cru avoir gagné le port, être bien à l'abri et le goujat tranchait l'amarre ! Elle ne trouvait plus de mots pour le qualifier et dévalait d'un bel élan la pente douce des sentiments haineux. Une centaine de mètres plus loin, elle s'arrêta, frappée par une évidence des plus détestables : elle dépendait de lui, hélas ! Elle fut donc obligée de réprimer les explosions de son amour-propre blessé et de tempérer ses désirs de vengeance. Comptes séparés, épargne envolée, qu'allait-il lui rester ? Elle siffla quelques jurons, donna un coup sur son chapeau qui menaçait de s'envoler et entama le deuxième tour de pâté de maisons en s'efforçant de raisonner. Il lui fallait penser grand, ne pas se laisser aller à de petites vengeances, prendre un avocat, deux s'il le fallait, ressortir ses vieux contrats, exiger, tempêter... Elle s'arrêta contre une porte cochère et songea : En aurai-je les moyens ?

Il a dû tout border, ce n'est pas un gamin né de la dernière pluie, il affronte des Russes corrompus et des Chinois sournois. Autrefois je me satisfaisais de petites humiliations, je le persécutais avec douceur et obstination, c'était mon passe-temps favori, je l'avais presque anéanti. Elle eut un soupir nostalgique. Il fallait qu'elle en ait le cœur net et renifle l'état de la bête avant de décider quoi que ce soit. Un dernier tour de pâté fut consacré aux regrets. Je voyais bien qu'il ne dormait plus à la maison, son lit n'était plus jamais défait, je pensais qu'il vivait une dernière cochonnerie avec une danseuse nue alors qu'il planifiait de quitter le nid ! Il faut se méfier de l'eau qui dort, même soumis depuis des années, Marcel bougeait encore. À quoi me servira d'inventer de nouvelles persécutions si mes coups ne portent plus ? Elle s'affala à nouveau contre une porte cochère et composa le numéro de Chef.

– C'est cette Natacha ? attaqua-t-elle bille en tête. C'est cette traînée qui t'a fait un enfant ?

– Tout faux ! jubila Marcel. C'est Josiane Lambert. Ma future femme. La mère de mon enfant. Mon amour, mon embellie...

– À soixante-six ans, c'est ridicule.

– Rien n'est ridicule, ma chère Henriette, quand c'est l'amour qui parle...

– L'amour ! Tu appelles l'amour l'intérêt d'une femme pour ton pognon !

– Ah, tu deviens vulgaire, Henriette ! Le naturel revient au galop quand le vernis s'effrite ! Quant au pognon, comme tu dis, ne t'en fais pas, je ne te laisserai pas à poil sur le trottoir où tu ne ferais certainement pas recette. Tu garderas l'appartement, et je te verserai une pension tous les mois, de quoi vivre confortablement jusqu'à la fin de tes jours...

— Une pension ! Je n'ai que faire de ta pension, j'ai droit à la moitié de ta fortune, mon brave Marcel.

— Tu AVAIS droit... Plus maintenant. Tu as signé des papiers. Tu ne t'es pas méfiée, je me laissais tondre depuis si longtemps. Tu es sortie de mes affaires, Henriette. Ta signature ne vaut plus un rond. Tu peux calligraphier tous les rouleaux de papier-chiotte que tu veux, c'est tout ce qu'il te reste comme lot de consolation. Alors tu vas être très gentille, te contenter de la pension confortable que je veux bien t'allouer parce que, sinon, couic, tu n'auras que tes yeux pour pleurer. Va falloir ramoner le conduit lacrymal car il doit être sacrément encrassé.

— Je ne te permets pas de me parler comme ça !

— Tu m'as traité comme ça si longtemps. Tu y mettais les manières, c'est vrai, tu choisissais les mots, tu polissais ton mépris, tu avais reçu une bonne éducation, mais le fonds n'était pas beau. Ça puait le moisi, le mépris, le remugle de rombière aigrie. Aujourd'hui, ma chère, je pète de bonheur et je suis d'humeur prodigue. Profites-en parce que demain, je pourrais me montrer plus chien ! Alors tu vas la boucler. Sinon ça va être la guerre. Et la guerre, je sais la faire, chère Henriette...

Alors comme tous les esprits petits et mesquins Henriette eut un dernier sursaut petit et mesquin. Elle aboya :

— Et Gilles ? Et la voiture ? Je peux les garder ?

— Je crains que non... D'abord parce qu'il ne te porte pas dans son cœur, ensuite parce que je vais en avoir fichtrement besoin pour transporter ma reine et mon petit prince. J'ai peur que tu ne doives réapprendre l'usage de tes guibolles et que tu traînes ton cul dans les transports publics ou les taxis, si tu préfères flamber tes économies ! J'ai mis tout ça au clair avec mes hommes d'affaires. Tu n'as qu'à t'adresser à eux. Ils te liront le nouveau mode d'emploi. Le divorce suivra. Je n'aurai même pas à déménager mes affaires, j'ai déjà emporté ce qui me tenait à cœur, le reste tu peux passer tes nerfs dessus ou le foutre à la poubelle. J'ai un enfant, Henriette ! J'ai un enfant et une femme qui m'aime. J'ai refait ma vie, ça m'a pris du temps pour secouer le joug, mais ça y est ! Tourne, tourne encore à pied. Je sais, par Gilles, que tu fais la toupie depuis un bon moment, alors fais-la jusqu'à ce que tu sois épuisée, que tu aies vidé ton sac de haine et rentre à la maison... Médite sur ton sort ! Apprends la sagesse et la modestie. C'est un beau programme pour une vieillesse amie ! Estime-toi heureuse, je te laisse un toit, une adresse et de quoi bouffer tous les jours que Dieu dans son immense bonté voudra bien t'accorder.

— Tu as bu, Marcel. Tu as bu !

— Ce n'est pas faux. Je célèbre depuis ce matin ! Mais j'ai la tête claire et tu auras beau engager tous les avocats du monde, t'es baisée, ma chère, baisée !

Henriette raccrocha, ulcérée. Elle aperçut la voiture conduite par Gilles tourner au bout de la rue, l'abandonnant à sa solitude nouvelle.

Le jour où le petit Marcel Grobz regagna son logis, le jour où, dans les bras de sa mère, tout emmitouflé de bleu comme le bleu de ses yeux et le bleu des yeux de son père, il pénétra dans l'immeuble cossu qui serait désormais sa résidence, une surprise l'attendait. Un immense dais de percale blanche cousu de fleurs de lis avait été installé à l'entrée de l'immeuble et formait une haie impeccable, majestueuse sous laquelle il passa alors que, dissimulés derrière les plis qui retombaient en vagues neigeuses et jetant des poignées de riz, Ginette, René et tous les employés de la maison Grobz se mirent à chanter à l'unisson « Si j'étais un charpentier et si tu t'appelais Marie, voudrais-tu alors m'épouser et porter notre enfant ? »

Johnny, le grand Johnny Hallyday, n'avait pas pu faire le déplacement mais Ginette, de sa belle voix de choriste, chanta tous les couplets pendant que Josiane versait des larmes sur le bonnet en dentelle de son fils et que Marcel remerciait le ciel de tant de félicité et renseignait les badauds qui se demandaient si c'était un mariage, une naissance ou un enterrement.

– C'est tout à la fois, jubilait Marcel. J'ai une femme, un enfant et j'enterre des années de malheur ; à partir de maintenant je vais faire valser les dragées haut dans le ciel !


– À quoi vous pensez, Joséphine ?

– Je pense que ça va faire six mois que je dors dans vos bras presque tous les après-midi...

– Le temps vous paraît long ?

– Le temps me paraît une plume...

Elle se retourna contre Luca qui, appuyé sur un coude, la regardait et faisait courir un doigt sur son épaule nue. Elle repoussa sa mèche de cheveux et lui donna un baiser.

– Il va falloir que j'y aille, soupira-t-elle, et je ne voudrais jamais partir...

Le temps vole comme une plume, pensa-t-elle plus tard au volant de sa voiture. Je n'ai pas dit ça en l'air. Tout passe si vite. Gary avait eu raison : les vacances terminées, les enfants revenus bronzés comme de petits brugnons de Moustique, la vie avait repris. On n'avait plus reparlé de l'article.

Un jour, elle était allée déjeuner chez Iris. Philippe et Alexandre étaient à Londres. Ils y allaient de plus en plus souvent. Philippe avait-il décidé de vivre là-bas ? Elle l'ignorait. Ils ne se parlaient plus, ils ne se voyaient plus. C'est mieux comme ça, se disait-elle pour se rassurer chaque fois qu'elle pensait à lui. Elles avaient déjeuné toutes les deux dans le bureau d'Iris, servies par Carmen.

— Pourquoi as-tu fait ça, Iris, pourquoi ?

— Je pensais que c'était un jeu. Je voulais qu'on parle de moi... Et j'ai tout foutu en l'air ! Philippe m'évite, il a fallu que j'explique à Alexandre que c'était une mauvaise plaisanterie, il m'a regardée avec tant de dégoût dans les yeux que j'ai fui son regard.

— C'est toi qui as envoyé les photos ?

— Oui.

À quoi bon parler de tout ça ? pensa Iris, lasse. À quoi bon réfléchir là-dessus ? Encore une fois je m'y suis prise comme une maladroite et je me suis fait prendre. Je n'ai jamais été capable de comprendre ce qui se passait en moi, je n'ai pas la force et, si je l'avais, est-ce que ça m'intéresserait vraiment, je ne crois pas. Pas capable de me comprendre, moi, et incapable de comprendre les autres. Je dérive, ils dérivent loin de moi. Je ne sais pas me confier, faire confiance. Je ne trouve jamais personne à qui parler, je n'ai pas de véritable amie. Jusqu'à maintenant ça marchait comme ça. J'avançais sans penser, la vie était facile et douce, un peu écœurante, parfois, mais si facile. Je la jouais à coups de dés et les dés me souriaient. Tout à coup, les dés ne sourient plus. Elle eut un frisson et se replia dans son grand canapé. La vie me fuit et je fuis la vie. Beaucoup de gens sont comme moi, je ne suis pas la seule à tendre la main vers une chose qui se dérobe. Je ne sais même pas mettre de nom sur cette chose-là. Je ne sais pas...

Elle regarda sa sœur. Le visage grave de sa sœur. Elle, elle sait. Je ne sais pas comment elle fait. Ma petite sœur devenue si grande...

En finir avec toutes ces pensées. L'été va arriver, nous partirons dans notre maison à Deauville. Alexandre grandira.

Philippe s'en occupe maintenant. Je n'ai plus à m'en soucier. Elle eut un petit rire intérieur. Je ne m'en suis jamais souciée, je ne me soucie que de moi. Tu es ridicule, ma chère, quand tu essaies de penser, tes pensées ne tiennent pas droit, elles ne vont pas très loin, elles vacillent, elles s'écroulent... Je finirai comme Madame mère. J'essaierai seulement de cracher moins de venin. Garder un peu de dignité dans ce malheur que j'ai cousu point par point. J'ai cru, au début de ma vie, qu'elle me serait légère et douce ; tout me portait à le croire. Je me suis laissée flotter sur les rubans de la vie et ils ont fini par tisser un nœud mortel autour de moi.

– Tu ne t'es pas dit que tu allais faire du mal autour de toi ?

Les mots employés par Joséphine sonnèrent désagréablement à ses oreilles. Pourquoi employer des mots aussi terribles ? L'ennui ne suffisait-il pas à expliquer tout ça ? Il fallait mettre des mots en plus ! En finir une fois pour toutes ? Elle y avait songé en regardant la fenêtre de son bureau. Fini de se lever le matin, fini de se dire : Que vais-je faire aujourd'hui, fini de s'habiller, fini de se coiffer, fini de faire semblant de parler à son fils, à Carmen, à Babette, à Philippe... Fini la routine, la sombre ritournelle de la routine. Il lui restait une seule décoration : ce livre qu'elle n'avait pas écrit mais dont la gloire et le succès l'éclaboussaient encore. Pour combien de temps ? Elle ne savait pas. Après... Après, elle verrait. Après ce serait un autre jour, une autre nuit. Elle les prendrait un par un et les adoucirait comme elle le pourrait. Elle n'avait pas la force d'y penser. Elle se disait aussi que peut-être, un jour, l'ancienne Iris, la femme triomphante et sûre, reviendrait et la prendrait par la main, en lui soufflant : Ce n'est pas grave tout ça, fais-toi belle et repars... Fais semblant, apprends à faire semblant. Le problème, soupira-t-elle, c'est que je pense encore... Je suis faible mais je pense encore, il faudrait ne plus penser du tout. Comme Bérengère. Je veux encore, je désire encore, je me tends encore pleine d'espoir, de désir vers une autre vie que je n'ai pas la force de construire ni même d'imaginer. Avoir la sagesse de me replier et de compter mes pauvres forces, de me dire voilà, j'ai trois sous de force et pas davantage, faisons avec... Mais c'est trop tôt sûrement, je ne suis pas prête à renoncer. Elle s'ébroua. Elle détestait ce mot, renoncer. Quelle horreur !

Son regard retomba sur sa sœur. Elle avait tellement moins de talents que moi, à la naissance, et elle s'en sort très bien. La vie est tatillonne. C'est comme si elle réclamait l'addition, faisait le compte de ce qu'elle avait donné, de ce qu'elle avait reçu et présentait la note.

— Même Hortense ne vient plus me voir, lâcha-t-elle dans un ultime sursaut de ce qu'elle pouvait encore appeler intérêt pour la vie. On s'entendait bien pourtant... Je dois la dégoûter aussi !

— Mais elle prépare son bac, Iris. Elle travaille comme une folle. Elle vise une mention, elle a trouvé une école de stylisme à Londres pour l'année prochaine...

— Ah ! Elle veut donc vraiment travailler... Je croyais qu'elle disait ça en l'air.

— Elle a beaucoup changé, tu sais. Elle ne m'envoie plus bouler comme avant. Elle s'est radoucie...

— Et toi, ça va ? Je ne te vois plus beaucoup, non plus.

— Je travaille. Nous travaillons tous à la maison. C'est très studieux, l'atmosphère, chez moi.

Elle eut un petit rire espiègle qui se finit en un sourire confiant, tendre. Iris devina une légèreté de femme gaie, heureuse, et elle désira plus que tout être à sa place. Elle eut un instant l'envie de lui demander : Comment fais-tu, Joséphine, mais elle n'avait pas envie de connaître la réponse.

Elles ne s'étaient plus rien dit.

Joséphine était repartie en promettant de revenir la voir. Elle est comme une fleur coupée, s'était-elle dit en partant. Il faudrait la replanter... Qu'Iris prenne racine. Les racines, on n'y pense pas quand on est jeune. C'est vers quarante ans qu'elles se rappellent à nous. Quand on ne peut plus compter sur l'élan et la fougue de la jeunesse, quand l'énergie vient à manquer, que la beauté se fane imperceptiblement, qu'on fait le compte de ce qu'on a fait et de ce qu'on a raté, alors on se tourne vers elles et on y puise, inconsciemment, de nouvelles forces. On ne le sait pas, mais on se repose sur elles. J'ai toujours compté sur moi, sur mon travail de petite fourmi laborieuse, dans les pires moments, j'avais ma thèse, mon dossier de chercheuse à constituer, mes recherches, mes conférences, mon cher XIIe siècle qui était là et qui me disait : Tiens bon... Aliénor m'inspirait et me tendait la main !

Elle se gara devant son immeuble et déchargea les courses qu'elle avait faites avant d'aller chez Luca. Elle avait tout le temps de préparer le dîner, Gary, Hortense et Zoé ne rentreraient pas avant une bonne heure. Elle prit l'ascenseur, les bras chargés de paquets, se reprocha de ne pas avoir pensé à sortir ses clés, il va falloir que je répande tous les paquets par terre ! Elle avança en tâtonnant à la recherche de la minuterie.

Une femme était là, qui l'attendait. Elle fit un effort pour se souvenir à qui elle lui faisait penser et puis un triangle rouge apparut : Mylène ! La manucure du salon de coiffure, la femme qui était partie avec son mari, la femme au coude rouge. Il lui sembla qu'un siècle avait passé depuis qu'elle avait colorié rageusement le triangle rouge qui dépassait de la portière de la voiture.

– Mylène ? demanda-t-elle d'une voix mal assurée.

La femme hocha la tête, la suivit, l'aida à ramasser les paquets qui dégringolaient pendant que Joséphine cherchait ses clés. Elles s'installèrent dans la cuisine.

– Il faut que je prépare le dîner pour les enfants. Ils vont rentrer bientôt...

Mylène fit le geste de repartir mais Joséphine la retint.

– Nous avons le temps, vous savez, ils ne rentrent pas avant une heure. Vous voulez boire quelque chose ?

Mylène secoua la tête et Joséphine lui fit signe de ne pas bouger pendant qu'elle rangeait les courses.

– C'est Antoine, n'est-ce pas ? Il lui est arrivé quelque chose ?

Mylène hocha la tête, ses épaules se mirent à trembler.

Joséphine lui prit les mains et Mylène s'effondra en larmes contre son épaule. Joséphine la berça un long moment. « Il est mort, n'est-ce pas ? » Mylène laissa échapper un oui secoué de larmes et Joséphine la serra contre elle. Antoine, mort, ça ne se pouvait pas... elle pleura aussi et toutes les deux restèrent à sangloter dans les bras l'une de l'autre.

– C'est arrivé comment ? demanda Joséphine en se redressant et en s'essuyant les yeux.

Mylène raconta. La ferme, les crocodiles, mister Wei, Pong, Ming, Bambi. Le travail de plus en plus difficile, les crocodiles qui ne voulaient pas se reproduire, qui déchiquetaient ceux qui les approchaient, les ouvriers qui ne voulaient plus travailler, les réserves de poulets qu'ils pillaient.

– Pendant ce temps, Antoine s'éloignait dans ses pensées. Il était là mais il n'était pas là. La nuit, il partait parler aux crocodiles. Il disait ça tous les soirs : Je vais aller parler aux crocodiles, il faut qu'ils m'écoutent, comme si les crocodiles pouvaient écouter ! Un soir, il est parti se promener comme tous les soirs, il est entré dans l'eau d'un étang, Pong lui avait montré comment faire, comment se placer à côté d'eux sans se faire dévorer... Il a été mangé tout cru !

Elle éclata en sanglots et sortit un mouchoir de son sac.

— On n'a presque rien retrouvé de lui. Juste la montre de plongée que je lui avais offerte à Noël et ses chaussures...

Joséphine se redressa et sa première pensée fut pour les filles.

— Il ne faut pas que les filles sachent, dit-elle à Mylène. Hortense passe son bac dans une semaine et Zoé est si sensible... Je leur dirai petit à petit. Je dirai d'abord qu'il a disparu, qu'on ne sait pas où il est et puis, un jour, je leur dirai la vérité. De toute façon, poursuivit-elle comme si elle se parlait à elle-même, il ne leur écrivait plus, il ne leur téléphonait plus. Il était en train de disparaître de leur vie. Elles ne vont pas me demander de ses nouvelles tout de suite... je leur dirai après... après... je ne sais pas quand... d'abord je dirai qu'il est parti en reconnaissance visiter d'autres terres pour implanter d'autres parcs... et puis... enfin, je verrai.

Et puis... tout lui revint.

Le jour de leur rencontre. La première fois qu'elle l'avait vu, il était perdu dans une rue de Paris, il tenait un plan de la ville à la main et cherchait son chemin. Elle l'avait pris pour un étranger. Elle s'était approchée et lui avait demandé en articulant « je peux vous aider ? ». Il lui avait jeté un regard éperdu, avait expliqué : « J'ai un rendez-vous important, un rendez-vous d'affaires, et j'ai peur d'être en retard. — Ce n'est pas loin, je vais vous y conduire », avait-elle dit. Il faisait beau ce jour-là, c'était le premier jour d'été à Paris, elle portait une robe légère, elle venait d'être reçue à son agrégation de lettres. Elle se promenait le nez en l'air. Elle l'avait piloté et l'avait laissé devant une grande porte en bois verni, avenue de Friedland. Il transpirait, s'était essuyé le visage et avait demandé, inquiet : « Je suis présentable ? » Elle avait ri et avait dit : « Vous êtes impeccable. » Il l'avait remerciée avec un regard de chien battu. Elle se souvenait très bien de ce regard. Elle s'était dit : C'est bien, je lui ai rendu service, j'ai servi à quelque chose aujourd'hui, il a l'air si misérable, ce pauvre garçon. Oui, c'était exactement en ces termes qu'elle avait pensé à lui. Il lui avait proposé d'aller boire un verre après son rendez-vous, « si ça se passe bien, on fêtera ma nouvelle embauche, sinon vous me consolerez ». Elle avait trouvé cela un peu maladroit comme invitation, mais elle avait accepté. Je me souviens très bien d'avoir accepté parce qu'il ne me faisait pas peur, qu'il faisait beau, que je n'avais rien à faire et que j'avais envie de le protéger. Il ne semblait pas à sa place dans cette ville trop grande pour lui, dans ce costume trop ample, avec ce plan qu'il ne savait pas lire et les rigoles de sueur qui lui coulaient dans les yeux. En attendant de le retrouver, elle était allée se promener sur les Champs-Élysées, avait acheté une glace vanille-chocolat, un tube de rouge à lèvres. Elle était revenue le chercher devant la même porte en bois verni. Elle avait retrouvé un homme flamboyant, sûr de lui, autoritaire presque. Elle s'était demandé si c'était elle qui l'avait idéalisé le temps de sa promenade ou si elle l'avait mal perçu la première fois. Elle l'avait vu sous un angle nouveau : viril, réconfortant, spirituel. « Ça a marché comme sur des roulettes, lui avait-il dit, je suis embauché ! » Il l'avait invitée à dîner. Il avait parlé pendant tout le repas de son prochain job, il ferait ci, il ferait ça, elle l'écoutait et avait envie de se laisser aller. Il était si rassurant, si entraînant. Plus tard, elle s'était demandé sous combien d'angles on pouvait percevoir une même personne et quel angle était le bon. Et si le sentiment qu'on éprouvait envers cette personne variait selon l'angle... S'il l'avait invitée à dîner alors qu'il était égaré, anxieux, transpirant, aurait-elle dit oui ? Je ne crois pas, avait-elle reconnu, honnête. Je lui aurai souhaité bonne chance et je serais partie sans me retourner... Alors à quoi tient la naissance d'un sentiment ? À une impression fugace, fluctuante, changeante ? À un angle qui se déplace, laissant la place à une illusion qu'on projette sur l'autre ? Le jour où il l'avait demandée en mariage avait été un jour autoritaire et viril. Elle avait dit oui. Cela l'avait tracassée longtemps au début de son mariage, d'autant plus que l'angle sous lequel lui apparaissait Antoine changeait souvent...

Aujourd'hui, il n'y a plus d'angle. Il est mort. Il me reste une image d'homme flou, mais d'homme aimable et doux. Il lui aurait fallu une autre femme que moi, peut-être.

– Vous allez faire quoi maintenant ? demanda Joséphine à Mylène.

– J'hésite. Je vais peut-être partir en Chine. Je ne sais pas si les filles vous l'ont dit, mais j'ai monté un business là-bas...

– Elles m'ont raconté...

– Je crois que je vais y aller, je pourrais gagner pas mal d'argent...

Son œil avait repris de l'éclat. On sentait qu'elle pensait à ses projets, à ses commandes, à ses futurs bénéfices.

– Vous devriez essayer, en tout cas ; cela vous changerait les idées...

– De toute façon, je n'ai guère le choix. Je n'ai plus rien, j'avais donné toutes mes économies à Antoine... Oh ! mais je ne vous demande rien ! Je ne voudrais pas que vous croyiez que je suis venue pour ça...

Joséphine avait eu un imperceptible mouvement de repli quand Mylène avait parlé d'argent. Elle s'était dit un centième de seconde : Elle est venue me demander de lui rembourser les dettes d'Antoine. Devant le regard doux et triste de Mylène, elle s'en voulut d'avoir pensé ça, chercha à se rattraper.

– J'ai un beau-père qui commerce avec les Chinois. Vous pourriez aller le voir, il vous donnerait des conseils...

— Je me suis déjà servie de son nom pour approcher un avocat, rougit Mylène.

Elle se tut un instant et joua avec la poignée de son sac

— C'est vrai que ce serait bien si je pouvais avoir un rendez-vous avec lui.

Joséphine lui écrivit l'adresse et le téléphone de Chef sur un morceau de papier et le lui tendit.

— Vous pouvez lui dire que c'est moi qui vous envoie. On s'aimait bien, avec Marcel...

Ça lui faisait drôle de l'appeler Marcel. Il changeait d'angle, lui aussi, en changeant de prénom.

Elle fut interrompue dans ses pensées par une cavalcade dans l'escalier, le bruit d'une porte qui s'ouvrait à toute volée et Zoé déboula, rouge, essoufflée, s'arrêtant net devant Mylène. Son regard alla de sa mère à Mylène en se demandant : Mais qu'est-ce qu'elle fait là ?

— Et papa ? demanda-t-elle aussitôt à Mylène sans lui dire bonjour ni l'embrasser. Il est pas avec toi ?

Elle s'était placée au côté de sa mère et la tenait par la taille.

— Mylène était justement en train de me dire que ton père était parti faire des repérages à l'intérieur du pays. Il veut agrandir ses parcs. C'est pour ça que vous n'avez plus de nouvelles depuis quelque temps...

— Il n'a pas emporté son ordinateur ? demanda Zoé, soupçonneuse.

— Un ordinateur dans la savane ! s'exclama Mylène. Tu as vu ça où, Zoé ? Tu me fais un baiser ?

Zoé hésita, regarda sa mère, puis s'approcha de Mylène et déposa un prudent baiser sur sa joue. Mylène la prit dans ses bras et la serra contre elle. L'intimité manifeste entre Zoé et Mylène choqua d'abord Joséphine qui se reprit vite. Hortense fut tout aussi surprise et distante que sa sœur. Elles prennent mon parti, se dit Joséphine qui n'était pas mécontente, c'est assez bas de penser ça mais ça me réconforte. Elles doivent se demander ce qu'elle fait là. Elle répéta ce qu'elle avait dit à Zoé. Mylène approuva du menton pendant qu'elle parlait.

Hortense écouta puis demanda :

— Il n'a pas de téléphone non plus ?

— Il ne doit plus avoir de batterie...

Hortense n'eut pas l'air convaincu.

— Et toi, qu'est-ce que tu es venue faire à Paris ?

— Chercher des produits et voir mon avocat...

— Elle voulait savoir si elle pouvait appeler Chef pour son affaire en Chine. Ton père lui a dit de s'adresser à moi, intervint Joséphine.

— Chef, reprit Hortense, soupçonneuse. Qu'est-ce qu'il a à faire là-dedans ?

— Il travaille beaucoup avec les Chinois..., répéta Joséphine.

— Mmoui..., dit Hortense.

Elle se retira dans sa chambre, ouvrit ses livres et ses cahiers, commença à travailler mais l'étrangeté de la situation, sa mère dans la cuisine avec Mylène, leurs mines chiffonnées et leurs yeux rougis, ne lui disait rien de bon. Il est arrivé quelque chose à papa et maman ne me le dit pas. Il est arrivé quelque chose à papa, j'en suis sûre. Elle passa la tête dans le couloir et appela sa mère.

Joséphine la rejoignit dans sa chambre.

— Il est arrivé quelque chose à papa et tu me le dis pas...

— Écoute, chérie...

— Maman, je ne suis plus un bébé. Je ne suis pas Zoé, je préfère savoir.

Elle avait prononcé ces mots d'un ton si froid, si déterminé que Joséphine voulut la prendre dans ses bras pour la préparer. Hortense se dégagea d'un geste sec et violent.

— Arrête tes simagrées ! Il est mort, c'est ça ?

— Hortense, comment peux-tu dire ça ?

— Parce que c'est vrai, hein ? Dis que c'est vrai...

Elle tendait un visage fermé, hostile vers sa mère, la provoquant de sa colère. Elle avait les bras raidis le long du corps et toute son attitude la rejetait.

— Il est mort et tu as peur de me le dire. Il est mort et tu crèves de trouille. Mais à quoi ça sert de nous mentir ? Faudra bien qu'on sache un jour ! Et moi, je préfère savoir maintenant... Je déteste les mensonges, les secrets, les gens qui font semblant !

— Il est mort, Hortense. Happé par un crocodile.

— Il est mort, répéta Hortense. Il est mort...

Elle répéta ces mots plusieurs fois, ses yeux restèrent secs. Joséphine tenta de l'approcher une nouvelle fois, de passer son bras autour de ses épaules, mais Hortense la repoussa violemment et Joséphine tomba sur le lit.

— Ne me touche pas ! hurla-t-elle. Ne me touche pas !

— Mais qu'est-ce que je t'ai fait, Hortense ? Qu'est-ce que je t'ai fait pour que tu sois aussi dure avec moi ?

— Je ne te supporte pas, maman. Tu me rends folle ! Je te trouve, mais je te trouve...

Les mots lui manquaient et elle soupira, exaspérée, comme si toute l'horreur que lui inspirait sa mère était trop grande pour tenir dans des mots. Joséphine courba le dos et attendit. Elle comprenait le chagrin de sa fille, elle comprenait sa violence, elle ne comprenait pas pourquoi ce chagrin et cette violence se retournaient contre elle. Hortense se laissa tomber sur le lit, à côté d'elle, observant une distance afin que Joséphine ne l'effleure pas.

— Quand papa était au chômage... quand il se traînait à la maison... tu prenais tes airs de bonne sœur, tes airs doucereux, pour nous faire croire que tout allait très bien, que papa était « en recherche d'emploi », que ce n'était pas grave, que la vie allait recommencer comme avant. Elle n'a jamais recommencé comme avant... Tu as essayé de nous le faire croire, tu as essayé de le lui faire croire.

– Que voulais-tu que je fasse ? Que je le mette dehors ?

– Fallait le secouer, lui mettre la réalité devant le nez, pas le conforter dans ses illusions ! Mais toi, tu étais là, toujours en train de nia-nia-nia... de dire n'importe quoi ! Toujours en train d'essayer que tout s'arrange avec des mensonges.

– C'est à moi que tu en veux, Hortense ?

– Oui. Je t'en veux de tes airs gentils, doux, complètement à côté de la plaque ! De ta générosité à la con, de ta gentillesse débile ! Je t'en veux, maman, t'as pas idée de ce que je t'en veux ! La vie est si dure, si dure, et toi, tu es là à prétendre le contraire, à essayer que tout le monde s'aime, que tout le monde partage, que tout le monde s'écoute. Mais c'est de la connerie, tout ça ! Les gens se dévorent, ils ne s'aiment pas ! Ou ils t'aiment quand tu leur donnes quelque chose à manger ! Tu n'as rien compris, toi. Tu restes là comme une conne, à pleurer sur ton balcon, à parler aux étoiles. Tu crois que je ne t'ai jamais entendue parler aux étoiles ? J'avais envie de te balancer par-dessus le balcon. Elles devaient bien se marrer les étoiles à t'entendre radoter, à genoux, les mains croisées. Avec ton petit chandail de rien du tout, ton tablier, tes cheveux plats et mous. Et toi, tu pleurnichais, tu leur demandais de l'aide, tu croyais qu'un bel ange allait descendre du ciel et résoudre tous tes problèmes. J'avais pitié de toi et en même temps je te détestais ! Alors j'allais me coucher et je m'inventais une mère fière, droite, impitoyable, une mère courageuse, belle, belle, je me disais ce n'est pas ma mère cette femme agenouillée sur le balcon, cette femme qui rougit, qui pleurniche, qui tremble pour un oui ou un non...

Joséphine sourit et la regarda avec tendresse.

– Vas-y, vide ton sac, Hortense...

— Je t'ai détestée au moment du chômage de papa. Dé-tes-tée ! Toujours à amortir, à étouffer, tiens, tu t'es même mise à grossir pour mieux amortir ! Tu devenais plus moche de jour en jour, plus molle, plus... rien du tout et lui, il essayait de s'en sortir, il essayait de continuer, il mettait ses beaux habits, il se lavait, il s'habillait, il essayait mais toi, tu le contaminais avec ta douceur répugnante, ta douceur qui dégoulinait, qui l'engluait...

— Ce n'est pas facile, tu sais, de vivre avec un homme qui ne travaille pas, qui est toute la journée à la maison...

— Mais fallait pas le materner ! Il fallait lui faire sentir qu'il avait encore du courage ! Toi, tu le ratatinais avec ta douceur. Pas étonnant qu'il soit allé voir Mylène. Avec elle, il se sentait un homme tout d'un coup. Je t'ai détestée, maman, si tu savais ce que je t'ai détestée !

— Je sais... Je me demandais juste pourquoi.

— Et tes grands sermons sur l'argent, sur les valeurs de la vie, j'en aurais vomi ! Il n'y a plus qu'une seule valeur aujourd'hui, maman, ouvre les yeux bien grands et avale ça d'un coup, il n'y a plus que l'argent, si t'en as t'es quelqu'un, si t'en as pas alors là... Bonne chance ! Et toi, tu n'as rien compris, rien compris du tout ! Quand papa est parti, tu ne savais même plus conduire la voiture, tu passais tes soirées à faire des comptes, à compter tes petits sous, t'avais plus rien... C'est Philippe qui t'a aidée avec les traductions, Philippe qui a du blé, des relations. S'il n'avait pas été là, on aurait fini où, hein ? Tu peux le dire ?

— Il n'y a pas que l'argent dans la vie, Hortense, mais tu es trop jeune.

Dis-le bien vite que je suis jeune ! Parce que j'ai compris beaucoup de choses que tu n'as pas comprises, toi. Et je t'en voulais de ça aussi, je me disais : mais on va où avec elle ? Je me sentais pas en sécurité avec toi et je me disais : c'est encore trop tôt, mais un jour je ferai ma vie et je me casserai de cet endroit ! Je ne pensais qu'à ça. J'y pense toujours d'ailleurs, j'ai bien compris qu'il ne fallait compter que sur soi... Papa, si j'avais été sa femme...

— Nous y voilà !

— Exactement ! Je lui aurais mis les points sur les *i*, je lui aurais dit : arrête de rêver et prends ce qu'on t'offre. N'importe quoi mais commence quelque chose... Je l'ai tellement aimé, papa ! Je le trouvais si beau, si élégant, si fier... et si faible à la fois. Je le voyais se traîner toute la journée dans cet appartement, avec ses pauvres occupations, les plantes sur le balcon, sa partie d'échecs, son flirt avec Mylène ! et toi tu ne voyais rien. RIEN ! Je te trouvais bête, si bête... Et, en même temps, je ne pouvais pas faire grand-chose. Ça me rendait folle de le voir comme ça ! Quand il a trouvé ce boulot au Croco Park, je me suis dit qu'il allait s'en sortir. Qu'il avait trouvé un truc où il pourrait réaliser ses rêves de grandeur. Les crocodiles ont eu sa peau. Je l'aimais tellement... C'est lui qui m'a appris à me tenir droite, à être jolie, différente, c'est lui qui m'emmenait dans les magasins et m'habillait si bien, après on allait dans un bar de palace parisien et on buvait un verre de champagne en écoutant un orchestre de jazz. Avec lui j'étais unique, j'étais magnifique... Il m'a donné ce petit truc en plus, cette force qu'il n'avait pas. Il me l'a donnée à moi, il n'a pas su se la donner à lui. Il n'avait pas de force, papa. Il était faible, fragile, un petit garçon mais pour moi, il était magique !

— Il t'a aimée à la folie, Hortense. J'en suis témoin. Parfois même j'ai été jalouse de ce lien entre vous deux. Je me sentais rejetée sur le côté, avec Zoé. Il n'a jamais regardé Zoé comme il t'a regardée, toi.

— Il ne se supportait plus à la fin. Il buvait, il se laissait aller, il croyait que je ne le voyais pas, mais je voyais tout ! Il ne supportait plus ce qu'il était devenu : un échec ambulant. Déjà, cet été, il avait des moments où il était pitoyable. Alors ça vaut mieux comme ça !

Elle se tenait toute droite, au bord du lit. Joséphine restait à distance, la laissant évacuer son chagrin comme elle le pouvait, avec les mots qu'elle voulait bien mettre sur sa peine.

Soudain elle se retourna et fit face à sa mère.

— Mais c'est hors de question, HORS DE QUESTION, tu entends bien, qu'on revive ce qu'on a connu quand il était au chômage. Je ne veux plus connaître ça, plus jamais ! Il te donnait de l'argent ?

— Oh, tu sais...

— Il te donnait de l'argent ou pas ?

— Non.

— Donc on peut vivre sans lui ?

— Oui.

À condition qu'elle empoche l'argent du livre, songea Hortense en regardant sa mère. Ce n'est pas sûr qu'elle le fasse, qu'elle revendique, qu'elle réclame.

— On ne va pas redevenir pauvres ?

— Non, ma chérie, on ne va pas redevenir pauvres, je te le promets. Je me sens la force de me battre pour vous deux. J'ai toujours eu cette force-là. Jamais pour moi mais pour vous, oui.

Hortense lui lança un regard plein de doutes.

— Il ne faut pas que Zoé sache, c'est sûr. Il ne faut pas que Zoé sache... Zoé n'est pas comme moi. Il faudra lui dire les choses en douceur. Mais ça, je te laisse faire, c'est ton rayon...

Elle demeura un long moment, emmurée dans son chagrin et sa colère.

Joséphine attendit et dit :

— On lui dira petit à petit, ça prendra le temps qu'il faudra, elle apprendra à vivre sans lui.

– On vivait déjà sans lui, conclut Hortense en se levant. Bon, c'est pas tout ça mais j'ai mon bac à réviser, moi.

Joséphine quitta la chambre sans rien dire et revint à la cuisine où Mylène, Gary et Zoé l'attendaient.

– Mylène... elle peut rester dîner avec nous ? Dis oui, maman, dis oui...

– Je crois que je vais rentrer à l'hôtel, chérie, dit Mylène en déposant un baiser sur les cheveux de Zoé, on est tous très fatigués. Demain, j'ai une dure journée...

Elle remercia Joséphine, elle embrassa Zoé. Elle paraissait bouleversée. Elle les regarda une dernière fois, se disant : Si ça se trouve je ne les verrai plus jamais, plus jamais.


Début juin, Hortense et Gary passèrent les épreuves du bac.

Joséphine s'était levée tôt pour leur préparer leur petit-déjeuner. Elle demanda à Hortense si elle voulait qu'elle les accompagne et Hortense lui répondit que non, ça lui saperait le moral.

Hortense revint, le premier jour, satisfaite, le deuxième jour aussi, et la semaine passa sans qu'elle tremble ni s'angoisse. Gary était plus flegmatique mais ne semblait pas se faire de souci. Il allait falloir attendre le 4 juillet pour connaître les résultats.

Shirley ne vint pas tenir compagnie à son fils. Elle avait décidé de s'installer à Londres et cherchait un appartement. Elle appelait tous les soirs. Gary partit la rejoindre dès que les épreuves furent terminées.

Zoé passait dans la classe supérieure avec le tableau d'honneur. Alexandre aussi. Philippe les emmena tous les deux faire du cheval à Évian. Il croisa Joséphine le jour du départ sur le quai de la gare, et l'émotion qu'elle lut sur son visage la bouleversa. Il lui prit la main et lui demanda « ça va ? ». Elle comprit : tu es toujours amoureuse ? et répondit oui. Il lui baisa la main et murmura : « *Forget me not !* »

Elle eut une terrible envie de l'embrasser.

Zoé n'avait plus demandé de nouvelles de son père.

Hortense avait rappelé la journaliste de *Gala* et obtenu un stage de trois semaines comme accessoiriste lors des prises de vues. Elle partait travailler tous les matins, pestant contre les transports en commun qui lui prenaient tout son temps, répétant « mais quand va-t-on déménager, maintenant que Shirley n'est plus là, qu'est-ce qu'on attend pour s'installer à Paris ? ». Joséphine y pensait de plus en plus. Elle commença à visiter des appartements du côté de Neuilly pour que Zoé ne perde pas tous ses amis. Hortense avait déclaré que Neuilly lui allait très bien. « Il y a des arbres, un métro et des autobus, des gens bien habillés et bien élevés, je n'aurai plus l'impression de vivre dans une réserve, de toute façon je vais partir, dès que j'aurai mon bac, j'irai faire ma vie loin d'ici. »

Elle ne parlait plus de son père. Chaque fois que Joséphine demandait « ça va, ma chérie, tu es sûre que ça va ? Tu ne veux pas en parler ? », elle haussait les épaules, exaspérée, et ajoutait « on s'est tout dit, non ? ». Elle avait demandé à ce qu'on ressorte la télé de la cave, maintenant que les examens étaient passés. Elle voulait regarder les magazines de mode sur les chaînes câblées. Joséphine prit l'abonnement que lui demandait Hortense, ravie de voir sa fille se changer les idées.

C'est là, un dimanche de mi-juin, alors qu'elle était seule chez elle, qu'Hortense était sortie, qu'elle attendait qu'elle rentre, que Joséphine alluma la télévision Hortense lui avait dit : « Regarde la Trois, ce soir, il se peut que tu m'aperçoives.. Ne me loupe pas, ça ne durera pas longtemps. »

Il devait être onze heures et demie du soir et elle dressait l'oreille à chaque bruit dans l'escalier. Elle lui avait donné de l'argent pour prendre un taxi, mais c'était plus fort qu'elle, elle n'aimait pas la savoir seule, le soir. Seule dans le taxi, seule dans la banlieue, seule dans la cage d'escalier. Quand Gary l'accompagnait, c'était différent. Rien que pour ça, songea-t-elle, c'est bien qu'on déménage. Neuilly est calme, si calme. Je me ferai moins de souci quand elle sortira le soir...

Elle regardait, distraite, l'écran, appuyant sur la télécommande pour changer de chaîne, revenant sur la Trois pour y guetter Hortense. Luca avait proposé : « Je peux venir vous tenir compagnie si vous voulez, je me tiendrai bien ! » Mais elle ne voulait pas que sa fille la voie en compagnie d'un homme qui était son amant. Elle n'arrivait pas encore à mêler ses deux vies. La vie avec Luca et celle avec ses filles.

Elle changea de chaîne, et crut apercevoir Hortense. Elle se redressa. C'était Hortense. L'interview venait à peine de commencer. Sa fille crevait l'écran. Elle était belle, naturelle. Elle semblait très à l'aise. On l'avait maquillée, coiffée et elle paraissait plus âgée, plus mûre. Joséphine poussa un cri d'admiration. Elle ressemblait à Ava Gardner. L'animateur la présenta, dit son âge, expliqua qu'elle venait de passer son bac...

– Ça s'est bien passé ?

– Je crois. Oui, dit Hortense, les yeux brillants.

– Et vous voulez faire quoi ensuite ?

Nous y voilà, pensa Joséphine. Elle va dire son envie de faire de la mode, évoquer ses études l'année prochaine en Angleterre, demander si un couturier ne serait pas intéressé par son talent. Elle a tellement plus d'audace que moi. Elle est si efficace, si précise. Elle sait exactement ce qu'elle veut et ne s'embarrasse pas de faux-semblants. Elle écouta sa fille parler, en effet, de son désir de se lancer dans le monde si fermé de la mode. Elle prit soin de souligner qu'elle partait, en octobre, étudier à Londres, mais que si un couturier de la place de Paris voulait bien la prendre en stage en juillet, août, septembre, elle serait enchantée.

— Vous n'êtes pas venue seulement pour ça, l'interrompit l'animateur d'un ton sec.

C'était le même que celui qui avait scalpé Iris. Joséphine eut soudain un soupçon terrible.

— Non. Je suis venue pour faire une révélation au sujet d'un livre, articula Hortense avec beaucoup de soin. Un livre qui a remporté un très grand succès récemment, *Une si humble reine...*

— Et ce livre, d'après vous, n'aurait pas été écrit par son auteur présumé, Iris Dupin, mais par votre mère...

— Exactement. Je vous l'ai prouvé en vous montrant l'ordinateur de ma mère sur lequel se trouvent toutes les versions successives du livre...

C'est pour ça que je ne le retrouvais plus ce matin ! Je l'ai cherché partout. J'avais fini par me dire que je l'avais oublié chez Luca...

— Et je dois ajouter, continua l'animateur, que nous avons fait venir un huissier, avant l'émission, qui n'a pu que constater que l'ordinateur contenait bien les différentes versions du manuscrit et qu'il appartenait à votre mère, Madame Joséphine Cortès, chercheuse au CNRS...

— Spécialiste du XIIᵉ siècle qui est très précisément la période traitée dans le livre...

— Donc ce livre n'aurait pas été écrit par votre tante, car il faut rappeler qu'Iris Dupin est votre tante, mais par votre mère ?

— Oui, affirma Hortense d'un ton ferme, les yeux plantés dans la caméra.

— Vous savez que cela va causer un terrible scandale ?

— Oui.

— Vous aimez beaucoup votre tante...

– Oui.

– Et pourtant vous prenez le risque de la démolir et de démolir sa vie...

– Oui.

Son calme n'était pas une façade. Hortense répondait sans hésiter, sans rougir, ni balbutier.

– Et pourquoi faites-vous cela ?

– Parce que ma mère nous élève seule, ma sœur et moi, que nous n'avons pas beaucoup d'argent, qu'elle s'use à la tâche et que je ne voudrais pas que les droits d'auteur très importants du livre ne lui reviennent pas.

– Vous faites cela uniquement pour l'argent ?

– Je le fais pour rendre justice à ma mère d'abord. Et pour l'argent, ensuite. Ma tante, Iris Dupin, a fait cela pour s'amuser, elle ne s'attendait sûrement pas à ce que le livre remporte un tel succès, je trouve juste de rendre à César ce qui appartient à César...

– Quand vous parlez du succès de ce livre, est-ce que vous pouvez nous donner des chiffres ?

– Absolument. Cinq cent mille exemplaires vendus à ce jour, quarante-six traductions et les droits du film achetés par Martin Scorsese...

– Vous vous estimez lésée ?

– C'est comme un billet de Loto que ma mère aurait acheté et que ma tante aurait empoché... Si ce n'est que le billet de Loto, vous l'achetez en trente secondes, alors que le livre, ma mère a peiné dessus pendant un an, et qu'il représente des années et des années d'études ! Je trouve juste de la récompenser...

– En effet, déclara l'animateur, vous êtes d'ailleurs venue accompagnée d'un avocat, Maître Gaspard, qui se trouve être aussi l'avocat de nombreuses stars du show-biz, dont Mick

Jagger. Maître Gaspard, dites-nous ce que l'on peut faire dans un cas pareil ?

L'avocat se lança dans une longue tirade sur le plagiat, le travail de nègre, les différents cas de procès qu'il connaissait, qu'il avait plaidés. Hortense l'écoutait, droite, le regard toujours dirigé vers la caméra. Elle portait une chemise Lacoste verte qui faisait ressortir l'éclat de ses yeux, les reflets cuivrés de ses longs cheveux et le regard de Joséphine tomba sur le petit crocodile qui ornait sa poitrine.

Après que l'avocat eut parlé, l'animateur s'adressa une dernière fois à Hortense qui conclut en évoquant la carrière brillante de sa mère au CNRS, ses recherches sur le XIIe siècle, sa modestie encombrante qui rendait sa propre fille folle de rage.

– Vous savez, conclut Hortense, quand on est enfant, et j'étais encore une enfant il n'y a pas si longtemps, on a besoin d'admirer ses parents, de penser qu'ils sont forts, les plus forts. Les parents représentent un rempart contre le monde. On ne veut pas savoir s'ils sont faibles, désemparés, hésitants. On ne veut même pas savoir s'ils ont des problèmes. On a besoin de se sentir en sécurité auprès d'eux. Moi, j'ai toujours eu le sentiment que ma mère n'était pas assez solide pour se faire respecter, que toute sa vie on lui marcherait sur les pieds. C'est ce que j'ai voulu faire ce soir : la protéger malgré elle, la mettre à l'abri, qu'elle ne manque plus jamais de rien, qu'elle arrête de se casser la tête en se demandant comment elle allait payer l'appartement, les impôts, nos études, la bouffe de chaque jour... Aujourd'hui, si j'ai rompu le secret, c'est uniquement pour protéger ma mère.

La salle tout entière applaudit.

Joséphine fixait l'écran, la mâchoire décrochée de surprise.

L'animateur sourit et, se tournant une nouvelle fois devant

la caméra, s'adressa a Joséphine en la félicitant d'avoir une fille si forte, si lucide.

Puis en guise de boutade, il ajouta :

— Et pourquoi vous ne lui dites pas « je t'aime » quand vous êtes en face d'elle, ce serait plus simple que de venir le dire à la télévision. Parce que c'est quand même une déclaration d'amour que vous venez de lui faire...

Un instant, Hortense parut hésiter, puis elle se ressaisit.

— Je ne peux pas. Quand je suis en face de ma mère, je n'y arrive pas. C'est plus fort que moi.

— Et pourtant vous l'aimez ?

Il y eut un moment de silence. Hortense serra les poings posés sur la table, baissa les yeux et laissa échapper à voix basse :

— Je ne sais pas, c'est compliqué. On est si différentes...

Puis elle se reprit, se redressa et, relevant une lourde mèche de cheveux, elle ajouta :

— Je suis surtout en colère contre elle, contre toute cette enfance que je n'ai pas eue, cette enfance qu'elle m'a volée !

L'animateur la félicita de son courage, la remercia d'être venue, remercia l'avocat et présenta l'invité suivant. Hortense se leva et quitta le plateau de télévision sous les applaudissements.

Joséphine resta un moment sans bouger dans le canapé. Maintenant, tout le monde sait. Elle se sentit soulagée. Elle allait redevenir propriétaire de sa vie. Elle n'aurait plus à mentir, à se cacher. Elle allait pouvoir écrire. En son nom. Cela lui faisait un peu peur mais elle se dit aussi qu'elle n'aurait plus de prétexte pour ne pas essayer. « Ce n'est pas parce que les choses sont difficiles que nous n'osons pas, mais parce que nous n'osons pas qu'elles sont difficiles. » C'était le vieux Sénèque qui avait dit ça. C'était la première citation qu'elle avait recopiée quand elle avait commencé ses études.

C'était déjà pour se donner du courage... Et voilà, se dit-elle, je vais oser. Grâce à Hortense. Ma fille me met le pied à l'étrier. Ma fille, cette étrangère que je ne comprends pas, me force à me dépasser.

Ma fille qui ne respecte ni l'amour, ni la tendresse, ni la générosité, ma fille qui aborde la vie un couteau entre les dents me fait un cadeau que personne ne m'a jamais fait : elle me regarde, elle me soupèse et elle me dit vas-y, reprends ton nom, écris, tu peux le faire ! Tiens-toi droite et fonce ! Si ça se trouve, bégaya Joséphine, elle m'aime, elle m'aime. À sa façon mais elle m'aime...

Sa fille allait rentrer, elles allaient se retrouver face à face. Il ne fallait pas qu'elle pleure ni qu'elle l'embrasse. C'était trop tôt encore, elle le sentait. Elle l'avait défendue, à la télé, devant tout le monde. Elle lui avait rendu ce qui lui appartenait. Ça veut bien dire qu'elle m'aime un peu, quand même ?

Elle resta assise, un long moment, réfléchissant à la conduite qu'il convenait d'adopter. Les minutes passaient, Hortense allait rentrer. Elle entendait la clé tourner dans la porte, elle entendait les premiers mots d'Hortense, tu es encore debout, tu n'es pas couchée, tu te faisais du souci pour moi ? Ma pauvre mère ! Alors tu m'as trouvée comment ? J'étais belle ? Intéressante ? Il fallait que je le dise, tu allais encore te faire avoir... J'en ai marre que tu te fasses avoir ! Elle partirait dans sa chambre et elle s'enfermerait.

Elle luttait contre le découragement qui la gagnait.

Elle poussa la fenêtre vitrée du balcon et s'appuya sur la balustrade. Les plantes vertes étaient mortes depuis longtemps, elle avait oublié d'enlever les pots. Les tiges jaunes et noires se dressaient comme de pauvres morceaux de bois calcinés, un vieux terreau de feuilles mortes formait une bouillie infâme au pied des tiges. C'est tout ce qu'il reste d'Antoine, soupira-t-elle en les effleurant de la main. Il aimait tellement s'occuper de ses plantes. Le camélia blanc... Il y passait des heures. Dosait l'engrais, installait des tuteurs, vaporisait l'eau minérale. Me disait leur nom en latin, m'indiquait leurs dates de floraison, m'expliquait comment les bouturer. Quand il est parti, il m'a recommandé de bien m'en occuper. Elles sont mortes.

Elle se redressa et aperçut les étoiles dans le ciel. Elle pensa à son père, elle se mit à parler tout haut.

– Elle ne sait pas, vous savez, elle est si jeune, elle n'a pas encore touché la vie. Elle croit tout savoir, elle juge, elle me juge... C'est de son âge, c'est normal. Elle aurait préféré avoir Iris comme mère ! Mais qu'est-ce qu'elle a de plus que moi, Iris ? Elle est belle, elle est très belle, la vie lui est facile... C'est cette petite différence-là qu'elle voit, ma fille. Et elle ne voit que ça ! Ce petit plus qui est si injuste, qu'on reçoit à la naissance, on ne sait pas pourquoi, et qui facilite toute une vie ! Mais la tendresse, l'amour que je lui porte depuis qu'elle est née... Elle le voit pas. Pourtant elle en est pétrie ! Cet amour que je lui donne depuis qu'elle est toute petite, cet amour qui me faisait me relever la nuit quand elle faisait un mauvais rêve, qui me nouait le ventre quand elle rentrait triste de l'école, qu'on lui avait mal parlé, qu'on l'avait mal regar-dée ! Je voulais prendre toutes ces souffrances pour qu'elle n'ait pas de peine, qu'elle aille de l'avant, insouciante et légère... J'aurais donné ma vie pour elle. Je le faisais avec maladresse, mais c'est parce que je l'aimais. On est toujours maladroit avec les gens qu'on aime. On les écrase, on les encombre avec notre amour... On ne sait pas y faire. Elle croit que l'argent peut tout, que l'argent donne tout, mais ce n'est pas l'argent qui faisait que j'étais là quand elle rentrait de l'école, tous les jours, que je préparais son goûter, que je préparais son dîner, que je préparais ses affaires pour le lendemain pour qu'elle soit la plus belle, que je me privais de tout pour qu'elle ait ses belles tenues, de beaux livres, de belles chaussures, un bon steak dans son assiette... que je m'effaçais pour lui laisser toute la place. Ce n'est pas l'argent qui donne ces attentions-là. C'est l'amour. L'amour qu'on verse sur un enfant et qui lui donne sa force. L'amour qu'on ne compte pas, qu'on ne mesure pas, qui ne s'incarne pas dans des chiffres... Mais elle ne le sait pas. Elle est trop petite encore. Elle le comprendra un jour... Faites qu'elle le comprenne et que je la retrouve, que je retrouve ma petite fille ! Je l'aime tant, je donnerais tous les livres du monde, tous les hommes du monde, tout l'argent du monde pour qu'elle me dise un jour « maman, je t'aime, tu es ma petite maman chérie »... Je vous en supplie, les étoiles, faites qu'elle comprenne mon amour pour elle, qu'elle ne le méprise plus. Ce n'est pas dur pour vous de faire ça. Vous voyez bien tout l'amour que j'ai dans le cœur, alors pourquoi elle le voit pas, elle ? Pourquoi ?

Elle laissa tomber sa tête entre ses mains et resta là, penchée sur le balcon, priant de toutes ses forces pour que les étoiles l'entendent, pour que la petite étoile au bout de la grande casserole se mette à scintiller.

– Et toi, papa... Combien de temps il m'a fallu pour comprendre que tu m'avais aimée, que je n'étais pas toute seule, que je tirais ma force de toi, de ton amour pour moi ? Je ne l'ai pas su quand tu étais encore là, je n'ai pas pu te le dire. C'est après que j'ai compris... bien après... Je te demande juste qu'elle le comprenne un jour... Pas trop tard parce que tu vois, j'ai trop de peine quand elle me rejette. Ça me fait mal à chaque fois, je m'y habitue pas...

C'est alors qu'elle sentit quelque chose se poser sur son épaule.

Elle crut que c'était un effet du vent, une feuille tombée

du balcon du dessus, qui venait se poser sur elle pour la réconforter. Elle croyait si fort que les étoiles l'écoutaient.

C'était Hortense. Elle ne l'avait pas entendue entrer. Hortense, debout, derrière elle. Elle se redressa, l'aperçut, lui adressa un sourire de pénitente, surprise en train de s'abîmer.

– Je regardais les plantes de papa... Elles sont mortes depuis longtemps. J'ai oublié de m'en occuper. J'aurais dû y faire attention, ça comptait tellement pour lui.

- Arrête, maman, arrête..., dit Hortense d'une voix douce et basse. Ne t'excuse pas. Tu en planteras d'autres...

Elle ajouta, en relevant sa mère :

– Allez, viens. Va te coucher, tu es fatiguée... Et moi aussi. Je pensais pas que ça pouvait être si fatigant de parler comme je l'ai fait ce soir. Tu m'as écoutée ?

Joséphine fit oui de la tête.

– Et... ? demanda Hortense, attendant le jugement de sa mère.

Pendant le trajet du retour en taxi, elle avait pensé à sa mère, à l'idée qu'elle se faisait de sa mère, à la manière dont elle en avait parlé devant tous ces gens qui ne la connaissaient pas. Soudain Joséphine était devenue un personnage, une inconnue qu'elle regardait de l'extérieur. Joséphine Cortès. Une femme qui se battait. C'est elle qui l'a écrit, seule, en se cachant parce qu'elle avait besoin d'argent pour nous, pas pour elle... Elle ne l'aurait pas fait pour elle seule. Dans le taxi qui filait sous les lumières blafardes des réverbères, elle l'avait vue comme si elle ne la connaissait pas, comme si on lui racontait l'histoire d'une inconnue. Elle avait vu tout ce que sa mère faisait pour elle. C'était devenu une évidence qui grossissait au fur et à mesure qu'elle se rapprochait de leur immeuble.

Et puis elle était entrée, elle l'avait entendue parler toute seule, elle avait entendu son abandon, son désarroi.

– Tu m'as défendue, Hortense, tu m'as défendue... Je suis heureuse, si heureuse... Si tu savais !

Elles retournèrent dans le salon. Hortense soutenant sa mère. Joséphine sentait ses jambes se dérober sous elle, elle avait froid, elle tremblait. Elle s'arrêta et s'exclama :

– Je ne crois pas que je vais pouvoir dormir ! Je suis trop excitée... On se fait un petit café ?

– C'est sûr que ça va nous réveiller !

– Tu m'as réveillée... Tu m'as réveillée, je suis si heureuse ! Si tu savais... Je me répète mais...

Hortense l'interrompit, lui prit la main et lui demanda :

– Tu as l'idée de ton prochain bouquin ?

# Bibliographie

*Le Don des larmes*, Piroska Nagy, Albin Michel.

*Les Plantagenêts*, Jean Favier, Fayard.

*Histoire de la vie privée*, sous la direction de Philippe Ariès et de Georges Duby, Le Seuil.

*Le Chevalier, la femme et le prêtre*, Georges Duby, Folio.

*Les Dames du XII<sup>e</sup> siècle*, Georges Duby, Folio : tome 1 : Héloïse, Aliénor, Iseut et quelques autres ; tome 2 : Le souvenir des aïeules ; tome 3 : Ève et les prêtres.

*Mâle Moyen Âge*, de l'amour et autres essais ;

*Le Corps des femmes*, Edward Shorter, Flammarion.

*Aliénor d'Aquitaine*, Régine Pernoud, Albin Michel.

*Histoire des femmes, le Moyen Âge*, Georges Duby, Michelle Perrot, Plon.

*Nouvelle histoire de la France médiévale, XI<sup>e</sup> et XII<sup>e</sup> siècles*, Dominique Barthélémy, Points Seuil.

*La Civilisation de l'Occident médiéval*, Jacques Legoff, Arthaud.

*L'Europe est-elle née au Moyen Age ?*, Jacques Legoff, Seuil.

*L'Apologie de la chrétienté*, Jacques Legoff, Bordas.

*Les Croisades*, Anthony Bridge, Denoël.

*Les Loisirs au Moyen Age*, Jean Vardon, Tallandier.

*La Dernière Reine*, Philippe Alexandre et Beatrix de l'Aulnoit, Robert Laffont.

Articles du *New York Times* sur les élevages de crocodiles :

Keith Bradsher, 23 octobre 2004 ; Nathalie Angier, 26 octobre 2004.

## Remerciements

Il a beaucoup voyagé ce livre pendant que je l'écrivais !

Je l'ai commencé à Fécamp, l'ai continué à Paris, emporté à New York, à Megève, sur la plage de Carnau, à Londres, à Rome. Chaque lieu m'apportait une atmosphère, une histoire, un détail que je m'empressais de voler. J'ai rencontré les crocodiles à New York dans les pages du *New York Times*, Shirley à Londres chez Fortnum and Mason, Marcel Grobz est né à Megève ( !!!), Hortense d'une silhouette entrevue dans un magasin de chaussures, rue de Passy, l'histoire de Florine dans la petite maison de Carnau, sur la plage... et Joséphine incarne toutes les confidences que les femmes me murmurent à l'oreille.

Alors merci à Svetlana, Réjane, Michel, Colette, qui m'ont laissé poser mon ordinateur sur la table de leur cuisine ou de leur salon...

Merci à tous ceux qui me supportent et m'entourent quand j'écris : Charlotte et Clément d'abord ! Coco, Laurent, mon premier lecteur, Jean, Mireille, Christine et Christine (!), Michel, Michèle... Ils sont toujours là.

Merci à Sylvie qui m'a lue au fur et à mesure et m'a tenu la main !

Merci, Huguette, pour la sérénité que vous m'apportez (sans le savoir).

Merci à *La Revue* de Pierre Bergé que je feuillette avec délices et qui m'a permis d'emprunter meubles, bijoux, tableaux pour les besoins de mes personnages !

Merci à vous tous qui m'écrivez sur mon site Internet et qui m'envoyez de l'amour, de l'amour, de l'amour et parfois aussi des idées ! (Clin d'œil à Hervé !)

Merci, Jean-Marie, qui veilles sur moi dans les étoiles...

DU MÊME AUTEUR

*Aux Éditions Albin Michel*

J'ÉTAIS LÀ AVANT, 1999.

ET MONTER LENTEMENT DANS UN IMMENSE AMOUR..., 2001.

UN HOMME À DISTANCE, 2002.

EMBRASSEZ-MOI, 2003.

LA VALSE LENTE DES TORTUES, 2008.

*Chez d'autres éditeurs*

MOI D'ABORD, Le Seuil, 1979.

LA BARBARE, Le Seuil, 1981.

SCARLETT, SI POSSIBLE, Le Seuil, 1985.

LES HOMMES CRUELS NE COURENT PAS LES RUES, Le Seuil, 1990

VU DE L'EXTÉRIEUR, Le Seuil, 1993.

UNE SI BELLE IMAGE, Le Seuil, 1994.

ENCORE UNE DANSE, Fayard, 1998.

*Site Internet* : www.katherine-pancol.com